Stefan George

Jürgen Egyptien

Stefan George

Dichter und Prophet

THEISS

Die Deutsche Nationalbibliothek verzeichnet diese Publikation in der Deutschen Nationalbibliografie; detaillierte bibliografische Daten sind im Internet über http://dnb.d-nb.de abrufbar.

Der Theiss Verlag ist ein Imprint der WBG.

Die Herausgabe des Werkes wurde durch die Vereinsmitglieder der WBG ermöglicht.
Layout, Satz und Prepress: schreiberVIS, Seeheim
Gedruckt auf säurefreiem und alterungsbeständigem Papier
Printed in Germany

Besuchen Sie uns im Internet: www.wbg-wissenverbindet.de

ISBN 978-3-8062-3653-8

Elektronisch sind folgende Ausgaben erhältlich:
eBook (PDF): ISBN 978-3-8062-3654-5
eBook (epub): ISBN 978-3-8062-3655-2

Inhaltsverzeichnis

Erstens bin ich kein Mensch
Stefan George

Wenn die Zeitgenossen berichteten, um Napoleons Haupt habe eine Glorie gestrahlt und sein Blick habe die Körper entflammt wie ein Blitz, so sei das zwar ‚unhaltbar', aber immer noch unvergleichbar viel wahrer, als wenn die Historiker behaupteten, er sei ein Mensch gewesen wie sie selbst.
Stefan George

Prolog: „Neugestaltet umgeboren"

Stefan George war zweifellos ein Mensch. Ebenso zweifellos war Stefan George ein ganz besonderer Mensch. Er war ein Mensch mit einer einmaligen charismatischen Ausstrahlung, die von nicht wenigen als so bezwingend empfunden wurde, dass die Begegnung mit ihm in ihrem Leben als Augenblick einer existenziellen Neugeburt Epoche machte.

In zahlreichen Briefen und Erinnerungsschriften haben diese Augenblicke der Wandlung eine Spur hinterlassen. Sie lesen sich wie Dokumente eines quasi religiösen Initiationserlebnisses. Ich lasse hier einige Beispiele chronologisch folgen. Manche wurden unmittelbar nach der Begegnung niedergeschrieben, andere aus fernem Rückblick. Sie stammen von Männern und Frauen, die dem George-Kreis angehörten oder ihm nahestanden. Auf die meisten werde ich noch zurückkommen.

Carl August Klein (Berlin, Oktober 1889): „In dem schmucklosen Hörsaal der Universität, da wo der Romanist Adolf Tobler las, trafen sich unsere Blicke, und sofort spannen sich zarte Fäden herüber und hinüber. [...] Als Stefan George in jenem Hörsaal auf den unfertigen Studenten zutrat, legte dieser zaghaft und beklommen die Hand in die dargebotene Rechte. Nur eine Minute währte die Befangenheit. Ein Etwas, von dem ich mir noch nicht Rechenschaft zu geben wusste, quoll langsam in mir auf, weitete sich rätselhaft, hob sich jach empor und gestaltete sich zu wortloser Seligkeit. In anbetender Bewunderung verharrte ich, gebannt von der Macht eines Blickes, der aus nie geschauten Zonen von einem fernen schönen Sterne zu kommen schien. Ich stand vor *ihm*, dem die freigebige Gunst würdiger Wanderjahre edelsten Gehalt, vollste Reife verliehen hatte. Der Ring war geschlossen. [...] Ich gestehe es ohne Scheu und Rückhalt: Eine seltsame Wandlung ging in mir vor. Auf dämmerte die Geburtstunde meiner Erweckung, der Befreiung aus den umklammernden Fesseln. Sie war da, die Stunde, der ich in dumpfer Unbewusstheit bang entgegengefiebert hatte. Mit freudigem Ungestüm streifte ich die Schalen lockeren und tollen Studententumes ab. Es war der Augenblick, in dem ich die Weihe empfing, die Weihe, die meinem ganzen Leben Form und Inhalt gab, die Richtung wies, [...] denn vor mir stand, obschon jünger als ich, der, dessen Anspruch unbedingte Führung war. Und in mir wurde das Beste entbunden, das in einem Menschen schlummert, die hingebende stumme Treue, die nicht nach eignem Wohlergehen fragt." (CAK 11–15)

Sabine Lepsius (Berlin, Herbst 1896): „Als ich in mein Wohnzimmer trat, stand er schon dort: nie werde ich diesen ersten Eindruck vergessen, ich wusste sofort, dass ich einer überragenden, machtvollen Persönlichkeit gegenüberstand. [...] Seine Blicke fern und doch auch liebenswürdig. Seine Sprache ohne laut zu sein von markiger Wucht. [...] Sein Lachen, das sichere Erkennungszeichen für den Menschen, war sieghaft gewinnend und vom Schütteln der Mähne begleitet. [...] Als der Besuch mich wieder verlassen hatte, stand ich so sehr unter dem Eindruck der Größe dieser Persönlichkeit, dass ich beschloss, mein Kind, das ich unter dem Herzen trug, Stefan zu nennen." (SL 12–14)

Arthur Salz (München, Februar 1902): „Furchtsam und doch voll Sehnsucht ging ich gestern zu Wolfskehl, ich errieth Ihre Andeutung und ich hatte Glück und als ein Gesegneter ging ich heim. – Ist es nötig, dass ich Ihnen meinen Eindruck schildere, vermöchte ich überhaupt zu sagen, welche heiligen Schauder mich in jenen Augenblicken durchzogen. Genug es einmal erlebt zu haben. – [...] Zur Einheit und Einzigkeit des Werks der einheitliche und einzige Mensch. Was man sonst vom Göttlichen sagt: Wollen und Sein, hier ists eins, wir haben ein Spiegelbild dessen, was wir uns im transzendenten als das Höchste denken. Alles und jedes gewinnt Bedeutung: Haltung, Wort, Ausdruck, Kleidung.[1]

Berthold Vallentin (Berlin, Dezember 1902): „Ich bin heute bei Breysig mit Stefan George zusammengetroffen. [...] Es ist das – als Augenblickliches – Krönung langer Wünsche und so schnelle und unvermutete Krönung, dass mir diese Krone fast zu schwer wird. Langer Traum ist jäh erfüllt. Ich war in der Gegenwart dieses herrlichen Menschen glücklich. Sein Blick, zumal wenn er lächelt, schreitet leicht und königlich und hält den deinen mit einer freigebigen Leutseligkeit fest. Er gibt von seinen innern Gnaden an dich. Und du wächst an ihm. Dies ist die Hoffnung für die Zukunft." (BV 16 f.)

Ludwig Thormaehlen (Berlin, Februar 1909): „Auf mich hat Stefan George eine ungewöhnliche Wirkung ausgeübt. Nicht nur, dass ich die ganze Woche nichts anderes getan habe, als Verse zu lesen und von ihm zu schreiben, ich fühle mich verändert, was sich selbst im Körperlichen auswirkt. Ohne dass er die Hände mir auflegte und sprach: ‚Böser Geist, ich gebiete dir, fahre von ihm', ist er aus mir gewichen. Mit dem 1. Februar 1909 ist ein Strich gemacht und gesagt: so, das ist die Abrechnung. Mit dem, was hinter mir liegt, habe oder will ich nichts mehr zu tun haben. [...] [I]ch [hatte] bei der ersten Begegnung mit dem Dichter den Eindruck einer gewaltigen, dämonischen, erd-

und weltumwälzenden Naturkraft, die mit aller Leidenschaft sich der Zeit und dem Geschichtsgang in die Räder werfen will, sie in andere, neue Bahnen zu reißen." (LT 18–29)

Ernst Robert Curtius (Heidelberg, 30.5.1910) „Meister! Das Erlebnis des wunderbaren Abends durchzittert mich noch, und treibt mich, Ihnen aus tiefbewegtem Herzen zu danken. Sie wissen alles, ich kann Ihnen nichts sagen, das Sie nicht wüssten. Aber das kann mich nicht hindern, Ihnen zu sagen, dass jene Stunden für mich geweihte Stunden gewesen sind, die Frucht bringen werden. Dass Ihre Worte blitzartig weite dämmrige Strecken meiner geistigen Welt erhellt haben, dass sie mir auf allen berührten Gebieten eine zwingende, überzeugende Orientierung meines Denkens und Wollens gegeben haben, – das war eine Erfahrung, tief beglückend und bereichernd. Und doch habe ich noch gewaltigeres, noch erschütternderes in diesen Stunden erlebt: eine menschliche Wucht jenseits von allem Gesagten, eine seelische Macht, vor der ich mich in tiefer Demut beuge. Hier gibt es kein Bewundern, kein Danken mehr, nur noch Hingabe und Verehrung."[2]

Edith Landmann (Basel, Januar 1913): „Eine neue Welt trat mit ihm in Erscheinung. Er war der schönste Mensch, den ich je gesehen, vielmehr, wie schön ein Mensch sein könne, wurde mir durch seine Erscheinung erst bewusst. Im ersten Augenblick, als er eintrat, sah er, noch nicht 45 Jahre alt, überraschend fahl und alt aus, überraschend wohl deshalb, weil Bewegung, Haltung, Züge, alles viel jünger war als Haar- und Gesichtsfarbe. Er sah aus, als wäre ein Reif über ihn hingegangen, der ihn einmal gebleicht habe, und wie einer mit einer Kugel im Leibe weiterlebt, so habe er darüber weg sein altes junges Leben weiter gelebt. Womöglich eindringlicher noch als die festen Formen des Kopfes wirkten die feinen Muskeln unter der Haut und die ungemeine Beweglichkeit der Züge. Im Gespräch spielten hundert zuckende Lichter über sie hin, und jedes Wort hatte im Spiel dieser feinsten Züge seine Resonanz, seine Ober- und Untertöne. Diese Sensibilität wirkte in einziger Weise zusammen mit dem Eindruck des durchaus Harten und Starken. Die Gestalt ist groß, schlank, aber in den Schultern breit und gedrungen. Der dominierende Eindruck war der von Leidenschaft, aber nicht so sehr, dass die Natur, sondern dass auch der einheitliche zusammenfassende Wille diese Leidenschaft hat. Senkte er im Nachdenken die Augenlider, so konnte sein Antlitz aussehen wie ein lebendes Golgatha. [...] Warum soll ich mich heute scheuen zu wiederholen, was ich, nachdem ich George gesehen, [...] schrieb: dass ich im Anblick Georges erfahren habe, was das ist, das Göttliche." (EL 18)

Edgar Salin (Heidelberg, Frühling 1913): „An einem heissen Frühlingsmittag des Jahres 1913 ging ein junger Student durch die Hauptstrasse der Stadt Heidelberg. Er hatte eben das Brunngässlein gekreuzt und beachtete, wie der gewohnte Strom der Gänger [...] erschöpft durch die noch ungewohnte Hitze träg über das glühende Pflaster kroch. Als mit einem Mal die Müden sich zu raffen schienen: federnden Ganges, leichten Schrittes kam ein Einzelner des Weges, – alle wichen zur Seite, auf dass nichts seinen Gang hemme, und wie schwebend, wie beflügelt bog er um die Ecke, zum Wredeplatz hin. Der Betrachter stand erstarrt, auf den Fleck gebannt. Ein Hauch einer höheren Welt hatte ihn gestreift. Er wusste nicht mehr, was geschehen war, kaum wo er sich befand. War es ein Mensch gewesen, der durch die Menge schritt? Aber er unterschied sich von allen Menschen, die er durchwanderte, durch eine ungewusste Hoheit und durch eine spielende Kraft, so dass neben ihm alle Gänger wie blasse Larven, wie seellose Schemen wirkten. War es ein Gott, der das Gewühl zerteilt hatte und leichtfüssig zu andern Gestaden enteilt war? Aber er hatte Menschenkleidung getragen, wenn auch besondere: eine dünne gelbe Seidenjacke wehte um den schlanken Körper; ein grosser Hut sass seltsam leicht und fremd auf seinem Kopf und dichtes braunes Haar quoll darunter hervor. Und in der Hand wirbelte ein kleiner, dünner Stock, – war es der Stab des Merkur, war es eine menschliche Gerte? Und das Antlitz? Der Betrachter entsann sich nur undeutlich der einzelnen Züge; gemeisselt waren sie, und die Blässe der Wangen trug dazu bei, den Eindruck des Fremden, Statuenhaften, Göttlichen zu wecken. Und die Augen? Plötzlich wusste der Betrachter: es war ein Strahl dieser Augen, der ihn gebannt hatte, schnell wie ein Blitz war ein Blick zu ihm herüber geflogen, hatte ihn ins Innerste durchdrungen und war mit einem leichten flüchtigen Lächeln weitergewandert. Und nun stieg das Wissen auf: war es ein Mensch, dann – Stefan George." (ES 11 f.)

Kurt Singer (Heidelberg, April 1916): „Darf ich, nach so viel Güte, mit der Sie mich stammelnden und verwirrten helfend angehört haben, bitten auch noch ein wort grenzenloser dankbarkeit sagen zu dürfen? Es ist aus seligkeit und qual gemischt – qual, nicht haben sagen zu können was mich zu Ihnen trieb, was mich von tag zu tag tiefer an Sie bindet, und wofür mir noch kein lösendes wort gegeben ist. Ich habe vom dienst gesprochen und davon, dass ich meine kräfte von Ihnen zu leben nehmen will. Das aber war es nicht allein. Es war die gewissheit dass mein wesen nur in Ihrer Lehre alle mitgeführten krusten und alles von außen bedingte abstossen und zu reiner gestalt und tat kommen kann. Es war der an Ihrem Werk entzündete glaube dass ich nur durch Sie die fülle des Zweiten Lebens und der Zweiten Form finden werde. Die Versenkung in Ihr bisher offenbartes Werk glaube ich so weit getrieben zu haben wie es einem menschen möglich ist, der nicht der weihen teilhaftig ist, auf die Ihr Wort hinweist. Im Schauer Ihrer Gegenwart glaube ich einen weiteren teil der Lehre empfangen zu haben. Denn ich darf sagen, dass ich die zu menschlicher Gestalt in Einem gesammelten Kräfte der Allgegenwart geschaut habe und in mir fortwirken fühle: als beseligung durch Ihre magische gegenwart und als pein des stachels. Ich wünschte Ihnen mit meinem ganzen Sein für dieses glück und für diesen stachel danken zu können, der mich Ihren künftigen Segnungen entgegentreibt. Ich will Sie nicht lassen, Herr."[3]

Frank Mehnert (München, 1925): „Und als du dann vor ihm standest, glücklicher, und als die wirklichkeit in ihrer einfachheit und hoheit noch zwingender war als es der traum gezeigt hatte [...], da fragtest du nicht mehr, seele, sondern du zittertest, denn du wusstest nun, dass alles seiende göttlich ist [und] du wusstest, wofür du leben wirst."[4]

Es wäre eine Aufgabe für sich, eine Typologie der Beschreibungsmuster für die verwandelnde Kraft von Georges Charisma aus diesen Textpassagen zu destillieren. Die Zeugnisse dienen hier zunächst zur Illustration von Georges charismatischer Wirkung und mögen einen ersten Eindruck von der Stärke seiner Persönlichkeit vermitteln. Wer war dieser Mensch, der eine derartige körperlich und geistig bezwingende Präsenz besaß?

I

DIE SCHÖNE KUNST

Kindheit und Jugend: Die Erfindung von Kunstsprachen

Robert Boehringer hat in sein Erinnerungswerk *Mein Bild von Stefan George* eine Ahnentafel aufgenommen, die die Familiengeschichte bis ins 18. Jahrhundert zurückverfolgt. Wenn man die angeführten Berufsbezeichnungen durchgeht, stellt man fest, dass fast alle im Bereich der Landwirtschaft und da speziell im Weinbau und im Müllerhandwerk tätig waren. Die Familie George stammte ursprünglich aus dem deutschsprachigen Ort Rupeldingen in Oberlothringen, die Familie Schmitt, der Stefan Georges Mutter angehörte, war aus dem Nahegebiet.

Der Urgroßonkel Johann Baptist George wanderte zu Beginn des 19. Jahrhunderts nach Büdesheim, heute ein Ortsteil von Bingen, aus und erwarb dort Grundbesitz. Da er selbst keine Kinder hatte, ließ er die Söhne seines Bruders nach Büdesheim nachkommen. Einer hieß Etienne (eigentlich Stephan) George, der Weingutsbesitzer wurde und es bis zum Bürgermeister und zum hessischen Landtagsabgeordneten brachte; der andere war Anton George, ebenfalls Weinhändler. Er ist der Großvater des Dichters Stefan George. Anton George nannte seinen einzigen Sohn ebenfalls Stephan George.

Dieser Stephan George war Weinhändler und Gastwirt. Er soll ein heiteres Gemüt gehabt haben, wahrte den Besitz ohne den Ehrgeiz, ihn zu mehren. Gegenüber seinem Sohn Stefan verhielt er sich großzügig. Er unterstützte ihn finanziell und übte keinerlei Druck auf ihn aus. George äußerte einmal: „Sein Vater hätte ‚Ja' zu seinem absonderlichen, außergewöhnlichen Leben gesagt, weil er so ungeheuer sparsam gewesen wäre; davor hätte der Vater Respekt gehabt und hätte ihn gewähren lassen." (EG 76) Stephan George heiratete am 22. Mai 1865 Eva Schmitt. Beide Eheleute stammten aus katholischen Familien.

Die Mutter wird als eine arbeitsame, eher verschlossene Frau geschildert. Sie war fromm und mied selbst den Kindern gegenüber körperlichen Kontakt. Das Paar hatte drei Kinder. Genau neun Monate nach der Hochzeit wurde ihnen die Tochter Anna Maria Ottilie geboren. Am 12. Juli 1868 folgte als zweites Kind Stefan Anton George, der den Rufnamen Etienne erhielt. Etwa zweieinhalb Jahre später kam noch der jüngere Bruder Friedrich Johann Baptist hinzu. Alle drei Geschwister blieben unverheiratet und kinderlos, so dass die Familie George mit dieser Generation ausstarb. Von Stefan George ist ein Kinderfoto bekannt. (Abb. 1) Es zeigt ihn im Alter von etwa drei Jahren.

Das Foto ist von dem bedeutenden Fotografie-Atelier Hilsdorf in Bingen angefertigt worden. Um die Haltung des linken Arms zu ermöglichen, hat man den Knaben auf einen Schemel gestellt. Die Kleidung hat den Charakter einer Livree. Das aufgeschlagene Buch auf dem Tisch dürfte ein bürgerliches Accessoire sein.

Die Familie zog im Jahr 1873 von Büdesheim nach Bingen in ein Haus beim Nahekai. George mochte dieses Haus gerne, in das er bis in sein letztes Lebensjahr immer wieder zurückkehrte. Die Dachkammer und das Gartenhäuschen nutzte er als Refugium für seine Lektüren, später konnte er sich ein Zimmer nach eigenen Vorstellungen einrichten, in dem er gerne seine Freunde empfing. Von 1876 bis 1882 besuchte George die Bingener Realschule. Für Fremdsprachen zeigte er von Beginn an eine besondere Empfänglichkeit. Dabei profitierte er von dem vertrauten Verhältnis zu einer älteren ledigen Frau, die immer Zeit für ihn hatte und ihm auch solche Fragen beantwortete, die er Zuhause nicht zu stellen wagte. Diese Person – deren Namen man nicht kennt – beherrschte Französisch, Englisch und Italienisch. Bei ihr fiel ihm die erste italienische Sprachlehre in die Hände (vgl. SL 79).

Die schulischen Leistungen Georges waren unauffällig, nur im Turnen weisen die erhaltenen Censurscheine ein konstantes ‚Ungenügend' aus. Diese Note bekam er auch in ‚Gesang', von dem er nach dem Übertritt ins Darmstädter Ludwig-Georgs-Gymnasium dispensiert wurde. Selbst im ‚Schreiben' und in ‚Naturgeschichte' traf ihn im Herbstzeugnis 1880 dasselbe Urteil, was insofern erstaunt, als George ob der in seinem Werk vorkommenden Pflanzennamen als genauer Kenner der mittelrheinischen Flora gilt. Ein aus dem Jahr 1882 stammendes Herbarium beginnt sogar mit einer Art botanischer Topographie, wo der Vierzehnjährige neben Flur- und Ortsnamen die getrockneten Pflanzen eingeklebt hat. Von einer umfassenden Einführung in die Pflanzen der Heimat zeugt auch der autobiographisch gefärbte Text *Kindlicher Kalender* aus Georges Prosaband *Tage und Taten*, der berichtet, dass die Mutter ihn und die Geschwister „die namen und die kräfte der blumen und kräuter" (SW XVII, 14) lehrte. Dieser Text liefert einen Eindruck von der Atmosphäre des Lebens in Bingen, das während Georges Kindheit noch ganz im Zeichen des Kirchenjahres stand. Dessen Rhythmus wird mit dem Kreislauf der Natur und mit den eigenen und zugleich kollektiven Gewohnheiten synchronisiert, die nach profanen und sakralen unterschieden sind. Die profanen Aktivitäten bestehen aus Schlittenfahren, der Teilnahme am Fasching, dem Anfertigen von Flöten und Pfeifen, den sommerlichen „abendmahlzeiten im tannenrund", der Mutprobe, beim Johannisfeuer „unsre nackten arme in die freie züngelnde flamme zu schnellen", und daraus, während der Erntezeit „kränze von kornblumen" zu flechten. Die sakralen Tätigkeiten setzen sich aus dem Empfang des Aschenkreuzes, dem Schmücken des Marienaltars im Mai, der Teilnahme an der Fronleichnamsprozession, dem Johannisfest, der Prozession zur Rochuskapelle und den Frühmetten in der Adventszeit zusammen.

Von Beginn an ist Georges Dichtung gesättigt von der ästhetischen Bildkraft und der rituellen Form der katholischen Liturgie. Nicht zufällig heißen seine ersten beiden Gedichtbände *Hymnen* und *Pilgerfahrten* und wird ein programmatisches Gedicht mit dem Titel *Weihe* sein Werk 1890 eröffnen. Als Reminiszenz an eine konkrete eigene Erfahrung kann das erste Gedicht der *Verjährten Fahrten* aus den *Pilgerfahrten* angesehen werden, das wohl eine Wallfahrt zum Gnadenort Walldürn im Odenwald erinnert. Neben der starken Präsenz der katholischen Religion, die dem Leben eine spirituelle Form gab, gehörte für George aber auch die ganz praktische Sphäre von Ackerbau, Viehzucht und Weinanbau zu seinen Alltagserfahrungen. Durch die Nähe zu landwirtschaftlichen und handwerklichen Tätigkeiten bewahrte sich George immer eine besondere Sympathie für Bauern und alle mit den Händen Tätigen. Es wäre zwar verfehlt, George als eine Art Heimwerker zu bezeichnen, aber er verfügte über allerlei praktische Fertigkeiten und wusste etwa, ein Weinfass fachgerecht anzuzapfen. Die Bekanntschaft mit der bäuerlichen Sphäre vermittelte ihm von Beginn an auch eine gewisse Erfahrung mit jüdischen Mitbürgern. So konnte er beobachten, wie die Bauern auf dem Bingener Viehmarkt auf die Vermittlung des sogenannten ‚Vieh-Juden' angewiesen waren. Ohne diesen Herrn Hirsch war offenbar kein Geschäft zu machen. Die Bauern warteten geduldig auf sein Eintreffen und wickelten dann mit seiner Hilfe zu allgemeiner Zufriedenheit ihre Käufe und Verkäufe ab. Für George war es eine lehrreiche Beobachtung, die in ihm die Überzeugung verankerte, dass Juden die idealen Vermittler seien, eine soziale Eigenschaft, von der er als angehender Dichter nachhaltig profitieren würde.

Gleich zu Beginn von Georges Schulbesuch dürfte es zu einer seelischen Verletzung durch eine Klassenkameradin gekommen sein, die sich ihm offenbar tief einprägte, denn er erzählte sie noch im Jahre 1929. Er hatte das Mädchen über ein erlittenes Missgeschick ins Vertrauen gezogen und von ihr Stillschweigen zugesichert bekommen. Dann jedoch musste er erleben, wie sie ihr Versprechen brach und der Lehrerin alles haarklein erzählte. Gegenüber Edith Landmann, die diese Erinnerung überliefert, kommentierte er das mit den Worten: „Da wusst ich genug. Sie musste, es war nicht aus Schlechtigkeit, aber sie wäre geplatzt." (EL 194) Es mag sein, dass diese frühe Erfahrung eines Vertrauensbruchs Georges spätere latente Misogynie genährt hat.

Eine früh erkennbare Neigung zu einer herrscherlichen Geste bezeugt der Schulkamerad Julius Simon, der davon berichtet, dass George und er sich etwa im Alter von neun Jahren ein Fantasiereich ausgedacht hatten, in dem der eine König und der andere den Minister spielte. Julius Simon erinnerte sich: „Jeden Nachmittag nach der Schulzeit eilte ich zu Stefan und wir fantasierten reichlich in seiner räumlich großen Giebelstube. Als ich nach etwa 4 Wochen, unserer Abrede entsprechend, die Königswürde selbst übernehmen wollte und Stefan zum Ministersessel heruntersteigen sollte, lehnte er dies ab: er wollte auf seinen Königssessel nicht verzichten." (RB II, 201) In dem 1895 erschienenen Gedichtband *Die Bücher der Hirten- und Preisgedichte der Sagen und Sänge und der hängenden Gärten* findet sich im dritten Teil das Gedicht *Kindliches Königtum*, das dieses Spiel in eine Naturkulisse verlegt.

Du warst erkoren schon als du zum throne
In deiner väterlichen gärten kies
Nach edlen steinen suchtest und zur krone
In deren glanz dein haupt sich glücklich pries.

Du schufest fernab in den niederungen
Im rätsel dichter büsche deinen staat ·
In ihrem düster ward dir vorgesungen
Die lust an fremder pracht und ferner tat.

Genossen die dein blick für dich entflammte
Bedachtest du mit sold und länderei ·
Sie glaubten deinen plänen · deinem amte
Und dass es süss für dich zu sterben sei.

Es waren nächte deiner schönsten wonnen
Wenn all dein volk um dich gekniet im rund
Im saale voll von zweigen farben sonnen
Der wunder horchte wie sie dir nur kund.

Das weisse banner über dir sich spannte
Und blaue wolke stieg vom erzgestell
Um deine wange die vom stolze brannte
Um deine stirne streng und himmelhell.

(SW III, 76)

Interessant ist, dass in diesem frühen Gedicht bereits das Wort ‚staat' für das selbst geschaffene Fantasiereich verwendet wird. Es weist weit voraus auf Georges Projekt, eine Art Dichter-Staat zu installieren, der mit dem Anspruch einer kulturellen Erneuerung Deutschlands auftrat.

George galt bald schon bei seinen Mitschülern als Sonderling und wurde wegen seines häufig versonnenen Blicks allgemein als ‚Sternengucker' bezeichnet. Er stach unter seinen Klassenkameraden sowohl äußerlich als auch durch seine Sprache und sein Verhalten heraus. Sein zeitweiliger Schulkamerad Georg Fuchs berichtet etwa:

> Schauplatz: ein Klassenzimmer im Darmstädter Gymnasium. – Zeit: der erste Tag des neuen Schuljahres 1884. – Die aus Untersekunda in die Obersekunda Versetzten beäugen kritisch etliche ‚Neue', die aus kleineren Unterrichtsanstalten der Umgegend gekommen sind [...]. Einer unter ihnen fällt auf: es müsse ein Ausländer sein, meinen manche, weil er so gar nicht aussehe wie die anderen. [...] Niemand in der Klasse wollte etwas mit ihm zu tun haben; aber auch er mit niemand aus der Klasse. Im Hofe stand er meistens vereinsamt an der Mauer, blaß, fröstelnd, mit verschränkten Armen, über die lärmende Menge hinweg ins Unnennbare starrend, stets mit einem so scharfen, hochmütigen Zug um den schmalen, herben Mund, daß mancher dreiste Bengel es sich nicht verkneifen konnte, ihn als einen ‚eingebildeten Tropf' zu hänseln. ‚Sunt pueri pueri ...' zitierte er in solchem Falle, oder er nahm meinen Arm und wandelte, ohne weiter Notiz davon zu nehmen, durch das Schulhofgewühl. Außer mir traten nur noch drei oder vier Mitschüler zu ihm in ein näheres Verhältnis; aber nicht aus eigenem Antrieb, sondern – und das ist ebenfalls für sein ganzes Leben und Wirken kennzeichnend – weil er sie sich aussuchte und willensmächtig an sich heranzog. [...] Außer den in der Schule gelehrten Sprachen las, verstand und sprach er später auch noch Italienisch, Spanisch, Holländisch, und als die Ibsen-Bewegung in der deutschen Jugend anfing zu rumoren, überraschte er mich eines Tages mit Übersetzungsproben aus den älteren nordischen Tragödien Ibsens.[1]

Der Bericht von Georg Fuchs enthält einige treffende Beobachtungen: den Impuls zur Kreisbildung, die selbstgewählte Isolation beziehungsweise radikale Abwendung von der Menge, das Interesse an anderen Sprachen und Literaturen. Mit der Schaffung einer eigenen autonomen Sphäre war beim jungen George der Impuls zur schöpferischen Erfindung einer eigenen Sprache unmittelbar verbunden. Es ist interessant zu beobachten, dass Stefan Georges später sogenannte ‚Erneuerung der deutschen Dichtersprache' nicht erst aus der bewussten Auseinandersetzung mit einem als unpoetisch empfundenen herrschenden Literaturcode resultierte, sondern ihre Wurzeln bis in seine Kindheit zurückreichen. Dabei richtete sich der Ausdruckswille zunächst noch nicht auf das Deutsche, sondern schuf sich eine eigene künstliche Sprache, die an die Stelle der Alltagskommunikation trat. Die ersten Spuren dieses Versuchs, eine künstliche Sprache zu erfinden, reichen bis in das Alter von acht oder neun Jahren zurück. Von dieser ersten künstlichen Sprache ist außer drei Worten (Vgl. RB II, 19) nichts weiter überliefert, als dass sie von George ‚Imri' genannt und in einem Fantasiereich namens ‚Amhara' gesprochen wurde. Laut den Erinnerungen von Carl August Klein handelte es sich um „eine seltsame, dem Nichteingeweihten völlig unverständliche Geheimsprache", die „nach einem höchst sinnreichen System" (CAK 8) erdacht worden war. Bemerkenswert ist, dass Amhara, der mittlere Landesteil Abessiniens, in Georges Geburtsjahr 1868 ein wenn auch kurzlebiges Königreich wurde, in dem die Amharen lebten und Amharisch gesprochen wurde. Da George eigener Aussage nach bereits ab seinem sechsten Lebensjahr Verse verfasste und „ganz früh – acht-, neunjährig – Gefühl für die Süssigkeit der Sprache bekommen" (KB 13) habe, wäre es denkbar, dass er bereits in der Kunstsprache ‚Imri' Gedichte geschrieben hat. Jedenfalls handelte es sich bei Georges Geheimsprache schon damals nicht primär um ein bloßes Spiel mit der Sprache, das keinen anderen Zweck als den einer bloßen Informationsverschlüsselung gehabt hätte. In einem Gedicht aus dem Zyklus *Überschriften und Widmungen* in dem 1897 erschienenen Jahr der Seele hat George wohl selbst die Richtung angegeben, in der die Bedeutung seiner Geheimsprache auf dieser frühesten Stufe zu suchen ist. Es heißt da:

Schon als die ersten kühnen wünsche kamen
In einem seltnen reiche ernst und einsam
Erfand er für die dinge eigne namen –

[...]

An deren kraft und klang er sich ergezte ·
Sie waren wenn er sich im höchsten schwunge
Der welt entfliehend unter träume sezte
Des tempels saitenspiel und heilge zunge.

Nur sie – und nicht der sanften lehre lallen ·
Das mütterliche – hat er sich erlesen
Als er im rausch von mai und nachtigallen
Sann über erster sehnsucht fabelwesen ·
(SW IV, 51)

Zwei Aspekte scheint George hier im dichterischen Rückblick hervorzuheben. Einmal führt die Schaffung der künstlichen Sprache zu einer Loslösung von der vertrauten Umwelt. Sie korrespondiert der Weltflucht und der selbstgewählten Isolation. Zum anderen wird sie zum Medium einer Neuschöpfung der Welt oder genauer gesagt: zum Mittel der Schöpfung einer neuen Welt. Diese Macht des Sprachschöpfers weist ihm in seiner künstlichen Welt zugleich den Platz des göttlich Sanktionierten – „heilge zunge" –, die Rolle einer Art Herrscherpriester oder Priesterherrscher zu. Für dieses Selbstverständnis und für die magische Gewalt der Sprache ist eine weitere Erinnerung von Georg Fuchs signifikant, die möglicherweise ausgeschmückt ist, aber im Kern etwas Authentisches überliefern dürfte:

> Ich erinnere mich heute noch der äußeren Umstände, unter denen er mich gewissermaßen in sein Weihebündnis aufnahm. Der Unterricht hatte infolge Erkrankung eines Lehrers eine Stunde früher geendet als sonst, und wir dehnten unseren gemeinschaftlichen Heimweg bis in die schon ländlichen Vorstadtgassen aus. An der offenstehenden Tür einer Kegelbahn, bei einer Gartenwirtschaft, blieb George plötzlich stehen und sagte: ‚Also nimm an, das hier wäre das Heiligtum, von dem wir gesprochen haben. Wenn du das ernsthaft glauben kannst, wenn du mit so viel Glaubenskraft begabt bist, dann ist es wirklich das Heiligtum. Hast du den Mut, mit mir hineinzugehen und den Mächten standzuhalten, die ich beschwören werde?' – Erst mußte ich lachen. Als ich aber sein unheimlich strenges Gesicht ansah, verging mir das Lachen und ich erwiderte, nachdem nun doch schon einmal mein ‚Mut' herausgefordert und damit meine Knabenehre ins Feuer gekommen war, daß ich zu allem bereit sei. [...] Er murmelte [...], während wir unter fortgesetzten Verbeugungen und rhythmisch eingeschalteten Kniefällen in der sandigen Bahn neben dem Kegelbord nach der Platte wandelten, auf der man die Kegel aufsetzt, Sprüche in seinem Sakraldeutsch; denn als solches wollte er seine Geheimsprache eigentlich aufgefaßt wissen. In der Mitte der Bahn angelangt, mußte ich mein Gesicht mit meinem über den Kopf gezogenen Lodencape verhüllen und ihm blindlings folgen, bis er mir Halt gebot. Wo sonst beim Kegelspiel der König steht, errichtete er aus unseren aufeinander gelegten Schulmappen eine Art von ‚Altar', umkreiste mich mit einem liturgisch klingenden nasalen Singsang, und endlich fühlte ich, wie er, eine gewisse Formel dreimal wiederholend, etwas Sand auf mich rieseln ließ – ‚Deutsche Heimaterde', wie er mir es später erklärte. – Nun wurde die Hülle weggenommen, und ich muß verwunderte Augen gemacht haben, daß die Kegelbahn sich nicht tatsächlich inzwischen in einen Einweihungstempel gewandelt hatte. – Das Weitere ist meinem Gedächtnisse entfallen; nur das weiß ich noch, daß er sagte: wenn ‚die anderen', das heißt die Mitschüler, das mitangesehen hätten, würden sie uns nicht schlecht ausspotten. Aber das verstärke nur die ma-

> gisch weihende Kraft des Ritus; es käme nur darauf an, was man den äußeren Handlungen für einen inneren Sinn abgewinnen könne, dann möchte wohl auch das lächerlich Scheinende ungeahnte Bedeutung erlangen. Wenn ich katholisch wäre, würde ich das eher verstehen; im rationalistischeren Protestantismus habe man leider die magischen Weihebräuche allzusehr zugunsten der mehr verstandesmäßig wirkenden Predigt außer Übung kommen lassen.[2]

Bei allem Forcierten dieser Anekdote gilt es doch festzuhalten, dass sich bei George bereits hier ein magisches Sprachverständnis und ein entschiedener Wille zur kultischen Überschreitung der profanen Welt manifestieren. Das Medium, das den Zugang zu dieser Sphäre öffnet, ist die selbst geschaffene ‚Sakralsprache', von der das zitierte Gedicht und Fuchs gleichermaßen sprechen.

Wichtig für den Antrieb zu diesem Schöpfungswerk ist die im Gedicht angesprochene „sehnsucht". Dieser Begriff weist voraus auf eine Formulierung in Georges Lobrede auf Stéphane Mallarmé, die erstmals im August 1893 in Georges Zeitschrift *Blätter für die Kunst* erschien und 1903 in *Tage und Taten* aufgenommen wurde. George schreibt dort mit Blick auf „jene sinnlosen sprüche und beschwörungen die von unbezweifelter heilkraft im volke sich erhalten" und „die schwergeborenen verse" in den *Dionysiaka* des spätantiken Nonnos Panopolita: „Jeden wahren künstler hat einmal die sehnsucht befallen in einer sprache sich auszudrücken deren die unheilige menge sich nie bedienen würde oder seine worte so zu stellen dass nur der eingeweihte ihre hehre bestimmung erkenne.." (SW XVII, 46 f.)

Ganz dieser Sehnsucht gemäß unternahm es George bereits während seiner Binger Realschulzeit, als er Latein, Griechisch, Hebräisch und Italienisch zu lernen begann, wohl um 1880/81 eine zweite künstliche Sprache zu erfinden. Von dieser Sprache haben sich in Georges dichterischem Werk die zwei Verse erhalten, die am Ende des 1904 veröffentlichten Gedichts *Ursprünge* stehen und bis heute zu interpretatorischen Spekulationen herausfordern. George evoziert an dieser Stelle eine Szenerie, die an das eben zitierte Gedicht aus dem *Jahr der Seele* erinnert und in der letzten Strophe wiederum die Elemente der Weltabgeschiedenheit, der Herrschaft in einem eigenen Kosmos und der weihevollen Kunstübung versammelt.

> Doch an dem flusse im schilfpalaste
> Trieb uns der wollust erhabenster schwall:
> In einem sange den keiner erfasste
> Waren wir heischer und herrscher vom All.

Süss und befeuernd wie Attikas choros
Über die hügel und inseln klang:
CO BESOSO PASOJE PTOROS
CO ES ON HAMA PASOJE BOÃN.
(SW VI/VII, 117)

Das Wortmaterial besitzt gewisse Ähnlichkeiten mit dem Griechischen und Spanischen. Diese zweite Geheimsprache wurde von George offensichtlich sein ganzes Leben hindurch benutzt. Ernst Morwitz berichtet jedenfalls im Zusammenhang seiner Kommentierung der *Ursprünge* Folgendes:

> Wie geheim der Dichter diese Sprache, in der er sein Leben lang Notizen niederschrieb, zu halten wünschte, habe ich selbst erfahren, als er mir einmal um 1910 eine solche Notiz zeigte – sie waren oft mit Stecknadeln an die Wand seines Zimmers geheftet – und mich fragte, ob ich ihren Sinn verstände. Da mir das Geschriebene als dem Griechischen verwandt erschien, versuchte ich von dieser Richtung her den Sinn zu erraten. Was ich hervorbrachte, muss etwas Richtiges enthalten haben, denn zu meinem Vergnügen wurde der Dichter aufgeregt, examinierte mich weiter und gab sich erst zufrieden, als meine Auslegungskunst völlig versagte. Robert Boehringer berichtet, dass sich unter den wenigen Dingen, die der Dichter im Handkoffer bis zu seinem Tod mit sich führte, ein blaues Schulheft in Oktavformat befand, das den ersten Gesang der Odyssee in diese Sprache übersetzt enthalten und die Aufschrift ‚Odysseias I' getragen habe. Es entsprach sicherlich dem Wunsch des Dichters, dass die Seiten dieses Heftes nach seinem Tode ungelesen verbrannt und dadurch die beiden letzten Verse der ‚Ursprünge' dem Sinn nach undeutbar wurden. Sie waren von vornherein bestimmt, nur als Klang zu wirken. (EM I, 290)

Als George nach seiner im März 1888 abgelegten Reifeprüfung zwei Monate später auf ausgedehnte Reisen durch Europa ging, entwickelte er seine dritte Kunstsprache, die er *lingua romana* nannte. Der Name dürfte sich an die Bezeichnung *lingua franca* anlehnen. So hieß die aus vorwiegend italienischen und arabischen Bestandteilen zusammengewachsene Verkehrssprache des Mittelmeerraums, die sich im Mittelalter herausgebildet hatte. Die Entstehung dieser *lingua romana* scheint mit einer Art Sprachkrise Georges verknüpft gewesen zu sein. In einem Brief an den ehemaligen Schulfreund Arthur Stahl vom 2. Januar 1889 klagt George jedenfalls darüber, dass er schon seit Monaten nichts mehr geschrieben habe, weil er nicht weiß, in welcher Sprache er schreiben soll. Das Deutsche zieht er erst gar nicht in Betracht. Es heißt in diesem Brief: „Jetzt noch ein geständnis das mir schwer wird niederzuschreiben. Der gedanke, der mich von jugend auf geplagt und heimgesucht hat, der in gewissen perioden sich wieder und wieder aufdrängte hat mich seit kurzem wieder erpackt: Ich meine der gedanke aus klarem romanischem material eine eben so klingende wie leicht verständliche literatur sprache für meinen eigenen bedarf selbst zu verfassen. [...] Ich ahne, diese idee wird entweder bei mir verschwinden oder mich zum märtyrer machen." (RB II, 38) Georges Selbstdarstellung lässt keinen Zweifel daran, dass dieser Drang, eine künstliche Sprache zu schaffen, keineswegs aus einem spielerischen Antrieb erfolgte, sondern zwanghafte, quälende Züge hatte. Die Alternative, die er am Ende seines Briefes andeutet, entweder diese Idee zu überwinden oder an ihr zum Märtyrer zu werden, schließt durchaus die Möglichkeit einer katastrophalen Zuspitzung der Krise mit ein. Trotz des Risikos, das der Gebrauch einer künstlichen Sprache in sich birgt, legt der Beginn dieses Briefes an Arthur Stahl bereits Zeugnis von Georges Entscheidung dafür ab. Er ist in der *lingua romana* abgefasst und verrät das Bemühen, aus spanischen, italienischen und französischen Anleihen eine klangvoll tönende Sprache zu destillieren. Die Ähnlichkeiten zum Vokabular der romanischen Sprachen erlaubt es, diese Sätze ohne große Schwierigkeit zu verstehen. Es wäre wohl sogar möglich, diese Kunstsprache Georges grammatisch und lexikalisch zu rekonstruieren, da er 1889 eine Reihe von Gedichten in dieser Kunstsprache verfasste und sie anschließend selbst ins Deutsche übertrug. Einige Proben der ursprünglichen Fassungen in der *lingua romana* bietet der 1927 im Rahmen der *Gesamtausgabe* hinzugefügte Anhang zu dem Gedichtband *Die Fibel*, in dem George 1901 seine frühe Lyrik in Auswahl veröffentlichte.

Erste Werke: *Die Fibel* und *Rosen und Disteln*

Die Fibel enthält Gedichte aus den Jahren 1886 bis 1889, also noch aus der Gymnasialzeit und dem von langen Reisen ausgefüllten Jahr nach der Ablegung des Abiturs im März 1888. Das Zeugnis der Reife enthielt im Übrigen die Noten ‚gut' (Religion, Französisch), ‚im ganzen gut' (Deutsch, Geschichte, Geographie) und ‚genügend' (Latein, Griechisch, Mathematik, Naturkunde). *Die Fibel* beginnt mit einem gleichnamigen zweiteiligen Zyklus, darauf folgen Übertragungen sowie die Zyklen *Von einer Reise* und *Zeichnungen in Grau und Legenden*. Gewidmet hat er *Die Fibel* seinen Eltern „als schwachen Dankes-Abtrag", mehrere Gedichte zeichnen das Bild einer idyllischen Kindheit, wie etwa die bewusst naiv gehaltene *Erinnerung*.

Unter der Textsorte ‚Fibel' versteht man generell ein einfaches, häufig mit Bildern versehenes Kinderbuch zum Lesen- und Schreibenlernen. George inszeniert die Gattung, indem er sich selbst in einen Schüler im Fach der Dichtung zurückverwandelt. Der Charakter der *Fibel* als eines Übungsbuchs schlägt sich darin nieder, dass George sich hier in der Aneignung gängiger lyrischer Formen erprobt. So findet man Sonette, Balladen und Gedichte im Volkslied- und Gebetston. Außerdem übt der junge Dichter die gängigen metrischen und Strophenformen ein, etwa Ritornelle (SW I, 25, 28), sowie die Anwendung rhetorischer Mittel.

Die ihm wohlgesonnenen Leser bittet George um ein mildes Urteil für die Veröffentlichung dieser „frühen schöpfungen", die dem Verfasser „nur getrübte freude" bereiten. Größeres Verständnis setzt er bei den Dichtern voraus, die „in diesen zarten erstlingen [...] die ungestalten puppen aus denen später die falter leuchtender gesänge fliegen" zu erkennen vermögen.

Hier geht die *captatio benevolentiae* über ihren ursprünglichen Status als Stilfigur hinaus. Selbstbewusst definiert George die *Fibel* als Ort des Begreifens der eigenen Dichtung in ihren Anfängen, die somit einen vorausweisenden Wert enthält. Zudem reflektieren die Gedichte der *Fibel* ihr ‚Nichtgelingen' und beklagen ihre Unvollkommenheit. Das lyrische Ich ringt mit dem Zwiespalt zwischen poetisch-enthusiastischer Stimmung und der zähneknirschenden Frustration „ob des eignen unvermögens" (SW I, 18).

> Manchmal durchzuckt es mich wie heller strahl
> Es treibt mich an zu streben und zu schaffen
> Dann ängstigt mich der hindernisse zahl
> Und alle kräfte fühle ich erschlaffen.
> (SW I, 18)

Trotz der Ernüchterung bleibt das lyrische Ich immer von seiner dichterischen Entwicklungsfähigkeit überzeugt, wenn es auch den Grund des Scheiterns noch nicht klar benennen kann. Das mythologische Modell der Ikarus-Figur nutzt der Sprecher ebenfalls zu einer appellativen Selbstermutigung: „in wilde meereswogen/Sankst du hinab – nun hilf dir Ikarus!" (SW I, 41)

Wenn man bedenkt, dass George das Erscheinen der *Fibel* bewusst in die unmittelbare zeitliche Nähe zum *Teppich des Lebens* rücken wollte, ergibt sich zwischen den beiden Eröffnungsgedichten ein aufschlussreicher Bezug. Der Beginn des ersten *Fibel*-Gedichts „Ich wandelte auf öden düstren bahnen" (SW I, 13) liest sich dann als Parallele zur ersten *Vorspiel*-Zeile „Ich forschte bleichen eifers nach dem horte" (SW V, 10), insofern beide ein Fehlgehen und ein Ungenügen des Sprechers thematisieren. Das Eröffnungsgedicht der *Fibel* ist mit seiner Sonettform und Thematik zugleich ein Echo auf Georges Beschäftigung mit Petrarcas *Canzoniere*, aus dem er Abschriften und Übertragungen angefertigt hat.

> Ich wandelte auf öden düstren bahnen
> Und planlos floss dahin mein leben.
> In meinem herzen war kein hohes streben
> Es schien mich nichts an schönheit zu gemahnen.
>
> Da plötzlich sah ich – o wer sollt es ahnen –
> Ein himmelsbild an mir vorüberschweben ..
> In meinem innern fühlte ich ein beben
> Und Liebe pflanzte ihre siegesfahnen.
>
> Ist mir auch täuschung nur und schmerz geblieben
> Und kann ich Dich von glorienschein umwoben
> Anbetend und begeistert still nur lieben:
>
> So muss ich doch das gütige schicksal loben
> Das mich durch Deine hand zur tat getrieben
> Und zu den sternen mich emporgehoben.
> (SW I, 13)

Dem Mangel an Sinn für Schönheit, dessen sich das lyrische Ich in der *Fibel* anklagt, wird zwar bereits hier durch das ‚vorüberschwebende Himmelsbild' abgeholfen, aber ihre plastische Verkörperung erhält diese Schönheit erst im ersten *Vorspiel*-Gedicht in der Gestalt des Blumen bringenden Engels. So verhält sich dieses zum ersten *Fibel*-Gedicht wie die Vollendung zur Verkündung. Zudem ist die Erscheinung natürlich auch die Präfiguration der „herrin" (SW II, 10) aus dem Gedicht *Weihe* aus den 1890 erschienenen *Hymnen*, mit dem George sein Werk programmatisch begann. Entscheidend ist aber, dass bereits in diesem Gedicht aus der *Fibel*-Stufe die wenn auch nur momenthafte Begegnung mit einer Art Muse dem lyrischen Ich geradezu schockhaft die Liebe zur Schönheit einpflanzt. In ihrem Zeichen wird von nun an sein Leben stehen, sie wird es anbeten, für sie sich begeistern und leiden.

Einen erstaunlich prospektiven Charakter besitzt das erste *Fibel*-Gedicht auch durch seine Schlussverse. Indem sie davon sprechen, dass die erweckte Liebe zur Schönheit das Ich ‚zur Tat treibt' und ‚zu den Sternen emporhebt', führt es bereits Schlüsselbegriffe ein, die seit dem *Teppich des Lebens* im gedanklichen und bildsprachlichen Zentrum von Georges Werk stehen werden (und auf die zurückzukommen sein wird). In diesem Zusammenhang mag auf eine weitere Bedeutung des Wortes ‚Fibel' hingewiesen werden. Es bezeichnet ja auch die Spange, deren Name sich von dem lateinischen Wort ‚fibula' ableitet und die seit der frühen Bronzezeit zum Zusammenhalten eines Kleidungsstücks diente. Dabei verbanden sich ihre praktische und schmückende Funktion. Wie eine solche Fibel hält *Die Fibel* wesentliche Elemente des Georgeschen Werks zusammen.

Unter stilistischem Gesichtspunkt fallen in der *Fibel* Gedichte wie *Der See* und *Gelbe Rose* auf, die in ihrem malerischen Charakter auf symbolistische Techniken vorausweisen. Von dem letzteren existierte zuerst eine Version in Georges Kunstsprache *lingua romana*. Die Übersetzung der in der *lingua romana* geschriebenen Gedichte ins Deutsche und die anderen in der *Fibel* veröffentlichten deutschen Gedichte zeigen indes, dass George in dieser Zeit zwischen dem Kampf um eine poetische Bewältigung des Deutschen und einer Flucht vor den damit verbundenen Schwierigkeiten in eine künstliche Literatursprache hin und her schwankte. Tatsächlich dokumentieren etliche Gedichte der *Fibel*, dass George auf dieser frühen Entwicklungsstufe seines dichterischen Vermögens noch über kein eigenständiges Ausdruckssystem verfügte. Zur Illustration zitiere ich das Gedicht *Die Najade*:

Unter hohen waldesbäumen
Wo ein klarer quell entspriesst
Sizt ein jüngling dem in träumen
Leicht der tag vorüberfliesst.

Da tritt aus dem kühlen bade
Plötzlich vor der grotte rand
Lieblich schön die quell-najade
In hellschimmerndem gewand.

Sie bringt schnell ihn zum erwachen
Streuet blumen vor ihm hin
Und mit einem leisen lachen
Ging sie schnell wie sie erschien.

Er kniet hin mit offnen armen
Fleht nach ihr von wahn betört

Doch die nixe ohn erbarmen
Nicht auf seine stimme hört.

Nur das wasser schien zu lauschen
Auf die bitten die er sprach
Und aus seinem wellenrauschen
Klang ein leises kichern nach.

Oft noch wandelt er zur quelle
Manchmal noch sah er sein glück
Doch ein bild der flüchtigen welle
Wich es eilig stets zurück.

Da erfasst ihn ungemessen
Wilder schmerz .. er härmt sich ab
Nimmer kann er sie vergessen
Und der quell ward ihm zum grab.
(SW I, 14)

Das Gedicht ahmt noch sowohl in der Motivik, in der Wortwahl wie auch im leicht balladesken Tonfall sichtlich romantische Muster nach. Freilich weist es mit seinem Bild von den hingeschütteten Blumen auch bereits auf ein stehendes Motiv in Georges Lyrik voraus, das in bekannten Gedichten aus *Algabal*, aus dem *Jahr der Seele* oder dem *Teppich des Lebens* wiederkehren wird.

Das Gedicht *Die Najade* führt noch einmal in Georges Schulzeit zurück. Es gehört nämlich zu der Gruppe von Texten, die George in der von ihm herausgegebenen Schülerzeitschrift mit dem schönen Namen *Rosen und Disteln* veröffentlicht hatte. Carl Rouge, ein Schulkamerad, berichtet, dass George – trotz seiner Außenseiterstellung – sehr bald bemüht war, eine eigene Gemeinschaft um sich zu sammeln, da er „als eine ausgesprochene Führernatur [...] nur als Haupt einer von ihm selbst geschaffenen Vereinigung zu denken war."[3] Bei den Zusammenkünften dieses Kreises wurden selbstverfasste Werke vorgetragen, so dass bald die Idee entstand, diese literarische Aktivität nach außen hin sichtbar zu machen. Die Schüler stellten die eigenen Produkte zu einem in Handschrift vervielfältigten Heft mit dem Titel *Rosen und Disteln. Illustrierte Zeitschrift* zusammen, deren erste Nummer das Datum 20. Juni 1887 trägt. Georges Beiträge sind mit dem Pseudonym Ed. Delorme gezeichnet. Mit dem anonymen programmatischen Einleitungsgedicht *Rosen und Disteln (an unsre Mitarbeiter)* wird die für jeden zweiten

Montag vorgesehene Zeitschrift eröffnet. Offenbar ist es jedoch bei dieser einen Nummer geblieben.

Mit dem Zusatz „an unsre Mitarbeiter" spricht das Titelgedicht nicht ein rezeptives Publikum an, sondern zielt – wie später auch Georges Zeitschrift *Blätter für die Kunst* – vor allem auf den Kreis ihrer Beiträger und reklamiert so einen exklusiven Charakter. Die drei Strophen des Gedichts umreißen Zweck und Grundlage des Blattes. Man will der „Dichtung erste ‚Rosen'" sammeln und gegen „alles Thörichte" die Disteln des „Witzes und des Spottes" richten. Die letzte Strophe enthält ein jugendlich-idealistisches Bekenntnis zu einem dauernden „Freundschaftsband", in dem man auch die Voraussetzung für die gemeinsame Arbeit an der Zeitschrift sieht. In dem auf der zweiten Seite folgenden Vorwort *An die Leser* wird das Programm genauer gefasst. Da der Verfasser dieses mit ‚Die Redaktion' gezeichneten Vorworts mit aller Wahrscheinlichkeit George gewesen ist, will ich den ersten ‚dichtungstheoretischen' Abschnitt dieses Textes zitieren: „Die Zeitschrift, die mit dem heutigen Tage ins Leben tritt, spricht ihren Zweck in ihrem Titel aus. Artikel religiösen und politischen Inhalts streng ausscheidend, wird sie in Form von Romanen, Novellen, Aufsätzen (verschiedenen Inhalts) epischen lyrischen und dramatischen Gedichten ihre Leser zu unterhalten und zu belehren suchen. Um auch dem Geschmack an Witz und Humor Rechnung zu tragen, werden wir in einem besonderen Teil Anekdoten und illustrierte Witze veröffentlichen." Man merkt der Formulierung des letzten Satzes an, dass der Verfasser hier eher einer typischen Erwartungshaltung gegenüber einer Schülerzeitschrift Konzessionen macht, als aus eigener Überzeugung spricht. Allerdings hat George Edith Landmann gegenüber geäußert, „seine ersten Schriften seien satirisch gewesen" (EL 48). Satirische Tendenzen unterscheiden die *Rosen und Disteln* also noch nicht von anderen Schülerzeitschriften. Die Reserve gegenüber gesellschaftspolitischen Themen ist vermutlich vom Rechtsstatus damaliger Schülerzeitschriften mitbedingt. Jedenfalls wäre es spekulativ, hierin schon eine Vorwegnahme des poetologischen Selbstverständnisses zu sehen, dem George bei den Symbolisten in Paris begegnete und das sich dann in den Meksprüchen der *Blätter für die Kunst* findet. *Rosen und Disteln* bildet zu dieser Zeitschrift aber sicher strukturell und organisatorisch eine Vorstufe. Mit der Schülerzeitschrift macht sich Georges Streben nach einem literarischen Organ, durch das sich das künstlerische Engagement eines Freundeskreises aussprechen kann, erstmals geltend.

Im Zeitraum zwischen dem Erscheinen von *Rosen und Disteln* und der Gründung der *Blätter für die Kunst* trägt sich George ständig mit Zeitschriftenplänen und Ideen zur Organisierung eines Kreises von Freunden oder zumindest künstlerisch gleichgesinnten Menschen, die seine literarischen Vorhaben stützen könnten. Es ist höchst interessant, dass George unmittelbar nach dem Experiment mit den *Rosen und Disteln* – wahrscheinlich in den Sommerferien seines letzten Schuljahres – den Versuch unternommen zu haben scheint, den lockeren Beiträgerkreis der Zeitschrift in einen „Jugendbund" zu überführen. Jedenfalls kommt George auf dieses Vorhaben in einem Brief an Arthur Stahl vom 16. Juli 1888 zu sprechen, wo es heißt: „Es fällt mir grade ein, dass es jetzt ein jahr ist, da ich meine agitationsreise durch das grossherzogtum machte, und dass der projektierte Jugendbund ‚in die brüche id est teilweise in die brüche' ging."[4] Georges Schulabschluss im März 1888 bedeutete daher zunächst kein Ende des Kreises der Mitarbeiter an *Rosen und Disteln*. Schon Ostern lud er zu einem ‚Dichtercongress' nach Bingen ein. Carl Rouge lieferte in einem Brief an Arthur Stahl eine lebendige Schilderung des ‚Dichtercongresses', der Anfang April in Bingen stattgefunden hatte. „Die sprühenden Funken des Witzes flogen vereint mit ästhetischen u. philosophischen Bonmots durch die mit Hieroglyphen bedeckte Bude. Damals schüttelten wir philosophische Ideen aus dem Ärmel, u. Kunst und Leben zogen vereint durch den – im eigentlichen Sinne des Wortes – espritvollen Raum. Damals gründete sich eigentlich unsere Freundschaft, denn damals brachte jeder seine ganzen Geistesschätze ans Licht, u. man erkannte, was man sich sein konnte. Dieser Jahrestag unserer Verbrüderung wird hoffentlich auch in Zukunft wieder einmal uns vereint sehen."[5]

Rouge spricht in diesem Brief von drei anwesenden ‚Dichtern', es ist denkbar, dass der dritte der Mitschüler Georg Böttcher war, der unter dem Pseudonym G. Tonnelier als einziger neben George, Rouge und Stahl zu *Rosen und Disteln* beigetragen hatte. Eigentlich hatte auch Arthur Stahl teilnehmen sollen, er entzog sich der Einladung aber, da er sofort nach dem Abitur seinen Militärdienst in Gießen angetreten hatte. George war ziemlich verschnupft ob dieser Absage, zumal er Stahl gerade erst durch die Zusendung einer Fotografie von sich quasi gelockt hatte. Das Versenden oder die Übergabe einer Fotografie, die ihn selbst zeigte, praktizierte George von Anfang an als Akt der Auszeichnung, der den Empfänger ihm auf besondere Weise verbunden machen sollte. Das zeigt, welch hohen Stellenwert George von Beginn an der Fotografie beimaß und wie sehr er von ihrer symbolischen Wirkkraft überzeugt war. Denn natürlich sollte der Empfänger die Fotografie mit seinem Konterfei nicht in ein Fotoalbum einkleben oder gar in einer Schublade verwahren. Georges Erwartung war es vielmehr, dass sie an sichtbarer Stelle auf dem Schreibtisch oder an einer Wand des Arbeitszimmers platziert würde. Darin sollte sich die persönliche Verbundenheit manifestieren, nicht im Sinne einer ‚Big Brother'-Dauerpräsenz, sondern als Zeichen von Freundschaft und treuem Gedenken. Georges Wut darüber, dass Stahl trotz dieser Ehre nicht nach Bingen zum ‚Dichtercongress' kam, entlud sich in einem dreiseitigen auf Latein abgefassten Brief unter dem Datum ‚25 ad diem essendi congressi'.

In London und einige Monate später war der Zorn wieder verflogen, und außerdem konnte George auf Stahls weitere Bereitschaft zur Mitwirkung an gemeinsamen dichterischen Aktivitäten nicht verzichten, solange sich keine Alternativen auftaten. So teilte er ihm in dem Brief vom Juli aus London mit, dass er für Herbst eine weitere Zusammenkunft plane, auf der inzwischen entstandene eigene Dichtungen zur Begutachtung vorgelegt werden sollten. Dieser Plan zerschlug sich aber.

Reisen durch Europa I: London und der ‚mappe'-Plan

Bald nach Mitte April 1888 brach Stefan George zu seiner ersten längeren Reise auf, die ihn nach London führte. Er blieb dort bis Anfang Oktober. Der äußerliche Zweck bestand darin, die Zeit bis zur Aufnahme eines Studiums für die Optimierung seiner Fremdsprachenkenntnisse zu nutzen. Das Englische beherrschte George deutlich weniger gut als das Französische. Hinzu kam indes der massive Drang, der erstickenden Atmosphäre in Deutschland zu entrinnen. Aus dem Jahr 1911 überliefert der spätere Romanist Ernst Robert Curtius Georges Worte: „In Deutschland wars damals nicht auszuhalten; denken Sie an Nietzsche! Ich hätte eine Bombe geworfen, wenn man mich hier festgehalten hätte; oder ich wäre wie Nietzsche zugrundegegangen."[6]

George stieg in einer Privatpension im nördlichen Stadtteil Stoke ab und fand warme Aufnahme bei seiner landlady Caroline Mess, die ihm zum zwanzigsten Geburtstag eine Dickens-Ausgabe schenkte. Noch nach seiner Rückkehr schickte sie ihm einen Gruß nach Bingen, in dem es hieß: „we have never had a more quiet and in every respect more gentlemanly behaved boarder than you." (RB II, 273) George absolvierte in London das übliche Besichtigungsprogramm. Im Mai schrieb er an Stahl: „Ich habe all die hauptsachen Westminster Abbey St Pauls Cathedral National gallery gesehen und bewundert. [...] Alles eminent grossartig superbe magnifique."[7] Was die Menschen angeht, richtete sich seine Aufmerksamkeit vor allem auf das weibliche Geschlecht. Der Brief geht weiter: „Kürzlich war ich auch im Hydepark. Ui was ladies zu fuss zu wagen zu ross. Von jetzt ab lass ich auf die englischen ladies nichts mehr kommen. Übrigens werden sie mir hier in der Familie, wo ich bin, dutzendweise vorgestellt." Zum Exempel erwähnt George im selben Brief drei „ladies im alter von 13–16 circa", von denen eine namens Mabel ihm durch ihr „Desdemonagesicht" auffällt. Die Briefpassage mündet in einem halb verschwörerischen, halb verheißungsvollen Ton: „vielleicht hörst du später noch etwas von ihr pssssst.–" Im August rapportiert ein Brief an Stahl weitere weibliche Bekanntschaften, die George in seiner Unterkunft vermittelt wurden. Er hebt neben einer ‚strammen' Holländerin und einer Irin mit italienischem Vater ganz besonders eine ‚kohlenpechschwarze' und keineswegs hässliche indische Prinzessin hervor und kommt zu dem summarischen Befund: „ich habe hier wahrlich eine ausgezeichnete gelegenheit, nicht nur Engländerinnen sondern frauen überhaupt kennen zu lernen."[8] Im selben Brief berichtete George enthusiastisch über den Besuch einer französischsprachigen Aufführung des Theaterstücks *Die Kameliendame* von Alexandre Dumas d. J., in dem die damals angesagteste Schauspielerin, Sarah Bernhardt, ihre Glanzrolle spielte. Er kommentierte: „Ich sage nur eins: ‚grossartig riesig'. Man ist fast noch mehr entzückt von ihrer unaussprechlich melodischen stimme, als von den mimischen gewandtheiten und der leidenschaft ihres spiels. Ich war auch ganz entzückt." Auch einen Ausflug nach Brighton, „eines der fashionabelsten seebäder in England", unternahm George. Zu seiner Lektüre gehörten Romane von Edward Bulwer-Lytton, dessen *Pelham* ihm „ein ausgezeichnetes bild der englischen gesellschaft und besonders des high-life"[9] lieferte.

Der Aufenthalt in London hatte für die persönliche Entwicklung Georges und seiner literarischen Pläne eine eminente Bedeutung. Als Arthur Stahl, der am 1. April gleich seinen Militärdienst angetreten hatte, ihm Ende April schrieb, dass er erwarte, „dass Dein kosmopolitischer, drängender und stürmischer Geist in der Fremde etwas gezügelt wird",[10] handelt er sich Georges entschiedenen Widerspruch ein: „Wenn Du meinst dass ich hier meinen Kosmopolitismus ablege bist Du irr Du triffst den Nagel auf die Spitze. Grade dadurch dass ich in dem (persönlicher Freiheit unendlich mehr gestattendem) lande bin, werde ich ein vollständiger Kosmopolit und dass ich nicht daran bin, nach der andren Seite umzukippen, und Engländer zu werden, daran hindert mich die ueberzeugung, dass auch bei uns viele einrichtungen besser sind, dass es in anderen landen noch bessere gibt, die ich alle mit eignen augen zu besehen und zu beurteilen gedenke."[11] Als Stahl Georges Schilderungen des weltmännischen Lebens in London mit detaillierten Auskünften über seinen Militärdienst beantwortet, nennt George diesen militärischen Tagesablauf „narrenpossen" und fährt ironisch fort: „Du musst übrigens wissen, dass ich in England immer kosmopolitischer werde und ich bitte Dich daher meine briefe mit allenfalsigen anstössigen bemerkungen gut zu verbergen, auf dass nicht eine preussische schnüffelnase durch Deine commode oder schrank hindurch lunte riecht."[12] Die Debatte um Pro und Contra des Militärdienstes setzte sich zwischen George und Stahl noch bis in das Jahr 1889 fort, als George bereits in die Schweiz gereist ist. Stahl, der inzwischen auch einer Burschenschaft beigetreten ist, verteidigt das Militär als ‚Schule des Lebens' und vertritt die Ansicht, es verleihe dem Menschen größere Festigkeit, während der Reisende doch immer ein Fremder bleibe und sich seiner Umgebung anpasse. George hält dagegen: „Um die praktischen sachen zu erlernen um in verschiedenen lebenslagen sich schlagfertig und gewachsen zu zeigen braucht man nicht zum militär zu gehen. Das will ich Dir einfach sagen gehe auf reisen wie ich gehe nach England nach Frankreich und nach der Schweiz etc. und ich garantiere Dir, dass Du da in allen lebensumständen gewitzigt wirst."[13] George holt in diesem Brief sogar zu einer weit ausgreifenden kulturhistorischen Argumentation aus, um die Vorteile einer ethnischen Durchmischung für die Entwicklung der geistigen Freiheit und Souveränität eines Volkes zu erläutern. Gerade die Rheinhessen gelten ihm als einschlägiges Exempel für diese Beobachtung. „Der Rhein war stets eine große verkehrsstrasse und die großen landrouten führten durch unser land. Bei allen invasionen haben die rheinhessen ferner am meisten nicht nur zu leiden gehabt sondern auch profitiert und magst Du sagen was Du willst ich werde Dir haarklein beweisen, dass die französische herrschaft (so kurz sie auch gedauert hat) kein unwichtiges moment in der ausbildung unseres volksgeistes war. Berührung mit anderen völkern anderen sitten anderer weisheit (das ist das pferd auf dem ich so gerne trabe) ist das beste mittel zur ausrottung aller steifheit aller verblendung alles stumpfsinns aller knechtschaft kurz aller schlimmen ungeschicke der völker.."[14]

Diesem Zuwachs an Internationalität verdankt auch ein Projekt seine Existenz, das unter der Bezeichnung ‚mappe-plan' einen neuen Schritt auf dem Wege zu den *Blättern für die Kunst* darstellt. Nachdem George knapp fünf Monate in London verbracht hatte, kehrte er für einen Monat nach Bingen zurück, um bereits Ende Oktober wieder aufzubrechen. Zu einem neuerlichen ‚Dichter-Congress', den George in einem Brief an Stahl für Herbst in Aussicht gestellt hatte, kam es offenbar nicht. Diesmal führte ihn seine Reise ins schweizerische Montreux. Von dort schrieb er am 1. Dezember an Stahl: „Kommen wir rasch zu dem punktum importantum zu dem ‚mappe-plan'. Was denkst du davon und glaubst dass in der form in der ich ihn Rouge mitgeteilt habe, er auszuführen ist? [...] Ich könnte vielleicht auch hier einige französische poeten anwerben, ich will mir wenigstens alle mühe geben.

Auch meinen freund in England [Thomas Wellsted] will ich um beiträge bitten so dass unsere mappe sozusagen die erste ‚Internationale' einrichtung dieser art würde." (RB II, 29) Gegenüber der durchgängigen Kleinschreibung in diesem Brief sticht das großgeschriebene und in Anführungszeichen gesetzte Wort ‚Internationale' ab. Es dürfte sich dabei um eine bewusste Anspielung auf den Namen der 1864 in London gegründeten ersten sozialistischen Internationale handeln. Es ist nicht unwahrscheinlich, dass Georges Vorstellung einer übernationalen, europäischen Vereinigung von Dichtern gleicher oder verwandter Kunstanschauungen in London durch die damals fortschrittlichen Organisationsformen der Arbeiterbewegung angeregt wurde. In einem Brief aus London an Stahl klagt George über den „trocknenden sturm unserer zeit, in der lüge und narrheit um die oberherrschaft ringen."[15] In dem bereits zitierten Brief an denselben Adressaten vom Januar 1889 gewinnt seine Zeitkritik sogar einen explizit gesellschaftspolitischen Charakter. George war dort in Berührung mit adligen Kreisen geraten und hatte sich aktiv an einer Liebhaberinszenierung von Molières *Der Menschenfeind* beteiligt. Er schreibt Stahl amüsiert: „Wir führen Molières ‚Misanthrope' auf und mir ist die titelrolle zugefallen. Ich wünsche Du würdest mich hören französisch parlierend, im Costüm Louis XIV [...]. Kannst du dir etwas gegensätzlicheres vorstellen, als dass ich, der Socialist Communard, Atheist mit einem deutschen Herrn Baron, im hause eines professors der theologie, umringt von einer ganzen kette von Highlifedamen Komödie spiele?"[16]

Die so bereichernde ‚Berührung mit anderen völkern' wollte George auf der Ebene der Kunst mit seiner internationalen ‚Mappe' realisieren. Sie sollte zeitgenössische deutsche, englische und französische Dichtungen in den Originalsprachen enthalten. Offensichtlich fanden sich aber zunächst keine Beiträger für die damals kühne Konzeption. Das Projekt kam über die Planungsphase nicht hinaus. Ein Faktor für das Scheitern des Projekts war auch die immer unübersehbarer werdende Kluft zwischen George und seinen einstigen Mitstreitern in Bezug auf ästhetische Fragen und das literarische Selbstverständnis. Arthur Stahl hatte George bereits um die Jahreswende 1888/89 in mehreren Briefen gestanden, seine lyrische Produktion sei „beinahe ganz eingefroren".[17] Carl Rouge war hingegen umso produktiver. Er wechselte mit George seit dessen Aufbruch nach London meist beiderseits neunseitige Briefe – bedingt durch die Faltung des von beiden verwendeten Briefpapiers und den oft sich über Tage oder Wochen erstreckenden Schreibzeitraum –, in denen er sowohl als Kritiker von Georges Dichtungen als auch als Kommentator eigener literarischer Projekte agierte. Gleich zu Beginn dieses umfangreichen Briefwechsels breitet er vor George seine literarischen Pläne für die kommenden zwanzig Jahre aus und schließt mit dem nicht ganz unbescheidenen Ausblick: „Wenn wir beide einst unseren Briefwechsel herausgeben, wird er ohne Zweifel interessanter sein, als der Schillers und Goethes, meinst du nicht?“[18] Rouge sah sich eher als Dramatiker denn als Lyriker und motivierte George mehrfach, seine dramatischen Versuche fortzusetzen. Aus seinem Brief vom Juni 1888 weiß man, dass George an einem Stück mit dem Titel *Die Massageten* arbeitete, über das er Rouge offenbar schon vor seiner Abreise nach London erzählt hatte. Georges Beschäftigung mit dem Drama reicht in seine Schulzeit zurück. Im Gegensatz zu dem Stück *Die Massageten*, von dem sich wohl keine ausgearbeiteten Teile erhalten haben,[19] existieren Szenen von den drei Dramenansätzen *Manuel*, *Phraortes* und *Graf Bothwell*. Während George selbst einzelne Szenen aus zwei Werkstufen des *Manuel* in die *Blätter für die Kunst* aufnahm, erschienen die Fragmente der beiden anderen erst aus dem Nachlass.[20] Beide handeln von Königinnen, die sich in politischen Drucksituationen klug, stolz, diszipliniert und – im Falle der Maria in *Graf Bothwell* – tapfer im Schmerz zeigen. Vom Milieu her erinnern beide Stücke deutlich an Schiller, dessen *Maria Stuart* der Name Bothwell entnommen ist. Der Stoff des *Phraortes* stammt aus dem ersten Buch von Herodots *Historien*. Auch die im Mittelpunkt stehenden Themen wie die Spannung zwischen Pflicht und Neigung oder die Standfestigkeit in einer intriganten Umgebung passen zu Schiller.

In seiner Zeit als Gymnasiast in Darmstadt war George ein regelmäßiger Besucher des Großherzoglichen Hoftheaters. Es bot das klassische Repertoire, zu dem auch Shakespeare und Wagner-Opern gehörten. In der Spielzeit 1886/87 konnte George dort mit der Aufführung von Henrik Ibsens *Die Stützen der Gesellschaft* aber auch ein Stück eines zeitgenössischen Autors sehen, der den aktuellen, kritischen Zeitgeist repräsentierte. Der Dichter Karl Wolfskehl, seit 1892 ein enger Freund Georges, der gleichzeitig mit ihm das Ludwig-Georgs-Gymnasium besucht hatte, prägte im Rückblick auf diese Jahre sogar den Begriff einer ‚Ibsen-Jugend‘. Die Verpflichtung auf die Wahrheit und das Streben nach sittlicher Idealbildung, in deren Zentrum eine geradezu obsessive Entlarvung von Lüge und Phrasenhaftigkeit gestanden habe, seien deren oberstes Gebot gewesen. Wolfskehl erinnert sich daran, dass sie „die Selbstbeobachtung, Selbstschau, Selbstprüfung [...] ins Äußerste getrieben“[21] und „das Bewahren des seelisch Ursprünglichen, Unbeeinflußten, Starken“ als Ziel angesehen hätten. George begeisterte sich an Ibsens Stücken und eignete sich sogar in kürzester Zeit so viel Kenntnis des Dänischen an, dass er vier seiner Werke ganz oder teilweise übersetzte. Die Auswahl der beiden vollständig übersetzten Stücke *Catilina* und *Nordische Heer-*

fahrt legt mit den Themen des Umsturzes in einer moralisch verkommenen Gesellschaft und der Besinnung auf das Dichteramt nach schweren persönlichen Verlusten nahe, dass Georges Motive „auch identifikatorischer Natur"[22] gewesen sind.

Den wichtigsten Stellenwert unter Georges frühen dramatischen Versuchen nimmt sein Stück *Manuel* ein, über das er sich mit seinen dichterischen Mitstreitern Rouge und Stahl mehrmals austauschte. Eine erste Fassung von 1886 hatte George in London wieder vorgenommen, ohne dass die Überarbeitung ihn völlig befriedigen konnte. An Stahl schrieb er über seine Selbstzweifel in Bezug auf die nächsten literarischen Pläne, wobei er zwischen einer Abkehr von der Lyrik und einer Abkehr von der Dramatik schwankte: „Lache mich nur aus; aber ich weiss wirklich selbst nicht, was ich von mir halten soll. Ob ich Drama schreiben soll? Ob nicht – ich mache dann auch in meinem ganzen leben keine Lyrik mehr – Mein ‚Manuel', den ich fertig vor mir sehe, der vor seiner vollendung mich so sehr ermutigte, giebt jetzt mir durchaus keine ermutigung mehr, ich weiss selbst nicht warum. – Ich glaube ich habe Dir schon geschrieben, dass ich grosse erwartungen auf jene arbeit setzte und dass alles so zurückblieb resp. so anders wurde; nicht anders wie ich es gewollt, sondern anders wie ich es gehofft; das ist allerdings eine etwas unklare ausdrucksweise, aber klarer kann ich es eben zu papier nicht bringen. [...] Mir aber ist nichts klar. Ich weiss nicht ob ich nach ‚Manuel' überhaupt wieder ein Drama beginnen soll; obgleich der stoff vorliegt und wider meinen willen allmählich klarere formen annimmt. Doch genug von dieser beichte."[23] Die in diesem Brief geäußerte Hoffnung, auf der bevorstehenden Reise nach Montreux „mein zweites Drama zu fixieren oder niederzuschreiben", erfüllte sich indes nicht. Anfang Januar teilte George Stahl mit: „Also ich gebäre oder suche zu gebären. Doch die Sache geht nicht vonstatten; die Luft hier ist lyrisch, episch vielleicht, doch wenig dramatisch."[24]

Reisen durch Europa II: Paris und die Begegnung mit dem Symbolismus

Die Würfel für das Lyrische fielen dann in Paris. Nach einem etwa fünfwöchigen Aufenthalt in Ponte Tresa und Mailand in Oberitalien, den George von Ende Februar bis Anfang April von Montreux aus unternahm, kehrte er wiederum nur für kurze Zeit nach Bingen zurück und brach dann nach Paris auf. Auf Empfehlung seines Darmstädter Englischlehrers Gustav Lenz quartierte sich George im April 1889 im Hôtel des Américains im Quartier Latin ein, wo er bis zum August blieb. In diesem Hotel lernte er gleich am ersten

Tag den mit Lenz korrespondierenden französischen Dichter Albert Saint-Paul kennen, der ihn in die Geschichte der französischen Literatur einführte und ihm zeitgenössische Lyrik vorlas. In diesen Sitzungen dürfte George erstmals mit den *Fleurs du mal* von Charles Baudelaire in Kontakt gekommen sein und fast unmittelbar darauf damit begonnen haben, daraus zu übersetzen.[25] Außerdem begann George aus etlichen zeitgenössischen französischen Gedichtbänden Texte abzuschreiben, um seine Kenntnis der symbolistischen Dichtung durch den Nachvollzug ihrer Formen und Klänge zu vertiefen. Er legte dazu ein eigenes Verzeichnis an, das er in der Folgezeit um Beispiele aus der spanischen, italienischen und englischen Dichtung erweiterte und das schließlich 365 Texte umfasste.[26]

Saint-Paul machte George mit der literarischen Szene in Paris persönlich bekannt. Er führte ihn mit Paul Verlaine zusammen, auf dessen Gedichtband *Sagesse* er George hinwies. Weiterhin brachte Saint-Paul ihn mit Albert Mockel zusammen, der mit Henri Régnier und Pierre Olin die symbolistische Zeitschrift *La Wallonie* herausgab. Außerdem lernte George Redakteure und Mitarbeiter der Zeitschriften *La Plume* wie Léon Deschamps, Stuart Merrill und Jean Moréas, den Herausgeber der *L'Ermitage* Henri Mazel und den Redakteur René Ghil von den *Ecrits pour l'Art*, die offenbar später für den Namen der *Blätter für die Kunst* Pate gestanden haben, kennen.

Die wichtigste Bekanntschaft jedoch, die Saint-Paul George vermittelte, war diejenige mit Stéphane Mallarmé. „Es klingt wie eine Sage, wenn man hört, dass George schon bei seinem ersten Pariser Aufenthalt [...] Stéphane Mallarmé an dessen berühmten Dienstagabenden in der Rue de Rome kennengelernt habe."[27] Albert Mockel erinnerte sich in einem Text anlässlich von Georges 60. Geburtstag, wie er und Saint-Paul den jungen Deutschen bei Mallarmé einführten: „Als Albert Saint-Paul und ich den Meister und verehrten Freund baten, Stefan George zu ihm führen zu dürfen, befragte Mallarmé uns über den neuen Besucher. ‚Hat er Gedichte veröffentlicht? Ein eigenes Werk?' ‚Nein', erwiderten wir, ‚aber er übersetzt die ‚Fleurs du mal' in Versen – und er erinnert uns an den jungen Goethe, den Goethe vor Werther.' Mallarmé blickte uns lächelnd an. ‚Gut', schloss er, ‚ich erwarte ihn Dienstagabend, Euren jungen Goethe. Aber bringt ihm bei, wie vergeblich es ist, sich um Charlottens willen zu erschießen.' Es war also unter einer recht großartigen Bezeichnung (von der er selbst übrigens ganz und gar nichts wusste), dass Stefan George in die Rue de Rome eingeführt wurde."[28]

Auf diesen Jours bei Mallarmé begegnete George der *Crème de la Crème* der zeitgenössischen symbolistischen Schriftsteller. Darunter waren außer etlichen der Genannten noch Philippe-Auguste Villiers de l'Isle-Adam, Achille Delaroche, Pierre Louys, Camille Mauclair und André Gide. George geriet also in Paris direkt in die Kernzone der symbolistischen Dichtung. Im Kreise um Mallarmé traf er auf eine Auffassung von Kunst, die seinen noch tastenden Vorstellungen Kontur und Orientierung gab. Dabei begegnete er in der Person von Stéphane Mallarmé einem Typus von Dichter, der nachhaltig auf sein schriftstellerisches Selbstverständnis wirkte. Zu Recht spricht Ludwig Lehnen, der die Bedeutung Mallarmés für George detailliert untersuchte, von einem „Schlüsselerlebnis".[29] Mallarmé, der von den Geladenen auf seinen Jours als ‚Maître' angesprochen wurde, muss George wie eine ideale Verkörperung dessen erschienen sein, was ihm als das Dichterische vorschwebte, eine die ganze Persönlichkeit umfassende ästhetische Durchformung von Haltung, Gestik, Sprache und sozialer Gebärdung. George selbst hat gegenüber Kurt Breysig rückblickend davon gesprochen, dass die Beeinflussung zunächst weniger auf dem Gebiet der Sprache als „auf das tiefste in der Gebärde des Lebens" lag (KB 16). Mallarmé zelebrierte die Zusammenkünfte des um ihn zentrierten Cenacle als eine ritualisierte Sozialform. Vor seiner Lesung lud er ausgewählte Teilnehmer zu Einzelgesprächen ein, danach stand allen Hörern das Recht auf eine Frage zu. Die Jours waren ganz darauf orientiert, den Zugehörigen das Bewusstsein von gesellschaftlicher Exklusivität zu vermitteln. Exklusivität auf doppelte Weise: einmal im sozialen Sinn als Elite, einmal im ästhetischen als Bewohner des Reichs der Kunst, das einen Gegenentwurf zur profanen Welt bildete. Die absolute Poesie, literaturhistorisch betrachtet die logische Schlussfigur des Konzepts von der Autonomie der Kunst, war das dichtungstheoretische Kernstück des Symbolismus, in den George in Paris auf dem Zenit seiner Entwicklung eintauchte.

Der Begriff Symbolismus war, als George im Mai 1889 nach Paris kam, noch keine drei Jahre alt. Er war am 18. September 1886 von Jean Moréas in einem Artikel im *Figaro* geprägt worden. Das Phänomen hatte zu diesem Zeitpunkt aber schon eine längere Vorgeschichte, die man in zwei Phasen einteilen kann. Die erste ist markiert durch das Werk von Charles Baudelaire, dessen Gedichtband *Die Blumen des Bösen (Les Fleurs du Mal)* von 1857 gewissermaßen der Gründungstext des Symbolismus und wohl überhaupt einer der wichtigsten Gründungstexte der modernen Literatur war. Baudelaire vereint in seiner Poetik auf spannungsreiche Weise den Anspruch der dichterischen Fantasie auf die Erschaffung einer eigenen, neuen Welt mit der alten Idee der Entzifferung des Geheimnisses der göttlichen Schöpfung mit poetischen Mitteln. Daher kann er gleichzeitig proklamieren, die dichterische Fantasie bringe die Sensation des Neuen hervor, als auch, die Welt sei „ein hieroglyphisches Wörterbuch", demgegenüber der Dichter als „ein Übersetzer, ein Dechiffrierer" agiere.[30] Man könnte sagen, dass Baudelaire die archetypische Rolle des Dichters als Seher mit der modernen des Dichters als Artist verschmolz.

Die zweite Phase wird durch die Entfaltung der Werke von Paul Verlaine, Stéphane Mallarmé und Arthur Rimbaud repräsentiert. Die Phase, in die George in Paris hineingerät, kann man als eine dritte ansehen, in der sich der Symbolismus zu einer Dichterschule entwickelt hat. Hierher gehören die schon genannten recht zahlreichen symbolistischen Zeitschriften.

Der symbolistische Stiltypus, schreibt Paul Hoffmann in seiner einschlägigen Monographie, sei im wesentlichen bestimmt durch die Idee der ‚poesie pure', also der reinen Poesie, für die jeder intentionale Umgang mit Literatur, das heißt Beschreibung, Belehrung, Polemik dem eigentlichen Zweck der Kunst widerspricht.[31] Dementsprechend richtet sich die Intention des Symbolismus auf die Sprache selbst. Aus einem neuen Sprachbewusstsein heraus bedeutet symbolistisches Dichten die Aktivierung bislang weitgehend vernachlässigter Möglichkeiten der Sprache, die Konzentration auf ihren Schriftcharakter, die Entfaltung der suggestiven Wirkung von Rhythmus und Klang, die bis zur ‚Musikalisierung' der Sprache reicht, die Freisetzung von Assonanzen und Polyvalenzen, also das Ausschöpfen von Bedeutungs- und Anspielungsräumen, die Verschärfung der Spannung zwischen Konkreta und Abstrakta, eine Verabsolutierung der Metaphorik.

Moréas entwickelte in seinem *Figaro*-Artikel[32] die Definition des Symbolismus mit Blick auf die Werke von Baudelaire, Verlaine und Mallarmé. Er grenzt die symbolistische Poesie zunächst gegen alle Elemente des Deklamatorischen, des Deskriptiven und der falschen Gefühligkeit ab und geht auf das für ihn zentrale Verhältnis von Symbolik und Idee ein. Moréas kommt zu dem Resultat, dass sich in der symbolistischen Kunst die Bilder der Natur, die Handlungen der Menschen und alle konkreten Dinge und Phänomene als Gefühlserlebnisse (‚des apparences sensibles') manifestieren und eine geheimnisvolle Verwandtschaft (‚affinités ésotériques') mit den ursprünglichen Ideen (‚Idées primordiales') besitzen.

Jean Moréas gibt weiterhin erste Hinweise auf die konkreten ästhetischen Gestaltungsprinzipien des symbolistischen Kunstwerks, wenn er „unverbrauchte Worte, abwechselnd streng geformte und frei schwebende Sätze, bedeutungsvolle Pleonasmen, mysteriöse Wortauslassungen, Durchbrechungen der strengen Grammatik, bildhafte, gewagte und vielgestaltige Ausdrücke" nennt.[33] Hinzufügen kann man sicher die Musikalisierung der Sprache, die sich ebenso auf den Rhythmus auswirkt wie auf die bewusst eingesetzte Klangqualität. Es ist ebenso ein malerisches Element festzustellen, das sich in der hohen Zahl an Farbattributen manifestiert. Dabei lässt sich beobachten, dass die symbolistische Palette zum einen eine besondere Vorliebe für durchgeistigte Farben wie Azurblau, Weiß und alle bleichen Farbtöne hat, andererseits aber auch gerne mit kräftigen Kontrasten und mit regelrechten Farbfeuerwerken arbeitet. Die Aspekte der Musikalisierung und des Malerischen dienen zusammen der Erzeugung einer Art Synästhesie, also des Zusammenspiels und der Aktivierung verschiedener Sinne beim Leser.

Als Paradebeispiel für das „Sichtbarmachen der Idee im Material der Kunst"[34] gilt seit je eines der bekanntesten Gedichte von Baudelaire, nämlich *Correspondences*. Diesem Gedicht wurde der Stellenwert eines symbolistischen Programmgedichts *avant la lettre* zugesprochen. Es gehört zu denjenigen, die George am frühesten übertragen hat.

Einklänge
Aus der natur belebten tempelbaun
Oft unverständlich wirre worte weichen ·
Dort geht der mensch durch einen wald von zeichen
Die mit vertrauten blicken ihn beschaun.

Wie lange echo fern zusammenrauschen
In tiefer finsterer geselligkeit ·
Weit wie die nacht und wie die helligkeit
Parfüme farben töne rede tauschen.

Parfüme gibt es frisch wie kinderwangen
Süss wie hoboen grün wie eine alm –
Und andre die verderbt und siegreich prangen

Mit einem hauch von unbegrenzten dingen ·
Wie ambra moschus und geweihter qualm
Die die verzückung unsrer seelen singen.
(SW XIII/XIV, 14)

Das Sonett beginnt mit der Bezugnahme auf eine lange mystische Tradition, die in der Natur einen lebendigen sakralen Raum sieht. Man kann an Johann Georg Hamanns Wort denken, dass die Natur das Buch Gottes sei, oder an Novalis, für den die Natur eine Geheimschrift darstellte, deren Hieroglyphen zu entziffern sind, um das Geheimnis des Daseins zu verstehen. Baudelaire selbst hat erklärt, dass für ihn „Form, Bewegung, Zahl, Farbe, Duft, im *Geisti-*

gen wie im *Natürlichen* [...] spiegelbildlich, *korrespondierend*“[35] seien. In der zweiten Zeile sind wir mit ‚unverständlich wirren Worten‘ konfrontiert, die die Natur spricht. Es ist eine dunkle, orakelhafte Sprache, die nicht immer vernehmbar und noch seltener verständlich ist. Die belebte Natur tauscht Blicke, Echos, Dunkel und Helligkeit. Sie veranstaltet eine synästhetische Orgie, die aus Gerüchen, Farben, Tönen und Lauten besteht. Die beiden Terzinen des Sonetts greifen den olfaktorischen Sinn heraus und breiten das ganze Spektrum dieser Gerüche aus, wobei sie sie zu einer Opposition aufsummieren. Den frischen und süßen stellt das Gedicht die verderbten und prangenden als die stärkeren gegenüber. Ihr Exotismus transportiert das verführerische Versprechen von Entgrenzung, und der letzte Vers gesteht ein, dass die kollektive Sprecherinstanz sich dieser Verführung hingibt. Die Düfte öffnen eine Unendlichkeit an Assoziationen, in denen Sinnlichkeit und Geist ekstatisch verschmelzen. Es ist eine Stelle, an der ein typisch symbolistisches Verfahren Anwendung findet. Baudelaire nimmt die Übertragung von seelischem Zustand in ästhetische Sensation vor.

Die exotischen Gerüche – der geweihte Qualm dürfte im Übrigen Weihrauch sein – singen die seelische Verzückung. Die Gerüche lösen also keine Verzückung aus, ihr Duft *ist* Verzückung. Das ist ein Kernsatz jeder Autonomieästhetik: Worte drücken nicht irgendetwas aus, sondern sie sind es. Etwas später wird es bei Hugo von Hofmannsthal in seinem *Gespräch über Gedichte* heißen: „Symbol [ist] das Element der Poesie, und darum setzt die Poesie niemals eine Sache für eine andere: sie spricht Worte aus, um der Worte willen, das ist ihre Zauberei.“[36] Der Zauber, der durch das Aussprechen der Worte bewirkt wird, besteht im Transzendieren der Wörtlichkeit in Richtung auf das Ideenhafte. Das ist der platonische Kern des Symbolismus. Er ist „das gleichzeitige Erleben von Sein und Sinn, Wesen und Form, und zwar Erleben des Sinnes im Sein, des Wesens in der Form.“[37]

Fragt man nach der höchsten Idee, die die symbolistische Kunst versinnbildlichen will, lautet die Antwort wohl ‚Schönheit‘. Sie ist die Leitidee, um deren ästhetische Evokation und explizite Beschwörung alle symbolistischen Werke kreisen. Diese Verabsolutierung der Idee der Schönheit führt wiederum dazu, dass andere Sphären als die Ästhetik nur eine nachgeordnete oder gar keine Rolle spielen, das heißt: Die Schönheit ist ein absoluter Wert, der durch keine Rücksichtnahme auf Moral, Gesetz oder soziale, gesellschaftliche Aspekte relativiert werden dürfte. Sie ist a-moralisch und a-sozial, ein außermoralischer und außergesellschaftlicher Wert.

Der Tatbestand, dass die Bestimmung der symbolistischen Ästhetik in der Evokation und Verherrlichung der Schönheit liegt, führt logisch dazu, dass sie religiomorphe Züge annimmt, denn sie ist ein Kult um die Schönheit, ein Dienst an der Schönheit. Mit ‚religiomorph' meine ich eine Kunst, die in ihrer Formensprache und ihrer geistigen Haltung sich an den religiösen Formen und Haltungen orientiert, ohne sie ersetzen zu wollen. Die religiomorphe symbolistische Kunst entfaltet ganz offen den Anspruch, dem Kult um eine transzendente Idee wie der der Schönheit zu dienen. Der Kult um die Schönheit ist mehr als ein Spiel, mehr als eine bloße poetologische Pointe, er ist sozusagen das heilige Feuer des Symbolismus, sein Credo und ganzer künstlerischer Ernst. Deshalb fehlt dem Symbolismus auch jede Form von Humor, Komik oder Satire. Diese unernsten Gefühle sind ihm wesensfremd.

Es bietet sich an, der Idee der Schönheit vielleicht noch ein *epitheton ornans* voranzustellen, das ihren die materielle Welt überschreitenden Anspruch unterstreicht, nämlich das Attribut ‚erhaben'. Diese Qualität der Schönheit lässt sich gut an den Werken des Symbolismus auf dem Gebiet der Bildenden Kunst erkennen, besonders an seiner Figurengestaltung. Das betrifft sowohl die Frauenfiguren eines Dante Gabriel Rossetti als auch die Männerfiguren eines Gustave Moreau. Ihre Attribute der Erhabenheit besitzen eine habituell-gestische und eine ästhetische Seite. Damit meine ich zum einen, dass die Figuren eine außeralltägliche, in der Regel feierliche Haltung einnehmen. Es sind symbolisch aufgeladene Körperhaltungen, wie man sie bei rituellen Handlungen vollzieht, z. B. Segnen, Knien, Beten, Thronen, Sinnen, Zeigen oder Gebieten. Die ästhetische Seite dieser Attribute der Erhabenheit besteht in der prunkvollen Ausstattung dieser Figuren, ihrer Einkleidung als Herrscher, ihrer überreichen Dekoration mit Schmuck und Preziosen aller Art. (Hier liegt dann auch der dialektische Übergang in die Dekadenz nahe.) Wesentliche Elemente dieser Haltung sind weiterhin das Schweigen, die Selbstkontrolle und das Statuarisch-Monumentale. Ich möchte diese Aspekte unter dem Begriff der Gemessenheit zusammenfassen. Damit meine ich, dass alle Lebensäußerungen und Handlungen in einem symbolistischen Text (oder Bild) einer ästhetischen Durchformung unterworfen sind, die Natürlichkeit in Kunstförmigkeit überführt. Gemessenheit bedeutet zugleich eine Bedeutungsaufladung jeder Geste oder umgekehrt gesagt: es gibt keine Geste, die nicht von symbolischer Qualität wäre – und bestünde diese Qualität alleine darin, eine schöne Geste zu sein. Stimmungswerte, die für das Gemessene und das Erhabene besonders geeignet sind, dürften zum Beispiel Trauer, Sehnsucht und Melancholie, Feierlichkeit und Hingabe, stilles Leid und stille Freude, freilich auch Todesbereitschaft sein. Alle Stimmungen müssen indes durch den Filter der ästhetischen Formgebung hindurch und somit künstlerische Gestalt gewinnen.

Die Beschäftigung mit der Dichtung Baudelaires nahm einen besonderen Stellenwert in Georges Übersetzungstätigkeit ein. Bereits im Dezember 1891 hatte George seinen Freund Carl August Klein 40 Übertragungen handschriftlich in schulmäßiger Kurrentschrift zusammenstellen und von diesem Konvolut 25 Exemplare zinkographisch vervielfältigen lassen.[38] Sie waren als private Geschenke an seine Freunde, vor allem auch die in Paris, vorgesehen.

Im Spätsommer 1892 engagierte sich George in einem von der Zeitschrift *La Plume* initiierten Komitee, das Geld für den Auftrag an den Bildhauer Auguste Rodin sammeln sollte, damit dieser ein Denkmal für Baudelaires Grab auf dem Friedhof Montparnasse schaffen könne. Das Geld sollte durch Einzeichnung für eine geplante Gemeinschaftspublikation mit dem Titel *Le Tombeau de Charles Baudelaire* zusammenkommen, an der sich die Komitee-Mitglieder beteiligten. Auch die erste Nummer der *Blätter für die Kunst* vom Oktober brachte den Aufruf zur Einzeichnung und führte als Beiträger unter anderen Stéphane Mallarmé, Octave Mirbeau, Leconte de Lisle, Maurice Maeterlinck, Emile Verhaeren, Charles Algernon Swinburne und als einzigen Deutschen Stefan George an. Der Band enthielt zwei seiner Baudelaire-Übertragungen. Georges Teilnahme an dem Komitee diente sicherlich in erster Linie der Absicht, sich weiter in das internationale Netzwerk symbolistischer Dichter einzuklinken. Dennoch dürfte es kein Zufall sein, dass sich George gerade bei einem Projekt beteiligte, das im Zeichen des Totengedenkens stand. Wie wir noch sehen werden, spielt der ästhetisierende Umgang mit den Formen des Totengedächtnisses eine nicht unwesentliche Rolle für die innere Kohärenz des George-Kreises.

In den folgenden Jahren erschienen mehrfach Baudelaire-Übertragungen Georges in seiner Zeitschrift *Blätter für die Kunst*. Bis zur Ausgabe des Jahres 1901 unter dem Titel *Baudelaire. Die Blumen des Bösen. Umdichtungen von Stefan George* übertrug er von den insgesamt 167 Gedichten nicht weniger als 117. Im Jahre 1901 stellte George der genannten Buchpublikation eine kurze Vorrede voran, in der er seine Motivation zur Übersetzung und seine Wahrnehmung von Baudelaires Werk mitteilt: „Diese verdeutschung der FLEURS DU MAL verdankt ihre entstehung nicht dem wunsche einen fremdländischen verfasser einzuführen sondern der ursprünglichen reinen freude am formen. So konnte sie auch nicht willkürlich fortgesezt und vollendet werden und der umdichter betrachtet seine mehrjährige arbeit als abgeschlossen nachdem er seine möglichkeiten erschöpft sah. [...] Es bedarf heute wol kaum noch eines hinweises dass nicht die abschreckenden und widrigen bilder die den Meister eine zeit lang verlockten ihm die grosse verehrung des ganzen jüngeren geschlechtes eingetragen haben sondern der eifer mit dem er der dichtung neue gebiete eroberte und die glühende geistigkeit mit der er auch die sprödesten stoffe durchdrang." (SW XIII/XIV, 5)

Damit begründete George seinen Verzicht auf den stofflich provokanten Teil der *Fleurs du Mal*-Gedichte, die das Ekelhafte, Abstoßende, Widerwärtige als Sujet wählten und es in eine vollkommene ästhetische Gestaltung einschmolzen. Die bekanntesten Beispiele sind Gedichte über Aas, Bettler, Greise und körperlichen Verfall. Das Gefühl, Zeuge eines gesellschaftlichen Zersetzungsprozesses zu werden, hat Baudelaire, so eine verbreitete Anschauung, durch die strenge Form des Sonetts gebändigt, gleichsam in eine harmonische ästhetische Gestalt umgewandelt und sagbar gemacht. Bei Baudelaire heißt es einmal: „Das Grässliche, künstlerisch ausgedrückt, wird Schönheit, und der Schmerz, in Rhythmus und Kadenz gebracht, füllt den Geist mit ruhiger Freude."[39] In diesem gleichsam purifizierenden Zugriff Georges kann man von Beginn an ein klassizistisches Element seiner Dichtung erblicken.

Die Ende 1889 entstandene Textgruppe der *Zeichnungen in Grau und Legenden* weist hingegen noch Spuren von Georges Ringen mit der ungefilterten Fülle der Baudelaireschen Großstadtlyrik auf. In ihnen kann man eine vom Trieb aufgewühlte, „von Fiebern und Leidenschaften erfüllte Atmosphäre"[40] und eine moderate Affiziertheit von den ästhetischen Reizen des Hässlichen erkennen. Es entbehrt nicht einer gewissen Ironie, dass George bei dem Versuch, eine seiner Legenden zu veröffentlichen, daran scheiterte, dass man ihr eine mögliche Verletzung des sittlichen Empfindens vorwarf. Es ist irritierend genug, dass George im Sommer 1890 durch seinen Adlatus Carl August Klein ausgerechnet der Zeitschrift *Die Gesellschaft*, einem der Flaggschiffe des Naturalismus, seine Legende *Erkenntnis* anbieten ließ. Ihr Herausgeber Michael Georg Conrad antwortete auf dieses Angebot: „Das gedicht ist zwar eine starke talentprobe, aber es ist vielleicht doch besser, wenn wir – nach dem ausgange des leipziger prozesses – von dem abdrucke absehen. Senden Sie einmal – den prüden zum trotz, etwas recht energisches, aber gar nicht erotisches ein!" (SW I, 133) Mit der Erwähnung des Leipziger Prozesses spielte Conrad auf den sogenannten Realistenprozess an, der 1890 zur Verurteilung der Autoren Conrad Alberti, Hermann Conradi und des George persönlich bekannten Darmstädter Dichters Wilhelm Walloth wegen ‚Verbreitung unzüchtiger Schriften' und ‚Gotteslästerung' geführt hatte. Das von Conrad inkriminierte 127 Verse umfassende Langgedicht *Erkenntnis*, das auf die Initiation in die Sexualität mit Aggression auf das weibliche Begehren reagiert, mag mit den folgenden Zeilen die übervorsichtige Reaktion verursacht haben:

In deiner hütte wo dich kein wesen
Lästigen ansinnen überliefert
Kein profanes auge dich reizt
Hast du sie ganz – von dir nur geschaut–
Dir nur blüht sie und lächelt sie zu.
[...]
Ich war verbrecher vom augenblick an
Da ich zum verein an die seite ihr trat
Mit einer schandtat kauft ich die lösung.
Ach endlich glaubte sie mich besiegt
Geheilt von dem übel das sie am meisten
Zerquälen musste .. so wonne-erfüllt
Bedünkten sie die umarmungen echt
Die tierische zuckungen übersüssten
Die liebeseingabe sie geglaubt.
(SW I, 83 – 86)

Das in den *Fleurs du mal* zentrale Thema der Begegnung mit dem anderen Geschlecht forderte George immer wieder zu eigenen Gestaltungen heraus. So gehörte schon eines der berühmtesten Gedichte Baudelaires, *A une passante* (*Einer Vorübergehenden*), zu den frühesten, die er übersetzte. Es animierte ihn darüber hinaus zu einer eigenen Version des Motivs, die sich in seinem ersten Gedichtband *Hymnen* von 1890 findet.

Von einer Begegnung
Nun rufen lange schatten mildre gluten
Und wallen nach den lippen kühler welle
Die glieder die im mittag müde ruhten –
Da kreuzest unter säulen Du die schwelle.

Die blicke mein so mich dem pfad entrafften
Auf weisser wange weisser schläfe sammt
Wie karg und scheu nur wagten sie zu haften –
Der antwort bar zur kehrung ja verdammt!

An süssem leib im gang den schlanken bogen
Sie zur umarmung zaubertoll erschauten ·
Dann sind sie feucht vor sehnen fortgezogen
Eh sie in deine sich zu tauchen trauten.

O dass die laune dich zurück mir brächte!
Dass neue nicht die fernen formen stören!
Wie ward es mir gebot für lange nächte
Treu zug um zug dein bildnis zu beschwören!

Umsonst · ein steter regen bittrer lauge
Benezt und bleicht was mühevoll ich male.
Es geht ... wie war dein haar und wie dein auge?
Es geht und stirbt in bebendem finale.
(SW II, 15)

Beide Gedichte erinnern die plötzliche und ephemere Begegnung mit einer schönen Frau. Die Situation ist zwar ähnlich, aber doch auch entschieden anders. Zunächst unterscheidet sich die Szenerie. Baudelaires Gedicht wird gerne als Beispiel für die veränderte subjektive Erfahrung des Großstadtlebens angeführt, als zufällige und einmalige Begegnung, die eine mögliche Zukunft aufblitzen und sogleich wieder verlöschen lässt. Es dokumentiert den Einbruch der Anonymität in die sozialen Beziehungen, die Ersetzung von persönlicher Bindung durch permanente Kontingenz. In Georges Gedicht ist an die Stelle der Großstadt ein Säulengang getreten, der mit Blick auf das vorangehende Gedicht *Nachmittag* als architektonisches Element des spanischen Königsschlosses El Escorial gedeutet werden kann. Bei ihm erfolgt keine Begegnung der Blicke, die eigenen Augen wagen es nicht, „in deine sich zu tauchen". Das Skandalon, über das das Gedicht am Ende klagt, ist denn auch nicht der Verlust einer möglichen Liebe, sondern der Verlust einer bewahrenswerten ästhetischen Form. Baudelaire gibt seiner Klage eine eher existentielle, George eine eher ästhetische Motivation. Die Klage erhebt sich also über das Vergessen, darüber, dass die Erinnerung an ein Formerlebnis von der Zeit aufgezehrt wird.

Für die Nachwirkung der Baudelaire-Lektüre in Georges Werk kann man mit guten Gründen auch auf einen programmatischen Text aus dem *Algabal* hinweisen. Es handelt sich um das erste Gedicht aus dem Zyklus *Im Unterreich* in dem 1892 in Paris in 100 Exemplaren erschienenen Gedichtband. Heliogabal – oder auch Algabal – gehörte zu den Lieblingsgestalten der symbolistischen Literatur. Das eigene spätzeitliche Bewusstsein führte zu einer wahlverwandtschaftlichen Hinneigung zur Spätantike. George konnte der Gestalt des jugendlichen Kaisers Heliogabal etwa in Verlaines *Saturnischen Gedichten* begegnet sein, wo das Gedicht *Resignation* mit den Worten beginnt: „Als Knabe schon träumt ich vom Kohinor,/Von Pracht und Luxus, päpstlich, orientalisch,/Heliogabalisch und Sardanapalisch!“[41] oder in dem damals vielgelesenen Roman *Gegen den Strich (A rebours)* des französischen Symbolisten Joris-Karl Huysmans, der 1884 erschienen war.

Auch wenn George die für seinen Geschmack im Hässlichen schwelgenden Gedichte ausschied, übertrug er doch solche, die die Phänomene Verfall und Morbidität aufgriffen und an die Schwelle führen, wo der Symbolismus in die Décadence übergeht. Von den *Fleurs du mal*-Gedichten, in denen man auf das Gefühl des Überdrusses, der Ermüdung und Erschlaffung stößt, hat George aus dem *spleen*-Zyklus das folgende übersetzt.

Trübsinn LXXIX

Ich bin ein fürst in landen trüb und kalt
Reich aber machtlos · jung und doch schon alt ·
Der seiner lehrer bücklinge verachtet ·
Bei seinem hund und andren tieren schmachtet.
Nicht spiel nicht jagd das leben ihm verschönt
Und nicht sein volk das unterm fenster stöhnt.
Des lieblingsnarren possenhafte lieder
Erwecken seine heiterkeit nicht wieder.
Sein reichgesticktes bett wird ihm zum sarg.
Der damenkreis an lockungen nicht karg
Erhofft umsonst mit schamloser toilette
Ein lächeln von dem wandelnden skelette.
Und nicht gelangs dem arzt der gold doch schafft
Aus ihm zu bannen den verderbten saft ·
Kein bad im blut wie es die Römer lehren
Wie altersschwach despoten es begehren
Erneute kraft dem stumpfen leib gewinnt
Wo blutes statt der schlamm der Lethe rinnt.

(SW XIII/XIV, 89)

Dieses Gedicht stellt die Diagnose einer vollständigen Erschöpfung der vitalen Antriebe. Keine Vergnügungen, keine Ablenkung, keine erotischen Reize, keine medizinische Kunst, keine Tier-Therapie, keine anti-aging-Tricks verfangen bei dem Fürsten, der jung schon ein Greis ist. Er liefert das Beispiel einer vollkommenen Dekadenz, beinahe schon einer Degeneration, wenn man an den Schlamm in seinen Adern denkt, der jede Motivation zum Weiterleben erstickt. Es ist bewusst eine Herrschergestalt, an der dieses Ermatten der Lebensimpulse manifest wird. In manchen Zügen erinnert sie an Prinz Leonce in Büchners *Leonce und Lena*, aber der rafft sich immerhin noch animiert von dem Hofnarren Valerio zu einer Flucht auf. Hier ist der Fürst ein lebendig Toter, ein wandelndes Skelett, an dem die Narrenscherze abprallen. Er ist geprägt von völliger Funktionslosigkeit. Überfluss macht überflüssig, könnte man sagen. Baudelaire zeichnet das Bild einer morbiden Pracht, einer Fülle und Üppigkeit, die erstickend wirkt. Es ist die dialektische Schattenseite der Dekadenz, die als kulturelle Verfeinerung und Steigerung von Sensibilität begonnen hat. George wird diese Tendenz in seinem 1892 erschienenen *Algabal* auf die Spitze treiben.

Natürlich konzentrierte sich George bei seinen Baudelaire-Übertragungen auf Gedichte, in denen ein neuer Typus von Dichter entworfen wurde. Wenn George im Januar 1894 bei Gelegenheit der erstmaligen Veröffentlichung von Baudelaire-Übertragungen in den *Blättern für die Kunst* darauf hinwies, dass dessen Dichtung dem 1871 zu Ende gegangenen Zweiten Kaiserreich angehöre, und die jungen deutschen Dichter ausdrücklich vor einer unreflektierten Nachahmung seiner Schreibweise warnte, wird deutlich, dass er über ein Bewusstsein von Historizität verfügte. Georges Abweichung von Baudelaires Dichterkonzept muss nicht notwendig als Spannungen lösende klassizistische Korrektur gelesen werden, sondern könnte auch auf eine ‚Überwindung' von Baudelaires Historizität in Parallele mit Mallarmés Poetik deuten, wie Ludwig Lehnen diese Konstellation zu sehen vorschlägt.[42] Für ihn bestehen Georges leitende Verfahren bei der Übertragung Baudelaires in „der Wortisolierung, der harten Fügung, der Suggestionspoetik und der Ablehnung der Rhetorik", wodurch sich sein Zugriff insgesamt als „Anwendung mallarméistisch-symbolistischer Prinzipien auf Baudelaire" beschreiben lasse, „der dadurch durchaus modernisiert wurde".[43] Ihre Pointe hat Lehnens Deutung des Verhältnisses von George zu Baudelaire aber darin, dass es im selben Zeichen von dessen Überwindung stehe wie bei Mallarmé selbst. Dieser hatte schon in dessen Todesjahr 1867 davon gesprochen, sich ‚von Baudelaire trennen' zu müssen, und später bekräftigt, es gelte, dessen Dekadenz hinter sich zu lassen.[44] Lehnen behauptet, George habe auf den Jours bei Mallarmé der „Genesis einer neuen, dichterischen Religion"[45] beigewohnt.

Tatsächlich geriet George in den Pariser Symbolistenkreis, als dieser gerade von einer inneren Auseinandersetzung aufgewühlt war. Mallarmé sah sich veranlasst, seine Utopie eines mittels der Sprache herbeiführbaren diesseitigen ‚Edens' gegen den Szientismus seines Schülers René Ghil zu verteidigen. Dahinter steckte seine mythopoetische Überzeugung, dass in den

Worten eine Urkraft bewahrt sei, die eine gemeinschaftsbildende Potenz habe. Mallarmé nannte diese potentielle Gemeinschaft ‚Cité' oder metaphorisch Eden, ohne allerdings damit eine christliche Vorstellung zu verbinden. In Georges *Lobrede auf Mallarmé*, die in zeitlicher Nähe zu seinen gelegentlichen Teilnahmen an den Dienstagabenden geschrieben sein dürfte, taucht der Glauben „an jenes schöne eden das allein ewig ist" (SW XVII, 48) als Vermächtnis von Mallarmés Dichtung am Ende auf. Die Zeugnisse über Georges Teilnahme an den Jours stimmen darin überein, dass er sich eher schweigend verhielt. Wie weit dabei seine Aufnahmekapazität reichte, ist schwer zu beurteilen. Der französische Literaturwissenschaftler Armand Nivelle äußerte in einer Diskussion massive Zweifel an Georges angemessenem Verständnis von Mallarmé und bezog sich auf Erinnerungen des Zeitzeugen Albert Mockel, der berichtete, „George habe lediglich zweimal an den berühmten Dienstagen in der Rue de Rome teilgenommen. Der junge, 21jährige Ausländer Stefan George war aber schon aus sprachlichen Gründen, aus Mangel an Kenntnis der französischen Tradition und an Einführung in die Problematik nicht fähig, Mallarmé auch nur zu verstehen. [...] George fehlte die geistige, die poetische, die sprachliche Vorbereitung für ein wirkliches Verständnis." Nivelle kommt sogar mit Blick auf Georges eigene poetische Praxis zu dem Resultat, bei der Bezugnahme auf Mallarmé „handel[e] es sich um ein Missverständnis".[46] Diese kritische Sicht dürfte jedoch kaum zutreffen. Nicht nur war George durch Albert Saint-Paul in die Tradition der französischen Dichtung und die zeitgenössische symbolistische Poetik eingeführt worden, er war auch mit dem Französischen so vertraut, dass er es beinahe wie eine zweite Muttersprache benutzen konnte. Nach Beendigung des *Algabal* 1892 erwog er sogar, französischsprachiger Dichter zu werden.

Als Schüler hatte er die besten Leistungen bei seinem Lieblingslehrer Gustav Lenz in Französisch erbracht. In den Briefen an seine ehemaligen Klassenkameraden Rouge und Stahl wechselte er immer wieder einmal ins Französische, und auch in der Korrespondenz mit seinem in Brüssel lebenden Bruder Fritz, der dort als Kommissionär der 1845 gegründeten ‚Weinhandlung FR. GEORGE & Co. En-gros Export' ein ‚großes Lager in selbstgekelterten Weiss & Rotweinen' betreute, befleißigte sich der ältere Bruder des Französischen. Selbstverständlich führte er seinen Briefwechsel mit den in Paris gewonnenen Freunden und Bekannten seit seinem ersten Aufenthalt dort auch auf Französisch. Das trifft im Falle von Albert Saint-Paul bereits auf den Spätsommer 1889 zu, als George von Paris aus zu einer Reise nach Spanien aufbrach.

Reisen durch Europa III: Spanien – das seelenverwandte Land

In Paris hatte George den mexikanischen Regierungsbeamten und Arzt Antonio Peñafiel und dessen Söhne Antonio, Julio und Porfirio kennengelernt. Mit ihrer Hilfe frischte er seine Spanischkenntnisse auf, um sich auf die Reise vorzubereiten. George hatte bereits mit elf Jahren in der Bingener Realschule an dieser Sprache Interesse entwickelt. Er habe, so erzählte er noch in seinen letzten Lebensjahren, einen venezolanischen Mitschüler gehabt, der ihm einen Band mit spanischsprachigen Romanzen gegeben habe. Viele lernte er auswendig und konnte noch in hohem Alter ganze Strophen rezitieren. „Klang und Inhalt der Romanzen faszinierten ihn so, dass er begann, Spanisch zu lernen."[47] Wohl am Ende seiner Schulzeit hat George einige Verse aus der *Romanze des Abenamar* (SW XVIII, 61) sowie das Gedicht *Menschen und Kinder* (*Hombres y niños*) des Constantino Gil y Luengo, vielleicht auch schon *Das Glocken-Konzert* (*El concierto de las campanas*) von Ramon de Campoamor (SW I, 45 f.) übertragen. Bis an sein Lebensende bekundete George ein vitales Interesse an der spanischen Kultur und Sprache. Die Begleiterin seiner letzten Lebensjahre, die er vorwiegend im italienischen Minusio am Lago di Maggiore verbrachte, war die promovierte Hispanistin Clotilde Schlayer. George las gerne in der spanischen Tageszeitung *Diario ABC*, die Schlayer abonniert hatte, und äußerte sogar den Wunsch, seine Sprachkompetenz im Spanischen wieder durch Konversationsstunden mit ihr aufzufrischen.

Das Interesse Georges an Spanien ging aber weit über Sprache und Kultur im engeren Sinne hinaus. Man könnte vielleicht sogar die These aufstellen, dass George zu keinem Land eine so große seelische Wesensverwandtschaft verspürt habe wie gegenüber Spanien. Es ist jedenfalls bemerkenswert, dass er noch im Februar 1920, also zu einem Zeitpunkt, da doch in seiner Dichtung und seinem ganzen Denken die griechische Antike den eigentlichen Glutkern bildete, im Gespräch mit Edith Landmann bekannte, dass „ihn der Dämon nicht nach Italien getrieben hätte, sondern nach Spanien." (EL 104) Spanien sei es gewesen, das auf ihn „formierend" gewirkt habe. Wenn man berücksichtigt, dass George an dieser Stelle sicherlich mit voller Absicht auf den Goetheschen Begriff des Dämonischen, wie er in dem berühmten *Urworte*-Gedicht zur Kennzeichnung des tiefsten inneren Wesens entwickelt wird, Bezug nimmt, wird man den Stellenwert ermessen, den George seiner Spanien-Erfahrung zuschreibt. Sie hat wohl beinahe den Charakter einer Initiation oder einer schockhaften Selbsterkenntnis. Friedrich Wolters formuliert sogar, in Spanien habe „ihn das seltsame Gefühl des Wiedersehens mit einer längst entschwundenen Heimat" (BG 22) ergriffen. Es ist jedenfalls alles andere als eine bloße Äußerlichkeit, wenn George seit dieser Spanienreise im Spätsommer 1889 ein Leben lang eine Baskenmütze tragen wird, allerdings ausschließlich „das echte béret" (RB II, 35), in das das baskische Wappen am Rand eingewoben ist. Vermutlich hat George sein erstes béret bereits beim Grenzübergang vom französischen Hendaye ins spanische Irún erworben. George dürfte bald nach dem 21. August 1889 Paris verlassen haben. An diesem Tag hatte er noch an der Beerdigung des bedeutenden und auch von ihm verehrten symbolistischen Dichters Villiers de l'Isle Adam teilgenommen, der später im *Siebenten Ring* neben Verlaine und Mallarmé in Georges poetischem Rückblick *Franken* namentlich genannt wird. Als George aus Paris aufbrach, hatte er eine Empfehlung von Antonio Peñafiel im Gepäck, die dieser „in seiner Funktion als Directeur General de Estadística de México vom Pariser mexikanischen Konsulat [...] an einen befreundeten mexikanischen Regierungsbeamten in Madrid"[48] mit der Bitte gerichtet hatte, man möge sich dort um ‚den deutschen Freund Etienne George' kümmern. Wahrscheinlich verzichtete George in Madrid aber auf einen mexikanischen Botschafts-Cicerone.

Über seine Reiseroute herrscht keine letzte Gewissheit, die eher spärlichen Überlieferungen aus Gesprächen mit George über seinen Spanien-Trip machen in Kombination den folgenden Verlauf wahrscheinlich. Da Georges erstes Ziel für einen längeren Aufenthalt Madrid gewesen sein dürfte, hat ihn der Weg von der Grenze bei Irún aus wohl über San Sebastian, Vitoria und Burgos geführt. Am 29. August meldete George seinen Eltern seine glückliche Ankunft in Madrid, wo er zunächst im Hotel Navarra, 19 Calle de Alcalá, abstieg. Es war eher eine Pension, die im Obergeschoss eines größeren Gebäudes lag. Clotilde Schlayer schrieb George noch im Juni 1933 aus Madrid, dass sein ehemaliges Quartier noch existiere. George muss dann einige Tage später in das Hotel Victoria, Calle de la Cruz, umgezogen sein. Er nahm an dem Empfang für einen Stierkämpfer teil, desssen „würdig ernste Haltung" (RB II, 34) ihm imponierte.

Man könnte sagen, dass George in Spanien besonders diejenigen kulturellen Phänomene faszinierten, die eine Art Übersetzung der ästhetischen Merkmale des Symbolismus in das habituelle Gebaren bildeten. Dazu gehörte die formvollendete Durchgestaltung der sozialen Interaktion, das ausgeprägte Gefühl für Eleganz, die zugleich mehr Strenge als Leichtigkeit besitzt, Grandezza und innerer Adel, die mit einer würdevollen und stolzen Haltung einhergehen, Gemessenheit und Distanziertheit. Weiterhin zählen dazu die verfestigten ästhetischen Formen eines uralten Katholizismus, der eine gewisse Tendenz zu Fanatismus und Askese einschließt. Gleichzeitig lauern unter all dieser strengen Geformtheit und Selbstbeherrschung tiefe Glut und Leidenschaft, die in heftigen Gefühlseruptionen ausbrechen können.

Von Madrid aus unternahm George die Weiterreise an die Mittelmeerküste bei Cartagena. Den Süden Spaniens empfand er „ganz afrikanisch – weite Strecken eine Wüste, in der dann noch vereinzelt eine Palme auftaucht – hin und wieder eine Oase." (BV 63) Da ihm damals die syrisch-arabische Kultur sehr nahe gestanden habe, fasste er den Plan, von Cartagena aus in den Maghreb überzusetzen, was aber ein Zufall verhinderte. So besuchte er noch Elche und sah dort Europas einzigen Palmenhain und Murcia, an dessen Charakter ihn „die einstige Verbindung des gotischen und maurischen Geistes beschäftigte" (BG 23). Die übrigen verbürgten Ziele seiner Spanienreise könnte George von Madrid aus in Tagesausflügen erreicht haben. Dazu zählte Toledo, das ihn mit seiner topographischen Lage auf einer Bergnase fesselte. Die Stadt selbst mutete ihn „fremd und seltsam" (BV 63) an. Hingegen haben offenbar sowohl El Escorial als auch Aranjuez in ganz besonderem Maße bewirkt, das dort in Spanien „ein unheimlicher Tiefenraum der Erinnerung in ihm aufbrach" (BG 22). Das Gedicht *Verjährte Fahrten II* aus dem Band *Pilgerfahrten* von 1891 zeugt von Georges Besuch der Königsresidenz Aranjuez südlich von Madrid. Es evoziert die Atmosphäre eines wie im Zauberschlaf erstarrten Palastes und Parks, in dem alles von ‚grauem Flor' überzogen ist. George hat sich selbst in der Gestalt eines ‚Fremden' in dieser Szenerie porträtiert, der alleine die verlassenen Pfade wandelt und bei großer Hitze und ‚Fieberdunst' nach Spuren eines Prinzen Ausschau hält. Die Königsresidenz Aranjuez war von der Herrscherfamilie allerdings bereits 1885 wegen einer Cholera-Epidemie aufgegeben worden. Nur König Alfons XII. war noch am Ort geblieben, um bei der Versorgung der Kranken zu helfen, starb aber selbst im November an Tuberkulose. Der 1886 geborene Alfons XIII. befand sich in Madrid.

Erfolgreicher verlief Georges Suche nach Prinzen im El Escorial, denn dort war im Jahr zuvor das Panteón de los Infantes eingeweiht worden.[49] Es diente als Gedenkraum für alle vor Antritt des Thronerbes verstorbenen Prinzen und war der seit 1654 bestehenden Begräbniskapelle der spanischen Könige, dem Panteón de los Reyes, direkt benachbart. In dem in die *Hymnen* eingegangenen Gedicht *Der Infant* hat George seinen Besuch dieses Memorialorts festgehalten und sich insbesondere des im Alter von sechzehn Jahren verstorbenen Prinzen Don Baltasar Carlos angenommen. Seine sterblichen Überreste waren erst 1888 in den Panteón de los Infantes überführt worden.

Der Gedenksaal hält die Erinnerung an die verstorbenen Thronaspiranten wie üblich durch Ölgemälde mit ihren Konterfeis und mittels zugehöriger Exponate fest. Don Baltasar Carlos war ein Fan des Ballspiels ‚pelota', er starb in Folge einer fiebrigen Erkältung. Das Gedicht erwähnt den „treubewahrten seidenball/Der rosenfarben und olivengrün/Noch schimmert auf der eichenen konsole" und die „kühle bergesbrise", die für den Prinzen ein „allzu rauher spieltrabant" (SW II, 26) gewesen sei. Besonderes Interesse kommt dem Gedicht aber dadurch zu, dass es den Frühverstorbenen zum einen „zwillingsbruder" nennt, zum anderen ihn dazu beglückwünscht, dass es ihm erspart blieb, „zum finstern mann [...] / Wie der und jener an den nachbarmauern" zu werden.

Hier gehen zwei wesentliche Motive in Georges Vorstellungswelt eine Verbindung ein, die man als ‚Idee vom kindlichen Königtum' und als ‚Erwählung zum unschuldigen Tod' bezeichnen kann. In Georges Dichtung lassen sich von Beginn an Spuren der besonderen Attraktion, die Gräber von jung Verstorbenen auf ihn ausüben, entdecken. Das wohl im Sommer 1888 in London geschriebene Gedicht *Windsor* hält den Besuch dieses Palastes fest, von dem es heißt, es „Rührte so mich keine stelle/Als das grabmal in der schlosskapelle.//Ausgeformt in weissem marmor/Liegt dort eines jünglings leiche."[50] Wenige Monate später dürfte das Gedicht *November-Rose* in Montreux entstanden sein, das im Gefolge des melancholischen Herbstgedichts *T'is the last rose of summer* von Thomas Moore das lyrische Ich in Reflexionen auf einem Friedhof versunken zeigt. „Auf eines jünglings grab ich stehe:/[...]/Eh ich verwelke eh ich vergehe/Will ich sein frisches grab noch schmücken / Am totentag." (SW I, 57)[51] Den Tod in jungen Jahren als Indiz göttlicher Erwählung findet man explizit bereits im Gedicht *Gräber II*, dessen Entstehung sogar bis ins Jahr 1887 zurückreicht. Der Sprecher beobachtet dort, wie „Eine mutter mit feuchtem auge/Vor dem grabe des kindes kniet", und kommentiert:

Törichte mutter
Die du bei des sohnes
Scheiden aus der erde getümmel
Suchest nach einer schuld –
Weisst du nicht mutter:
Früh ruft der himmel
Zum glanz seines thrones
Wer sich erfreut seiner höchsten huld.
(SW I, 35)

Das korrespondierende Konzept des kindlichen Königtums hat eine autobiographische Wurzel. Zu erinnern ist an den Bericht des Schulkameraden Julius Simon über das fiktive Königreich des neunjährigen George, in dem er die Herrscherrolle für sich reklamierte. Weiterhin sind wir dieser Quelle in der Geheimsprache des Gedichts *Ursprünge* begegnet, wo ihre Erfindung in die Zeit der Kindheit zurückprojiziert wurde und sie zur magischen Weltbemächtigung diente. Das lyrische Ich, das hier im *pluralis majestatis* spricht, erinnert sich, wie es „In einem sange den keiner erfasste" (SW VI/VII, 117) sich in seinem ‚Schilfpalast' der wollüstigen Fantasie hingibt, mittels Sprache „heischer und herrscher vom All" zu sein. Diese imaginäre Rolle baute George zum Konzept des kindlichen Königtums aus, dem er 1895 ein programmatisches Gedicht diesen Titels widmete. In der Gestalt Maximins werden später beide Modelle zusammengeführt und durch die autobiographische Erfahrung beglaubigt.

Aber kehren wir zurück zu Georges Spanienreise. Wenn Friedrich Wolters schreibt, dass vor allem im spanischen Kernland um Madrid und Toledo „die harte, fast unerbittliche Strenge der Landschaft mit den finsterstolzen Königsschlössern gewaltige Bilder einer königlichen Einsamkeit und unnahbaren Größe" (BG 22) in George wach rief, fällt es nicht schwer, diesen Eindruck nachzuempfinden, wenn man einmal – wie George – an einem hochsommerlichen Tag in flirrender Hitze auf staubigem, steinhartem Grund vor den abweisenden gewaltigen Fassaden der Königsresidenz Philipps II. gestanden hat.

Katharina Mommsen hat in einer instruktiven Deutung von Georges Gedicht *Nachmittag* aus den 1890 erschienenen *Hymnen* den Indizienbeweis geführt, dass George den El Escorial besucht hat. Philipp II. hatte den Palast architektonisch in der Form eines Feuerrostes anlegen lassen, da er zu Ehren des Hl. Laurentius errichtet worden war. Laurentius hatte auf einem solchen Marterwerkzeug den Tod gefunden. Georges Gedicht nimmt diese Bauform und die gleichsam ‚glühende Atmosphäre' auf:

Sengende strahlen senken sich nieder
Nieder vom wolkenfreien firmamente ·
Sengende strahlen von blitzender kraft.

Die südenklare luft in mittagstille.
Längs den palästen starb der menge wimmeln
Auf der fliesen feuer-bergender fläche.
Mit stummen zinnen und toten balkonen
Die langen mauerwälle starr dastehn

Heisshauchend wie wirkende opferöfen.
In den höfen umragt von säulengängen
Der versiegten brunnen kunst versagt ·
Auf beeten wo der büsche blätter sich krümmen
Halbverdorrter blumen odem lagert.

Sengende strahlen senken sich nieder
Nieder vom wolkenfreien firmamente.

Und dem Einsamen der mit entzücken sie fühlt
Der des gemaches duftender kühle entfloh
Gegenglut für zerstörende gluten suchend
Stetig sie auf scheitel und nacken scheinen
Bis er rettender schwäche erliegen darf
Hingleitend bei eines pfeilers fuss.

Sengende strahlen senken sich nieder.

(SW II, 14)

Das Gedicht, das wohl aus dem Frühjahr 1890 stammt, demonstriert, wie sehr sich George die in Paris entdeckten Techniken des Symbolismus zueigen gemacht hat. Mommsen hat zu Recht darauf hingewiesen, dass „jedes einzelne Detail Bezug auf märtyrerhaft qualvolle Zustände" hat.[52] Es ist nicht zu übersehen, dass George sich als ein von Qualen Verfolgter mit dem Hl. Laurentius identifiziert, wobei die Architektur des ‚San Lorenzo del Escorial' und das Motiv von Hitze und Glut zusammenspielen. Dabei lässt sich das Bild von innerer Glut und äußerer Gegenglut auf zweifache Weise verstehen. Zum einen ist es gut vorstellbar, dass mit der ‚zerstörenden Glut' im ‚einsamen' Sprecher der sexuelle Trieb gemeint ist, der wie schon in zahlreichen Gedichten der *Fibel* als existentielle Gefährdung erfahren wird. Die äußere ‚heißhauchende' Gegenglut wirkt darauf quasi domestizierend ein, indem sie den Körper ermüdet und ‚rettend schwächt'. Wegen dieses Effekts setzt sich der vom Verlangen Gequälte „mit entzücken" der sengenden Hitze aus. Eine zweite Lesart hat Mommsen angeboten, indem sie das Märtyrerschicksal des Laurentius als Modell für Georges qualvolle Suche nach dichterischem Ausdruck deutet. Sie meint, dass George so sehr „von der den Martertod des Hl. Laurentius feiernden Baukunst des Escorial ergriffen" wurde, dass sie ihn zu diesem Gedicht über „das durch die künstlerische Not über ihn verhängte Martyrium" inspirierte.[53] Mommsen rückt die Qual des ‚Einsamen' im *Nach-*

mittag nicht ohne Grund in den Kontext von Georges Suche nach der ihm gemäßen dichterischen Sprache.

George hatte Spanien Ende September verlassen und war über Paris direkt zurück ins Bingener Elternhaus gefahren. Dass er von seinen Spanischkenntnissen auch in seiner mittelrheinischen Heimat Gebrauch machte, überliefert die Anekdote eines jüngeren Verwandten, die vielleicht ins Frühjahr 1890 fällt. George traf den Knaben auf der Straße und ging mit ihm zur Post, wohin beide unterwegs waren. „Hier gab er mir einen Wink, ging zum Schalter und begann mit dem Postbeamten, wenn ich nicht irre, Spanisch zu sprechen. Französisch war es nicht, Englisch auch nicht. Der Postbeamte verstand keine Silbe. Kaum hätten des Dichters Wünsche, die darnach gingen, einige Freimarken zu erhalten, Erfüllung gefunden, wenn es beim Spanisch geblieben wäre. Aber auf einmal redete der ‚Ausländer' in unverfälschtem Binger Dialekt daher. Wer aber aus dem Staunen nicht herauskam, das war der Postbeamte. Er glaubte doch, die Binger Leute zu kennen, und der Mann da mit den langen Haaren und dem scharf geprägten Gesicht war sein Lebtag kein Binger. Woher kannte der eigentlich Bingerisch? Stefan bekam seine Marken, ich erledigte meine kleine Einzahlung, und dann ging Stefan wieder mit mir in die Stadt zurück."[54]

Die *Hymnen* und der erste ‚Paladin' Carl August Klein

George blieb indes nur wenige Tage, bevor er nach Berlin aufbrach, um dort sein Studium an der Friedrich-Wilhelms-Universität aufzunehmen. Bereits am 5. Oktober schickte er seinen Eltern eine Karte, um sie zu informieren, wo er untergekommen sei. „Eben komme ich in Berlin an und wohne vorläufig bei Herrn Klein Albrechtstraße 6a N. W."[55] Die Albrechtstraße liegt in unmittelbarer Nähe des Bahnhofs Friedrichstraße. Noch im Oktober ist er dann in die Schwedterstraße 30 zu einer Frau Ebermann auf den Prenzlauer Berg umgezogen. George inskribierte sich am 25. Oktober 1889 für deutsche und romanische Philologie, besuchte aber auch Lehrveranstaltungen in der Anglistik, Philosophie und Kunstgeschichte. In seinem ersten Semester nahm er bei Adolf Tobler an der Vorlesung ‚Historische Syntax des Französischen' und einer Übung zum ‚Chevalier au lion' teil, also zu dem Artusroman über den Löwenritter Iwein des hochmittelalterlichen Epikers Chrétien de Troyes. Bei dem berühmten Germanisten Erich Schmidt hörte er ‚Deutsches Drama im 19. Jahrhundert', bei dem Pädagogen und Philosophen Friedrich Paulsen eine ‚Einleitung in die Philosophie' und bei dem Begründer der Anglistik Julius Zupitza ‚Shakespeares Hamlet'.

George spricht in diesem ersten Semester in Berlin privat fast nur Spanisch und Französisch. Gleich Anfang November hatte er wieder Kontakt zu seinen mexikanischen Freunden gefunden, da die drei Brüder Peñafiel sich ebenfalls in Berlin aufhielten. Mit ihnen gemeinsam unternahm er Sightseeing-Touren durch Berlin und nach Potsdam. Für ihn war Berlin samt Umgebung ein neues Terrain, das er sich durch ausgedehnte Gänge erschloss. Die Freundschaft mit den Mexikanern war so eng, dass zwei Brüder George im März 1890 in seinem Elternhaus in Bingen besuchten, wo er die Semesterferien verbrachte. Dem gemeinsamen Freund Maurice Muret berichtete George von Ausflügen an „wunderbar schönen vorfrühlingstagen" (RB 224), bei denen sie „die ganze umgegend in meilenweitem cirkel abgegrast" hätten.

Maurice Muret war ein Student aus der französischsprachigen Schweiz, den George in einer Lehrveranstaltung bei Tobler kennengelernt hatte. George hatte sich ihm mit den Worten „Je suis de la même race que vous"[56] vorgestellt und parlierte mit ihm fast ausschließlich auf Französisch. Er schlüpfte gegenüber Muret quasi in die Rolle Saint-Pauls gegenüber ihm und führte den Schweizer als ein literarischer Mentor in die Werke des französischen Symbolismus ein. George nahm Muret auch häufig zu Theateraufführungen mit und versuchte bei ihm Interesse für Ibsens Stücke zu wecken. Muret erinnert sich: „Ich begleitete George von der Universität auf seine Studentenbude; er las mir – übrigens sehr gut – nicht nur Mallarmé und Verlaine vor, sondern auch Verse von René Ghil, von Stuart Merrill, von Vielé-Griffin, damals noch sehr wenig bekannten Dichtern. Von der französischen Literatur kamen wir auf die Diskussion der Literatur, die Goethe Weltliteratur genannt hatte. Man begann damals in Deutschland gerade die Werke eines vielbesprochenen Norwegers zu spielen, der den Namen Henrik Ibsen führte. Wir zogen durch die verschiedenen Berliner Theater, wo er auf dem Spielplan stand. Wir leisteten uns sogar den Luxus eines Parkettsitzes zur Premiere eines Ibsenschen Dramas, das den Titel *Nordische Heerfahrt* führte." George war in dieser Zeit ein eifriger Theatergänger. Er war sogar – man staune – Mitglied im Verein ‚Freie Bühne' geworden, dessen Mitgliederverzeichnis ihn zum 1. Januar 1890 als ‚stud. Edienne [!] George' aufführt. Das Erstaunliche liegt nicht allein darin, dass der passionierte Einzelgänger Stefan George überhaupt einem Verein beitrat, sondern auch in dem Charakter des Vereins. War doch die ‚Freie Bühne' ins Leben gerufen worden, um dem ‚modernen', das heißt zu dieser Zeit naturalistischen Theater einen der Zensur entzogenen Ort zu schaffen. Der Verein war bei Georges Eintritt noch ganz jung. Er war am 5. April 1889 in Berlin gegründet worden und hatte bis zum Jahresende beinahe die Zahl von tausend Mitgliedern erreicht.

Namhafte Gründungsmitglieder waren Otto Brahm, Theaterkritiker und später Intendant des Deutschen Theaters, die Brüder Heinrich und Julius Hart, beide naturalistische Schriftsteller, die jungen Journalisten Maximilian Harden und Theodor Wolff und der Verleger Samuel Fischer, der ein paar Jahre zuvor seinen S. Fischer-Verlag gegründet und 1887 als erstes Werk Henrik Ibsens *Rosmersholm* herausgebracht hatte. Auch der Verein ‚Freie Bühne' startete mit Ibsen. Am 29. September 1889 wurde im Lessing-Theater Ibsens Stück *Gespenster* aufgeführt, drei Wochen später Gerhart Hauptmanns *Vor Sonnenaufgang* sogar als Uraufführung den Mitgliedern geboten. Das Stück löste einen Skandal aus. Es muss auf jeden Fall Georges Interesse erregt haben, denn Carl Rouge schickte ihm im April 1890 die (entliehene?) Buchausgabe nach Berlin. Unter dem Gesichtspunkt, dass die ‚Freie Bühne' sich für Ibsen einsetzte und in ihrer ‚Proklamation zur Mitgliederwerbung' für die Unterstützung einer gegen den erstarrten Theaterbetrieb gerichteten lebendigen Dramatik eintrat, gewinnt Georges Entschluss, sich diesem Verein anzuschließen, auf den zweiten Blick doch eine gewisse Plausibilität.

Muret und George liebäugelten in diesem Frühjahr 1890 sogar mit dem Gedanken, die Brüder Peñafiel am Ende des Jahres bei ihrer Rückreise nach Mexiko mit einem *one-way-ticket* zu begleiten. Ihre Korrespondenz umkreist dieses Thema mit erkennbarer Ernsthaftigkeit. In diesen ersten Monaten des Jahres 1890 hatte sich Georges Sprachkrise zugespitzt. Es war die Zeit, in der er mit seiner künstlichen *lingua romana* experimentierte, deren Klangbild den intensiven Umgang mit den romanischen Sprachen dokumentiert. Muret schenkte er in *lingua romana* abgefasste Abschriften mehrerer Gedichte mit der entsprechenden Widmung: „A meo amico e colegio apreciato Maurice Muret" (ZT 13). Das Dokument, das den tiefsten Einblick in Georges sozialen Umgang in diesen ersten Berliner Monaten und sein Ringen um einen neuen sprachlichen Weg für sein Dichten bietet, ist ein langer Brief an Arthur Stahl vom 2. Januar 1890, aus dem eine ausführliche Passage zitiert sei. Man begegnet in ihm auch wieder Georges kosmopolitischer Orientierung und seinem kritischen Blick auf deutsche Verhältnisse.

> Amico de meo cor! El tono elegico conque partas en tua letra de nostra corespondencia longamente interroupida me ha magis commovido que el vituperio fortissimo.
>
> Um gottes willen wirst du ausrufen in welcher sprache schreibt denn der mensch hier; die hauptsache ist dass Du die verstehst – vom anderen später. [...] Ich habe so eine art plan – du weißst das ist mein genre und ich falliere damit nur leider zu oft – ich wollte den plan einer poetischen und kritischen mappe

> wieder auffrischen – Eh du weiter liest bitte ich Dich nicht zu sehr jene furchtbaren schmierkaractere zu verdammen denn ich komme eben von den Mexicanern bei denen ich sehr starken kaffee trank wodurch zufolge ich scheusslich nervös bin – jene krankheit wenn du es so nennen willst hat sich überhaupt bei mir in letzter zeit gesteigert bis zum excess. [...] Ich lebe hier ziemlich zurückgezogen, ich habe auch einen kreis von freunden die ich Dir nächstens detaillieren werde: Darunter Franzosen, Italiener, Mexicaner etc. kurz einen wahren jardin d'acclimatation. [...] Unsere deutschen sind im allgemeinen nur Träumer Denker oder auf der anderen seite streberseelen, die viel von philosophie faseln die sich gelegentlich einmal gern totschießen möchten denen aber das jugendlich-kecke und das männlich-wagende zum großen teil abgeht. [...] Jetzt noch ein Geständnis das mir schwerer wird niederzuschreiben. Der gedanke, der mich von jugend auf geplagt und heimgesucht hat, der in gewissen perioden sich wieder und wieder aufdrängte hat mich seit kurzem wieder erpackt: Ich meine der gedanke aus klarem romanischen material eine ebenso klingende wie leicht verständliche literatur sprache für meinen eigenen bedarf selbst zu verfassen. Die gründe weshalb ich in meiner deutschen sprache nicht gern schreiben will kann ich dir auf diesem gemessenen raum nicht auseinandersetzen. (Im anfang des briefs hast Du eine probe) Darin liegt auch der grund weshalb ich seit monden nichts mehr verfasse, weil ich ganz einfach nicht weiß in welcher sprache ich schreiben soll. Ich ahne, diese idee wird entweder bei mir verschwinden oder mich zum märtyrer machen. Lebe wohl, Deine hand? Dein Etienne[57]

In dieser Situation wurde Mexiko ihm zum Idealbild einer neuen Wirklichkeit, einer Art Gegenwelt. Es ist bezeichnend, dass das Bild Mexikos, das ihn lockte, nicht im entferntesten der geschichtlichen Situation Mexikos entsprach, sondern eher ein bloßes Negativ der von ihm als bedrückend empfundenen Zustände in Deutschland bildete. Mexiko trat gewissermaßen als diesseitiges Phantasma an die Stelle des Kalifentums Amhara aus der ersten und an die Stelle des ‚Schilfpalastes' aus der zweiten Phase seiner durch selbsterfundene Sprachen vermittelten Weltflucht. Es ist wohl teilweise dem Realitätssinn von Carl August Klein zu verdanken, dass George von seinen Auswanderungsplänen nach Mexiko wieder abrückte. Im Dezember begleitete George die mexikanischen Freunde noch bis zu ihrem Überseedampfer nach Bremen. Es folgten noch einige Grußkarten, dann verlor sich die Verbindung.

George und Klein hatten sich wohl bereits in den ersten Tagen des Wintersemesters 1889/90 in einer Vorlesung bei Tobler kennengelernt. Es mag sein, dass dieselbe Mundart sie einander zuführte, denn Klein stammte aus

Darmstadt und hatte ebenfalls das Ludwig-Georgs-Gymnasium besucht, wo er ein Jahr vor George die Reifeprüfung ablegte. Er war soeben aus Heidelberg zum Studium der Neueren Sprachen an die Berliner Universität gewechselt. Carl August Kleins Schilderung ihrer Begegnung liefert eine Art Urszene für viele folgende Erstbegegnungen. Sie ist das Modell einer *metánoia*, der Verwandlung eines Menschen durch die charismatische Ausstrahlung eines anderen. „Als Stefan George in jenem Hörsaal auf den unfertigen Studenten zutrat, legte dieser zaghaft und beklommen die Hand in die dargebotene Rechte. Nur eine Minute währte die Befangenheit. Ein Etwas, von dem ich mir noch nicht Rechenschaft zu geben wußte, quoll langsam in mir auf, weitete sich rätselhaft, hob sich jach empor und gestaltete sich zu wortloser Seligkeit. In anbetender Bewunderung verharrte ich, gebannt von der Macht eines Blickes, der aus nie geschauten Zonen von einem fernen schönen Sterne zu kommen schien. Ich stand vor *ihm*, dem die freigebige Gunst würdiger Wanderjahre edelsten Gehalt, vollste Reife verliehen hatte." (CAK 13) Klein charakterisiert diesen Moment weiterhin als ‚Erweckung' und ‚Weihe', die seinem „ganzen Leben Form und Inhalt gab" (CAK 14). Die Wucht des Erlebnisses stürzte ihn in der folgenden Nacht in einen „Wirbelsturm der widersprechendsten Empfindungen" (CAK 15) und quälte ihn mit der selbstzweiflerischen Frage, ob er dem ihm zugedachten „neuen Amte" (CAK 16) gewachsen sei. Klein berichtet in seiner mit Stilisierungen nicht sparsamen Erinnerungsschrift, die auch manche weltanschauliche Züge ihres Erscheinungsjahres 1935 trägt, wie er am folgenden Morgen zu George gestürmt sei, um ihm sein Schwanken zwischen Glückseligkeit und Bangnis vorzutragen. Die Beschreibung von Georges Auflösung der persönlichen Spannung liefert eine weitere Urszene, deren sprachlicher Duktus absichtsvoll biblische Wendungen umspielt. „Überlegen nur lächelte der Meister ob meines Überschwanges. [...] Er sprach schlicht und bedeutungsvoll. Er bürge für meine Bewährung. [...] Mit hoheitsvoller Gebärde ernannte der Führer den Folger zu seinem Mitstreiter, hatte er mich doch ausersehen zum Herold für das Werk seines Lebens. Mit gütevollem Zuspruch erkor er mich zu seinem ihm allzeit verbundenen Freunde. Sein Wille entschied. Für Bedenken, die triftiger Gründe entbehrten, gab es keine Stätte, wo er gebot. Er sprach, und schon hatte er überzeugt." (CAK 16f.)

Die Verwendung der Anredeform ‚Meister' und die Bezeichnungen ‚Führer' und ‚Folger' sind dabei Rückprojektionen Kleins. Sie waren im Herbst 1889 noch nicht in Gebrauch. In der nach dem ersten Berliner Semester einsetzenden Korrespondenz ist von Seiten Kleins der verehrende Ton von Beginn an präsent. Klein spricht George als ‚königlichen Dichter' und ‚großen

Helden‘ an, der für seine dichterische Passion jedes Leid auf sich genommen habe und weiter auf sich zu nehmen bereit sei. Vom ersten Moment an identifizierte sich Klein mit der ihm zugedachten Rolle eines persönlichen Adlatus und eines Propagandisten der noch zu schaffenden neuen Dichtung. Er sah sich selbst als Georges „Paladin“ (CAK 5). Im Auftreten inszenierten sich sowohl George als auch Klein als Dandys. Das bekannte ‚Messebild‘ von 1892 zeigt beide in eleganter Kleidung mit einem Zylinder, den der Berliner Volksmund ‚Ofenrohr‘ nannte. Klein entwickelte von Beginn an eine enorme Betriebsamkeit, um Georges Lieblingsidee einer eigenen literarischen Zeitschrift Wirklichkeit werden zu lassen. Er fungierte für George als eine Art Scout im literarischen Leben Berlins und lieferte in seinen Briefen detaillierte Autorenporträts, recherchierte als literarische Geheimtipps kursierenden Namen nach und holte Auskünfte über Zeitschriften und Verlage ein.

Neben Kleins Zuspruch dürfte das entscheidende Motiv zum Verbleib in Deutschland aber die Überwindung seiner Sprachkrise im Frühjahr 1890 durch die Wiedergewinnung des Deutschen als Dichtersprache gewesen sein. Es war freilich eine Wiedergewinnung, die für George den Charakter einer Neugewinnung, eines qualitativ neuen Tons hatte. Nach der Phase der *lingua romana* setzte Georges Produktion deutschsprachiger Gedichte im Frühjahr 1890 erneut ein. Die Besinnung auf das Spezifische der lyrischen Sageweise mündete konsequent in das fundamentale Gebot, die Lyrik solle nur das sagen, was sie allein zu sagen vermag. Die geschärfte poetologische Reflexion forderte die Abstreifung alles bloß Äußerlichen, rein Stofflichen. Für George stellte eine solche Lyrik ganz selbstverständlich die Kunstform dar, von der aus die Dichtungssprache erneuert werden kann. In einem Brief vom 22. November 1890 an Arthur Stahl schreibt er: „Du redest so verächtlich über lyrik als von dem einzigen wozu Du Dich bis jetzt aufgeschwungen hättest. Geht doch von hier aus in erster linie das NEUE aus. Aber mein buch das Du nächstens haben wirst soll für mich sprechen.“[58]

Dass George davon überzeugt war, mit diesen Gedichten einen entscheidenden Entwicklungsschritt vollzogen zu haben, lässt das programmatische Gedicht *Weihe* erkennen, mit dem er später seine *Hymnen* und damit sein ganzes Werk eröffnen wird. Der Text ist ein Musterbeispiel an Formbeherrschung und Klangzauber. George schwelgt hier geradezu in symbolistischen Synästhesien und raffinierten Klangfärbungen. In der ersten Strophe bekommt jede Zeile eine vokalische Imprägnierung:

Hinaus zum strom! wo stolz die hohen rohre
Im linden winde ihre fahnen schwingen

Und wehren junger wellen schmeichelchore
Zum ufermoose kosend vorzudringen.
(SW II, 10)

In der Wortfolge von der „glatten fluten dunkelglanz“ in der zweiten Strophe erschafft George sogar einen Klangchiasmus, indem er mit der Abfolge von gla-e-u-e-u-e-gla eine klangliche Achsenspiegelung vornimmt. Das sind verstechnische Feinheiten, die den Kenner symbolistischer Ästhetik mit der Zunge schnalzen lassen.

Weihe gipfelt in der Begegnung zwischen dem lyrischen Ich und einem als Herrin bezeichneten himmlischen Wesen, das den für reif, rein und geheiligt befundenen Sprecher zum Dichter weiht. Dies jedenfalls dürfte der Sinn ihrer Segnung sein, die sich in einem Kuss vollzieht. George stellt damit eine Art Initiationsszene an den Anfang seines Werks, in der das lyrische Ich von einer musenähnlichen Instanz geprüft und in den Dichterstand erhoben wird. Es ist ein Akt poetischer Selbstlegitimation. Von jetzt an zählt der Sprecher zu den Erwählten.

Bis zum Spätsommer entstand in Berlin, Bingen und auf Reisen eine Gruppe von achtzehn Gedichten, die George im Dezember auf eigene Kosten in 100 Exemplaren bei der Druckerei Wilhelm & Brasch als Privatdruck herstellen ließ. Er übergab und schickte sie an Freunde und Familienangehörige, in drei Buchhandlungen in Berlin, Darmstadt und München, wo Arthur Stahl inzwischen studierte, lagen wenige Exemplare zum Kauf aus. Einen festen Preis verlangte George nicht, aber er schrieb Stahl, dass es nicht unter fünf Mark verkauft werden solle.[59] Damit signalisierte er eine gewisse Exklusivität. Ende 1891 befanden sich noch 48 Exemplare bei Carl August Klein in Berlin.[60]

Das Erscheinungsbild dieses Privatdrucks ist von äußerster Schlichtheit. Auf einem Pergamentumschlag steht im oberen Drittel zentriert der Verfassername STEFAN GEORGE in Versalien, der Titel HYMNEN steht in etwas größerem Schriftgrad zentriert in der Mitte, im unteren Drittel der Ortsname BERLIN in etwas kleinerem Schriftgrad als der Name und darunter 1890. Der Innentitel ist gleich gestaltet, wobei Verfassername, Orts- und Jahresangabe einen weniger fetten Druck aufweisen. Die Seitenzählung des Bandes ist eigenwillig. Er besteht aus 26 mattweißen, leicht ins Gelbliche spielenden Büttenpapierblättern mittlerer Stärke. Gezählt ist jeweils nur die rechte Seite, wobei die Zählung beim dritten Blatt einsetzt. Die Zählung erfolgt per Blatt, nicht per Seite, und reicht bis zur Ziffer 25 auf der letzten bedruckten Seite. Ein Inhaltsverzeichnis gibt es nicht. Eine Gliederung der Gedichte erfolgt durch Leerseiten, von denen es bis zu drei aufeinander folgende gibt. Die Überschriften *Neuländische Liebesmahle* und *Bilder*, die für jeweils zwei Gedichte gelten, stehen alleine auf einer Seite den Texten voran. Nur diese vier Gedichte beginnen oben auf der Seite, die übrigen vierzehn setzen immer links unten ein, so dass sie wenigstens über zwei Seiten fließen, auch dort, wo eine Seite für ihren Umfang gereicht hätte. Die Schrift ist eine klare schmucklose Antiqua. Ungewöhnlich ist, dass die Gedichte – von den Versanfängen abgesehen – durchgehend Kleinschreibung aufweisen. Nur wenige Worte, außer Eigennamen, sind durch Großschreibung des Wortanfangs hervorgehoben. Das erste, das derart akzentuiert ist, ist die Selbstapostrophe als der „Einsame" in dem zitierten El Escorial-Gedicht *Nachmittag*. George greift auch schon in die Orthographie ein, indem er das ‚ß' in ‚ss' auflöst. Allerdings bleibt das ‚h' hier noch in einigen Fällen, wo es später getilgt wird, erhalten. Ungewöhnlich ist das ganze Erscheinungsbild des Bandes allein schon deshalb, weil Gedichtbände in dieser Zeit nicht selten mit aufwendigen Ausstattungen aufwarteten, häufig mit Goldschnitt, mit reich verzierten geprägten Umschlägen, mit verschnörkelten Schrifttypen und diversen ornamentalen Ausschmückungen. Demgegenüber markierten Georges *Hymnen* in jeder Hinsicht den Gegenentwurf. Sie sind eine programmatische Reduktion aufs Wesentliche, auf den Text.

Im Bann des Ästhetizismus

George hatte im August Carl Rouge in Bad Kreuznach getroffen und ihm seine neuen Gedichte vorgetragen. Kurz darauf stellte er handschriftlich eine kleinere Sammlung mit zwei Gedichtgruppen zusammen und schickte sie an Rouge, der Ende August mit einem ausführlichen Kommentar reagierte. Dieser Brief enthält auch eine Abschrift, die Rouge von einem Schreiben an Arthur Stahl machte, in dem er auf diese Privatlesung einging. Man kann dieser Passage entnehmen, dass George seiner Rezitation die Erklärung voranstellte, seine Dichtung sei nur für eine bestimmte ‚Sphäre' zugänglich, in die man hineingeboren sein müsse. Rouge schreibt dazu an Stahl: „Er scheint eben zu glauben, ohne eine Vorrede ginge es nicht. Er hat nämlich die fixe Idee – oder vielleicht ist es auch mehr als eine fixe Idee – jedes Kunstwerk sei nur für eine bestimmte Sphaere geschaffen, könne nur von dieser richtig gewürdigt werden. Das ist gewiss teilweise ganz richtig, andererseits aber doch wahrscheinlich lächerlich übertrieben, denn wo bliebe da die Kritik? Es wäre vielleicht viel besser gewesen, George hätte mir seine Gedichte ohne jegliche Vorbemerkung zu lesen gegeben, als dass er sie mir mit vielen Praeambeln vorlas, eine Communicationsweise, die vieles verloren gehen lässt."[61] Rouge lässt als das Neue in Georges Gedichten ihre Formvollendung gelten, aber nach der Lektüre der Texte relativiert er ihre Neuheit in stofflicher Hinsicht. Rouge forderte George auf, Arthur Stahl eine Textsammlung zu schicken, da er doch der ‚Sphäre' angehören könne. George hatte wohl auch Rouges eigene Zugehörigkeit in Frage gestellt, denn in dem Brief heißt es: „Nun schreibst Du, ich könne nicht ‚mitfühlen in einer Sphaere, die mir unbekannt' sei: ich finde wahrhaftig keine unbekannte Sphaere in deinen Gedichten! [...] – Ferner protestiere ich recht energisch gegen die Vergleichung mit Voß. Der war ein Pedant (unverzuckerte Pille!). Ich sage dir kurz: Ich werde deine Werke beurteilen nach sich selbst, nicht nach dem, was du darüber sagst."[62] Die folgende Passage aus Rouges Brief mag ein Beispiel für Georges Vergleich seiner Art zu kritisieren mit Johann Heinrich Voß abgeben, der für seine silbenstecherischen Rezensionen in der Zeit um 1800 gefürchtet war. Rouge macht sich hier über das zweiteilige Gedicht *Neuländische Liebesmahle* her: „Das ‚=ländlich' hat gar keinen Zweck, das ‚Liebes=' auch nicht – erklären lässt sich freilich schließlich alles! Ferner in der 1. Zeile: ‚rauche' ist falsch: Man beträufelt doch nicht mit einem Rauch. – Den ‚Melodienstrom' in der 2. Strophe glaube ich schon sonst wo gehört zu haben. Schwerlich könntest Du deutlich sagen, was Du dabei gewollt. Die pars pro toto ‚flechten' und ‚haar' kommen mir nicht sehr poetisch vor, besonders, wenn sie den ‚einklang stören!' Warum ferner ‚blonder' Wirbel? Und wer von den Eingeweihtesten der Eingeweihten, wer aus der höchsten und innersten Sphaere wird (wenn sich nicht der Dichter dazu versteht, die Erklärung an den Rand zu schreiben oder drucken zu lassen), wer von ihnen, frage ich, wird von selbst die letzte Zeile des Gedichts enträtseln, wer wird mir sagen, wer die ‚Wissensvolle' ist, warum ‚und'?"[63] Nicht zu Unrecht charakterisiert Rouge zusammenfassend die Dinge, die ihn an Georges Gedicht stören, als „romaneske Velleitäten", womit er die Herkunft dieser Stilmerkmale auf Georges Kontakt zum französischen Symbolismus zurückführen will.

Rouges Stilkritik führte bei George zu der Erkenntnis, dass er sich in seiner dichterischen Entwicklung so weit entfernt hatte, dass eine produktive Verständigung nicht mehr möglich war. In einem Briefentwurf an Rouge vom Herbst 1890, in dem er auf den zitierten Brief antworten wollte, schrieb George: „Und nun vergiss – ich bitte Dich – was ich jüngst dir schrieb als lezte wirre unweise übergangsnote zu klängen in denen ehmals wir uns verstanden. Sie werden nicht mehr kommen. [...] Denn auf dem was Dir schlecht ist will ich ja weiterbauen dein gutes als kindlich abstreifen für und für. Und des mannes vollendung in der kunst wird hiernach streben: So sei sein werk dass du es tadelst vom ersten laut bis zum lezten laut. Wie verloren also Deine hinweise besserung und vor allem mühe."[64] George verzichtete wohl darauf, diesen Brief an Rouge zu senden, da er sich dazu entschlossen hatte, einen an Rouge und Stahl zugleich adressierten ‚Absagebrief' zu schreiben. Diesen Brief von Ende Oktober 1890 kann man als Abschiedsbrief von der eigenen Jugend und den Jugendfreunden interpretieren. Er beginnt mit den Worten: „Liebe – ehmals – freunde! Ihr seid geblieben wie Ihr wart, was Ihr macht machten wir schon ebenso vor einigen jahren Euch muß ich also nicht erforschen Als ich aus England zurückkam erinnert Euch begann ich eine umwälzung durchzuringen Wenn ich nun sage [...] ich suche andere bahnen wie kann geringer Eure aufgabe sein als: hören denken fragen? Freilich ist es ja des haufens deckmantel belachung und verdammung, die mühe zu überlegen ist zu groß, das kann man dem haufen ja auch nicht zumuten – aber freunden? Ich bleibe Eurem andenken treu."[65] Hier spricht sich erstmals ein Selbstbewusstsein aus, das in geradezu rücksichtsloser Weise persönliche Beziehungen in dem Moment aufzukündigen für notwendig und legitim hält, da sie künstlerisch fruchtlos geworden sind. Der Begriff ‚Eure aufgabe' ersetzt ein partnerschaftliches Verhältnis durch das Angebot eines Lehrer-Schüler-Verhältnisses. Hier kündigt sich also eine Haltung an, die uns später als Organisationsform des George-Kreises noch beschäftigen wird. Auch klingt in der Wendung vom ‚erforschen' ein gewisser Stolz auf seine inzwischen geknüpften Verbindungen mit der avancierten zeitgenössischen Literatur an.

George hatte sich in den zurückliegenden Monaten um die Intensivierung dieser Kontakte weiter bemüht. Nach dem Berliner Sommersemester 1890, in dem er die Fortsetzung von Toblers Vorlesung über die historische Syntax des Französischen, die Neufranzösischen Übungen von Stefan Waetzoldt und die Lehrveranstaltung über literarische und historische Kritik des schon hochbetagten Theologen und Philosophen Eduard Zeller besucht hatte, brach George im Juli zu einer Reise nach Kopenhagen auf. Möglich, dass er auf Grund seines Interesses an Ibsen den skandinavischen Kulturraum kennenlernen wollte. In Kopenhagen kam er in flüchtige Berührung mit Stanislaus Rozniecki, der ihn auf Jens Peter Jacobsen, den Verfasser von *Niels Lyhne*, hinwies. 1893 veröffentlichte George drei Gedichte von Jacobsen in den *Blättern für die Kunst* in eigener Übertragung.

Im August traf George wieder in Paris ein, wo er sich bis Ende September aufhielt und wo die letzten sechs Gedichte der *Hymnen* entstanden. Zu ihnen gehört auch das Gedicht *Fra Angelico*, das George Albert Saint-Paul in einer Handschrift widmete. Der Anlass für die Widmung dürfte darin bestanden haben, dass Saint-Paul ihn auf ihren gemeinsamen Exkursionen durch Paris auch in den Louvre geführt hatte, denn Saint-Paul erinnerte sich: „Eines Tages führte ich ihn in den Louvre. Der Saal der frühen Italiener begeisterte ihn. Giotto, Mantegna, Fra Angelico entzückten ihn durch den Ausdruck ihres kindlich-idealen Strebens, bestrahlt von so lebendigem und klarem Licht, als wäre es erst gestern gemalt. Wir blieben lange in diesem Saal, der, wie ich glaube, damals für ihn allen Reichtum des Louvre in sich begriff. Er sprach mir an den folgenden Tagen wiederholt davon; er kehrte dorthin zurück, und eines Abends las er mir ein Sonett vor, dass er mir widmete und dessen Eingebung er Fra Angelicos *Krönung der Jungfrau* verdankte."[66]

Es lässt sich bei George von jeher ein vitales Interesse an der Bildenden Kunst feststellen, sowohl an der Malerei und Zeichenkunst als auch an der Plastik. Dabei ist allerdings auffällig, dass sein Geschmack ihn auf diesen künstlerischen Gebieten bereits in jungen Jahren in einem eher distanzierten Verhältnis zu den aktuellen Tendenzen zeigte. Als er 1889 erstmals nach Paris kam, führte ihn der Zufall im Hôtel des Américains nicht nur mit Albert Saint-Paul, sondern auch mit dem Maler Paul Herrmann zusammen, der George für die impressionistischen Maler Manet, Monet und Renoir zu begeistern versuchte. Damit erlitt Herrmann jedoch kompletten Schiffbruch. Er musste feststellen, dass George diese Maler ablehnte, weil er in ihnen Repräsentanten des bürgerlichen Zeitalters sah und in ihren Werken nur eine ‚Auflösung der Kunst' erkennen konnte.[67]

Als George sich im Frühjahr 1891 erstmals in München aufhielt, empfahl ihn die Inhaberin der Pension, in der er sein Quartier hatte, einer distinguierten Dame „als den nach ihrer Ansicht besten Betreuer ihrer Tochter", die gleichfalls dort wohnte. Diese Tochter, in der man das Modell der ‚Schwarzen Madonna' eines Gedichts aus den *Pilgerfahrten* sehen kann, erzählte, „dass sie sehr häufig in der Begleitung d[es] M[eister]s., der damals ausserordentlich elegant auftrat, wie auch sie, die Pinakothek [...] aufsuchte und die Schack-Galerie, und dass d. M. besonders die Gemälde von Dirk Bouts, Memling, Angelico und Böcklin gezeigt habe."[68]

Über drei der Genannten hat George selbst geschrieben, denn neben dem Fra Angelico-Gedicht gibt es sein späteres Zeitgedicht *Böcklin* und kleine Prosatexte über eine Pietà Böcklins und über Schmucktrachten auf zwei Gemälden von Dirk Bouts. Die Prosatexte gehören zu einer 1893/94 entstandenen Gruppe, die auch Texte über Radierungen von Maximilian Klinger sowie Gemälde von Cimabue und Quentin Massys umfasst. Man kann diesen kleinen Zyklus als „Wahrnehmungs- und Beschreibungsübung" verstehen, wobei George den Schwerpunkt „auf die sprachliche Wiedergabe der Farbe und dekorativer Details" legt, während alle Handlungsmomente des Dargestellten ausgeblendet werden. Der Kunstwissenschaftler Michael Thimann charakterisiert Georges Umgang mit den mittelalterlichen Werken folgendermaßen: „Ganz dem Ästhetizismus des Fin de siècle scheint die Vernachlässigung des ikonographischen Gehalts geschuldet, wodurch das Kunstwerk aus entfernter Vergangenheit rein ästhetisch wahrgenommen wird, ohne es in seinen historischen Bedingungen zu verorten." (GHb II, 557) Bei Klinger hingegen betone George den Stimmungsgehalt des „für die Jahrhundertwende typischen ennui", während er an Böcklin „die Vitalität seiner mythopoetischen Schöpfungen" (GHb II, 560) schätze, mit der er „die antike Welt der nackten Leiber in die prüde Kultur der Gründerzeit brachte." (GHb II, 553) Hinzu kam, dass George in Böcklins Umsiedlung nach Italien eine Abwendung von der Verhässlichung der modernen deutschen Gesellschaft sah und die Flucht in eine Kultur, in der die Idee reiner Schönheit mehr Anklang fand. Wenn mit Ästhetizismus und *ennui* Stichworte fallen, die für die zeitgenössische Kunst kennzeichnend sind, ist es doch auffällig, dass es im Unterschied zur Literatur bei George so gut wie keine direkte Verbindung zur symbolistischen Malerei gab. 1894 nahm er zwar eine Schwarz-Weiß-Reproduktion des Pastells *Mit Georges Rodenbach. Eine tote Stadt* des belgischen Symbolisten Fernand Khnopff, das von seinem Stimmungsgehalt her den Roman *Die tote Stadt* (*Bruges – la Morte*) von Georges Rodenbach präludierte, in die seltenen Bildbeilagen der *Blätter für die Kunst* auf, aber das blieb eine Ausnahme. Zudem ist dieses Bild weit entfernt von den ästhetischen Provokationen in Khnopffs symbolistischen Hauptwerken mit ihren Hybridwesen, etwa in seinen *Liebkosungen*.

Natürlich konnte George der symbolistischen Kunst noch nicht in den Museen von London, Mailand, Madrid und selbst nicht in Paris begegnen. Aber es ist schon seltsam, dass er in Paris offenbar keine Verbindung mit den Malern des Symbolismus suchte. Das ist auch deswegen erstaunlich, weil so gut wie alle seiner Pariser Dichterfreunde dem Maler Gustave Moreau huldigten und ihm ihre Veröffentlichungen und Zeitschriften mit verehrungsvollen Widmungen zuschickten. Nicht wenige ließen sich auch in ihrer poetischen Produktion von Moreaus Bildmotiven inspirieren. Moreau nahm auf dem Gebiet der Malerei den gleichen Rang ein wie Mallarmé in der Literatur. Gerade zwischen diesen beiden bestand eine geistige Verwandtschaft, die sich zum Beispiel in der intensiven Beschäftigung mit dem biblischen Stoff um Salomé und ihre Mutter Herodias manifestierte. Dieses Interesse teilte auch der junge Stefan George. Unter seinen eher wenigen Übertragungen aus dem Werk von Mallarmé nimmt diejenige aus seiner *Herodiade* eine besondere Stellung ein.

Der 1842 geborene Stéphane Mallarmé bildete von der Generation her die Brücke zwischen der Gründerfigur Charles Baudelaire und der Mehrzahl der symbolistischen Autoren, mit denen der gerade 20-jährige George 1889/90 in Kontakt kam. Mallarmé hatte schon als Jugendlicher gedichtet, 1861 entdeckte er Baudelaires *Fleurs du mal*, die ihn stark beeindruckten. In der bedeutenden Anthologie der Autorengruppe ‚Parnasse' war Mallarmé 1866 mit zehn Gedichten vertreten, woraufhin Paul Verlaine seine Bekanntschaft suchte, 1872 lernte er Arthur Rimbaud kennen und ab 1877 versammelte Mallarmé an seinen Dienstagabenden in der Rue de Rome französische und ausländische Dichter um sich. 1894 wurde er, der im zivilen Beruf Englischlehrer gewesen war, pensioniert und zog sich nach Valvins zurück, wo er am 9. September 1898 starb.

Mitte der 1860er Jahre hatte er mit seinem Herodiade-Projekt begonnen, einer dialogischen Dichtung, die den biblischen Salomé-Stoff zum Ausgangspunkt nahm. Herodias ist im Neuen Testament die Mutter der Salomé, die dieser eingibt, als Lohn für ihren Tanz das Haupt von Johannes dem Täufer zu verlangen. Schon zu dieser Zeit betonte Mallarmé, dass es ihm darauf ankomme, mit dem Gedicht vor allem das Musikalische und das Malerische der Sprache zur Geltung zu bringen. 1876 erschien der von dem impressionistischen Maler Édouard Manet illustrierte Gedichtband *Nachmittag eines Fauns* (*L'après-midi d'un faune*). Aus diesen beiden Werken übersetzte George wohl bereits bald nach seiner persönlichen Bekanntschaft mit Mallarmé.

Trotz Georges häufiger Aufenthalte in Paris kam es erst wieder 1896 zu einer persönlichen Begegnung. Gleichwohl gelang es George, den wichtigen Kontakt zu Mallarmé aufrecht zu erhalten. Mit besonderem Stolz erfüllte es ihn, seine *Hymnen* gleich nach Erscheinen im Dezember 1890 nach Paris zu schicken. Es ist dabei typisch, dass er sie nicht auf direktem Postweg in die Rue de Rome schickte, sondern das Mallarmé zugedachte Exemplar, dem eine Visitenkarte mit den Worten ‚A Monsieur Stéphane Mallarmé un auteur étranger mais daignez familier' beilag, durch den gemeinsamen Freund Albert Saint-Paul überreichen ließ. Wo immer es ging, wählte George den persönlichen Weg. Mallarmé dankte ihm brieflich Ende Februar, lobte besonders den Titel und bestätigte George, dass er „einer der Unsrigen und von heute" sei.[69] Knapp anderthalb Jahre später schrieb George Mallarmé wegen der Absicht an, Übersetzungen aus seinem Werk in den geplanten *Blättern für die Kunst* zu präsentieren (vgl. G/M 89). Mallarmé war damit gerne einverstanden, sofern die Übersetzung von George selbst stamme. So enthielt der zweite Band vom Dezember 1892 Übertragungen aus einem Prosatext und ein Gedicht, wofür sich Mallarmé im Februar 1893 bedankte. Gleichzeitig lobte er die im selben Band befindlichen Gedichte aus Georges *Algabal*, die ihm, „obwohl ich sie schlecht in einer mir nicht bekannten Sprache entziffere, rein intuitiv sogleich vertraut vorkommen." (G/M 91) Auch auf andere Zusendungen Georges reagierte Mallarmé mit ähnlich würdigenden Formulierungen, wenn er aus der Verlegenheit der Sprachunkenntnis heraus seine Zuflucht beim Lob der „gebieterisch sichtbare[n] Melodie" (G/M 92) oder der Empfindung der „höchsten bildnerischen Musik" (G/M 95) nahm. Immerhin war Mallarmé von Georges Dichtung und seinem Unternehmen der *Blätter für die Kunst* so beeindruckt, dass er 1895 in einer Stellungnahme zu den Kulturbeziehungen zwischen Frankreich und Deutschland im *Mercure de France* diese Zeitschrift namentlich erwähnte. Persönlich trafen sich George und Mallarmé erst wieder im März 1896, als George vor Beginn der Dienstagabend-Runde in die Rue de Rome kam und seinen Plan eines ‚Albums' mit Übersetzungen der zeitgenössischen französischen Dichtung vortrug. Bei dieser Gelegenheit dürfte George von den eintreffenden Gästen auch Paul Valéry kennengelernt haben. Im folgenden Jahr gehörte George dann als einziger Deutscher zu den 23 Beiträgern einer Gabe zu Mallarmés 55. Geburtstag, die aus einer olivfarbenen Dichter-Mappe bestand. Jeder der Beteiligten steuerte ein handschriftliches Gedicht bei, George übersetzte zu diesem Anlass Mallarmés *Erscheinung* (*Apparition*) ins Deutsche. Im Januar 1898 besuchte George zusammen mit den bildenden Künstlern Melchior Lechter und Paul Herrmann ein letztes Mal Mallarmé, der im September desselben Jahres verstarb.

Noch 1905 veröffentlichte Stefan George seine Umdichtung der Mallarméschen *Herodias* in bibliophiler Ausstattung von Melchior Lechter. Die darin mehrfach ausgesprochene Insistenz auf dem Alleinsein, auf einer Art existentiellem *Noli me tangere* passte zu Georges Anspruch auf Exklusivität. Wenn die unnahbare ‚Schlange' Herodias ‚im Schrecken leben' will, den ihr Haar ihr bereitet, changieren ihre Züge ins Medusahafte. Nicht zu übersehen sind auch die Übergänge ihres Körpers ins Anorganische. Ihr Auge vergleicht sie einmal einem Kleinod, also einem Edelstein, und ihr Blick wird explizit als ‚klarer demantblick' bezeichnet. Ihr Haar besitzt nicht etwa nur einen metallischen Glanz; es wird von Metall in ein starres Wallen gebracht, das heißt, man darf sich ein Ensemble von metallischem Haarschmuck wie Diadem, Reif, Spange oder Fibel vorstellen. Alle Elemente ihrer Beschreibung und ihr ganzes Gebaren und Sprechen stehen im Dienst einer paradoxen keuschen Todeslust, einer eigenartigen Mischung aus Reinheit und Grausamkeit. Damit entspricht Mallarmés Herodias-Gestalt in wesentlichen Aspekten Georges Algabal aus dem gleichnamigen Gedichtband von 1892, der seine am weitesten gehende Annäherung an einen sich der Dekadenz öffnenden Symbolismus markiert.

Auch wenn George sich in seiner Entwicklung seit Mitte der 1890er Jahre zunehmend von der symbolistischen Dichtung entfernte, blieb ihm die Begegnung mit ihr in Paris immer eine besonders wichtige Station auf seinem eigenen Weg. Noch in seinem 1907 erschienenen Gedichtband *Der Siebente Ring* setzte er ihr ein Denkmal mit seinem Gedicht *Franken*:

Es war am schlimmsten kreuzweg meiner fahrt:
Dort aus dem abgrund züngelnd giftige flammen ·
Hier die gemiednen gaue wo der ekel
Mir schwoll vor allem was man pries und übte ·
Ich ihrer und sie meiner götter lachten.
Wo ist dein dichter · arm und prahlend volk?
Nicht einer ist hier: Dieser lebt verwiesen
Und Jenem weht schon frost ums wirre haupt.

Da lud von Westen märchenruf .. so klang
Das lob des ahnen seiner ewig jungen
Grossmütigen erde deren ruhm ihn glühen
Und not auch fern ihn weinen liess · der mutter
Der fremden unerkannten und verjagten ..
Ein rauschen bot dem erben gruss als lockend
In freundlichkeit und fülle sich die ebnen
Der Maas und Marne unterm frühlicht dehnten.

Und in der heitren anmut stadt · der gärten
Wehmütigem reiz · bei nachtbestrahlten türmen
Verzauberten gewölbs umgab mich jugend
Im taumel aller dinge die mir teuer –
Da schirmten held und sänger das Geheimnis:
VILLIERS sich hoch genug für einen thron ·
VERLAINE in fall und busse fromm und kindlich
Und für sein denkbild blutend: MALLARMÉ.

Mag traum und ferne uns als speise stärken –
Luft die wir atmen bringt nur der Lebendige.
So dank ich freunde euch die dort noch singen
Und väter die ich seit zur gruft geleitet ...

Wie oft noch spät da ich schon grund gewonnen
In trüber heimat streitend und des sieges
Noch ungewiss · lieh neue kraft dies flüstern:
RETURNENT FRANC EN FRANCE DULCE TERRE.
(SW VI/VII, 18f.)

Die letzte Zeile zitiert aus dem hochmittelalterlichen *Chanson de Roland*, die letzten beiden Zeilen der ersten Strophe spielen wohl auf den nach Italien geflüchteten Böcklin und auf Nietzsche an.

Von seinem zweiten Pariser Aufenthalt kehrte George Ende September 1891 mit einer Zwischenstation im Bingener Elternhaus zu seinem letzten Semester an der Friedrich-Wilhelms-Universität nach Berlin zurück. Er belegte im Wintersemester 1890/91 wiederum bei Stefan Waetzoldt eine Lehrveranstaltung zu Victor Hugo, besuchte die ‚Kunstgeschichtlichen Übungen' von Carl Frey und nahm an einer Einführung in die ‚Moderne italienische Literatur' des Lektors Giuseppe Rossi teil. Es ist vorstellbar, dass George bei ihm erstmals den Namen Gabriele d'Annunzio hörte. D'Annunzio hatte sich seit Mitte der 1880er Jahre mit mehreren Gedichtbänden und seinen ersten Romanen als Vertreter eines formbewussten Ästhetizismus positioniert. George konnte bei ihm sowohl auf die Beherrschung der Form stoßen, wie er sie bei den Parnassiens und den Symbolisten kennengelernt hatte, als auch auf Themen wie das Ringen mit der Sinnlichkeit und die Gefährdung der Unschuld. Jedenfalls beschaffte Klein ihm im Sommer 1892 eine italienische Zeitschrift, die Gedichte d'Annunzios enthielt. George war von ihrem Ton sofort gefesselt. Schon als Schüler hatte er sich für die italienische Sprache begeistert und sie sich selbst beigebracht. Ein Motiv mag darin bestanden haben, die Gesänge (*Canzoniere*) des Petrarca im Original lesen zu können. Die Beschäftigung mit Petrarca stand für George zum einen im Zusammenhang mit der Aneignung der Sonettform.[70] Zum anderen fand er in Petrarcas Dichtung das Motiv der Berufung zum Dichter durch eine himmlische Geliebte, die ein zukünftiges Zusammenleben im Jenseits in Aussicht stellt. Im März 1889 hatte George auf seiner ersten Italienreise ein Sonett Petrarcas nachgedichtet, in dem dieses Motiv im Mittelpunkt steht.

Die Gedichte, die Stefan George von d'Annunzio übersetzte, entstammen alle dem von 1891 bis 1893 entstandenen Zyklus *Poema Paradisiaco.* Noch bevor dieser Band 1893 erschien, veröffentlichte George fünf Übertragungen daraus in seiner Zeitschrift *Blätter für die Kunst.* D'Annunzio war von Georges Übertragungen so angetan, dass er sich über Dritte bemühte, ihn dazu zu bewegen, dass er sein Drama *Francesca da Rimini* übersetze, aber

George tat das nicht. Zu einer persönlichen Begegnung kam es zwischen ihnen nicht, wohl aber zu einem Austausch von Widmungsexemplaren. Später distanzierte sich George von d'Annunzios Werk und äußerte gegenüber Edith Landmann 1926 sogar mit Blick auf d'Annunzios langjährige Geliebte, die international berühmte Sängerin Eleonora Duse: „Sie war nicht so Phrase wie ihr Dichter." (EL 162)

Am 26. März 1891 erfolgte Georges Exmatrikulation. Da ist er aber schon lange nicht mehr in Berlin. Im Februar war er zu seinem Bruder Fritz nach München aufgebrochen und schrieb an Gedichten seines zweiten Bändchens mit dem Titel *Pilgerfahrten*. Es wurde wie die *Hymnen* als Privatdruck mit dem gleichen äußeren Erscheinungsbild gestaltet und umfasste 21 Gedichte, die sich in vielen Fällen Reisestationen des ersten Halbjahrs 1891 zuordnen lassen. Gedruckt wurden die *Pilgerfahrten* in Lüttich bei Vaillant-Carmanne, wo auch Albert Mockels Zeitschrift *La Wallonie* hergestellt wurde. Auch dieses Mal gibt es kein Inhaltsverzeichnis und erfolgt eine Gliederung der Texte durch den Einschub von Leerseiten. Allerdings wird nun jede Vorder- und Rückseite gezählt, so dass der Text bis zur Seite 44 läuft. Auch die Platzierung der Texte fällt konventioneller aus, indem nur noch in drei Fällen das Gedicht links unten beginnt. Dafür lässt George die Gedichte mit einer Initiale einsetzen. Als Erscheinungsort gibt der Umschlag nicht Lüttich, sondern Wien an. Das ist darauf zurückzuführen, dass George von München aus seinen Weg mit einem Schlenker durch Oberitalien nach Wien fortgesetzt hat. Wiederum meldet er sich fast unmittelbar nach dem Eintreffen an seinem Zielort zuerst bei seinen Eltern. Als erstes Quartier hat George eine Familienpension in der Wasagasse 11 gewählt, nicht weit von der Universität im neunten Wiener Gemeindebezirk Alsergrund. Er freut sich darüber, hier ähnlich wie in London sofort Anschluss an die Gastleute gefunden zu haben. „Sosehr ja die freie einsamkeit – ich meine das fürsichsein – seine vorzüge hat in diesem fall wäre sie trostlos. ich bin zufrieden mit meiner wahl für die drei tage die ich hier bin scheint es unglaublich dass ich mich bereits heimisch fühle. In einer so feinen familie bei so feinen tischgenossen die sehr taktvoll es den fremden gar nicht merken lassen dass er ein fremder ist."[71] Im April wohnte George in der Liechtensteinstraße, Mitte Mai zog er in die Harmoniegasse um, die jene mit der Wasagasse verbindet. George blieb länger als ein Vierteljahr in Wien. Neben der Arbeit an den *Pilgerfahrten* ist er mit den Baudelaire-Übertragungen beschäftigt, die in 25 zinkographierten Exemplaren in Kleins Handschrift im Dezember an Freunde verteilt werden. Außerdem verbrachte George die Zeit bis Anfang Juli mit intensiven Studien in der Wiener Universitätsbibliothek, wenn er sich auch nicht dort inskribierte.

Man kann anhand seiner erhaltenen Exzerpte und Notizen sein Ringen um die Klärung ästhetischer Grundsatzfragen nachvollziehen. Ein Schwerpunkt war das Studium der deutschen Romantik. Sie kann für George wie die französischen Symbolisten gleichermaßen als Bezugspunkt betrachtet werden. Die literaturgeschichtlichen Vermittlungsprozesse sind hier recht kompliziert. Die französische Romantik hatte sowohl weltanschaulich als auch in ihren literarischen Techniken einen völlig anderen Charakter als die deutsche. Daher gelangte das dichtungstheoretische Denken eines deutschen Romantikers wie Novalis erst auf dem Umweg über den Amerikaner Edgar Allen Poe, dessen Werk von Baudelaire übersetzt wurde, in den französischen Sprachraum.[72] Die intertextuelle Verflechtung, die auf diesem Weg zwischen der deutschen Romantik, dem französischen Symbolismus und Georges Frühwerk entstand, will ich wenigstens an einem Fall demonstrieren, der häufig als Beispiel für Georges Abhängigkeit von Baudelaire angeführt worden ist. Es handelt sich um das erste Gedicht aus dem Zyklus *Im Unterreich* aus dem 1892 in Paris in 100 Exemplaren erschienenen Gedichtband *Algabal*, dessen Texte wohl weitgehend im Sommer 1891 – also zur Zeit der Baudelaire-Übertragungen und des Romantik-Studiums – entstanden sein dürften.

Heliogabal – oder auch Algabal – gehörte zu den Lieblingsgestalten der symbolistischen Literatur. Die historische Gestalt des spätrömischen Kaisers galt als Inkarnation von Prunksucht, Dekadenz und Exzentrik, Algabal war zugleich aber auch ein Virtuose der Selbstinszenierung, ein Transsexueller und agierte jenseits aller Moral, kurzum er eignete sich als Ikone des Ästhetizismus, zu der ihn besonders Huysmans Romanheld des Esseintes formte. Algabal fungierte dort als Vorbild für die radikale Autonomie der künstlerischen Fantasie. Daher exponiert Georges *Algabal* ihn in genau dieser Rolle.

Ihr hallen prahlend in reichem gewande
Wisst nicht was unter dem fuss euch ruht –
Den meister lockt nicht die landschaft am strande
Wie jene blendend im schoosse der flut.

Die häuser und höfe wie er sie ersonnen
Und unter den tritten der wesen beschworen
Ohne beispiel die hügel die bronnen
Und grotten in strahlendem rausche geboren.

Die einen blinken in ewigen wintern ·
Jene von hundertfarbigen erzen

Aus denen juwelen als tropfen sintern
Und flimmern und glimmen vor währenden kerzen.

Die ströme die in den höheren stollen
Wie scharlach granat und rubinen sprühten
Verfärben sich blässer im niederrollen
Und fliessen von nun ab wie rosenblüten.

Auf seeen tiefgrün in häfen verloren
Schaukeln die ruderentbehrenden nachen ·
Sie wissen auch in die wellen zu bohren
Bei armige riffe und gähnende drachen.

Der schöpfung wo er nur geweckt und verwaltet
Erhabene neuheit ihn manchmal erfreut ·
Wo ausser dem seinen kein wille schaltet
Und wo er dem licht und dem wetter gebeut.
(SW II, 60)

Dieses Eröffnungsgedicht des *Algabal* scheint wesentliche Motive von Baudelaires Gedicht *Traum in Paris* (*Rêve Parisien*) aus den *Fleurs du mal* aufzugreifen. Es ist ein recht langes Gedicht, aus dem hier nur die Georges Text am nächsten stehenden Strophen zitiert seien. Da George dieses Gedicht interessanterweise nicht übersetzt hat, greife ich auf die Übersetzung von Carlo Schmid zurück.

Der Schlaf ist mächtig Wunderland!
Von einer Laune Spiel betört
Hab ich aus dieser Schau verbannt
Was lebt und drum nicht hingehört,

Und, Maler stolz ob meiner Kunst,
Genoß in meinem Bild ich all
Das Einerlei aus Rausch und Brunst
Von Wasser, Marmor und Metall.

Aus Treppenbogen wuchs ein Bau,
Mein Babel, auf zu weitem Schloß,
Wo Wasserkunst aus reichem Stau
In Flut von mattem Golde schoß;

Und Katarakte hingen schwer
Wie Schleiertücher von Kristall
In einem Funkelfeuermeer
An Mauerzinnen aus Metall.

[...]

Baumeister meiner Fabelwelt
Führt ich, wie es mein Wunsch befahl,
Gezähmten Ozean zum Belt
Durch Bogengänge von Opal.

Und alles, selbst das Schwarze, schien
Vielfarbenflimmernd, hell, poliert;
Das Flüssige fand seinen Sinn
Im Strahl, der sich kristallisiert.[73]

So offenbar die Übereinstimmungen zwischen beiden Gedichten sind, wäre es doch ein Kurzschluss, dasjenige Georges nur in einem Abhängigkeitsverhältnis zu Baudelaires zu sehen. Für die Bildlichkeit beider Gedichte könnte man mit guten Gründen auf zwei Stellen in Novalis' Romanfragment *Heinrich von Ofterdingen* zurückgehen, wo im fünften Kapitel der Einsiedler, der im Innern eines Berges lebt, von seinen Reisen erzählt: „An manchen Orten sah ich mich, wie in einem Zaubergarten. Was ich ansah, war von köstlichen Metallen und auf das kunstreichste gebildet. In den zierlichen Locken und Ästen des Silbers hingen glänzende, rubinrote, durchsichtige Früchte, und die schweren Bäumchen standen auf kristallenem Grunde, der ganz unnachahmlich ausgearbeitet war. Man traute kaum seinen Sinnen an diesen wunderbaren Orten, und ward nicht müde diese reizenden Wildnisse zu durchstreifen und sich an ihren Kleinodien zu ergötzen."[74] Noch enger ist vielleicht der Bezug auf den Beginn des Kunstmärchens, das der Zauberer Klingsohr erzählt. Er schildert dort einen Palastgarten, der „aus Metallbäumen und Kristallpflanzen bestand, und mit bunten Edelsteinblüten und Früchten übersäet war."[75]

Zu diesen Korrespondenzen auf dem Gebiet der Bildlichkeit und der literaturhistorischen Verknüpfungen kam ein wesentliches autobiographisches Moment. Anfang Juli 1891 hatte George Wien verlassen und war zunächst nach München gereist, wo er wieder bei seinem Bruder Fritz wohnte. Aber schon nach wenigen Tagen brach er zu einer Reise zu den Königsschlössern von Bayerns Märchenkönig Ludwig II. auf. Der Weg führte ihn nach Neuschwanstein und zum Schloss Linderhof. Mario Zanucchi hat zeigen können, dass sämtliche Requisiten des selbstgeschaffenen Unterreichs sich in der dort befindlichen Venusgrotte befanden.[76] In die künstliche Tropfsteinhöhle hatte Ludwig II. einen Wasserfall, einen Regenbogen-Projektions-Apparat, eine Wellenmaschine und eine elektrische Beleuchtungsmaschine, die überhaupt Bayerns erstes Elektrizitätswerk war, installieren lassen. So ergibt sich die eigenartige Konstellation, dass Georges scheinbar kompromisslosestes Verwirklichung der Idee einer autonomen künstlerischen Schöpfung sich sehr konkret an dem Vorbild der Venusgrotte orientiert. Da sich unter den datierbaren Gedichten aus dem *Algabal* keine identifizieren lassen, die vor Juli 1891 entstanden sind, kann man nicht ausschließen, dass überhaupt erst der Besuch von Ludwigs „Wunderwerk avanciertester Technik“[77] den Anstoss zu Georges drittem Gedichtband gegeben hat.

Auf den Besuch von Ludwigs Schlössern folgte bis Ende Oktober eine rastlos wirkende Reiseaktivität Georges. Zunächst kehrte er Mitte Juli für zwei Wochen ins Bingener Elternhaus zurück. Bereits von Schloss Linderhof aus hatte er seine Ankunft angekündigt und dazu bemerkt, er würde „voraussichtlich etwas verwahrlost“[78] eintreffen, da er viel in den Bergen herumwanderte. Den August verbrachte er in Königstein im Taunus. George wird diesen Kurort noch häufig aufsuchen, wobei nicht unbedingt bei jedem Besuch gesundheitliche Probleme als Grund angenommen werden müssen. Bei diesem Besuch im August 1891 liegt jedoch die Vermutung nahe, dass George gezielt nach Entspannung suchte. Jedenfalls enthielt der Brief an die Eltern auch die Mitteilung, dass er „an heftigem seelenkatarrh“ leide. Auf Georg Edward, mit dem er sich während seines Aufenthalts in Königstein verabredet hatte, machte George einen angespannten und reizbaren Eindruck. Georg Edward hatte durch seinen Freund Carl Rouge Einblick in Georges *Hymnen* nehmen können und einen begeisterten Brief nach Bingen gesandt. Da Edward selbst auch dichtete und schon ab 1888 erste Gedichte von ihm in Zeitschriften erschienen waren, die offenbar Georges Gefallen gefunden hatten, trafen die beiden sich in Gießen, wo Edward lebte. Das Treffen im Hotel Victoria sollte wohl dazu dienen, Edward als potentiellen Beiträger für die geplante Zeitschrift zu gewinnen und im Gespräch auf seine Eignung zu prüfen. George habe ihm sogleich seine Theorie der Dichtkunst entwickelt, die vor allem darauf zielte, alles Erzählende und Reflektierende aus der Dichtung herauszuhalten. Ein Gedicht dürfe nichts schildern wollen, sondern müsse nur über eine Stimmung verfügen. Außerdem schärfte George ihm ein, dass sich die Poesie nur an wenige Auserwählte richten solle, „die vermöge ihrer auf Kultur und Bildung beruhenden Verfeinerung“[79] genügend Verständnis dafür aufbringen könnten. Da Edward in seinen eigenen Produktionen eine gewisse Neigung zum Balladenhaften hatte, schien George es wohl für geboten zu halten, den potentiellen Beiträger auf das angestrebte stilistische Profil einzuschwören. Im Laufe des Abends tauchten Bekannte von Edward auf, die sich zu ihnen setzten, worauf George sofort mit Verschlossenheit reagierte und kaum noch ein Wort sagte.

Edward gehörte dann tatsächlich in der Frühphase der *Blätter für die Kunst* zu den Beiträgern. George ließ ihm über Klein sogar im März 1893 anbieten, einen eigenen Gedichtband im Verlag der *Blätter für die Kunst* herauszubringen, aber Edward lehnte das in dem richtigen Bewusstsein ab, dass seine Beiträge von allen am wenigsten zum Charakter der Zeitschrift passten. Er schrieb, dass er keine zehn Gedichte hätte, die den ästhetischen Kriterien Georges genügten, da bei ihm das Stoffliche wichtiger sei als Wort und Stimmung.[80] Seine Mitarbeit an der Zeitschrift endete denn auch nach vier Gedichten und einer Swinburne-Übersetzung im Januar 1894, weil George, ohne ihn zu konsultieren, massiv in seine Texte eingegriffen hatte. Zu diesem Zeitpunkt lebte Edward bereits in Chicago, wo er zunächst als Korrespondent für deutsche Printmedien arbeitete. Er blieb bis 1931 in den USA. George sah er nur einmal 1911 anlässlich eines Besuchs bei Karl Wolfskehl in München wieder.

Freundschaft mit Waclaw Rolicz-Lieder und Werbung um den ‚zwillingsbruder‘ Hofmannsthal

Die innere Anspannung, von der Edward etwas spürte, brach kurz darauf während Georges Aufenthalt in London aus. Dort hatte er den englischen Dichter Thomas Wellsted aufgesucht, den er bereits bei seinem ersten London-Aufenthalt im Sommer 1888 kennengelernt hatte. Auch ihn dürfte er für seinen Zeitschriften-Plan angeworben haben. Nach nur sechs Tagen reiste George jedoch in großer Erregung wieder ab, nachdem er einen – der Antwort seiner Schwester zufolge – ‚schrecklichen Brief‘ nach Hause geschrieben hatte. George flüchtete nach Paris, weil er sich dort in diesen Jahren am wohlsten fühlte. Er blieb etwa zwei Wochen in Paris und machte eine neue und sehr bereichernde Bekanntschaft, die er vermutlich wiederum dem alten Freund Albert Saint-Paul verdankte. Dieser führte ihn nämlich mit dem polnischen Dichter Waclaw Rolicz-Lieder (Abb. 2) zusammen, der seit 1888 in Paris lebte und an der École des Langues ein Studium der Orientalistik absolvierte. 1893 veröffentlichte er ein Wörterbuch des Arabischen. Rolicz-Lieder war zwei Jahre älter als George und hatte wie dieser Zugang zu Mallarmés exklusivem Dienstagabend-Kreis gefunden. Er hatte zu diesem Zeitpunkt bereits zwei Gedichtbände in Krakau und einen ebenfalls polnischsprachigen in Paris veröffentlicht. Für diese Veröffentlichungen, die im Nachhinein betrachtet als wesentliche Anstöße für die symbolistische Strömung ‚Jung-Polen' gewertet werden können, erntete er nur Hohn und Spott. Rolicz-Lieder reagierte 1892 mit einer kleinen Streitschrift ‚An das polnische Publikum', in der er sich über die ‚Unzucht der Zeitungen' beschwerte und sich als einen „durch die Warschauer Zensur und die polnische Presse verfemten Dichter" (RL/G 148f.) bezeichnete. Rolicz-Lieder zog daraus die Konsequenz, seine weiteren Gedichtbände nur noch in einer Stückzahl zwischen zwanzig und sechzig privat drucken zu lassen. Diese Haltung konnte nur Georges unbedingten Beifall finden. Im Dezember 1891 bedankte Rolicz-Lieder sich bei George für die Zusendung von dessen *Hymnen.* Ihre Bekanntschaft intensivierten die beiden bei Georges nächstem Aufenthalt in Paris im Frühjahr 1892. Es wird wohl in diesen Zeitraum der gemeinsame Gang von Rolicz-Lieder, George und Verlaine über die Boulevards fallen, von dem George später Karl Wolfskehl als Exempel für die Toleranz der Pariser Bevölkerung erzählte. Wolfskehl erinnerte sich später an die Episode: „Lieder und George waren mit ausgesuchter Eleganz gekleidet, auf dem Haupte den Zylinder, und zwischen ihnen schritt – oder humpelte vielmehr – der mehr als nachlässig, beinahe verkommen wirkende Verlaine im berühmten uralten braunen Mantel, in der Hand den Knotenstock, als befremdliche Mitte. Aber keinem der Vorübergehenden kam es in den Sinn, dies merkwürdige Trio zu bestaunen." (RB I, 38)

Eine Freundschaft, die zugleich eine Werkgemeinschaft war, entstand ab Mitte 1894, als George daran ging, Gedichte von Rolicz-Lieder zu übersetzen. Insgesamt übertrug er die stattliche Zahl von 32 Gedichten, außerdem ein Prosafragment. Bereits im August 1894 veröffentlichte George fünf dieser Übertragungen in den *Blättern für die Kunst.*

Die lange Zeit gängige Vorstellung, George habe, wie im Falle anderer Sprachen, auch das Polnische erlernt, um eine ihm wichtige Dichtung in der Originalsprache lesen und aus ihr übersetzen zu können, trifft in diesem Fall sicher nicht zu.[81] Wer mit dem Polnischen schon einmal in Berührung gekommen ist, wird bestätigen können, dass für einen Deutschsprachigen mit Kenntnissen früherer deutscher Sprachstufen und des Lateinischen der Spracherwerb hier eine ganz andere Herausforderung bildet als bei vergleichsweise verwandten Sprachen wie dem Italienischen oder Dänischen. Der Vater von Waclaw Rolicz-Lieder, auf den der Namensteil Lieder zurückgeht, stammte aus dem Ermland, einem Teil Ostpreußens, das bis 1945 zum

Deutschen Reich gehörte. Rolicz-Lieder sprach daher recht gut Deutsch und fertigte für George Rohübersetzungen ins Deutsche oder deutsche Interlinearfassungen seiner eigenen Gedichte an. Da beide Dichter sehr gut Französisch sprachen, benutzten sie diese dritte Sprache gelegentlich als eine Art Relaissprache, um Missverständnisse oder besondere Verständnisschwierigkeiten auszuräumen. Einige erhalten gebliebene Entwürfe der Übersetzungen zeigen, dass die Handschrift der deutschen Fassungen oft spontaner aussieht als die sorgfältig ausgeführte Interlinearübersetzung. Dadurch entsteht der Eindruck, „dass die deutsche Version hastig aufgeschrieben wurde und vielleicht ein Ergebnis der persönlichen Konsultation bei einem Treffen der beiden Dichter darstellt.“[82]

Umgekehrt übersetzte Rolicz-Lieder fünfzehn Gedichte Georges ins Polnische. Außer George übersetzte Rolicz-Lieder auch Baudelaire, Gautier, Puschkin und Heinrich Heine ins Polnische. 1897 war er nach Warschau zurückgekehrt und verdiente seinen Lebensunterhalt als Büroangestellter. Er widmete sich sprachwissenschaftlichen Arbeiten, mit denen er ebenfalls wenig Anklang fand. In Polen veröffentlichte er kaum noch neue Gedichte. Er starb 1912.

Georges großes Engagement für Rolicz-Lieder entsprang seiner tiefen Sympathie für den Polen. Er verkörperte für ihn Eigenschaften wie Stolz, Seelenadel, Freiheitsdrang, Ernst und Leidensfähigkeit. Außerdem verfügte Lieder über Diskretion, die George besonders wichtig war. Robert Boehringer überliefert dafür ein Beispiel: „Einmal sah George einen jungen Mann schlafend in Lieders Zimmer, und Lieder sagte, das sei ein polnischer Patriot, dem er auf der Flucht helfe. Das ließ George den Freund noch mehr schätzen.“ (RB 231)

Als sich George im November 1894 in München mit den drei Dichtern Paul Gérardy, Waclaw Rolicz-Lieder und Karl Wolfskehl traf, zeigte sich Letzterer vom inneren Adel und der stolzen Haltung des Polen tief beeindruckt und nannte ihn im Rückblick „eine Gestalt aus den Sagen längst verklungener Tage.“ (RL/G 141) Noch lange nach dem Ende ihres näheren persönlichen Umgangs, der durch Lieders Rückkehr nach Warschau nur noch sporadisch sein konnte, blieb diese adlige Haltung in Georges Erinnerung lebendig. Edgar Salin überliefert eine Situation aus der Zeit des Ersten Weltkriegs, da er selbst wegen allzu leichtfertiger abwertender Äußerungen über ‚die Slawen‘ von George barsch zurechtgewiesen wurde: „Was ist das für ein alberner Schnickschnack! Mein Freund Waclaw allein reicht aus, um Ihre Phrase zu entlarven. Hätte ich unter Deutschen so viel natürlichen Adel gefunden wie unter Polen und Spaniern, dann müsste ich mir nicht solche Mühe geben, um Euch zu erziehen.“ (ES 261)

Die entscheidende Basis ihrer Freundschaft war natürlich die Dichtung, die Rolicz-Lieder ebenso ‚heilig' war wie George. Die gegenseitige Wertschätzung von George und Rolicz-Lieder fand ihren Niederschlag in zahlreichen Widmungen und Widmungsgedichten. Im Andenken an das erwähnte Münchner Dichtertreffen widmete George 1895 seinen vierten Gedichtband *Die Bücher der Hirten- und Preisgedichte der Sagen und Sänge und der hängenden Gärten* gemeinsam ‚Paul Gérardy Wenzeslaus Lieder Karl Wolfskehl'. Im *Jahr der Seele* von 1897 findet sich das Widmungsgedicht *W. L.* mit den Zeilen „schon weil du bist/Sei dir in dank genaht · durch deine hoheit/Bestätigst du uns unser recht auf hoheit/[...] leitstern über jeder edlen fahrt." (SW IV, 72) Von den nicht weniger als neun Widmungsgedichten Rolicz-Lieders an Stefan George sei eines aus dem Jahr 1896 zitiert, das sie beide als dioskurenhaftes Dichterpaar imaginiert, das sternenweit von der profanen Welt entfernt ist. Es lautet in Georges und Rolicz-Lieders Tandemübersetzung:

Es schimmerten gleich zwei sternen in frühlingsbläue
Im weltraum unsre beiden leben · Gefährte –
Gleich zwei planeten die über wolken träumen ·
Zwei leben traurige und unerklärte.

Geheimnisse gibt es unter der ewigkeit siegeln:
Dass sterne nach ihrem tode die erde betreten ·
Bevor ihr licht gelangt zu der erde tiefe
Erstarrte oft der eisige tod die planeten.

So ist unser lied voll tönender künstlerhöhe
Verurteilt zu der menschlichen augen truge.
In grabesnähe muss es erst erstöhnen
Eh es die erde berühre mit seinem fluge ·

Da zu hoch oben seine klänge fluten ·
Da menschliche blicke zu schwach sind es zu lesen ·
Da es genährt an der jahrtausende busen
Zu ernst ist für das kindliche erdenwesen.

Einst wenn die trauer unseres sinnens entschlafen
Erblicken die völker zweier sterne schein –
Dies sind dann unsrer entfernten tage strahlen
Die brennen werden über Weichsel und Rhein.

(SW XVI, 93)

Rolicz-Lieder hat das Gedicht in einem Brief an George vom 11. Mai 1896 in seiner astrophysikalischen Bildlichkeit erläutert. Er verglich ihrer beider dichterisches Werk mit entfernten Sternen, deren Licht die Erde erst lange nach ihrem Tod erreichen würde. Ebenso verhielte es sich mit ihren Gedichten. Für die Zeitgenossen seien sie „zu hoch oben", um bis zu ihnen zu gelangen. Das noch junge „kindliche erdenwesen" sei noch nicht reif zur Aufnahme dieser Klänge, in denen der Ernst von Jahrtausenden laut werde. So blieben zu ihren Lebzeiten die Geheimnisse ihrer Dichtung versiegelt, und erst nach ihrem ‚eisigen tod' könne sie die Erde berühren und den Sinn der Menschen erreichen.

Auch nach Ende der regelmäßigen Zusammentreffen, die in Paris, München, Wien und Bingen erfolgten, ließ George noch bis ins Jahr 1901 Übertragungen von Rolicz-Lieders Gedichten in den *Blättern für die Kunst* erscheinen und räumte ihm im zweiten Band der Sammlung *Zeitgenössische Dichter* von 1905 so viel Platz wie keinem anderen ein. Als es 1906 auf einer Deutschlandreise Rolicz-Lieders zur letzten persönlichen Begegnung in Berlin kam, die sie ihre geistige Verwandtschaft erneut spüren ließ, entschied George sich spontan, in die gerade fertig gestellte Druckvorlage seines großen Gedichtbuchs *Der Siebente Ring* einzugreifen und auf der letzten Seite einen Vierzeiler mit dem Titel *Ein Gleiches: An Waclaw* einzufügen. Er endet mit den Zeilen „Nun bin ich dankbar dass dies lezte blatt / Doch noch dein ritterlicher schatten quere." (SW VI/VII, 187)

Kehren wir zurück in den Herbst des Jahres 1891. Nach dem Aufenthalt in Paris war George unter verschiedenen Adressen einen guten Monat in Berlin. Ende Oktober brach er nach Wien auf und mietete sich in der Garnisongasse 10 ein, wiederum im Bezirk Alsergrund und noch näher an der Universität. Den wichtigeren Ort bildete aber dieses Mal das Café Griensteidl am Michaelerplatz, einer der Hotspots der Wiener literarischen Avantgarde. Hier erwartete George eine Begegnung, die zu den entscheidenden für das kommende Jahrzehnt gehörte, die Begegnung mit Hugo von Hofmannsthal. (Abb. 3)

In zwei Folgen der *Modernen Rundschau*, dem führenden Organ des Jungen Wien – also der Vertreter der literarischen Moderne wie Arthur Schnitzler, Richard Beer-Hofmann und Hermann Bahr – war im Herbst 1891 Hofmannsthals lyrisches Drama *Gestern* unter dem Pseudonym Theophil Morren erschienen. Im selben Jahr hatten Rezensionen und einzelne Gedichte, die unter dem Pseudonym Loris an gleicher Stelle veröffentlicht worden waren, die Aufmerksamkeit der literarischen Öffentlichkeit erregt. Hofmannsthal musste schon deswegen unter Pseudonymen publizieren, weil er zu diesem Zeitpunkt noch Gymnasiast war und es diesen in Österreich untersagt war, mit Veröffentlichungen hervorzutreten. Die wahre Identität von Loris war in Literatenkreisen kein Geheimnis. George dürfte über sie spätestens durch die Übersetzerin Marie Herzfeld aufgeklärt worden sein, an die er sich im November 1891 in Wien gewandt hatte. Sie war ebenfalls Mitarbeiterin der *Modernen Rundschau* und hat George möglicherweise in Gesprächen über das literarische Leben in Wien auf Hofmannsthals Essay *Englisches Leben* in einer Dezembernummer hingewiesen. Diese Annahme besitzt eine gewisse Plausibilität, weil Hofmannsthal in diesem Essay in einer Kritik an dem Werk von Laurence Oliphant *ex negativo* ein poetologisches Programm formulierte, das George als seinen eigenen Bestrebungen verwandt empfinden musste. Hofmannsthal kritisierte nämlich an Oliphant, er schriebe nicht, „um Stimmungen seiner Seele in fein abgetönte und bezeichnende Worte zu kleiden, nicht um subjektive Wahrheiten in prächtigen, bunten Bildern zu offenbaren; – er will nützen, lehren, unmittelbar wirken.“[83] Hier begegnen also beim jungen Hofmannsthal Stimmung, sprachliche Nuancierung, subjektive Wahrheit und erlesene Metaphorik als positive Kriterien, didaktische Wirkungsabsicht hingegen als verwerflich. Es leuchtet ein, dass George in Hofmannsthal einen natürlichen Verbündeten im Kampf um eine neue Kunst erkennen musste.

In einem weit zurückblickenden Brief vom 28. Oktober 1922 an seinen Freund Carl J. Burckhardt berichtete Hofmannsthal, dass eines „nachts in einem Stadtcafé im alten Palais Herberstein plötzlich ein unheimlich und gebieterisch aussehender, vielleicht noch sehr junger, vielleicht viel älterer Mensch auf mich zutrat, der Stefan George war und sagte, er suche mich und er sei nur deswegen nach Wien gekommen.“ (G/H 236) Noch in seinem Todesjahr gab Hofmannsthal dem Literaturhistoriker Walther Brecht eine briefliche Schilderung dieser ersten Begegnung mit George im Café Griensteidl. Er schrieb am 20. Februar 1929: „[A]ls ich ziemlich spät in der Nacht in einer englischen Revue lesend in dem Café saß, trat ein Mensch von sehr merkwürdigem Aussehen, mit einem hochmütigen leidenschaftlichen Ausdruck im Gesicht [...] auf mich zu, fragte mich, ob ich der und der wäre – sagte mir, er habe einen Aufsatz von mir gelesen, und auch was man ihm sonst über mich berichtet habe, deute darauf hin, daß ich unter den wenigen in Europa sei (und hier in Österreich der einzige), mit denen er Verbindung zu suchen habe: es handle sich um die Vereinigung derer, welche ahnten, was das Dichterische sei.“ (G/H 235)

Die Beziehung, die sich zwischen den beiden entwickelte, spielte sich denn auch in weiten Teilen im Medium der Dichtung ab. Das betrifft sowohl die rezeptive Seite des gemeinsamen Lesens als auch besonders die produktive Verarbeitung ihrer Treffen in Gedichtform. Wie tief die Begegnung mit George auf Hofmannsthal gewirkt hat, bezeugt etwa ein Gedicht, dass er unter dem Eindruck ihrer ersten Gespräche geschrieben und George bereits am 21. Dezember 1891 übergeben hat. Es heißt „Herrn Stefan George – einem, der vorübergeht" und beginnt mit der Strophe:

du hast mich an dinge gemahnet
die heimlich in mir sind
du warst für die saiten der seele
der nächtige flüsternde wind
(G/H 7)

George war – wie er Hofmannsthal am folgenden Tag schrieb – „tief entzückt" von diesem „schönen bekenntnis", schloss aber die Frage an: „aber bleibe ich für Sie nichts mehr als ‚einer der vorübergeht'?" (G/H 8)

Man hat aus den beiden Anfangsversen eine Anspielung auf homoerotische Neigungen herauslesen wollen, die in Hofmannsthal latent schlummerten.[84] Die Zeugnisse seiner gleichgeschlechtlichen Freundschaften waren in dieser Zeit durchweg von einer spielerischen Erotik gefärbt, ohne jemals die ‚Grenze, wo Sodom beginnt' (Leopold Andrian) zu überschreiten. Für Hofmannsthal hat – wie für die modernen künstlerischen Strömungen insgesamt – die Androgynie einen besonderen künstlerischen Reiz besessen. Möglicherweise hat der spielerische Umgang mit dieser Dimension in Hofmannsthals Gedicht George zu weiterreichenden Erwartungen bewogen. In dieser Situation kam es zum Besuch Hofmannsthals in Georges Wiener Wohnung am 24. Dezember 1891. Das Gespräch ging auch diesmal wieder über künstlerische Themen, Hofmannsthal war einiger „Schriftsachen halber", die George ihm zeigen wollte, zu ihm gegangen. Es dürfte sich um die Oktobernummer der französischen Symbolistenzeitschrift *L'Ermitage* gehandelt haben, die zwei von Georges Gedichten in der Übersetzung von Albert Saint-Paul enthielt. Es sind Liebesgedichte, und zumindest der Wortlaut des Gedichts *Strand* ließ auch eine homoerotische Auslegung der geschilderten Liebesbeziehung zu.

Zwei Tage später übersandte George Hofmannsthal ein Gedicht und erhielt im Gegenzug ein Exemplar des Dramas *Gestern* mit der Widmung „herrn Stefan George in tiefer Bewunderung seiner Kunst". Gleichzeitig ließ er George mitteilen, er würde Wien über die Festtage verlassen, was jedoch nicht der Fall war. Von dem Gedicht, das George später leicht variiert in den Band *Das Jahr der Seele* aufnahm, will ich die zweite Strophe zitieren, die auf das „schöne bekenntnis" mit einem eigenen antwortet und die Bitte um eine Erwiderung enthält.

Du reichst die hand · die segel wehn im porte
Es geht in tollen winden auf ein riff
Bedenke dich und sage sanfte worte
Zum fremdling den dein weiter blick ergriff.
(G/H 10)

Hofmannsthal reagierte auf dieses lyrisch drapierte Drängen nicht mehr offen George gegenüber, sondern durch die Niederschrift des Gedichts *Der Prophet*, das er – wie es in seinem Tagebuch heißt – aus „wachsender Angst" und dem „Bedürfnis den Abwesenden zu schmähen" heraus schuf. Es erschien erstmals 1938 im Anhang zur Erstausgabe des Briefwechsels von George und Hofmannsthal und lautet:

In einer Halle hat er mich empfangen
Die rätselhaft mich ängstet mit Gewalt
Von süssen Düften widerlich durchwallt,
Da hängen fremde Vögel, bunte Schlangen,

Das Tor fällt zu, des Lebens Laut verhallt
Der Seele Athmen hemmt ein dumpfes Bangen
Ein Zaubertrunk hält jeden Sinn befangen
Und alles flüchtet, hilflos, ohne Halt.

Er aber ist nicht wie er immer war.
Sein Auge bannt und fremd ist Stirn und Haar.
Von seinen Worten, den unscheinbar leisen

Geht eine Herrschaft aus und ein Verführen
Er macht die leere Luft beengend kreisen
Und er kann töten, ohne zu berühren.
(G/H 239)

Hofmannsthals Sonett erinnert in seiner exotischen Bildlichkeit an Georges Gedichtband *Algabal*, der zwar erst im Spätsommer 1892 erschien, dessen Gedichte aber fast alle in der zweiten Jahreshälfte 1891 entstanden sind und daher Hofmannsthal nicht unbekannt gewesen sein könnten. In dem Text manifestiert sich Hofmannsthals ambivalente Haltung George gegenüber, die zwischen die Pole von Faszination und Furcht gespannt ist. Die Begegnung mit dem ‚Propheten' ist auf doppelte Weise verfremdet. Sie ist in einer Art Totenreich angesiedelt – „des Lebens Laut verhallt" – und bekommt durch den „Zaubertrank" halluzinative Züge. Es ist im übrigen auffällig, dass Hofmannsthal die Begegnung quasi als synästhetisches Erlebnis inszeniert, bei dem alle fünf Sinne von dem gewaltsamen Verführer überwältigt werden: der Geruchssinn durch die „widerlichen düfte", der Gehörsinn durch das wie eine Gefängnistür zufallende Tor, der Geschmackssinn durch den „Zaubertrank", der Gesichtssinn durch das bannende Auge und der Tastsinn durch die beengend kreisende Luft, die nicht nur „der Seele Athmen hemmt", sondern letztlich zu einer Art Erstickungstod in der Aura des fremden Gegenübers, des ‚Propheten' führt. Das Sonett gestaltet in einer ästhetisch gelungenen Form die Mischung aus Attraktion und Abstoßung, die Georges Persönlichkeit auf ihn – und nicht nur auf ihn – ausübte. Er vertraute diesen Text allerdings, wie gesagt, nur seinem Tagebuch an, und schwieg mehr als eine Woche nach Empfang von Georges Gedicht.

George wurde daraufhin in der elterlichen Wohnung von Hofmannsthal in der Salesianergasse 12 vorstellig und hinterließ dort eine Nachricht für den Gymnasiasten, der sogar seine Kaffeehausbesuche eingestellt hatte, weil dort „der Symbolist umgeht".[85] George fing ihn allerdings am 6. Januar 1892 am Akademischen Gymnasium in der Lothringerstraße ab und unternahm mit ihm den sogenannten 'akademischen Spaziergang'. Einer nicht gesicherten Überlieferung nach habe George durch einen Dienstmann zuvor ein Rosenbouquet an den Schüler Hofmannsthal überreichen lassen. Auch an den Folgetagen wiederholten sich diese Spaziergänge. Schließlich trafen sie sich am 9. Januar wieder im Café Griensteidl, in das Hofmannsthal allerdings in Begleitung des Schriftstellers Felix Salten, des späteren Verfassers von *Bambi*, kam. Bei dieser Gelegenheit übergab George Hofmannsthal einen umfangreichen Brief, in dem er sehr freimütig über seine Krisensituation und ihre persönliche Beziehung spricht. Ich zitiere eine längere Passage aus diesem Brief, den Hofmannsthal „zurückgeben oder [...] sofort vernichten" sollte.

> Lassen Sie sich durch die geheimtuende aussenseite nicht erschrecken! [...] Ganz verstehen können Sie zum glück noch nicht da Sie die grosse Trübnis nicht kennen. Sie werden dieselbe noch kennen lernen da Sie ein wahrer künstler sind später – viel später das wünsche ich Ihnen von herzen. Schon lange im leben sehnte ich mich nach jenem wesen von einer verachtenden durchdringenden und überfeinen verstandeskraft die alles verzeiht begreift würdigt und die mit mir über die dinge und die erscheinungen hinflöge · und sonder-

> bar dies wesen sollte trotzdem etwas von einem nebelüberzug haben und unter einem zwang des gewissen romantischen aufputzes von adel und ehre stehen von dem es sich nicht ganz lösen kann [...] Jenes wesen hätte mir neue triebe und hoffnungen gegeben (denn was ich nach Halgabal noch schreiben soll ist mir unfasslich) und mich im weg aufgehalten der schnurgrad zum nichts führt. [...] Diesen übermenschen habe ich rastlos gesucht niemals gefunden grad so wie jenes Andre unentdeckbare im all.. Das aber raten Sie aus meinen büchern Die grosse seelische krise drohte · Und endlich! wie? ja? ein hoffen – ein ahnen – ein zucken – ein schwanken – o mein zwillingsbruder – · Werden wir wieder vernünftig · das ist vorbei. ich sehe nun deutlicher und ich weiss: In unsren jahren ist die bedeutsame grosse geistige allianz bereits unmöglich Jeder ist bereits in einen gewissen kreis des lebens getreten in dem er hängt [...] und wer es in andrer form [...] bringen wollte wäre ein eindringling... ich suche zu verbeissen und ich schmähe mich dass ich redete · denn wesshalb? etwa die gemeine beruhigung nachdem man klirrende rasselnde sachen als gläser fenster vasen zerschlagen hat [...] Schweigen Sie. Sie sind der einzige der von mir solche bekenntnisse vernahm. Darin bau ich blind auf Sie." (G/H 12f.)

George unterschrieb diesen Brief mit Bezug auf das von Hofmannsthal ihm übergebene Gedicht mit der Formel „Einer der vorübergeht". George spricht hier mit bemerkenswerter Offenheit von einer Produktivitätskrise, die für ihn als Schriftsteller mit einer seelischen Krise verknüpft war. In Hofmannsthal glaubte er nun, einen literarischen und menschlichen Partner gefunden zu haben, der ihm aus dieser Krisensituation heraushelfen könnte. Ja, George ging in seinen Erwartungen an Hofmannsthal sogar so weit, in ihm einen potentiellen „zwillingsbruder" zu erblicken. Gleichzeitig enthält der Brief aber auch die nüchterne und ernüchternde Einsicht in die doppelte Bindung, der Hofmannsthal unterlag. Trotz seiner knapp achtzehn Jahre war er schon ein eigenständiger Geist, der nicht mehr so umgeprägt werden konnte, geschweige denn wollte, wie George das erhofft hat. Zum anderen zeigte sich aber auch, dass Hofmannsthal anders als George sich seiner gesellschaftlichen Integration nicht ganz begeben wollte. Die radikale antibürgerliche Haltung Georges konnte der Schüler Hofmannsthal sich nicht zu eigen machen – und wird sich auch der spätere Hofmannsthal nie zu eigen machen. Er ist nicht der Typus des *poète maudit* oder des bindungslosen Vaganten.

Hofmannsthals Antwortbrief zeugt von Irritation und Überforderung. Er sieht in seinem Antwortbrief vom folgenden Tag „keine Schuld und kein Verdienst und keinen Willen der helfen kann, wo Tyche rätselhaft wirkt. Die große Krise soll enden, denn sie will es. will mich Ihr Sinn, der selbst die Wege weiter weiß, mit den Zügen des Heilenden schmücken: er darf wenn er muß und er muß wenn er kann [...] aber Sie stehen gerne, wo Ihnen schwindelt, und lieben stolz den Abgrund den wenige sehen können *ich* kann *auch* das lieben, was mich ängstet." (G/H 14) An diesen Worten wird ein wesentlicher Zug von Hofmannsthal deutlich: einerseits das passive Geschehen-lassen, die Annahme einer Bestimmung durch das Außen, andererseits die Fähigkeit, sich auch Entgegengesetztes assimilieren zu können. Kurt Singer hat in seinem Kommentar zum Briefwechsel nicht zu Unrecht in ihnen den „Ausdruck zweier Grundformen des Dichtertums selbst"[86] erkennen wollen, nämlich den Gegensatz zwischen dem bildend-umbildenden, dem gestalterischen Typus, den George verkörpert, und dem allverbundenen, all-eintauchenden, wandlungsfähigen Typus, dem Hofmannsthal angehört.

Angesichts der unentschiedenen Doppeldeutigkeit von Hofmannsthals Antwort drängte George auf ein klärendes Gespräch und fand sich am Abend des 13. Januar bei Hofmannsthal in der Salesianergasse ein. Was sich an diesem Abend zwischen beiden abspielte, lässt sich nur vermuten. Es muss jedenfalls Hofmannsthal zu einem Brief veranlasst haben, der George zutiefst verletzte. Dieser Brief ist nicht erhalten, nur Georges Antwort vom 14. Januar, in der es heißt: „Wenn ich freilich an einen solchen brief gedacht hätte wäre ich am abend nicht zu Ihnen gekommen · eher glaubte ich alles andre annehmen zu müssen Also auf etwas hin und gott weiss welches etwas ‚das Sie verstanden zu haben glauben' schleudern Sie einem gentleman der dazu im begriff war Ihr Freund zu werden eine blutige kränkung zu. Wie konnten Sie nur so unvorsichtig sein, selbst jeden verbrecher hört man nach den schreiendsten indizien. Sie sehen ich rede ganz gesezt und wenn Sie nach einigen tagen gelassen denken oder nach jahren so werden Sie mir [...] sehr verbunden sein dass ich soviel ruhe bewahrte und nicht sofort das veranlasse was mit Ihrem oder meinem tod endet [...] spielen Sie nicht übermütig mit dem leben" (G/H 15 f.). Hofmannsthal reagierte auf diesen Brief mit der panischen Suche nach Beistand. An Hermann Bahr schickte er per Boten folgendes Schreiben: „Der Herr George kommt unaufhörlich in meine Wohnung und schreibt mir Drohbriefe. Meine Eltern sind sehr geängstigt. Ich kann mich doch als Gymnasiast nicht mit einem Verrückten schlagen. Bitte kommen Sie sobald als möglich zu mir!"[87] Bahr war jedoch nicht zuhause, so dass Hofmannsthal sich am selben Tag seinem Vater anvertraute, der sogleich an George schrieb und ihn um eine Aussprache über „die unerquickliche Gestaltung seiner [Hugos] Beziehungen zu Ihnen" bat.[88]

Was war an diesem Abend geschehen, dass Hofmannsthal glaubte, einen sich distanzierenden, im Ton scheinbar kränkenden Brief schreiben zu müssen, und dass George in seiner Antwort so weit ging, unverhohlen mit einer Duellforderung zu drohen? In einem weiteren Brief vom folgenden Tag spricht George von seiner „zuneigung (die Sie so schmählich auslegten)" und von dem „schlag", der ihm jetzt „noch im gesicht brennt" – kann man also tatsächlich von einer homoerotischen Annäherung an Hofmannsthal ausgehen, derer sich dieser handgreiflich erwehrte? Der Brief, den George am 16. Januar – also zwei Tage später – an Hofmannsthals Vater, der ebenfalls Hugo hieß und Bankdirektor war, schrieb, enthält eine aufschlussreiche literarische Anspielung: „Mögen Ihr hr. sohn und ich uns auch im ganzen leben nicht mehr kennen wollen, [...] für mich bleibt er immer die erste person auf deutscher seite die ohne mir vorher näher gestanden zu haben mein schaffen verstanden und gewürdigt – und das zu einer zeit wo ich auf meinem einsamen felsen zu zittern anfing [...] Das konnte denn kein wunder sein dass ich mich dieser person ans herz warf (Carlos? Posa?) und habe dabei durchaus nichts anrüchiges gefunden" (G/H 242). Georges erläuternde Nachbemerkung enthält eine Distanzierung von einer möglicherweise homoerotischen Auslegung seiner Zuneigung, während umgekehrt der Vergleich mit den Figuren Marquis Posa und Don Carlos aus Friedrich Schillers Tragödie *Don Carlos* diese Bedeutungsschicht aktualisiert. Rieckmann wies darauf hin, dass die Freundschaft zwischen diesen beiden Dramenfiguren „im neunzehnten Jahrhundert von Homosexuellen als erotische Beziehung aufgefaßt und als Code für homoerotisch gefärbte [...] Freundschaften verwendet"[89] wurde. Als einschlägiges Indiz dafür führt er einen Eintrag im Tagebuch des homosexuellen Dichters August Graf von Platen, dessen sexuelle Devianz Heinrich Heine in seinen *Bädern von Lucca* auf so indiskrete und denunziatorische Weise auswalzte, an. Platen schrieb nach einer Aufführung von Schillers *Don Carlos*, die er gemeinsam mit seinem Freund besuchte: „O wie viele, viele Stellen des *Don Carlos* mahnten mich innig an meine Lage, wie viele Stellen dieses Stücks, worin die Freundschaft keine unbedeutende Rolle spielt. Wie fühle ich alles doppelt an seiner Seite! Mit welchem Vergnügen, mit welcher Sehnsucht sah ich ihn an, wenn mir die Worte Carlos' oder Posas zu Herzen gingen!"[90] Dass George aber auf diese homoerotische Codierung tatsächlich – gerade in einem Brief an Hofmannsthals Vater – hat anspielen wollen, erscheint eher zweifelhaft.

Ob sich zwischen ihm und Hofmannsthal wirklich eine sexuelle Spannung aufgebaut hatte – diese Frage wird weiterhin nur spekulativ beantwortet werden können. Mir scheint, dass George bei dem besagten Besuch in der Salesianergasse Hofmannsthals Freundschaft quasi in einem putschistischen Akt erobern wollte. Ich denke, dass man davon ausgehen kann, dass George trotz seines Alters von 23 Jahren immer noch keine stabile sexuelle Identität im Sinne einer festen geschlechtlichen Orientierung ausgebildet hatte. In seinem Werk finden sich bis dahin nicht wenige Gedichte, die an Frauen gerichtet sind oder sich mit der Begegnung zwischen dem lyrischen Ich und einem weiblichen Wesen auseinandersetzen. Gleichzeitig kann man beobachten, dass in vielen Gedichten weibliche Sexualität als Gefährdung der eigenen Identität erfahren wird, so wie es überhaupt einen leidenschaftlichen Kampf des Geistes gegen die Leidenschaft der Sinne in ihnen gibt. Man kann für diese Phase von Georges Dichtung und Person von einer Ambivalenz des Erotischen sprechen. Ich könnte mir vorstellen, dass George in dem Moment, da er glaubte, einen ‚Zwillingsbruder' gefunden zu haben, der gleich ihm ein ‚Übermensch' sei und mit dem er ‚über alle Dinge und Erscheinungen hinwegflöge', von einem seelischen Enthusiasmus ergriffen worden ist, der ihn jedes Risiko eingehen ließ. Dagegen, in diesem emotionalen Überschwang so etwas wie ein *Coming out* sehen zu wollen, spricht alleine schon die Tatsache, dass sich nur zwei Monate später eine Liebesbeziehung zwischen George und Ida Coblenz anbahnte. Man kann bei George beobachten, dass für ihn geistige Nähe und persönliche Bindung eine Einheit bildeten. Hieraus erklärt sich auch ein Stück weit seine intensive Reisetätigkeit. Wo er geistige Nähe zu entdecken glaubte, da wollte er auch körperliche Nähe spüren. Das Geistige, so seine Überzeugung, bedurfte seiner Beglaubigung im Gefühl persönlicher Freundschaft. In diesem Sinne war George ein Dichter des Eros und war das Dichterische zugleich das Erotische. Es ist dabei keineswegs an krud Sexuelles zu denken, vielmehr an ein Verständnis von Eros, wie er in den platonischen Dialogen anklingt.

Die Begegnung mit George hat in Hofmannsthals Frühwerk zahlreiche Spuren hinterlassen. Sie reichen bis in die „Tage schöner begeisterung", wie George ihr erstes Zusammentreffen im Motto zur Neuveröffentlichung seines Gedichtbands *Pilgerfahrten* 1898 rückblickend nannte, zurück. Nur Weniges mag hier kurz angedeutet werden. Eine verhüllte Präsenz Georges ist bereits in dem Dramenfragment *Der Tod des Tizian* zu erkennen, das Hofmannsthal George für das erste Heft der *Blätter für die Kunst* überlassen hatte. Ein Ergebnis der Gespräche mit George bestand wohl darin, dass Hofmannsthal die ursprüngliche Absicht einer ‚Apotheose der Idee der Vornehmheit' durch eine ‚Apotheose der Kunst' ersetzt hat. Es ist allerdings auch nicht zu übersehen, dass das Fragment von einer homoerotisch aufgeladenen Atmosphäre erfüllt ist. Die enge Verbindung, die das *Fin de siècle* zwischen Ästhetizismus und Homoerotik gesehen – oder gezogen – hat, macht sich hier bemerkbar. Die Figur des Gianino etwa, die an Hofmannsthal erinnert, wird ausdrücklich mit mädchenhaften Zügen ausgestattet und teilt ihr Nachtlager mit Tizianello. Es spricht viel dafür, dass der Prolog, kurz nachdem Hofmannsthal den aufgewühlten Brief Georges überreicht bekam, geschrieben wurde, denn in ihm taucht der Schlüsselbegriff ‚Zwillingsbruder' wieder auf.

> Und aus dem Erker tritt mein Freund, der Dichter.
> Und küßt mich seltsam lächelnd auf die Stirn
> Und sagt, und beinah ernst ist seine Stimme:
> ‚Schauspieler deiner selbstgeschaffnen Träume,
> Ich weiß, mein Freund, daß sie dich Lügner nennen
> Und dich verachten, die dich nicht verstehen,
> Doch ich versteh dich, o mein Zwillingsbruder.'"[91]

In den Entwürfen zur Fortsetzung des *Tod des Tizian*, die erst 1982 zugänglich wurden, tritt die genetische Verbundenheit dieses Dramenfragments mit dem ‚Erlebnis George' noch deutlicher hervor. Das Gespräch zwischen Gianino und Desiderio ist ein kaum verschleierter Reflex auf Georges Werben um Hofmannsthal und dessen ausweichendes Verhalten. Es ist auffällig, dass Hofmannsthal diesen Teil seines Fragments unterschlug, als er es im Sommer 1892 George für die *Blätter für die Kunst* überließ. Zuvor hatte er die Publikation des Textes bei der *Theater-Revue* betrieben und dort den Schlussteil *Desiderios Abschied* noch bedenkenlos angeboten. Für Georges Zeitschrift muss ihm diese Szene wohl zu verfänglich erschienen sein. Der Dialog zwischen Desiderio und Gianino hat nicht nur das problematische Verhältnis zwischen ihm und George zum Inhalt, er enthält auch direkte Anspielungen auf ihren Briefwechsel und verleiht Desiderio eindeutig Züge Georges. In den Entwürfen wird Desiderio als „der Unverstandene" und „der Einsame" bezeichnet und nimmt damit Charakteristika von Georges Selbstverständnis auf, sein sprechender Eigenname weist ihn außerdem als ‚den Begehrenden' aus.

Kunst versus Leben

Mit dieser ästhetischen Position steht Hofmannsthals Dramenfragment in unmittelbarer Nachbarschaft zu Georges drittem Gedichtband *Algabal*, dessen Texte er im Winter 1891/92 wohl weitgehend kennengelernt hatte. Erscheinen tat der wiederum auf hundert Exemplare limitierte Privatdruck aber erst Ende November 1892, wobei die ersten zehn Exemplare bereits zwei Monate zuvor an George geliefert worden waren, der noch ein paar Verbesserungen vornahm. Er war wiederum bei Vaillant-Carmanne in Lüttich gedruckt worden. Der Umschlag übernahm die Gestaltung der *Hymnen* und *Pilgerfahrten*, nannte als Erscheinungsort diesmal aber Paris.

Erstmals fügte George bei einem Teil der Exemplare unter der Ortsangabe den Zusatz ‚Im Verlag der Blätter für die Kunst' ein, da im Oktober 1892 das erste Heft dieser Zeitschrift gedruckt worden war. Tatsächlich gab es niemals einen ins Firmenregister eingetragenen Verlag dieses Namens, er diente ausschließlich dem Signalement der Zugehörigkeit zu einem exklusiven Kreis von Publikationen. Es ist eine literaturhistorische Kuriosität, dass George Anfang November 1892 von Seiten des Schriftstellers Paul Scheerbart angeboten worden war, den *Algabal* im ‚Verlag deutscher Phantasten' zu veröffentlichen. Scheerbart hatte diesen Verlag soeben zusammen mit Otto Erich Hartleben gegründet, um seinen in einem exotisch-fantastischen Orient angesiedelten Erzählungen eine Plattform zu verschaffen. Viel Erfolg war dem Unternehmen nicht beschieden. Es musste seine Existenz nach drei Publikationen, zwei von Scheerbart selbst und einer Übersetzung des *Pierrot lunaire* von Albert Giraud durch Hartleben, wieder einstellen. Der mit den Amateur-Verlegern Scheerbart und Hartleben befreundete Berliner Schriftsteller Otto Julius Bierbaum kommentierte sarkastisch: „Der Verlag deutscher Phantasten verschied in dem Augenblicke, als sein Drucker auf Bezahlung drang."[92] Dabei waren Scheerbart und Hartleben mit einem ziemlich großspurigen Verlagsprospekt aufgetreten, der sowohl deutschsprachige Autoren wie Peter Hille, Oskar Panizza und Frank Wedekind als auch französische Symbolisten wie Mallarmé und Verlaine ankündigte. Scheerbart war eine feste Größe in der Berliner Literatenboheme, der die ersten beiden Gedichtbände Georges und die Ankündigung der *Blätter für die Kunst* nicht verborgen geblieben war. Scheerbart kannte und schätzte Georges *Hymnen* und verschaffte sich unmittelbar nach ihrer Herstellung ein Exemplar der *Blätter für die Kunst*. Darin stieß er auf den Vorabdruck der vier Gedichte aus dem Zyklus *Im Unterreich*, dessen exotisches, kunstweltliches Ambiente ihn sofort dazu motivierte, Klein mitzuteilen, der Verlag deutscher Phantasten sei „bereit, den Algabal herauszugeben".[93] Vielleicht spielte bei diesem Vorstoß auch Scheerbarts sogenannte ‚Anti-Erotik' eine Rolle. Er hatte nämlich im Jahr zuvor die in einem imaginären Arabien der Kalifenzeit angesiedelte Erzählung *Dichtermacht* verfasst, die von einem Dichter handelt, „der die Liebe eines Mädchens verschmäht, um weiterhin sein Leben als Künstler und Bohemien führen zu können."[94] Die Anfrage kam zu spät, aber es ist ohnehin mehr als zweifelhaft, dass George von diesem Angebot Gebrauch gemacht hätte. George war nämlich seinerseits bereits ein Jahr zuvor durch Klein über die Person Paul Scheerbart detailliert informiert worden.

Es gehörte zu den ihm von George erteilten Aufträgen, das literarische Milieu Berlins zu durchforsten, um eventuelle Mitstreiter für die eigene ästhetische Erneuerungsidee zu finden. In einem seiner dossierartigen Briefe aus den letzten Tagen des Jahres 1891 hatte Klein George seine Eindrücke über die beiden Autoren Bruno Wille, ein dem Naturalismus nahestehender Autor mit freireligiösen und anarchistischen Neigungen, und Paul Scheerbart geschildert. Klein, der sich mit Scheerbart getroffen hatte, nannte die Person ‚ziemlich verworren' und seine Texte ‚geschmacklos'.[95] Als George 1893 von Hofmannsthal auf den *Pierrot lunaire* angesprochen wird, weist er dessen Vermutung, das Buch sei ihm auf Georges Veranlassung geschickt worden, verständnislos zurück.

Der *Algabal* operierte als erster Gedichtband Georges mit der expliziten Einteilung in Zyklen, er enthält 22 Gedichte, die sich auf die drei Zyklen *Im Unterreich* (vier), *Tage* (zehn) und *Die Andenken* (acht) verteilen. Das erste Gedicht des *Unterreichs* (das oben bereits zitiert wurde) und das letzte Gedicht des Bandes waren durch eine Leerseite von den übrigen abgesetzt. Auch dieses Mal ließ George wieder etliche Gedichte links unten beginnen. Erneut benutzte er die gleiche Antiqua-Schrift und die Majuskeln am Textanfang, die Eingriffe in die Orthographie wurden erweitert, indem etwa das ‚h' in ‚wohl' getilgt wurde.

Algabal gilt als ein extremes Beispiel für die deutschsprachige Literatur der Dekadenz. Von seinem historischen Vorbild aus der römischen Spätantike war schon kurz die Rede. Die vier *Unterreich*-Gedichte behandeln jeweils verschiedene Bestandteile der künstlichen Welt, wobei jedes im Zeichen einer bestimmten Farbe oder Farbkombination steht. Das erste entfaltet eine Grün-Rot-Kombination, das zweite basiert auf Gold und Gelb, das dritte auf Weiß und das vierte auf Schwarz und seinen Schattierungen. Alles Natürliche ist in Künstliches verwandelt. Unter dem Aspekt der Künstlichkeit gilt das vierte Gedicht als Extrem unter Extremen, indem es einen aller Zeitlichkeit entrückten selbstgeschaffenen Garten schildert, in dem die Bäume aus Kohle und die Vögel mechanische Attrappen sind und die lavafarbenen Früchte niemals abfallen. George treibt die Autonomie des Schöpfer-Ichs hier auf die Spitze und führt sie mit der den Zyklus abschließenden verzweifelten Frage „Wie zeug ich dich aber im heiligtume / [...] Dunkle grosse schwarze blume?" (SW II, 63) quasi ad absurdum. Das Gedicht markiert den äußersten Punkt der Austreibung alles Lebendigen aus dem Reich der Kunst und lässt den selbstherrlichen Erbauer in einer Aporie enden.

Das Gedicht, das den folgenden Zyklus *Tage* eröffnet, sei etwas näher betrachtet, weil es aus der ästhetizistischen Poetik des Symbolismus die radikale Konsequenz für den Bereich des Sozialen zieht. Es hat wie alle anderen Gedichte – außer dem letzten, *Vogelschau,* – keinen Titel:

Wenn um der zinnen kupferglühe hauben
Um alle giebel erst die sonne wallt
Und kühlung noch in höfen von basalt
Dann warten auf den kaiser seine tauben.

Er trägt ein kleid aus blauer Serer-seide
Mit sardern und saffiren übersät
In silberhülsen säumend aufgenäht ·
Doch an den armen hat er kein geschmeide.

Er lächelte · sein weisser finger schenkte
Die hirsekörner aus dem goldnen trog ·
Als leis ein Lyder aus den säulen bog
Und an des herren fuss die stirne senkte.

Die tauben flattern ängstig nach dem dache
›Ich sterbe gern weil mein gebieter schrak‹
Ein breiter dolch ihm schon im busen stak ·
Mit grünem flure spielt die rote lache.

Der kaiser wich mit höhnender gebärde ..
Worauf er doch am selben tag befahl
Dass in den abendlichen weinpokal
Des knechtes name eingegraben werde.
(SW II, 66)

Die erste Strophe entwirft das Bild eines Sonnenaufgangs im Sommer, wenn der Morgen mit der Erwartung einer in den Höfen des Palastes noch waltenden „kühlung" verbunden ist. Dieser Sonnenaufgang wird sogleich als ästhetisches Ereignis manifest, indem er die kupfernen Hauben, mit denen die Zinnen des Palastes überwölbt sind, aufglühen lässt. Das als Attribut gebrauchte Kompositum „kupferglühe" gehört zu den kühnen und für den Symbolismus bezeichnenden Metaphernbildungen Georges. Moréas hatte ja von der Verwendung ‚gewagter Ausdrücke' gesprochen und ebenso von ‚Wortauslassungen', wie wir sie in Bezug auf die „kühlung" antreffen, wo ein Verb fehlt. In der vierten Zeile tritt mit der Nennung der Tauben ein neues Element hinzu. Das „warten“ der Tauben verdeutlicht, dass wir es mit einer wiederkehrenden Handlung, also einem Ritual zu tun haben. Die zweite Strophe führt dann die Person des erwarteten Kaisers ein, wobei seine Beschreibung sich fast ausschließlich auf seine Kleidung konzentriert. Von seiner körperlichen Erscheinung erfahren wir nichts weiter, als dass er – gewissermaßen standesgemäß – ‚weiße Finger‘ hat. Die beschriebene Kleidung unterstreicht seine Herrscherfunktion. Die Sererseide verweist auf die exotische Herkunft der Seide, die die Römer aus einer weit im Osten liegenden Provinz ihres Imperiums bezogen. Die römische Geschichtsschreibung überliefert, dass Alagabal der erste Kaiser gewesen sei, der sich in reiner Seide kleidete. ‚Sarder‘ und ‚Saffire‘ sind Edelsteine, wobei Sarder rote Achate und Saphire in der Regel blau sind. Beide Edelsteine bedecken das Seidengewand und finden sich in Silberhülsen eingefasst entlang der Säume. Die dritte Strophe zeigt den Kaiser bei der Ausführung des morgendlichen Fütterungsrituals, wobei die Erwähnung des ‚goldnen Trogs‘ dessen Stellenwert unterstreicht. Das Lächeln des Kaisers changiert zwischen Freude und Versonnenheit, es ist also sowohl nach außen wie nach innen gerichtet. Genau in der architektonischen Mitte des Gedichts erfährt die Situation nun eine entscheidende Wendung durch das Auftreten des Lyders. Dabei ist die dramatische Gefährdung des Rituals zunächst gar nicht absehbar. Das ‚leise‘ Auftreten des Lyders wie auch seine demutsvolle Geste des Fußfalls scheinen sich in den diskreten Charakter des Rituals einfügen zu können.

Mit dem Aufflattern der Tauben zu Beginn der vierten Strophe wird die Zerstörung des Rituals jedoch offenkundig. Gleich die nächste Zeile konfrontiert mit der radikalen Konsequenz, die der Lyder aus der von ihm verursachten Störung zog. Von seiner Bereitwilligkeit zu sterben, erfährt der Leser dabei noch eher als von ihrer Ursache, dem Erschrecken des Kaisers, das man sich als spontane Reaktion auf das plötzliche Aufflattern der Tauben vorzustellen hat. Die Verletzung des Fütterungsrituals lässt dem Lyder seiner eigenen Überzeugung nach keine andere Wahl, als sich zu töten. Die dritte Zeile gibt diese Tat durch das Präteritum ‚stak‘ als bereits vollzogen zur Kenntnis. Wenn man die zweite Zeile als inneren Monolog auffasst, entspricht die Handlung hier ganz dem Sprichwort ‚Gesagt, getan‘. Die letzte Zeile der vierten Strophe rückt den Suizid in eine ästhetische Perspektive und wiederholt dabei die Farbkombination grün-rot aus dem ersten *Unterreich*-Gedicht. Unter der ‚grünen flur‘ am Grund des kaiserlichen Hofs ist übrigens keineswegs an einen grünen Rasen zu denken. Der historische Algabal hatte die Innenhöfe mit einem grünen Porphyrstein auslegen lassen. Zu diesem Untergrund tritt das Blut des Lyders nun in einen reizvollen farblichen Kontrast, wobei der ästhetische Aspekt durch das Verb ‚spielen' noch unterstrichen wird.[96] Mit Blick auf den ‚abendlichen weinpokal' der letzten Strophe erhält die ‚rote lache' allerdings noch eine religiöse Konnotation. So erinnert das Blut an den Wein der Eucharistie.

Es gibt in der George-Forschung eine Kontroverse, ob es sich wirklich um einen Suizid des Sklaven oder eine Mordtat Algabals handelt. Ich halte es von der Konzeption des Gedichts her für schlüssig, dass es sich um einen Suizid handelt. Außerdem spricht dafür auch die Tatsache, dass das Aufflattern der Tauben, das Erschrecken des Kaisers und das Erdolchen des Sklaven nahezu simultan vorgestellt werden muss. Das Erschrecken des Kaisers spricht eindeutig gegen die Möglichkeit, ihn als Täter anzunehmen. Der Knecht realisiert die Tragweite seines Tuns unmittelbar und zieht sofort und „gern" daraus die Konsequenz.

Die letzte Strophe hält in der ersten Zeile die spontane Reaktion des Kaisers auf die Selbsttötung des Knechts fest. Die höhnische Gebärde ist dabei Ausdruck der Genugtuung über die Auslöschung des störenden Elements und allgemeiner über die Auslöschung einer profanen Existenz. Die beiden Punkte am Versende markieren bei George häufig eine perspektivische Wendung, so auch hier. Mit der zweiten Zeile macht das Gedicht einen Zeitsprung vom frühen Morgen in den Tageslauf.

Das „doch" in dieser Zeile signalisiert eine Neubewertung der Tat des Sklaven. Der Kaiser ersetzt nun den Hohn durch einen Akt höchster Ehrung. Er manifestiert sich darin, dass der Name des Sklaven in ein Gefäß eingraviert wird, das seinerseits einem festen abendlichen Ritual angehört. Er wird also dem rituellen Kernbereich des Herrschers integriert. „Die Eingravierung des Namens ist gerade die höchste Ehrung, die der Kaiser dem Sklaven zuteil werden lassen kann; denn sie bedeutet Einbeziehung in den engsten Kreis der eigenen Welt und Verherrlichung des Lyders."[97] Das Selbstopfer des Lyders bedeutet daher eine Form der Daseinssteigerung. Aus der profanen weltlichen Existenz überführt ihn das Selbstopfer in die Sphäre der ästhetischen Verewigung.

Was auf allgemeiner Ebene in diesem Gedicht demonstriert wird, ist die Unvereinbarkeit von ästhetischer Ordnung und profaner Entformung, allgemein gesagt: der Gegensatz von Kunst und Leben. Die Grenze zwischen beiden Sphären ist absolut undurchlässig, sie können nicht durchmischt werden. Wo Kunst ist, kann kein Leben sein. Nur die Mortifikation kann das Lebendige am Reich des Ästhetischen partizipieren lassen. Die Existenz des Kaisers ist vollständig identisch mit der Welt der Kunst, sie ist absolut ästhetisch durchformt, sie folgt nicht der Bewegtheit des Lebens, sondern der künstlerischen Formensprache des Rituals. Georges Gedicht schreibt daher in doppelter Weise einen Triumph des Ästhetizismus fest. Im Moment des Aufeinanderpralls beider Sphären beweist der Suizid des Knechts die unzweifelhafte Überlegenheit von Kunst und Ritual, und die ästhetische Überführung seiner Existenz in einen Bestandteil des Ritus zeigt ebenfalls die qualitative Höherwertigkeit der Sphäre der Kunst gegenüber dem Leben.

Der Triumph der Kunst über das Leben ist nicht notwendigerweise der Ausgang beim Aufeinanderprall der beiden Sphären. Das Gedicht *Der Herr der Insel* aus dem folgenden *Buch der Hirten- und Preisgedichte*, wohl eines der schönsten von George, liefert den komplementären Verlauf.

Die fischer überliefern dass im süden
Auf einer insel reich an zimmt und öl
Und edlen steinen die im sande glitzern
Ein vogel war der wenn am boden fussend
Mit seinem schnabel hoher stämme krone
Zerpflücken konnte · wenn er seine flügel
Gefärbt wie mit dem saft der Tyrer-schnecke
Zu schwerem niedrem flug erhoben: habe
Er einer dunklen wolke gleichgesehen.
Des tages sei er im gehölz verschwunden ·
Des abends aber an den strand gekommen ·
Im kühlen windeshauch von salz und tang
Die süsse stimme hebend dass delfine
Die freunde des gesanges näher schwammen
Im meer voll goldner federn goldner funken.
So habe er seit urbeginn gelebt ·
Gescheiterte nur hätten ihn erblickt.
Denn als zum erstenmal die weissen segel
Der menschen sich mit günstigem geleit
Dem eiland zugedreht sei er zum hügel
Die ganze teure stätte zu beschaun gestiegen ·
Verbreitet habe er die grossen schwingen
Verscheidend in gedämpften schmerzeslauten.

(SW III, 18)

Hier liegt die Pointe darin, dass der riesige Vogel, der ebenso an den Albatros von Baudelaire wie an den Vogel Rock aus *Tausendundeiner Nacht* gemahnt, im Angesicht der sich nähernden Menschen den Entschluss zum Suizid fasst. Er verkörpert mit seinem Gesang und seinen Fittichen in königlichem

Purpur die Kunst schlechthin. Auch seine Insel mit all ihren Preziosen ist eine nach außen hin abgeschlossene Welt der Schönheit. Seine der Ankunft der Menschen vorausgehende Selbsttötung unterstreicht, dass eine Koexistenz von Kunst und Leben unmöglich ist. Hier gilt umgekehrt: Wo Leben sein wird, kann keine Kunst mehr sein. Dabei erfüllt das ‚Verscheiden' des riesigen Vogels noch einmal in klassischer Form sämtliche ästhetischen Kriterien des Symbolismus. Seine Bewegungen und Äußerungen sind gemessen und von absoluter Selbstkontrolle, er begibt sich an einen Platz, der seine Majestät und Erhabenheit zur vollen Erscheinung bringt, die letzte Geste der großen Schwingen vereinigt Segen und Resignation, die ganze Haltung zeugt von einer stoischen Souveränität. Er erfüllt klaglos das Schicksal des Einsamen, der sein Leben der Kunst geweiht hat und zu sterben bereit ist, wenn ihr Raum durch die Berührung mit der profanen Welt entweiht wird.

Zum extravaganten Ästhetizismus dieser Phase passt es, dass sich George im Frühjahr 1892 in München auf Goldgrund und mit der Bildunterschrift *Un poète maudit* von dem Maler Karl Bauer porträtieren ließ. Nach dem Eklat mit Hofmannsthal war George einen Tag nach seinem Rechtfertigungsbrief an dessen Vater nach München aufgebrochen. Von dort aus führte er die Korrespondenz mit Hofmannsthals Vater noch vier Wochen weiter, die unter anderem um die Frage kreiste, wie sich die Beziehung zwischen ihm und Hugo von Hofmannsthal bei einem künftigen Aufenthalt Georges in Wien und einer zufälligen Begegnung gestalten solle. George beendete den Briefverkehr mit der Versicherung, „Sie brauchen nicht die geringste befürchtung zu hegen dass *ich* je die ersten schritte zu einer annäherung mache. dazu bin ich troz Ihrer beruhigenden erörterungen zu tief gekränkt." (G/H 245) In München wohnte George in der Pappenheimerstraße 13. Den Maler Karl Bauer hatte er womöglich bereits im Jahr zuvor beim ersten Aufenthalt in München kennengelernt. Bauer war fünf Tage älter als George und besuchte nach einer Ausbildung an der Kunstakademie seiner Heimatstadt Stuttgart Anfang der 1890er Jahre die Malklasse von Wilhelm von Lindenschmit dem Jüngeren in München. Er spezialisierte sich auf Porträtmalerei und war mit seinen Serien von ‚Charakterköpfen' und ‚Führern und Helden' der deutschen Geschichte im ersten Drittel des 20. Jahrhunderts äußerst erfolgreich. Über drei Jahrzehnte wirkte er an der Zeitschrift *Jugend* mit, für die er zahlreiche Titelillustrationen schuf. Reproduktionen seiner in hohen Auflagen hergestellten Porträt-Lithographien hingen in nahezu jeder gutbürgerlichen Wohnung, und seine Serien fanden sogar in Form von Quartettspielen Verbreitung.[98] Er war auch als Buchillustrator tätig und fertigte auf Georges Wunsch für die *Pilgerfahrten* einen Entwurf des Titelblatts an, der allerdings keine Verwendung fand. Bauer hatte als Porträtmaler ein großes Interesse an Physiognomie und war daher von Georges Haupt und Gesicht äußerst fasziniert. Er ordnete George dem ‚Schiller-Dante-Typus' zu, der zugleich ein ‚Herrscher- und Tätertypus' sei und war besonders von den „felsigen eckigen Stirnknochen", dem ‚medusenhaften' Blick und der ‚sphinxhaft-dämonischen' Gesamtwirkung des Gesichts gefesselt.[99] Die Attraktion, die Georges Erscheinung für Bauer besaß, schlug sich in etwa dreißig Porträts nieder, die der Maler zwischen 1892 und 1903 in verschiedenen Techniken ausführte. Gerade Bauers *en face*-Lithographie von 1898 und das sogenannte ‚Dichterbildnis mit Colleoni' von 1902 trugen wesentlich zum Bild Georges in der öffentlichen Wahrnehmung bei. Sein erstes Ölgemälde von 1892 zeigte Georges Gesicht in scharfem schwarz umrissenem Profil vor dem Goldgrund als das „Bild eines ‚jungen Rebellen'."[100] Rossi weist allerdings ergänzend darauf hin, dass sich durch den aufgeschlagenen Kragen und die dunkle Kleidung auch Züge eines Priesters oder Dandys in Bauers Gemälde erkennen lassen. Mit seinen Porträts hat Bauer, der die Begegnung mit George „als Einschnitt in seinem schöpferischen Werdegang" verstanden hat, kontinuierlich an der „Idealisierung der Dichtergestalt" Georges und dessen „kanonische[r] Würde" mitgewirkt.[101] Aus München reiste George nach etwa sechswöchigem Aufenthalt wieder für vierzehn Tage nach Paris, wo er für die erste Märzhälfte 1892 in seinem Stammhotel in der Rue de l'Abbé de l'Epée abstieg. Er verbrachte die meiste Zeit mit den Freunden Albert Saint-Paul, der in diesen Tagen Übertragungen aus Georges *Pilgerfahrten* in der Zeitschrift *L'Ermitage* veröffentlichte, und mit Waclaw Rolicz-Lieder.

Ida Coblenz, die erste Georgeanerin

Als George Mitte März nach Bingen zurückkehrte, erwartete ihn nur ein knappes Vierteljahr nach der ersten Begegnung mit Hofmannsthal die nächste schicksalhafte Begegnung. In seinem Heimatstädtchen hatte sich überraschenderweise eine junge Frau für seine Dichtung zu interessieren begonnen. In der bildschönen Ida Coblenz (Abb. 4) stieß George auf eine Seelenverwandte und sensible Interpretin seiner Gedichte. Was könnte einen jungen Autor mehr begeistern?

Ida Coblenz war am 14. Januar 1870 als viertes Kind einer großbürgerlichen jüdischen Familie geboren worden. Mütterlicherseits entstammte sie der seit dem 17. Jahrhundert in Bingen ansässigen Familie Meyer, die zu den größten Weingutsbesitzern der Stadt gehörte. Ihr Vater war der Kommerzienrat Simon Zacharias Coblenz, der aus Paris nach Bingen kam, um die

Weinhandelsfirma nach der Heirat zu übernehmen. Die weltweiten Handelsbeziehungen florierten, Coblenz avancierte zum Vorsitzenden der Binger Handelskammer und bewohnte mit seiner Familie eine Stadtvilla inmitten eines parkartigen Gartens. Er war ein konservativer und preußentreuer Patriot, der das Familienleben einer geradezu militärischen Zucht unterwarf. In einem Brief an ihre älteste Schwester Elise Rosa klagte Ida über ihren Vater: "*nie* hat er mir auch nur eine Liebkosung gegönnt."[102] Für die musische Anlage von Ida brachte er kein Verständnis auf.

Ihre Situation verschlechterte sich noch, als sowohl ihre warmherzige Mutter nach einer Geburt verstarb als auch die Hausdame einem tragischen Brandunfall zum Opfer gefallen war. Ida musste nun ungeliebte Pflichten im Haushalt erfüllen und floh gerne ins Fantasieren am Klavier. Als ein junger adliger Leutnant auftauchte, sah sie in ihm einen Ausweg. Der gestrenge Vater jedoch war entschlossen, sie nur einem gut situierten jüdischen Ehemann anzuvertrauen und nahm die Suche nach einem Bräutigam sogleich in die eigene Hand. Er ließ sie durch eine Tante in das Berliner Gesellschaftsleben einführen, wo sie Theodor Fontane und Walter Rathenau kennenlernte und das große Kunsterlebnis hatte, einer Aufführung von Wagners *Tristan und Isolde* beiwohnen zu können. Nach drei Monaten in Berlin wurde sie wieder aus traurigem Anlass nach Bingen zurückgerufen. Ihre kleine Schwester Marie Louise, an der sie besonders hing, war tödlich erkrankt und starb mit nur neun Jahren.

Ida Coblenz verknüpft in ihrem unpublizierten autobiographischen Roman *Daja* mit diesem Verlust ihre Abkehr von allen religiösen Hoffnungen. In dieser tiefen Lebenskrise rückte nun die moderne Literatur ins Zentrum ihrer Aufmerksamkeit. Durch die Vermittlung ihres Schwagers, der die *Neue Badische Landeszeitung* verlegte, hatte sie schon gelegentlich kleine Artikel und Rezensionen schreiben können, in denen ihre Wertschätzung von Ibsen, Strindberg und vor allem Nietzsche zutage trat. Nun verhalf ihr ein Zufall zu dem persönlichen Kontakt mit einem jungen modernen Dichter: Stefan George.

In ihren nach dessen Tod veröffentlichten Erinnerungen schildert sie ihre erste Begegnung mit seiner Dichtung. Georges Bruder Fritz hatte ihr die beiden ersten Gedichtbände *Hymnen* und *Pilgerfahrten* zu lesen gegeben – in einer Art Hilfegesuch, da die Familie George mit der Lektüre überfordert war. „‚Fräulein Ida, ich möchte Ihnen was anvertrauen. Mein Bruder Schtefan – ja, unser Schtefan dicht't! Und denken Sie, jetzt sind seine ersten Gedichte gedruckt worden, und wir können sie nicht verstehen, keiner von uns, und ich meine bestimmt, Sie würden sie verstehen.‘ […] Es geschah das Wunder, daß ich, [...] nachdem ich die ersten Gedichte gelesen hatte, wußte, nicht nur fühlte, was ich da in Händen hielt. Ich gab mich dem nie gehörten Klang ganz und gar hin; ich war Georgianerin geworden, die erste, die es gab." (G/C 77 f.)

Im März 1892 kam es dann zur ersten persönlichen Begegnung, und es begannen „vier Jahre einer beglückenden Freundschaft und quälenden Liebe" (G/C 6). In einem Gespräch mit Sabine Lepsius über seine Jugendjahre sagte George rückblickend, er habe damals kaum jemanden näher gekannt, „außer Einer, und *die war meine Welt*!" (SL 37) Dass damit nicht nur eine ideale Leserin, sondern vielleicht auch eine potentielle Partnerin gemeint sein kann, legt die bereits angesprochene noch nicht abgeschlossene sexuelle Identitätsbildung Georges nahe. Sein mit Damenbekanntschaften kokettierender Brief aus London wurde schon zitiert, als weiteres Zeugnis kann man auf einen Brief von Carl Rouge aus dem Sommer 1888 hinweisen, der in flapsigem Ton darauf anspielt, dass George bei Besuchen im Großherzoglichen Darmstädter Theater ‚poussierte' oder ‚liebte', weil ihn ein Mädchen „in Flammen setzte".[103]

George besuchte Ida Coblenz regelmäßig in ihrer Villa, trug ihr Gedichte und Übersetzungen vor und lauschte gerne ihrem Klavierspiel. Im Garten des Hauses entstanden einige Fotografien, die Georges Wohlbefinden erkennen lassen. (Abb. 5) Die Gedichte dieser Jahre sind zum Teil explizit I(da) C(oblenz) gewidmet oder tragen Spuren gemeinsamer Spaziergänge oder Gespräche. Am 22. Juni 1892 findet sich in Georges Brief der enthusiastische Ausruf: „wie man sich doch in ein paar tagen so nah treten kann!" (G/C 32) Vermutlich im selben Monat sandte George ihr den *rath für schaffende*, mit dem er sie zu einer literarischen Produktion nach den eigenen ästhetischen Maßstäben ermutigen wollte. Offenbar dachte er daran, sie zu einer Mitarbeiterin der in Vorbereitung befindlichen *Blätter für die Kunst* heranzuziehen. Diesem Ansinnen versagte sich Ida Coblenz jedoch, und im selben Brief vom Jahresende 1892 empfiehlt sie George dann gewissermaßen kompensatorisch ausgerechnet Richard Dehmel als möglichen Mitarbeiter. „Sie schrieben mir: ‚Ich möchte Sie zu gerne als Mitarbeiterin gewinnen.' Das wird nie sein. Mein Reich ist nicht die Sprache – ich kann mich nur in Tönen ausströmen [...]. – Kennen Sie Richard Dehmels ‚Erlösungen' in Stuttgart erschienen? Er dürfte ein Mitarbeiter für Sie werden – es geht ein grosser Zug durch seine Dichtungen." (G/C 39) Nach diesem Hinweis auf Dehmel gab es eine kleine Pause in ihrem Austausch. In einem nicht abgesandten Brief gestand George: "Ihre empfehlung des Herrn Dehmel sezt mich etwas in erstaunen." (G/C 40) Georges Irritation ist nachzuvollziehen, wenn man Richard Dehmels ersten Gedichtband *Erlösungen* zur Hand nimmt. Er ist für einen

Gedichtband ziemlich umfangreich, um nicht zu sagen geschwätzig. Man findet darin Balladen, Parabeln, Sinnsprüche, Dialoge. Es wird also viel ‚erzählt', was für George prinzipiell unvereinbar mit der Gattung Lyrik war. Im äußersten Gegensatz zu Georges Diskretion stand auch Dehmels aufdringlicher Plauderton, der sogar die eigene Adresse in ein Gedicht textete. Um einen Eindruck vom überwiegenden Tonfall der *Erlösungen* zu geben, genügt es, ein paar Verse aus dem einleitenden *Denkzettel für den verehrten Leser* zu zitieren:

> Verehrter Leser: Mensch! Ich beschwöre dich:
> Lies mich richtig, Mensch, oder scher dich!
> Nämlich das Lesen von Gedichten
> Ist zwar sehr einfach zu verrichten,
> aber gerade die einfachen Sachen
> pflegt bekanntlich der Mensch sich schwer zu machen.
> Vor allem: such keinen ‚Grundgedanken'!
> [...]
> meine Gedichte sind Seelenwandlungen.
> Selbe vollziehen sich aus Gefühlen,
> die den ganzen Menschen aufwühlen.
> [...]
> Und verwirrt dich doch mal mein Gewühl,
> so schieb's nur, bitte, auf's Grund*gefühl*![104]

Es ist schwer nachzuvollziehen, was Ida Coblenz an diesem Ton so angesprochen haben kann, dass sie George schrieb, es gehe ‚ein großer Zug durch seine Dichtungen'. Ein indirektes Zeugnis für die Verunsicherung, die dieses Fehlurteil bei George auslöste, findet sich in seinem Brief an Hofmannsthal vom Januar 1893, in dem es mit unverkennbarem Bezug auf Ida Coblenz heißt: „eine person die mir früher teuer war und von der ich heut nicht weiss ob sie gross oder klein hoch oder niedrig ist" (G/H 56 f.). Zu Georges Bestürzung erlebte er mit Hofmannsthal einige Jahre später dieselbe Irritation, als dieser ihm 1897 Richard Dehmel als interessantesten deutschsprachigen Autor rühmte.

Die Eintrübung der Beziehung zwischen George und Coblenz war zunächst nur von kurzer Dauer. Im März 1893 setzte sich ihr Kontakt wieder fort. Sie unternahmen zahlreiche Spaziergänge durch die Weinberge und Wälder in der Umgebung Bingens und verbrachten viele Abende im Hause Coblenz, wo Ida für George Klavier spielte. Ida Dehmel erinnerte sich: "Wir sind viel miteinander spazierengegangen, [...] der Nahe entlang, in ihre Täler, wo wir oft stundenlang keinem Menschen begegneten. Da erschloss er sich ganz, da wurden wir Freunde. Das Wort Freunde schreibe ich zögernd hin; das Persönlichste lässt sich nicht ausdrücken. Wir waren einander viel, jeder in seiner Art ein Einmaliges – aber wir hatten füreinander eine völlig verschiedene Bedeutung. George, vor dessen immer kalten Händen mir leise graute, behielt mit seiner pergamentenen Haut etwas Unlebendiges. So sehr ich jedes Zusammensein mit ihm genoss – das Mönchische seines Wesens beeindruckte mich stark. [...] Noch heute bin ich ihm dankbar für die zarte und kluge Zurückhaltung, die er wahrte. Er fühlte wohl selbst, dass auch die leiseste Andeutung einer Hinneigung unseren Bund gesprengt hätte." (G/C 79f.) In ihrem unveröffentlichten autobiographischen Romanfragment *Daja* schildert Ida Coblenz den Eindruck, den sie von der Persönlichkeit Georges bereits durch die Lektüre seiner Gedichte gewonnen hatte, bevor sie ihn kennenlernte. Er war ihr wie ein „künftiger Kleriker" erschienen, der sich „auf das entsagende Leben eines Priesters vorbereitet" und von dem sie gewiss war: „nie [...] würde er das Blut einer Frau erwärmen können."[105] Sicher ist bei diesem Urteil mit zu bedenken, dass ihm enttäuschende Erfahrungen vorangegangen sind. Trotz der instinktiven Distanz, die Ida Coblenz tatsächlich empfunden haben dürfte, intensivierte sich ihre persönliche und geistige Beziehung. Etliche von Georges Gedichten aus dieser Zeit sind atmosphärisch oder motivisch von dieser Beziehung erfüllt. In der *Blätter*-Folge vom August 1894 erschienen drei Gedichte mit der Widmung ‚I. C. einer freundin zur erinnerung an einige abende innerer geselligkeit' und George erwog, seinen nächsten Gedichtband *Das Jahr der Seele* Ida Coblenz zu widmen. So weit kam es aber nicht.

Der Zurückhaltung auf Seiten Georges korrespondierte ihre eigene Schneckenhausexistenz. In einem Brief vom 15. Februar 1894 sprach sie von ihrem ‚Hang zum Abgeschlossensein und zur Einsamkeit' und begründete auch ihre Scheu ihm gegenüber: „Ich kann nicht anders als mich immer fester verschliessen und gebe mir darum doppelte Mühe zu scheinen wie die Andern. Ihnen gegenüber könnte ich ja diesen Schein fallen lassen, das weiss ich! Aber gerade darum vermeide ich ein Zusammensein mit Ihnen, mündlich und schriftlich, weil ich weiss, dass ich mit Ihnen von meinem Abgeschlossensten reden müsste. Das aber ist der Unterschied: Dem Dichter ist es eine Erlösung wenn sich das was er geschaut und empfunden in Worten loslöst; mir ist [es] ein Schmerz." (G/C 44)

Zu ihrem Unwohlsein trug außer gesundheitlichen Unpässlichkeiten vor allem der Druck ihres Vaters wegen einer standesgemäßen Verheiratung bei. Er brachte seine Tochter mit allen möglichen Gästen des Hauses zusammen und fand endlich im Consul Leopold Auerbach einen Kandidaten, der direkt heiratswillig war und ohne große Widerstände, allerdings auch ohne emotionales Engagement, von Ida akzeptiert wurde. Anfang April 1895 heiratete er Ida Coblenz und zog mit ihr nach Berlin.

Was im Leben einer jungen Frau üblicherweise als Höhepunkt erfahren wird, das ließ Ida Coblenz völlig gleichgültig. In einem Brief an George schrieb sie am 17. Mai über ihre Hochzeit: „Ja, ich kann mich nicht entsinnen, dass irgend ein grösseres Ereigniss meines Lebens von so geringer Bedeutung für mich gewesen wäre, als meine Eheschliessung." Sie ergänzte lapidar: „Früher gehörte ich zu meinem Vater, jetzt zu meinem Mann." (G/C 48)

Sie bemühte sich, einen Panzer der Teilnahmslosigkeit gegenüber ihrem eigenen Schicksal anzulegen, um die Situation zu ertragen. In ihrem Brief vom 16. Juli 1895 bricht es jedoch aus ihr heraus: „Vielleicht noch ein Wort über mich. [...] *Sie* kannten mich doch, ich hatte Ihnen mich gezeigt, wie vielleicht, nein gewiss keinem Andern. Warum nahmen Sie mich nicht bei der Hand und sagten: ‚Das kannst Du nicht tragen. Der Schlamm wird über Dir zusammen schlagen, und über Deinen Lilien.' Und wäre der Mann, dem ich bereit war mich hinzugeben, weil ich nicht wusste was hingeben sei, der Klügste, der Beste, der Schönste gewesen – mein Elend wäre dasselbe. Ich ersticke, ersticke im Schlamm. Es giebt für dieses Grauen, für dieses Grässliche keine Worte, keine Farben, keine Töne. Es ist dafür nur völlige Verzweiflung, Entsetzen bis zum Wahnsinn, Wahnsinn." (G/C 54)

George reagierte sofort auf diesen Brief mit dem Bekenntnis, auch er sei mit dem ‚nämlichen *Grässlichen*' vertraut, könne sich darüber aber schriftlich nicht äußern. Auf ihre im selben Brief aufgeworfene Frage, welche Anrede für ihr Verhältnis gemäß sei, antwortete George mit der Versicherung, sie seien sich so nah wie „(gewiss!) bruder und schwester" (G/C 55) gewesen. Zu der geplanten Aussprache in Bingen kam es dann nicht mehr, weil Ida Auerbach inzwischen schwanger war und auf ärztlichen Rat in Berlin bleiben musste. Was sie von George erwartet hätte und wie sie den Begriff Schwester zu verstehen bereit war, zeigt eine Formulierung in ihren kurz nach der Jahrhundertwende niedergeschriebenen *Erinnerungen*: „Hätte George mir damals gesagt: ‚Wir wollen einen neuen Orden gründen. Sie leiten die Frauen, ich die Männer. Wir wollen nur den höchsten Kunstidealen leben. Mit einem Keuschheitsgelübde fängt es an', ich hätte bedingungslos ja gesagt."[106]

Immerhin bot ihr Auerbachs gesellschaftliche Stellung die Gelegenheit, eine Art literarischen Salon zu installieren, der ihre geistigen Bedürfnisse befriedigen konnte. Im Sommer 1895 kam sie in Kontakt zu den Herausgebern der soeben gegründeten Kunst- und Literaturzeitschrift *Pan*, in deren zweitem Heft Richard Dehmel die zeitgenössische Lyrik porträtierte, dabei aber

George übergangen hatte. Ihrer Absicht, den *Pan* auf sein Werk aufmerksam zu machen, stimmte George zu, stellte nur die Bedingung, gemeinsam mit anderen Autoren der *Blätter für die Kunst* dort auftreten zu können. Im selben Brief vom September 1895 trug George sogar den Wunsch an sie heran, ihr sein nächstes Buch *Das Jahr der Seele* dedizieren zu dürfen, und legte ein Widmungsgedicht an sie bei.

Ida Auerbach trat darauf in brieflichen Kontakt mit Richard Dehmel, der sie bald auch persönlich aufsuchte. Es war eine schicksalhafte Begegnung. Sie führte nicht nur zu Ida Auerbachs Scheidung und der Heirat mit Dehmel, sie führte auch zur raschen Beendigung ihrer Freundschaft mit George. Ein Brief vom Herbst 1896 zeugt von der eingetretenen Entfremdung. Sie klagt da nach einer Begegnung mit George: „Sie nannten mich nicht Schwester. Sie waren fremd mit mir. Kalt, spottend sogar. [...] Ich glaube Sie denken mich unter fremdem Einfluss. [...] Können Sie nicht begreifen, dass man in so harter Luft sich immer mehr verschliesst." (G/C 63)

Hier kehren also das anfängliche Bild seiner Kälte und ihrer eingezogenen Existenz wieder. Der Auslöser für das abrupte Ende war dann eine zufällige und stumme Begegnung zwischen Stefan George und Richard Dehmel in ihrem Berliner Haus. George reagierte darauf mit einem Absagebrief, den er gemeinsam mit Karl Wolfskehl der Adressatin überreichte. Darin heisst es: „ich bitte – schmähen Sie die *freund*schaft nicht, unter UNS entsteht sie dadurch dass eines sein grosses und edles ins andre hineinzutragen vermag – wächst und nimmt damit ab – schwindet dann ganz wenn dem einen etwas gross und edel scheint was dem andren roh und niedrig ist." (G/C 63) Ida Auerbach antwortete einige Tage später mit einem kurzen traurigen und resignierten Brief, der mit den Worten endet: „Ich will ganz still werden." (G/C 63)

In der Tat wurde auch zwischen ihnen kein Wort mehr gewechselt. Zwar kam es noch zu wenigstens zwei zufälligen Begegnungen in Bingen, aber beide verliefen stumm und fast grußlos. Wenn George einmal einen Trennungsstrich gezogen hatte, dann war eine solche Entscheidung irreversibel. Idas unverzeihliches Vergehen bestand darin, seiner Begegnung mit Richard Dehmel nicht vorgebeugt zu haben, wohl wissend, dass er für George eine *persona non grata* war, mit der er keineswegs persönlich in Berührung kommen wollte. Im sozialen Verkehr strebte George immer nach absoluter Kontrolle, er allein entschied, ob und wenn ja, wann und wo er jemanden traf. Als 1897 Georges *Jahr der Seele* erschien, war die Widmung an die Jugendfreundin getilgt und durch die an die leibliche Schwester ersetzt. An Richard Dehmel schrieb sie enttäuscht: „Ein ganz klein wenig hat es mich doch geschmerzt, dass keine Zeile meinen Namen nennt, da doch jedes Wort für und an und durch mich geschrieben ist. [...] Lieber – es thut wirklich weh: die Traurigen Tänze – jedes einzelne Wort ist ein Stück von meinem Leben." (G/C 98)

Als sie 1937 ihre und Georges Briefe ordnete, notierte sie in ihrem Tagebuch: „Es müsste einmal ein Funke auf mich übergesprungen sein. Abstossend (wahrscheinlich) oder anziehend. Ich war ja ein gesundes Mädchen, von der Liebe anderer Männer schon umworben. Sein Leib war mir so fremd, als gehöre er einem anderen zoologischen Bereich als ich an... Stefan George verheiratet, Familienvater gar! Mädcheninstinkt sei gelobt."[23] Erst zu diesem späten Zeitpunkt lernte sie den Prosatext *Ein lezter Brief* aus Georges 1903 erschienenem Band *Tage und Thaten* kennen, den sie auf sich bezog. Der Text schließt den titelgebenden Zyklus und lautet:

> Du kannst ohne liebe lächeln · doch ich kann nur hassen. Viele menschen mag deine leichte anmut befriedigen · ich kann sie nicht in tausch nehmen für das wort das du hättest finden müssen und das mich hätte retten können. Du redetest einen ganzen sommer lang von den wolgeformten wolken von den rätselhaften geräuschen der wälder und den klängen der ländlichen flöte · aber für das eine wort bist du stumm geblieben. Was ist all deine schönheit all deine begeisterung wenn du dessen unkundig bist? nicht ein wort · minder als ein hauch · eine berührung! du hast gesehen dass ich tag und nacht darauf wartete. Ich konnte es nicht sagen · ich konnte es nur in träumen ahnen · auch hätte ich es nicht sagen dürfen · da du es hättest finden müssen. So träume und handle auf deine weise – uns ist nichts mehr gemeinsam: wenn du mir nahe kommst so muss ich dich hassen und wenn ferne bist du mir fremd. (SW XVII, 23)

Deutlich ist: Der Prosatext setzt einen anderen Akzent als der Abschiedsbrief. Das Gemeinsame beider Texte liegt höchstens im entschiedenen *tertium non datur*. So kompromisslos George im ästhetischen Urteil war, so auch im persönlichen Verhalten. ‚Ohne liebe lächeln' war für ihn ein Indiz für Verstellung, für die er keine Toleranz aufbrachte. Wie lautet das unausgesprochene Wort? Heißt es: ‚Ich liebe dich'? Ida war dazu aber wie gesehen nicht fähig.

Es ist reizvoll, aber auch müßig, darüber zu spekulieren, was geschehen wäre, wenn das Wort gefallen wäre. Ida Dehmel hatte sicher mit ihrer Empfindung Recht, dass George nicht für die Existenzform eines Familienvaters im bürgerlichen Sinne taugte. Dass er auf andere Weise die Rolle eines *pater familias* ausfüllen könne, würde sich noch zeigen. Als Resultat ihrer Beziehung blieb Georges erneut bekräftigter Eindruck vom Verrat als einer weiblichen Disposition. So endete die so verheißungsvoll gestartete Beziehung zu einer Frau als ein weiterer Mosaikstein zu einer Misogynie.

Ende 1937 trat Ida Dehmel zum Protestantismus über. Es nutzte ihr auf Dauer nichts. Zwar blieb sie durch protegierende Beziehungen von Deportationsbefehlen vorläufig verschont, aber die 1942 in Hamburg einsetzenden Sammeltransporte in den Osten ließen es ihr gewiss erscheinen, dass ‚alle drankommen'. Als sich auch ihre gesundheitliche Situation immer mehr verschlechterte, nahm sie sich am 29. September 1942 mit einer Überdosis Schlaftabletten das Leben.

Die *Blätter für die Kunst* und ihr ‚schwieriger' Beiträger Hofmannsthal

Kehren wir zurück in das Jahr 1892. Auf Georges Agenda standen nach wie vor an oberster Stelle die Vorbereitungen für den Start seiner Zeitschrift *Blätter für die Kunst*. Für deren Erfolg – und das hieß in Georges Verständnis: für deren künstlerisches Niveau – war es unverzichtbar, Hugo von Hofmannsthal als Beiträger zu gewinnen. Im Mai 1892 reiste George, nur vier Monate nach dem Eklat und ihrer Trennung, wieder nach Wien, um mit Hofmannsthal zu einer Vereinbarung zu kommen. George nahm dabei auch die Gelegenheit wahr, ihr persönliches Verhältnis zu bereinigen, schrieb aber am 17. Juli an Hofmannsthal aus Berlin eher resignierend: „ich that alles um mich und meine handlungsweise aufzuklären wenn wir misstrauisch und uns anschielend durchs leben gehen so ist das Ihr wille." (G/H 28) Auf das Zeitschriftenprojekt reagierte Hofmannsthal aber positiv und verfolgte es – wie er an Klein am 26. Juni schrieb – „mit wirklicher lebendiger Theilnahme" (G/H 22). Klein fungierte in den ersten Monaten nach Georges Besuch in Wien als Mittler zwischen ihnen, da George Hofmannsthals Vater versprochen hatte, sich nicht mehr direkt an seinen Sohn zu wenden. Klein sprach daher mit etwas gequälter Selbstironie von seiner „stellung zwischen feuer und pfanne." (G/H 26)

Jens Rieckmann hat zur Erklärung für Hofmannsthals erstaunlich schnelle Bereitschaft zur Mitwirkung nicht ohne Grund darauf hingewiesen, dass Hofmannsthal die *Blätter für die Kunst* nach der im Dezember 1891 erfolgten Einstellung der *Modernen Rundschau* als alternative Möglichkeit für die Veröffentlichung seiner literarischen Arbeiten gerade recht kamen. Gleichwohl versuchte er, seine Texte zunächst andernorts unterzubringen. Noch in der Vorbereitungszeit des ersten Hefts der *Blätter für die Kunst* kam es dadurch erneut zu einer Verstimmung zwischen George und Hofmannsthal. Bereits im ersten Brief an Hofmannsthal hatte Klein seiner, das heißt: Georges Erwartung Ausdruck verliehen, dass Hofmannsthal sich daran halte, „Ihren namen und Ihre sätze nicht in jenen abgeschmackten befleckenden (sogenannten modernen) zeitschriften zu verewigen" (G/H 21), womit sowohl eine Abstinenz gegenüber den naturalistischen Zeitschriften gemeint war als auch eine gegenüber denen des Jungen Wien. Hofmannsthal verhielt sich aber keineswegs dieser Erwartung entsprechend. Erst nachdem sich andere Pläne zerschlagen hatten, bot Hofmannsthal den *Tod des Tizian* Mitte August den *Blättern für die Kunst* an. Rieckmann schreibt zu Recht: „Die *Blätter* waren also bei aller ‚lebendiger Theilnahme', die Hofmannsthal in Wort und Tat bekannte, auch so etwas wie ein letzter Ausweg für ihn."[107] Der Grund für Hofmannsthals zwiespältige Haltung zu Georges Zeitschrift lag wohl darin, dass er den esoterischen Charakter der *Blätter*, den George als unveräußerliches Prinzip betrachtete, für seine eigene Publikationspraxis nicht als Richtschnur übernehmen wollte.

In dem ersten wieder von George selbst an Hofmannsthal gerichteten Brief – Hofmannsthal senior hatte sein Einverständnis mit dem Ende der direkten Kontaktsperre erklärt – klingt denn auch deutliche Verärgerung über dieses taktische Verhalten durch. Unter Bezug auf seinen Besuch in Wien schrieb George: „als ich Sie um gedichte ansprach hatten Sie keine wol aber ein bischen später um sie in ein beliebiges blatt als ‚schulbeispiele' setzen zu lassen" (G/H 29). Der Hintergrund dieses Vorwurfs bestand darin, dass Hofmannsthal dem mit ihm befreundeten Hermann Bahr zwei noch ungedruckte Gedichte für dessen Aufsatz *Symbolisten* als Illustrationen der neuen Kunst überlassen hatte, der am 18. Juni in der Berliner Wochenschrift *Die Nation* erschienen war. Hofmannsthal verteidigte sich George gegenüber damit, er habe seine Gedichte nur zur Verfügung gestellt, um zu verhindern, dass Bahr seine Beispiele ohne Georges Wissen den *Hymnen* entnehme. George zeigte sich von dieser Mitteilung versöhnt, zumal Hofmannsthal bald darauf das Dramenfragment *Der Tod des Tizian* und neue Gedichte an Klein sandte. Als dann im Oktober 1892 das erste Heft erschien, übernahm Hofmannsthal es, in Wien Abonnenten und Leser für die *Blätter für die Kunst* zu werben. Seine ersten Erfahrungen fasst er in einem Brief an George vom Dezember in die Worte zusammen: „Mit der Aufnahme der ‚Blätter f. d. Kunst' finde ich in Wien nichts als Ärger; wir stehen wirklich einsamer, als ich je geglaubt hätte" (G/H 51).

Aus Wien war George zunächst nach Bingen zurückgekehrt, wo er seine neue Bekanntschaft mit Ida Coblenz intensivierte. Sie wies ihn auf den in Berlin lebenden Schriftsteller und Nietzsche-Propagandisten Fritz Koegel hin, mit dem sie nach der Lektüre von dessen *Vox humana* in Briefkontakt getreten war. George ging diesem Hinweis sogleich nach, als er im Juni wieder in Berlin eintraf. Es erschienen dann auch sechs Reimsprüche von Koegel Anfang 1893 im dritten Heft der *Blätter.* Seine Texte waren jedoch recht konventionell, und so blieb es bei der ephemeren Begegnung. Wesentlich verheißungsvoller war eine Kontaktaufnahme, die George Ende Mai aus Belgien erreicht hatte. Der mit Albert Mockel befreundete symbolistische Dichter und Herausgeber der Literaturzeitschaft *Floréal,* Paul Gérardy, hatte nach Lektüre der *Hymnen* und *Pilgerfahrten* Interesse an George bekundet und ihm zum Zeichen der künstlerischen Verwandtschaft seinen ersten Gedichtband *Les Chansons naïves* zugeschickt. Gérardy war in der deutschsprachigen Wallonie aufgewachsen, hatte dann in Lüttich studiert und sich dort dem symbolistischen Künstlerzirkel angeschlossen. Für seine 1892 gegründete Zeitschrift konnte er Autoren wie Maurice Maeterlinck und Emile Verhaeren gewinnen. Ende Juli brach George von Bingen aus, wohin er kurz zuvor aus Berlin zurückgekehrt war, nach Belgien auf, um einer Einladung von Gérardys Studienkollegen Edmond Rassenfosse zu folgen. Er nahm Quartier in der Villa Joli-Mont in Tilff bei Lüttich, die der Familie Rassenfosse gehörte. In umittelbarer Nähe bewohnten Paul Gérardy und ein weiterer Studienkollege, Léon Paschal, ein Bauernhaus. Auch Edmond Rassenfosse und Léon Paschal waren junge symbolistische Dichter. In der Villa-Joli kamen die vier zusammen, um sich Gedichte vorzulesen, über die moderne Dichtung zu diskutieren und gemeinsame Pläne zu schmieden. (Abb. 6) George hat diesem intensiven Austausch auf dem ‚Dichterberg' in seinem vierteiligen Gedicht *Sprüche für die Geladenen in T..* im *Jahr der Seele* ein literarisches Denkmal gesetzt. Gerade in einer Phase, in der die Beziehung mit Hofmannsthal immer noch eher instabil war, dürfte George es sehr genossen haben, hier auf einen Kreis von gleichgesinnten jungen Dichtern zu stoßen, die ihn sofort in ihrer Mitte aufnahmen. George hat auf diesem Treffen aus den Gedichten seines noch nicht erschienenen *Algabal* vorgelesen, aus dem Gérardy bereits im September einige Übersetzungen in seiner Zeitschrift *Floréal* brachte. Auch auf Georges *Hymnen* und *Pilgerfahrten* wies er hin und erstmals wurden öffentlich die *Blätter für die Kunst* angekündigt. Gérardy wird von Beginn an zu ihren wichtigsten Mitarbeitern zählen und bis zur VII. Folge der Zeitschrift im Jahr 1904 über fünfzig Beiträge liefern. Außerdem vermittelte Gérardy George durch seine guten Beziehungen zu symbolistischen Künstlern in Belgien mehrfach Bildbeigaben für die Zeitschrift, unter anderem von Fernand Khnopff. Géradys Beiträge nahmen immer einen hohen Rang ein. Es war Georges Prinzip, in periodischen Publikationen wie den *Blättern für die Kunst* oder später im *Jahrbuch für die geistige Bewegung* die Reihenfolge der Beiträger nach dem Kriterium der Anciennität und der Relevanz anzuordnen. Für die *Blätter für die Kunst* hieß das etwa, dass in den ersten sieben Folgen auf seine eigenen Beiträge an zweiter Stelle in der Regel diejenigen von Hugo von Hofmannsthal folgten und an dritter Stelle diejenigen von Paul Gérardy. Nur einmal drehte George diese Reihenfolge um, und nur einmal rückte er, als Hofmannsthal nicht vertreten war, Gedichte des Malers Karl Bauer vor Gérardy an zweiter Stelle ein. Die meisten seiner Beiträge sind Gedichte, aber es finden sich auch zwei wichtige Prosatexte von Gérardy in den *Blättern*. Im Oktober 1894 veröffentlichte er den programmatischen Aufsatz *Geistige Kunst*, der uns noch beschäftigen wird. In diesem Monat wie schon zuvor im Mai hatte sich Gérardy in München aufgehalten und sich regelmäßig mit George, Karl Wolfskehl und im Oktober auch noch mit Waclaw Rolicz-Lieder getroffen. 1896 erschien ein Auszug aus seiner Broschüre *A la gloire de Böcklin* unter dem Titel *zum ruhme Böcklins*. Im selben Jahr hielt Gérardy im März in Brüssel einen Vortrag über ‚Die Seele des heutigen Deutschland', in dem er vor allem auf Stefan George, der selbst anwesend war, hinwies. Zwei Monate später besuchte George in Begleitung des Dichters Richard Perls Gérardy in Lüttich, während dieser im August zu George nach Bingen kam. Der Höhepunkt ihrer persönlichen Beziehung folgte zu Beginn des Jahres 1897, als Gérardy George Mitte Januar in Bingen abholte, um mit ihm zuerst nach München zu fahren und dort wieder gemeinsame Freunde zu treffen und neue wie Ludwig Klages kennenzulernen. Von München aus brachen sie dann zusammen zu einer knapp zweiwöchigen Reise durch Oberitalien auf, um anschließend noch einige gemeinsame Tage in München zu verbringen. In diesem Jahr erschien auch Georges fünfter Gedichtband *Das Jahr der Seele*, der zwölf seiner Weggefährten mit Widmungsgedichten ehrte, die alle mit deren Initialen überschrieben waren. An zweiter Stelle ist das Gedicht *P. G.* platziert.

Die Frequenz ihrer Treffen ließ dann nach, zumal sich Gérardys persönliche Situation zu verändern begann. Er war 1898 Journalist geworden und das keineswegs im literarischen Feuilleton, sondern im Bereich der Finanz- und Kolonialpolitik. Bei der letzten persönlichen Begegnung im April 1900, die in Bingen stattfand, war es Gérardy darum zu tun, George über die Ausbeutung der Kautschuk-Vorkommen in der deutschen Kolonie Kamerun durch eine belgische Finanzgruppe aufzuklären.[108] Es lässt sich vorstellen, dass George dieses Thema ‚dörrend' fand. Trotz Gérardys Abkehr von der Dichtung, die ihm zunehmend nutzlos erschien, räumte George ihm auf der Dichtertafel in der VII. Folge der *Blätter* von 1904 noch einen prominenten

Platz ein. George wünschte auch eine Sammlung von Gérardys auf Deutsch geschriebener Gedichte in Buchform, wozu es aber nicht mehr kam. Literarisch beschritt Gérardy im Weiteren ganz andere Wege. Er verfasste zwei satirische Romane auf den belgischen König und den deutschen Kaiser aus einer sozialistischen Grundhaltung heraus. Nach dem Einmarsch deutscher Truppen in Belgien zu Beginn des Ersten Weltkriegs ging Gérardy ins Exil nach England. Von 1918 bis zu seinem Tod 1933 lebte er wieder in Brüssel als politischer Journalist und gab die Tageszeitung *Midi* heraus.

Auch wenn George es durch seine Zähigkeit und Reiseaktivitäten, die ihn zwischen Berlin, Wien, München, Brüssel, Lüttich und Paris mit dem Anker in Bingen pendeln ließen, gelungen war, ein paar anerkannte oder jedenfalls vielversprechende Mitstreiter für seinen Zeitschriftenplan zu finden, hielt er doch gleichzeitig die Kontakte zu den ehemaligen Schulkameraden und *Rosen und Disteln*-Beiträgern Carl Rouge und Arthur Stahl aufrecht. Das erstaunt schon auf dem Hintergrund seines im Ton doch recht entschiedenen ‚Absagebriefs' vom Oktober 1890, der den Freunden mitteilte, er habe nun andere Bahnen eingeschlagen. Im Spätsommer 1892 führte Klein indes in Georges Auftrag einen intensiven Briefwechsel mit Rouge, der seine Unterstützung für den Zeitschriftenplan kundtat. Rouge begann noch weitere mögliche Beiträger einzuwerben, im Falle von Georg Edward mit Erfolg. Rouge beteuerte zwar, er wolle kein ‚bloßes Cliquenblatt', aber sein gleichzeitiges Bedenken, dass die Zeitschrift dem Darmstädter Kreis vielleicht ‚zu wenig cliquenhaft' sein könne, verdeutlicht seine eigene beschränkte Perspektive. In Ermangelung einer größeren Zahl innovativer deutschsprachiger Autoren verstand George sich dazu, in drei frühe Bände der *Blätter für die Kunst* einige wenige Gedichte von Rouge und eines von Stahl aufzunehmen. Er selbst reicherte den Mitarbeiterkreis in den ersten Bänden durch die Verwendung der Pseudonyme Edmund Lorm und Rochus Herz an. Mit dem Ende der ersten Folge im Sommer 1893 endete diese personell schwierige Startphase, der erste Band der zweiten Folge vom Januar 1894 wartete gleich mit drei neuen Namen auf.

Während Klein mit Hofmannsthal und Rouge korrespondierte, verbrachte George den Spätsommer wieder in Paris. Er arbeitete unter anderem an Übersetzungen von Louis Bertrands symbolistischem Prosatext *Gaspard de la nuit*. Anfang September nahm er an der Hochzeit seines Freundes Albert Saint-Paul mit Marguerite in Belley nahe der französisch-schweizerischen Grenze teil. Da es ihm gesundheitlich nicht gut ging, begab sich George in der zweiten Monatshälfte wieder nach Königstein im Taunus. Dort erreichten ihn Anfang Oktober endlich die heiß ersehnten ersten Exemplare seiner Zeitschrift *Blätter für die Kunst*. Den Druckauftrag hatte er diesmal nicht Vaillant-Carmanne in Lüttich erteilt, weil ihm deren Versandkosten zu hoch waren. Klein hatte in Berlin die Druckerei Cynamon in der Chausseestraße 4 ausfindig gemacht, die in unmittelbarer Nähe seiner Wohnung in der Lothringer Straße 9 III zwischen Alexanderplatz und Rosenthaler Tor lag. Klein beschrieb sie als eine ‚verwahrloste Winkeldruckerei', deren Inhaber von George zu seinem Unmut immer ‚Kynámon' (statt Cynamon mit Betonung der ersten Silbe) ausgesprochen wurde. Entscheidend war jedoch, dass die Druckerei recht preiswert war und am 30. September 1892 für „200 Exemplare ‚Blätter für die Kunst' incl. Satz Druck Umschlag"[109] nicht mehr als 66 Mark berechnete. Die *Blätter für die Kunst* wurden bis zum letzten Band der vierten Folge vom November 1899 bei der Druckerei Cynamon hergestellt, und es ist bemerkenswert, dass der Preis die ganzen Jahre über annähernd stabil blieb. Erst mit der 1901 erscheinenden fünften Folge wechselte George die Druckerei. Die Zeitschrift wurde nun von der professionellen und für ihre hochwertigen Produkte bekannten Druckerei Otto von Holten hergestellt. Sie war die Hausdruckerei des Georg Bondi-Verlags, der seit 1898 die öffentlichen Ausgaben von Georges Werken übernommen hatte.

Die *Blätter für die Kunst* unterschieden sich nicht allein wegen ihres Eintretens für eine neue Ästhetik von den existierenden Zeitschriften, sondern auch mit ihrer äußerlichen Konzeption. So folgte ihr Erscheinen keiner festen zeitlichen Taktung. Es gab keinen Jahrgang, sondern eine ‚Folge' mit fünf ‚Bänden', die innerhalb eines Jahres abgeschlossen sein sollte. Das funktionierte aber nur bei den ersten drei Folgen, die vierte zog sich über mehr als zwei Jahre, so dass George dieses Prinzip der Unterteilung ab der fünften Folge aufgab. Außerdem gab es, wenigstens zu Anfang, keinen Preis, sondern die Erwartung, dass die Leser das Unternehmen nach eigenem Ermessen durch einen Geldbetrag unterstützten. Die Zeitschrift konnte auch nicht abonniert werden. Sie erreichte ihre Leser im Regelfall durch persönliche Zusendung von Seiten der Redaktion, also durch Carl August Klein im Auftrag Georges, oder auf Empfehlung ihrer Beiträger. Immerhin lag sie in jeweils einer Buchhandlung in Berlin, Wien und Paris aus. Die Namen der Buchhandlungen standen bis zum Ende der vierten Folge auf dem Titelblatt. Es waren Behr's Buchhandlung Unter den Linden in Berlin, Leopold Weiss Tuchlauben in Wien und Léon Vanier 19 Quai St. Michel in Paris. Das Titelblatt nannte weiterhin mit Adresse als Herausgeber nur Carl August Klein. Ab der fünften Folge trat darüber der Aufdruck: „Begründet von Stefan George" hinzu. Unter Kleins Namen hieß es: „Diese zeitschrift im verlag des herausgebers hat einen geschlossenen von den mitgliedern geladenen leserkreis". Dieser

Aufdruck blieb bis zum Schluss unverändert, wenn er auch den Tatsachen nicht mehr entsprach.

Die Strategie Georges bestand also gerade in der Verweigerung von Publizität. Unter völliger Ignoranz des literarischen Marktes sollte sich ein hermetisch gegen die Öffentlichkeit abgeriegeltes Kommunikationsnetz etablieren. Man könnte somit, um es paradox zu formulieren, davon sprechen, dass Georges ‚Veröffentlichungen' nur erschienen, um zu verschwinden. Das galt sowohl für seine privatgedruckten Gedichtbände als auch für seine Zeitschrift. Natürlich ist eine solche Praxis der Verweigerung zugleich von raffiniertem Kalkül. Nichts – das lehrt jede Erfahrung und Küchenpsychologie – ist so interessant, so lockend, so attraktiv wie das Verbotene und Verborgene. Es würde allerdings zu kurz greifen, George zu unterstellen, diesen Effekt als Ziel vor Augen gehabt zu haben; dafür erwächst seine Konzeption des hermetisch abgeschlossenen Kreises zu organisch aus seinen bis in die frühste Zeit zurück verfolgbaren Intentionen. Zudem spricht sein ausdauerndes Bemühen um Hinweise auf seine Gedichtbände und die *Blätter für die Kunst* in öffentlichen Medien gegen einen reinen Kult des Hermetischen. Dabei beschränkte sich Georges Aktivität nicht darauf, Ankündigungen und Anzeigen in den symbolistischen Zeitschriften der mit ihm befreundeten französischen und belgischen Autoren zu initiieren, er bemühte sich auch um Kontakte zu etablierten Presseorganen in Deutschland wie der *Gegenwart*, die sich ausdrücklich ‚Wochenschrift für Literatur, Kunst und öffentliches Leben' nannte, oder dem *Berliner Tageblatt*, dessen Redaktion er wohl sogar persönlich aufsuchte.[110] George verfolgte also eine Art Doppelstrategie. Der inneren Geschlossenheit des Beiträgerkreises sollte die gezielt gesteuerte Aufmerksamkeit einer öffentlichen Leserschaft korrespondieren. Diese Absicht verfolgte George schon deshalb, weil er hoffte, auf diesem Wege die Aufmerksamkeit potentieller Autoren zu erregen und so schneller die dringend notwendige Erweiterung des Beiträgerkreises zu erreichen.

Jeder Band der *Blätter für die Kunst* hatte einen Umfang von 32 Seiten. Nur der erste Umschlag trug eine Illustration von dem Jugendstilkünstler Thomas Theodor Heine. Sie zeigt eine Knabengestalt in einem Rahmen mit floralen Elementen, die einen Pilgerstab hält und eine Schalmei bläst. Die einzelnen Bände haben meist eine Einleitung, in der George in anonymer Form zu grundsätzlichen künstlerischen Fragen Stellung nahm. Es bietet sich an, den Text, mit dem er seine Zeitschrift vorstellte, etwas genauer zu betrachten.

„Der name dieser veröffentlichung sagt schon zum teil was sie soll: der kunst besonders der dichtung und dem schrifttum dienen, alles staatliche und gesellschaftliche ausscheidend.

Sie will die GEISTIGE KUNST auf grund der neuen fühlweise und mache – eine kunst für die kunst – und steht deshalb im gegensatz zu jener verbrauchten und minderwertigen schule die einer falschen auffassung der wirklichkeit entsprang. sie kann sich auch nicht beschäftigen mit weltverbesserungen und allbeglückungsträumen in denen man gegenwärtig bei uns den keim zu allem neuen sieht, die ja sehr schön sein mögen aber in ein andres gebiet gehören als das der dichtung. [...] In der kunst glauben wir an eine glänzende wiedergeburt." (BfdK I, 1, 1 f.)

Die ersten Sätze, in denen die bekannte Formel ‚Kunst für die Kunst' auftaucht, ziehen eine scharfe Trennlinie zwischen der Kunst und ‚allem staatlichen und gesellschaftlichen'. Die Sphäre der Kunst wird als ein selbstständiger, autonomer Bereich betrachtet, in dem nur die Gesetze des Geistes herrschen sollen. Die Äußerungsform des Geistes in diesem Bereich erfolgt entsprechend „der neuen fühlweise und mache", das heißt unter einem subjektiven Aspekt und unter einem objektiven Aspekt, womit an dieser Stelle spezifische sprachliche Verfahren gemeint sind. Die Charakterisierung der geistigen Kunst erfolgt sodann durch ihre negative Abgrenzung gegen jene ‚minderwertige schule die einer falschen auffassung der wirklichkeit entsprang'. Wenn im weiteren von ‚weltverbesserungen' und ‚allbeglückungsträumen' die Rede ist, wird klar, dass sich diese Abgrenzung gegen sozialkritische Tendenzen des Naturalismus richtet. Worin besteht nun diese ‚falsche auffassung der wirklichkeit', und welche wird ihr entgegengesetzt?

Insofern der Naturalismus die wichtigste Negativfolie für Georges Erneuerung der deutschen Dichtung liefert, möchte ich ihn zum besseren Verständnis der in den *Blättern für die Kunst* formulierten Kritik etwas detaillierter vorstellen. Der Naturalismus hing einem positivistischen Begriff von Wirklichkeit an, der sich auf die Naturwissenschaften stützte. Wirklichkeit definierte sich also durch das Positive, das materiell Greifbare. Wie immer hatte sich auch der Naturalismus als Gegenbewegung zu dominanten Richtungen in Kunst und Literatur konstituiert. Zum einen wollte er die distanzierte und poetische Gestaltung der Wirklichkeit im Realismus, die krasse, ‚hässliche' Phänomene bewusst ausblendete beziehungsweise harmonisierte, durch eine ungeschönte Darstellung der Wirklichkeit ersetzen. Zum anderen sah sich der Naturalismus als Überwindung der Autorengruppe, die man als Epigonen der klassischen Literatur ansehen kann und die weitgehend den literarischen Markt beherrschten. Zu ihnen zählten etwa Paul Heyse, Peter Rosegger, Felix Dahn oder Emanuel Geibel. Die entscheidenden Impulse für den Naturalismus kamen aus dem Ausland, besonders aus Skandinavien und aus Frankreich. In Frankreich wandte Emile Zola in seinen ‚Experimentalromanen naturwissenschaftliche Untersuchungsmethoden bei der Gesellschaftsschilderung an. In der Wirkung nachhaltiger war die Eroberung der deutschen Bühnen durch die skandinavischen Dramatiker, allen voran Henrik Ibsen, der in Schauspielen wie *Nora* (1879), *Gespenster* (1881), *Volksfeind* (1882) oder *Die Wildente* (1884) die modernen Themen der Frauenemanzipation, der Vererbungslehre, der bürgerlichen Lebenslüge oder der Bedeutung des sozialen Milieus für die Lebenschancen des Individuums aufgriff. Auch in Deutschland machte sich der Naturalismus mit Gerhart Hauptmann, Max Halbe, Hermann Sudermann, Ludwig Anzengruber oder Johannes Schlaf vor allem im Bereich der Dramatik geltend.

Drei Hauptaspekte schälen sich unter den Themenkreisen des Naturalismus heraus: die politisch-soziale Wirklichkeit des anbrechenden Industriezeitalters mit ihrem sich verschärfenden Klassengegensatz, das naturwissenschaftlich-technische Denken als neues Paradigma der Epoche, das zunehmend die Lebens- und Berufswelt umgestaltete, und die ästhetisch-künstlerische Konzeption einer neuen Dichtung. In der Literaturtheorie der Naturalisten schlug sich ihre Orientierung an naturwissenschaftlichem Denken und moderner Technik in der Forderung einer nüchternen Sachlichkeit nieder. Man proklamierte den ‚Geist der absoluten Objektivität' und die Entfaltung einer Ästhetik auf der Grundlage eines naturwissenschaftlichen Empirismus. Im Jahre 1887 erschien Wilhelm Bölsches Programmschrift *Die naturwissenschaftlichen Grundlagen der Poesie*, in deren Mittelpunkt der Begriff des ‚poetischen Experiments' steht. In Bölsches Konzeption ist der Dichter zugleich naturwissenschaftlich operierender Experimentator und poetisches Genie. In dieser Doppelrolle vermag er auch über die positivistisch-exakte Erfassung der Wirklichkeit hinauszugehen und im genialen Vorgriff die „Keime zum Segen der kommenden Geschlechter" zu legen. In Bölsches diffusem Fortschrittsoptimismus trägt die Dichtung zum „Sieg des Glückes infolge wachsender, durch Generationen vererbter Gesundheit" bei. Die naturalistische Kunstauffassung rückte die Literatur in den Horizont der Gegenwart, sie schrieb dem Kunstwerk nicht mehr einen absoluten, zeitenthobenen Stellenwert zu, sondern betonte seine Qualität als Ausdruck der jeweiligen Epoche und der spezifischen historischen Situation. Der bedeutendste Theoretiker des deutschen Naturalismus war Arno Holz. In seiner Programmschrift *Die Kunst. Ihr Wesen und ihre Gesetze* von 1891 bilden das Mimesis-Prinzip, also die Nachahmung der Wirklichkeit, und das Experiment die beiden ästhetischen Kernpunkte. Das von einer Aura des Göttlichen umgebene Künstlersubjekt wird durch den an den Tatsachen orientierten Künstler-Beobachter ersetzt. Seine vornehmste Aufgabe liegt im Studium des sozialen Milieus, der physischen Konstitution und der natürlichen Umwelt der beobachteten Menschen. Holz schließt sich damit der sogenannten Milieutheorie des französischen Historikers Hippolyte Taine an, der die drei Faktoren Rasse, Milieu und Situation als kausales Bedingungsgefüge für eine Deutung menschlichen Verhaltens und menschlicher Geschichte ansah. Holz folgte dem Gedanken vom großen Kausalzusammenhang der Welt in der Totalität ihrer Erscheinungen und übertrug die allgemeinen Prinzipien naturwissenschaftlichen Denkens auf die Kunst. Das ‚Wissen von der Kunst' sollte zur ‚Wissenschaft von der Kunst' werden. Es kam ihm darauf an, durch weitgehende Einschränkung der Subjektivität und möglichst objektive Handhabung der Darstellungsmittel der Identität von Kunst und Natur möglichst nahe zu kommen. Arno Holz konzentrierte dieses ästhetische Programm schließlich in der Formel: „Kunst = Natur minus x." Die Aufgabe des naturalistischen Schriftstellers ging dahin, das x so weit wie möglich gegen Null gehen zu lassen.

Die Kunstauffassung, die George dem entgegenstellt, legte den Akzent auf das Immaterielle, auf das Geistige als das eigentlich Wirkliche. Es ist eine platonische Tradition, aus deren Perspektive die naturalistische Wirklichkeitsauffassung falsch erscheint. Es ist der Unterschied zwischen einem qualitativen und einem quantitativen Denken. Für den Naturalismus ging die Wirklichkeit in ihrer konkreten materiellen Erscheinung auf. Er glaubte daher auch, dass sie potentiell mit rationalen Mitteln völlig erfasst werden könne. Die Konsequenz dieses Denkens war, dass jeder Bestandteil der Wirklichkeit gleich bedeutsam sei. Für die künstlerische Praxis des Naturalismus hatte das zur Folge, dass jeder Aspekt der Wirklichkeit im Kunstwerk Aufnahme finden konnte.

Die prinzipielle Kritik an der naturalistischen Wirklichkeitsauffassung findet sich 1896 in der dritten Folge der *Blätter für die Kunst*, wenn es heißt: „Wir sind bereit manche heilsamen einflüsse des ‚naturalismus' anzuerkennen vergessen aber einen unberechenbaren schaden nicht: dass er uns daran gewöhnt hat gewisse begleitende bewegungen einer handlung zur vollständigkeit zu fordern, die aber wenn sie vom dichter berücksichtigt werden jedes werk großen zuges unmöglich machen." (BfdK III, 2, 34) Die Pole, die in dieser Formulierung einander entgegengesetzt werden, sind ‚vollständigkeit' und ‚werk großen zuges', also ein quantitativer und ein qualitativer Maßstab. Für George musste das Kunstwerk ganz im Zeichen einer Idee stehen. Das Ziel war nicht Vollständigkeit, sondern Einheit. In seinen Notizen *Über Dichtung* vom Oktober 1894 heißt es: „die zusammenstellung · das verhältnis der einzelnen teile zueinander · die notwendige folge des einen aus dem andern kennzeichnet erst die hohe dichtung." (SW XVII, 69)

In seinem Essay *Aus einer Seelenlehre des Künstlers* hat Ludwig Klages in einem Beitrag zu den *Blättern für die Kunst* im Februar 1895 ganz ähnlich argumentiert. Er knüpfte dort die Erfüllung der idealen künstlerischen Form an drei Bedingungen: 1) die Auswahl des Stoffs „im sinne eines einheitlichen eindrucks", 2) die „gruppierung des stoffs (komposition), 3) „eine bis ins kleinste fühlbare *art und weise* der verarbeitung des stoffs (stil)." (BfdK II, 5, 140f.) Das sind sozusagen die drei Einheiten des symbolistischen Kunstwerks Georgescher Prägung: Einheit des Eindrucks und der Stimmung, Einheit der Komposition und Einheit des Stils.

Alle drei Einheiten dienen dem gemeinsamen Ziel, im Kunstwerk die Idee der Schönheit zur Anschauung zu bringen. So ließ Paul Gérardy seinen hymnischen Aufsatz *Geistige Kunst*, womit er einen Schlüsselbegriff aus der Einleitung zum ersten *Blätter*-Band aufgriff, in das emphatische Bekenntnis münden: Die neuen Dichter „sind keine sittenprediger und lieben nur die schönheit die schönheit die schönheit." (BfdK II, 4, 113) *Vice versa* heißt es in Georges Notizen *Über Dichtung* in aller wünschenswerten Klarheit: „In der dichtung – wie in aller kunst-betätigung – ist jeder der noch von der sucht ergriffen ist etwas ‚sagen' etwas ‚wirken' zu wollen nicht einmal wert in den vorhof der kunst einzutreten." (SW XVII, 68) Zugleich ist es aber gerade eine der vornehmsten Aufgaben der Kunst, ihre Rezipienten zur Kunst des Genießens zu erziehen. Erst wenn der Rezipient zum Genuss erzogen ist, kann ihn das Kunstwerk in vollem Umfang ergreifen und seinerseits von ihm ergriffen werden. Um diese ästhetische Erziehung zu erreichen, muss das Kunstwerk über eine bestimmte Qualität verfügen. Es muss – in der Diktion der *Blätter* und Georges – ein ‚Gebilde' sein, und es wird zu einem Gebilde durch die ‚neue mache'. Das Entscheidende an dem Begriff ‚mache' liegt in der Akzentuierung des Handwerklichen, Technischen, Artifiziellen. George versteht darunter die Beherrschung der lyrischen Form. Er diagnostizierte eine Vernachlässigung des Form- und Sprachbewusstseins in der zeitgenössischen deutschen Literatur, das er mit seinen ästhetischen Ideen auf ein neues, europäisches Niveau bringen wollte. Insofern richtete sich der erzieherische Anspruch der *Blätter für die Kunst* in erster Linie an die Dichter selbst. Ihnen sollten hier gleichsam Exempel einer neuen Dichtung dargeboten werden, die als Modelle fungieren könnten, die Phase des Naturalismus und des Epigonentums hinter sich zu lassen. Es ist von daher nur konsequent, dass bereits die programmatische Einleitung der *Blätter* auch eine Distanz gegenüber dem Schlagwort ‚Symbolismus' signalisierte.

Auf die differenzierte Haltung Georges gegenüber dem französischen Symbolismus machte auch Klein in seinem Aufsatz *Über Stefan George, eine neue Kunst* aufmerksam. Klein startete bereits im zweiten Band der Zeitschrift eine Serie von vier Artikeln, die den strategischen Zweck erfüllte, George als zentrale Gestalt der neuen Ästhetik zu profilieren. Es kann kein Zweifel darüber bestehen, dass Klein sich bei der Abfassung dieser Artikel mit George über jede einzelne Formulierung abstimmte. Kleins Artikelserie ist von daher als erste gezielte Maßnahme zu betrachten, George als Richtung weisenden und zugleich das Richtmaß liefernden Autor zu positionieren. Klein entwickelte hier bereits eine Argumentationslinie, die auf Georges Eigenständigkeit gegenüber den französischen Symbolisten hinauslief. Die wesentliche Differenz lag darin, dass in Frankreich die Dichter des ‚Parnasse' bereits Mitte des 19. Jahrhunderts ein Formbewusstsein ausgebildet hätten, das von den Symbolisten – wobei speziell an Mallarmé zu denken ist – wieder aufgelöst werden könne, um der Gefahr der Erstarrung zu entgehen, während es für die deutsche Dichtung erst einmal um eine Neubesinnung auf formale Präzision ankomme. In Kleins Artikel *Über das rein Formelle* heißt es im März 1893 in den *Blättern für die Kunst*: „Wenn wir erst formell so weit wie die Romanen vorgeschritten sind, wenn unser verfeinertes Ohr sich lange genug an vollster metrischer Lauterkeit und klanglicher Schönheit geweidet und gesättigt hat: dann erst dürfen wir an eine Auflösung und Zersetzung der Sprache denken, und dann erst können unsre freien Rhythmen logisch sein, musikalisch wirkungsvoll und künstlerisch." (CAK 74) Dass Klein mit dieser Positionsbestimmung exakt Georges eigene Meinung propagierte, wird klar, wenn man Albert Mockels Erinnerungen an seine Unterhaltungen mit George in den Jahren 1889/90 in Paris liest.

> Zuweilen diskutierten wir, George und ich – in der herzlichsten Weise, doch mit aller Leidenschaft unserer zwanzig Jahre. Damit die Dichtung freier atmen könne im französischen Schrifttum, war es meiner Meinung nach nötig, die engen Fesseln zu lockern, die sie zu ersticken drohten. Er hingegen wollte sie im Deutschen noch fester schmieden, wo ihm zufolge die Formen zu schlaff waren, wo das geschriebene Wort mehr Festigkeit gewinnen sollte. Schon damals erkannte er mit seltsamen Scharfblick sein Amt als Kunstlehrer und Erneuerer. [...] Ich glaube, ich darf seine Gedanken so wiedergeben, ohne sie zu fälschen: ‚Bei Euch', sagte er, ‚schreibt man Verse auf Pergament, bei uns kritzelt man sie allzu oft auf Sand oder in Wasser.' Wie schön waren die Stunden solchen Meinungsaustauschs! Ich schlug ihm meine Formel vor: ‚L'art pour la Poésie', und er war gerne bereit, sie grundsätzlich gelten zu lassen. Doch er meinte, sie sei nicht anwendbar auf die derzeitige deutsche Literatur. – ‚Ich sehe', sagte er, ‚für Euch liegt die Gefahr darin, daß die Kunst zur Künstelei wird. Ihr habt recht, gegen

> den Parnasse zu kämpfen: er würde Eure Dichtung erstarren lassen. Wir aber, wir müssen ihn in Deutschland begründen, zumindest im gegenwärtigen Augenblick. Das ist der notwendige Anfang. Später werden wir sagen dürfen wie Ihr: ‚L'art pour la Poésie', und vielleicht werde ich dann der erste sein, der dieses Lied anstimmt. Aber vorerst müssen wir die Plastik der Sprache ausbilden; wir müssen unser Arbeitsgerät erst schaffen, die Dichter ihr Handwerk lehren.'[111]

Zu dieser handwerklichen Beherrschung der Kunst gehörten für George metrische Regelmäßigkeit, Reim und Proportion. In seinen Notizen *Über Dichtung* schrieb er kurz und klar: „Freie rhythmen heisst soviel als weisse schwärze [...] Strengstes maass ist zugleich höchste freiheit." (SW XVII, 69) Die letzte Formel ist von höchstem Interesse. Unterwerfung unter das Formgesetz wird von George dialektisch als Weg zur höchsten Freiheit interpretiert. Was er hier im Kontext der Kunst formuliert, weist bereits auf die innere Struktur des Georges-Kreises voraus. Zur Formstrenge gehörten weiterhin die Konzentration auf das Nötigste – „rein ellenmäßig – die kürze" (BfdK II, 2, 34) – und die Beherrschung der Reimtechnik. An derselben Stelle äußerte George dazu: „Reim ist bloss ein wortspiel wenn zwischen den durch den reim verbundenen worten keine innere verbindung besteht." (SW XVII, 69) George ließ sich am Ende von Kleins Aufsatz *Über Stefan George, eine neue Kunst* programmatisch in einen deutschen Kontext einordnen. Klein schreibt dort: „Wir haben auch Vertreter einer neuen Kunst und brauchen uns nicht ans Ausland anzulehnen. [...] Ihre Hauptstützen Richard Wagner der Komponist, Friedrich Nietzsche der Orator, der Maler Arnold Böcklin und der Zeichner Max Klinger. Zu ihnen tritt ein Dichter." (CAK 70)

Freundschaft mit Karl Wolfskehl und neuer Streit mit Hofmannsthal

Einen Monat, bevor Klein dies schrieb, trat ein weiterer Dichter in Georges Leben. In Gießen hatte Georg Edward kurz zuvor seinem Studienkollegen Karl Wolfskehl die *Hymnen* und *Pilgerfahrten* sowie den ersten *Blätter*-Band geliehen. Wolfskehl war von Georges Dichtung begeistert. Am 16. November 1892 wandte er sich in einem ausführlichen Brief an George, in dem er sich zunächst umständlich dafür entschuldigte, einen unautorisierten Blick in den ‚Zaubergarten' voll ‚hehrer Kostbarkeiten' geworfen zu haben. Wolfskehl fühlte sein Eindringen in die den Freunden vorbehaltene Zone durch sein intensives Ringen um Verständnis gerechtfertigt und greift bei der Würdigung von Georges Gedichten gleich in höchste Register, wenn er schreibt:

„Ihre Gedichte, voll von neuen Reizen, tiefen wie aus Meeresgrund leuchtenden Bildern und Farben mit dem harmonischen klaren Gang der Strofen haben es mir angethan. [...] Ich stehe nicht an zu behaupten, dass ich heute Ihre Gedichte bis zu dem Grade genießen kann, wie es einem Nachempfindenden überhaupt möglich ist. Und von diesem Standpunkte aus darf ich Ihnen sagen, dass Ihre Lyrik in ihrer hehren Vornehmheit eine Zierde der Kunst ist. [...] Wenn es Einen Dichter giebt den ich mit Ihnen vergleichen möchte – verzeihen Sie dem Litterarhistoriker die Sucht nach Parallelen – so ist es Göthe in seiner vornehmsten erntesten Schaffenszeit." (G/KHW 41) Es lässt sich leicht vorstellen, wie elektrisiert George von diesem Vergleich mit Goethe war, der ihn so überraschend von einem ihm bis dahin Unbekannten erreichte.

Wer war nun dieser ‚Litterarhistoriker', der sich so einführte? Karl Wolfskehl war am 17. September 1869 in Darmstadt geboren worden. Er entstammte einer deutsch-jüdischen Familie, die sich bis auf die Zeit Karls des Großen zurückführen ließ. Nach dem Besuch des Ludwig-Georgs-Gymnasiums in Darmstadt studierte er Germanistik und Geschichte in Gießen, Leipzig und Berlin und promovierte in Gießen über ein mediävistisches Thema. Im Oktober 1893 lernte er Stefan George persönlich in München kennen, was seinem ganzen Leben die entscheidende Prägung gab. Es ist Edgar Salin zuzustimmen, wenn er das Resultat der ersten persönlichen Begegnung zwischen George und Wolfskehl mit den Worten zusammenfasst: „Als Literarhistoriker ist er die Treppen zu George hinauf gestiegen – als Dichter ist er mit dem Dichter hinab gegangen." (ES 165) Ein knappes halbes Jahr später finden sich die ersten Gedichte von Karl Wolfskehl in den *Blättern für die Kunst*, in denen er ab da mit einer einzigen Ausnahme in jeder Ausgabe der Zeitschrift bis 1919 vertreten sein wird. Von seinen Werken erschienen 1897 der Gedichtband *Ulais* und 1905 das Drama *Saul* im Verlag der Blätter für die Kunst und 1903 die *Gesammelten Dichtungen* und 1927 der Lyrik-Sammelband *Der Umkreis* bei Georg Bondi.

Es versteht sich von selbst, dass das Verhältnis zwischen George und Wolfskehl trotz ihrer Gleichaltrigkeit von Anfang an keines zwischen Gleichrangigen war. Dafür hatte Wolfskehl selbst durch den Vergleich Georges mit Goethe gesorgt. Schon sehr früh, Ende 1895, ging Wolfskehl in ihrer Korrespondenz dazu über, George als ‚Meister' zu apostrophieren. Wenige Monate später machte er zur Selbstcharakteristik von dem komplementären Begriff ‚Jünger' Gebrauch. Von Beginn an modellierte Wolfskehl sein Ideal des Dichters als Seher entlang des Werks und der Person Stefan Georges. Im November 1895 schickte Wolfskehl seinen für die *Blätter für die Kunst* bestimmten Essay *der Priester vom Geiste* und schrieb dazu, er wolle „zeigen, dass die

Kunst als Priestertum gefasst (und was wäre Kunst anders) ein Enteignen des Selbstes verlangt" (G/KHW 99), damit der Künstler-Priester ganz im „Strome geistigen Schaffens" aufgehe. Wenig später, am 27. April 1896 schreibt Wolfskehl mit Blick auf Georges 1895 erschienene *Bücher der Hirten- und Preisgedichte der Sagen und Sänge und der hängenden Gärten*: „Sie haben unser Sehnen erlöst und uns in eine neue Welt gestellt. Normen und Ziel haben Sie uns gesetzt und als Priester-König, als «Opfer-König» walten Sie der Lande. [...] Dass ich Sie erkennen durfte giebt mir das tiefe und warme Bewusstsein, dass auch mein Leben einen Inhalt hat." (G/KHW 134)

Wolfskehl genoss lange das Privileg, ganz seinen literarischen und gelehrten Interessen leben zu können. Er entstammte einer großbürgerlichen Bankiersfamilie und brauchte zunächst keinem Brotberuf nachzugehen. In seiner zweiten Münchner Zeit von 1899 bis zum Beginn des Ersten Weltkriegs avancierte er zur zentralen intellektuellen Figur der Schwabinger Boheme. Auf seinen Jours in der Leopoldstraße trafen sich Dichter, Bildende Künstler und Wissenschaftler aller Couleur und profitierten von Wolfskehls unausschöpfbarem Wissen und genialer Kombinationsgabe. George nannte Wolfskehl aus diesem Grund ‚die Ephesische', weil er ihn an die Göttin Diana von Ephesus erinnerte, deren Oberkörper von Brüsten ganz bedeckt war, so dass sie gleichzeitig Dutzende Kinder säugen konnte. Selbst sein eindrucksvolles epistolographisches Werk, das seine hinterlassenen Schriften an Umfang weit übertrifft, vermag wohl kaum mehr als einen blassen Schattenriss seines oratorischen Talents zu vermitteln, das etliche Zeitzeugen überliefern. Das Spektrum von Wolfskehls improvisierten Diskursen kommt wohl am fasslichsten in der Charakteristik von Ludwig Klages zum Vorschein: „Ich habe ihn sich unterhalten hören mit Völkerforschern über Totemismus oder ‚Trojaburgen', mit Altphilologen über schwierige Probleme der Metrik in den Chorgesängen der Tragiker, mit Archäologen über die antike Oikos-Idee, über den Brauch der Theoxenien, über Inkubationsmantik, mit Ägyptologen über die anch-Schlinge (Henkelkreuz, ‚Nilschlüssel'), mit Tonkünstlern über abseitige Kapitel der Musikgeschichte, mit sehr unterrichteten Ästheten über Leconte de Lisle, François Coppée, Huysmans, Henri de Régnier, Rimbaud, Wilde, Beardsley und gewann jedes Mal den Eindruck, der Aussprache zweier Fachleute beizuwohnen."[112]

George fasste diese Eigenschaft Wolfskehls noch in seinem letzten Gedichtband von 1928 in die Zeilen: „Der horcher der wisser von überall / Ballwerfer mit sternen in taumel und tanz / Der fänger unfangbar" (SW IX, 48). Die Vielfalt der Themen passt zu der geistigen Buntheit und dem Exotismus Schwabings, dessen experimentierfreudige unbürgerliche Bewohner bei Wolfskehl ein und aus gingen. Auch George genoss die anregende Atmosphäre in Wolfskehls Haus, obwohl er gelegentlich vor den exzessiven ‚Lingual-Orgien' in dem ihm reservierten ‚dritten Zimmer' Zuflucht nahm. Dort hielt er sich während der Jours auf und empfing nur ausgewählte Besucher. Die Lust, mit der sich Wolfskehl ins Getümmel des Lebens stürzte, war ihm fremd. In dem auf Wolfskehl bezüglichen Widmungsgedicht *K. W.* im *Jahr der Seele* brachte George diese Distanz schon früh in dem Vers „Dein leben ehrend muss ich es vermeiden" (SW IV, 76) zum Ausdruck. Wolfskehl war das unumstrittene Haupt dieses rauschhaften, wilden Lebens. Man nannte ihn den ‚Zeus von Schwabing'. Schon seine eindrucksvolle Statur und der immer in Bewegung befindliche Leib trugen dazu bei, dass er das Epizentrum des Geschehens bildete. Aus der Literarisierung der Faschings- und Kostümfeste in seinem Münchener Haus ging seine dramatische Dichtung *Maskenzug 1904* hervor, die im Verlag der Blätter für die Kunst erschien. Das Dionysisch-Rauschhafte war aber nur eine, wenn auch die nach außen hin dominante Facette seines Wesens. Daneben war Wolfskehl auch ein leidenschaftlicher Philologe und sachkundiger Leser. In den Jahren 1900 bis 1902 gab er zusammen mit George die drei Auswahlbände *Deutsche Dichtung* heraus, die den Versuch zu einer alternativen Kanonbildung für die klassische deutsche Literatur darstellen.

Als Wolfskehl mit seiner Frau Hanna, einer Tochter des Darmstädter Hofkapellmeisters Willem de Haan, 1909 in die Römerstraße 16 umzog, mietete er für George extra eine kleine Wohnung unterm Dach, in der sich das sogenannte ‚Kugelzimmer' befand, das ein Ort intimer Lesungen und festlicher Zusammenkünfte zwischen George und den engsten Freunden wurde. Nach dem Ersten Weltkrieg musste Wolfskehl die Wohnung aufgeben und erwarb ein Anwesen in Kiechlinsbergen beim Kaiserstuhl. Dorthin kam George jedoch nie, und auch Wolfskehl selbst verbrachte nur manche Ferienmonate bei der Familie. (Abb. 7) In den 1920er Jahren lebte er zuerst lange in Oberitalien als Privatlehrer, da er nach der Inflation, die sein Vermögen vernichtet hatte, gezwungen war, Geld zu verdienen. 1925 kehrte er nach München zurück und arbeitete als Publizist, Übersetzer, Herausgeber und Verlagsberater. Immer wieder unternahm Wolfskehl den Versuch, diese Lebensweise, die mit Georges Stigmatisierung jeder Konzession an den Literaturbetrieb nicht kompatibel war, in ihrer existentiellen Unausweichlichkeit zu legitimieren. Auf den spürbaren Liebesentzug reagierte Wolfskehl mit ständig wiederholten und gesteigerten Treueschwüren und dem immer verzweifelteren Ruf nach einem Echo. George antwortete auf solche Briefe nicht oder vertröstend. Erst im November 1925 lud er Wolfskehl zu einem kurzen Treffen in Berlin, das erste nach mehr als sechs Jahren. Auf ein lösendes ‚Ja' zu seinem Tun hoffte Wolfskehl indes vergebens. Der tragische Höhepunkt in ihrer persönlichen Beziehung bestand für Wolfskehl darin, dass George ihn trotz mehrfacher inständiger Nachfragen im Herbst 1933 nicht in Minusio empfing, obwohl er sich nur ein paar Kilometer entfernt in Orselina oberhalb von Locarno aufhielt. Freilich ging es George in diesen Wochen schon arg schlecht, so dass er Wolfskehl mitteilen ließ, er möge Geduld haben, bis „das befinden sich so bessern würde dass ich Sie einmal rufen könnte." (G/KHW 838) Ende Oktober reiste Wolfskehl nach Rom. Nur mit knapper Not trafen er und seine Frau am Morgen des 6. Dezember 1933 rechtzeitig zur Beerdigung Georges in Minusio ein. Da lebte er schon im italienischen Exil, vor dem Zweiten Weltkrieg floh er weiter nach Neuseeland, dem *Ultima Thule*. Im Exil wandte er sich in seinen Dichtungen *Die Stimme spricht* und *Sang aus dem Exil* seiner jüdischen Identität zu. Er starb am 30. Juni 1948.

Kehren wir ein letztes Mal in die Startphase der *Blätter für die Kunst* zurück. Nach seinem gesundheitlich bedingten Aufenthalt in Königstein hielt George sich ab Oktober 1892 für das nächste halbe Jahr vorwiegend in Bingen auf. Er führte Korrespondenzen mit seinen Freunden in Paris, um den Druck weiterer Übertragungen vorzubereiten, nachdem der zweite Band Texte von Mallarmé, Verlaine, Moréas und Régnier gebracht hatte. Der dritte Band vom März 1893 sprach im Nachrichten-Teil das Problem zu weniger brauchbarer Beiträger offen an. George kompensierte die Lücken immer noch mit eigenen pseudonymen Beiträgen, aber nun ging ihm allmählich der Vorrat aus. Immerhin präsentierte der dritte Band einen neuen Namen, nämlich den aus Würzburg stammenden und in Berlin lebenden Schriftsteller Max Dauthendey. Er war George von Hofmannsthal empfohlen worden. George ließ zuerst Klein den Kontakt mit Dauthendey herstellen und kam dann im März nach Berlin, um sich mit ihm zu treffen. Dauthendey verfügte über Beziehungen zu skandinavischen Autoren und brachte George in Berlin mit dem Schweden Gustav Uddgren zusammen, der sich selbst mit Plänen für eine Zeitschrift trug. Sehr ersprießlich gestaltete sich die Kooperation mit Dauthendey nicht, der zu Georges Ärger ebenfalls große Stücke auf Richard Dehmel hielt. So kam es insgesamt nur zur Publikation von fünf Gedichten in Georges Zeitschrift.

Die Vermittlung Dauthendeys an die *Blätter* brachte erneut einen Misston in die Beziehung zwischen George und Hofmannsthal. Als dieser eine von ihm erwartete Besprechung der Zeitschrift mit dem Hinweis, sie enthielte „zu wenig wirklich wertvolles" (G/H 58), ablehnte, antwortete Klein süffisant, dass dieses Urteil höchstens auf den Beitrag des ‚Herrn Dauthendey' zutreffe. In dem Briefentwurf von George, der von Klein redigiert wurde, war dieser Zusammenhang sogar explizit ausgesprochen worden. Im Sommer 1893 kam es zu einer neuerlichen Krise in der Beziehung zwischen George und Hofmannsthal, die sogar zu einer mehr als einjährigen Unterbrechung von Hofmannsthals Auftreten in den *Blättern für die Kunst* führte.

Hofmannsthal hatte im Mai noch sein Bedauern über seine Kritik am „Kunstwerth unserer ‚Blätter'" (G/H 64) bekundet und beteuert, seine rücksichtslose Selbstkritik äußere sich eben auch in der „scharfe[n] Kritik gerade der mir homogensten Producte anderer." Diese elegante Entschuldigung musste in George den Eindruck erwecken, Hofmannsthal rechne sich zu einer einheitlichen Autorengruppe, sprach er doch ausdrücklich von ‚unseren Blättern' und von Homogenität. Es lag für George daher nicht fern, in seinem folgenden Brief Hofmannsthal um die Übersendung eines Lichtbilds von ihm zu bitten, um die Idee auszuführen, „einem nächsten heft ein blatt beizugeben das in holz oder stahl die bildnisse unsrer sämmtlichen dichter trägt" (G/H 65). Hofmannsthal reagierte auf dieses Ansinnen ablehnend und wählte zur Begründung dabei einen Vergleich, der George zutiefst verletzen musste. Er antwortete am 1. Juli 1893: „Dem Plan eines Sammelbildes möchte ich für meinen Theil mich nicht anschließen; an Dichtern interessieren mich gerade die Gesichter recht wenig; auch wird dergleichen so sehr von den uns durchaus fernstehenden reclamesüchtigen Journalen gepflegt" (G/H 66). Als würde ihm der Tritt in einen Fettnapf noch nicht reichen, schloss Hofmannsthal im selben Brief noch die Frage an: „Besteht, sagen Sie, in irgend einer Stadt (Berlin?) eine lebendige Gruppe unserer Freunde? [...] ich lebe so abseits von alledem und weiß gar nichts." Georges Antwort vom 9. Juli ist in einem durchgehend gereizten und vorwurfsvollen Ton gehalten. Schon der Anfang – „mein lieber H. – Sie fragen viel antworten wenig" – verrät einen nur mühsam zurückgehaltenen Groll. George wird dann schnell sehr deutlich: „In sachen des unglücklichen bildes bedaure ich keinen Ihrer gründe begreifen zu können am wenigsten aber dass Sie das wort ‚reclame' einflechten wo es sich nur um verteilen eines andenkens an unsre mitglieder als mitglieder einer familie dreht. [...] Sie beklagen dass Sie da abseits gehen und nichts hören · warum kommen Sie nicht auf die grossen strassen? In jeder sache tritt einmal ein zeitpunkt ein wo schriftliche behandlung nicht mehr hilft. Sie scheinen das einzusehen weichen aber jetzt ohne begründung und entschuldung aus. Unser dichterkreis hat sich nach gegenseitiger rückhaltloser aussprache gebildet und wird weiter sein. wer sich derselben entzieht wird unklar und unheimlich [...] Ich brauche Ihnen kaum zu sagen dass Mir der verlust eines künstlers den ich hochschätze und nachhaltig bewundre unersetzlich wäre." (G/H 66 f.)

An dieser Stelle ihrer Korrespondenz treten die unterschiedlichen Konzeptionen der dichterischen Persönlichkeit recht deutlich zutage. Während Hofmannsthal die gemeinsame Abbildung der *Blätter*-Autoren auf ihre Wirkung nach außen hin bezieht und sie damit in die Nähe von Verlagsanzeigen rückt, betont George den eher privaten, nach innen gerichteten Verwendungszweck. Sein Vergleich des Dichterkreises mit einer Familie ist ein schönes Beispiel für die Vorstellung eines intimen Verhältnisses zwischen wesensverwandten Künstlern. Man stößt hier wieder auf die für George unverzichtbare Fundierung einer künstlerischen Beziehung im Persönlichen. Es ist gewissermaßen der Unterschied zwischen einem Steckbrief und einem Familienalbum, der sich bei Hofmannsthal und George mit dem Medium Bild verbindet. Aufschlussreich ist Georges Vergleich mit der Familie natürlich auch im Hinblick auf die allmähliche Konstituierung eines bewusst geschaffenen Personenkreises mit ihm als Mittelpunkt.

Der scheinbar nebensächliche Streit um das Lichtbild rührt aber auch an eine tiefere Diskrepanz. Hofmannsthals ostentatives Desinteresse an den ‚Gesichtern' der Dichter verrät eine Auffassung von Literatur, die ausschließlich textorientiert ist oder vorsichtiger gesagt: die dichterische Persönlichkeit manifestiert sich für Hofmannsthal in vollem Umfang in ihrem künstlerischen Ausdruck, nicht aber in ihrem Habitus oder gar in ihrer Physiognomie. Für George stellt sich dieser Zusammenhang anders dar: Für ihnen bilden Körper und Geist eine Einheit, und daher ist die Abbildung eines Dichters nicht bloß eine beliebige Zugabe, sondern ein wesentlicher Bestandteil seines Werks, das in seiner Physiognomie gewissermaßen in präformierter Gestalt enthalten ist. Entsprechend lautete eine unterdrückte Passage in einem Antwortbrief Georges: „Sie sagten zwar – gewiss im scherz – Sie interessiere am Dichter das äussere sehr wenig. Ich aber sage ob einer ein Dichter ist darüber entscheidet rascher und uns grade so untrüglich sein gesicht wie sein gedicht." (G/H 251 f.)

Eine Woche nach Georges Brief reagierte Hofmannsthal mit einem weitgehenden Rückzug aus dem Unternehmen der *Blätter*. Er schrieb: „Da es mir, wahrscheinlich durch meine Schuld, unmöglich ist, mich mit Ihnen zu verständigen, so möchte ich mein Verhältnis zu den ‚Blättern für die Kunst' endgiltig dahin aufgefaßt wissen, daß man mich [...] als gelegentlichen Mitarbeiter, im Übrigen als einen neutralen Bestandtheil des wohlwollenden Publicums ansieht." (G/H 68 f.) Etwa einen Monat später antwortete ihm Klein und klärte ihn darüber auf, dass er offenbar den besonderen Charakter der Zeitschrift verkennen würde. Es heißt dort: „es ist durch den charakter der gründung keinem mitarbeiter verstattet nur insofern es ihm angenehm dünke mitzuwirken. [...] wir andern werden uns noch mehr fanatisch abschliessen" (G/H 69) Klein nutzte – wohl auf Weisung Georges – die Gelegenheit, Hofmannsthal erneut seine ihn kompromittierende Publikationspraxis vorzuhalten. Auf diesen und einen letzten Brief von Klein, in dem er Qualitätsmängel der *Blätter* darauf zurückführte, dass „sich die wirkenden nicht gehörig verstanden und unterstüzt haben" (G/H 73), reagierte Hofmannsthal nicht mehr. Zwar enthielten die nächsten *Blätter*-Bände einzelne Gedichte Hofmannsthals, aber sie stammten noch aus älteren Einsendungen.

Inzwischen war George nach etwa fünf Wochen wieder aus Berlin nach Bingen zurückgereist und blieb von kurzen Unterbrechungen abgesehen bis Anfang Oktober dort. Er hatte sich entschlossen, in München noch einmal ein Studium der Germanistik und Anglistik aufzunehmen. George war in einer Pension in der Hessstraße 9 nicht weit von der Alten Pinakothek in der Maxvorstadt abgestiegen.

München: Treffpunkt Café Luitpold

Am 26. Oktober erfolgte die Immatrikulation. Besonders viel Energie investierte George aber auch dieses Mal nicht in den Besuch von Lehrveranstaltungen. Im Wintersemester 1893/94 besuchte er eine Vorlesung über Shakespeare des schon hochbetagten Moriz Carrière und eine über Walther von der Vogelweide des für seine *Mittelhochdeutsche Grammatik* bekannten Mediävisten Hermann Paul, der gerade frisch berufen war. Aus den beiden folgenden Semestern ist sogar nur jeweils der Besuch der Vorlesung über die Englische Literatur von Emil Koeppel überliefert. Mit dem Wintersemester 1894/95 brach George endgültig sein Studium ab.

München war für ihn jedoch eine große Bereicherung für seine literarischen Ambitionen und die Suche nach geistesverwandten Freunden. Bereits am 12. Oktober kam es zu der bereits erwähnten ersten persönlichen Begegnung mit Karl Wolfskehl, der weitere in den nächsten Monaten folgten. Die beiden trafen sich gerne im Café Luitpold, einem beliebten Künstler- und Literatencafé, das in einem mehrteiligen Gebäudetrakt zwischen der Brienner Straße und dem Salvatorplatz untergebracht war. Das 1888 eröffnete Café Luitpold war nach dem Vorbild des Wiener Café Central luxuriös ausgestattet. Es verfügte über eine quadratische Kuppelhalle und einen Spiegelsaal, ein von Säulen getragener Mittelgang verband die einzelnen Räumlichkeiten. Als der achtzehnjährige Hans Carossa 1897 zum Studium nach München ging, führte ihn der erste Weg ins Luitpold. „Bald umfing mich der Kaffeepalast mit seinen Prachträumen, darin sich die Schritte von selber verlangsamen. Alles war hier danach angetan, dem Neuling vorzuspiegeln, er habe ein Heiligtum betreten. In gläsernen Lilien glühten Fäden elektrischen Lichts; das leuchtete weiter in schwarzen Marmorsäulen. Den bildergeschmückten Decken und Wänden galten die nächsten Blicke."[113]

Dieses elegante Ambiente hatte George zu seinem Stammsitz gewählt und empfing dort auch Gäste. So hatte er am 9. Februar 1894 den Freiherrn Leopold von Andrian zu Werburg ins Café Luitpold bestellt, der sich im September des Vorjahres brieflich an Klein gewandt hatte, weil er ‚mit wärmster Teilnahme' die *Blätter für die Kunst* verfolgte. Andrian entstammte einer alten österreichischen Adelsfamilie und hatte 1893 in Wien ein Jura-Studium begonnen. Wie Hugo von Hofmannsthal hatte er dort das Schottengymnasium besucht, nachdem er zuvor als Privatschüler in der Obhut des Germanisten Oskar Walzel gewesen war. In Walzels Wiener Wohnung hatte er 1893 Hofmannsthal persönlich kennengelernt und war durch ihn auf die Zeitschrift Georges aufmerksam geworden. Bereits im Januar hatte sich Andrian darüber freuen dürfen, dass er gleich mit einem Gedicht im ersten Band der zweiten Folge der *Blätter für die Kunst* vertreten war. Allerdings war seine Freude ein wenig durch die Tatsache getrübt, dass einige ‚rhythmische Unregelmäßigkeiten' in seinem Text ohne sein Wissen geglättet worden waren. Etwas pikiert schrieb er Klein, dass ihm „die ursprüngliche Fassung fast lieber gewesen"[114] wäre und die Unregelmäßigkeiten einen konkreten Sinn gehabt hätten. Am 7. Februar fuhr Andrian für ein paar Tage nach München und stieg im Hotel Marienbad ab. George war von Klein darüber informiert worden und traf sich mit Andrian im Luitpold. Eines ihrer Gesprächsthemen war das in dieser Zeit gestörte Verhältnis zwischen George und Hofmannsthal. Andrian schrieb an diesen ein paar Tage später, dass George ihn unbedingt weiter als Mitarbeiter seiner Zeitschrift behalten wolle. Es ist zu vermuten, dass es zumindest ein erwünschter Nebeneffekt seiner Verabredung mit Andrian sein sollte, dass dieser bei Hofmannsthal als Fürsprecher in dieser Sache agierte. Andrian bat Hofmannsthal denn auch etwas herablassend: „Geh' schick ihnen ein paar Gedichte für die Märznummer. Sie würden so eine Freude haben!"[115] Andrian überliefert noch ein anderes Gesprächsthema in seinen Tagebuchnotizen über dieses Treffen: „Er könne nicht mehr das viele Reisen vertragen – er brauche Ruhe, und alles hänge vom Zufall ab. Und es wäre gut eine Frau zu haben, die einen pflegt – und wegen dem Essen. Ich glaube, er ist lungenkrank."[116]

Im Brief an Hofmannsthal fügte er hinzu, George habe wie ‚ein alternder Hermaphrodit' ausgesehen und würde ‚ein unsympathisches Deutsch' sprechen. In seinem Tagebuch hielt Andrian ergänzend fest, es hätte ihn merkwürdig berührt, dass George „wie jemand auf dem Abstieg" gesprochen habe. Andrian nahm auch Anstoß an Georges radikalem Ästhetizismus und schrieb, er sei ein parteiischer ‚Antirealist'. Die kompromisslose Ablehnung an der Realität orientierter Autoren – wobei in erster Linie an Vertreter des Naturalismus zu denken ist – überliefert etwa um dieselbe Zeit auch der Maler Hermann Schlittgen. Er hatte Ende Januar brieflich mit George Kontakt aufgenommen und sich als Verehrer von Mallarmé und Verlaine bekannt. Kurz darauf dürfte George sich mit Schlittgen, der ebenfalls in München lebte, verabredet haben. Als Schlittgen George bei dieser Gelegenheit ahnungslos fragte, ob er mit den Hauptvertretern des Naturalismus in Verbindung stehe, „rief er pathetisch aus: ‚Wie ist denn das möglich! Schon diese Namen: Bierbaum – Dehmel – Holz – Schlaf.'"[117]

Im Sommer 1894 kam es noch zu einer weiteren persönlichen Begegnung zwischen George und Andrian in Wien. In der Zwischenzeit war Andrian trotz seiner despektierlichen Bemerkungen über Georges Persönlichkeit in seinen Briefen an George zu der Anrede ‚Lieber Meister' übergegangen. Ein näheres persönliches Verhältnis entstand aber nicht. Rückblickend äußerte sich George über Andrian als Person eher kritisch. „Persönlich aber enttäuschte er mich so, dass ich aus meiner Enttäuschung nicht einmal einen Hehl machen konnte. Er suchte es durch Liebenswürdigkeit nachzuholen, aber da war ich zugeschlossen, da konnte ich nicht mehr. Wer mir gewisse Wiener Frivolitäten erzählte, der hatte es mit mir verdorben." (EL 54)

Insgesamt erschienen bis 1901 neun Gedichte Andrians in den *Blättern für die Kunst*, wobei sich sein Unmut über eigenmächtige Eingriffe in seine Texte wiederholte. George widmete Andrian das Gedicht *Den Brüdern* im 1899 erschienenen *Teppich des Lebens*, das allerdings eher die entstandene Distanz zu den österreichischen ‚Brüdern' betont, mit denen sowohl der Bewidmete als auch Hofmannsthal gemeint sind. *Den Brüdern* gehört zu der Gruppe von Gedichten, in denen George sich von dem todessüchtigen symbolistischen Ästhetizismus lossagt, in dessen Bann sich die Angesprochenen noch befinden. Das Gedicht erinnert an die einst geteilte Überzeugung, dass „höchster stolz ein schönes sterben sei", appelliert aber in der letzten Strophe an die ‚Brüder', sich nicht darin zu erschöpfen:

Denn dazu lieben wir zu sehr euch brüder
Um zu geniessen nur als spiel und klang
An euch die schwanke schönheit grabes-müder
An euch den farbenvollen untergang.
(SW V, 71)

Zum Zeitpunkt der Publikation dieses Gedichts hatte sich Andrian bereits von der schönen Literatur abgewandt. 1899 beendete er sein Jura-Studium mit der Promotion und trat im folgenden Jahr in den diplomatischen Dienst ein. Als Privatgelehrter veröffentlichte er später noch mehrere politische Werke aus einer monarchistisch-katholischen Grundhaltung heraus. Als sein literaturgeschichtliches Vermächtnis kann die 1895 bei S. Fischer erschienene Erzählung *Der Garten der Erkenntnis* angesehen werden. Es ist ein Schlüsseltext des europäischen Symbolismus, der in feinsten Nuancen die Stimmungen seines Protagonisten Fürst Erwin schildert. Die Erzählung spielt in Bozen und Wien und auf Reisen des Fürsten nach Oberitalien und in die Schweiz. Er möchte das ‚Geheimnis des Lebens' erkennen, das er sowohl in narzisstischen Reflexionen als auch in der Verbindung zu seinem Freund Clemens vergeblich sucht. Stefan George schätzte dieses Buch ungemein und initiierte noch im Sommer 1904 dessen Übersetzung ins Niederländische, als er seinen Freund Albert Verwey in Nordwijk besuchte. George, der ein wenig Niederländisch beherrschte, unterstützte Verwey bei der Übersetzung mit seinen Kenntnissen über die Atmosphäre Wiens und bat Hofmannsthal, die Zustimmung Andrians für eine Veröffentlichung einzuholen. Die Übersetzung erschien dann in zwei Ausgaben von Verweys Zeitschrift *De Beweging* 1905 und 1906. Robert Boehringer schrieb Andrian viele Jahre später, George habe ihm zu dieser Zeit vom *Garten der Erkenntnis* erzählt und „das Grazile der Endschönheit"[118] gelobt. Er habe hinzugefügt, in Andrians Gedichten sei die Morbidität als Ausdruck „einer ganzen Epoche der Jugend" spürbar. Im *Siebenten Ring* von 1907 setzte George dem *Garten der Erkenntnis* mit der Tafel *Bozen: Erwins Schatten* ein Denkmal.

Der Tagebucheintrag von Andrian über das Treffen mit George im Café Luitpold hält den Hinzutritt einer weiteren Person fest. Es heißt: „Auch der Dichter der Desiderata kam dazu, ein junger, sehr blond, hübsch und kindlich aussehender Mensch."[119] *Desiderata* war der Titel eines Dramas von Ludwig Klages, aus dem der einige Wochen zuvor erschienene Band der *Blätter für die Kunst* einen Auszug gebracht hatte. Klages war die jüngste neue Bekanntschaft, die George nach seiner Ankunft in München gemacht hatte. Erneut hatte ihm der Zufall einen wertvollen Kontakt beschert. Beide bewohnten nämlich dieselbe Pension und hatten sich dort durch ein kontroverses Gespräch über den niederländischen Maler Jan Toorop kennengelernt. Toorop war auf der ‚Jahresausstellung von Kunstwerken aller Nationen' im Königlichen Glaspalast im Alten Botanischen Garten am Lenbachplatz als Angehöriger der ‚Gruppe der Zwanzig' prominent vertreten. Die umfangreiche Ausstellung war vom 1. Juli bis zum 31. Oktober geöffnet. Im Saal 57 hatten George und Klages siebzehn seiner Zeichnungen und Ölgemälde aus seiner symbolistischen Phase betrachten können. Vor allem ein Bild wie *O Tod, wo ist dein Stachel?* dürfte George mit seinem strengen Rhythmus und dem raffinierten Zusammenspiel von fließender Bewegung und Monumentalität fasziniert haben.

Klages erinnerte sich in seiner berüchtigten Schuler-Einleitung von 1940, George habe Toorop als bahnbrechenden Künstler gepriesen, während er ihn saftlos und manieriert fand. George, der auf ihn einen „fast unvermischt abstoßenden Eindruck"[120] gemacht habe, hätte sich ihm als ‚Etienne George, un poète maudit' vorgestellt. Das geradezu verzerrend negative Bild, das Klages in diesem Text von Georges Erscheinung zeichnete, ist in einem Brief, den er nur kurz nach ihrem Zusammentreffen in der Pension an seinen Jugendfreund Theodor Lessing schrieb, noch nicht zu erkennen. George hatte Klages noch mehrmals ins Gespräch gezogen und ein persönliches Interesse an ihm, in dem er einen Geistesverwandten erblickte, entwickelt. Schließlich outete Klages sich ihm gegenüber als Dichter. „Ich gab mich ihm schließlich als einen ehemaligen Poeten zu erkennen und brachte ihm ein Stück der *Desiderata.* Das versetzte den sonst zugeknöpften, im Verkehr vornehm förmlichen, mit verachtender Blasiertheit dreinschauenden Menschen in ein nicht zu verbergendes Feuer der Begeisterung. Er gestand mir anderthalb Monate später, daß er von der Turmszene mehrere Tage ‚gradezu krank' gewesen sei."[121]

Ludwig Klages wurde ein wichtiger Beiträger von Georges Zeitschrift. Von ihm erschienen dort bis 1904 mehr als zwei Dutzend Gedichte und zwei bedeutende kunstpsychologische Essays. Er war 1872 in Hannover geboren worden und erst kurz vor George nach München gekommen, um sich ebenfalls 1893 an der Universität einzuschreiben. Klages hatte 1891 in Leipzig mit einem Studium der Chemie begonnen, nachdem er in seiner Heimatstadt das Abitur abgelegt hatte. Zwar schloss er das Chemie-Studium 1900 mit einer Promotion ab, aber seine Interessen waren wesentlich breiter gestreut. Klages verfügte über ein starkes dichterisches Talent und verfasste schon in seiner Jugend zusammen mit seinem Schulkameraden Theodor Lessing zahlreiche Gedichte. Auch in den 1890er Jahren schrieb er, vielfach ermutigt von George, weiter Gedichte, beschäftigte sich nun aber zunehmend mit Philosophie, Psychologie und Graphologie, wobei ihm das Erstellen von graphologischen Gutachten auch als materielle Absicherung seines Studiums diente. Ende des Jahrhunderts bildete er mit Karl Wolfskehl und Alfred Schuler die Kosmische Runde, von der noch ausführlich die Rede sein wird. Das Interesse von Klages richtete sich dabei besonders stark auf das schöpferische Chaos einer vorgeschichtlichen Zeit. Nach dem Zerbrechen der Kosmischen Runde im Januar 1904 war auch seine Beziehung zu George praktisch beendet. Sie hatte noch ein hässliches Nachspiel, als Klages gegen George und Friedrich Gundolf einen Prozess führte, weil letzterer ohne sein Wissen im April 1904 ein paar Verse von Klages als Motto für ein eigenes Gedicht in den *Blättern für die Kunst* verwendet hatte. Als Friedrich Gundolf von der Anzeige erfuhr, schrieb er mit spöttischem Bezug auf die Vorwelt-Schwärmerei von Klages an Karl Wolfskehl: „Menschen, denen Mammuth und höhlenbär schon zu vergesellschaftet und verstaatlicht sind, rufen allerhand höchst bürgerlich-preussische paragrafen an um ihren vorweltlichen rach- und schikanengelüst luft zu machen!“[122] George und Gundolf wurden im November 1905 vom Königlichen Landgericht in Berlin beide zu einer Geldstrafe von 50 Reichsmark wegen Verletzung des Urheberrechts verurteilt. Sie gingen zwar in Revision, aber das Reichsgericht in Leipzig bestätigte das Urteil im Juli 1906.

Klages entwickelte sich zu einem anregenden, aber auch problematischen Denker jenseits der akademischen Welt. Er hielt 1913 auf dem Hohen Meißner vor der Freien Jugend seinen bedeutenden Vortrag *Mensch und Erde*, die erste Programmschrift des ökologischen Bewusstseins. Sein Buch *Vom kosmogonischen Eros* von 1922 lieferte mit seiner Idee vom ‚Eros der Ferne‘ Stichworte für Walter Benjamins Aura-Konzeption. Das monumentale dreibändige opus magnum *Der Geist als Widersacher der Seele* (1929–1932) ist ein großangelegter Versuch, dem bildhaften, dichterischen Denken ein wissenschaftliches Fundament zu verleihen. Die Einleitung zu seiner Edition der Schriften seines ehemaligen Mitstreiters in der Kosmischen Runde, Alfred Schuler, nutzte Klages 1940 als Rachefeldzug gegen die einstigen Freunde George und Wolfskehl. Der vom Zeitgeist des Erscheinungsjahres infizierte Ton ist für Klages selbst eine intellektuelle Schmach. 1944 gab er seinen ‚Nachlass zu Lebzeiten‘ *Rhythmen und Runen* heraus, 1956 starb er in Zürich.

Aber wir waren ja noch beim Café Luitpold. Klages soll einmal in arge Bedrängnis geraten sein, als sein Jugendfreund Theodor Lessing dort bereits saß, als er in Begleitung von George das Kaffeehaus betrat. Lessing stellt in seiner Autobiographie *Einmal und nie wieder* die Szene so dar:

> Ich saß zeitschriftenlesend im ‚Luitpold‘, als durch den Säulengang in der Mitte George daherstolzt, begleitet von seinem unabtrennlichen Schatten, Karl Wolfskehl. Alsbald storcht auch mein Klages durch die Halle, in großem Mißbehagen bemerkend, daß die zwei einander abstoßenden Pole seiner Freundschaft an benachbarten Tischen platzgenommen haben, und er nun, zwischen beiden stehend, keinem von beiden wehetun möchte. Er begrüßt mich also mit dem Vorschlag: ‚Komm mit zu den andern‘, worauf grillig die Antwort lau-

> tet: ‚Ihr könnt ja auch an meinen Tisch kommen.' Alsbald geht Klages zu ‚den andern', aber Wolfskehl erscheint als Friedensbote und wiederholt die Einladung, worauf wieder die Antwort kommt: ‚Der Weg von Herrn George zu mir ist nicht weiter, als der von mir zu Herrn George.' Und nun wird die Sache ernst. Denn George hält die Zumutung, den Tisch zu wechseln, für geschmacklos, ja frech. Und ich glaube mir etwas zu vergeben, wenn ich mich nachgiebig zeige. [...] Schließlich wird der Ausweg vereinbart, daß weder George noch ich sich fügen müssen, sondern gleichzeitig beide aufstehn, bis zur Mitte des Säulengangs einander entgegengehn und daß dann alle vier gemeinsam an einem größeren Tische platznehmen sollen. Und so geschah's.[123]

Der Klages-Biograph Hans Eggert Schröder hält diese Darstellung für erfunden, und er dürfte damit Recht haben. Klages hatte George Lessings 1896 erschienenen Gedichtband *Laute und leise Lieder* zu lesen gegeben, dessen Verse George jedoch so sehr abstießen, dass er es ablehnte, mit dem Verfasser in Berührung zu kommen. Daraufhin hatte sich Lessing wohl auf eigene Faust an George herangemacht. Jedenfalls berichtete George Klages empört, „er habe im Luitpold an einem Tisch für sich allein gesessen; da sei Herr Lessing hinzugetreten, habe unaufgefordert am selben Tisch Platz genommen und mit ihm ein Gespräch anzufangen versucht. ‚Der Bursche benahm sich, als hätten wir schon einige Scheffel Salz mitsammen gegessen!'"[124] Da dies nicht der einzige Fall war, in dem sich Bekannte von Klages über das indiskrete Verhalten von Lessing beschwert haben, dürfte diese Version der Wahrheit näher kommen als diejenige Lessings. Aber andererseits ist sie zu gut erfunden, um sie zu übergehen, eignet ihr doch eine Art symbolische Wahrheit.

Auch die Zuverlässigkeit von Georges ehemaligem Schulkameraden Georg Fuchs darf nicht auf die Federwaage gelegt werden, aber unter den von ihm kolportierten Anekdoten besitzt die folgende, die ebenfalls im Café Luitpold spielt, eine gewisse Glaubwürdigkeit. In ihr kommt es quasi zu einem grotesken Aufeinandertreffen verschiedener Welten. Georg Fuchs lebte seit 1891 als freier Schriftsteller und Journalist in München. George hatte bald nach seiner Ankunft in München mit ihm wieder Verbindung aufgenommen. Schon im März 1894 war Fuchs mit einem (seinem einzigen) Text in den *Blättern* vertreten. Es war eine Szene aus einer ‚Geisterkomödie'. Fuchs hatte inzwischen viele Kontakte im kulturellen Leben geknüpft und stand auch mit dem stadtbekannten Original Hans Stiglmaier auf vertrautem Fuß, zumal dieser selbst Journalist war. Stiglmaier war in der Regel in einem schäbigen grünlichen Havelock, klobigem Schuhwerk und zerdrücktem Kalabreser-Hut unterwegs und schrieb für verschiedene Provinzblätter über die

Sitzungen im Bayrischen Landtag. Mehr Zeit verbrachte er in Münchens Bierbeiseln und Weinstuben, wo er mit allen auf Du und Du stand.

> So weit war sein geheimer Ruhm durch das München des ‚Sturm und Drang' in den neunziger Jahren verbreitet, daß sogar Stefan George, der Einsiedlerisch-Strenge, allem bajuwarisch-derben Humor Abholde, eines Tages den Wunsch äußerte, ihn kennenzulernen. [...] Zunächst gab ich ihm also einmal ein Bändchen Gedichte von George zu lesen. Es waren die *Hymnen* im ersten, nur für die Vertrautesten bestimmten Sonderdruck [...]. Es gab mir zwar einen Riß in der Seele, als ich mitansehen mußte, wie Hans Stiglmaier dieses kostbare Buch am Biertisch beim Augustiner im ‚Affenkasten' mit seinen Bauernfäusten packte und alsbald dicke Qualmschwaden zwischen die edlen Blätter fauchte, die gewöhnt waren, höchstens von Weihrauch oder dem Ruch des Sandelholzes durchlüftet zu werden. Und dann die vielen leeren Seiten! Und dann lauter kleine Buchstaben! Keine Interpunktion! [...] Hans Stiglmaier war sofort entschlossen. ‚Den Versdichter muß ich kennenlernen!' rief er, mich pfiffig durch seine große Goldbrille anblitzend, so daß ich alsbald von den schlimmsten Ahnungen erfüllt wurde und bereute, die Vermittlerrolle überhaupt übernommen zu haben. Ich atmete daher erleichtert auf, als es zunächst wohl den Anschein hatte, als ob die seltsame Begegnung an der Lokalfrage scheitern sollte. Stefan George, der in München wie anderwärts sein ganz bestimmtes, sorgfältig ausgewähltes Kaffeehaus hatte und um keinen Preis der Welt dazu zu bringen war, auch einmal ein anderes zu besuchen, bestand darauf, daß man sich im ‚Café Luitpold' treffen sollte, und der Einwand, daß Hans Stiglmaier seinerseits ein solches überfeinertes Lokal niemals betreten würde und daß seine ganze Erscheinung ebensowenig dahin passen werde wie diejenige Georges etwa in den ‚Affenkasten', blieb fruchtlos.
>
> [...] Eines Nachts saßen wir wieder George zuliebe in dem uns sonst gar nicht sonderlich sympathischen ‚Luitpold' in Gesellschaft einiger Ausländer: Franzosen, Flamen, Holländer, Polen, alle mit höchster Sorgfalt in lange, dunkle, bei ersten Schneidern in London oder Paris ‚kréierte' Gehröcke gekleidet; blinkende Zylinder und auf Seide gearbeitete Abendmäntel neuester Fasson am goldbronzenen Kleiderständer, stilvoll gemusterte Plastrons mit tiefsinnig-symbolischen Busennadeln darauf: nephritene Skarabäen, Medusenhäupter und Abraxas [...]. Ich Unseliger saß so, daß ich's kommen sehen mußte, [...] das in dieser Sphäre ganz Unmögliche: mein guter alter Hans Stiglmaier! – [...] Unabwendbar wie das Verhängnis selbst steuerte er unseren Tisch an, streckte mir harmlos-fröhlich beide Hände zum Gruße entgegen und wandte sich dann, ohne eine ‚Vorstellung' abzuwarten, gleich an Stefan George: ‚Aha! Da

> hamm'ern ja, den Versdichter! Grüß ehana Got! – Freit mich aufrichtig! Auch Unsereiner hält sich auf dem laufenden in der modernen Literatur. [...] ‚Schön ists ohne Sinn zu dichten, wenn der Herbst sich selber bräunt. Auf dem Dache sitzt die Drossel, welche dort zu sitzen scheint.' So heißt's doch in Ihrem Gedichte, net wahr, Herr Georgi?' [...] Das schlug dem Faß den Boden aus! – Die ihm auch sonst in der profanen Öffentlichkeit nicht selten begegnende Verunstaltung seines ihm wie ein magisches Symbol geradezu heilig geltenden Namens ‚Georgi' war für George eine Qual. [...] Aber da änderte er plötzlich den Stil seines Verhaltens und begann bei jedem auf eine so witzige Manier Herkunft und Nationalität zu erraten und versuchte auf so urdrollige Weise eines jeglichen Muttersprache zu radebrechen, daß [...] er der Held des Abends war. – Nur George wollte nicht auftauen. ‚Stumm, streng, steil und steif', wie ihn Stiglmaier ‚alliterierend' kopierte, saß er bleich wie Banquos Geist an der Königstafel, nagte an seiner schmalen Unterlippe und warf mir von Zeit zu Zeit einen tadelnden Blick zu: die Verpöbelung seines Namens hatte ihn zu tief verwundet. Plötzlich warf er sich in seinen Mantel, setzte den Zylinder auf seine langen Locken und enteilte mit knappem Gruße, auch meine Begleitung ablehnend.[125]

Zu den journalistischen Kontakten von Georg Fuchs gehörte auch derjenige zu der Zeitschrift *Allgemeine Kunst-Chronik*. Sie war 1877 gegründet worden und berichtete über Themen aus Kunst, Kunstgewerbe, Musik, Theater und Literatur. Fuchs erhielt die Gelegenheit als Gastherausgeber zwei Ausgaben ganz der Vorstellung der *Blätter für die Kunst* und der von ihnen vertretenen neuen ästhetischen Ideen zu widmen. Es spricht einiges dafür, dass besonders Karl Wolfskehl, der in dieser Zeit mit Fuchs in näheren Verkehr trat, an der Auswahl als Berater beteiligt war. Das zweite Novemberheft 1894 brachte von George selbst Gedichte aus den *Hymnen*, den *Pilgerfahrten*, dem *Algabal* und dem kommenden Gedichtband *Die Bücher der Hirten- und Preisgedichte der Sagen und Sänge und der hängenden Gärten*, außerdem Übertragungen von sechs Autoren, manches im Erstdruck. Vorangestellt waren Merksprüche aus den *Blättern*, der bedeutende Essay *Geistige Kunst* von Paul Gérardy und ein hymnisches Porträt von Karl Wolfskehl, das George ganz als Dichter-Priester profilierte. Weiterhin wurden zahlreiche dem Symbolismus nahestehende Zeitschriften aus Frankreich, Belgien, den Niederlanden und England vorgestellt. Bildbeigaben rundeten den Schwerpunkt ab, darunter ein neues Porträt Georges von dem Münchener Maler Gebhard Fugel, dem er im Januar 1894 Modell gesessen hatte. Die zweite Ausgabe erschien im Februar 1895 und bot neben literarischen Werken von Hofmannsthal und Wolfskehl aus den *Blättern* Aufsätze von Gérardy, Klein und Klages sowie weitere Übertragungen. Georg Fuchs hatte sich in dieser Nummer selber sehr prominent präsentiert, was den Unmut Georges erregte. Offenbar wollte Fuchs den Anschein erwecken, eine wichtige Stimme innerhalb dieser neuen ästhetischen Bewegung zu sein, womit er im Gegenteil dazu beitrug, keinen weiteren Zugang zu den *Blättern* zu erhalten.

Schon während die Vorbereitungen für diesen ersten größeren öffentlichen Auftritt des Kreises der *Blätter*-Autoren mit George als ihrem unübersehbaren Zentrum liefen, war im Sommer die Information an George gelangt, dass in Berlin die Gründung einer neuen Zeitschrift für zeitgenössische Literatur namens *Pan* geplant sei. Da die Redaktion aber von dem naturalistischen Autor Otto Julius Bierbaum geleitet wurde, rechnete er nicht damit, dass sie von ihm und seiner Zeitschrift Kenntnis nähme. In der Tat ignorierte Richard Dehmel in einem Aufsatz über die neue deutsche Literatur George und die *Blätter.* Ida Auerbach, die zu diesem Zeitpunkt bereits mit Dehmel in persönlichem Kontakt stand, machte ihn auf dieses Versäumnis aufmerksam und schickte ihm im August 1895 die abgeschlossene zweite Folge der *Blätter für die Kunst.* Dehmel war bereit, sich für eine Präsentation von Gedichten Georges im *Pan* zu verwenden, was er George durch Ida Auerbach ausrichten ließ. George schrieb ihr, dass er nur zustimme, „wenn die haupt-mitarbeiter der Blätter f. d. Kunst als: Hofmannsthal Gérardy und Wolfskehl dabei erscheinen. Die nicht zu verwechselnde eigenart dieser dichter hat das eine gemeinsam dass IHRE werke nicht neben den andern deutschen dichterischen beiträgen" (G/C, 57) platziert werden dürften. Und etwa zehn Tage später bekräftigte George noch einmal diesen Standpunkt: „wir haben beschlossen einen abdruck in der zeitschrift Pan nur dann zu wünschen wenn *alles* zusammen unverändert in *einem* heft erscheinen kann." (G/C, 58) Die Redaktion des *Pan* war willens, diesen Wunsch zu erfüllen, aber ein personelles Revirement nach den ersten zwei Nummern führte dazu, dass der Plan sich zerschlug.

Der erste tote Dichterfreund: Richard Perls

Bevor im Frühjahr 1895 die Zeit von Georges vorwiegendem Aufenthalt in München vorüber war – zur Erinnerung: Er besuchte noch im Wintersemester 1894/95 eine Vorlesung beim Anglisten Emil Koeppel –, machte er eine weitere wertvolle Bekanntschaft. Ludwig Klages hatte ihm Ende Februar 1895 Gedichte eines Freundes zugeschickt, die George so begeisterten, dass er sofort zwei von ihnen in den nächsten *Blätter*-Band aufnahm. Da ihr damals 21-jähriger Verfasser namens Richard Perls in München lebte, verabredete sich George unverzüglich mit ihm. Rasch entstand zwischen ihnen eine vertraute Freundschaft. Richard Perls war am 6. Januar 1874 in einer reichen jüdischen Bankiersfamilie in Schlesien geboren worden. Er hatte Gymnasien in Breslau und Görlitz besucht, bevor er zum Wintersemester 1892/93 in Berlin ein Studium der Naturwissenschaften und der Philosophie aufnahm. Zwei Jahre später wechselte er an die Universität in München. Perls führte jedoch weniger das Leben eines Studenten als das eines freien Schriftstellers und Privatgelehrten. Eine beträchtliche Jahresrente, die ihm von Hause aus zur Verfügung stand, erlaubte ihm, das Leben eines Dandys und Weltenbummlers zu führen. Er pendelte ruhelos zwischen Paris, Berlin, Rom, Neapel, der Toscana, der Schweiz, Tirol und München. Perls verfügte über eine umfangreiche und top-aktuelle Bibliothek, in der sowohl die zeitgenössische moderne Literatur aus Frankreich, Belgien, England und Österreich als auch die Philosophie, vor allem Kant, Schelling, Schopenhauer, Nietzsche, und selbst hohe Mathematik breit vertreten waren. Klages hebt die für sein Alter ungewöhnlichen Kenntnisse von Perls auf unterschiedlichsten Wissensgebieten hervor. Dabei war er ein radikaler Skeptiker, der zugleich von der Sehnsucht nach fester Orientierung erfüllt war. In George fand er den entschiedenen Glauben an eine Sendung und suchte immer wieder seine Nähe.

Alle Zeitzeugen heben die Schönheit, Zartgliedrigkeit und Anmut von Perls hervor, die an Oscar Wilde erinnerten. Es war freilich eine Schönheit, die einem rapiden Verfall ausgesetzt war, denn Perls war schon zu der Zeit, als er George kennenlernte, schwerer Morphinist. Seine Sucht war so extrem, dass er sich selbst im Kaffeehaus die Injektionen verabreichte. Seine Dichtung ist gesättigt von Melancholie, Müdigkeit und spätzeitlichem Bewusstsein. Eines seiner in den *Blättern* abgedruckten Gedichte beginnt mit der Strophe: „Ich kann nicht lieben ich kann nur sehnen / Denn ich bin krank und bin auch so müde / Ich kann nur traurig am fenster noch lehnen / Zu schaun wann der traum mich zur hochzeit wol lüde."[126] Perls ist vielleicht einer derjenigen deutschsprachigen Dichter, die das Bild des *décadent* in der reinsten Form verkörpern. In einem Brief aus Sils-Maria vom Sommer 1895 bekannte Perls: „Ich bin müde, so müde wie ich vielleicht noch nie war. Ich irre umher wie ein gehetztes Tier; es hilft nichts."[127] Schon in seinem ersten Brief an George vom April 1895 nannte er es „eine der trübseligsten Paradoxien [...], dass wir am höchsten denjenigen preisen, welcher das meiste gelitten."[128] Im Widmungsgedicht *R. P.* aus dem *Jahr der Seele* sprach George ihn als den ‚allerbleichsten unsrer Brüder' an und ermunterte ihn, statt seine ‚traurigen und weiten Lande' zu durchirren, sich an dem, „was blüht und grünt und reift" (SW IV, 80), zu erfreuen. Darin kommt der fundamentale Wesensunterschied zwischen George und Perls zu Tage. Wie George nach dem

Keimenden und Kommenden Ausschau hielt und sich selbst dazu erzog, seine Dichtung ins Zeichen des Aufbauenden zu stellen, so erkannte Perls als der typische Melancholiker in allen Dingen die Symptome des Verfalls und den nahenden Tod, ohne in seiner Dichtung dieser Diagnose ein Gegengewicht entgegensetzen zu können.

Nach dem Aufenthalt in Tirol und der Schweiz reiste Perls im Spätsommer 1895 nach Innsbruck weiter, von wo aus er George einen langen Brief nach Bingen schrieb. Er spricht George darin als „meinen väterlichen Freund" an,[129] dem er ausführlich von seiner Lektüre französischer und belgischer Symbolisten berichtet. Seiner Bitte um die Zusendung weiterer Bücher von diesen Autoren kam George sogleich nach. Perls schrieb, dass er Dante im Original lese und an Übersetzungen von Mallarmé-Sonetten arbeite, die allerdings noch nicht für eine Veröffentlichung reif wären. Rückblickend auf das gemeinsame Frühjahr in München heißt es: „Ich denke oft mit Schwermut an die geheimnisreiche Zeit unserer Freundschaft und der ‚Blätter für die Kunst' mit nicht geringerer Liebe als Ihrer selbst. Ein solches Unternehmen darf nicht verschwinden; wenn es das heutige Geschlecht auch noch nicht würdigt, so werden es viele andere." Schließlich ist dem Brief auch Näheres über den Gesundheitszustand von Perls und seine Hoffnung, diesen zu verbessern, zu entnehmen: „Meinem Haupte drohen allerhand ernste Gefahren; ich darf Ihnen vertrauen eine dringende von seiten des Morphiums; ich hoffe indessen noch durch eine mehrwöchentliche Reise derselben Herr zu werden. Ich werde Capri aufsuchen [...]. Ich hoffe auf den Süden als letztes remedium und refugium."

Perls machte sich bald darauf Richtung Süden auf den Weg und wählte für fast ein halbes Jahr Rom als seinen Hauptwohnsitz, von wo aus er Reisen durchs Land unternahm. Schon im Oktober lud er George ein, nach Rom zu kommen und schrieb mit leiser Ironie: „Ich glaube zwar Ihren Wahlspruch mit ‚ubi imperator, ibi Roma' erraten zu haben; aber [...] es lohnt sich schon, hier zu leben; ich will versuchen, es gegen alle bösen Geister zu erzwingen."[130] Seinen Morphiumkonsum vermochte Perls allerdings nicht in den Griff zu bekommen. Anfang November schrieb er George, dass er sich jede Nacht sechs Schüsse setze, ohne doch Schlaf zu finden.

Perls suchte in Rom den dort lebenden Jugendstil-Maler Ludwig von Hofmann auf, dem er die Gedichtbände Georges zu lesen gab. Am 6. November konnte Perls George schreiben: „Es dürfte Ihnen Freude machen zu erfahren, dass Herr Ludwig von Hofmann, den Sie ja wohl als bedeutenden Künstler schätzen, sich mit grossem Entzücken über Ihre Dichtungen aussprach. Ich gab ihm Ihre Bücher. So wächst doch allmählich der ‚Neue Bund' und das

Leben lohnt sich insofern, als es gestattet ein Lied von ihm zu singen."[131] George beauftragte Perls sofort, Ludwig von Hofmann um einen künstlerischen Beitrag zu den *Blättern* zu bitten. Anfang Januar konnte Perls mitteilen, dass er dafür die Zustimmung von Hofmann erhalten habe. Er hat in diesen Monaten auch viel Umgang mit dem Maler Hermann Schlittgen, den er zufällig in Rom getroffen hat. Die Bekanntschaft beeindruckte ihn so, dass er George schrieb, er habe wirklich einen guten Geschmack bei der Auswahl seiner Freunde.

Perls selbst war weiter heftigen Stimmungsschwankungen unterworfen. Anfang Dezember teilte er George ganz im Stil eines *décadent* aus Florenz die hohnvoll-zynische Erkenntnis mit: „das Ende aller Dinge ist Ekel Menschenverachtung und Neurasthenie. Verzeihen Sie, dass ich die Wahrheit sage."[132] Nur wenige Tage später schrieb er aus Rom voller Hoffnung: „Ich habe immer das Bemühen, sonntäglich vor Ihnen zu erscheinen; warum ist die Welt so grau? Vielleicht dass der Advent auch für mich frohe Botschaft bringt, wenigstens von Ihrer Hand. Gedenken Sie meiner in Liebe; mitunter erhebt mich der Glaube, dies zu verdienen."[133] Über Weihnachten geriet Perls allerdings erneut in eine Krise, aber immerhin erreichten ihn in Rom die neueste Ausgabe der *Blätter*, deren Beiträge ihn weitgehend begeisterten, und ein Begleitbrief Georges. Am 4. Januar antwortete Perls auf die Zusendung: „Mein liebster Freund. Es hat sehr schlimm um mich gestanden, ich habe fast 14 Tage fest gelegen. Es gab wenig, was mich erfreute und ich wäre verzweifelt, hätte ich nicht von Ihrer Hand von neuem den Beweis von hoher Liebe und Dichtung erhalten. Als das scheidende Jahr in seinen letzten Stunden zur Einkehr und Rückschau gemahnte, war ein Sonnenblick die Erinnerung an Ihre Liebe und Freundschaft; wie sollte ich nicht meinem ganzen Leben für diese dankbar sein."[134] Als sich sein Gesundheitszustand im Frühjahr 1896 weiter verschlimmerte, bat er George ‚nicht nur um einige, sondern um viele' gute Worte. Er gestand, dass der Grund für seine höhere Meinung vom Leben einzig in der Lektüre von Georges jüngstem Werk, den *Büchern der Hirten- und Preisgedichte, der Sagen und Sänge und der hängenden Garten* bestehe. Ende April machte Perls sich auf den Weg nach Paris und fragte George, ob er nicht seine dortigen Freunde darum bitten könne, sich seiner anzunehmen. George tat das umgehend und avisierte die Ankunft von Perls in Paris bei Waclaw Lieder. Am 7. Mai 1896 berichtete Lieder George, dass Perls bei ihm eingetroffen sei. Lieder war beeindruckt von dessen Ernsthaftigkeit und Intelligenz, wenngleich Perls ihm wie ein Phantom erschien. (RL/G 92)

Gleich nach seiner Ankunft in Paris und der Kontaktaufnahme mit Waclaw Lieder hatte Perls sich an George mit dem Vorschlag eines gemeinsamen

Lebens gewandt. „Wissen Sie, lieber Herr George, dass mir ein Gedanke nicht aus dem Kopfe will? Wenn ein übergütiges Schicksal mir noch ein oder zwei Winter gewähren sollte, wie wäre es, wenn wir uns in einer kleinen mittel-italienischen oder belgischen Stadt zusammen einrichteten? Vergraben in Einsamkeit und Liebe, umschattet von dem Feuer einer Kunst, deren Seele alle Schwermut unserer scheidenden Welt getrunken, sollten wir nicht Tage verleben können, vorbildlich für solche, die immer schwerer zu leiden haben in dieser besten aller Welten? Und beinah glänzt da eine ferne Hoffnung für mich auf."[135] Zwar war George nicht dazu bereit, sich auf das Experiment dieser Wohngemeinschaft einzulassen, aber er nahm eine Woche später sofort die Einladung von Perls an, ihn in Brüssel zu treffen. Sie verbrachten beide etwa zehn Tage zusammen in Brüssel und der Umgebung. George teilte Wolfskehl nach dem Treffen mit, er habe „unsren lieben Richard Perls in einem leiblichen und seelischen zustand der ernsteste befürchtungen auferlegt", (G/KHW 139) vorgefunden. George und Perls besuchten einige gotische Kirchen. Das nach dem Tod von Perls verfasste Gedicht *Fahrt-Ende* hält die Erinnerung an dieses Zusammensein fest und arbeitet zugleich die gravierenden Unterschiede in ihrer Grundhaltung heraus.

Wir schritten redend auf den tempeldielen
Du klagend über siecher welten fäule
Ich sah ein kämpferfeld mit weiten zielen
Und stand ein jüngling herrisch an der säule.

Du hörtest staunend mich nach langem wandern
Noch schwärmen für das unverlierbar Stete
An weichen nebel-abenden in Flandern
Wo brünstig flammen zucken durch gebete.

Dann liess ich dich zu maasslosen Titanen
Und einsam steigen zu den grausen Müttern.
Ich hasste die vergeblich dunklen bahnen ..
Nun deine trauerboten mich erschüttern

Wall ich verträumt wohin du gern entflohest
Zu grüner nacht der schaurigen pagode
Des nicht-mehr-suchens nicht-mehr-tuns: so drohest
Als überwinder du bei deinem tode.

(SW V, 73)

Fahrt-Ende eröffnete die Reihe der ‚Gedenksprüche für Richard Perls', die im Herbst 1899 in den *Blättern für die Kunst* standen. Sehr anschaulich kontrastiert George sein der Zukunft zugewandtes Schwärmen für Tradition und Form („das unverlierbar Stete") mit den abgründigen Horrorvisionen, die vielleicht auf die Drogensucht von Perls anspielen. Bemerkenswert ist auch, dass sich der deutlich ältere George in der ersten Strophe als ‚Jüngling' porträtiert. Nebenbei lässt sich demselben Vers entnehmen, dass George die Selbstapostrophierung als „herrisch" uneingeschränkt positiv meint. Es ist für ihn eine notwendige Charaktereigenschaft, um seine Mission einer Wiedergeburt der deutschen Dichtung zu verwirklichen.

Perls begleitete George auf dem Rückweg Richtung Bingen noch bis Lüttich, wo beide Paul Gérardy besuchten. Dann kehrte Perls erst einmal nach Paris und zu Lieder zurück. Da sein Zustand sich weiter verschlimmerte, entschloss sich Perls, im Juli 1896 in einer Heilanstalt bei München eine Entziehungskur zu beginnen. Dort besuchte George ihn gemeinsam mit Klages Ende Januar 1897. Als Perls die Entziehungskur bald darauf abbrach und im Februar George in München traf, kam es offenbar zu einem Streit. Es ist mit Blick auf *Fahrt-Ende* gut vorstellbar, dass George ihm Vorhaltungen wegen seiner systematischen Selbstzerstörung machte. Perls brach jedenfalls im Frühjahr 1897 wieder nach Paris auf, um sich erneut Lieder anzuschließen. In Paris kam es am Ostersamstag zu einem Treffen von sechs Dichtern aus dem Kreis der *Blätter für die Kunst*. Oscar A. H. Schmitz hielt in seinem Tagebuch fest: „Am Samstag Abend Diner mit George, Gérardy, Lieder, Klein und Perls, letzterer in wahrhaft schrecklichem Zustand, kann kaum gehen, macht alle Viertelstunde eine Morphiumeinspritzung. Seine alte Pose hat er jedoch beibehalten."[136] Die Verstimmung zwischen George und Perls ließ sich offenbar bei diesem Zusammensein nicht auflösen, denn Lieder bat George in einem Brief von Anfang Mai inständig, ein versöhnendes Wort ‚von Dichter zu Dichter' zu senden (vgl. RL/G 98 f.). In seinen Krankenbulletins wird deutlich, dass Lieder sich von der Betreuung des Moribunden zunehmend überfordert fühlte. Er berichtete von der Bildung immer neuer Abszesse, die teils chirurgisch entfernt werden mussten. Der Arzt gab dem Patienten nicht mehr als fünfzehn Tage. Auch Perls wollte nach München zurück, musste seine Reise aber mehrfach verschieben, weil er immer wieder so entkräftet war, dass er keine zwei Schritte gehen konnte. Man spürt Lieders Erleichterung, als Perls am 7. Mai Paris in Richtung München verließ. Dort dürfte Perls sich bald wieder in ein Sanatorium begeben haben.

Bis in den Herbst 1897 schrieb er an George, der ihm allerdings keinen weiteren Besuch mehr abstattete, vielleicht aus Scheu vor dem erschütternden Anblick seines Leidens. Ludwig Klages, der ältere Freund, entzog sich nicht. Er überlieferte, dass Perls in der letzten Zeit ununterbrochen in einem Wasserbad lag, da sein mit Abszessen übersäter Körper empfindlich auf jede Berührung mit festem Material reagierte. Aber selbst in dieser Lage blieb er dem Morphium verfallen, vielleicht in dieser mit gutem Grund. Klages bezeugte, dass das Rauschgift Perls auch in dieser Extremsituation noch aufputschen konnte. Nach der Injektion „begannen selbst in diesem qualvollen Zustande seine Augen plötzlich wieder zu leuchten und er zitierte begeistert lange Stellen aus seinen Lieblingsbüchern."[137] Nachrichten über das letzte Lebensjahr von Perls in München sind höchst spärlich. Er hatte sich mit der Bildhauerin Marie Schlafhorst verlobt, was wohl eher seinem Bedürfnis nach ständiger Fürsorge entsprach. In dem *Blätter*-Band vom November 1897 war er nicht mehr vertreten. Einer der letzten kurzen Briefe von Perls an George lautete: „Lieber Herr George. Lassen Sie Vergangenes vergangen sein. Es grüsst Sie ein Sterbender. Es dauert nicht mehr lange. Lieben Sie an mir was liebenswert war. Richard Perls"[138]

Perls starb am 24. November 1898. Als George die Nachricht erreichte, schrieb er an Karl Wolfskehl, der mit Perls befreundet und vor allem im Winter 1894/95 in fast täglichem Umgang mit ihm gewesen war: „lieber freund: hinter diesem TOTEN ziehen betrübt die dichter die ihn liebten. Wenn Sie auch einige zeilen finden die auf Ihn gehen und Ihn ehren – so wird dies ein teil des kranzes sein den ich für Ihn flechten will, und dem nächsten heft der Blätter beilegen." (G/W, 258) George kündigte in diesem Brief auch an, dass er einige Tage später seine Lesung im Salon des Ehepaars Lepsius mit der Rezitation von Gedichten von Perls beginnen wolle. Der dabei anwesende Harry Graf Kessler überlieferte Georges Einleitungsworte in seinem Tagebuch: „Wir lesen zu Anfang aus dem Werk eines verstorbenen Bruders, der mit uns den Traum geschaut hat, Richard Perls."[139] Die Memorial-Lesung ist das erste Beispiel in der langen Kette an dichterischen Gedenkritualen, die George inaugurierte. Sie entwickelten sich zu einem ästhetischen und sozialen Ritual, das eine integrale Funktion für die innere Bindung des George-Kreises besaß.[140] Der nächste *Blätter*-Band brachte dann neben den erwähnten ‚Gedenksprüchen' von George, Wolfskehl und Schmitz einige Gedichte aus dem Nachlass von Perls, der später verschollen ist. Auch auf der Dichtertafel der VII. *Blätter*-Folge von 1904 war Perls an prominenter Stelle direkt unterhalb von George platziert.

‚Rundschau'-Plan und Freundschaft mit Albert Verwey

Kehren wir zurück ins Jahr 1895, das außer Richard Perls weitere neue Bekanntschaften für George bereit hielt, die ihn seinem Ziel näher brachten.

Zunächst aber sei das nächste Kapitel seiner intrikaten Beziehung zu Hugo von Hofmannsthal eingeschoben. Nach Abschluss der zweiten Folge der *Blätter* hatte George diese Ende März 1895 an Hofmannsthal geschickt und mit einem Begleitbrief versehen, um ihn für eine engere Mitarbeit zurückzugewinnen. „Ich bin überzeugt dass Sie einem so reinen und schönen unternehmen und einem so künstlerischen kreis von freunden auf die dauer doch nicht fernstehen können. [...] ich hoffe auf Ihre mithülfe und recht bald auf Ihre zuschrift." (G/H 77) Hofmannsthal erfüllte Georges Erwartung. Er antwortete sofort zustimmend und versicherte, dass er dem Kreise gerne näher treten würde, und er verknüpft die bald folgende Zusendung neuer Gedichte mit dem Wunsch, „in einem gewissen Verhältnis zu Ihren künstlerischen Bestrebungen" (G/H 78) zu bleiben. Trotz der positiven Reaktion ist eine deutliche Zurückhaltung nicht zu überhören. Die Betonung der „künstlerischen Bestrebungen" enthält unausgesprochen die Distanzierung von den persönlichen. Auch im Hinblick auf die Intensität der Mitarbeit hielt Hofmannsthal an seiner bekannten Position fest. Ende 1895 schrieb George an ihn: „Sie besonders möchte ich noch darum bitten sich recht rege zu beteiligen und Ihre kräfte nicht den ganz wertlosen veröffentlichungen zu leihen. Sie vermehren damit ohne es zu wollen das unheil dass in unsrem geschlecht man schliesslich nicht einmal mehr das allerschlechteste vom einigermassen guten abzusondern fähig ist." (G/H 81) Auf den Appell zur intensiven Mitarbeit und an seine künstlerische Verantwortung bei der Auswahl seiner Publikationsorte antwortete Hofmannsthal kurz und etwas schnippisch: „Ich denke in der nächsten Zeit einiges zu producieren und wohl etwa mehr, als die Blätter werden unterbringen können." (G/H 82)

Zu diesen Produktionen gehörte auch eine Besprechung von Georges neuem Gedichtband *Die Bücher der Hirten- und Preisgedichte der Sagen und Sänge und der hängenden Gärten.* In das Vorfeld dieses Textes fiel noch eine scheinbar belanglose Begebenheit aus dem Frühjahr 1896. Hofmannsthal empfahl George brieflich einen Bekannten mit den Worten: „Er gehört völlig dem Leben an, keiner Kunst." (G/H 86), worauf George in seinem Antwortschreiben so einging: „Sie schreiben einen satz, mein lieber freund: ‚er gehört völlig dem leben an, keiner kunst' den ich fast als lästerung auffassen möchte. wer gar keiner kunst angehört darf sich der überhaupt rühmen dem leben anzugehören?" (G/H 87) Hofmannsthal entschuldigte sich damit, er habe diesen

Satz „im einfachsten Verstande hingesetzt" (G/H 88), aber es tritt darin doch eine bezeichnende Diskrepanz der beiden Dichter hinsichtlich ihrer Kunstauffassung zutage. George wäre auch im einfachsten Verstande ein solcher Satz nie unterlaufen. Für ihn ist – um mit Nietzsche zu sprechen – das Leben einzig als ästhetisches Phänomen gerechtfertigt, für Hofmannsthal hingegen ist die soziale Dimension der Kunst inhärent. Liest man Hofmannsthals Besprechung von Georges Gedichtband, die am 21. März 1896 in der Wiener *Zeit* erschien, auf diesem Hintergrund, so wird man trotz aller Zustimmung einige Untertöne ausmachen, in denen sich ein Vorbehalt gegen die Suprematie der Kunst gegenüber dem Leben verbirgt. Zwar hebt Hofmannsthal an Georges Gedichten lobend hervor, dass in ihnen das Leben völlig gebändigt und unterworfen sei, so dass „unserem an verworrenen Lärm gewöhnten Sinn eine unglaubliche Ruhe und die Kühle eines tiefen Tempels entgegenweht",[141] aber zugleich findet er sie erfüllt von einem Gemüt, das „nach dem Leben begierig, bewundernd und dienend" sei.[142] Wenn Hofmannsthal derart die Lebensdurchdrungenheit der Gedichte betont, so dürfte das eher seiner eigenen Dichtungskonzeption entsprungen sein als derjenigen Georges. Hofmannsthal spricht denn auch mit einem spürbar befremdeten Schauern von dem Zyklus der *Hängenden Gärten*, der „voll vom Begriff eines höchst persönlichen Königtums und voll von dumpfen und grausamen Erfahrungen" sei.[143] George ist von Hofmannsthals Besprechung sehr angetan.

Nachdem sich 1896 ein kontinuierlicher und weitgehend harmonischer Briefwechsel zwischen ihnen etabliert hatte, unternahm George im September den erneuten Versuch, Hofmannsthal in ein engeres Verhältnis zu ihm zu bringen. Er teilte ihm in einem ausführlichen Brief den Plan mit, die *Blätter für die Kunst* in „eine monatliche deutsche Rundschau" (G/H 110) zu verwandeln, deren Schriftleitung sich „aus zwei dichtern und einem gelehrten zusammensetzen" soll. George fuhr fort: „für unerlässlich erachte ich es nun Ihnen vorzuschlagen sich als den einen dieser dichter zu stellen. Ich wende mich an Sie als an den Ersten." George bat Hofmannsthal „sich eindringlich zu erforschen eh Sie eine gegenrede senden." Zwar versicherte George ihm, auch eine Ablehnung würde an ihrem Verhältnis nichts ändern, aber er führte ihm doch die Konsequenzen einer solchen Haltung nachdrücklich vor Augen: „Für Sie aber wäre es als menschen wie als dichter ein jammer wenn Sie in einer engherzigen wiener oder österreichischen seitenpolitik erstarrten." (G/H 111) Aufhorchen lässt hier natürlich der Begriff der ,Politik'. Er tritt in dem Moment hervor, da die literarischen Aktivitäten die Sphäre des Familiären überschreiten und ins Gesellschaftliche ausgreifen. Zur Charakterisierung der geplanten ,deutschen Rundschau', die offenbar nach dem Vorbild der französischen Zeitschrift *Mercure de France* konzipiert ist, schrieb George: „Allerdings treten wir dann an die masse heran." Zur Präzisierung muss dazu zwar bemerkt werden, dass George hier mit Masse nicht ein Millionenpublikum meinte, sondern die literarische Öffentlichkeit. Auf dieser Bühne wollte George jedoch – um einen Begriff von Walter Benjamin zu benutzen – von Anfang an als ‚Stratege im Literaturkampf' agieren. Wiederum antwortete Hofmannsthal ausweichend. Er schützte eine ‚innere Unsicherheit' vor und fügte dann noch die Frage an, unter welchen „materielle[n] Bedingungen" er diese Aufgabe zu übernehmen hätte, im Klartext: welche Gehaltsstufe ihm George anzubieten hat. Das Echo war – um es paradox zu sagen – eisiges Schweigen. Dass es jedoch innerlich in George brodelte, verraten zwei Entwürfe von Briefen an Hofmannsthal aus dieser Zeit. Der erste scheint eine eher spontane Reaktion zu dokumentieren, in der George versuchte, Hofmannsthals Interesse am Materiellen noch positiv aufzufassen und ihn dazu ermutigte, größeres Vertrauen zu seinem eigenen Schaffen zu gewinnen. Der zweite Entwurf wurde zwei Monate nach Hofmannsthals ausweichender Antwort verfasst und trägt eher resignative Züge, die in dem Eindruck münden, dass „die sache eigentlich erledigt ist." (G/H 258) Fast ein dreiviertel Jahr verging, bis Hofmannsthal wieder an George schrieb, es war gewissermaßen der Versuch, zum zweiten Mal auf das Angebot zu antworten – und diesmal in Form einer vorsichtigen Zusage. Er teilte mit, dass er in einem halben Jahr seinen Doktor in Romanistik erwerben würde, und „dann wüßte ich nicht, was mich hindern sollte, meinen Aufenthalt in Deutschland zu nehmen und mich und einen beträchtlichen Theil meiner Zeit in den Dienst einer litterarischen Unternehmnung zu stellen." (G/H 115) Postwendend antwortete George und entwickelte sogleich die Perspektive „eine[r] gemeinsame[n] laufbahn" (G/H 116). Er gesteht, mit Hofmannsthal „früher zu streng" gewesen zu sein und zu wenig seine „ganz verschiedene art des fühlens" und „ganz verschiedene erziehung unter andrem himmelstrich" berücksichtigt zu haben. An dieser Stelle fügte George ein Gedicht in den Brieftext ein, das später in gering veränderter Gestalt in den Gedichtband *Das Jahr der Seele* Eingang fand.

Heut lass uns frieden schliessen · ich vergebe
Den tropfen gift in edlem blute – Finder
Des flüssig rollenden gesangs und sprühend
Gewandter zwiegespräche. frist und trennung
Erlaubt dass ich auf meine dächtnistafel
Den alten hasser grabe. thu desgleichen!

George möchte Hofmannsthal also offenbar auffordern, die Missverständnisse und Streitigkeiten der Vergangenheit zu vergessen und einen neuen Anfang zu wagen. Allerdings griff er in diesem Brief eine Frage wieder auf, die er schon in einem Briefentwurf vom Dezember 1896 hatte stellen wollen und deren befriedigende Beantwortung für ihn eine Bedingung gemeinsamen literaturpolitischen Handelns war. Es ist die Frage nach dem Kunstverständnis, insofern es um Urteile über das Werk Dritter geht. „Zwistigkeiten aus künstlerischen gegensätzen (nie indess über eigne sondern über fremde werke) wie sie einst waren werden wol kaum mehr entspringen jetzt wo die reife Ihnen strengere auswahl befiehlt. Bei gemeinsamem wirken (hier ist mir Ihr bestätigendes nicken sehr wichtig) ergiebt sich als gleich notwendig die höchste unbedingte achtung für den menschen als bei aller verschiedenheit der bestrebungen ein kunstmeinungs-einklang so weit dass was dem einen schlecht niedrig und abstossend ist, dem andren nicht gut erhaben und nähernswert scheine" (G/H 117). Die Antwort, die Hofmannsthal drei Tage später auf Georges Frage gab, hätte unglücklicher nicht ausfallen können. Er nennt als Beispiel für hochrangige deutsche Dichtung nur einen einzigen Namen – den Namen desjenigen, den George wie keinen zweiten als seinen absoluten Widerpart ansah. Hofmannsthal schrieb: „Von allen den neueren Producten in deutscher Sprache ist mir nichts irgendwie nahe gekommen, als allenfalls die Gedichte von Dehmel: in welchen ich, neben vielem, woran ich mich *nie* gewöhnen könnte, nicht weniges von großer Schönheit, tief aufregende Wendungen und einzelne Verse finde, die mir unübertroffen erscheinen." (G/H 119)

Der Name Richard Dehmel war, wie wir wissen, für George nicht nur aus ästhetischen Gründen ein rotes Tuch. Es ist auf diesem biographischen Hintergrund also verständlich, wenn George auf Hofmannsthals positives Urteil über Dehmel empfindlich reagierte. Georges postwendende Antwort vom Juni 1897 beginnt denn auch ohne jede Vorrede mit der Feststellung ihres „grosse[n] meinungsunterschied[s]". George schrieb: „was Sie immerhin mit einem beträchtlichen lob ausstatten gehört für mich zum schlechtesten und widerwärtigsten was mir in die hände kam. [...] Die von Ihnen hocherhobenen erzeugnisse leiden – nach mir – nicht nur sammt und sonders unter der allen ungebildeten menschen eigenen zügellosigkeit und stil-verquickung: der verfasser verrät seinen völligen mangel an künstlerischer begabung dadurch dass er beständig und wider seinen willen ‚seine gestalten mit den geheimen gebrechen seiner natur befleckt'." (G/H 119f.)

Hofmannsthal wich in seiner Antwort zwar vor dem frontalen Angriff Georges in seiner typischen Manier zurück, versuchte aber dennoch, Dehmel durch den Hinweis zu verteidigen, dass er nach einem „unbegreiflichen Zustand von sittlicher und künstlerischer Verwilderung“ in seinen „jetzigen [Arbeiten] doch eine merkliche Läuterung“ (G/H 122) erkennen lasse. George ist möglicherweise dem Lektürehinweis von Hofmannsthal gefolgt, er gab ihm jedenfalls in seinem nächsten Brief eine ironische Antwort auf die „belehrung“ über Dehmel: „in manchem mögen Sie recht haben der weg von zehn bis zu fünf unter dem nullpunkt mag ja als aufstieg bezeichnet werden“ (G/H 123). Georges heftige Abwehrreaktion auf seine Empfehlung Dehmels änderte jedoch nichts an Hofmannsthals positiver Haltung gegenüber Dehmel. Seit 1893 standen sie in Briefkontakt, tauschten sogar Widmungsgedichte aus und noch 1907 forderte Hofmannsthal Dehmel zur Mitarbeit an der kurzlebigen Zeitschrift *Morgen* auf. Für George und den George-Kreis blieb Dehmel immer ein rotes Tuch. Man nannte ihn das „siedende Embryo“,[144] und 1898 sagte George, der i-Punkt in dem Titel *Ulais* von Wolfskehls Dichtung sei bedeutsamer „als alles, was Dehmel jemals hervorbringen wird.“ (ES 170)

George war im Herbst 1897 in Berlin mit einer Reihe von Künstlern und Gelehrten – etwa den Ehepaaren Simmel und Lepsius – bekannt geworden, was ihn nicht zuletzt mit Blick auf die geplante Umwandlung der *Blätter* in eine Rundschau in Hochstimmung versetzte. Aufgrund dieses rauschhaften „verkehr[s] mit einigen grossen und wahren menschen“ (G/H 130) sah sich George veranlasst, Hofmannsthal erneut zur Überwindung seiner Isolation aufzufordern. In einem Briefentwurf heißt es: „Sie allein stehen abseits … Sie selber haben sich von einem bösen engel leiten lassen mir auszuweichen ohne jede menschlichen und göttlichen gründe. was soll Ihre kunst von mir zu fürchten haben. […] wie Sie durch mich durchgehen mussten so wäre ich umgekehrt durch Sie durchgegangen. Ist Ihre kunst nicht von der meinen grundverschieden? obwol sie zum selben ziele will. Jede epoche hat ein einziges ziel … Oder fürchten Sie dass ich in Ihrer seele gelesen. Habe ich richtig gelesen was verschlägt es? Vor einem anderen fürchtet sich aber der der selbst nichts ist.“ (G/H 260) Hofmannsthal ging auf diese Vorwürfe nicht konkret ein, sondern stellte stattdessen ein persönliches Treffen in Berlin in Aussicht, da das dortige Deutsche Theater seinen Einakter *Die Frau im Fenster* aufführen wolle. George seinerseits ignorierte die Einladung, der Aufführung beizuwohnen, und informierte Hofmannsthal über die entstandene Verbindung mit dem Verleger Georg Bondi, dessen Wunsch er übermittelt, die gesammelten Werke von Hofmannsthal in Verlag zu nehmen. Es dürfte kein Zweifel daran bestehen, dass diese Idee auf George selbst zurückging. Hofmannsthal reagierte wiederum ausweichend. Zwar zeigte er sich über Bondis

Interesse erfreut und bekundete auch seine feste Absicht, einen Gedichtband zusammenzustellen, zugleich teilte er aber mit, dass „zur Fassung des Ganzen etwa sieben bis zehn Gedichte" (G/H 142) fehlten, die erst „von günstigen ruhigen Tagen zur Reife gebracht werden müssen." Georges in diesen Zusammenhang eingeflochtene Frage, ob er bald einmal höre, „wie ernst es Ihnen ist mit dem lange gehegten und gebilligten plan" (G/H 141), verstand Hofmannsthal wieder einmal gründlich – oder etwa absichtsvoll? – falsch, wenn er sie auf die noch nicht erfolgte Zusendung seiner Einakter bezieht. Dem Antwortbrief Georges vom 25. November 1898 merkt man die mühsam gebändigte Ungeduld hinter dem leicht gereizten Ton an. Er beginnt: „mein lieber Hofmannsthal: mein brief spielte auf andres an. den zeitschriftgedanken den Sie anfangs so lebhaft ergriffen. im kreise der freunde und gelehrten beteiligten werde ich wiederholt angegangen wie es sich mit der sache verhalte und muss immer antworten dass ich darüber mit Ihnen noch zu keinem einigenden abschluss gekommen sei.. Sie wissen dass eine vorbedingung die klare unterredung mit Ihnen bildet und diese noch nicht stattgefunden hat" (G/H 143). Hofmannsthal gestand die Notwendigkeit eines Zusammentreffens völlig ein und wollte es im März 1899 nach der Aufführung seiner zwei Einakter *Die Hochzeit der Sobeide* und *Der Abenteurer und die Sängerin* in Berlin herbeiführen. George und Hofmannsthal trafen sich zufällig zwei Tage vor der Aufführung kurz in einem Kaffeehaus und wollten sich eine Woche später gründlich aussprechen. George entzog sich dieser Verabredung aber durch die spontane Abreise aus Berlin nach Bingen. Nun herrschte in der Beziehung der beiden Dichter mehr als drei Jahre lang Funkstille.

Die Wiederaufnahme des Kontakts mit Hofmannsthal im März 1895 hatte George noch von München aus unternommen. Ende April verließ George die bayrische Metropole und reiste über Bingen nach Brüssel, wo er bei seinem Bruder in der Rue du Midi 66 wohnte. George traf dort neben Gérardy auch Edmond Rassenfosse wieder. Die beiden belgischen Symbolisten hatten sich inzwischen miteinander überworfen. George geriet in eine erhitzte Atmosphäre und ärgerte sich nach dem Treffen, dass er sich zu sehr gefühlsmäßig engagiert hatte. Rassenfosse hatte zudem die Gelegenheit genutzt, George in sein Liebesleid um einen jungen Mann einzuweihen und dabei wohl an die Vertrautheit der Tilffer Begegnung anknüpfen wollen. George entwarf nach dem Besuch in Brüssel einen ausführlichen Brief an Rassenfosse, in dem er ihm Mut zusprach, aber zugleich ein männliches Ertragen des Schmerzes anmahnte. Er traf Rassenfosse noch zwei weitere Male in diesem Jahr, aber die Beziehung klang danach allmählich aus, zumal auch Rassenfosses poetischer Antrieb in dieser Zeit erlosch und er einen Brotberuf bei der belgischen Eisenbahn antreten musste. Von Brüssel aus reiste George für ein paar Tage nach Paris, wo er Waclaw Lieder und vermutlich auch Albert Saint-Paul traf. Sein Plan, Stéphane Mallarmé wieder zu sehen, scheiterte jedoch, da dieser auf dem Land war. Mitte Juni war George wieder in Bingen und verbrachte dort den Sommer. Er bereitete die Herausgabe der *Bücher* vor und schrieb bereits viele Gedichte des *Jahrs der Seele*. Anfang September fuhr er mit seiner Schwester Anna Maria zur Erholung nach Scheveningen an der holländischen Küste. Die Wahl des Ziels hing wohl auch damit zusammen, dass George die Reise dazu nutzen wollte, einen neuen persönlichen Kontakt zu knüpfen. Im Mai hatte die neue niederländische Literaturzeitschrift *Tweemaandelijksch Tijdschrift* den Aufsatz *Twee Dichters* (Zwei Dichter) von Albert Verwey veröffentlicht, in dem neben Emile Verhaeren auch Stefan George porträtiert wurde.

Albert Verwey war drei Jahre älter als George. Er war in Amsterdam geboren und hatte dort eine höhere Realschule abgeschlossen. Einer seiner Lehrer begeisterte ihn für die Dichtung der englischen Romantik und ermunterte ihn zu eigenen Schreibversuchen. Da ihm die früh verstorbenen Eltern ein beträchtliches Vermögen hinterlassen hatten, konnte er ab 1885 das Leben eines freien Schriftstellers führen. Verwey fühlte sich der neuesten literarischen Strömung verbunden, die die Kunst ganz ins Zeichen der Schönheit stellen wollte, und fand Anschluss an die ‚Beweging van Tachtig' (‚Bewegung von Achtzig'). Die ‚Achtziger' hatten 1885 der etablierten niederländischen Literaturzeitschrift *De Gids* (‚Der Führer') *De Nieuwe Gids* (‚Der neue Führer') an die Seite gestellt. Die zentrale Gestalt dieser neuen Bewegung war der 1859 geborene Dichter Willem Kloos, der zu Verweys Mentor wurde und in ihm auch einen Ersatz für seinen 1881 jungverstorbenen Dichterfreund Jacques Perks sah. Kloos hatte einen ganzen Kreis junger Männer um sich versammelt, mit denen zusammen er die niederländische Dichtung erneuern wollte. Verwey hatte die Überzeugung, dass die neue niederländische Poesie einen europäischen Zuschnitt haben müsste. Daher war er ständig auf der Suche nach Autoren aus anderen Ländern Europas, die die gleichen ästhetischen Vorstellungen hatten. Seine Bemühungen, solche Autoren in Deutschland zu finden, blieben mehrere Jahre erfolglos, bis er in der Sammlung aktueller Literatur in einer Lese-Gesellschaft in Leiden auf einige Ausgaben der *Blätter für die Kunst* stieß. Vor allem die darin enthaltenen Gedichte Georges begeisterten ihn. Er trat mit Carl August Klein in Kontakt – die Adresse stand ja praktischerweise auf dem Titelblatt – und ließ sich die *Pilgerfahrten* und den *Algabal* schicken. Auf dieser Basis verfasste er seinen Aufsatz für die *Tweemaandelijksch Tijdschrift*. So sehr sich George über diese unerwartete öffentliche Resonanz auf seine Gedichte freute, missfiel ihm doch deren Einordnung in die Dekadenz-Dichtung in der Nachfolge von Baudelaire. Diese Einschätzung Verweys resultierte in nachvollziehbarer Weise aus der Lektüre des *Algabal*.

George wandte sich aus Scheveningen an Verweys Amsterdamer Verlag und wurde von dem niederländischen Autor sofort in seine Villa Nova in Noordwijk eingeladen. Dorthin hatte sich Verwey 1890 nach der Eheschließung mit Kitty van Vloten zurückgezogen, nachdem er die Redaktion der *Nieuwe Gids* im Jahr zuvor verlassen hatte. Verwey widmete sich philologischen Studien zu dem holländischen Nationaldichter Joost van den Vondel und publizierte eine sechsbändige Anthologie niederländischer Dichtung. Die von ihm und Lodewijk van Deyssel gegründete Zweimonatszeitschrift führte den Untertitel ‚Literatur, Kunst, Wissenschaft und Politik'. Das markierte von Beginn an eine gewisse Differenz zwischen Georges und Verweys Interessen. Zunächst überwogen aber die Gemeinsamkeiten. Verwey schilderte in seinen im Todesjahr Georges geschriebenen Erinnerungen an ihre lange Freundschaft, wie ihr erstes Treffen sofort in gemeinsame Arbeit überging. „Ich liess ihn in dem Stuhl vor meinem Schreibtisch Platz nehmen. Ich legte ihm niederländische Dichtungen vor, machte ihn auf einige Gedichte aufmerksam und übersetzte sie. Sofort notierte er dann, was die Grundlage für einige seiner späteren Uebertragungen in Versen geworden ist." (AV 12) Verwey hielt seine Eindrücke von Georges Besuch später in einem Gedicht fest, das dessen schlanke, jugendliche Gestalt und seine Baskenmütze ebenso wie das Sprachgefühl und den Schönheitssinn betont. (Abb. 8)

Im Verlauf ihrer jahrzehntelangen Freundschaft entstanden zahlreiche Widmungsgedichte. Verwey verfasste etwa fünfzig auf Georges Person und Werk bezügliche Gedichte, darunter auch zwei Zyklen, die anlässlich von Georges Tod geschrieben wurden. Auf Seiten Georges gibt es neun Widmungsgedichte an Verwey. Ähnlich umfangreich war die wechselseitige Übersetzungstätigkeit, die jeweils etwa dreißig Gedichte betraf. George übersetzte, unterstützt von dem jungen Friedrich Gundolf, allein 22 Gedichte aus Verweys Band *De Nieuwe Tuin* (Der neue Garten), die er 1904 in einer Sonderausgabe im Verlag der Blätter für die Kunst veröffentlichte. Verwey wiederum nahm sechzehn Gedichte Georges 1920 in seine große Anthologie *Poëzie in Europa* auf und verfasste nicht weniger als neun Aufsätze über seine Gedichtbände und Übertragungen. Eine Auswahl dieser Aufsätze erschien 1905 in der Übersetzung Friedrich Gundolfs in einem Berliner Verlag. Verweys kontinuierlicher Einsatz für Georges Werk und die *Blätter für die Kunst* dürfte wesentlich dazu beigetragen haben, dass die Zahl der Abonnenten der *Blätter* aus den Niederlanden ungewöhnlich hoch war. Dieser Fundus an George-Lesern wirkte noch bis in die Zeit nach dem Zweiten Weltkrieg nach, als in Amsterdam die George verpflichtete Zeitschrift *Castrum Peregrini* gegründet wurde.

George erwarb im Laufe der Zeit so viel Kenntnis der niederländischen Sprache, dass die beiden Dichter ihre Korrespondenz jeweils in ihrer Muttersprache führten, denn Verwey verfügte ohnehin über sehr gute Deutschkenntnisse. Zu Beginn ihres Briefwechsels, noch 1895, entstand der Plan, eine Lesung moderner deutscher Dichtung, die George in Paris und Brüssel halten wollte, auch in Holland stattfinden zu lassen. Verwey vermittelte diese Idee an den Haager Kunstring und bereitete Georges Auftritt durch einen Aufsatz in der März-Ausgabe der *Tweemaandelijksch Tijdschrift* über das gesamte bis dahin vorliegende dichterische Werk Georges vor. Verwey zitierte in diesem Text ausgiebig George-Gedichte und kam zu dem treffenden Befund, dass das dichterische Wesen Georges sich in den beiden Gestalten des ‚Pilgers' und des ‚Priesterkönigs' manifestiere. In seinem Kommentar zu dem uns schon bekannten Gedicht *Der Herr der Insel* stellte Verwey erstmals einen Zusammenhang her, der für das künftige Werk Georges von entscheidender Bedeutung sein wird: „Wenn irgendwo, dann ist hier antiker geist eins geworden mit der seele des modernen dichters."[145]

George trug am 28. März 1896 aus eigenen Werken und denen von Gérardy und Hofmannsthal in Den Haag öffentlich vor. Die Einleitung übernahm Verwey selbst, unter den Zuhörern waren der mit Verwey befreundete Dichter Herman Gorter, der Maler Jan Toorop, den George seinerzeit gegen Klages verteidigt hatte, und der Literaturkritiker Lodewijk van Deyssel. Dieser verfasste einen geradezu hymnischen Artikel für die Wochenzeitung *De Kroniek*, in dem er George als den Typus eines vornehmen Schriftstellers zeichnete, der aus der Einsamkeit höherer Sphären die Idee der Schönheit als Botschaft überbringe. Auffallend ausführlich widmete van Deyssel sich der Schilderung von Georges Physiognomie und Gestik. Nach der Lesung fuhren George, Gorter, van Deyssel und das Ehepaar Verwey nach Noordwijk, um den Austausch fortzusetzen und an Übersetzungen aus dem Niederländischen für die *Blätter* zu arbeiten. Im Juni-Heft erschienen dann Texte von Gorter, Kloos und Verwey. Letzterer kam einer Einladung Georges zu einem Gegenbesuch nach und traf Anfang Juli in Bingen ein. George brach allerdings am nächsten Tag sofort alleine nach Brüssel auf, weil ein Telegramm seines dort lebenden Bruders Fritz von einer ernsthaften Erkrankung kündete. Verwey blieb einige Tage als Gast der Familie George in Bingen und unternahm von dort aus Ausflüge. Das geplante längere Beisammensein holten

Verwey und George im September in Noordwijk nach. Unter den zahlreichen Plänen, die beide besprachen, war auch die Idee, dass George nach dem Vorbild von Verweys Anthologie eine Sammlung mit deutscher Dichtung zusammenstelle. Während Georges Aufenthalt in der Villa Nova kam Jan Toorop zu Besuch, der eine Zeichnung von George anfertigte. Diese Zeichnung wurde zum Ausgangspunkt eines 1901 vollendeten Doppelporträts von George und Verwey, das beide im Profil zeigt. (Abb. 9)

Im Frühjahr 1897 hatte Verwey eine Reise nach London unternommen, von der er den Gedichtband *Verses* des symbolistischen Dichters Ernest Dowson mitgebracht hatte. Er schrieb George im April einen begeisterten Brief über Dowsons Gedichte und publizierte im Herbst einen Aufsatz über ihn in der *Tweemaandelijksch Tijdschrift*. George entwickelte daraufhin Interesse an Dowsons Gedichten und unternahm im folgenden Jahr eine Reise nach London, um Dowson ausfindig zu machen. Er schrieb Verwey noch aus London, dass er Dowson mehrfach aufgesucht, aber einen zwiespältigen Eindruck gewonnen habe: „sehr seltsam, hochgradig fühlsam, an unnatürlich gedrehte gesichter Aubr. Beardsleys erinnernd und – etwas leben-los!" (G/V 56) George war allerdings von einigen Gedichten, besonders dem *To one in Bedlam* so angetan, dass er Übertragungen in den ersten Band der *Zeitgenössischen Dichter* aufnahm. Der an Tuberkulose leidende Dowson starb etwa anderthalb Jahre nach Georges Besuch mit nur 32 Jahren am 23. Februar 1900.

Bei dem Besuch Georges in Nordwijk im September 1896 hatten er und Verwey verabredet, möglichst bald einen ganzen Monat zusammen zu verbringen, um ihre Werkgemeinschaft und Freundschaft zu vertiefen. Die Realisierung des Plans gelang annähernd im Sommer 1898, als George von Mitte Juni an für etwa drei Wochen in der Villa Nova zu Gast war. Verwey spricht in seinen Erinnerungen von Tagen eines „glücklichen und ruhigen Zusammenseins", in denen er George mit seiner Gedichtsammlung *De Nieuwe Tuin* bekannt machte, deren Titel auf einen Vorschlag Georges zurückgeht. Verwey schilderte das häusliche Leben zu dritt in einer beinahe idyllischen Weise: „Er war in meine Familie aufgenommen, beteiligte sich sowohl am Spiele der Kinder wie an unseren Spaziergängen und Ausflügen. Der Strand, die Dünen, Wiesen und Wasser zwischen Noordwijk und Leiden, Leiden selbst, wo er lachend das Cubicula locanda[146] der Studenten-Zimmer wiederholte, dies alles und mehr war der Schauplatz unsrer Belustigung. Abends, wenn nichts andres zu tun war, tauschten er und meine Frau ihre Kenntnisse der skandinavischen Literatur und Dichtkunst aus – beide kannten Ibsen und Jacobsen – oder er zeigte seine Buchbinderkunst: mein arg zerlesenes Exemplar der Fleurs du Mal wurde in einen gebatikten Einband gekleidet." (AV 21)

Zur Lektüre dieses Aufenthalts gehörte Dante Gabriel Rossettis *Dante and his circle*, das 1892 unter diesem Titel von Rossettis Bruder William M. posthum herausgegeben worden war. Verwey vermutete zudem, dass George in diesen Wochen bereits mit Gedichten für den *Teppich des Lebens* beschäftigt war. In diesem Band war jedenfalls das ihm und seiner Frau Kitty gewidmete Gedicht *Dünenhaus* enthalten, das in den ersten beiden Strophen die Stimmung dieser Wochen festhält:

Ist ein dach noch das so tiefen friedens
Freien stolzes neben solcher fülle –
  Düster-mütigen starren gast
  Lud und hielt und fern oft winkte?

Wo ihr gern erforscht wann meine seele
Euch umarmt • wann ihr sie ewig fliehet
  Sinnend wenn die schatten weich
  Abends über Holland sinken ..
  (SW V, 63)

Das innige freundschaftliche Verhältnis, das sich trotz deutlicher Wesensunterschiede zwischen George und Verwey entwickelte und erst nach der Jahrhundertwende massive Eintrübungen erfuhr – wovon noch zu sprechen sein wird –, dehnte sich auch auf andere Personen in Georges Umfeld aus. Nachdem sich der Plan eines Treffens im Sommer 1897 zerschlagen hatte, lud George Verwey im September ein, nach Berlin zu kommen, um ihn dort mit seinen Freunden Carl August Klein, Karl Wolfskehl und Melchior Lechter zusammenzubringen. Verwey folgte der Einladung und traf am 15. Oktober in Berlin ein, wo er bei George in der Markgrafenstraße, die Kreuzberg und Mitte verbindet, in Nr. 81 wohnte. Aus der Begegnung Verweys mit Wolfskehl und Lechter erwuchsen enge Freundschaften, die sich eigenständig entwickelten und Georges Tod noch überdauerten. Im Jahre 1935 kam es im schweizerischen Meilen sogar zu einer späten Zusammenkunft aller drei Freunde, bevor Lechter bald starb und Wolfskehl ins Exil ging.

Werkgemeinschaft mit Melchior Lechter

Melchior Lechter war die erste bedeutende neue Bekanntschaft, die George machte, als er Mitte Oktober 1895 für etwa zwei Monate nach Berlin ging. (Abb. 10) Dieses Mal wohnte er in der Friedrichstraße 204, nur wenige Meter entfernt von der Stelle, wo später der Checkpoint Charlie sein würde. Melchior Lechter war 1865 in einer kinderreichen Familie im westfälischen Münster geboren worden. Er war Ministrant an der katholischen Kirche St. Aegidii, in der er mit großer Anteilnahme die Vollendung der malerischen Ausstattung im Geiste der Nazarener verfolgte. 1879 trat er in die Lehre bei einer Glasmalereiwerkstatt ein, die vorwiegend mittelalterliche Glasfenster restaurierte. Lechter erhielt in den folgenden vier Jahren nicht nur eine solide handwerkliche Ausbildung, sondern wurde durch seinen Umgang mit den gotischen Kirchenfenstern nachhaltig in seiner Kunstauffassung geprägt. 1884 ging Lechter nach Abschluss der Ausbildung nach Berlin, um an der Kgl. Akademie zu studieren. Seine Vorbilder fand er jedoch weniger im Akademie-Milieu als bei Präraffaeliten wie William Burne-Jones, Puvis de Chavanne und Dante Gabriel Rossetti oder Symbolisten wie Fernand Khnopff und Gustave Moreau. Von den zeitgenössischen deutschen Malern schätzte er Arnold Böcklin, Max Klinger und Ludwig von Hofmann. Entscheidend für sein Kunstverständnis war aber vor allem die Musik von Richard Wagner und dessen Konzeption des Gesamtkunstwerks. Lechter übertrug diese Idee gleichsam in die Lebenspraxis und verwandelte seine Umgebung in ein einziges Kunstwerk. Seine Wohnung in der Kleiststraße 3 war eine ästhetische Sensation für jeden Besucher. Wohnung und Atelier lagen auf der fünften Etage in einem Seitenflügel des zweiten Innenhofs. Aus einem profanen Hinterhaus-Milieu betrat man eine absolute Gegenwelt. Der englische Komponist und Übersetzer Cyril Scott, den George 1898 bei Lechter einführte, erinnerte sich: „Es war genau so, wie wenn man eine Kirche beträte. In allen Zimmern, mit Ausnahme des Ateliers, waren bunte Glasfenster und Kirchenmöbel; um die Stimmung zu vervollständigen, war ein leichter Weihrauchduft spürbar."[147] Alle Fenster, Decken, Wände, Beleuchtungskörper, Einrichtungsgegenstände, ob funktional oder dekorativ, bis hin zu Geschirr und Besteck waren von ihm selbst gestaltet oder nach seinen Entwürfen hergestellt worden. So schmückte etwa ein Glasfenster, das Nietzsche darstellte, die Bibliothek, eines mit der Allegorie der Tonkunst sein Wohnatelier, und eines mit Tristan und Isolde sein Schlafzimmer. Dort zeigten Wandteppiche allegorische Darstellungen der ‚Vision' und der ‚Inspiration'.[148] George schrieb über Lechter an Verwey im Dezember 1896: „Seine bedeutung liegt vorzugsweise darin dass Er als der erste sein ganzes leben (wohnung möbel zierrat) bis ins kleinste mit Kunst zu durchdringen strebt." (G/V 33) Im selben Brief äußerte George seine Verwunderung darüber, dass die Ausstellung Lechters in der Galerie Gurlitt eine breite und positive Resonanz in der Berliner Presse fand. Lechter hatte bis dahin so gut wie im Verborgenen gearbeitet, traf aber nun mit seinem ästhetischen Prinzip eines bedingungslosen Strebens nach Schönheit und der Aufhebung der Trennung von Kunst und Leben den Nerv der Zeit. George soll sich jeden Tag mehrere Stunden in der Ausstellung Lechters aufgehalten haben, da er der Überzeugung war, dass unter denjenigen, die sich für diese Kunst begeisterten, auch ‚seine Menschen' zu finden seien. Lechter erhielt eine Reihe lukrativer Aufträge zur Ausstattung öffentlicher Gebäude wie das Kaufhaus Wertheim, die Musikhochschule und das Romanische Haus in Berlin. Mehrere der Glasfenster des Romanischen Hauses verzierte er mit Versen Georges, die seiner mystisch-katholischen Bildwelt besonders nahestanden. Im Jahre 1900 gewann Lechter mit seinem als Gesamtkunstwerk konzipierten Pallenbergsaal für das Kölner Kunstgewerbemuseum auf der Pariser Weltausstellung eine Goldmedaille. Der Saal war acht Meter hoch, acht Meter breit und achtzehn Meter lang, sein Hauptbild war das großformatige Gemälde *Die Weihe am mystischen Quell*, das dem Geweihten die Gesichtszüge Stefan Georges verlieh.

Lechter war an allen Künsten leidenschaftlich interessiert. Er besuchte häufig Konzerte und besaß schon ganz früh ein Grammophon. Über viele Jahre versuchte er, George die Musik von Wagner näher zu bringen, und forderte ihn immer wieder auf, ihn nach Bayreuth zu den Festspielen zu begleiten. Als George einmal zusammen mit dem jungen Friedrich Gundolf in sein Atelier kam, spielte Lechter ihnen eine Grammophonplatte mit Wagners *Tristan* vor. Er bat sie in sein Musikzimmer und ging selbst in den Nebenraum, damit sie sich ganz zwanglos dem Genuss der Wagner-Oper hingeben konnten. Als er nach einer Stunde wieder zu ihnen ging, fand er sie beide am Boden liegend und schlafend. Er schüttelte sie wach, und George sagte: „Meister Melchior, die Musik hat uns umgeworfen." Lechter war auch ein passionierter Leser, er las die mittelalterlichen Mystiker, Dante und Petrarca ebenso wie die Dichtung von Hofmannsthal, Rilke und George. Im Herbst 1893 hatte Lechter sich an den Wiener Literaten Hermann Bahr gewandt, weil er in einem von dessen Aufsätzen Gedichte von Hofmannsthal entdeckt hatte, die ihn sehr ansprachen. Bahr, der mit Hofmannsthal eng befreundet war, gab den Brief an diesen weiter, woraufhin Hofmannsthal an Lechter schrieb und ihn auf seine Beiträge in der „obscuren Zeitschrift ‚Blätter f. d. Kunst'" (L/G 1) hinwies. So wurde Lechter auf die Gedichte von Stefan George aufmerksam. Er wandte sich an Carl August Klein und erwarb über ihn die Gedichtbände Georges, nach deren Lektüre er Klein im September 1895 bat, „dem Dichter Stefan George meine tiefste Bewunderung auszudrücken." (L/G 6) Kurz darauf trafen Klein und Lechter eine Verabredung für einen Besuch in der Kleiststraße. Statt Klein ging jedoch Stefan George selbst zu Lechter und tat anfangs so, als sei er der erwartete Klein. Lechter erging sich sogleich in Lobeshymnen auf Georges Dichtung, woraufhin der Gepriesene noch auf der Treppe seine wahre Identität zu erkennen gab. Zwischen Lechter und George entstand sofort eine Werkgemeinschaft, die bald zu einer herzlichen Freundschaft wurde. George sprach Lechter schon bald als ‚Freund' und ‚Meister' an und betrachtete ihn auf dem Feld der Bildenden Kunst als gleichrangig. Noch im Spätherbst 1895 wurde der Plan gefasst, dass Lechter sich am kommenden Band der *Blätter* mit einer Zeichnung zu einem Glasfenster beteilige. Als weitere Beiträge folgten noch der Entwurf für einen Wandteppich mit der allegorischen Darstellung der ‚Inspiration' sowie einige Prosastücke aus Lechters Zyklus *Sieben Nächte am mystischen Quell.*

Das erste größere Projekt der Werkgemeinschaft von Lechter und George betraf die Ausstattung von dessen Band *Das Jahr der Seele*, der als letzter der privatgedruckten Gedichtbände im November 1897 erschien. Lechter hatte gerade erst 1896 mit der Buchkunst begonnen, als er das Titelblatt für den Jahreskalender des ‚Deutschen Thierschutz-Vereins' gestaltet hatte. Seine buchkünstlerischen Ideen sind im Kontext einer internationalen Renaissance der ästhetisch anspruchsvollen Gestaltung von Druckwerken zu sehen. Die wichtigsten Impulse waren dabei aus England gekommen. Dort hatte sich nach Mitte des 19. Jahrhunderts die *Arts and Crafts*-Bewegung gebildet, die als Reaktion auf die zunehmend industrielle Produktfertigung eine Rückbesinnung auf das Handwerk propagierte. Ihre Hauptvertreter waren John Ruskin, William Morris, Walter Crane und der von George übersetzte Lyriker und Maler Dante Gabriel Rossetti. Die Prinzipien der *Arts and Crafts*-Bewegung fanden auch im Bereich des Buchdrucks Anwendung, der sich durch die Veränderungen in der Produktionsweise in die Herstellung repräsentativer Prachtwerke für Adel und Großbürgertum einerseits und billiger Massenware für das kleinbürgerliche Lesepublikum andererseits aufgespalten hatte. Morris gründete 1891 in London die Kelmscott-Press, bei deren Publikationen es in der Buchgestaltung auf die Harmonie von Text, Schrifttype, Illustration, Format, Seitenlayout, Papier und Einband ankam. Buchdruck wurde als kunsthandwerklicher Prozess begriffen, bei dem wertvolle Materialien verwendet wurden und der leitende Gedanke die Herstellung eines Gesamtkunstwerks war. Ab 1893 erschien in London die Zeitschrift *The Studio*, die diesen Ideen ein Forum gab. Das erste Titelblatt stammte von Aubrey Beardsley. Dessen symbolistische Zeichnungen fanden sogleich Eingang in die 1895 gegründete – uns schon bekannte – Zeitschrift *Pan*, in der auch Reproduktionen von Büchern aus der Kelmscott-Press zu finden sind. Ebenso stand die

1896 im Verlag von Georg Hirth gegründete Zeitschrift *Die Jugend* den ästhetischen Konzepten der *Arts and Crafts*-Bewegung nahe. Sie strahlte besonders auf die Kunstszene in Berlin, München und Leipzig aus, lieferte aber ebenso Anregungen für die Pariser *art nouveau* und die Wiener Werkstätten.

Lechters buchkünstlerische Gestaltung der Erstausgabe des *Jahrs der Seele* vollzog sich noch in einem vergleichsweise engen Rahmen. Er entwarf das Titelblatt des in Klein-Quart gedruckten Werks und die Verwendung des Farbdrucks bei den Texten. Für den Druck der 200 Exemplare, der erstmals in Berlin bei Otto von Holten erfolgte, wurde ein grau-weißes holländisches Büttenpapier benutzt. Die Titel der Zyklen, Gedichtgruppen und einzelnen Texte wurden in verschiedener Größe und variabler Anordnung in Rot und Blaugrün gedruckt, ebenso wechselten zwischen diesen beiden Farbtönen die Anfangsbuchstaben jedes Verses. Für die Wahl dieser Farben ist es sehr aufschlussreich, einen Brief Lechters an George aus dem Januar 1896 heranzuziehen, den er nach der intensiven Beschäftigung mit den bis dahin vorliegenden Gedichtbänden Georges verfasste. Darin heißt es: „Und seltsam: meine letzte Empfindung ist – vergegenwärtige ich mir Ihr gesammt Werk – eine Farbenvorstellung oder besser Farbenempfindung; und zwar habe ich vorwiegend die Vorstellung v Gold in Verbindung mit Blaugrün und Roth in allen Tonwerthen, zusammenklingend durch ein goldiges Halbdunkel, darin überall seltsam streng geformte Kostbarkeiten reich mitflimmern und in Schatten untertauchen. [...] In den ‚Gärten' steigert sich (nach meinem Empfinden) der farbige Klang und die klingende Farbe zu erstaunlich raffinierter Modernität." (L/G 12f.) Lechter nutzte also die Gelegenheit der buchkünstlerischen Gestaltung des *Jahrs der Seele*, um seine Farbempfindungen im Farbdruck der Buchstaben zu realisieren. Die auffällige Betonung seines Empfindens wirft ein Licht auf seine spezifisch bildkünstlerische Aufnahme von Georges Dichtung. Sie hat rein gar nichts Analytisches, sondern erwächst ganz aus dem künstlerischen Mitvollzug, aus der stimmungsmäßigen Vergegenwärtigung der ästhetischen Form.

Lechter zeigt sich damit als der ideale Leser im Sinne der symbolistischen Einheit der Künste. Schon Baudelaire hatte in einem Aufsatz über Richard Wagner geschrieben, es wäre doch „überraschend, wenn Töne nicht Farben suggerieren würden, wenn Farben nicht im Stande wären, die Empfindung einer Melodie zu wecken, [...] wenn Farbe und Ton nicht geeignete Übersetzungen von Ideen sein sollten."[149] Das an Lechter als einen ‚Bruder' gerichtete Widmungsgedicht *M. L.* im *Jahr der Seele* ist eine ganz in diesem Sinne verfasste Orgie in Farben, die die ästhetischen Eindrücke von Lechters Wohnung als himmelsnahen Ort inmitten eines grauen Kerkers mit Worten ausmalt.

Wie unsre glorreichen himmel – bruder im stolz!
So breitet dein glänzendes gelb und wie reifender lohn.
Es zittern in deinem lila und wehen grün
Gestaltlose stunden mit ihrem mühsamen rinnen
Und lange seufzer aus kerkern ohne erhebung.
Dein strahlendes blau umkleidet die wunschlosen götter ·
In deinem veilchendunkel voll purpurner scheine
Ist unser tödliches sehnen – bruder im leid!
(SW IV, 74)

Lechter stellte für seine privaten Exemplare von Georges Gedichtbänden aufwendig gestaltete Einbände her und schenkte auch ein Exemplar der *Bücher* an George in dieser Aufmachung zurück. George antwortete entzückt, man könne sich „kaum eine andre möglichkeit denken dies buch einzubinden.“ (L/G 18) George revanchierte sich, indem er Lechter mehrfach kalligraphische Abschriften eigener oder von ihm übersetzter Gedichte überreichte. Als Lechter im Jahre 1900 erkrankte, fertigte George ein kleines ‚Trostbüchlein‘ an, das übertragene Gedichte aus fünf verschiedenen Sprachen enthielt.

Während Georges Aufenthalt in Berlin im Herbst 1897 kam es dann in enger Kooperation zur Drucklegung des *Jahrs der Seele*. Das Titelblatt zeigt in der oberen Hälfte einen Orgel spielenden Engel auf einem ornamentalen und floralen Hintergrund. Die Haltung des Engels, seine Flügel und sein in Falten herunterwallendes Gewand sind dem Verkündigungsengel auf Jan van Eycks Genter Altar nachgebildet.[150] Darunter stehen in Rot der Titel und der Verfassername, am Fuß der Seite in deutlich kleinerer schwarzer Schrift mit roten Initialen Verlagsangabe, Ort und Jahr in römischen Ziffern. (Abb. 11) Ein Inhaltsverzeichnis hat auch dieses Buch nicht. Entgegen der Typographie der vorherigen Bände, die alle mit einem sehr lockeren Druckbild operierten und ungewöhnlich viele Vacatseiten und leere Flächen aufwiesen, hat das *Jahr der Seele* eine äußerst gedrängte Textanordnung. Die Gedichte folgen immer direkt ohne Seitenumbrüche aufeinander, sogar Zyklen und Textgruppen sind bloß durch einfache oder doppelte rote Trennlinien markiert. Eine Seitenzählung fehlt dieses Mal ganz.

Eröffnet wird *Das Jahr der Seele* von dem wohl prominentesten Gedicht Georges, das titellos mit der Zeile „Komm in den totgesagten park und schau:“ beginnt. Es leitet einen Zyklus ein, der dem Zusammensein mit Ida Coblenz viel verdankt. Der Privatdruck von 1897 enthält aber nicht die ursprünglich vorgesehene Widmung, die im Jahr darauf folgende öffentliche Ausgabe ist der Schwester mit den Worten „Anna Maria Ottilie der tröstenden Beschirmerin auf manchem meiner Pfade" zugeeignet. Das Eröffnungsgedicht, das ein kanonischer Text der deutschsprachigen Lyrik geworden ist, lautet wie folgt:

Komm in den totgesagten park und schau:
Der schimmer ferner lächelnder gestade ·
Der reinen wolken unverhofftes blau
Erhellt die weiher und die bunten pfade.

Dort nimm das tiefe gelb · das weiche grau
Von birken und von buchs · der wind ist lau ·
Die späten rosen welkten noch nicht ganz ·
Erlese küsse sie und flicht den kranz ·

Vergiss auch diese lezten astern nicht ·
Den purpur um die ranken wilder reben
Und auch was übrig blieb von grünem leben
Verwinde leicht im herbstlichen gesicht.
(SW IV, 12)

Die erste Strophe entwirft das Bild eines Landschaftsparks unter einem hellen Himmel, durch den in einer kühnen Metapher ‚blaue Wolken' ziehen. Wie mit dem Malerpinsel setzt die zweite Strophe in einer pointillistischen Manier Farbtupfer in diesen Park, wobei sowohl die Farben als auch die Bäume alliterierend verbunden sind. Mit dem Ende der zweiten Strophe geht die Naturbetrachtung zu einer menschlichen Tätigkeit über. Das Flechten des Kranzes dient der Überführung von natürlichem Material in ein Artefakt. Der Kranz fungiert dabei zugleich als selbstreflexive poetologische Metapher, bildet doch die Reimtechnik mit ihrer Abfolge von Kreuzreim, Paarreim und umschließendem Reim präzise die Tätigkeit des Ineinanderflechtens nach. Im letzten Wort des Gedichts wird das ‚herbstliche Gesicht' als Synonym für den Kranz verwendet. Seine korrespondierende Stellung zum letzten Wort der ersten Strophe („schau") unterstreicht den visionären Charakter. Dem Gedicht, der Kunst wächst auf diese Weise die Qualität des Prophetischen und Überzeitlichen zu.

Lesungen im Berliner Salon Lepsius

Vor allem aus dem *Jahr der Seele* las George bei seiner ersten privaten Lesung in Berlin am 14. November 1897 im Salon des Maler-Ehepaars Sabine und Reinhold Lepsius in der Kantstraße 162 vor etwa zwanzig geladenen Gästen, unter ihnen Karl Wolfskehl und Luise Dernburg, Rainer Maria Rilke und Lou Andreas-Salomé, Georg Simmel und seine Frau Gertrud, Richard Moritz Meyer und seine Frau Estella, Ernst Hardt und Marie von Bunsen. Letztere berichtete in einem Artikel für die *Vossische Zeitung* von dieser Lesung: „Wir saßen in den mit verschleierten Lampen matt erleuchteten Räumen auf florentinischen eingelegten Sesseln, auf verblasstem Brokat. [...] Dann glitt aus einer Seitentür ein Mann herein und setzte sich nach einer Verbeugung an das gelbverhüllte Licht: hinter ihm eine japanische golddunkle Stickerei, nicht weit von ihm Lorbeerzweige und orangerote Blüten in getriebenem Kupfergefäß. [...] Obwohl ich die meisten Gedichte kannte, war es nicht leicht, den immerhin ungewöhnlichen Gedanken- oder Bilderverbindungen zu folgen. Aber mehr und mehr wurden wir hypnotisiert, in die Stimmung hineingebannt. [...] Als ich später von dieser Stunde erzählte, meinte man, es klänge etwas theatralisch und ‚gemacht'. Dies war keineswegs der Fall. Das Ganze entsprach in der echtesten Weise der Richtung, dem Geschmack unserer intim künstlerisch empfindenden Wirte, ihrem Verhältnis zum Dichter."[151] Die Gastgeberin Sabine Lepsius hat in ihrem Tagebuch hervorgehoben, dass George nur selten die Tonhöhe variierte, so dass seine Rezitation „dem Responsorium in der katholischen Kirche" (SL 17) ähnelte. Den Eindruck des Sakralen hebt auch Estella Meyer hervor, die noch am selben Abend einen begeisterten Brief an George schrieb, in dem es heißt: „Hoch und hehr war der Abend – feierliches Glockenläuten. Auf antiker Würde bauten sich Schönheit und Vornehmheit auf. Alles atmete tiefe Andacht. Es war ein Gottesdienst."[152]

Sabine Lepsius hat in ihrem Tagebuch die Vortragsweise Georges näher charakterisiert: „Auch die Endzeilen verharrten auf dem gleichen Ton, so dass nicht nur der übliche Schlusseffekt völlig vermieden wurde, sondern es schien, als sei das Gedicht nicht ein einzelnes in sich abgeschlossenes, sondern ohne Anfang, ohne Ende, wie herausgegriffen aus dem Reiche großer Gedanken und erhöhter dichterischer Vorstellungen." (SL 17) Wie Marie von Bunsen in ihrem Artikel notierte auch Sabine Lepsius, dass George sie von der Physiognomie stark an Dante erinnerte und „merkwürdig" und „wie aus einer anderen Zeit" erschien. Die Art des Gedichtvortrags wurde schon in Bunsens Artikel zu Recht als ‚Hersagen' bezeichnet. Es war der Begriff, den George selbst für seine Vortragsweise benutzte, um zu betonen, dass es ihm um die Erzeugung eines einheitlichen Gesamteindrucks ging. Dazu trug das etwas litaneihafte Hersagen bei, indem die Monotonie eine kontinuierliche Stimmung hervorrief, die Bunsen nicht zu Unrecht mit dem Zustand einer Hypnose verglich. Zum anderen bevorzugte George diese Sageweise, weil sie die seinerzeit beliebte und aus seiner Sicht ‚literatenhafte' Manier des theatralischen, auf Pointen und Applaus zielenden Auftritts vermied. Hinter der hergesagten Dichtung sollte der Autor als Individuum gänzlich verschwinden beziehungsweise in ihr aufgehen. Die Nachhaltigkeit von Georges Hersagen hielt Sabine Lepsius ebenfalls in ihrem Tagebucheintrag vom folgenden Tag fest. Sie betonte, dass es ihr und ihrem Mann Reinhold selbstverständlich erschienen sei, dass George sowohl vor als auch nach der Lesung nicht unter den Gästen weilte. Nach seinem Abtritt hätten die Zuhörer zunächst geschwiegen, und erst allmählich hätten leise Gespräche eingesetzt (vgl. SL 23).

Wer waren nun die Gastgeber, denen George die Ehre angedeihen ließ, seine erste private Lesung auszurichten? Sabine Lepsius, geb. Graef, und Reinhold Lepsius waren beide angesehene Berliner Porträtisten. Reinhold Lepsius entstammte einer Gelehrtenfamilie und war 1857 in Berlin als Sohn des Ägyptologen Carl Richard Lepsius zur Welt gekommen. Er zeigte früh zeichnerisches Talent für Landschaften und Personen. 1877 ging er an die Karlsruher Kunstschule, im folgenden Jahr wechselte er an die Münchner Akademie, die er bis 1881 besuchte. Lepsius wurde Schüler des Porträtisten Franz von Lenbach, der die Konzentration auf den Kopf des Modells propagierte. Bei Lenbach kam Lepsius bereits mit dem neuen Medium der Fotografie in Berührung, das er später nicht nur für seine Malerei nutzte, sondern auch als eigene Kunstform entwickelte. 1887 schloss Lepsius seine Ausbildung ab und teilte sich ein Atelier in Rom mit der Jugendfreundin Sabine Graef. 1889 hielt sich Lepsius in Paris auf und machte sich mit der zeitgenössischen französischen Malerei bekannt. Dann kehrte er nach München zurück, wo er 1892 zu den Gründungsmitgliedern der Sezession gehörte. Nach der Eheschließung mit Sabine Graef siedelten beide im selben Jahr nach Berlin um. Sabine Graef war Jahrgang 1864 und ebenfalls in Berlin geboren, wo ihr Vater Gustav Graef als Historien- und Porträtmaler an der Ausgestaltung der Berliner Museen beteiligt war. Sie wurde bereits im Alter von fünfzehn Jahren an der Kgl. Akademischen Musikhochschule aufgenommen, da sie ein großes musikalisches Talent zeigte. Nach zwei Jahren brach sie die Ausbildung aber ab, als ihr klar wurde, dass sie als Frau keinen Zugang zu einer Komponistenklasse erhalten würde. Von 1884 bis 1886 besuchte sie eine Schülerinnenklasse bei dem Koloristen Carl Gussow. Nach der Ateliergemeinschaft mit Reinhold Lepsius in Rom vervollkommnete sie ihre Ausbildung an der Académie Julian in Paris, bevor sie 1891 nach München ging und dort wieder mit Lepsius zusammentraf. In Berlin widmeten sich beide der Porträtmalerei, wobei Sabine Lepsius besonders mit ihren unkonventionellen Kinderbildnissen Anklang fand. 1900 zählten beide zu den Gründungsmitgliedern der Berliner Secession. Nachdem ihr Sohn 1917 im Feld gefallen und ihr Mann 1922 gestorben war, widmete sich Sabine Lepsius der Förderung von Frauen in Kunst und Gesellschaft und leitete mehrfach Malklassen für Schülerinnen. Sie starb 1942 in Bayreuth.

Von Beginn an verfolgte das Ehepaar das Ziel, an die Salonkultur der Romantik anzuknüpfen. Rahel von Varnhagen war das erklärte Vorbild von Sabine Lepsius. Durch das soziale Netzwerk ihrer Familien und die Aufträge aus der Welt der Wirtschaft, Politik und Kultur gelang es ihnen, ihre wechselnden Wohnungen zu einem Ort des geistigen Austauschs zu machen. Es war ein Milieu, das für die ästhetischen Neuerungen von Stefan George und die betonte Exklusivität seiner Kunst in geradezu idealer Weise aufnahmefähig war. George fühlte sich außerordentlich wohl im Hause Lepsius. Er hörte – wie früher schon Ida Coblenz – Sabine Lepsius stundenlang beim Klavierspiel zu, wobei sie ihm besonders gerne ihre Lieblingskomponisten Bach, Schubert und Chopin zu Gehör brachte. Im folgenden Jahrzehnt nahm George immer wieder die angebotene Gastfreundschaft in Anspruch und quartierte sich in der Kantstraße und später in der Ahornallee 31 im Berliner Westend bei ihnen ein.

Im Dezember 1895 hatten Reinhold und Sabine Lepsius sich in Rom aufgehalten und auf einem Empfang in der Casa Bartholdy von Harry Hertz einen „Jüngling von besonderer und feiner Schönheit" kennengelernt, der ihnen von einem Dichter namens Stefan George erzählte und ihn einen „ungekrönten König" und „einen der größten Geister unter den Lebenden" nannte. Dieser ‚schöne Ephebe', der von George schwärmte und dem Ehepaar Lepsius gleich am nächsten Tag Georges Gedichtbände brachte, war Richard Perls. Besonders Reinhold Lepsius war sofort von Georges Dichtung fasziniert. Ende Oktober 1896 begab sich George nach einem Sommer, den er größtenteils in Bingen verbracht hatte, wieder nach Berlin und quartierte sich bei Karl Wolfskehl in der Bernburgerstraße 7 zwischen Potsdamer Platz und Anhalter Bahnhof in Kreuzberg ein. Wolfskehl lebte selbst erst seit sechs Wochen in Berlin, wo er sich um eine Intensivierung der Kontakte zu Berliner Buchhändlern kümmerte, um den Vertrieb der *Blätter* zu verbessern. Außerdem prüfte er in Georges Auftrag Möglichkeiten, einen Verlag für ihn und die *Blätter* zu finden. Im Herbst 1896 zeichnete sich ein ernsthaftes Interesse seitens des Verlags Kreisende Ringe ab. Dieser Verlag wurde von dem theosophischen Lyriker Franz Evers geleitet, der mit Wolfskehls Freund und ehemaligem Schulkameraden Georg Edward bekannt war. Der Verlag Kreisende Ringe publizierte neben zeitgenössischer Literatur auch Sachtexte zur Theosophie und zur Lebensreform. Er war ein Berliner Imprint-Verlag des in

Leipzig ansässigen Max Spohr-Verlags, der sich auf homoerotische Literatur spezialisiert hatte. Die weiteren Gespräche, die Wolfskehl in Berlin mit Evers führte, verliefen eher unbefriedigend, dennoch warb der Max Spohr-Verlag im Sommer 1897 in einer Programmankündigung im Kürschner mit dem Namen Stefan George als künftigem Verlagsautor. George zog daraufhin über den Literaturhistoriker Richard Moritz Meyer, den er im Oktober 1897 in Berlin persönlich kennengelernt hatte, ergänzende Informationen über diesen Verlag ein. Meyer rapportierte kurz darauf: „Mein Gewährsmann schreibt Folgendes: [...] ‚Inhaber der Firma ist Max Spohr, ein ausserordentlich vermögender Mann, der ein glänzendes Geschäft mit Büchern über geschlechtliche Dinge aller Art macht, die er mit seinem Namen firmiert, nebenbei verlegt er spiritistische Werke, sowie Romane, Erzählungen etc.'" Meyer kommentierte diese Auskunft: „Was den vorerwähnten ‚Hauptzweig' betrifft, so würde ich sagen: an author has no sex!"[153] Letztlich verliefen die Kontakte mit Spohr und Evers im Sande und wurden durch Georges Begegnung mit dem Verleger Georg Bondi im Jahr 1898 ohnehin obsolet.

Als nun George im Herbst 1896 in Berlin eintraf, führte er eine Visitenkarte bei sich, auf der ihn Richard Perls an das Ehepaar Lepsius empfahl. George suchte die Wohnung in der Kantstraße, die in unmittelbarer Nähe der Kaiser-Wilhelm-Gedächtniskirche lag, sogleich auf. Sabine Lepsius schildert in ihrer autobiographischen Schrift über ihre Freundschaft mit Stefan George den Moment der ersten Begegnung und liefert damit ein Zeugnis der charismatischen Wirkung seiner Persönlichkeit. „Als ich in mein Wohnzimmer trat, stand er schon dort: nie werde ich diesen ersten Eindruck vergessen, ich wusste sofort, dass ich einer überragenden, machtvollen Persönlichkeit gegenüberstand. [...] Seine Blicke fern und doch auch liebenswürdig. Seine Sprache ohne laut zu sein von markiger Wucht. [...] Sein Lachen, das sichere Erkennungszeichen für den Menschen, war sieghaft gewinnend und vom Schütteln der Mähne begleitet. [...] Als der Besuch mich wieder verlassen hatte, stand ich so sehr unter dem Eindruck der Größe dieser Persönlichkeit, dass ich beschloss, mein Kind, das ich unter dem Herzen trug, Stefan zu nennen." (SL 12 – 14) George stattete unmittelbar anschließend auch Reinhold Lepsius einen Besuch in dessen Atelier ab, wo er einen ebenso nachhaltigen Eindruck hinterließ. Schon bald führte George seine in Berlin lebenden Freunde Melchior Lechter und Karl Wolfskehl im Hause Lepsius ein. Wolfskehl berichtete nach seiner ersten Teilnahme am samstäglichen five o'clock: „Ich habe selten ein Haus gefunden in dem so viel Kultur förmlich aus allen Winkeln tönt und dampft." (G/KHW 161). Er hebt unter den Gästen besonders den ‚außergewöhnlich geistvollen Simmel' hervor, den er aufgrund seiner Wortgewandtheit einen ‚Trapezkünstler' nennt. George selbst lernte den Privatdozenten für Philosophie an der Berliner Universität und dessen Frau Gertrud erst im Oktober 1897 bei Lepsius kurz vor seiner ersten Lesung dort kennen. Um dieselbe Zeit kam er auch – wie bereits erwähnt – über das Ehepaar Lepsius mit Richard M. Meyer persönlich in Kontakt. Zu den weiteren Bekanntschaften, die George im Hause Lepsius machte, gehörten Sabines Bruder Botho Graef, ein Archäologe, die junge Gertrud Kantorowicz, die Kunstgeschichte, Philosophie und Archäologie studierte und Gedichte schrieb, der Komponist Conrad Ansorge, der aus den *Büchern* und dem *Jahr der Seele* insgesamt acht Texte vertonte und eine Komposition für Georges Übertragung von Rossettis *Weidenwald* schrieb, und die Universitätsprofessoren Wilhelm Dilthey und Gustav Roethe.

Auch dem Professor für Ästhetik Max Dessoir begegnete George im Salon des Hauses Lepsius erstmals persönlich bei seiner zweiten Lesung am 4. Dezember 1898, für die Melchior Lechter die Einladungen gestaltet hatte. (Abb. 12) Dessoir hatte sich bereits 1895 brieflich an George gewandt und um die Zusendung der *Blätter für die Kunst* gebeten, weil er in seinen Ästhetik-Vorlesungen über die jüngsten Strömungen in der deutschen Literatur sprechen wollte. Dessoir tat das auch im Wintersemester 1895/96, woraufhin ihn George als den ‚gelehrten' Partner in die Planung einer mit Hofmannsthal gemeinsam herausgegebenen ‚monatlichen Rundschau' einbezog. Im Wintersemester 1899/1900 kam es sogar zu Georges einziger Lesung im akademischen Milieu, als er in einer Vorlesung von Dessoir aus dem gerade abgeschlossenen *Teppich des Lebens* vortrug. Unter den studentischen Hörern befanden sich die späteren George-Kreis-Mitglieder Lothar Treuge und Edith Landmann. Letztere erinnerte sich, dass Georges Vortragsweise „erlösend anders als man es in der damaligen naturalistisch dramatischen Deklamation gewöhnt war" (EL 11), klang. Als George jedoch 1901 zu Ohren kam, dass Dessoir in seinen Vorlesungen seine Dichtung in Zusammenhang mit dem Naturalisten Arno Holz und dem Theosophen Franz Evers brachte, setzte er den Kontakt nicht mehr fort.

Wie schon im Falle von Melchior Lechter strebte George auch bei Sabine Lepsius danach, die persönliche Beziehung durch eine Werkgemeinschaft zu intensivieren. Nach der erfolgreichen Lesung vom November 1897 schlug er ihr vor, im selben privaten Rahmen eine Aufführung seines Jugendstückes *Manuel* zu veranstalten. Zur Vorbereitung wurden auch dramatische Texte von Hölderlin und Hofmannsthal gelesen, aber das Projekt gelangte nie zur Ausführung. Etwas weiter gedieh der Plan von Sabine Lepsius, ein Porträt Georges zu malen. Dabei entwarf sie entgegen ihrer üblichen Methode eine komplexe Bildkomposition, in der George in Ganzfigur das Zentrum bildete. In ihrer Erinnerungsschrift schildert sie ihre Idee und den Verlauf der Sitzungen: „In den Herbst 1898 fielen die Porträtsitzungen, die Stefan George mir gönnte. Ich hatte ein Riesenbild entworfen in Form eines Triptychons, auf welchem in der Mitte George in ganzer Figur saß, hinter ihm Architektur, die der Villa Aldobrandini in Rom glich. Die beiden Felder rechts und links waren ausgefüllt mit nackten musizierenden Knaben und harferührenden weiblichen Gestalten. George meinte damals, die Epheben sollten lieber die Flöte spielen, statt der Geige; doch konnte ich ihm die Vorstellung des Vibrierens der Violine, mit der ich so vertraut war, nicht opfern. Diese unvollendete Arbeit entstand in einem kahlen Atelier außerhalb unserer Wohnung, in dem sich nur eine Staffelei, ein Maltritt und einige Stühle befanden. George erschien zu den Sitzungen mit größter Pünktlichkeit und unterzog sich den Pflichten des Modells mit beschämender Geduld." (SL 37) Die Arbeit blieb unvollendet und lange auch unberührt. Erst kurz vor der Jahrtausendwende tauchte eine Fotografie auf, die erkennen ließ, dass Sabine Lepsius dem Wunsch des Dichters nach Ersetzung des Instruments entsprochen hatte. Wenige Tage nach Georges Tod richtete sie einen Brief an Anna Maria George und berichtete, dass sie gerade mit der Arbeit an dem alten Gemälde beschäftigt sei. „Ich stand gerade in meinem Atelier und malte an einem Bilde Ihres wunderbaren Bruders, das ich vor etwa 35 Jahren begonnen. – Seit Monaten bin ich mit diesem Bilde beschäftigt, es stellt ihn dar, auf einem Marmorsarkophag sitzend – rechts u. links allegorische Gestalten. Er, der Dichter, unser unvergesslicher Meister, war schon vor 34 Jahren fertig portraitiert, aber die Gestalten harrten noch der Vollendung."[154] Ob Sabine Lepsius erst in dieser Phase die Geige ‚opferte', ist nicht sicher, aber denkbar. Jedenfalls erhielten die beiden rechts stehenden Knabenfiguren einen Lorbeerkranz und eine Doppelflöte. Flöte und Leier waren für George die dem Dionysos und Apoll zugehörigen Instrumente, die in seinem Werk häufig vorkommen. Die Harfe konnte er wohl leicht tolerieren, da sie wie die Leier gezupft wird und in den buchkünstlerischen Ausstattungen seiner Werke durch Melchior Lechter ohnehin eine prominente Rolle spielte.

Die dritte Lesung im Hause Lepsius fand am 12. November 1899 statt. Dieses Mal waren zwei weitere Berliner Universitätsprofessoren anwesend, der bekannte Germanist Erich Schmidt und der Universalhistoriker Kurt Breysig, der für George noch sehr wichtig werden würde. Breysig notierte in seinem Tagebuch unmittelbar nach der Lesung: „mein tiefster Eindruck war der von malerischem Stoff und musikalischer Form. Zuletzt das Höchste, der rhapsodische Vortrag, völlig singend, wundersam und wirksam; so mag Pindar vorgetragen haben." (KB 9) Eine Woche später trafen sich George und Breysig zu einem ersten ausführlichen Gespräch. Breysig ging in seinem langen Tagebucheintrag nun auch stärker auf Georges Persönlichkeit ein und schrieb: „Mein Gesamteindruck: sehr starke Persönlichkeit und zwar nicht nur Künstler; ein Mensch, der viel gedacht, viel aufgenommen hat und der sich in die Betrachtungsweise eines Gelehrten zum mindesten unendlich schnell hineinfinden kann. [...] Grosser, grosser Eindruck: ein excessiver Mensch – endlich einmal!" (KB 9 – 11)

Bei dieser Lesung im November 1899 trug George aus seinem Ende des Monats erscheinenden, von Lechter monumental gestalteten Gedichtband *Der Teppich des Lebens und die Lieder von Traum und Tod. Mit einem Vorspiel* vor. Sabine Lepsius überliefert, dass George das Vorspiel mit dem ‚Kampf mit dem Engel' vorgetragen habe, was die Anwesenden ergriff „wie das Schwingen einer Fahne, der nicht zu folgen wie Verrat war." (SL 43) *Der Teppich des Lebens* enthält auch das Reinhold und Sabine Lepsius gewidmete Gedicht *Blaue Stunde*, das den Zyklus der *Lieder von Traum und Tod* eröffnet und die Atmosphäre ihrer Wohnung im Westend, zu der ein Garten gehörte, in den Versen „Sieh diese blaue stunde / Entschweben hinterm gartenzelt / Sie brachte frohe funde / Für bleiche schwestern ein entgelt." (SW V, 62) anklingen lässt. Wenn sich George in Berlin aufhielt, gehörten Besuche im Hause Lepsius zu seinem festen Programm. (Abb. 13) Sabine Lepsius berichtet in ihren Erinnerungen von gemeinsamen Spaziergängen, auf denen sie sich sehr nahe gekommen seien. Sie hätten sich über ihre Jugenderinnerungen ausgetauscht, über die heidnischen Reste in der katholischen Kirche gesprochen und über die ‚übergeschlechtliche Liebe' bei Platon, Dante und Shakespeare, die dem Geist, der Seele und dem Leib des Menschen gleichviel in welcher Gestalt insgesamt gilt. Sabine Lepsius erinnert sich seiner an sie gerichteten Worte: „Wir sind uns doch ähnlicher als man es meine sollte." (SL 49) Sie fasste so viel Vertrauen zu ihm, dass sie ihm erst jetzt eigene Verse vorlegte, die sie bald nach ihrer Bekanntschaft verfasst hatte. Zu ihrer Freude fand er Gefallen an ihren Texten und schrieb ihr einen ‚beglückenden Brief' darüber. Zu der vertrauten Atmosphäre passte es, dass George sich ganz unprätentiös an den alltäglichen Verrichtungen ihres Haushalts beteiligte. Besonders als es einmal um den Umgang mit Wein ging, konnte er seine Herkunft aus einer Weinbaugegend in nützlicher Weise einbringen. „So wurde eines Tages ein Fass leichten Weines herangerollt, das Reinhold am Rhein bestellt hatte, dem wir aber etwas ratlos gegenüberstanden. [...] ‚Ei, da brauche Sie gar keinen Küfer komme zu lassen, das versteh ich grad so gut und Sie könne es von mir lerne.' Den nächsten Tag stiegen wir zusammen in den Keller, spülten

Flaschen, stachen das Fass an, dass es eine Lust war! George zog seinen Rock aus, ich band ihm eine grüne Gärtnerschürze vor, und nun arbeiteten wir viele Stunden zusammen im Keller; er kräftig anfassend, voller Sachkenntnis. Dazwischen wurde gekostet, wobei er mich vor dem Duft des Weines warnte, der allzu sehr berauscht. Dann ging es ans Korken, und alles wurde wieder in Ordnung gebracht, die Flaschen verwahrt, wie es sein soll." (SL 50)

Bei den Salongesprächen bildete George immer den Mittelpunkt. Auch wenn das Gespräch sich nicht direkt an ihn richtete, schienen doch alle Argumente und Thesen ihm gleichsam immer zur Beurteilung vorgelegt zu sein. Sabine Lepsius beschreibt die intellektuellen Wortgefechte sehr treffend, indem sie allen der regelmäßig Beteiligten metaphorisch eine bestimmte Waffe zuordnet. George selbst, so ihr Vergleich, führe den Streit um Begriffe mit der Axt, der ‚Trapezkünstler' Georg Simmel benutze ein feines Seziermesser, der geistsprühende junge Friedrich Gundolf schieße mit einem Bogen bunte Pfeile ab, ihr Mann Reinhold versenke seinen scharf geschliffenen Dolch ins Herz der Dinge, während Gertrud Kantorowicz ihre scharfen Waffen durch zu große Nachgiebigkeit quasi abstumpfe (vgl. SL 52). Sie selber habe sich meist weitgehend zurückgehalten, und auch George habe sich manchmal in einvernehmlichem Schweigen mit ihr über die Verstiegenheiten und die Wortakrobatik der Diskutanten amüsiert. Andererseits berichtet Sabine Lepsius auch von Abenden, auf denen zum Teil heftig gestritten wurde. Vor allem in der Beurteilung der Musik als Kunst und bei den Themen Frauenemanzipation und Kindererziehung hätten erhebliche Meinungsunterschiede bestanden.

Im Dezember 1905 fand die vierte und letzte Lesung im Hause Lepsius statt. Der vorangegangene Sommer hatte die Erfüllung des von Sabine Lepsius lange gehegten Wunsches gebracht, mit George einmal im Urlaub zusammenzukommen. Etwa vierzehn Tage verbrachte sie mit ihm, seiner Schwester und den Brüdern Ernst und Friedrich Gundolf in Klosters und Umgebung im schweizer Kanton Graubünden. Sabine Lepsius war mit ihren beiden ältesten Kindern Stefan und Monica angereist. George, der sich auch in Berlin nicht immer zu seiner Freude häufig mit den Kindern konfrontiert sah, weil die Mutter ihnen jederzeit zur Verfügung stand, unternahm einmal eine längere Wanderung mit Monica. Sie erzählte nachher ihrer Mutter, dass „ihr Beschützer während dieser vielen Stunden nicht ein einziges Wort gesprochen habe, was ihr jedoch ganz natürlich erschien, da sie selbst schon als Kind überflüssiges Gerede ablehnte. [...] Monica war dasjenige meiner Kinder, das George am liebsten hatte; als sie heranwuchs, äußerte er einmal zu Freunden: ‚Das Kind sollt' mr' eigentlich entführe!'" (SL 66)

Auch im Juli 1906 trafen Reinhold und Sabine Lepsius George und Friedrich Gundolf für ein paar Tage in derselben Gegend. Es war aber für Sabine Lepsius spürbar, dass die Distanz zwischen ihnen zunahm. Als George 1913 noch einmal bei ihnen in Berlin war, suchte er bloß noch Reinhold Lepsius in seinem Atelier auf. Das letzte Treffen fand unter traurigen Vorzeichen im September 1917 statt, als George dem Ehepaar nach dem Tod ihres Sohnes Stefan, seines Freundes Otto Braun und Sabines Bruder Botho Graef einen Kondolenzbesuch abstattete. Als ein eindrucksvolles Vermächtnis dieser letzten Begegnung entstand 1917 das monumentale Ölgemälde mit dem Porträt Georges von Reinhold Lepsius.

Öffentliche Stimmen über ‚private' Dichtung

Ein nicht unerheblicher Effekt von Georges glanzvoller Einführung in den Salon von Sabine und Reinhold Lepsius bestand darin, dass gleich mehrere ihrer illustren und im Berliner Geistesleben durchaus bekannten Gäste über ihre Begegnung mit Stefan Georges Dichtung in angesehenen Zeitschriften publizierten. Dabei diente ihnen allen seine Dichtung zum Anlass, in einer grundsätzlichen Form zu Fragen der modernen Kunst Stellung zu nehmen. Schon dieser Zugriff dokumentierte, dass Georges Dichtung ihnen nicht als eine beliebige weitere Stimme unter vielen anderen galt, sondern als etwas völlig Neues verstanden wurde.

Die Veröffentlichungen über George, die bis dahin vorlagen, stammten sozusagen aus dem eigenen Stall. Das hatte mit Kleins Artikeln in den *Blättern* begonnen, die vermutlich mehr oder weniger von George diktiert waren. Es galt für die beiden Sondernummern der *Allgemeinen Kunstchronik* und mit Abstrichen für Hofmannsthals Besprechung der *Bücher* von 1896. Im gleichen Jahr erschien auch ein dreiteiliger Aufsatz von Oscar A. H. Schmitz, der Wolfskehl in Rom kennengelernt und über ihn in den Beiträgerkreis der *Blätter* gefunden hatte, mit dem Titel *Intimes aus dem modernen Kunstleben*, dessen beide letzten Folgen *Stefan George, der Führer der neudeutschen Romantik* überschrieben waren.[155] Schmitz betonte, dass George wegen dem in Deutschland herrschenden „barbarischen Kunstpöbel" seine künstlerische Persönlichkeit in Frankreich habe ausbilden müssen. In den Jahren 1897 bis 1901 folgten die Artikel und Aufsätze von Richard Moritz Meyer, Lou Andreas-Salomé, Georg Simmel und Kurt Breysig. Der früheste Text aus dieser Gruppe stammt von Richard M. Meyer. Er war 1860 als Sohn des jüdischen Bankiers Friedrich Meyer und seiner Frau Elika in Berlin geboren worden. 1878 nahm er das Studium der Germanischen Philologie in Leipzig auf, wechselte im Jahr darauf nach Berlin und wurde Schüler von Erich Schmidt und Wilhelm Scherer, dessen *Poetik* er posthum herausgab. 1889 heiratete Meyer Estella Goldschmidt, mit der er ab 1894 im Berliner Stadtpalais in der Voßstraße 16 gleich am Potsdamer Platz wohnte und ebenfalls in kleinerem Maßstab einen literarischen Salon führte. 1895 erschien eine preisgekrönte Goethe-Biographie und 1899 im Bondi-Verlag das sehr erfolgreiche Buch *Die deutsche Literatur im Neunzehnten Jahrhundert*, das in seinem letzten Kapitel bereits Stefan George und Hugo von Hofmannsthal behandelte. Trotz dieser viel beachteten Publikationen erfüllte sich Meyers Wunsch nach einer akademischen Karriere nicht. Dass er über die Ernennung zum außerordentlichen Professor 1901 nicht hinauskam, lag vor allem an seiner jüdischen Herkunft. Obwohl ihm wohlgesonnene einflussreiche Kollegen die Konversion empfahlen, wollte Meyer der Karriere seinen jüdischen Glauben nicht opfern. Er starb bereits 1914.

Meyer war durch Hofmannsthals Besprechung von Georges Gedichten auf den neuen Ton in der Dichtung aufmerksam geworden.[156] Er nahm mit Hofmannsthal im Januar 1897 Kontakt auf, um an Georges Bücher zu kommen und wurde von diesem an den Autor selbst verwiesen. Bereits am 17. Februar hielt Meyer vor der ‚Gesellschaft für deutsche Literatur' seinen Vortrag *Ein neuer Dichterkreis*, der in der Tagespresse besprochen und nur wenige Wochen später in den altliberalen *Preußischen Jahrbüchern* gedruckt wurde. Meyer beginnt sein „litterarhistorisches Referat"[157] mit der Definition der neuen Dichtung Georges und Hofmannsthals als „einer Gegenbewegung", die ausländische Vorbilder wie Baudelaire und Swinburne und deutsche wie Novalis, Platen und Jean Paul habe. Ihren neuen Schönheitssinn stellt er in den Kontext der englischen *Arts and Crafts*-Bewegung. Von den übrigen Mitgliedern des neuen Dichterkreises hebt er Paul Gérardy, Richard Perls und Karl Wolfskehl namentlich hervor.

George war von Meyers Artikel überrascht und entzückt. Am 2. Mai schrieb er an Albert Verwey: „Hier als neuigkeit dass die alten gelehrten und hochernsten ‚Preuss. Jahrbücher' von ‚gelehrter' Feder einen warmen ja begeisterten aufsatz über ‚Den neuen Dichterkreis' gebracht haben ... eine ganz neue entwickelung!" (G/V 39) Im Oktober besuchte George dann zusammen mit dem Ehepaar Lepsius und Karl Wolfskehl, der 1889/90 ein Semester bei Meyer in Berlin studiert hatte, erstmals das Haus in der Voßstraße. Noch 1931 in Minusio machte George sich über die Einrichtung und Tischdekoration lustig und erzählte „von seinem apfelgrünen mit Blümchen bemalten Klavier, von der Eisbombe in Form eines Spargelbunds und den Dessertlöffeln in Form von gepressten Rosen, Nelken und Veilchen, von denen Frau Lepsius ‚dem Dichter' ein ganzes Bukett ins Knopfloch steckte." (CS 56) In den folgenden

Jahren traf man sich gelegentlich in einem der Berliner Salons. Zwar brach der persönliche Kontakt mit Meyer bald nach der Jahrhundertwende wieder ab, aber George übergab noch 1903 Maximilian Kronberger Meyers Literaturgeschichte als Informationsquelle über seine eigenen ästhetischen Vorstellungen, und Meyer führte in seiner *Weltliteratur im 20. Jahrhundert* Georges Person und Werk als „ein bewundernswertes Zeugnis für den Ernst und die Höhe unserer deutschen zeitgenössischen Dichtung" an.[158]

Meyers Vortrag hatte indes noch eine Wirkung, die für Georges weiteres Schaffen von entscheidender Bedeutung sein sollte. Unter den Zuhörern Meyers saß nämlich auch der 1865 geborene Georg Bondi, der 1895 in seiner Heimatstadt Dresden einen Verlag gegründet hatte, aber im Jahr darauf nach Berlin umzog. Bondi stammte aus einer vermögenden jüdischen Bankiersfamilie. Er hatte nach dem Abitur in München, Berlin und Leipzig Germanistik und Philosophie studiert und war 1891 in Leipzig mit einer literaturgeschichtlichen Studie promoviert worden. Sein Verlag, der in Berlin ab 1898 in der Eichhornstraße 6, ab 1901 in der Kleiststraße 8 in unmittelbarer Nachbarschaft der Atelierwohnung von Melchior Lechter residierte, hatte in der Frühphase eine eher naturalistische Ausrichtung. Seine ersten Autoren waren Max Halbe, Josef Ruederer, Otto Erich Hartleben und August Strindberg, bald folgte Wilhelm Bölsche. 1898 erschien die Dissertation des später berühmten Theaterkritikers und Journalisten Alfred Kerr über Clemens Brentano als dessen erste Publikation bei Bondi, 1899 die Monographien des Kunsthistorikers Cornelius Gurlitt über ‚Die deutsche Kunst des 19. Jahrhunderts' und des Kulturhistorikers Theobald Ziegler über ‚Die geistigen und sozialen Strömungen des 19. Jahrhunderts'. Bondi war von Meyers Ausführungen über George fasziniert und beschloss sofort, sich um die weitere Verbreitung von dessen nur in Privatdrucken existierenden Werken zu bemühen. Er nutzte seine Bekanntschaft mit dem jungen Schriftsteller Ernst Hardt, der im November 1897 zu den Geladenen bei Georges Lesung im Salon Lepsius gehört und im selben Monat Gedichte in der vierten Folge der *Blätter* veröffentlicht hatte, um Einblick in die Privatdrucke zu nehmen. Bondi war von Georges Dichtung hingerissen und versuchte, mit ihm in Kontakt zu treten. Hardt verwies ihn an Klein und dieser informierte George über Bondis Interesse. Zu Bondis Bedauern erfolgte zunächst keine Reaktion. Im April 1898 brach er zu einer Reise nach Rom auf, um das Atelier von Ludwig von Hofmann zu besuchen. Zu seinem Erstaunen traf er dort auf Stefan George, der durch von Hofmann über Bondis Rom-Reise informiert war. George, schreibt Bondi in seinen Erinnerungen, „empfing mich so liebenswürdig, dass ich meinen Ohren nicht traute. [...] Er schlug mir sogleich vor, uns am Nachmittag in dem damals sehr beliebten Café Aragno zu treffen. Dort sagte er mir, dass er mit der Veröffentlichung seiner Dichtungen einverstanden sei; im September komme er nach Berlin und werde mich dort besuchen." (GB 8) George und Bondi verabredeten sich noch mehrfach im Café Aragno und vereinbarten die öffentlichen Ausgaben von drei Gedichtbänden. Einer enthielt mit *Hymnen Pilgerfahrten Algabal* Georges erste schmale Bände, die anderen waren die *Bücher* und *Das Jahr der Seele*. Alle drei Bände erschienen gleichzeitig im November 1898, George fügte jeweils kurze Vorreden und die Widmungen hinzu. Die drei frühen Dichtungen widmete er Klein, Hofmannsthal und Saint-Paul, die *Bücher* Gérardy, Lieder und Wolfskehl, das *Jahr der Seele* seiner Schwester. Im selben Monat folgte noch ein Auslese-Band mit Texten aus den bis dahin erschienenen *Blättern für die Kunst*. Als George im September mit Bondi in Berlin verhandelte, wäre die Zusammenarbeit beinahe noch gescheitert. George bestand darauf, seine Publikationen und die folgenden aus seinem Dichterkreis durch den Zusatz ‚Blätter für die Kunst' deutlich von Bondis übrigen Verlagstiteln, die ihm ja meistenteils eher fernstanden, abzugrenzen. Da Bondi seinen handelsgerichtlich eingetragenen Verlagsnamen nicht ändern wollte, fand man schließlich den Ausweg, dass Melchior Lechter eine spezielle Verlagsvignette schaffen sollte, die den Namen ‚Blätter für die Kunst' enthielt. George schrieb am 16. September sofort an Lechter und fügte seinem Brief bereits genaue Angaben über Größe, Schriftzug und Charakter der Vignette bei (vgl. L/G 49f.). Da Lechter spontan zu einer Reise nach Florenz aufgebrochen war und erst Mitte Oktober wieder in Berlin eintraf, saß George wochenlang auf heißen Kohlen, ob es mit der geplanten Herausgabe seiner Werke im November noch klappen würde. Lechter erledigte den Auftrag aber rasch. Seine sogenannte ‚Blättermarke' zierte fortan sämtliche Bondi-Verlagstitel aus dem George-Kreis. (Abb. 14)

Der Zuschlag für Georg Bondi war nicht selbstverständlich. Abgesehen von dem Interesse des eher dubiosen Verlags ‚Kreisende Ringe', mit dem Wolfskehl noch in Kontakt stand, hatte Melchior Lechter den ebenfalls noch ganz jungen Verlag Eugen Diederichs ins Spiel gebracht. Er war 1896 als ‚Verlag für moderne Bestrebungen in Literatur, Naturwissenschaft, Sozialwissenschaft und Theosophie' gegründet worden und hatte seinen Sitz in Leipzig. Von seinem Profil her stand er Georges Geschmack sicher etwas näher als Bondi. So war bei Diederichs als einer der ersten Titel ein Gedichtband von Emil Rudolf Weiß veröffentlicht worden, der 1896 – wenn auch nur dies eine Mal – mit einigen Gedichten in den *Blättern* vertreten war. Diederichs verlegte auch den *Arts and Crafts*-Theoretiker John Ruskin und setzte einen Schwerpunkt auf die klassisch-romantische Literaturepoche, etwa Novalis und Hölderlin. 1898 erschien bei Diederichs auch die Essaysammlung *Der Schatz der Armen* von Maurice Maeterlinck mit dem Buchschmuck von Melchior Lechter. Im April, während George mit Bondi im Café Aragno saß, schickte Lechter einen Brief nach Rom, in dem er George darüber informierte, dass er den Besuch von Eugen Diederichs erwarte und versuchen wolle, „ihn, nach allen Regeln der Kunst, auf die Bedeutung Ihres Werkes vorzubereiten: in Ihrem Sinne!" (L/G 35) George unterrichtete Lechter nach seiner Rückkehr nach Bingen im Mai, dass er Bondi getroffen habe, und bat ihn, in Berlin den Kontakt fortzusetzen.

Bondi, der sich bereits bei der Übernahme der Werke von Max Halbe aus dem S. Fischer-Verlag als sehr großzügig erwiesen hatte,[159] erfüllte Georges Wünsche und schloss mit ihm einen Verlagsvertrag. Zwischen Autor und Verleger entwickelte sich ein freundschaftliches Verhältnis. Am 22. Oktober 1902 veranstaltete George in der Villa Bondis in der Herbertstraße 15 in Berlin-Grunewald eine Lesung von Gedichten, die später in den *Siebenten Ring* eingingen. Es dürfte die mit etwa achtzig Zuhörern am stärksten besuchte Lesung Georges überhaupt gewesen sein. Dabei war es ein Zeichen großen Vertrauens, dass George Bondi gestattet hatte, die ihm Nächststehenden einzuladen. Nur legte George darauf Wert, seine engsten Freunde direkt vor sich zu haben. So sagte er zu Bondi: „Sie müssen dafür sorgen, dass der Karl (das war Wolfskehl) gleich vor mir sitzt, sonst kann ich nicht lesen." (GB 10 f.) Bondi hielt seine Eindrücke von dieser Lesung in seinen Erinnerungen fest: „Der Abend war höchst eindrucksvoll und ungemein feierlich; kein elektrisches Licht brannte, nur Wachskerzen leuchteten. Die Art, wie George las, stand in vollem Gegensatz zu aller Theatralik: etwas psalmodierend in gleich stark bleibendem Ton, ohne die Stimme zu heben oder zu senken. Es ging auch beim Lesen eine zauberhafte Wirkung von ihm aus, wie immer." (GB 10) George kam sehr gerne in Bondis Villa und brachte auch jüngere Freunde mit, die teilweise – wie etwa Ernst Morwitz – von dem privaten Tennisplatz Gebrauch machten. Von 1915 an wohnte George zehn Jahre lang während seiner alljährlichen Berlin-Aufenthalte, die meistens von September bis Dezember dauerten, bei Bondi im Grunewald. Sein spartanisch eingerichtetes Fremdenzimmer war über einen separaten Eingang erreichbar. Dabei fügte sich George vollkommen in den Ablauf des Alltags ein und machte sich – wie schon im Hause Lepsius – durch seinen praktischen Sinn nützlich.

> Er schätzte die Ordnung des Haushalts; in den vielen Jahren kam es kaum jemals vor, dass er unpünktlich zu einer Mahlzeit erschien. [...] Einmal hatten wir mit den Vorhängen des Esszimmers unsere Not. An dem Fenster der Westsei-

> te war der rechte Vorhang von der Sonne vollkommen gebleicht. Wir wussten keinen Rat. George fand ihn sofort: ‚Tauschen Sie den rechten mit dem linken Vorhang.' Das war eine wunderbare Lösung, denn tatsächlich war die gebleichte Stelle links verdeckt und unsichtbar. [...] Auch für Kochen interessierte er sich. Er hatte die feinste Zunge und merkte sofort, wenn die Köchin auch nur den geringsten Fehler gemacht hatte. Als wir einmal einige Wochen ohne Köchin waren und meine Frau selbst kochte, erbot sich George in vollem Ernst, mit ihr abwechselnd zu kochen. Er konnte tatsächlich kochen und hatte es früher manchmal für sich selbst getan. Als Weinkenner war George ohnegleichen [...]. Einmal hatte ich eine Probe, die er ungemein lobte. Auf der Etikette stand unter dem Namen des Weins: ‚Crescenz S. Fischer'. Ich fragte George, ob das wohl der bekannte Verleger sei. Er antwortete: ‚Wenn er es ist, dann ist das sein bestes Erzeugnis.' (GB 14)

Einmal hatte George bei Bondi eine unverhoffte Begegnung mit einem Autor von S. Fischer, den er überhaupt nicht mochte. George hatte selbst dafür gesorgt, dass das Nietzsche-Buch des Literaturhistorikers Ernst Bertram, das er mit diesem Satz für Satz durchgesprochen hatte, 1918 bei Bondi erscheinen konnte. Zum Verdruss Georges war Bertram gleichzeitig mit Thomas Mann befreundet und hielt diese Beziehung auch aufrecht. Daher kannten sich auch Thomas Mann und Georg Bondi. Als Mann Bondi im November 1924 aufsuchte, kreuzte sich sein Weg mit dem Georges. Mann schrieb sogleich einen Brief an Bertram, worin es heißt: „Bei Bondi, an der Hausthür, unheimliche Begegnung mit IHM."[160] Bondi erlebte noch den posthumen Abschluss der *Gesamt-Ausgabe* von Georges Werken 1934, im Jahr darauf starb auch er.

Zurück zu den öffentlich beachteten Artikeln über George in den letzten Jahren des 19. Jahrhunderts. Der auf Meyers ‚Dichterkreis'-Publikation zeitlich folgende Artikel vom Februar 1898 stammte von Georg Simmel. Ihn darf man mit Fug und Recht eine der führenden intellektuellen Figuren der Jahrhundertwende nennen. Simmel ist der bedeutendste deutsche Vertreter der sogenannten Lebensphilosophie. Außer seinen im engeren Sinne philosophischen Schriften ist er Verfasser einer *Soziologie* (1908) und gehört damit zu den Gründungsvätern dieser Wissenschaft. Des Weiteren hat er eine Fülle von Beiträgen zur Kunstphilosophie geliefert, Monographien über *Goethe* (1913) und *Rembrandt* (1916) geschrieben sowie zahlreiche Essays über Fragen des modernen Großstadtlebens, z. B. über Mode, weibliche Kultur und Koketterie. Wegen der philosophischen Reflexionen über solche unakademischen Phänomene und nicht zuletzt wegen seiner jüdischen Abstammung war Simmel an der Berliner Universität ein Außenseiter. Erst 1914 wurde er in Straßburg Professor, wovon er allerdings wegen des Ausbruchs des Ersten Weltkriegs nicht mehr viel hatte.

Mit Georg Simmel war Stefan George im Oktober 1897 fast gleichzeitig mit Meyer in persönlichen Kontakt getreten, bevor beide Ehepaare bei seiner ersten Lesung im Hause Lepsius anwesend gewesen waren. In den folgenden Jahren war George bei Georg Simmel und seiner Frau Gertrud häufig zu Besuch, da Simmels Wohnung eines der geistigen Zentren Berlins darstellte. Simmels erster Essay über George trug den Untertitel *Eine kunstphilosophische Betrachtung* und erschien in der Zeitschrift *Die Zukunft*. Simmel unterscheidet darin zwischen dem ‚Bild' unseres Seins, das das Bewusstsein entwirft, und dem ‚Gefühl' unseres Seins, in dem sich die Seele äußert. Die seelische Gefühlszone unterteilt Simmel noch einmal. In der oberen Sphäre siedelt er subjektive Gefühlsbewegungen an, aber in der „tiefsten Schicht des Ich fühlen wir gewisse Gefühle so, als ob nicht *wir* sie fühlen, sondern als wäre das Ich nur das Sprachrohr einer viel breiteren Macht und Nothwendigkeit."[161] Für Simmel ruht auf dieser tiefsten Schicht „alle Kunst höheren Sinnes". Er konstatiert, dass „erst in der Lyrik Stefan Georges diese Fundamentierung auf das Über-Subjektive des Gefühls, dieses Sich-Zurückhalten von seinem unmittelbaren Anstürmen, zum unzweideutigen Prinzip der Kunst geworden" sei.[162] Simmel fasst diese Beobachtung in der These zusammen: „Es scheint mir, als sei hier zum ersten Male die Lyrik ihrem Fundament nach in das Stadium des *l'art pour l'art* getreten."[163] Georges Dichtung, so Simmel, würde den „Anspruch, die subjektiven Leiden und Unzulänglichkeiten des Lebens zu versöhnen, so zurückweisen wie ein edler Wein den Anspruch, den Durst zu löschen."[164] Simmel unterstreicht damit den Kernsatz der symbolistischen Ästhetik, eine Sphäre zu etablieren, in der die Sprache keinen außerkünstlerischen Zwecken dienstbar ist. In der Lyrik Georges sieht er diese Absicht dadurch verwirklicht, dass „ihr Inhalt durchaus in keiner anderen Form als in der poetischen gesagt werden kann."[165] Der Zufall führte Simmel mit George zwei Monate nach Erscheinen dieses tiefsinnigen kunstphilosophischen Essays in Rom zusammen. Simmel nutzte die Begegnung dazu, George seine Interpretation, die ja den Prozess der sprachlichen Objektivierung herausarbeitete, ausführlich vorzutragen, worauf George lachend bloß erwidert habe, „es gäbe keine Zeile seiner Gedichte, die nicht ganz erlebt sei." (BG 160) Sollte die Formulierung wortgetreu sein, so dürfte sie aus der Situation heraus dazu gedient haben, Simmels Pointe zu konterkarieren. Natürlich ist die hier aufgerufene Vorstellung einer ‚Erlebnislyrik' für Georges Dichtung völlig unzutreffend, selbst wenn in vielen Fällen Erlebtes den Ausgangspunkt für einen poetischen Prozess gebildet hat.

Simmel hat drei Jahre später noch einen Essay über Georges inzwischen öffentlich erschienene Gedichtbände *Das Jahr der Seele* und *Der Teppich des Lebens* folgen lassen. Er wurde im Februar 1901 in der *Neuen Deutschen Rundschau* publiziert.[166] George diente Simmel als Exempel für das, was er als das ‚individuelle Lebensgesetz' bezeichnete. Damit beschrieb er eine Existenzform, die allein einer inneren Gesetzlichkeit ohne jede Rücksicht auf Tradition und Konvention folgte. Als Zeugnis für ihre enge persönliche Verbundenheit versah Simmel 1905 die zweite Auflage seiner *Probleme der Geschichtsphilosophie* mit der Widmung ‚Stefan George, dem Dichter und Freunde'. Zuletzt hat sich Simmel 1909 öffentlich über George in einer Rezension über den *Siebenten Ring* geäußert, wo der Solipsismus der Seele „*monumentale* Gestalt" gewinne."[167] Doch wie in anderen Beziehungen führte Georges darin entfalteter Maximin-Kult zu einer Distanzierung. Simmels Art zu philosophieren und Problemstellungen in endlosen Relativierungen aufzulösen, zog im Rückblick auch Kritik und Spott auf sich. Karl Wolfskehl parodierte seine Methode, Dinge bis ins letzte aufzudröseln und vor lauter Relationen niemals zu einem klaren Urteil zu kommen, mit dem Bonmot: ‚Man nehme ein Haar und spalte es – nicht.'

Ins Jahr 1898 fällt auch noch die ‚Psychologische Studie' von Lou Andreas-Salomé mit dem Titel *Grundformen der Kunst*, die in der führenden Jugendstil-Zeitschrift *Pan* erschien. Lou Andreas-Salomé war eine Freundin und Vertraute von Nietzsche gewesen, über den sie 1894 das vielbeachtete Buch *Friedrich Nietzsche in seinen Werken* verfasst hatte. Als sie im Salon Lepsius verkehrte, war sie mit Rainer Maria Rilke zusammen. Später trat sie in Beziehungen zum Wiener Kreis der Psychoanalytiker um Sigmund Freud, in dessen Zeitschrift *Imago* sie wissenschaftliche Aufsätze veröffentlichte. Außerdem schrieb sie Romane und Erzählungen. In ihrem Essay ging sie auf die Lesung Georges am 14. November 1897 ein und meinte, erst die Vereinigung der künstlerischen Form mit der Persönlichkeit mache „das eigentliche, wahre Kunstwerk aus."[168] Mit Blick auf diese persönliche Komponente schreibt Andreas-Salomé weiter: „Und dennoch bleibt die Wirkung eine rein künstlerische, nicht unkünstlerisch durch persönliche Mittel ergänzte, weil diese Persönlichkeit an sich gleichsam noch einmal ihr Kunstwerk wiederholt, noch einmal in ihrer ganzen menschlichen Außenform gleichsam stilisiert symbolisch anmutet, als sei sie ihrerseits aus ihren eigenen Gedichten herausgesprungen und deren Geschöpf nicht minder wie deren Schöpfer."[169] Abschließend nennt sie George einen „Kulturträger im formellen Sinn".[170]

Zuletzt sei ein kurzer Blick auf den zu Beginn des Jahres 1900 erschienenen zweiteiligen Aufsatz von Kurt Breysig geworfen, der seit 1896 Professor an der Berliner Universität war. Trotz der für seine Generation typischen positivistischen Fundierung seines Denkens beweist Breysig in seinem Artikel durchaus ein Sensorium für die jüngsten Tendenzen in der Literatur. Entsprechend seiner universellen Perspektive ordnete Breysig die Erscheinung Georges in einen größeren Zusammenhang ein. Er ging von der prinzipiellen Zweiteilung der Kunst in ‚Stoffkunst' und ‚Formkunst' aus und definierte sie folgendermaßen: „Alle Stoffkunst ist Erinnerungskunst: sie will erzählen, beschreiben, berichten, reproduzieren; alle Formkunst aber ist Phantasiekunst."[171] In der deutschen Kunst der Gegenwart habe in der Malerei Arnold Böcklin und in der Literatur Nietzsches Lyrik eine Renaissance der Formkunst bewirkt. Nun sei aber mit Stefan George ein systematischer Erneuerer der sprachlichen Formkunst auf den Plan getreten. Breysig ist der erste, der die konstitutive Bedeutung des zyklischen Charakters von Georges Gedichtbänden erkennt und darin geradezu „eine neue Kunstgattung" sieht.[172] Sehr treffend charakterisiert er den Tonfall der Georgeschen Lyrik als „kultähnliches Responsorium"[173] und weist damit auf ihre Verwandtschaft mit dem religiös-liturgischen Sprachduktus hin. Sein zusammenfassendes Urteil nimmt interessanterweise bereits den Begriff vorweg, den Simmel in seiner Besprechung von 1909 benutzt. Breysig schreibt: „Unendlich viel von der Wirkung von Georges Sprache ist auf ihre monumentale Einfachheit und Klarheit zurückzuführen."[174]

Überblickt man diese frühen Rezeptionszeugnisse, ist es erstaunlich, dass drei so unterschiedliche Geister wie Richard M. Meyer, Georg Simmel und Kurt Breysig, die alle an der Berliner Universität wirkten und verschiedenen Disziplinen angehörten, sich fast gleichzeitig Georges Dichtung zuwandten und eine beachtliche Sensibilität für die neueste lyrische Strömung an den Tag legten. Durch diese öffentlichen Würdigungen Georges, durch den gleichzeitigen Auftritt mit drei Gedichtbänden in einem ambitionierten Berliner Verlag und durch seine enge Vernetzung mit der intellektuellen Berliner Salonkultur der Jahrhundertwende war der Aktionsraum für George geschaffen. Berlin war erobert.

Berlin-Impressionen

Dabei hatte George zu Berlin ein ausgesprochen gebrochenes Verhältnis. Er erkannte die Unverzichtbarkeit einer Präsenz in Berlin, weil es – neben Wien – die kulturelle Hauptstadt der deutschsprachigen Literatur war. Hier zu reüssieren und sich zu zeigen, war auch für denjenigen nötig, der – wie Ida Coblenz überliefert – die Berliner Literatur ‚hasste'. (G/C 79) Schon Stahl hatte er Anfang 1890 geraten, nicht in München, sondern in Berlin zu studieren. Allerdings blieb ihm die Stadt immer fremd. Sehr schön tritt Georges wesensmäßige Fremdheit gegenüber Berlin in einer Anekdote hervor, die der Komponist Clemens von Franckenstein überliefert. Er studierte in Frankfurt am Main Kompositionslehre und hatte auf Empfehlung seines Freundes Hugo von Hofmannsthal von dort aus Ende 1896 mit George Kontakt aufgenommen. Bereits im Jahr zuvor hatte er Georges Gedicht *Das lied des zwergen I* vertont. George traf ihn in den folgenden Jahren gelegentlich und verdankte ihm die Bekanntschaft mit dem jungen englischen Komponisten Cyril Scott. *Der Teppich des Lebens* enthält das Franckenstein gewidmete Gedicht *Winterwende*, mit dem George ihn „an die meist winterlichen abende in jenem frankfurt voll ab- durch- und rückreisen nebelig erinnern" möchte.[175] Von einem dieser Frankfurter Treffen berichtete später Franckenstein das Folgende: „Als Stefan George einmal bei mir in Frankfurt zu Besuch war, zog er einen Brief hervor und bat mich um eine 20 Pfennig-Marke (das damalige Auslandporto). Ich sah, dass der Brief nach Berlin adressiert war und sagte dass 10 Pfennige genügen würden, 20 Pfennige kämen auf Auslandsbriefe. Ich erhielt zur Antwort: Für mich ist Berlin Ausland."[176] Nur wenig später nannte George Berlin in einem Brief an Lechter einen „Kerker meist schrecklicher Zellen und Insassen" (L/G 65).

Berlin war George als Metropole der Moderne zutiefst zuwider. Berlin war für ihn und seine Freunde die Stadt der Pöbel-Herrschaft, der Sittenlosigkeit, der Banausie. Recht krass nannte er sie die Stadt der Huren, Händler und Juden, worin sich die Ablehnung von Phänomenen der modernen Großstadt mit ihrer Straßenprostitution, der Kommerzialisierung aller Lebensbereiche und ihrer sensationsgierigen, hektischen Presselandschaft ausdrückte. Mit dem Bordellwesen Berlins hatte George einmal eine ungeplante Begegnung, die allerdings mehr amüsant als konfrontativ verlief. Georg Fuchs kolportiert dazu diese Geschichte:

> Lechter, George und ich gingen Ende der neunziger Jahre einmal, von einem Besuche heimkehrend und nach damaligem Brauch mit langen schwarzen Gehröcken bekleidet und Zylinderhüte auf den Köpfen, an einem schwülen Vorsommertag durch die Berliner Friedrichstraße. Da plötzlich, als wir gerade an einem berüchtigten Halbweltlokal vorüberschritten, überraschte uns ein Wolkenbruch. Es gab keine Rettung vor den Naturgewalten, als kurzentschlossen in das Kokottencafé zu flüchten, das um diese Tageszeit nur vereinzelte Besucher hatte. Wir ließen uns an einem der kleinen Marmortische in Fensternähe nieder und bestellten ‚anstandshalber' Benediktinerschnäpse. Und als die-

se getrunken waren und das Unwetter immer noch nicht nachließ, bestellten wir noch eine Runde, und dann noch eine, denn es goss und goss, dass wir schlechterdings nicht vor die Türe treten konnten. Wir erzählten uns gegenseitig Berliner Kalauer, und es entwickelte sich unter vielem Gelächter bald eine so aufgeräumte Stimmung, dass die geschminkten und fesch herausgeputzten Mädchen, die sich inzwischen an einem Nebentisch niedergelassen hatten, ihr Gelächter und ihre Witzworte bald in die unseren mischten und wir uns abermals ‚anstandshalber' genötigt fanden, auch ihnen ein Tablett mit Likören servieren zu lassen; und dann noch eins; und noch eins, denn es goss immerzu.

Schließlich getraute sich eine von den Schönen, leicht beschwipst, an unseren Tisch zu treten, uns der Reihe nach durch ein vergoldetes Lorgnon zu mustern und endlich – ich schied als völlig unsensationell von vornherein aus – zu George und Lechter gewandt zu fragen: ‚Nanu, Kinners, wat seid ihr denn für welche?' – Die beiden so ganz aus dem Rahmen des gewöhnlichen Friedrichstraßenpublikums herausfallenden Köpfe hatten es ihr angetan. Sie ließ ihre bewaffneten Blicke von dem Dantekopf Georges zu dem altmeisterlichen Haupte Melchior Lechters und von diesem wieder zu jenem wandern, um endlich, das Glas von den Augen nehmend, zu ihren Freundinnen hinüberzurufen: ‚Nu hab ick's raus! Die beeden da sind katholische Pfarrers!' – Kreischendes Lachen an dem ‚Damentisch' war die unmittelbare Folge dieser alarmierenden Kundgebung, und sofort rief auch schon eine herüber: ‚Denn sollen se uns ooch jleich Beichte hören!' – ‚Nee, lass man, Trude!' rief eine andere: ‚Ma wollen denen ihr Schamjefiehl nich jefährden!' – George wollte sich ausschütten vor Lachen, und als wir dann in der Abenddämmerung, nach dem sich das Unwetter ausgetobt hatte, auf die noch immer fast menschenleere Friedrichstraße hinausgetreten waren, meinte er: so viel Spaß habe ihm lange kein Abenteuer gemacht; darauf müssten wir unbedingt noch eine gute Flasche heimischen Rheingauer Weines trinken, was auch geschah.[177]

Im Übrigen war George nicht ohne Empathie für die gefallenen Mädchen. Jedenfalls las er das seinerzeit Aufsehen erregende *Tagebuch einer Verlorenen*, das später auch verfilmt wurde, nicht ohne Anteilnahme. So unfreiwillig George hier in die Niederungen der Gesellschaft eintauchte, so gab es etwa um dieselbe Zeit auch eine Situation, in der er ganz gezielt nach einer profanen Kneipe als Zuflucht verlangte. Am 19. April 1899 versammelte sich in der Münchner Wohnung des Archäologen Alfred Schuler und seiner Mutter Katharina eine illustre Runde zu einem abendlichen Gastmahl, das Schuler als ‚römisches Fest' angekündigt hatte. Seine Gäste waren Stefan George, Ludwig Klages, Hanna und Karl Wolfskehl. Eine längliche Tafel war mit Speisen angerichtet, das Licht kam, so der Augenzeuge Klages, „von Kerzen und einem römischen Dreidochter; vor diesem auf metallenem Sockel eine Nachbildung des ‚Adoranten', dahinter Lorbeer und andres Grün; um jeden Teller ein Kranz leuchtender Blüten; Weihrauchduft."[178] Vor dieser Kulisse begann nun Schuler seine ‚Cosmogonischen Fragmente' zu rezitieren, „mächtig schon einsetzend und zu immer mächtigerem Pathos fortgerissen. Es bildet sich, so möchte man meinen, ein magisches Feld. [...] Keiner vernimmt noch genau, was Schuler kündet; doch aus dem Dröhnen seiner Stimme wächst ein Vulkan, der glühende Lava schleudert, und aus der Lavaglut steigen purpurne Bilder, besinnungraubend, entrückend."[179] Die Spannung stieg ins Unerträgliche. Klages überliefert, dass George „in wachsende, schließlich kaum noch beherrschte Erregung" geraten sei und sich immer fahler werdend hinter seinen Stuhl gestellt habe. Nach dieser ‚Performance' von Schuler habe er zu ihm auf der Straße gesagt: „Das ist Wahnsinn! Ich ertrage es nicht! Was haben Sie getan, mich dorthin zu locken! Das ist Wahnsinn! Führen Sie mich fort; führen Sie mich in ein Wirtshaus, wo biedere Bürger, wo ganz gewöhnliche Menschen Zigarren rauchen und Bier trinken! Ich ertrage es nicht!"[180]

Die Szene führt uns mitten hinein in die Titanenkämpfe der Kosmischen Runde, die sich um die Jahrhundertwende in München abspielten, genauer in Wahnmoching, vulgo Schwabing. Mit der Etablierung in Berlin verlief Georges Etablierung in München weitgehend parallel. So wie George seit 1895 die letzten drei Monate des Jahres mehr oder weniger durchgehend in Berlin verbrachte, so seit 1901 die ersten drei zu größeren Teilen regelmäßig in München. Doch schon seit 1891 gehörte München, wie wir gesehen haben, zu den Orten, an denen er gezielt und zufällig immer wieder auf ‚Dichterfang' gegangen war.

II

DAS SCHÖNE LEBEN

München und das Schwabinger Milieu

‚München leuchtete!' war die Formel, die Thomas Mann 1902 in seiner Novelle *Gladius Dei* für die Kunststadt München prägte und die sich später zur Kennzeichnung dieser geistig und kulturell ungeheuer vitalen, turbulenten, abgefahrenen, inspirierenden, brisanten, innovativen und explosiven Phase der Jahrzehnte vor und nach der Jahrhundertwende einbürgerte. Dabei konzentrierte sich dieser künstlerische und intellektuelle Schmelztiegel im Wesentlichen auf den Stadtteil Schwabing und die Maxvorstadt, deren östliche und nördliche Teile – wo sich etwa auch das Café Luitpold befand – häufig Schwabing zugeschlagen wurden. Schwabing, das ist um 1900 keine topographische Bezeichnung, sondern eine geistige Lebensform, eine spezifische ‚seelische Atmosphäre', wie der ortskundige Schriftsteller und Anarchist Erich Mühsam meinte. Im Schwabing-Kapitel seiner ‚unpolitischen Erinnerungen' *Namen und Menschen* heißt es: „Das sind die Gestalten, die den Stadtteil Schwabing zum Kulturbegriff Schwabing machten – Maler, Bildhauer, Dichter, Modelle, Nichtstuer, Philosophen, Religionsstifter, Umstürzler, Erneuerer, Sexualethiker, Psychoanalytiker, Musiker, Architekten, Kunstgewerblerinnen, entlaufene Höhere Töchter, ewige Studenten, Fleißige und Faule, Lebensgierige und Lebensmüde, Wildgelockte und adrett Gescheitelte –, die bei der denkbar größten Verschiedenheit voneinander (einer individuellen Verschiedenheit, die dem juste milieu ganz unbekannt ist) nur verbunden waren durch ihre gleich himmelweite Entfernung von eben diesem juste milieu, vereint waren in einer unsichtbaren Loge des Widerstands gegen die Autorität der herkömmlichen Sitten und des Willens, ihr individuelles Gehaben nicht unter die Norm zu beugen."[1]

Das München der Jahrhundertwende trug den Ehrentitel einer ‚Kunststadt'. Tatsächlich hatten sich hier künstlerische Gruppierungen und einzelne Künstler in seltener Dichte versammelt. München erwarb diese Bezeichnung zunächst wegen seiner Bedeutung als Zentrum der Bildenden Kunst im 19. Jahrhundert. Dort lebten und arbeiteten etwa Moritz von Schwind, Adolf Friedrich Graf von Schack, Arnold Böcklin, Franz von Lenbach, Adolf von Hildebrand, Lovis Corinth und Franz von Stuck. In der heute noch existierenden Schackgalerie ist diese Blüte der Malerei in München dokumentiert. Um die Jahrhundertwende war München ein Geburtsort der künstlerischen Avantgarde durch das Wirken von Wassily Kandinsky, Alfred Kubin und Paul Klee. Die literarische Bedeutung Münchens lag in der Autorengeneration von Ludwig Ganghofer, Ernst von Wolzogen, Josef Ruederer und Eduard von Keyserling, welch letzterer auch parodistische Dramen für das

1901 gegründete Kabarett ‚Die elf Scharfrichter' lieferte. An ihm war auch der Schauspieler und Dramatiker Frank Wedekind beteiligt. Daneben existierte seit 1896 die satirische Zeitschrift *Simplicissimus*, an der der Zeichner und Karikaturist Thomas Theodor Heine, der auch das Titelblatt für die *Blätter für die Kunst* entworfen hatte, und der junge Thomas Mann als Redakteur mitwirkten. Das Element der kabarettistisch-satirischen Kleinkunst trat um die Jahrhundertwende weiterhin durch Joachim Ringelnatz und Karl Valentin hervor. Der satirischen Kunst bot der Kampf gegen das 1900 in Kraft getretene sogenannte Lex Heinze ein willkommenes Ziel, das in absurder Weise gegen die öffentliche Verletzung des sittlichen Empfindens gerichtet war und in seiner Konsequenz etwa die Verhüllung sämtlicher Geschlechtsmerkmale antiker Plastiken erfordert hätte.

Seit Beginn der achtziger Jahre war München eine Hochburg des Naturalismus mit Karl Bleibtreu und Michael Georg Conrad, der seit 1885 die Zeitschrift *Die Gesellschaft* herausgab. Anfangs stand den Naturalisten noch Max Halbe nahe, wandte sich Ende des Jahrhunderts aber in seiner Zeit als Autor des Bondi-Verlags stärker der Neoromantik zu. Diese wurde in München durch die Autoren Ricarda Huch, Friedrich Huch, den gelegentlich anwesenden Rainer Maria Rilke, Theodor Lessing, Max Dauthendey und Hans Carossa repräsentiert. In dieses Umfeld gehört auch die 1899 von Alfred Walter Heymel, Rudolf Alexander Schröder und Otto Julius Bierbaum gegründete Zeitschrift *Die Insel*. Diese junge Autorengeneration sammelte sich in dem zum Künstlerviertel gewordenen Schwabing. Hier bildete sich nicht nur das räumliche Zentrum der modernen Literatur, sondern zugleich eine eigene Lebensform, die oft bohemehafte Züge trug. Die Königin von Schwabing war Franziska Gräfin zu Reventlow, die der Schwabinger Atmosphäre der Jahrhundertwende mit ihrem Schlüsselroman *Herrn Dames Aufzeichnungen oder Begebenheiten aus einem merkwürdigen Stadtteil* von 1913 ein literarisches Denkmal gesetzt hat. Zu ihrem Dunstkreis gehörten auch der ephemere *Blätter*-Autor Oscar A. H. Schmitz und Franz Hessel. Eine Zeitlang hatte sie auch ein Verhältnis mit Ludwig Klages. In engem Kontakt mit Klages standen wiederum Alfred Schuler, Ludwig Derleth und Karl Wolfskehl. Diese vier sind gemeint, wenn von den Kosmikern die Rede ist. (Abb. 15) Zu jedem von ihnen unterhielt Stefan George intensive Beziehungen.

Als einzelne Persönlichkeiten, die mit ihrem Schaffen die Grenzen von Literatur und Malerei überschreiten, wären noch der Arzt, Alchimist und Dichter Alexander von Bernus, die Kritiker Josef Hofmiller und Franz Dülberg – Verfasser einer 1908 erschienenen George-Monographie –, der Nervenarzt und spiritistische Aktivist Albert von Schrenck-Notzing sowie der ehemalige Freud-Schüler Otto Gross, der für eine libertäre Sexualität, für antiautoritäre Erziehung und die Überwindung der Rollenzwänge in der patriarchalischen Gesellschaft plädierte, zu nennen. Zu guter letzt ließe sich noch darauf hinweisen, dass 1901 Wladimir Iljitsch Lenin in Schwabing untergetaucht lebte. Man sieht also, dass in München jede Form von Grenzüberschreitung „das intellektuelle Leitmotiv dieser Jahre" war.[2]

Bevor ich die Hauptakteure der Kosmischen Runde und ihre Ideen näher porträtiere, ist es geboten, die ganzen Schwabinger Experimente in den Kontext der Kulturkritik einzufügen. Damit bezeichnet man eine in der zweiten Hälfte des 19. Jahrhunderts entstandene geistige Strömung, die vor allem als Reaktion auf die Industrialisierung und Modernisierung der Gesellschaft zu sehen ist. Die zweite industrielle Revolution, die eine Technisierung der Alltagswelt mit sich brachte und in die Lebensführung jedes einzelnen eingriff, zerstörte die über Jahrhunderte gewachsenen, relativ stabilen Strukturen und veränderte den Lebenstakt der Städte. Dieser Umbau der Gesellschaft ersetzte soziale Stabilität durch soziale Dynamik. Man kann sagen, dass es seit dem letzten Drittel des 19. Jahrhunderts ein Zauberwort in allen gesellschaftlichen Diskursen der modernen westlichen Welt gibt: ‚Bewegung'. Bewegung und Moderne wurden geradezu identisch.

Die Kulturkritik in ihrer antimodernen Ausrichtung sah in diesen dynamischen Vorgängen im wesentlichen Verfallsprozesse, sie interpretierte Bewegung primär als Zerstörung einer stabilen Sozialstruktur, als Erschütterung der Lebensgesetze, als verunsichernden Traditionsbruch. Im deutschen Kontext sind die 1878 erschienenen *Deutschen Schriften* von Paul de Lagarde und das 1890 anonym veröffentlichte Buch *Rembrandt als Erzieher* von Julius Langbehn hervorzuheben. In diesen Schriften werden der Schwund des religiösen Glaubens, die Spaltung des Volks durch politische Parteien, der Niedergang der Moral und der Kulturverfall beklagt. Materieller Wohlstand wird als Quelle der Verweichlichung, die Idee von der Gleichheit der Menschen als trügerischer Mythos gedeutet. Während Lagarde in erster Linie den politischen Liberalismus für den Verfall verantwortlich machte, setzte Langbehn in seiner Kritik an der Ausbreitung eines falschen Ideals von Bildung an. Der Ballast einer rein historischen Bildung mache unschöpferisch und verzagt. Wir stoßen hier auf die Fundamentaloppositionen von Tod und Leben, Erstarrung und Bewegung, Wissen und Schöpferkraft, die die kulturkritischen Schriften in den größeren geistigen Zusammenhang der Lebensphilosophie rücken.

Lagarde und Langbehn ließen sich von der ökonomischen Prosperität des wilhelminischen Kaiserreichs nicht über die gleichzeitige geistige Krise hinwegtäuschen. Die berechtigte Klage über die utilitaristische Ausrichtung des

Wirtschaftslebens, über die Pedanterie der Bildungsphilister, über den Werteverlust verknüpften sie allerdings mit irrationalen Erlösungsfantasien. Lagarde erhoffte das Wiederaufleben einer nationalen Religion, Langbehn das Auftreten eines Mischtypus aus Künstler und Politiker. Er nährte den Glauben an das baldige Auftreten eines ‚geheimen Kaisers'. Beiden gemeinsam ist auch die Vorstellung von der geistigen Führerschaft. Das Modell von Führung und Gefolgschaft als notwendiges hierarchisches Verhältnis des gesellschaftlichen Zusammenlebens ist ein stehendes Motiv des kulturkritischen Diskurses. Es erscheint als Rückgriff auf eine vormoderne soziale Organisationsform.

In den Merksprüchen und Einleitungen der *Blätter für die Kunst*, als deren Verfasser George gilt, begegnen von Beginn an kulturkritische Motive. Dabei wird die Kulturkritik aus der Kritik an der Gegenwartsliteratur, wie George sie vorfindet, entwickelt. Die Vertreter des epigonalen Klassizismus werden als Beispiel für die schon von Goethe und Nietzsche geübte Kritik an „der abstoßenden behäbigen bravheit und diesem rest von barbarentum" (BfdK III, 2, 33), der für die deutsche Kultur typisch sei, angeführt. George kommt zu dem Schluss: „Die thatsache dass es bei uns kein künstlerisches und dichterisches ereignis geben kann beweist dass wir uns in einem bildungsstaat zweiter ordnung befinden." Wenn es in der Einleitung aus dem Oktober 1896 heißt, „dass durch die ausschließliche erziehung eines geschlechts zu wechselseitigem hartem kampfe ein wichtiges etwas verloren ging" (BfdK III, 5, 129), so klingt darin kaum verhüllt eine entschiedene Kritik an den Erziehungszielen des preußischen Militarismus an. Natürlich wurde diese Kritik als ‚Nestbeschmutzung' gesehen. In der Einleitung vom März 1896 hatten die *Blätter* sich schon gegen den Vorwurf verteidigt, die eigene künstlerische Orientierung sei ‚undeutsch'. Es heißt da: „Man hat uns vorgehalten unsere ganze kunstbewegung der ‚Blätter' sei zu südlich zu wenig deutsch. nun ist aber fast die hervorragendste und natürlichste aller deutschen stammeseigenschaften: in dem süden die vervollständigung zu suchen, in dem süden [...] zu dem wir dichter pilgern um zu der tiefe das licht zu finden." (BfdK III, 2, 35) George rückte hier die Ästhetik der *Blätter*-Dichter in eine geistesgeschichtliche Tradition, die von den Italienzügen der staufischen Kaiser über die humanistische Bildungsorientierung bis zu den obligatorischen Italienreisen der Künstler im Gefolge Goethes reicht. Ebenfalls 1896 schrieb George unter neuerlicher Bezugnahme auf Äußerungen von Goethe und Nietzsche: „wenn wir unserem volke mit der erlahmung des weiten und freien gedankens seine kunstlosigkeit und seine durch fremde einflüsse in bösen zeiten angenommenen schönheit-tötenden unsitten [...] manchmal nachdrücklich entgegenhielten so [...] thaten wir es [...] aus hoher liebe zu ihm und seiner angestammten guten art.“ (BfdK III, 5, 129 f.) Die Argumentation wird hier umgedreht. Das kritisierte kulturelle Defizit wird nun auf unspezifische ‚fremde einflüsse' zurückgeführt. Ohne dass der Name fällt, findet sich in einer Fußnote zu der zitierten Passage auch eine scharfe Distanzierung von der Sozialdemokratie, die die Idee des freien Gedankens „ausschließlich als fahnenschmuck“ verwende und bei der „alles was über höhere werte laut wird nicht nur gemeinplätzlich klingt sondern auch engherzig und über alle maßen bürgerlich.“

Die weltanschauliche Haltung der *Blätter* ist also durch eine Art Fundamentalopposition gegenüber den prägenden gesellschaftlichen Kräften der Zeit gekennzeichnet. Sie übte gleichzeitig Kritik an dem saturierten wilhelminischen Bürgertum, das einem epigonalen klassizistischen Geschmack anhing, am preußischen Militarismus mit dem kunstfeindlichen Kaiser an der Spitze als auch an der Sozialdemokratie. Der jungen Generation, die sich von Sozialdemokratie und Naturalismus angezogen fühlte, stellte George im August 1896 die rhetorische Frage: „Seid ihr noch nicht vom gedanken überfallen worden dass in diesen glatten und zarten seiten vielleicht mehr aufruhr enthalten ist als in all euren donnernden und zerstörenden kampfreden?“ (BfdK III, 4, 98) In einem solchen Satz manifestierte sich Georges Überzeugung, dass eine Kunst, die konsequent nur ihren eigenen Gesetzen folgt, die eigentlich revolutionäre Opposition zur bestehenden Gesellschaft bildet. In der Wiederentdeckung der Schönheit als oberstem Zweck der Kunst liegt ihre gesellschaftliche Sprengkraft.

Ein Sprengsatz ganz anderer Natur lag in der Voraussetzung für diese Erneuerung der Kunst, insofern sie an das Erscheinen eines ‚großen Schönheit-Finders' geknüpft wurde, „der mit dem was er fürs heute entdeckt auch alles frühere schöne erlöst.“ (BfdK IV, 1–2, 1) Es ist klar, dass George mit dieser Voraussetzung eine Selbstprophetie formulierte. Im Blick auf die spätere Konzeption des George-Kreises ist nun die Bedingung aufschlussreich, an die das Auftreten und die Entfaltung der Wirkung einer solchen Erlösergestalt geknüpft wird. George entwickelte in den *Blättern* vom Oktober 1896 und November 1897 das Modell einer wechselseitigen Befruchtung von ‚großen Geistern' und ihren Anhängern. Es entstand aus der vor allem von Hofmannsthal geäußerten massiven Kritik an der ästhetischen Schwäche etlicher literarischer Beiträge in den *Blättern für die Kunst*. George leugnete die Berechtigung dieser Kritik nicht völlig ab, wenn er auch einzelne Beiträger verteidigte. Er legitimierte aber die Aufnahme von schwächeren Beiträgen durch die These, dass zwar „der schönste kreis die grossen geister nicht hervorrufen kann, aber [...] manche ihrer werke nur aus einem kreis heraus möglich werden." Er betrachtete es daher als eine notwendige, quasi kunstpädagogische Aufgabe, einen Kreis von Nachstrebenden zu schaffen, der eine Atmosphäre bildet, in dem der ‚große Geist' zur Entfaltung komme. „Es ist ein irrtum dass nur grosse geister ein unternehmen mit grossem gedanken zu fördern vermöchten. von aller wichtigkeit ist es die kleineren zu erziehen und hinzuleiten auf dass sie die luft bilden in denen der grosse gedanken atmen kann." (BfdK IV, 1–2, 3)

Zu den großen, aus dem kulturkritischen Diskurs hervorgehenden Gedanken Georges gehören zwei, die eine Art beschwörendes Vermächtnis für das 20. Jahrhundert formulieren und zwei neue Aspekte ins Spiel bringen, denen in der weiteren Entwicklung eine dominante Rolle zuwächst: die Übertragung des Schönheitsideals von der Kunst auf das Leben und die explizite Anknüpfung an die griechische Antike. Zuerst war schon in Paul Gérardys ekstatischer Prosa *Geistige Kunst* im Oktober 1894 die Aufhebung der Grenze zwischen Kunst und Leben angeklungen. Gérardy hatte über „die neuen ankömmlinge", gewissermaßen die Apostel der neuen Kunst geschrieben: „sie wollen die heilige schönheit der linien und mit dem lichtglanz der gedanken die vollendung der form. das leben ist schön da es göttlich ist." (BfdK II, 4, 111) In der Einleitung vom Januar 1896 war das Verhältnis von Kunst und Leben eher dialektisch formuliert worden. Dort hieß es über das künstlerische Ziel der *Blätter*: „eine kunst frei von jedem dienst: über dem leben nachdem sie das leben durchdrungen hat: die [...] zur höchsten aufgabe des lebens werden kann." (BfdK III, 1, 2) Im November 1897 wurde dann unter Hinweis auf das antike Vorbild endgültig der Schritt zur Synthese der schönen Kunst und des schönen Lebens vollzogen und noch einmal in einen kulturkritischen Kontext gerückt. „Dass ein strahl von Hellas auf uns fiel: dass unsre jugend jezt das leben nicht mehr niedrig sondern glühend anzusehen beginnt: dass sie im leiblichen und geistigen nach schönen maassen sucht: dass sie von der schwärmerei für seichte allgemeine bildung und beglückung sich ebenso gelöst hat als von verjährter lanzknechtischer barbarei: dass sie die steife gradheit sowie das geduckte lastentragende der umlebenden als hässlich vermeidet und freien hauptes schön durch das leben schreiten will: dass sie schliesslich auch ihr volkstum gross und nicht im beschränkten sinne eines stammes auffasst: darin finde man den umschwung des deutschen wesens bei der jahrhundertwende." (BfdK IV, 1–2, 4) Hier werden die ästhetischen Kategorien aus der Sphäre der Kunst auf die Lebensgestaltung übertragen. An die Seite der in der ersten Einleitung prophezeiten ‚glänzenden Wiedergeburt' der Kunst tritt die nationalkulturelle Wiedergeburt im Zeichen der Schönheit.

Der Teppich des Lebens: Botschaft des schönen Lebens in monumentalem Gewand

Als Siegel der Wendung hin zum schönen Leben kann man in Georges Werk sein programmatisches Gedicht *Vorspiel I* betrachten, das wohl in der zweiten Hälfte des Jahres 1895 entstanden ist und zuerst *Der Besuch* hieß. Mit ihm eröffnete George den Ende 1899 erschienenen Band *Der Teppich des Lebens und die Lieder von Traum und Tod. Mit einem Vorspiel.* Es lautet:

Ich forschte bleichen eifers nach dem horte
Nach strofen drinnen tiefste kümmerniss
Und dinge rollten dumpf und ungewiss –
Da trat ein nackter engel durch die pforte:

Entgegen trug er dem versenkten sinn
Der reichsten blumen last und nicht geringer
Als mandelblüten waren seine finger
Und rosen · rosen waren um sein kinn.

Auf seinem haupte keine krone ragte
Und seine stimme fast der meinen glich:
Das schöne leben sendet mich an dich
Als boten: während er dies lächelnd sagte

Entfielen ihm die lilien und mimosen –
Und als ich sie zu heben mich gebückt
Da kniet auch ER · ich badete beglückt
Mein ganzes antlitz in den frischen rosen.

(SW V, 10)

George lässt hier in die Dichterstube des einsamen lyrischen Ichs, das nach den passenden Worten für seine grüblerisch-melancholische Stimmung sucht, einen nackten, nur mit Blumen geschmückten Engel eintreten, der die Botschaft vom schönen Leben nicht bloß überbringt, sondern selbst verkörpert. Auf die im Gedicht entworfene Szenerie ließe sich die zum geflügelten Wort gewordene Formel McLuhans anwenden: ‚The medium is the message.' Dabei ist zu betonen, dass den Engel bei aller überirdischen Qualität (auf die das großgeschriebene ER und die Anspielung auf Mariae Verkündigung verweisen) eine diesseitige Sinnlichkeit und Wesensnähe zum Sprecher auszeichnen. Sie erlauben es, dass am Ende eine Vereinigung im Kuss erfolgt, die der umarmende Reim des Gedichts formal unterstützt. Der Engel tritt werkgeschichtlich das Erbe der Muse an, die den Dichter einst im Gedicht *Weihe* in sein Tun initiiert hatte. Mit diesem Gedicht wird gewissermaßen der Übergang vom Projekt der schönen Kunst zum Projekt des schönen Lebens markiert, wobei dieser Übergang als eine Erweiterung zu betrachten ist.

Es ist denn auch ein durchgehendes Thema des ganzen *Teppichs des Lebens*, sich von dem Credo eines reinen Ästhetizismus abzuwenden und die eigene dichterische Entwicklung kritisch zu reflektieren. Die Ablösung von der reinen Kunst als Paradigma in Georges Dichtung lässt sich an den vierundzwanzig Gedichten des *Vorspiels* beobachten. Seine Essenz liegt nicht allein darin, dass das lyrische Ich vom Engel zum Fürsprecher des schönen Lebens erkoren wird, sondern es erschafft zugleich die Idee der ‚heiligen Jugend' als neues Paradigma. Ihr zu dienen, indem er sie führt, wird dem Dichter als neue Mission seines dichterischen Tuns aufgetragen. Dabei bildet das Verhältnis von Christus und seinen Jüngern erkennbar das Modell für die Beziehung zwischen dem ‚Herrn' genannten Dichter und der ihm folgenden Jugend. Wenn diese etwa bekennt: „Wir ziehn zur seite unsres strengen herrn/Der sichtend zwischen seine streiter schaut/Kein weinen zieht uns ab von unsrem stern/Kein arm des freundes und kein kuss der braut" (V, 32), so warnt der Engel den von der Zuneigung der Jugend begeisterten Dichter „Die jünger lieben doch sind schwach und feig" und steht am Ende tatsächlich als einziger an seinem Sterbebett. George hat mit dieser Stilisierung des Dichters zum letztlich einsamen Träger einer göttlich sanktionierten Mission seine eigene künftige Rolle erschaffen. Es ist freilich keine neue, vielmehr die Aktualisierung der ältesten Dichterrolle überhaupt: die des Propheten.

Unter diesem Gesichtspunkt ist es aufschlussreich, einen Blick auf die bildkünstlerische Ausstattung des Bands *Der Teppich des Lebens und die Lieder von Traum und Tod · Mit einem Vorspiel* durch Melchior Lechter zu werfen. Es ist sicher eine der monumentalsten für einen Gedichtband, die es je gab. George kündete es Clemens von Franckenstein im Oktober 1899 mit den Worten an: „im nächsten monat erscheint mein neues buch aus dem Melchior Lechter ein grosses kunst-denkmal geschaffen hat dergleichen bei uns noch nie gesehen wurde." (RB II, 52) Lechter und George waren seit Ende 1898 mit der Vorbereitung des Drucks beschäftigt. Lechter machte sich sofort Gedanken über das passende Papier und den Farbdruck. Am 3. Januar 1899 schrieb er an George: „Ja, so müssten wir Ihr neues Kind der Welt zeigen. [...] Feierlich! Das Buch muss unerhört werden! *Muss*!" (L/G 59f.) Es dauerte indes noch bis Ende Juni, ehe George Lechter ein schon weit gediehenes Manuskript zusenden konnte. Lechter war entzückt und wollte sich vor der Ausarbeitung an den Texten „wie die Biene voll saugen" (L/G 80). Nach eingehender Lektüre schrieb Lechter George Ende Juli einen ausführlichen begeisterten Brief: „Jeden Morgen und Abend lese ich in dem neuen Werk. Für mich ist es das erhabenste was Sie bisher geschaffen haben. Diese fast asketische Strenge und Feierlichkeit im ersten Theile unter dessen Hülle man das Pochen tiefer Glut vernehmen kann [...]. Hieran errathe ich ein Kunstwerk! Ich muss es immer wieder wiederholen! Was aus der Ewigkeit kommt, muss notwendig Ewigkeit künden." (L/G 82 f.) Seine Hochschätzung schlug sich auch darin nieder, dass der Wagner-Verehrer Lechter die *Teppich*-Handschrift zehn Tage später mit auf die Reise zu den Festspielen in Bayreuth nahm, wo er nicht nur der *Meistersinger*- und *Parsifal*-Aufführung beiwohnte, sondern Georges *Teppich*-Gedichte am Grab Wagners rezitierte. Mitte September kam George dann nach Berlin, um gemeinsam mit Lechter letzte Hand anzulegen. An Wolfskehl schrieb George Ende des Monats von „der wochenlangen anstrengung des wahrhaft heldenhaften meisterlichen geistes" Lechters, aus der ein „höchstes DENKMAL" (G/KHW 305) hervorginge.

Das Werk wurde bei Otto von Holten in einer Auflage von 300 Stück im Format Großquart (36,5 × 38 cm) gedruckt. Es hat einen mit moosgrünem Leinen überzogenen Holzdeckel, auf dem in dunkelblauen Lettern am oberen Rand der Name des Autors und darunter zwischen zwei siebenarmigen Kandelabern der Titel steht. In einer hinterlegten Fußzeile steht ‚Blaetter fuer die Kunst'. Im Zwischenraum von Name und Titel befindet sich ein Kreis mit wolkigen Formen, in dem die Taube des Heiligen Geistes platziert ist. Ihr Kopf ist mit einem Strahlenkranz umgeben, ihre Flügelspitzen überschreiten die Peripherie des Kreises, und ihr gestreckter Körper befindet sich quasi im Sturzflug. Das Motiv des Buchdeckels wird als Innentitel in rotem und schwarzem Druck wiederholt. Das Werk verfügt dem Titel entsprechend über drei Teile, die vollkommen gleich proportioniert sind. Alle bestehen aus 24 Gedichten mit jeweils vier Strophen von vier Versen Umfang. Die Seiten sind unpaginiert. Ihr Material ist dickes leicht graugrün getöntes Büttenpapier, das nicht beschnitten ist. Jedem der drei Zyklen geht eine ganzseitige Illustration von Lechter voran, eine weitere schließt das Werk ab. Sie zeigt im Zentrum in einem sternenerfüllten Kreis eine Harfe mit einer gerissenen Saite. Das Instrument wird der Länge nach von der Mittelsäule eines dreigliedrigen architektonisch-floralen Ornaments durchtrennt. Eine dreigliedrige Architektur findet sich auf allen Seiten, auf denen Gedichte stehen, weil George sie jeweils zu Paaren angeordnet hat, die durch eine Mittelsäule getrennt werden. Dabei sind alle Gedichte sowohl unten als auch oben von Lechters Buchschmuck eingerahmt. Lechter hat dabei für jeden der drei Zyklen eine eigene ornamentale Einfassung gewählt, die Struktur aber streng eingehalten. Besonders aussagekräftig ist die Illustration, die dem *Vorspiel* vorangeht. Sie zeigt einen auf einem Thron sitzenden Engel in einem bis zum Boden wallenden Sternenmantel, dessen Gesichtszüge von ferne an die Georges erinnern und der ein Buch in der Hand hält, auf dem die zehn Initialen des Gedichtbandes zu erkennen sind, den er eröffnet. Sein Thron befindet sich in einem kreisförmigen Strahlenkranz, der in der oberen Rundung durch die Verzierungen der Kopflehne durchbrochen wird. Das Ganze wiederum ist umgeben von einem kreisförmigen Firmament, das mit Sternen in verschiedenen Größen übersät ist und eine schmale Mondsichel zeigt. In zwanzig kugelförmigen Ausbuchtungen wölbt sich das Firmament nach außen. Bis in zwei von ihnen hinein reichen die Flügelspitzen des Engels. Gotische Säulen und hohe schlanke Opferkerzen überlagern die runden Formen des Buchschmucks mit vertikalen. Die Kombination der Figur mit der reichen Ornamentik verleiht ihr einen exklusiven Status. Indem sie die Gestalt des Engels mit der Person des Dichters verschmilzt, schreibt sie dem Buch in den Händen dieser Portalfigur einen erleuchteten Status zu. Der Text, der nun folgt, beansprucht von vornherein, als Verkündigung aufgenommen zu werden, sein Ton kann nur ein prophetischer sein. Dieser Anspruch wird noch unterstützt, wenn man bemerkt, dass Lechter sich in seinem Bildprogramm weitgehend an den Leitzahlen der johanneischen Offenbarung orientiert. Die Zahl 24, die George selbst als numerisches Gestaltungsprinzip wählte, wies bereits in diese Richtung. Lechter ergänzt sie um die Zahlen sieben und zehn und die aus ihnen ableitbaren Zahlen, z.B. siebzehn (=10+7) Strahlen auf Titel und Frontispiz; 31 (=24+7) Blütendolden auf der ganzseitigen Illustration vor dem mittleren Zyklus und vierzehn (=2 mal 7 oder 24 minus 10) Harfensaiten auf der ganzseitigen Illustration vor dem letzen Zyklus.

Das monumentale Buch wurde von Georges Freunden als ‚Wunderwerk' begrüßt. Entsprechend seiner aufwendigen Ausstattung war es nicht ganz billig. Die Exemplare, die in ausgesuchten Buchhandlungen angeboten wurden, hatten den stattlichen Preis von 50 Mark, Subskribenten zahlten 25. Als Karl Wolfskehl den Probedruck Anfang November erhielt, erfasste er in seiner begeisterten Reaktion sogleich den religiomorphen Charakter dieses Werks. „Wie diese ungeheuren Seiten des ungeheuersten Werkes mich berauschten weiß ich wahrlich nicht zu sagen. Die tiefe Purpurglut aller alten großen Gottesfeste war hier wieder aufgeblüht einem Neuen Herrn ein wertestes Heim zu weihen zu durchtränken. Wie die gewaltigen Verse in den hehren Bögen stehen ... das ist wahrlich kein Buch das man liest und wegstellt: jeder Besitzer sollte verpflichtet sein auf einem Singe- und Schaupult wie des Koranes oder der Missalen mittlerer Zeiten es für alle Zeit an Ketten geschlossen liegen zu haben und feierlich nur hin und wieder eine Seite wenden." (G/KHW 333) Bei den mit George nicht so eng verbundenen Künstlern und Dichtern kam der platzgreifende Buchschmuck von Lechter nicht immer gut an. Der Maler Karl Bauer teilte George im Juni 1900 aus München mit, dass Hofmannsthal bei ihm gerade Modell gesessen habe und dabei über den *Teppich* als ‚großes Meisterwerk' in den höchsten Worten gesprochen worden sei, um dann fortzufahren: „Aber auch ihm geht es wie mir (ohne dass ich Lechters Kunst im geringsten herabsetzen moechte) + verschiedenen Künstlern: er wartet auf eine Ausgabe des Werkes wo der Dichter allein mit seinen strahlenden Versen die Stimmung in uns malt."[3] In der Tat ließ George bereits ein Jahr später bei Bondi eine Ausgabe ohne Buchschmuck folgen, die stattdessen eine ausführliche Widmung an Melchior Lechter trug. Diese Ausgabe erreichte bis 1924 zehn Auflagen.

Nur wenige Wochen nach dem Erscheinen des *Teppichs des Lebens* drängte George Lechter bereits zur Anfertigung des Buchschmucks für das nächste gemeinsame Projekt. Dabei ging es um die Ausstattung einer Textauswahl aus Werken des damals weitgehend vergessenen Schriftstellers Jean Paul Friedrich Richter, der unter dem Kurznamen Jean Paul einer der meist gelesenen Erzähler der Goethezeit gewesen war. Dieses Buch war als erster Band einer dreiteiligen Auswahl vorbildlicher deutscher Dichtung gedacht, die George und Wolfskehl zur Jahrhundertwende präsentieren wollten. Der Plan reichte bis ins Jahr 1896 zurück. Es spricht einiges dafür, dass der enthusiastische Brief über Jean Paul, den der Architekt August Endell bereits 1894 an Wolfskehl schrieb, einen wichtigen Impuls für die Idee zu dieser Anthologie gegeben hat. Endell schrieb darin: „Die Flegeljahre lese ich jetzt mit ungeheurem Vergnügen. [...] Hier sind wirklich Schönheiten, von einer Größe und Kraft, wie man sie nur bei Shakespeare und Göthe wiederfindet. [...] Man sollte eine Jean Paul Anthologie herausgeben. Alle Welt würde staunen über diesen Reichtum. Der Genuss würde ein unendlicher sein. [...] Da fällt mir ein, dass mir bei J. P. R. aufgefallen, wie kolossal sein Farbensinn entwickelt ist."[4] Die Betonung des ‚Farbig-Malerischen' findet sich in Georges Wendung von den ‚glühendsten Farben' in seiner *Lobrede auf Jean Paul* wieder. Er hatte sie im März 1896 in den *Blättern für die Kunst* veröffentlicht und Jean Paul den Dichtern der Gegenwart als einen Autor „von überraschender neuheit unveränderlicher pracht und auffallender verwandtschaft mit euch von heute" (SW XVII, 52) vorgestellt. George pries Jean Pauls Dichtung als

„heiliges streben den zauber der träume und gesichte zu verbildlichen" und erklärte ihn kurzerhand zum „vater der ganzen heutigen eindruckskunst". Wenn er zugleich betonte, dass Jean Pauls Dichtung aus dem „reinen quell der heimat" entsprungen sei, und er sie der Verführung durch ‚mennigrote Wiesen' und ‚fosforne Gesichter' kontrastierte, wird eine strategische Absicht deutlich. George wollte Jean Pauls Traum- und Fantasiewelten als deutsche Tradition gegen die Orientierung am französischen Ästhetizismus aufrichten. Daher schrieb George im Schlusssatz seiner *Lobrede* Jean Paul genau die Qualitäten zu, die er zuvor an der symbolistischen Dichtung hervorgehoben hatte. Zugleich rückte er ihn in Parallele zu Goethes literarischer Bedeutung: „Wenn Du höchster Goethe mit Deiner marmornen hand und Deinem sicheren schritt unsrer sprache die edleste bauart hinterlassen hast so hat Jean Paul der suchende der sehnende ihr gewiss die glühendsten farben gegeben und die tiefsten klänge." (SW XVII, 54) Dieselbe Stoßrichtung liegt dem Gedicht *Jean Paul* zugrunde, dass George 1899 in den Titelzyklus des *Teppichs des Lebens* aufnahm. Dort wird Jean Paul als „führer in dem wald der wunder" (SW V, 53) apostrophiert, der den Reichtum des heimischen ‚Saatgefilds' den nach Schönheit strebenden deutschen Dichtern erschlossen habe. Ob dieser ästhetischen Qualität gelangte George zu der emphatischen Formulierung: „In dir nur sind wir ganz."

Im Gespräch mit Karl Wolfskehl, der vermutlich Georges Interesse an Jean Paul angeregt hatte, entstand die Idee, vorbildliche ältere Dichtung in ästhetisch ansprechender Ausstattung neu zugänglich zu machen. Im August 1896 schrieb George an Hofmannsthal: „es liegen vorzügliche pläne Karl Wolfskehls vor nach art der Kelmscott Press nicht nur die neueren dichter sondern auch die Alten Guten in einer geschmackvollen (mehr menschenwürdigen als bislang) zu zeigen." (G/H 109) Die Arbeitsteilung sah in der Regel so aus, dass Wolfskehl die Sichtung der ins Auge gefassten Autoren und eine erste Vorauswahl vornahm und anschließend im persönlichen Austausch mit George die Textauswahl konkretisiert wurde. Die Gespräche erstreckten sich über mehrere Jahre und fanden in Bingen, Darmstadt, Königstein, Berlin und München statt. Aus den Jahren 1900 und 1901 haben sich einige Briefe von Wolfskehl erhalten, in denen er von seinen Wanderungen durch die ‚Gärten der Vergangenheit' berichtet und recht detaillierte Aufstellungen über die aufzunehmenden Texte mitteilt. Dabei kommt es auch in meh-reren Fällen zu Kontroversen über die Eignung einzelner Autoren, da George und Wolfskehl sich bald darauf verständigten, im ‚Jahrhundert Goethes' genau zwölf Dichter zu präsentieren. Den größten Raum bekommen am Ende Hölderlin, Brentano und Platen zugestanden, während etwa Rückert, Uhland und Storm am Ende des Text-Castings herausgestrichen sind. Im Falle der Jean Paul-Auswahl dürfte Georges eigener Anteil an der Textzusammenstellung am größten sein. Es ist nicht zu verkennen, dass er dabei durch die Konzentration auf Träume, enthusiastische Ausbrüche und gefühlvolle fiktive Briefe aus Jean Paul den Verfasser einer Art lyrischer Prosa machte, wie er sie in der französischen Literatur kennengelernt, im Falle von Louis Bertrand übersetzt und in einigen Texten seiner *Tage und Taten* selbst verfasst hatte. Er schrieb Anfang 1899 an Lechter, dass er ihn wegen der Ausstattung einer Blütenlese aus einem ‚alten' Dichter sprechen wolle.

Im Verlauf des Jahres wurde der Plan zum Projekt der dreiteiligen Anthologie *Deutsche Dichtung* erweitert. Der zweite Band sollte Goethe, der dritte dem ‚Jahrhundert Goethes' gewidmet sein. Die Drucklegung des ersten Bands verzögerte sich mehrfach. Zunächst weigerte sich Bondi, den Jean Paul-Band zu verlegen, weil er sich keinen Verkaufserfolg von ihm versprach. George entschloss sich nach ergebnislosen Verhandlungen, „die beinah den verlags-bund zerrissen hätten" (G/KHW 312), das Buch auf eigene Rechnung drucken zu lassen. Dann musste George die Feststellung machen, dass sein junger Mithelfer Friedrich Gundolf bei der Korrektur der Druckproben recht schludrig gearbeitet hatte, weswegen er Wolfskehl einen mahnenden Brief schrieb und ihn zur zweiten Korrektur aufforderte. In einem Brief an Gundolf empörte sich George darüber, dass er noch hunderte Fehler entdeckt habe und es nötig sei, dass er „der ungelehrteste Ihnen den deutschen gelehrten: sorgsamkeit + gewissenhaftigkeit predige!" (G/G 50) Wolfskehl, der seit je unter einer eingeschränkten Sehkraft litt, zog seine Ehefrau Hanna zu den Korrekturarbeiten hinzu. Nur eine Woche nach Georges harscher Mahnung sandte sie ihm die Druckproben mit der Versicherung ‚genauester Prüfung' zurück und fügte quasi zur Besänftigung eine Baskenmütze bei, die George seit seiner Spanienreise liebte und große Freude auslöste.

Eine weitere Verzögerung entstand durch Lechters eigene Projekte, vor allem durch die Arbeit an dem für die Pariser Weltausstellung vorgesehenen Pallenberg-Saal. Mehrfach stand George dicht davor, auf Lechters Buchschmuck ganz zu verzichten, und als dieser endlich mitteilte, er sei mit der Arbeit fertig, eröffnete er George, dass er dessen Vorrede in Versalien setzen wolle. George reagierte entsetzt: „Nur dringend fleh ich um dies: von den versalien abzusehen! meine worte in versal · vor den Jean Paulschen deucht mir fast anmaassung." (L/G 125) Doch Lechter setzte sich souverän über Georges Bedenken hinweg, weil seinem Geschmack nach ein entsprechender Probedruck „verteufelt bürgerlich langweilig" (L/G 127) aussah. Er griff sogar noch in den Textbestand ein und verlangte die Tilgung eines Jean Paulschen Streckverses, um genügend Platz für sein Schluss-Ornament zu haben. George musste sich ohnmächtig in Lechters Wünsche fügen, fand sich jedoch durch das Resultat entschädigt. Am 21. Juni 1900 schrieb er an Lechter: „Lieber Melchior: eben bekomme ich das J-P-Probebuch und will Ihnen unverzüglich etwas von meinem staunen und meiner bewunderung mitteilen. nun hat sich nach langem zaudern und harren alles erfreulich gelöst und manches mit dem ich nicht einverstanden war erweist sich jezt als eine herrliche notwendigkeit sogar die stolzen buchstaben der vorrede. Das werk ist gross und einfach: [...] Ein glück dass Ihnen die aufgabe zugefallen ist unsre deutschen Dichter zum ersten mal in einem würdigen gewand vorzuführen." (L/G 136) Der in Schwarz, Blau und Rot gedruckte Band *Deutsche Dichtung. Jean Paul. Ein Stundenbuch für seine Verehrer*, der auf der letzten Seite erstmals das Signet mit den hochgestreckten Händen, die eine rauchende Urne halten, verwendet, erschien dann endlich Anfang Juli. Die Gattungsbezeichnung ‚Stundenbuch' rief bewusst eine vormoderne, der Blütezeit der prachtvollen Handschriften entstammende Textsorte auf, die der erbaulichen, meditativen Lektüre diente. Damit erhoben George, Wolfskehl und Lechter unausgesprochen den Anspruch, das Jean Paul-Buch wie einen heiligen Text zu behandeln. Nicht zu Unrecht stimmte George Lechter darauf ein, ihr ambitioniertes Werk könne auf scharfe Kritik stoßen, und empfahl ihm: „Nun aber wappnen Sie sich gegen die pfeile die mir sowol als Ihnen geschleudert werden oder baden Sie sich im lintwurm-blute der verachtung!" (L/G 136) In der Tat attackierte Rudolf Alexander Schröder, einer der Intimfeinde Georges und Mitherausgeber der mit den *Blättern* um ästhetische Meinungsführung konkurrierenden Zeitschrift *Die Insel*, die Auswahl und kommentierte den Versalien-Gebrauch für die Vorrede ironisch.

Im selben Brief vom 21. Juni kündigte George Lechter an, dass inzwischen auch der Folgeband mit Gedichten Goethes nahezu fertig sei und möglichst noch im Oktober erscheinen sollte. Es war der Wunsch von George und Wolfskehl, dass alle drei Bände *Deutsche Dichtung* gleichsam ein Portal ins neue Jahrhundert bilden sollten, um die Weichen für die künftige Dichtung zu stellen und dem von den Autoren der *Blätter für die Kunst* repräsentierten Stil eine historische Legitimation zu liefern. Die überlieferungswürdigen Gedichte der besten deutschen Autoren sollten als Vorläufer der von George vollzogenen Erneuerung der deutsche Dichtungssprache erkennbar werden.

Es lag erneut vor allem an Lechters schleppender Realisierung des Buchschmucks, dass sich die Publikation der beiden Bände verzögerte. Die Goethe-Auswahl erschien im Dezember 1901, der dritte Band *Das Jahrhundert Goethes* im November 1902. George hatte auf Wolfskehls Wunsch der Goethe-Auswahl ein kurzes Vorwort vorangestellt, das als ‚Gesamt-Vorrede' das ganze Unternehmen der *Deutschen Dichtung* charakterisieren sollte. Darin betonte George, die Blütenlesen richteten sich vornehmlich an ‚Künstler und Schönheitliebende', und rechtfertigte die „wählerische grausamkeit die ohne bedenken frühere säulen zerreibt um mörtel zu gewinnen fürs neue bauwerk." (DD II, 5) Er formulierte damit einen Gedanken, der an die Historismus-Kritik in Nietzsches berühmten Aufsatz *Vom Nutzen und Nachteil der Historie für das Leben* erinnert und mehrfach auch in seinem dichterischen Werk anzutreffen ist, etwa in dem 1899 entstandenen Gedicht *Goethe-Tag*. George hatte in der Phase der Arbeit an der Goethe-Auswahl am 28. August 1899, dem 150. Geburtstag von Goethe, eine Art Pilgerfahrt zu Goethes Geburtshaus in Frankfurt am Main unternommen. Drei Tage später schrieb er an Wolfskehl: „Am 28ten brach ich im frühen licht auf um des Meisters haus zu begrüssen bevor die menge einfiel .. (ein wort von mir darüber finden Sie bald gedruckt)." (G/KHW 295) Am nächsten Tag legte George einem Brief an Lechter sogar den Text bei, der hier noch den Titel *Noch ein Goethe-Spruch* trägt, unter dem er auch im November 1899 in den *Blättern* erschien. Die den Brief an Lechter abschließende Frage: „Was sagten Sie dazu wenn er auf der ersten seite der ‚Zukunft' zu stehen käme?" (L/G 92), scheint nahezulegen, dass George ernsthaft mit dem Gedanken spielte, das provokante Gedicht an exponierter Stelle in Maximilian Hardens wöchentlich erscheinender kulturpolitischer Zeitschrift zu veröffentlichen. Die auf den ersten Blick abwegige Vorstellung gewinnt aus zwei Gründen eine gewisse Plausibilität. Zum einen stand Georges Freund Georg Simmel in Verbindung mit Hardens Zeitschrift, die – wie schon gesehen – im Februar 1898 dessen ‚kunstphilosophische Betrachtung' *Stefan George* gedruckt hatte. Zum anderen hatte Harden selbst wenige Monate zuvor in einer sehr kritischen Theaterkritik über die Berliner Aufführung von Hofmannsthals *Der Abenteurer und die Sängerin* George und Hofmannsthal verglichen und George als ‚Vates', also als Dichter-Seher gewürdigt, während er Hofmannsthal als Epigonen abtat.[5] Da diese Kontrastierung gerade in die Zeit der tiefsten Krise in der Beziehung zwischen George und Hofmannsthal fiel, dürfte Hardens Text George die Zeitschrift für eine eigene programmatische Publikation denkbar gemacht haben.

Die Programmatik bestand darin, dass George ganz im Sinne der Vorrede zur *Deutschen Dichtung* an Goethe demonstrierte, dass die ihm geltende Verehrung den lebendigen Kern seines Werks verkenne und ihn als bloßen Schmuck nationaler Größe und als repräsentatives Kulturgut missbrauche. Zugleich mache die selbstgefällige Heldenverehrung blind für die Tatsache, dass auch Goethes Werk teilweise historisch geworden sei. Das Gedicht en-

1. George als Kind
(J. Hilsdorf)

2. Waclaw Rolicz-Lieder
(W. Rzewuskiego)

3. Hugo von Hofmannsthal,
um 1900 (Atelier Adèle)

4. Ida Coblenz
(Atelier DJ)

5. George im Garten des Hauses Coblenz in Bingen, 1896 (Ida Coblenz)

6. Léon Paschal, Edmond Rassenfosse, Paul Gérardy, George in Tilff bei Lüttich, 1892

7. Karl Wolfskehl mit Ehefrau Hanna
und den Töchtern Renate und Judith,
ca. 1905 (Holzer)

8. George mit Baskenmütze, um 1893 (K. Bauer)

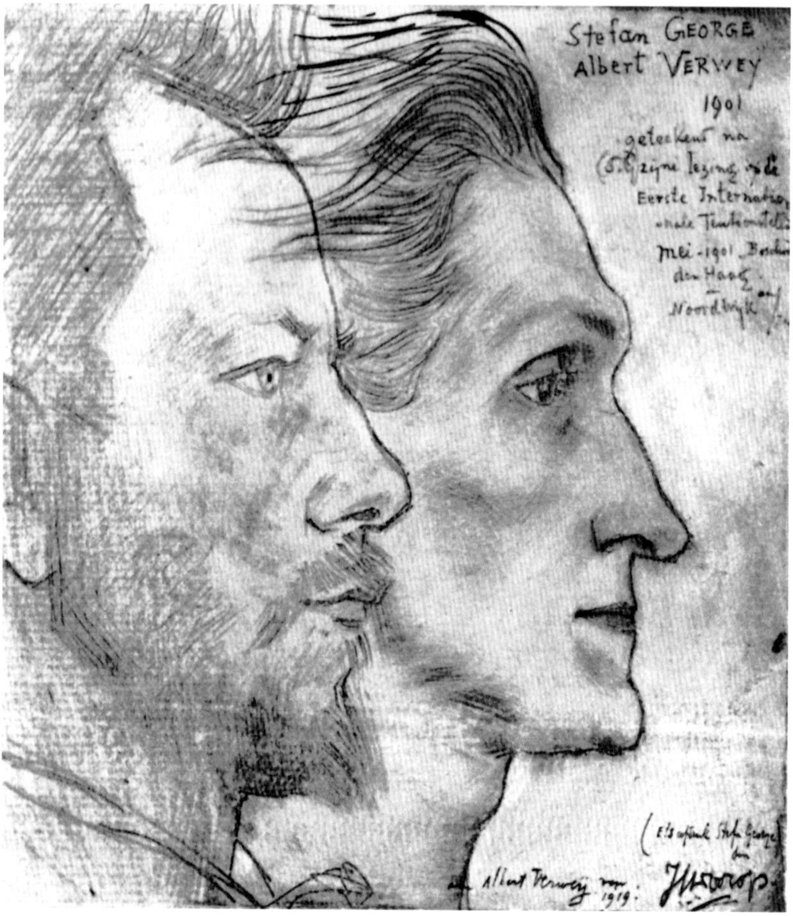

9. Doppelbildnis Albert Verwey und George,
(Zeichnung Jan Toorop, 1896/1901)

10. Melchior Lechter (Müller-Hilsdorf)

11. Titelbild ‚Das Jahr der Seele' (Melchior Lechter, 1897)

14. ‚Blättermarke' (Melchior Lechter, 1898)

EINLADUNG ZU EINER
LESUNG VON GEDICH
TEN AUS DEM KREISE
DER BLÄTTER FÜR DIE
KUNST IN DEN RÄUMEN
DES REINHOLD LEPSIUS
KANTSTRASSE 162 SONNTAG DEN
4. DEZEMBER NACHMITTAGS 5 UHR

OTTO V. HOLTEN, BERLIN C.

12. Einladungskarte zur Lesung im Hause Lepsius (Melchior Lechter, 1898)

13. George im Hause Lepsius, 1898 (Reinhold Lepsius)

15. Karl Wolfskehl, Alfred Schuler, Ludwig Klages, George, Albert Verwey, München, April 1902 (K. Bauer)

16. Friedrich Gundolf (J. Hilsdorf)

17. Franziska von Reventlow mit Sohn Rolf

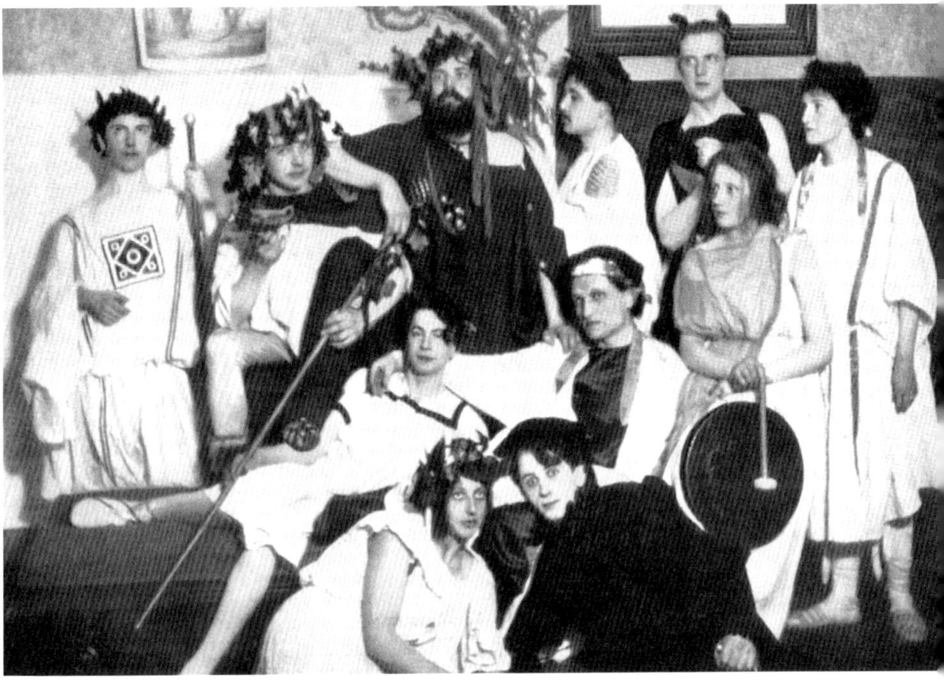

18. Antikes Fest, München, Februar 1903 (R. F. Schmitz)

19. Atelierbild in Kostümen, Karl Wolfskehl, Franziska von Reventlow, Emil Preetorius, Hanna Wolfskehl, Rolf von Hoerschelmann und Richard F. Schmitz (liegend), München 1903/04 (Atelier Electra)

21. George, Friedrich Gundolf, Carl August Klein, vielleicht Wien 1904

20. Dichterzug, links (neben George) Maximilian Kronberger, München, Februar 1904 (R. F. Schmitz)

22. Ernst Gundolf, 1933 (Walter Kempner)

23. Ernst Gundolf und Else Kühner auf einer Alm in Graubünden

det mit den Versen: „Doch ahnt ihr nicht dass er der staub geworden / Seit solcher frist · noch viel für euch verschliesst / Und dass an ihm dem strahlenden schon viel / Verblichen ist was ihr noch ewig nennt.“ (SW VI/VII, 11) Das Spannende und für Georges dichterisches Selbstverständnis Kennzeichnende findet sich in der dritten Strophe des Gedichts, die in gedrängtester Form Goethes Biographie charakterisiert und über sein Schicksal als eine Art Wiedergänger in der Gegenwart fantasiert:

Was wisst ihr von dem reichen traum und sange
Die ihr bestaunet! schon im kinde leiden
Das an dem wall geht · sich zum brunnen bückt ·
Im jüngling qual und unrast · qual im manne
Und wehmut die er hinter lächeln barg.
Wenn er als ein noch schönerer im leben
Jezt käme – wer dann ehrte ihn? er ginge
Ein könig ungekannt an euch vorbei.
(SW VI/VII, 10)

Die Strophe ist in zweierlei Hinsicht interessant. Zum einen ist nicht zu übersehen, dass George die Biographie Goethes auf der Folie seiner eigenen Lebensgeschichte interpretiert. Die bei George selbst durchaus kultivierten Erfahrungen von Leid und Einsamkeit werden auf Goethes Lebensweg reprojiziert, um eine Wesensverwandtschaft herzustellen. Zum anderen verbildlicht die imaginäre Situation, die George hier an einem wiederauferstandenen ‚schöneren‘ Goethe entwirft, exakt seine Vorstellung von der unerkannten Existenz einer Elite der Königlichen, die ein gemeinsames Bewusstsein der Auserwähltheit verbindet und einander erkennen lässt. George verstand sich als der prophetische Dichter-Seher, der für diejenigen, die für seine Botschaft vom schönen Leben nicht nur empfänglich, sondern auch fähig waren, es gelebte Realität werden zu lassen, das Auge hatte. Die Verschmelzung, die seine Idee des schönen Lebens seit der Berufung durch den Engel mit der Vorstellung einer schönen Jugend vollzogen hatte, empfand George geradezu als Aufforderung, nach potentiellen Kandidaten Ausschau zu halten. Dabei war für ihn von vornherein klar, dass dafür nur junge Männer mit einer dichterischen Natur in Frage kamen. Der erste, der in vollem Umfang alle Erwartungen Georges an einen Träger seiner Idee von Schönheit erfüllte und über ein dichterisches Talent verfügte, war Friedrich Gundolf. (Abb. 16) Derselbe Band der *Blätter für die Kunst*, in dem als einziges Gedicht Georges der *Goethe-Spruch* stand, bot nicht weniger als zwölf Gedichte Friedrich Gundolfs. In einem einen Monat zuvor erschienenen *Blätter*-Band hatte Gundolf mit ebenfalls stattlichen acht Gedichten debütiert. Mit seinem Auftreten ist eine markante Zäsur in der Biographie Georges verbunden.

Friedrich Gundolf, der erste ‚Jünger'

Ab dem Moment der Begegnung zwischen George und Friedrich Gundolf trat das bis dahin nur literarisch erdachte Verhältnis von Meister und Schüler, von Herr und Jünger in die Realität ein. Seit je hatte George in seinem Werk mit Entwürfen dieses Verhältnisses operiert, am detailliertesten wohl in dem Gedicht *Der Jünger* aus dem Titelzyklus des *Teppichs des Lebens*. Das Gedicht entwirft einen Idealtypus, wie er als Modell für die Beziehung zwischen Meister und Jünger im späteren George-Kreis angesehen werden kann. Es ist ein Rollengedicht, in dem das lyrische Ich des Jüngers seinen Eintritt in den Dienst des Herrn begründet. Der Sprecher erklärt alle sinnlichen und materiellen Verlockungen für nichtig und folgt allein seiner Liebe zum Herrn, den er in den vier Strophen der Reihe nach als ‚hehr', ‚mild', ‚weise' und ‚den grössten' qualifiziert. Das Attribut der Milde könnte überraschen, nachdem im XXIII. *Vorspiel*-Gedicht der Herr ‚streng' genannt wurde. Es meint hier des Herrn Nachsichtigkeit gegenüber der Beteiligung des Jüngers am Werk, die naturgemäß nicht von Beginn an fehlerfrei sein kann. Anerkannt wird aber die unbedingte innere Bereitschaft. Daher liegt der Lohn des Dienstes auch im Dienst selbst, in der Werk- und Tatgemeinschaft, aus der der Jünger sein Selbstwertgefühl bezieht. Der immaterielle Lohn liegt für den Jünger in „den Blicken meines Herrn", die ihm überhaupt erst seine Identität verleihen.

Die ersten Monate in der Beziehung zwischen George und Friedrich Gundolf lassen das Gedicht *Der Jünger* wie eine Blaupause für die Wirklichkeit erscheinen.

Wie kam nun aber dieser erste ‚Jünger' zu George und wer war er? Friedrich Gundolf hieß eigentlich Gundelfinger und wurde am 20. Juni 1880 in Darmstadt als Sohn großbürgerlicher jüdischer Eltern geboren. Sein Vater Sigmund war Mathematik-Professor am Polytechnikum Darmstadt. Die Familie bewohnte ein Haus am Grünen Weg. Gundolf besuchte das humanistische Ludwig-Georgs-Gymnasium in Darmstadt und begann sein Studium der Philosophie, Geschichte und Literaturwissenschaft im Wintersemester 1898/99 in München. Schon im Spätsommer hatte ihn Karl Wolfskehl bei einem Besuch der Familie Gundelfinger in Darmstadt kennengelernt. Gundolf war in München mehrfach bei Wolfskehl zu Gast und wurde durch ihn auf das Werk von Stefan George hingewiesen. Er vertraute Wolfskehl auch seine eigenen Gedichte an. Am 6. März 1899 schrieb Wolfskehl begeistert an George: „Ein frohes Erlebnis darf ich mit Ihnen teilen es sind die Verse die ich beilege. Sie hat ein junger achtzehnjähriger Landsmann von uns geschrieben und Sie werden die Blicke die Lebensblicke in ihnen lieben, wie Sie vielleicht ihn selber lieben, den Epheben wenn Sie ihn sehen. Seine Jugend und heilig geschaute Muster bestimmen noch seine Schritte, aber da er tief ist und glühend und voll Liebe dürfen wir uns an ihm freuen und auf ihn hoffen." (G/KHW 269) Wohl im April kam es dann in München zur ersten persönlichen Begegnung zwischen George und Gundolf, bei der George gleich den in seinen Ohren unschön klingenden bürgerlichen Nachnamen Gundelfinger verkürzte. Gundolf übersandte George bald darauf eigene Gedichte, von denen etliche in die *Blätter* Aufnahme fanden, sowie Übersetzungen von Sonetten Rossettis und Shakespeares. George ermunterte Gundolf, sich an eine Übertragung der ‚unsterblichen CLIV' zu machen, und Gundolf verdeutschte in Windeseile etwa sechzig Shakespeare-Sonette.[6] Shakespeare wurde zu einem von Gundolfs Lebensthemen. In enger Kooperation und teilweise in mehrwöchiger Werkgemeinschaft mit George übertrug Gundolf das gesamte dramatische Werk von Shakespeare neu beziehungsweise revidierte die Übersetzungen von Ludwig Tieck und August Wilhelm Schlegel. Dieser *Shakespeare in deutscher Sprache* erschien von 1908 bis 1918 in zehn Bänden bei Bondi. Noch Gundolfs spätes literaturwissenschaftliches opus magnum war 1928 Shakespeare gewidmet.

George lud Friedrich Gundolf bereits Anfang August 1899 zu einem Besuch in Bingen ein, als dort auch gerade Albert Verwey zu Gast war. Gundolf war von der Begegnung mit den beiden Dichtern tief beeindruckt und schrieb seinem Mentor Wolfskehl, es sei für ihn ein „göttlicher Tag und ein ewig unvergesslicher" (KHW/FG I, 43) gewesen. Nur wenige Tage später schickte George Gundolf einen Vierzeiler, in dem er eine Beobachtung, die er an Gundolfs Wesen gemacht hatte, zum Ausdruck brachte. Er lautet:

> Wozu so viel in fernen menschen forschen und in sagen lesen
> Wenn selber du ein wort erfinden kannst dass einst es heisse
> Auf kurzem pfad bin ich Dir das und du mir so gewesen
> Ist das nicht licht und lösung über allem fleisse
> (G/G 33)

Sehr präzise erspürte George sofort, dass in Gundolf trotz seiner immensen dichterischen und übersetzerischen Produktivität die Leidenschaft der intellektuellen Erschließung von künstlerischen Werken anderer der stärkere Trieb war. Primär lag George natürlich daran, junge dichterische Talente zu entdecken, zu fördern und in seinem Sinne ästhetisch zu formen, aber im Falle Gundolfs wurde er durch dessen viel beachtete literaturwissenschaftliche Schriften und seine akademische Wirkung mehr als entschädigt. Zwar erschienen seit 1899 von Gundolf zahlreiche lyrische und dramatische Texte in den *Blättern für die Kunst* und in deren Verlag auch 1903 und 1905 die schmalen Sammlungen *Fortunat* und *Zwiegespräche*, aber es zeichnete sich gleichzeitig ab, über welche Versatilität er in der Handhabung der wissenschaftlichen Terminologie verfügte. Außerdem besaß Gundolf eine ausgesprochen bildhafte und scharfzüngige Sprache, die Georges Gegnern in der Öffentlichkeit manchen Tort zufügte. Wir werden noch Proben davon kennenlernen.

Zwischen George und Gundolf entwickelte sich rasch eine Freundschaft und Werkgemeinschaft. Noch im selben Monat lud George Gundolf zu einem zweiten Besuch in Bingen ein, um mit ihm das Rochusfest zu begehen. Dieses eigentlich kirchliche Fest zum Gedenken an den Hl. Rochus, der sich um Pestkranke gekümmert hatte, genoss bei den Goethekennern George und Gundolf besondere Wertschätzung, weil es in Goethes Autobiographie *Dichtung und Wahrheit* ausführlich geschildert wird. Bei dieser Gelegenheit las George ihm aus dem in der Entstehung begriffenen Jean Paul-Stundenbuch vor und betraute ihn bald darauf – mit zweifelhaftem Resultat, wie wir gesehen haben – mit Korrekturarbeiten. Dieses Mal traf Gundolf George alleine an und berichtete unmittelbar darauf an Wolfskehl, es sei so herrlich gewesen, dass sich nur das Wenigste davon in Worte fassen lasse. „Am ersten Tage wandelten wir 6–7 Stunden an den Ufern und den Schluchten des intimsten Rheins. Nachts bis 11 waren wir zusammen und der Meister tafelte mit mir im oberen Wohnzimmer (niemand war zu Hause). ‚Wenige haben solche Intimität genossen' (sic fere dixit). Es war wirklich herrlich – und ich in der ehrfurchts- und liebevollsten Stimmung. [...] Ich glaube der Meister hat mich sehr gern und sagt, er schätze mich nicht gering. Und wie ich Ihn verehre und liebe, darf ich mich weihevoller dünken als vordem, und da ich des Verehrten Küsse und Händedrücke fühle, wird mich keine staubige Gegenwart mehr mit schleimigen Fingern berühren. ‚Seine Hoheit bestätigt uns erst unser Recht auf Hoheit'. Ich wollte ich könnte so glücklich bleiben." (KHW/FG I, 49 f.)

Gundolf schwelgt in der Sprache des jugendlichen Überschwangs und spricht dabei doch sehr entscheidende Dinge treffend aus. Sein nicht ganz exaktes Zitat aus einem Widmungsgedicht von George an Waclaw Lieder fasst er ganz im Sinne des erwähnten Gedankens aus dem Gedicht *Der Jünger* auf, der darin bestand, dass der Dienst für ein Höheres oder einen Höheren das Selbstwertgefühl des Dienenden steigert. Weiterhin hält der Wunsch, das Glück zu bannen, die Erfahrung eines erfüllten Moments fest, die Erfahrung einer Art Kairos, die wie ein Faradayscher Käfig alle von außen andringende Profanität an dem Wissen um eine erhöhte Existenz abgleiten lässt. Hervorzuheben ist schließlich noch Gundolfs Verehrungs-Furor. Das ist eine bemerkenswerte Disposition, mit der er in seiner Generation und seinem kulturellen Milieu nicht alleine steht. Zwar hatten auch schon Gefährten Georges wie Karl Wolfskehl oder Richard Perls oder Carl August Klein in enthusiastischer Form ihre Verehrung und ‚Liebe' bekundet, aber das geschah immer auch aus der Position einer gewissen Souveränität und einer selbstständigen Lebensführung heraus. Mit Gundolf trat eine Generation an George heran, die ihre Verehrung rückhaltlos mit der Überantwortung wichtiger Lebensentscheidungen an George verband. Das geschah nicht aus mangelnder Fähigkeit zur Selbstbestimmung, sondern in der Überzeugung, George würde genau dazu raten, was dem eigenen, vielleicht selbst noch unerkannten Wesen am besten entsprechen würde. Friedrich Gundolf war sich dieser Disposition zur leidenschaftlichen Verehrung völlig bewusst. Sabine Lepsius zitiert aus einem Brief Gundolfs den Satz: „Ich kenne nichts Schöneres, als verehren zu dürfen" (SL 30), und als George ob der wiederholten Huldigungen in Gundolfs Briefen schreibt, er brächte ihm „fast zu viel des DANKES entgegen" (G/G 39), rechtfertigt sich der Jüngere mit den Worten: „Wie dürfte ich in anderer Gesinnung Ihrer gedenken der mir Unendliches war, ehe ich ihn kannte und noch mehr bedeutet, da ich ihn kenne: Bringer höchster Schönheit, Lenker und Förderer auf jedem guten Pfad. Ist doch Ehrfurcht das schönste Recht und die reinste Pflicht der Jugend!" (G/G 40) Immerhin versprach Gundolf im selben Brief, seine Dankbarkeit fürderhin eher in der Stille zu erweisen. Dass George mit der bekundeten Ehrerbietung im Grunde ganz einverstanden war, dokumentiert nicht zuletzt der Umstand, dass er zusammen mit Melchior Lechter in das Widmungsexemplar des *Teppichs des Lebens* für Gundolf die Verse eintrug: „Nur wenn du noch ehrst bist du dir noch treu / Dann bleibt wie du dir o jüngling der kranz!" Es sind die Schlusszeilen aus dem Gedicht *Der Erkorene*. George versuchte, die Gegenseitigkeit der Achtung und Bereicherung zu betonen: „ich habe so viel ehrfurcht vor Ihrem beginnenden als Sie vor meinem halberfüllten leben. Ich kann Ihnen gewiss viel leuchten, aber auch Sie können mir viel helfen." (G/G 39)

Im Herbst 1899 stand auch die Herausgabe von drei Bänden der *Blätter für die Kunst* in dichter Folge an. George spannte Gundolf in die redaktionellen Abläufe ein und ließ ihn erste Korrespondenzen führen. Damit begann seine Laufbahn als Georges ‚Privatsekretär', die er ein gutes Jahrzehnt lang ausübte. Mit Gundolf fing die Textsorte des Auftragsbriefs an. Schon im März 1899 hatte George in einem Brief an Wolfskehl etwas plakativ formuliert: „das schreiben ist nicht meine art der mitteilung“ (G/KHW 272) – womit freilich das Briefeschreiben gemeint war. Im September 1899 ermunterte er Gundolf, ihn über seine Pläne und Werke zu informieren, fügte aber hinzu: „erwarten Sie dabei von mir wenig antwortzeilen.“ (G/G 39) Bei dem Umfang, den Georges von Korrespondenzen getragenes Netzwerk besaß, war die Tendenz zur knappen, sachbezogenen Mitteilung nachvollziehbar, entsprach auch Georges in diesem Punkt pragmatischem Naturell. Gleichwohl enthält seine Korrespondenz bis in die späten Jahre nicht wenige Beispiele einer ausführlichen, sehr persönlichen Schreibweise.

Mit Gundolf fing auch die Form der Reisebegleitung inclusive der damit verbundenen Dienstleistungen an. Ende März 1900 startete George von München aus zu einer fünftägigen Reise durch Oberitalien, auf der er Gundolf mitnahm. Die Stationen waren Verona, Vicenza und Padua, wo George Gundolf „die Strassen Dantes und Mantegnas“ (G/G 51) zeigte. Die Reise litt allerdings wohl unter ausgiebigen Regenfällen, so dass sie Anfang April über Nürnberg nach Bingen und Darmstadt zurückkehrten. George investierte in die Freundschaft mit dem jungen Gundolf in den folgenden Monaten viel Zeit. In einem Brief vom Juni 1900 versicherte er Gundolf explizit: „und wisse dass ich in diesem teil meines lebens keine schönere aufgabe kenne als Dir den weg leichter zu machen zur höhe die Du dir als ziel gesezt hast.“ (G/G 58) Er lud ihn mehrfach zu mehrtägigen Aufenthalten nach Bingen ein und besuchte ihn auch sogleich, als Gundolf Ende April nach Heidelberg zog, um dort sein Studium fortzusetzen. Es macht Sinn, diese frühe Phase ihrer Beziehung etwas genauer nachzuzeichnen, weil sie geradezu idealtypisch das neue Meister-Jünger-Modell zur Anschauung bringt und auch den enthusiastischen Ton besonders auf Seiten des ‚Erkorenen‘ zum Klingen bringt.

George hatte Gundolf eine Woche nach der Rückkehr von der Italienreise nach Bingen bestellt, wo er fünf Tage blieb. An zwei Tagen war dieses Mal Paul Gérardy zu Besuch, der allerdings mehr ‚in alter Freundschaft‘ auf der Durchreise mit Freunden dort Station machte und keine neuen literarischen Projekte mit George verfolgte. Auch bei diesem Aufenthalt unternahmen George und Gundolf wieder eine ausgedehnte Wanderung, die sie die Nahe hinauf nach Bad Kreuznach führte. Der Schwerpunkt ihrer Beschäftigung lag aber auf der erneuten Korrektur des Jean Paul-Breviers. George, der Gundolf schon zu Weihnachten die gesamten Folgen der *Blätter für die Kunst* geschenkt hatte, bedachte ihn nun mit den Erstausgaben seiner ersten vier Gedichtbände und schenkte ihm obendrein noch ein Exemplar der besonders raren Baudelaire-Übertragung in Carl August Kleins Handschrift. Überwältigt von all den Gaben und den Tagen mit George schrieb Gundolf dem ‚inniggeliebten Meister' nach der Rückkehr nach Darmstadt einen Brief, in dem er in glühenden Worten seine Liebe, Treue und Dankbarkeit beschwor. Würde man einen Briefsteller für den Typus des begeisterten Jünger-Briefs im George-Kreis zusammenstellen, gehörte dieses frühe Beispiel wohl zu den vollkommensten.

> Meine ganze Gegenwart ist jetzt das was in den letzten Wochen und Tagen mich erhoben und beseligt hat [...] und in Allem, über Allem was mir schön, gross und unvergänglich ist, Sie, mein einzig geliebter Meister. So giebt es ja keine Vergänglichkeit für mich und keine Vergangenheit, denn alles das ist ein wundervoller milder heller Traum geworden aus dem ich auch nie aufwachen kann, da er jetzt mein Leben ist und mir so sicher wie mein Leben. Mir scheint jetzt unmöglich dass ich schöne Tage ohne Sie erlebt und dass mir noch Wege vertraut waren welche ich nicht an Ihrem Arm gegangen bin. Was ich ja heute bin, kann ich mir ohne Sie nicht denken. Früher ging ich mit grossen Augen an Allem vorbei und bewunderte wol wo ich mich wiederfinden mochte oder wo man mich bewundern hiess, ich staunte und freute mich und war auch glücklich. Ich hatte wenig Schmerzen und viele kindische Sorgen. Jetzt weiss ich und nur durch Sie, welch ein höheres Glück es ist, sich hinzugeben und nun weiss ich auch was Liebe ist, und was Schmerzen wären [...]. Dass ich Sie liebe bürgt mir, dass Alles was ich Ihnen danken darf und nie genug danken kann in meinem Leben nicht nur höchste Augenblicke bleiben, Gipfel durch viele Schluchten und Niederungen getrennt, sondern dass ich immer auf den Höhen schreiten darf und immer mit Ihnen. Denn auch wenn ich Ihnen nichts mehr sein dürfte – was niemals kommen möge, – so werde ich Sie immer lieben und nie verlieren können, denn ich kann nicht von mir trennen, was Sie mir gaben. [...] Ich habe Ihnen geschrieben was eigentlich nicht zu schreiben ist und kaum zu sagen und Sie wissen dass leicht Alles fremder und kälter klingt wenn es gesagt ist, als man es gefühlt oder gewollt hat. Bin ich bei Ihnen und Sie bei mir, geliebter Meister, dann wird Ihnen ein Blick und eine Bewegung mehr sagen, als alle meine Worte der Ehrfurcht Liebe Hingebung." (G/G 51 f.)

Es ist erschütternd zu sehen, wie Gundolf hier nichts ahnend den tragischen Ausgang seiner Beziehung zu George als etwas Unausdenkbares vorwegnimmt. Bei Gundolfs nächstem Besuch in Bingen etwa zehn Tage später bot George ihm bereits das Du an. Gundolfs Erfülltheit von der Freundschaft mit George schlug sich sofort in dem leidenschaftlich verfolgten Bestreben nieder, für die Anerkennung von Georges Werk in der Öffentlichkeit zu wirken. Dabei sah der gerade zwanzigjährige Student sein Ziel nicht unbescheiden mit darin, dazu beizutragen, dass das anbrechende 20. Jahrhundert das ‚Jahrhundert Georges' würde – „so es gut geht!" (G/G 45) Sein erster Beitrag bestand darin, dass er über Georges *Teppich des Lebens* eine umfangreiche Rezension verfasste, die am 1. Mai 1900 in der *Wiener Rundschau* gedruckt wurde. Das Lob von George und Wolfskehl machte Gundolf stolz. Auch in seiner neuen Heidelberger Umgebung setzte sich Gundolf ohne Scheu gleich mit Nachdruck für George ein. Mitte Juli berichtete er George in einem Brief nach Noordwijk, wo dieser gerade bei Verwey weilte: „Gestern abend war ich bei einem Litteraturprofessoren eingeladen mit vielen anderen Studenten und -entlein – der Abend war mir viel wert insofern er mir doch einige Hoffnung gab in bezug auf den Nachwuchs dessen Deutschland zu warten hat also auch die Atmosfäre in der was die Blätter erstreben atmen soll. [...] Ein anständiger junger Mann begann seinem linken Tischnachbar (ich war sein rechter) von Hofmannsthal zu schwärmen worauf er sich zu mir wandte fragend was ich zu dieser jüngsten Bewegung meine. Ich hielt mit meiner Ansicht nicht zurück und sagte dass ich St. G. für den einzigen ganz grossen und ewigen Dichter unsrer Tage hielte. [...] Ich trug ihnen ‚Hellas ewig unsre liebe' vor, worauf sie beide sehr begeistert waren und nach dem Teppich begehrten." (G/G 60) Zum Wintersemester 1900/01 wechselte Gundolf nach Berlin. Zu seinen akademischen Lehrern gehörten dort Wilhelm Dilthey, Max Dessoir, Gustav Roethe und Heinrich Wölfflin. Gundolf beendete sein Studium 1903 in Berlin mit einer Dissertation über *Caesar in der deutschen Litteratur* bei Erich Schmidt. Das mündliche Examen bestand er Anfang März nur mit *rite*, der schlechtesten Note.

Sehr rasch wurde er von George in die Salons von Lepsius, Meyer und Simmel eingeführt, besuchte Lechters Wohnung und Atelier und lernte Georges Verleger Bondi kennen, in dessen Westend-Villa er auch bei der bereits erwähnten Lesung Georges anwesend war. Alle waren entzückt von seinem Aussehen und fasziniert von seiner Eloquenz. Bei Sabine Lepsius heißt es etwa: „Seine schöne Erscheinung bezauberte uns alle. Der klassisch geschnittene Kopf, umweht von dunklen Haaren, war getragen von einer Gestalt hohen und schlanken Wuchses, mit der er wie ein Herold durch das Leben schritt. Es geschah, dass ihm auf der Straße von Schulbuben nachgerufen wurde: ‚Da geht Schiller!' [...] Die Leichtigkeit, mit der er die Worte stellte und die Begriffe ordnete, war hinreißend." (SL 30) Gundolf nutzte auch in Berlin jede Gelegenheit, um für George zu werben. Am Ende des Jahres schrieb er George, dass er sich wundern würde, „welche unwahrscheinlichen wiewohl höchst schätzenswerte Leser und Verehrer Dir mein Eifer und Propagandism erobert hat." (G/G 67)

Aus Berlin unterrichtete Gundolf George in langen und witzig geschriebenen Briefen über seine zahllosen Gespräche in den Salons der Freunde, vom Fortgang seiner Studien und von seinen kulturellen Freizeitunternehmungen, wozu Besuche in Kunstausstellungen ebenso gehörten wie beim Gastspiel der Pariser Chansonnière Yvette Guilbert oder im Schattenspieltheater. Im April 1901 war Gundolf in Bingen, um mit George an der Zusammenstellung der fünften Folge der *Blätter für die Kunst* zu arbeiten. Sie setzte mit Georges Weihespiel *Die Aufnahme in den Orden,* einem fast dreißigseitigen Auszug aus Karl Gustav Vollmoellers Spiel *Catherina von Armagnac,* einer Einzelrede aus einem Trauerspiel von Wolfskehl und dem über zwanzig Seiten langen ‚dramatischen Gedicht' *Antinous* von Friedrich Gundolf einen auffälligen Schwerpunkt im Bereich des Dramas.

Es ist zu beobachten, dass George in der Zeit um die Jahrhundertwende den Plan einer Erneuerung der dramatischen Dichtung verfolgte. Die Präsentation dramatischer Texte hatte in den *Blättern für die Kunst* ja bereits im allerersten Band mit Hofmannsthals *Tod des Tizian* begonnen, woran sich im folgenden Jahrzehnt Texte von George selbst (*Manuel, Die Herrin betet*), Ludwig Klages (*Desiderata*), Georg Fuchs (*Geisterkomödie*) und dramentheoretische Texte angeschlossen hatten. Gerade der letzte Band der vierten Folge vom Dezember 1899 war mit einer programmatischen Stellungnahme der ‚Bühne der Blätter für die Kunst' eröffnet worden. Er schloss sich in seinem zentralen Anliegen, der ‚Wiedergeburt des Schauspiels durch den Vers', an Kleins schon 1893 erschienenen Aufsatz *Das Theatralische* an. George setzte mit einer Kritik am gegenwärtigen Zustand des Theaters ein, indem er feststellte: „das schauspiel wurde ersezt durch die vorführung körperlicher oder geistiger gliederfertigkeit des einzelnen." (BfdK IV, 5, 129) George empfahl stattdessen eine Orientierung an „der einfachheit der griechischen bühne," die für ihn am ehesten die „hersagung der neuen klanglichen gebilde" erlaubte. Um diese Erneuerung auf den Weg zu bringen, sollten „vorerst in dazu geeigneten wohnräumen mit nicht berufsmässig auftretenden" besonders geeignete Stücke aufgeführt werden. Im Salon von Reinhold und Sabine Lepsius wurde ein erster Versuch mit Karl Wolfskehls Stück *Saul* und Georges *Manuel* unternommen, der jedoch scheiterte. Claude David mag Recht mit seiner Annahme haben, dass der Rekurs auf die „liturgischen Ursprünge des Theaters"[7] ein zu radikaler Schritt war und die alleinige Konzentration auf „die Schönheit der Geste und die Qualität des Deklamatorischen" zu sehr auf eine statische Abfolge lebender Bilder hinauslief. Was in späteren Beispielen gelang, war die Einbettung von ‚dramatischen' Umzügen in ein größeres Festgeschehen wie auf den Münchner Faschingsbällen zur Zeit der Kosmischen Runde, die Beschränkung auf die kultische Hersagung in feierlicher privater Umgebung oder der Anschluss an traditionelle Gebrauchsformen wie das Schattentheater oder das Mysterienspiel. Letztlich dürfte die Aufgabe der dramatischen Projekte wohl darin ihre Erklärung finden, dass die Entwicklung von Georges Dichtung es notwendig machte, dass – wie Bruno Pieger schreibt – „das Dramatische dem Lyrischen einverwandelt werden musste, um die im geschichtlichen Sinn gültige Dichtungsform zu generieren."[8]

Kehren wir zurück zu George und dem jungen Friedrich Gundolf. Im Mai 1901 nahm George ihn mit zu einem Besuch bei Verwey in Noordwijk. Unterwegs hielt George auf Einladung von Jan Toorop eine öffentliche Lesung in Den Haag, wo er Gedichte von Gérardy, Hofmannsthal, Wolfskehl und aus seinem *Jahr der Seele* sowie dem gerade entstehenden *Gezeiten*-Zyklus rezitierte. Mit Gundolf und Toorop besuchte er dort auch das Mauritshuis, um sich Gemälde von Rembrandt anzuschauen. Besonders beeindruckte ihn das Bild *David vor Saul*, das ihn zu dem im *Siebenten Ring* enthaltenen Gedicht *König und Harfner* inspirierte. Während des Aufenthalts bei Verwey wurde der Plan gefasst, dessen Aufsätze über George und eine Auswahl seiner Gedichte ins Deutsche zu übersetzen. Dieser Aufgabe widmete sich Gundolf, als er im August wieder bei George in Bingen war. Die Publikation der Aufsätze erfolgte erst 1904. Von den von George und Gundolf gemeinsam übertragenen Gedichten Verweys erschienen fast vierzig 1903 in der sechsten Folge der *Blätter für die Kunst.* Zu Gundolfs Geburtstag am 20. Juni 1902 hielt George für seinen Jünger eine besondere Überraschung bereit. Er hatte schon bald nach ihrer Begegnung mit der Niederschrift von Gedichten begonnen, die ihr gemeinsames Erleben in dichterische Sprache transformierten. Am Ende dieses Schreibprozesses stand ein zwölf Gedichte umfassender Zyklus, der zum Herzstück der Abteilung *Gezeiten* im Band *Der Siebente Ring* von 1907 werden sollte. Am Tag vor dem Geburtstag übersandte George Gundolf ein zwölfseitiges, mit einer roten Kordel gebundenes und einem roten Umschlag versehenes selbst gefertigtes Heft im Quartformat und aus Büttenpapier. Der Umschlag trug in goldenen griechischen Buchstaben die Worte ‚Sehnen', ‚Leiden' und ‚Danken'. Es enthielt acht Gedichte des Zyklus. Gundolf war überwältigt von dieser Gabe und bezeichnete sie in einem Brief an Wolfskehl als „ein Sternenwunder" (KHW/FG I, 161).

Damit nahm er Bezug auf das für die Gedichte zentrale Motiv des Sterns, wie es etwa im zweiten Gedicht der Reihe anzutreffen ist. Während das erste mehrstrophige Gedicht die Ausgangssituation der Begegnung eines schon

Älteren mit dem „jugendlich biegsamen baum" und seinen „wangen von sonnigem flaum" skizziert, stößt das folgende nur sechs Verse umfassende bereits in eine Sphäre vor, die der Begegnung eine übergeordnete Bedeutung zuschreibt.

Für heute lass uns nur von sternendingen reden!
Ich möchte jauchzen · doch ich bin vom wunder bleich:
Der weisheit schüler löst das rätselwort der Veden
Und bricht des blinden nacht mit einem fingerstreich ·
Mit unbewusster würde trägt ein kind vom eden
Das kleinod köstlicher als manches königreich.
(SW VI/VII, 68)

Der Sprecher ist konsterniert von der quasi traumwandlerischen Leichtigkeit, mit der der Schüler *en passant* Jahrtausende alte Rätsel löst und Licht ins Dunkel des vergeblich nach Erkenntnis Suchenden bringt. Dies gilt ihm als Indiz, dass er an ein begnadetes Wesen geraten ist, das geradenwegs aus dem Paradies gekommen zu sein scheint. Die Verse stammen aus dem März 1900 und sind somit aus der persönlichen Nähe ihres gemeinsamen Aufenthalts in München hervorgegangen, aber – was Gundolf nicht ahnen konnte – es war ein paar Monate, bevor George ihm das Schmuckheft widmete, in dessen Leben ein neuer Stern aufgegangen. Im März 1902 hatte George auf der Münchner Leopoldstraße nahe beim Siegestor den 13-jährigen Maximilian Kronberger, den er schon ein paar Tage lang aufmerksam beobachtet hatte, angesprochen und ihn gebeten, eine Fotografie von ihm machen lassen zu dürfen. Die Bitte wurde ihm von Kronbergers Eltern gewährt, aber es verging fast ein Jahr, ehe George die Gelegenheit bekam, dem Porträtierten sein Foto zu überreichen. Das geschah erst im Januar 1903.

Franziska zu Reventlow als Cicerone durch Wahnmoching

Damit kehre ich in die schon angedeuteten ereignisprallen Jahre im München der Jahrhundertwende und zum Thema der Kosmik zurück. Um die intellektuelle Atmosphäre und den *life-style* von Schwabing möglichst authentisch zu vergegenwärtigen, eignet sich besonders der erwähnte Roman *Herrn Dames Aufzeichnungen* von Franziska zu Reventlow. Dieser witzige und mit einer von Sympathie erfüllten Ironie geschriebene Cicerone über ‚Schwabing als geistige Lebensform' wurde auch von George sehr geschätzt, obwohl seine Person darin von Reventlows parodistischem Humor nicht verschont wird. Bis in seine späte Lebenszeit ist George immer wieder auf Reventlows Schwabing-Roman als ein Beispiel gelungener Geschichtsschreibung zurückgekommen. In einem Gespräch aus dem Jahr 1927 ging er sogar so weit, ihrem aus einer ‚Dienstmädchenpersepktive' geschriebenen Text eine Nähe zur vorbildlichen antiken Geschichtsschreibung eines Xenophon zu attestieren, weil sie begriffen habe, dass man keine bloße Tatsache erzählen soll, „sondern nur eine Tatsache, die schon mythisches Gepräge habe, die schon durch etwas Geistiges hindurchgegangen sei." (BV 100) Noch im Frühjahr 1932 machte George gegenüber seiner Gastgeberin Clotilde Schlayer im Refugium in Minusio Andeutungen, dass es reizvoll wäre, die dort verbrachte Zeit in einem Roman mit dem Titel ‚Minusio dell'Oro' im Stile der Franziska zu Reventlow festzuhalten.

Franziska zu Reventlow war 1871 auf dem elterlichen Schloss in Husum geboren worden. Die als schwer erziehbar geltende Grafentochter wurde mit fünfzehn Jahren in ein Stift gesteckt, aber nach einem Jahr wegen anhaltender Unbotmäßigkeit wieder der Anstalt verwiesen. 1889 zog die Familie nach Lübeck, wo sich Reventlow dem Ibsen-Club anschloss. Als die Eltern 1892 bei ihr Liebesbriefe eines Mitglieds des Ibsen-Clubs entdeckten, kam sie in eine Pastorenfamilie. Bei Erreichen der Volljährigkeit floh sie zu einer Freundin nach Wandsbeck bei Hamburg und heiratete einen Gerichtsassessor. Sie zog 1894 alleine nach München, um auf einer privaten Kunstschule Malerei zu studieren. Entsprechend ihrer anarchistisch-libertären Lebensweise unterhielt sie zahlreiche Liebesverhältnisse. Noch vor der Geburt ihres unehelichen Sohnes Rolf wurde sie im Frühjahr 1897 wegen ‚fortgesetzter Untreue' geschieden. Ihr Leben verlief chaotisch. „Mehrfach versucht sie, sich eine Existenz aufzubauen: sie nimmt Schauspielunterricht, beginnt eine Lehre in einem Massagesalon, eröffnet ein Milchgeschäft, bemalt Gläser, um sie als Antiquitäten zu verkaufen – erlebt aber jedesmal ein Fiasko. So existiert sie von schlecht bezahlten Übersetzungen aus dem Französischen, literarischen Gelegenheitsarbeiten, vom Pump, einige Male auch von Amateur-Prostitution. Mietschulden, Pfandhaus, Gerichtsvollzieher begleiten ihr Dasein."[9] Im Sommer 1899 begann ihre Liaison mit Ludwig Klages, der sie in den *inner circle* der ‚Schwabinger Enormen' einführte. Er unterstützte sie bei ihrer Arbeit an dem autobiographischen Roman *Ellen Olestjerne*, der 1903 erschien. Schon seit 1896 waren Texte von ihr im *Simplicissimus* gedruckt worden. Außer mit den Kosmikern stand sie auch mit Erich Mühsam, Frank Wedekind, Oskar Panizza und Rainer Maria Rilke in näherer Verbindung. Stefan George lernte sie im Hause Wolfskehl am 20. Februar 1901 kennen. Unter diesem Datum trug sie in ihr Tagebuch ein: „Stefan George. Fast unheimlich, dieser seltsam gebildete Kopf mit den erloschenen Augen. Kommt einem nicht recht wie ein wirklicher Mensch vor, trotzdem er lachen kann."[10]

Zu vielen persönlichen Begegnungen zwischen Reventlow und George kam es nicht, da er ihr etwas dämonisch vorkam und sie eine gewisse Distanz wahrte. Sie sahen sich jedoch häufig in beider Stammcafé Luitpold. Sie nahm an den Maskenbällen des Münchner Faschings teil, häufig auch an den Jours im Hause Wolfskehl. In der ersten Hälfte des Jahres 1903 hatte Reventlow auch eine heftige Affäre mit Wolfskehl, mit dem sie sogar eine gemeinsame Italienreise machte. Am 1. November 1903 bezog Franziska zu Reventlow gemeinsam mit ihrem Geliebten Bogdan von Suchocki, einem polnischen Kunstgewerbetreibenden, und dem Freund Franz Hessel das berüchtigte ‚Eckhaus' in der Kaulbachstraße 63. Zugleich unterhielt sie Liebesbeziehungen zu dem Paläontologen und Abenteurer Albrecht Hentschel, mit dem sie 1900 fast ein dreiviertel Jahr auf der griechischen Insel Samos gelebt hatte, und ihrem immer im Hintergrund bleibenden Gönner, dem Rechtsanwalt Dr. Alfred Friess, der über einen Schlüssel zur Wohnung verfügte. Ihre anarchische, absolut unbürgerliche Lebensform, ihre ‚vaterlose' Mutterschaft, die ebenso wie ihre unverhüllte Promiskuität direkt Bachofens Beschreibung der hetärischen Kulturstufe entsprungen zu sein schien, machten Reventlow zu einer geradezu legendären Erscheinung. (Abb. 17) In ihrem Tagebuch notiert sie unterm 10. März 1901, dass Ludwig Klages sie „eine heidnische Heilige" genannt habe.[11] George selbst sprach mit Respekt von ihr als der ‚Erzhure'. Nach dem Kosmiker-Krach verfasste sie gemeinsam mit Franz Hessel drei Nummern einer satirischen Flugschrift mit dem Namen *Schwabinger Beobachter*, in dem sie mit beißendem Spott über die skurrilen Ideen und Idiosynkrasien der Schwabinger Szene herfielen. Hier bekamen auch George und seine nächsten Freunde ihr Fett weg.

Ihren Lebensunterhalt bestritt sie hauptsächlich durch Übersetzungen für den Münchner Verlag Albert Langen, für den sie etwa vierzig Bücher verdeutschte. Ab 1910 lebte Reventlow in dem alternativen Künstlerort Ascona in der Nähe des Gardasees, wo sie den Briefroman *Paul und Pedro* über Liebesbeziehungen mit verschiedenen Männertypen verfasste. Sie ging 1911 eine Scheinehe mit dem trunksüchtigen baltischen Baron Alexander von Rechenberg-Linten ein, um der Gefahr einer Ausweisung vorzubeugen. Bald nach dessen Tod 1914 verlor sie das Erbe, weil die Bank, auf der sein Geld lag, verkrachte. 1918 starb sie nach einer Operation in Muralto – am selben Ort und im selben Krankenhaus wie fünfzehn Jahre später Stefan George.

Reventlows *Herrn Dames Aufzeichnungen* gehört zur Gattung der Schlüsselromane. Hinter der Figur Herr Dame verbirgt sich Franz Hessel, den ein

Dr. Sendt, mit dem der mit Reventlow befreundete Philosoph Paul Stern gemeint ist, in die Besonderheiten des Stadttteils Wahnmoching einweiht. Sendt erklärt: „Wahnmoching ist eine geistige Bewegung, ein Niveau, eine Richtung, ein Protest, ein neuer Kult oder vielmehr der Versuch, aus uralten Kulten wieder neue religiöse Möglichkeiten zu gewinnen.“[12] Die Eigenschaft, die jemanden zum echten Wahnmochinger mache, sei es, ‚enorm‘ zu sein. Dame wird Zeuge, wie sein Freund Heinz, der den Münchner Schrifsteller Friedrich Huch verkörpert, Entzücken auslöst, als er auf einem Fest unbewusst eine kultähnliche Handlung ausführt, die die Anwesenden als ‚enorm‘ und echt heidnisch bezeichnen. ‚Enorm‘, erläutert Sendt, „ist einfach ein Superlativ, der Superlativ aller Superlative. [...] Man sagt beispielsweise nicht ein Ding, eine Sache, eine Frau sei schön, reizend anmutig – sondern sie ist fabelhaft, unglaublich – enorm. Das heißt – enorm wird mehr in übertragener Bedeutung angewandt und bedeutet den höchsten Grad der Vollendung.“[13] Noch während ihres Gesprächs begegnet ihnen Delius auf der Straße, der mit Alfred Schuler einen der führenden Köpfe der Kosmiker darstellt. Sendt unterrichtet den Novizen ausführlich über diese zentrale Gestalt des Wahnmochinger Heidentums. „Dieser Delius – nun, er ist wohl eine sonderbare Erscheinung [...], die heutige Zeit, auf die wir alle mehr oder minder angewiesen sind, gilt ihm nichts, er ignoriert sie [...]. Sein eigentliches Leben spielt sich in längst versunkenen Daseinsformen ab – mit denen er sich und andere identifiziert. – Passen Sie einmal gut auf, Herr Dame – wissen Sie ungefähr, was man sich unter Seelensubstanzen vorzustellen hat? [...] Delius denkt sich nun diese Seelensubstanzen von den ältesten Zeiten her wie Gesteinschichten übereinander gelagert, etwa zuunterst die der alten Ägypter, Babylonier, Perser – dann die der Griechen, Römer, Germanen und so weiter. Man nennt das biotische Schichten. [...] Nur bei wenigen (und das sind natürlich die Auserlesenen) hat sich eine oder die andere Substanz in überwiegendem Maße erhalten – zum Beispiel bei ihm selbst die römische.“[14] Wie selbstverständlich die Terminologie der Kosmiker auch umgangssprachlich gebraucht wurde, können zwei Briefzeugnisse aus dem April 1900 dokumentieren. Zum einen schrieb Hanna Wolfskehl, die wie ihr Mann bis dahin ein eher kritisches Verhältnis zu München hatte, bald nach Georges Abreise: „lieber Herr Stefan Sie müssen bald wieder kommen und dann für lang lang hier bleiben. München hat doch viel Biotisches.“ (G/KHW 360). Nur drei Wochen später hieß es in einem Brief an George von Gundolf unmittelbar nach seiner Ankunft in seinem neuen Studienort Heidelberg: „Nun vor Allem warte ich auf Sie geliebter Meister. Dass Sie diese Stätte einweihen wollen macht sie mir im voraus teuer und biotisch.“ (G/G 54)

Knapp zwei Monate nach seiner Einführung ist Herr Dame mit den Verhältnissen in Wahnmoching so vertraut geworden, dass Sendt ihm eine tiefer eindringende Lektion über die kosmische Denkweise erteilen kann. Er erinnert ihn an die Substanzentheorie von Delius und grenzt sie gegen den Glauben an seelische Einzelsubstanzen ab. „Wahnmoching lehnt den Individualismus ab und lehrt, dass der einzelne wenig in Betracht kommt. Von großer Wichtigkeit sind dagegen die Ursubstanzen, aus denen die Einzelseele zusammengesetzt ist, so, wie ich Ihnen schon einmal sagte, die Rassensubstanzen: – die römische – germanische – semitische und so weiter. Diese befinden sich im Blut, – unterstreichen Sie *Blut*, es ist von größter Bedeutung. Wo nun eine von ihnen das Übergewicht bekommt, so dass sie allein das Erleben (Schauen, Dichten, Handeln und vor allem auch das Träumen) beherrscht – da haben wir die Vorbedingungen für das Zustandekommen der Blutleuchte."[15] Alfred Schuler vertrat die Theorie, dass es im späten 19. Jahrhundert zu einer Kumulation von heidnischen Blutleuchten gekommen sei. Die Gegenkraft zu den kosmischen Ursubstanzen war im Weltmaßstab der molochitische Verstand. Er verschlang nach dem Verständnis der Kosmiker alles Lebendige und verkörperte das Prinzip, das sich in der modernen rationalistischen Gesellschaft durchgesetzt hatte. Die Verbindung des Molochitischen mit dem Judentum war keine Erfindung von Schuler. Sie stammt aus Eugen Dührings Schrift *Sache, Leben und Feinde* von 1882, in der bereits das Judentum als molochitisch bezeichnet wurde.

Dr. Sendt erläutert: „Man wandte nun in unserem Stadtteil mit Vorliebe diesen Gegensatz auf die Rassensubstanzen an und gelangte zu dem Resultat: Die Arier repräsentieren das aufbauende, kosmische Prinzip, die Semiten dagegen das zersetzende, negativ-molochitische. [...] Den Unterschied zwischen kosmisch und molochitisch hat man auch auf die matriarchale und patriarchale Weltanschauung übertragen [...]. Notieren Sie sich also, bitte, folgendes: in der matriarchalischen Urzeit folgte die Frau nur dem kosmischen Drange, wenn sie sich – pardon – mit einem Manne einließ. Nach Bachofen – das ist ein bekannter Gelehrter, lieber Dame, und wenn Sie sich dauernd in unserem Stadtteil niederlassen wollen, müssen Sie ihn lesen – nach Bachofen ist der Hetärismus die früheste Lebensform – in Wahnmoching gilt sie natürlich für die enormste."[16] Sendt fügt verallgemeinernd hinzu: „Merken Sie sich überhaupt, daß alle mit der Vorsilbe Ur beginnenden Worte hierzulande einen bedeutungsvollen Klang haben: Urzeit – Urnacht – Urschauer."[17]

Hält man im Werk von Stefan George Umschau nach Gedichten aus dieser Phase, die vielleicht eine Zuschreibung zur Gedankenwelt der Kosmiker erlauben, so stößt man auf Verse in zwei ‚Zeitgedichten' aus dem *Siebenten*

Ring, die beide in den Jahren 1901/02 entstanden sind. Zum einen ist im Gedicht *Die Gräber in Speier* vom „Urvater Rudolf" (SW VI/VII, 22) die Rede, womit der von George geschätzte Habsburger Rudolf I. gemeint ist, zum anderen heißt es in dem Widmungsgedicht *Böcklin*: „Du riefst aus silberluft und schmalen wipfeln/[...] / Aus nächtiger schlucht die urgebornen schauer" (SW VI/VII, 14). Den deutlichsten Beleg für eine geistige Verwandtschaft mit dem Denken der Kosmiker liefert aus dieser Zeit das Gedicht *Urlandschaft* aus dem *Teppich des Lebens*. Drei seiner vier Strophen lauten:

Aus dunklen fichten flog ins blau der aar
Und drunten aus der lichtung trat ein paar
Von wölfen · schlürften an der flachen flut
Bewachten starr und trieben ihre brut.

[...]

Hier litt das fette gras noch nie die schur
Doch lagen stämme · starker arme spur ·
Denn drunten dehnte der gefurchte bruch
Wo in der scholle zeugendem geruch

Und in der weissen sonnen scharfem glühn
Des ackers froh des segens neuer mühn
Erzvater grub erzmutter molk
Das schicksal nährend für ein ganzes volk.
(SW V, 37)

George entwirft hier also eine Urszene der Kultivierung. Schaut man genau hin, bemerkt man allerdings, dass die „scholle" hier nicht als gebärende, sondern in männlicher Wendung als „zeugende" bezeichnet wird. Dazu passt auch, dass die Sphäre des Menschen von einer ‚weißen Sonne' beschienen wird, während diejenige der wilden Tiere um die Tränke zentriert ist. Der Menschenwelt ist also das Licht zugeordnet, die apollinische Vernunft, der Natur das Wasser, das chaotische Element des Triebs und des Unbewussten. In dieser Perspektive erscheint Georges Gedicht *Urlandschaft* wie eine Abbreviatur des kulturhistorischen Paradigmawechsels, den Bachofen beschreibt – dazu später mehr.

In Franziska zu Reventlows Roman steuert das Geschehen in Wahnmoching nun auf seinen alljährlichen Höhepunkt zu, auf den Karneval. Ausführlich und nicht ohne ironische Färbung schildert sie das sogenannte Antike Fest, das tatsächlich am 22. Februar 1903 im Hause von Wolfskehl stattgefunden hat. (Abb. 18) George nahm an diesem Fest als Cäsar in weißer Toga und mit goldenem Stirnreif teil, Wolfskehl, der in Reventlows Roman als Professor Hofmann firmiert, als Dionysos in purpurrotem Gewand mit Weinlaubkranz und einem langen goldenen Stab, Alfred Schuler als ‚Urmutter' Magna Mater. Herr Dame, der mit nicht geringem Staunen das Fest verfolgt, notiert nachher in seinem Tagebuch: „Es lag doch viel heidnischer Glanz und Schimmer über dieser Nacht [...]. Das Fest begann mit einem feierlichen Umzug: voran schritt eine Bacchantin, die ein ehernes Becken schlug, dann kam Dionysos mit seinem goldenen Stab, ihm folgten der Cäsar – er trug eine Art kugelförmigen, durchbrochenen Krug, in dem ein Licht brannte – und die in Schwarz gehüllte Matrone, daneben und dazwischen bekränzte Knaben mit Weinbechern. [...] Der Umzug ergab tatsächlich ein ungemein wirkungsvolles Bild, und durch den eigenartigen Gesang, der dabei angestimmt wurde, eine fast beklommen weihevolle Stimmung."[18] Die Welt des Festes ist definiert durch die Grenzüberschreitung. Da in Schwabing aber bereits der Alltag eine permanente Grenzüberschreitung war, konnten die Feste sie nur in allegorische Form überführen. Deshalb entbehren diese Feste auch weitgehend eines spielerischen Charakters. Die Maskierungen sind bewusste Entstellungen zur Kenntlichkeit. (Abb. 19) Die Kostüme sind ernst gemeint. Delius-Schuler inkorporiert die fixe Idee, wiedergeborener Römer zu sein und das Matriarchat zu reinstallieren. Hofmann-Wolfskehl ist der wiedergeborene sinnestrunkene Dionysos, Cäsar-George führt seinen Anspruch auf Herrschaft vor Augen.

Während der Karnevalstage besucht Herr Dame einmal den Maler Adrian, hinter dem sich der Schriftsteller Oscar A. H. Schmitz verbirgt. Sie rauchen zusammen Haschischzigaretten und sprechen über panerotische Orgien, Hetärismus und Bisexualität. Ich möchte daher noch eine Passage aus einer Erzählung dieses Autors zitieren, in der eine kosmische Variante sexueller Fantasie entworfen wird. Der Text heißt *Die Geliebte des Teufels* und stammt aus dem 1902 erschienenen Band *Haschisch*, der in späteren Auflagen mit Zeichnungen von Alfred Kubin geschmückt wurde. In der Erzählung wird ein Mann zu einer ihm unbekannten Frau gebracht, die sich ihm in einem absolut finsteren Raum hingibt. Sie selbst erklärt ihm den Sinn dieser Maßnahme:

> 'Ich habe die Lichter gelöscht, damit Sie sich vorstellen können, Ihr Idol zu umarmen – nicht *eine* Frau, an der Sie tausend Kleinigkeiten stören würden: und diese Urliebkosungen, die sich an keiner Wirklichkeit abnutzen, will ich mir

> stehlen –' […] Zum erstenmal hielt ich *das* Weib im Arm, dieses dunkle grosse ferne Ewige, das *eine* Frau niemals ganz verkörpern kann. Alles glühte auf, was sonst ohnmächtige Träume und enttäuschende Wirklichkeiten in mir verschüttet hatten. Ich habe mich niemals so sinnlos bis zum Gefühl der Auflösung verschwendet, als an diesen mageren, geschmeidigen, fremdartigen Leib, der für mich keine Persönlichkeit enthielt, der wirklich das Idol war. Wie sie später behauptete, soll ich bisweilen laut fremdartige barbarische Worte gerufen haben, ähnlich den Naturlauten, die sie von wilden Völkern bei ihren bewusstlosen heiligen Tänzen gehört hatte, ein unwillkürliches Klangwerden höchster Erregungen der Seele, die in das Geheimnisvollste tastet. […] Ich weiss nicht wie und in was für Augenblicken ich in den Armen dieser Frau entschlummerte: plötzlich erwachte ich; […] um mich erglühten zahllose Lampen. Ich erschrak, als ich mich auf einmal in einem engen, grell erleuchteten Raum befand, wo mich von allen Seiten scheussliche Larven angrinsten, die ihre braunen behaarten Gesichter zwischen riesenhaften Schiessbogen, bunten Federbüschen und anderen phantastischen Geräten wilder Volksstämme herausstreckten. Das war das Boudoir meiner Freundin.[19]

Schmitz' erotisch-satanische Erzählung konzentriert an dieser Stelle eine ganze Reihe von kosmischen Merkmalen, wie sie in den Zitaten aus Reventlows Roman anklangen. Auch bei Schmitz begegnet man ‚Urliebkosungen', die nicht personal gebundener Liebe entspringen, sondern einem Idol gelten, also kultisch-religiösen Charakter haben. Auffällig ist an dieser Konstellation, dass diese ‚Urliebkosungen' gewissermaßen der Frau an sich gelten, sozusagen dem Kontinent Frau. Die Anonymität der Geliebten unterwirft sie einer Entindividualisierung, ganz nach dem Wahnmochinger Prinzip, ‚dass der einzelne wenig in Betracht kommt'. Die Dunkelheit, die die Anonymität garantiert, ist kein bloßes Akzidens, sie gehört integral zum kosmischen Erleben und ist hier wiederum mit der Traumsphäre verbunden. Zudem gehören Dunkelheit und Geheimnis eng zusammen. Schließlich tritt als ein weiteres wesentliches Element das Barbarische hinzu. Der Ich-Erzähler stößt unbewusst barbarische Laute aus, die an höchst erregte Naturlaute wilder Völker erinnern. Als er erwacht, sieht er sich gleichfalls von Kultgegenständen wilder Völker umgeben. Das Urerleben wird hier also mit Insignien des Primitivismus verbunden, die Zeichen an der Wand versetzen die Szenerie gleichsam in eine frühere Kulturstufe, bringen sie in die Nähe von reiner Natur und Ursprünglichkeit.

Schmitz war selbst Teilnehmer am Antiken Fest, bei dem er als einer der vier gleichgekleideten Hermaphroditen ein weißes Obergewand und einen roten Kranz trug. Schon ein Jahr vor Reventlow hat er in seinem Schlüsselroman *Wenn wir Frauen erwachen …* eine Schilderung des Antiken Festes geliefert, wobei er es auf eine Insel in einem See am Fuß der Alpen und in den Frühsommer verlegte. Das erlaubte ihm, das Fest durch ein textilfreies Bad etlicher Gäste beiderlei Geschlechts einzuleiten, bevor in einem Zelt ein Kultspiel aufgeführt wird. Bei Schmitz trägt George den Namen des Dichters Friedrich Wartegg, Österot ist Wolfskehl, Cornelius und Hermann verkörpern zwei Persönlichkeitsanteile von Schmitz selbst, Amélie ist seine Partnerin und spätere erste Ehefrau Nina Burk. „Das Festspiel ergab sich wie von selbst aus der Lage. Wartegg saß in purpurnem Cäsarengewand, einen Kranz über seinem Imperatorengesicht, ernst, fast finster in einer Ecke. Seine Hand spielte in den Locken eines Jünglings. Um ihn sammelten sich die, welche in dem Spiel die streitenden Philosophen darstellten. Sie begannen ihre Verse zu sprechen. Cornelius trat mit den beiden Geschwistern zu ihnen und sprach seine Rolle mit leise bebender Stimme. Amélie schauerte zusammen vor Glück, und ihre Verse waren der natürliche Ausdruck ihrer augenblicklichen Stimmung. Hermann sprach mit verlegener, aber rührender Ungeschicklichkeit. Österot fand in seiner Dionysosstrophe, die Erkenntnis und Lust versöhnen sollte, ein wundervolles Pathos, das Amélie fast trunken machte. Um sein großes, von dem schwarzen Bart umrahmtes Haupt war etwas wie eine Lichtheit, als habe ihn wirklich der Gott berührt, den er verkörperte.“[20]

Ich möchte nun die Gedankenwelt der Kosmiker und Georges Stellung zu ihnen etwas näher charakterisieren. Dabei folge ich zuerst dem Lektürehinweis, den Dr. Sendt Herrn Dame gibt. Er empfahl ihm ja, Bachofen zu lesen, wenn er länger in Wahnmoching bleiben und den spezifischen Jargon dieses merkwürdigen Stadtviertels verstehen wolle. Das ist kein beliebiger Hinweis, denn Bachofen „war ein, vielleicht sogar *der* geistige Heros von Schwabing.“[21]

Wer war Bachofen? Johann Jakob Bachofen lebte von 1815 bis 1887 in Basel und war Rechtshistoriker und Altertumsforscher. Er galt in seiner Zunft als Außenseiter, weil seine einfühlende Methode, mit der er sich der von der Romantik geprägten Idee des Ganzen und Organischen anschloss, dem akademischen Positivismus seiner Zeit entgegenlief. Vor allem sein 1859 publizierter *Versuch über die Gräbersymbolik* trug ihm wegen des spekulativen Charakters seiner Symboldeutungen Ablehnung ein. 1861 erschien dann Bachofens umfangreiches Hauptwerk *Das Mutterrecht*, auf das sich sein späterer Ruhm gründet. Zunächst blieb das Werk weitgehend unbeachtet. Die Kosmiker machten sich gegenseitig das Verdienst der Wiederentdeckung streitig. Nachweislich hat aber wohl Karl Wolfskehl als erster die Bedeutung von Bachofens *Mutterrecht* erfasst und darauf hingewiesen. Jedenfalls findet sich in Wolfskehls Dissertation über *Germanische Werbungssagen* von 1893 eine Fußnote, die Bachofen nennt. In den späten neunziger Jahren rückte dann Bachofens kulturgeschichtliche Rekonstruktion des Geschlechterverhältnisses in den Mittelpunkt. Bachofen wollte mit seinem *Mutterrecht* in eine unbekannte kulturhistorische Entwicklungsstufe vordringen, für die er den Begriff der ‚Gynaikokratie' prägte. Diese Kulturstufe sei dadurch gekennzeichnet, dass in ihr das Mutterrecht herrschte, die Geburtsfähigkeit der höchste gesellschaftliche Richtwert gewesen sei. Die gynaikokratische Phase verband sich laut Bachofen mit einer spezifischen Religiosität. Er spricht in diesem Zusammenhang vom „Mysterium der chthonischen Religion",[22] womit die Verehrung des Erdschoßes als Symbol der Fruchtbarkeit gemeint ist. Dieser religiöse Stellenwert der Erde kommt auf der Ebene des Kultus etwa in dem Primat der Nacht vor dem Tag und in der „Auszeichnung des Mondes vor der Sonne, der empfangenden Erde vor dem befruchtenden Meere"[23] zum Ausdruck.

Bachofen nahm bei der historischen Rekonstruktion der gynaikokratischen Kulturstufe noch eine Differenzierung vor. Er unterschied eine hetärische und eine demetrische Gynaikokratie. Auf der Stufe des Hetärismus sei die weibliche Sexualität durch Bindungslosigkeit charakterisiert. Bachofen schreibt: „Nicht um in den Armen eines Einzelnen zu verwelken, wird das Weib von der Natur mit allen Reizen, über welche sie gebietet, ausgestattet: das Gesetz des Stoffes verwirft alle Beschränkung, haßt alle Fesseln und betrachtet jede Ausschließlichkeit als Versündigung an ihrer Göttlichkeit."[24] Die Gynaikokratie in Zeiten des Hetärismus war also die Kombination einer religiös überhöhten weiblichen Promiskuität mit der kultischen Verehrung der Mütterlichkeit. Hier liegt der Grund für die Wertschätzung, die Franziska zu Reventlow als polyandrische Liebhaberin mit einem unehelichen Kind in Schwabing genoss.

Die hetärische Phase wurde dann laut Bachofen von der demetrischen Gynaikokratie verdrängt, die als Zeitalter der Sesshaftwerdung, von Ackerbau und Hauswirtschaft die sexuelle Bindungslosigkeit überwand. Auf diese Kulturstufe lässt Bachofen dann die Wendung zur vaterrechtlichen Auffassung des Menschen folgen. Unter Hinweis auf den Muttermord des Orestes im antiken Mythos schrieb er: „Ein Weltalter geht unter, ein neues erhebt sich auf dessen Trümmern, das apollinische."[25] Mit dem apollinischen Prinzip treten der Geist und das Individuum und auf der Ebene der Symbolik die Sonne die Herrschaft an. Bachofen wirft an dieser Stelle noch einmal einen Blick zurück. „Von den drei großen kosmischen Körpern: Erde, Mond, Sonne, erscheint der erste als Träger des Muttertums, während der letzte die Entwicklung des Vaterprinzips leitet. [...] Die Abhängigkeit der einzelnen Stufen des Geschlechtsverhältnisses von den kosmischen Erscheinungen ist keine frei konstruierte Parallele, sondern eine historische Erscheinung, ein Gedanke der Weltgeschichte."[26]

Die Kosmiker übernahmen zwar Bachofens kulturgeschichtliches Modell, nicht jedoch seine Wertungsperspektive, die auf traditionelle Weise in der Emanzipation des männlichen Geistes von der weiblichen Stofflichkeit den entscheidenden historischen Fortschritt sah. Was Bachofen entsprechend seiner zyklischen Kulturtheorie als „traurige Wahrheit"[27] seiner Untersuchungen erschien, nämlich die mögliche Wiederkehr des „mit bewusster Vergötterung der tierischen Seite unserer Natur"[28] einhergehenden Hetärismus im Moment, da „die innere Auflösung der alten Welt" fortschreitet,[29] das erfährt bei den Schwabinger Kosmikern eine vollständige Umwertung. Sie trat schon symbolisch an der Verkleidung von Delius-Schuler als ‚große Mutter' hervor.

Kosmische Runde und ‚Schwabinger Krach'

Schuler ist wohl die exponierteste und bizarrste Figur innerhalb der Kosmischen Runde. Von seiner selbst George einschüchternden Evokationskraft war bereits kurz die Rede. Alfred Schuler wurde am 22. November 1865 in Mainz geboren. In Zweibrücken wuchs er auf und besuchte das Gymnasium. Schon durch seinen Vater, der an der Freilegung eines römischen Urnenfeldes beteiligt war, kam er in Berührung mit der spätantiken Kultur. In seinem Tagebuch notierte er: „Wenn ich sodann in den Trümmern [...] der eingesunkenen Römervillen lag, da belebte sich plötzlich meine öde Umgebung. Aus den halbverbrannt umherliegenden Menschenknochen, die an eine furchtbare Katastrophe erinnerten, stiegen die Geister der Vorzeit. Aufs neue wölbten sich die längst verschwundenen Hallen, aufs neue sprudelte Wasser durch die säulenumrahmten Höfe und die Bäder, und jubelnde Bacchantinnen umtanzten die zechenden Gäste [...] Zeitweise lebte ich ganz in jener idealen Zeit."[30] Nach den Resten heidnischen Lebens suchte Schuler mit monomanischer Besessenheit. Die Münchner Dult, eine Art Trödelmarkt, galt ihm als besonders ertragreiche Fundgrube für Gegenstände, an denen noch Spuren heidnischen Kults hafteten. Oscar A. H. Schmitz berichtet in seiner Autobiographie, dass Schuler mit ihm durch abgelegene Stadtviertel wanderte und auf „die seltsamsten Beziehungen zur Vergangenheit aufmerksam machte [...]. Sprache, Sitten und Gebärden der Menschen boten ihm unaufhörlich Gelegenheit auf alte heidnische Fühlweise aufmerksam zu machen, die er gerade in der bajuvarischen Rasse noch bis zu einem gewissen Grad lebendig sah."[31] Aber nicht nur in Dingen spürte Schuler verschütteten Seelensubstanzen nach, er erkannte sie auch in Zeitgenossen. Die Träger solcher Blutleuchten nannte Schuler ‚Sonnenkinder', und als solche galten ihm zum Beispiel Kaspar Hauser, König Ludwig II. von Bayern, der uns geläufige Schriftsteller Leopold von Andrian, der französische Okkultist Henri Papus, aber auch Nietzsche und Kaiserin Elisabeth von Österreich. Auf die letzten beiden bezogen sich konkrete Pläne Schulers. Den geisteskranken Nietzsche wollte er durch einen korybantischen Tanz heilen, den er nach dem Vorbild des Kuretentanzes gestaltete.[32] Für die Kaiserin Sissi fertigte Schuler ein purpurgoldenes Tabularium an, das in kalligraphischer Schrift auf kleinen Papptafeln seine Fragmente enthielt. Schuler verfasste einen Begleitbrief an die Kaiserin, doch wenige Tage vor dem erhofften Zusammentreffen mit ihr wurde sie ermordet. Den Tod von Kaiserin Elisabeth deutete Schuler als Resultat einer Verschwörung gegen die mögliche Welterneuerung. Hier kommt seine Auffassung des Molochitischen ins Spiel, der historischen Gegenkraft der Blutleuchte. Die eigene Gegenwart sah Schuler als einen totalen Katastrophenzusammenhang, der sich in dem Wahnsinn Nietzsches, in dem mysteriösen Tod Ludwigs von Bayern und der Ermordung Sissis manifestierte. Dies alles waren Zeichen für den Triumph einer Weltfinsternis, für den Höhepunkt der molochitischen ‚Entlichtung'.

Nach dem Tod des Vaters zog Schuler 1887 zusammen mit seiner Mutter, mit der ihn bis zu deren Tod 1912 eine geradezu symbiotische Beziehung verband, nach München. Er schrieb sich für Jura ein, hörte aber bald archäologische Vorlesungen bei dem Bachofen-Freund Heinrich Brunn, studierte ein bisschen Geschichte und blieb 24 Jahre eingeschrieben, ohne ein Examen zu machen. Ab 1890 wandte Schuler sich literarischen Plänen zu, wobei er zunächst mit dem Naturalismus sympathisierte. Er erhielt 1890 sogar eine Audienz bei Henrik Ibsen in München und veröffentlichte 1893 einen Aufsatz über Ibsen in Conrads *Gesellschaft*. Zum anderen verfasste er visionäre Texte. Seine Literatur entsprang dabei – einem Selbstzeugnis zufolge – dem „Versuch einer Gestaltung autopsychischer Zustaende auf homosexueller Grundlage."[33] 1893 lernte Schuler Klages und Wolfskehl kennen, im Jahr darauf unternahm er seine erste Reise nach Rom. In den neunziger Jahren begann Schuler eine ganze Reihe von Romanen mit römischer Thematik und konzipierte eine Broschüre über Nero, der für ihn der größte römische Kaiser war. Die Broschüre wurde nicht abgeschlossen, wie auch die Romane nie über das Entwurfsstadium hinaus gediehen. Plumpe hebt an ihnen drei Stilelemente hervor: die dekorativ-ornamentalen Schilderungen nach Art des Jugendstils, die Verherrlichung von Rausch und universaler Nacht und schließlich die Bevorzugung von Raumsymbolen wie Kreis, Kugel und vor allem Urne. Zugleich entstanden die ‚Kosmogonischen Fragmente', aus denen Schuler im Februar 1897 Wolfskehl und George, den er im Monat zuvor in München erstmals getroffen hatte, vortrug.

George war sofort daran interessiert, Texte Schulers in den *Blättern* zu publizieren. Am 17. Juni schrieb Wolfskehl dem nach Bingen zurückgekehrten Dichter, dass er mit Schuler über den Abdruck seiner Texte verhandelt habe und ihm „das Triptychon der Lucernae dispersae am geeignetsten" (G/KHW 281) schiene.[34] Wolfskehl fügt hinzu, dass Schuler seine Texte auf keinen Fall unter seinem bürgerlichen Namen veröffentlichen will, sondern stattdessen „vielleicht nur die Svastika (gezeichnetes Hakenkreuz) (die ja typographisch leicht zu stechen) das Geheimnis seiner Porphyrogenese andeuten solle." (G/KHW 281 f.) Mit dem ‚Geheimnis seiner Porphyrogenese' spielte Wolfskehl auf Schulers Überzeugung an, ein Nachfahre von römisch-byzantinischen Kaisern zu sein, die in einem in Purpur ausgeschlagenen Gemach zur Welt kamen. Schuler hatte die Svastika wenige Jahre zuvor für sich entdeckt und verfolgte eine Zeitlang den Plan, eine Doktorarbeit über sie zu verfassen. Ihre europäische Karriere hatte 1871 mit den Ausgrabungen von Heinrich Schliemann in Troja begonnen, als er zu seiner Verblüffung auf tausende Weihegaben an Pallas Athene stieß, die mit dem Svastika-Zeichen verziert waren.[35] Die Svastika galt Schuler als Symbol des ‚offenen Lebens', worunter er eine ursprungsnahe Existenz verstand, in der auch die Geschlechter-Codierung noch nicht festgezurrt war. In seiner nachgelassenen Vortragsreihe mit dem Titel *Vom Wesen der ewigen Stadt* erläuterte Schuler seine Vorstellung vom offenen Leben an der quasi hermaphroditischen Struktur der Stadt Rom. In seinen Vorträgen versuchte er, in den sozialen Einrichtungen, in den kultischen Handlungen und sogar in der Architektur der Stadt die Ubiquität weiblicher und männlicher Geschlechtssymbolik nachzuweisen. Es kam ihm dabei auf „die Doppelgeschlechtlichkeit der großen Weltamazone Roma"[36] an, auf ihre heidnischen Reste und die Ungeschiedenheit eines vorgeschichtlichen Eros.

George integrierte die Svastika in sein Symbolrepertoire. 1902 machte er von ihr auf einer Gundolf gewidmeten Gedichthandschrift Gebrauch, in den Jahren 1910 bis 1912 trugen die von ihm initiierten *Jahrbücher für die geistige Bewegung* sie auf dem Umschlag. Die Reihe der sogenannten ‚Geistbücher', in der zwischen 1916 und 1934 die großen Monographien über Goethe, Nietzsche, Friedrich II., Platon und George selbst erschienen, wies ein Signet der ‚Blätter für die Kunst' mit einem Hakenkreuz in der Mitte auf. Ein ähnliches mit einer Svastika versehenes Signet besaß die Reihe ‚Werke der Schau und der Forschung aus dem Kreise der Blätter für die Kunst', die zwischen 1921 und 1927 im Breslauer Ferdinand Hirt-Verlag publiziert wurde.

Die Begegnung mit Alfred Schuler und das Erlebnis seiner Evokationskraft beeindruckten George so sehr, dass er in die zweite Auflage des *Jahrs der Seele* 1898 das ihm gewidmete Gedicht *A. S.* aufnahm, das an mehreren Stellen auf das Wortmaterial der *Lucernae dispersae* anspielt.[37] Ein weiteres Zeugnis von Georges Wertschätzung ist das dem „Ingenio Alf: Scolari", also dem Geiste Alfred Schulers gewidmete Zeitgedicht *Porta Nigra* im *Siebenten Ring*. Das Gedicht erschien zuerst 1903 in den *Blättern für die Kunst* und dürfte von einem Besuch Triers inspiriert sein, den George im Juni 1901 mit Wolfskehl unternommen hatte. George kontrastiert hier ganz im Sinne Schulers eine degenerierte Gegenwart mit der Lebensfülle des römischen Trier. *Porta Nigra* ist ein Rollengedicht, insofern es aus der Perspektive des wiedergeborenen römischen Lustknaben Manlius spricht. Ich zitiere einige Verse, in denen die starke Anlehnung an die Terminologie und Vorstellungswelt Schulers spürbar ist.

Dass ich zu eurer zeit erwachen musste
Der ich die pracht der Treverstadt gekannt
Da sie den ruhm der schwester Roma teilte ·
[...]

Hier zog die Mosel zwischen heitren villen..
O welch ein taumel klang beim fest des weines!
Die mädchen trugen urnen lebenschwellend –
Kaum kenn ich diese trümmer · an den resten
Der kaiserlichen mauern leckt der nebel ·
Entweiht in särgen liegen heilige bilder ·
[...]

Die fürsten priester knechte gleicher art
Gedunsne larven mit erloschnen blicken
Und frauen die ein sklav zu feil befände –
Was gelten alle dinge die ihr rühmet:

Das edelste ging euch verloren: blut..
Wir schatten atmen kräftiger! lebendige
Gespenster! lacht der knabe Manlius..

(SW VI/VII, 16 f.)

Der römische Strichjunge Manlius fungiert als Verkleidung Alfred Schulers. Der Beginn des Textes übernimmt seine Selbstdeutung als wiedergeborener Römer aus der Kaiserzeit, versetzt den Purpurgeborenen allerdings nach dem Vorbild von Algabal in das Milieu der käuflichen Sexualität. Zwei Stellen des Gedichts sind in unserem Zusammenhang noch hervorzuheben. Wenn George die Mädchen im römischen Trier ‚lebenschwellende Urnen' tragen lässt, korrespondiert das mit Schulers symbolischer Ineinssetzung von Urne und Uterus, Totenkult und Gebären, die man in seinen Vorträgen über Rom immer wieder antrifft. In dieselbe Richtung weist die Formulierung von den ‚lebendigen Gespenstern', die den eminenten Stellenwert des Totengedächtnisses bei Schuler unterstreicht. Das Totengedächtnis stellt eine ins Kultische reichende und ästhetisch überformte kulturelle Praxis dar, die für George, wie wir an der Gedächtnislesung für Richard Perls gesehen hatten, von Beginn an zentral war.

Die Faszination zwischen George und Schuler beruhte auf Gegenseitigkeit. Seit Wolfskehls Umzug im Frühjahr 1899 nach München war eine Örtlichkeit verfügbar, die die Verdichtung der Kontakte begünstigte. Im April schwärmte George davon, wie „redend liebend geniessend in Wolfskehls weisheitsräumen meister und jünger der schönheit" (L/G 72) nun wandeln könnten. Im selben Monat schenkte Schuler George eine Handschrift seines Gedichts *Zillerthal* in goldener Tusche auf purpurfarbenem Karton. Auch Schuler war von der Gestalt des spätrömischen jungen Kaisers Elagabal gefesselt und schätzte an Georges Gedichtband besonders den schillernden Hermaphroditismus der Titelfigur. Im Dezember 1899 schrieb er drei Gedichte aus Georges *Algabal* ab und überreichte ihm die kalligraphische und ebenso prunkvolle Handschrift mit der Widmung ‚Geschrieben fuer Stefan George und mit cosmischen Symbolen geschmueckt im Advent 1899'. Wolfskehl rapportierte George, dass sich Schuler „machtvoll und prächtig" entwickle und fügte hinzu, er sei „wahrlich vom Bronn der Wahrheit genetzt. Ein ungeheurer Mensch!" (G/KHW 309)

Das Zusammenwirken der Kosmiker Wolfskehl, Schuler und Klages intensivierte sich nach der Jahrhundertwende. Wolfskehl in seiner enthusiastischen Natur prophezeite George, die ‚große Wende' stünde jetzt bevor, das kosmisch erfüllte München würde unter dem Banner des *Teppichs des Lebens* alle Lebendigen versammeln und zum Generalangriff auf den rationalistischen Zeitgeist blasen. Er forderte George, der seit dem Aufbruch zur Italienreise mit Gundolf Ende März 1900 nicht mehr in München gewesen war, Anfang Januar 1901 auf: „Komme bald in unsere Mitte, du Sänger, du Offenbarer, du Gewaltiger der Zeit, in dessen Zeichen wir siegen wollen." (G/KHW

396) Wie erfüllt die geistige Atmosphäre Schwabings von den kosmischen Theorien war, zeigt ein wenige Tage später von Hanna Wolfskehl an George gerichteter Brief: „Sowohl Klages, als Karl & Schuler (die 3 Heiden wie ich sie nenne) hoffen viel von Ihrem Kommen alle 3 haben den Winter über oft Ihrer gedacht. Bei ihren Gesprächen sitz ich als Squaw in der Ecke & lausche der Weisheit. Da hab ich nun viel gehört & viel gefühlt, so dass ich mich auch beinahe als Zugehörige einer neuen heidnischen Welt betrachte & ich selbst bin in meinem neuen Stande so weit gekommen dass ich einen wunderbaren Traum hatte, den Schuler als unbedingt kosmisch deutete & den ich Ihnen gar gerne berichten möchte zumal er mit Ihnen & dem Teppich nicht ohne Zusammenhang ist." (G/KHW 398 f.) Der Traum, den Hanna Wolfskehl dann schildert, spielt zur Mitternacht auf einer Burgruine oberhalb von Bingen. Von dort aus beobachtet sie, wie ein magisches Licht den Strom beleuchtet und einen Kahn mit drei Männern und silbernen Rudern mit Glanz überzieht. In enthusiastischen Worten berichtete sie etwa zwei Wochen später Friedrich Gundolf von einem Rezitationsabend Schulers in ihrem Hause, bei dem auch Klages anwesend war. Schuler habe aus Goethes *Faust* auf eine ungeheuerliche Weise vorgetragen und sie alle in helle Begeisterung versetzt. „Schuler hatte alle Stimmen in seiner Kehle die Göthe verlangen konnte, und gab jede Person so, dass man sie voll erlebte. Er nuancierte so reich und bis ins Kleinste und wahrte dabei doch die grosse Form – er sprach so differenciert und für den Moment geeignet und doch wurde jedes Einzelne durch einen grossen schwingenden Rhythmus gehalten und alles umspannt von der unvergleichlich klingend metallnen Stimme." (KHW/FG I, 100) Als George wenige Tage später in München eintrifft und zunächst in Wolfskehls neuer Wohnung in der Leopoldstraße 51 Quartier nimmt, teilt sich auch ihm die lebendige Atmosphäre mit. An Lechter schreibt er gleich im Februar: „Hier ist das leben doch lebbar denn hier giebt es noch Geister etwas aus der Berliner luft ganz verjagtes." (L/G 157) Als einer dieser Geister erschien George Alfred Schuler. Jedenfalls hat er ihn in einem Gedicht, das erst 1914 im *Stern des Bundes* Aufnahme fand, so porträtiert. Sein Anfang lautet:

Du hausgeist der um alte mauern wittert
Nach schwängrung süchtig unter bogen kauert
Aus trümmern daseins überbleibsel saugend:
Strich deine hand auf schal- und urnenscherbe
So stand fast körperhaft vor uns dein denkbild:
Von goldnen säulen schlang sich blumenkette
Erzbecken rauchte neben purpurlagern

Verstrickt in allen formen der umarmung
War milch- und rosenleib und kupferbrauner
(SW VIII, 46)

Das Gedicht würdigt Schulers allen zeitgenössischen Zeugnissen zufolge erstaunliche Evokationskraft, was die römische Kultur anging. In seiner biographischen Skizze schrieb Klages über Schuler: „Er hatte mehrmals Ausgrabungen beigewohnt und dabei die Wahrnehmung gemacht, daß von den Trümmern, wann sie eben dem Boden entrissen waren, ein sinnlich spürbarer Hauch ausging, zumal ein unbeschreiblicher Duft [...]. Dieses Fluidum versetzte ihn in eine Art Rauschzustand, dem günstigenfalls Visionen entblühten aus den versunkenen Lebenstagen jener Marmorstücke und Scherben."[38] Georges Gedicht korrespondiert dieser Schilderung in der Betonung der rezeptiven Haltung des ‚Hausgeists'. Das wird besonders greifbar in der ‚Sucht nach Schwängerung'. Damit spielte George zum einen auf Schulers inszenierte Genderqueerness an, zum anderen hob er einen Umstand hervor, der subkutan bereits eine wesentliche Differenz zwischen ihnen andeutete. Sie bestand in der Abgrenzung gegenüber Schulers passiver Hingabe, die besonders in seiner sentenziösen Replik auf Georges Frage, was er denn wolle, wenn er die Kunst als zentrale Aufgabe ablehne, zum Ausdruck kam. Schuler soll darauf geantwortet haben: „Ich möchte leben, fast hätte ich gesagt, *gelebt werden.*" (BG 264)

Der Disput bezog sich auf den von Schuler gegenüber George erhobenen – und von Klages geteilten – Vorwurf, er verfüge zwar über magische Kräfte, mache aber leider nur Gedichte daraus. Dichtung betrachteten beide aber als ein „zu schwaches Mittel um Urschauer ins Dasein zu rufen." (BG 267) Entscheidend sei eher die Entbindung der verschütteten seelischen Ursubstanzen in einer konkreten Handlung, die wie ein Funken einen Brand entzünden könne. Schuler soll auf Georges Frage, was er denn, „wenn er [Schuler] schon das Dichten für wirkungslos hielte, stattdessen vorschlüge, geantwortet [haben], George müsse sich nackt auf dem Markt zeigen, dies werde gleichsam katalysatorisch eine umstürzende Bewegung in den Menschen auslösen und es könne der Beginn einer Weltenwende sein. George soll nur mit den Schultern gezuckt und zur Antwort gegeben haben: eine Irrenzelle mehr zu füllen, sei nicht seines Amtes."[39] Die Einleitung zur siebten Folge der *Blätter* nahm ironisierend auf den Kult der Nacktheit Bezug, indem sie den Kosmikern unterstellt, sie würden die dadurch hervorgerufene Gänsehaut als ‚acherontisches Frösteln' interpretieren. In einer Notiz eines Gesprächs, das Friedrich Wolters mit George im Vorfeld der Niederschrift seiner Monographie *Stefan George und die Blätter für die Kunst* geführt hat, heißt es sogar, die Kosmiker hätten ihn dazu überreden wollen, „Knaben auf offenem Markt [zu] beschlafen."[40]

Auf diesem Hintergrund muss wohl eine Episode verstanden werden, in der George auf eine – in den Worten des Betroffenen – ‚leicht grausame' Art demonstrierte, dass diese Idee der Kosmiker nicht zielführend sei. Zu der Entourage von Wolfskehl, Klages und Schuler gehörte auch der 1880 geborene Roderich Huch, der im Herbst 1899 zum Jurastudium nach München gekommen war und gleich von seinem Vetter Friedrich Huch in die Sphäre der Enormen von Schwabing eingeführt wurde. Das jugendlich-attraktive Aussehen und sein gewinnendes Wesen führten dazu, dass Alfred Schuler Roderich Huch kurzum zum ‚Sonnenkind' nobilitierte. In Reventlows Schlüsselroman kommt er als ‚Konstantin der Sonnenknabe' vor. Huch berichtet in seinem 1944 verfassten Rückblick auf seine Schwabinger Zeit, dass er einmal auf einem Jour bei Wolfskehls gewesen sei, als plötzlich George aus dem allein ihm vorbehaltenen ‚dritten Zimmer' unter die Anwesenden getreten sei: „George platzte in die sofort einfallende Stille hinein, trat auf mich zu und herrschte mich an: ‚Ziehen Sie sich aus!' Ich bekam einen tödlichen Schrecken, sah die anderen teilweise schadenfroh grinsen und entgegnete leise und schüchtern: ‚Nein!' Hierauf drehte sich George wortlos um und verschwand."[41] Die Weigerung des ‚Sonnenknaben' zog das Verbot eines weiteren Umgangs mit George und damit auch den Ausschluss von Wolfskehls Jours nach sich. Klages wurde ein paar Tage später noch bei George vorstellig und bat mit Hinweis auf dessen Unschuld, diese Strafe zurückzunehmen. George habe auch sogleich „erklärt, er wisse das wohl, aber es sei für ihn nun einmal ausgeschlossen, von mir ein ‚Nein' ungestraft hinzunehmen. Der Bruch sei daher von seiner Seite endgültig."[42] Die einzige Konzession, die George machte, war das Einverständnis mit dem fortgesetzten Kontakt zwischen Huch und Friedrich Gundolf. Roderich Huch sah sich im Nachhinein in einer gewissermaßen ausweglosen Situation, da er annahm, „dass George selbst in seinem Herzen mein Verhalten gebilligt hat und mir vielleicht sogar ein ‚Ja' noch viel weniger verziehen hätte als das von mir gesprochene ‚Nein'."[43] Frommel deutet den Vorgang als einen „Contre-Coup gegen Schuler,"[44] um zu demonstrieren, dass auch der von ihm als ‚Sonnenkind' identifizierte Roderich Huch so sehr in bürgerlichen Konventionen stecke, dass er nicht zu einem umstürzenden ‚Entkleidungs-Happening' bereit gewesen sei. Freilich muss man sagen, dass der Preis dieser Demonstration für den Probanden Roderich Huch unverhältnismäßig hoch war.

Eine weitere Differenz zwischen George und Schuler bestand darin, dass George die Deutung der Gegenwart als bloße Weltfinsternis zu einseitig war.

Schon 1901 hat er Wolfskehl gegenüber geäußert: „Schuler in seiner Konsequenz ist die Elimination alles Schönen, alles Lebendigen, aller Kräfte zugunsten eines blutleeren Gespensterwortes."[45] Damit war wohl gemeint, dass Schuler der fixen Idee der Blutleuchte alle produktiven Impulse aufopfere und einer zu wenig differenzierenden, manichäischen Sicht zuliebe alles verleugne oder übersehe, was als kultureller Neubeginn wirken könnte. Von untergründigen Spannungen in der Kosmischen Runde berichtet auch Albert Verwey, der über Ostern 1902 für einige Tage auf Georges Einladung nach München gekommen war. George quartierte ihn in dieselbe Pension in der Giselastraße 15 ein, die er auch häufig in Anspruch nahm. In seinem Gepäck hatte Verwey die im November 1901 im Bondi-Verlag veröffentlichte Schrift *Stefan George* von ‚Dr. phil. Ludwig Klages'. Es ist die erste selbstständige Publikation über Georges Werk, auf die der Porträtierte nicht wenig stolz war.

Klages schickte seiner ca. 75 Seiten umfassenden Studie eine Vorbemerkung voraus, in der er erklärte, er wolle „den metaphysischen Gehalt" von Georges Werk und die in ihm „wirksamen allgemeinen Grundkräfte" darstellen.[46] Es ging Klages also um eine exemplarische Behandlung von Georges Werk. Exemplarisch sollte auch das methodische Verfahren sein, das „den ersten Versuch einer Verständigung zwischen lebendiger Mystik und den notwendig toten Formeln der Wissenschaft" bilde.[47] Die Monographie zerfällt in zwei Teile, in das Kapitel ‚Georges künstlerische Gesinnung' und das längere ‚Über den Gehalt seiner Dichtung'. Klages nennt George eingangs den „Erneuerer eines Glaubens, der seit den Tagen der Romantik verloren ging."[48] Es entstehe ein Bild höherer Wirklichkeit, das nicht primär bewusstseinsmäßig erfasst werden könne. „Nicht im Hirn, dem Sitz des Bewusstseins, sondern im Blut quillt die Rauschwoge auf."[49] Klages schreibt dieser Kunst – wie dem Leben selbst – einen religiösen Status zu und nennt sie „eine Nabelschnur ausgespannt zwischen dunkler Urmitte und kreisentrissenem Lichtpunkt: Geist."[50] So seien auch Georges Gedichte „die sprachlich-bildnerische Verwirklichung eines religiös gestimmten Grundzustandes" und wesentlich ‚androgyn'. Im Abschnitt ‚Inhalt und Form' wendet sich Klages Georges Sprache zu und schreibt: „In kargen Silben ist Schall der Urzeit wie in sausenden Muscheln verfangen."[51] Georges dichterischer Sprache obliege es, die in der Gegenwart entseelte Sprache „aus eigenem Urborn zu heiligen."[52] Klages nennt die Verse Georges ‚Offenbarungen' und betont ihre Verwandtschaft mit Zaubersprüchen, Mantik und Beschwörungen. In der ‚Überleitung' zur Werkbetrachtung rückt Klages George in die Tradition von Hölderlin und Nietzsche. Dem Werk unterlegt er ein Entwicklungsmodell, das vom ‚heidnischen Eros' zur ‚christlichen Caritas' reicht.[53] Was an der Diktion des Buches auffällt, ist die unverkennbare Vorliebe für die Vorsilbe ‚Ur' sowie für ‚Blut' und ‚Erde'. Es ist unverkennbar, dass es ganz aus den Ideen der Kosmischen Runde erwachsen ist. Klages selbst betonte in einem Dankesbrief an Gundolf, dass er mit diesem Werk George ein Denkmal habe setzen wollen und dabei nur als Sprachrohr der Freundesrunde fungiert habe. „Sie ÜBERSCHÄTZEN meine Leistung. Ich war in meinem Buch nur Stimme und redende Zunge eines ganzes KREISES, und was an Erkenntnis aus meinen Seiten spricht, ward nicht in MIR allein, sondern im Zusammenstoß der Geister bereitet." (G/G 100) Entsprechend kann auch das begeisterte Echo Wolfskehls nicht überraschen. Er schreibt George im Dezember 1901: „Es ist unglaublich wie reich wie schwerwiegend, wie satt dies Buch ist." (G/KHW 459) Wolfskehl wertet Klages zum Propheten auf, wenn er ergänzt, dass sich der Verfasser in diesem Buch „über das Haubtthema dieser Zeit wunderbar seherisch vernehmen lässt." (G/KHW 459)

Nur wenige Wochen später nimmt Ria Claassen in ihrem Aufsatz *Stefan George* in der Januar-Nummer der *Socialistischen Monatshefte* begeistert auf die Schrift von Klages Bezug, indem sie sie als „den ersten erschöpfenden und tiefstwesentlichen Ausdruck für die hier in Rede stehende Kunst" bezeichnet.[54] Ria (Schmujlow-) Claassen war als junge Frau mit der sozialistischen Bewegung in Berührung gekommen – einer ihrer Trauzeugen war 1893 in London Friedrich Engels – und interessierte sich besonders für Kunst und Frauenfragen. Ab 1896 stand sie in Briefkontakt mit Hofmannsthal und trat im München der Jahrhundertwende in Beziehung zum George-Kreis. Als ausgebildete Schauspielerin war sie eine geschätzte Rezitatorin bei privaten und öffentlichen Lesungen. Am 14. Februar 1901 hatte sie bei einer Aufführung von Hofmannsthals *Der Tod des Tizian* auf der Totenfeier für den im Vormonat verstorbenen Maler Arnold Böcklin im Künstlerhaus, an der auch George und Wolfskehl teilnahmen, den Gianino gespielt. Gerade in den Tagen von Verweys Besuch in München trug Claassen im Festsaal des Bayrischen Hofs Gedichte von Franz von Assisi, Johannes vom Kreuz, Johannes Tauler, Clemens Brentano und George vor. George hatte mit seinen Freunden in der ersten Reihe Platz genommen, was die Vortragende etwas befangen wirken ließ. Aus Georges Werk las sie vor allem Gedichte aus dem *Teppich des Lebens*, aber auch *Die Aufnahme in den Orden* und schon ein erstes Beispiel seiner in Entstehung begriffenen Dante-Übertragungen. Sie war auch an den Proben zu einer Aufführung der *Aufnahme in den Orden* im Hause Wolfskehl im Februar 1903 beteiligt.

Ihr Aufsatz ist im Wesentlichen ein paraphrasierender Durchgang durch Georges Werk, wobei sie sich mehrfach zustimmend auf Hofmannsthals

George-Aufsatz von 1896 bezog. Im aktuellen *Teppich des Lebens* erblickte Ria Claassen „die nackte klare Gestaltung [...] des Einen, was not thut für uns und unsere der Selbstzucht entbehrende Zeit."[55] Wenn sie ihre Darstellung in der Kennzeichnung Georges als „Wecker und Helfer" zusammenfasst,[56] so wird wohl klar, dass wir es hier nicht gerade mit einem typischen Beispiel sozialistischer Literaturkritik zu tun haben. Die Gemeinsamkeit mit der sozialistischen Perspektive erschöpft sich in dem Glauben an eine notwendige Erneuerung und eine neue ethische Grundlegung des gesellschaftlichen Lebens. Man wird Claassens George-Deutung im Kontext ihres drei Jahre zuvor ebenfalls in den *Socialistischen Monatsheften* erschienenen Porträts von Maurice Maeterlinck mit dem Titel *Religiöse Kunst* zu sehen haben, in dem sie davon spricht, jetzt seien „aller Orten Propheten aufgestanden," die die ‚neue Religion' einer liebenden Allverbundenheit verkündigten.[57]

An Propheten gab es, wie gesehen, in Schwabing keinen Mangel, und für unseren Zusammenhang ist wenigstens eine kurze Erwähnung eines weiteren angebracht. Albert Verwey berichtete in seinen Briefen an seine Frau von den Abenden bei Wolfskehl, wo er mit George, Klages und Schuler zusammen saß und die Gesprächspartner bei aller Differenz darin einig waren, dass es für die Offenbarung der Lebensgeheimnisse notwendig sei, vor die christliche Zeit zurückzugehen. Verwey schreibt: „Jede Bildung von später, die man Entwickelung nennt, war einfach eine Verirrung. Und von diesem Geheimnis aus, sobald es gefunden ist, werden Leben und Welt auf eine wunderbare Weise regeneriert werden." (AV 37) Ein separates Treffen fand dann noch zwischen Verwey und Ludwig Derleth statt. Verwey nennt ihn einen „aus der katholischen Kirche verstoßene[n] und bis an die Grenze des Wahnsinns gehende[n] Held und Märtyrer des Absoluten," den er der „aus den ältesten christlichen Zeiten emporgedrungene[n] streitbare[n] Kraft des Christentums" vergleicht. (AV 38 f.) Für Derleth, so Verwey, sei Jesus „ein Feldherr, die Bibel das streitbarste Buch der Welt." (AV 38) Unter dem Eindruck dieses Besuchs verfasste Verwey das Gedicht *Michael*, das Derleth als eine Art Erzengel porträtiert.

Ludwig Derleth war 1870 in Unterfranken geboren worden und wuchs in Münnerstadt und Nürnberg auf, wo er das Abitur ablegte. Er studierte in München mehrere philologische Fächer und wurde anschließend Gymnasiallehrer. 1894 unternahm er eine erste Paris-Reise, bei der er in Kontakt zu Rosenkreuzern und Theosophen kam. 1897 verbrachte er einige Monate in einem Kloster in Rom, im Jahr darauf war er wieder in Paris, wo er George mehrfach begegnete, ohne ihn zu sprechen. Um 1900 siedelte er sich in München an, wo er zusammen mit seiner Schwester Anna Maria lebte. Der mit ihm befreundete Schuler führte ihn bei Wolfskehl ein, der sogleich von Derleth gefesselt war. 1902 lernte Derleth auch George persönlich kennen, der sich für seine Gedichte interessierte. Derleth hatte in den späten neunziger Jahren Gedichte in der Jugendstil-Zeitschrift *Pan* veröffentlicht. Von 1903 bis 1910 war er Beiträger zu den *Blättern für die Kunst*. 1908 dankte George Derleth in einem – zu dieser Zeit schon seltenen – eigenhändigen Brief für seine Gedichteinsendung zur achten Folge der *Blätter* mit den Worten: „Dank Derleth für diese schönen Gedichte sie haben: das höchste was man als lob sagen kann: den grossen lebens-odem."[58] Trotz dieser hohen Wertschätzung reagierte Derleth auf die Anfrage für Beiträge zur neunten Folge, es passe nicht zu seiner Tätigkeit, weiterhin Gedichte zu machen. In den ‚Tafeln' des *Siebenten Rings* finden sich sowohl Widmungsgedichte Georges an Ludwig als auch an Anna Maria Derleth. Die zweite Strophe der ‚Tafel' für Ludwig Derleth hebt die Wesensverwandtschaft zwischen ihm und George selbst hervor, indem sie die Unbedingtheit ihres Wollens betont, die selbst in dem ihnen zugehörigen Kreise ein Alleinstellungsmerkmal ist:

> In unsrer runde macht uns dies zum paare:
> Wir los von jedem band von gut und haus:
> Wir einzig können stets beim ersten saus
> Wo grad wir stehn nachfolgen der fanfare.
> (SW VI/VII, 172)

Auch im *Stern des Bundes* findet sich noch ein äußerst respektvolles Widmungsgedicht an Derleth, das ihn mit Franz von Assisi und dem Kreuzzugs-Propagandisten Bernhard von Clairvaux parallelisiert. Es schreibt Derleth „des adlers blick" zu und lobt seine Methode, „den matten sinn mit zorn und strenge" aufzufrischen. Die letzten Verse reflektieren seine isolierte Situation innerhalb der katholischen Kirche: „Dir wehrte raum ein enggewordner schooss / Dir müder kirche spät-gebornem kämpen – / Erdströme bargst du die sie nicht mehr fing." (SW VIII, 45)

Ende 1903 erschienen Derleths *Proklamationen*, aus denen er George am 26. Februar 1904 exklusiv vorlas. Sie enthalten das offensive Bekenntnis zu einem militanten Katholizismus, der ebenso aus Derleths Verehrung für Napoleon wie aus dem Konzept des *miles christianus* hervorging. Die Kombination trug ihm in Schwabing den Spitznamen ‚Jesus Bonaparte' ein. In Anspielung auf seinen Anspruch einer imperialen Erneuerung der Kirche soll George zu ihm – vielleicht kurz nach dem Tod von Leo XIII. am 20. Juli 1903 – gesagt haben: „Dass Sie nach Rom gehen, um Papst zu werden, verstehe ich.

Aber dass Sie zurückkommen und es nicht geworden sind – das versteh ich nicht!"[59]

Eine ausführlichere Explikation seines Gedankengebäudes würde zu weit vom Wege abführen, aber eine Passage aus der Erzählung *Beim Propheten* von Thomas Mann mag eine Vorstellung von Derleths Persönlichkeit geben. Sie bezieht sich auf eine Lesung in der Schwabinger Dachwohnung von Derleth und seiner Schwester in der Destouchstraße 1 im März 1904. Allerdings hat Thomas Mann den Vortrag Derleths insofern fingiert, als die ,Proklamationen' von seinem Jünger Rudolf Blümel rezitiert wurden. Die Erzählung Manns erschien sogleich im Mai in der Wiener *Neuen Presse*. Mann schickte seiner Erzählung eine allgemeine Reflexion voran: „Seltsame Orte gibt es, seltsame Gehirne, seltsame Regionen des Geistes, hoch und ärmlich. An den Peripherien der Großstädte [...] muß man in den Häusern emporsteigen, bis es nicht weiter geht, bis in schräge Dachkammern, wo junge, bleiche Genies, Verbrecher des Traumes, mit verschränkten Armen vor sich hinbrüten, [...] hungrig und stolz, im Zigarettenqualm mit letzten und wüsten Idealen ringen. Hier ist das Ende, das Eis, die Reinheit und das Nichts."[60] Der Erzähler, der sich selbst als ,Novellist' auftreten lässt, beschreibt die zu einer Lesung geladenen Gäste, die sich in vielen Fällen als Personen des Schwabinger Milieus aufschlüsseln ließen. Sie werden in einen von Kerzen feierlich erhellten Raum geführt, der ein alkovenartiges Gelass hat, „das heller als der übrige Teil der Mansarde erleuchtet war und halb als Kabinett, halb als Kapelle behandelt schien. In seiner Tiefe befand sich ein mit dünnem blassen Stoffe bedeckter Diwan. Zur Rechten gewahrte man ein verhängtes Büchergestell, auf dessen Höhe Kerzen in Armleuchtern und antik geformten Öllampen brannten. Zur Linken war ein weiß gedeckter Tisch aufgeschlagen, der ein Kruzifix, einen siebenarmigen Leuchter, einen mit rotem Weine gefüllten Becher und ein Stück Rosinenkuchen auf einem Teller trug. Im Vordergrunde des Alkovens jedoch erhob sich, von einem eisernen Kandelaber noch überragt, auf einem flachen Podium eine vergoldete Gipssäule, deren Kapitäl von einer blutrot-seidenen Altardecke überhangen wurde. Und darauf ruhte ein Stapel beschriebenen Papiers in Folioformat: Daniels Proklamationen."[61] Nun beginnt die Lesung.

> Es waren Predigten, Gleichnisse, Thesen, Gesetze, Visionen, Prophezeiungen und tagesbefehlartige Aufrufe, die in einem Stilgemisch aus Psalter- und Offenbarungston mit militärisch-strategischen sowie philosophisch-kritischen Fachausdrücken in bunter und unabsehbarer Reihe einander folgten. Ein fieberhaftes und furchtbar gereiztes Ich reckte sich im einsamen Größenwahn empor

> und bedrohte die Welt mit einem Schwall von gewaltsamen Worten. Christus imperator maximus war sein Name, und er warb todbereite Truppen zur Unterwerfung des Erdballs, erließ Botschaften, stellte seine unerbittlichen Bedingungen, Armut und Keuschheit verlangte er, und wiederholte in grenzenlosem Aufruhr mit einer Art widernatürlicher Wollust immer wieder das Gebot des unbedingten Gehorsams. Buddha, Alexander, Napoleon und Jesus wurden als seine demütigen Vorläufer genannt, nicht wert, dem geistlichen Kaiser die Schuhriemen zu lösen [...]. Das einsame Ich sang, raste und kommandierte. Es verlor sich in irre Bilder, ging in einem Wirbel von Unlogik unter und tauchte plötzlich an gänzlich unerwarteter Stelle gräßlich wieder empor. Lästerungen und Hosianna – Weihrauch und Qualm von Blut vermischten sich. [...] Er war zu Ende. ‚Soldaten!' schloss er [...]: ‚Ich überliefere euch zur Plünderung – *die Welt*!'"[62]

Auch in Thomas Manns Roman *Doktor Faustus* findet sich in der Gestalt des Dichters Daniel zur Höhe, eines asketischen Fanatikers militanter Welterlösung, ein Porträt von Ludwig Derleth.

Derleths *Proklamationen* sind eine dichterische Ersatzhandlung für seine Idee, mittels eines ekklesiastisch-militanten Ordens ein anderes Christentum, ein quasi vor-konstantinisches, radikal asketisches und kämpferisches neu zu begründen. Mehrfache Versuche einer solchen Ordensgründung misslangen. Die letzten drei Jahrzehnte seines Lebens widmete Derleth der Niederschrift seines monumentalen Epos *Der Fränkische Koran*, einer synkretistischen Weltdeutung aus dem Geist von Antike, Christentum und Islam unter Verwendung der gesamten Weltliteratur.[63] Noch in seinem letzten Lebensjahr las George in Minusio in einer Ausgabe von Derleths *Fränkischen Koran* aus dem Jahr 1932. Derleth lebte 1924 bis 1928 in Rom, dann bis 1935 in der Nähe von Wien, bevor er ins Tessin zog, wo er 1948 starb.

Zurück zur Kosmischen Runde: Ludwig Klages unterschied sich von Schuler vor allem darin, dass er unter den rassischen Ursubstanzen eindeutig die germanische favorisierte. Allein die Germanen, so Klages, hätten die seelische Disposition für jene Verschmelzung mit dem kosmischen Ganzen, die er später ‚Eros der Ferne' nannte. Das soziale Phänomen, das diese kindliche, germanische Seele zerstört habe, sei die moderne Großstadt und ihre Zivilisation. Die Menschen, die dort leben, werden „anthropozentrisch, sie sind die Krankheit der Erde. Der Molochsbauch dieser am Geiste Kranken heißt Großstadt."[64] Was Klages sich als verloren gegangene Alternative zu dieser kranken Zivilisation vorstellte, erhellt aus einer Retrospektive auf frühere, unzivilisierte Zeiten, die deren barbarische Sitten als das Walten einer dämonischen Natur feierte. So heißt es in den *Rhythmen und Runen*: „Gemessen an der ‚Sekurität' der Gegenwart erscheint jede ‚alte Zeit' furchtbar und unerträglich. Wir vergessen bei solcher Schätzung jedoch, dass das Leben damals mehr als heute ‚Traum' war und dass selbst die Qual eines von Marterwerkzeugen zerfolterten Leibes umhüllter blieb vom Wehen des Weltstroms als das dürftige Behagen unseres Alltags [...]. Unsre befestigte Sicherheit [...] ist leer und los geworden. Mechanisch zwar geschützt wie nie zuvor durch mechanische Rüstung steht sie grauenvoll nackt und ohne Aura im entfremdeten All."[65] Noch in einem Gedicht aus Georges *Stern des Bundes* lässt sich ein ähnlicher Gedanke finden. Im zivilisationskritisch orientierten ‚Ersten Buch' beginnt ein Text mit folgenden Versen:

> Die ihr die wilden dunklen zeiten nennt
> In eurer lughaft freien milden klugen:
> Sie wollten doch durch grausen marter mord
> Durch fratze wahn und irrtum hin zum gott.
> (SW VIII, 30)

Bei Klages führte die visionäre Verallgemeinerung dieser Entfremdung frappierender Weise dazu, dass der blinde Hass auf die Gegenwart in ein beängstigendes Sehertum umschlug. Die Kritik an der industriell bedingten Naturzerstörung führte Klages zur Begründung der ‚Oekologie' als Gegenentwurf zu einem logo- und anthropozentrischen Naturverhältnis. Seine Kritik an der Naturzerstörung und am Fetisch der technischen Machbarkeit hat nichts an Aktualität eingebüßt, aber seine unbekümmerte Gleichsetzung von Naturverschmutzung und der Verschmutzung der reinen Rassenseele ist geistesgeschichtlich gesehen ein präfaschistisches Ideologem. Schon der Kosmikerstreit von 1904 zeigte, wie sehr bei Klages die Grenze zwischen einem rein abstrakten Antijudaismus und einem manifesten Antisemitismus verschwamm. Der ‚große Schwabinger Krach' entzündete sich an der Person und den Ideen des dritten Kosmikers im Bunde, des Juden Karl Wolfskehl.

Bereits vor Wolfskehls Kontakt mit Schuler finden sich Zeugnisse eines verwandten Interesses an dem Überleben heidnischer Kulturreste. Oscar A. H. Schmitz berichtete in seinem autobiographischen Buch *Dämon Welt* von seinem ersten Zusammentreffen mit Wolfskehl im Frühsommer 1894 in Rom das Folgende. Wolfskehl ließ „sich von mir in alle erdenklichen kleinen Kaffeehäuser, Spelunken und Winkel führen, deren Leben in seiner Begleitung auch für mich besonders aufleuchtete, da er überall noch den nie ganz unterbrochenen Lebensstrom des antiken Heidentums in Bräuchen und Gebärden herausfühlen wollte [...]. Hier sei jedes Atom ‚heilig', rief er einmal in einer Kneipe schwelgend aus und mühte sich, von einem unsauberen, lederartigen Gebäck zu kosten, in dem er die uralte Form des ‚Fladens' verehrte."[66] 1896 begegnet man in Wolfskehl Prosatext *Über die Dunkelheit* in den *Blättern für die Kunst* typischen kosmischen Formulierungen. Von den anderen Kosmikern unterschied sich Wolfskehl zum einen durch seine jüdische Herkunft und zum anderen durch den höheren Stellenwert, den das Dichterische bei ihm einnahm. Als sich angeregt durch Theodor Herzls Buch *Der Judenstaat* von 1896 im darauf folgenden Jahr in München eine zionistische Ortsgruppe gründete, gehörte Wolfskehl zu ihren ersten Mitgliedern. Sein Interesse am Judentum führte zu einer sehr persönlich gefärbten Spielart der Kosmik, insofern er die These aufstellte, dass es auch eine semitische Blutleuchte geben könne. Die These, dass die semitische Blutleuchte unter der späteren Rassendekadenz ebenso wieder rein hervorbrechen könne wie die arische, stützte Wolfskehl durch den Nachweis, „dass die erdfremde, zerstörerische Tendenz des Judentums tatsächlich erst nach der Rückkehr aus dem babylonischen Exil bei den Propheten zu bemerken sei. Er verherrlichte in Versen die prä-jahwistische jüdische Substanz."[67]

Wolfskehls Ansichten sind zwar nirgendwo von ihm schriftlich niedergelegt worden, sondern nur sekundär überliefert, aber an ihrer Existenz kann schon deshalb kein Zweifel aufkommen, weil Wolfskehls Spekulationen über die Möglichkeit einer semitischen Blutleuchte der auslösende Faktor für den Bruch unter den Kosmikern waren. Schuler und Klages interpretierten diese Haltung als Blasphemie und Verrat. Ihrer Ansicht nach konnten die Juden als Anhänger von Jahwe und damit des Vaterrechts keine kosmische Seele haben. Als Klages von Wolfskehl die Widerrufung dieser Theorie verlangte, wandte dieser sich um Hilfe an George. Die Lage spitzte sich zu Beginn des Jahres 1904 zu. George sollte dabei helfen, eine gemeinsame Aussprache herbeizuführen. Nach seiner Ankunft in München am 18. Dezember, wo er bei Wolfskehl in der Leopoldstraße wohnte, hatte er Gundolf noch geschrieben, er denke, „alles geht nach und nach seinen ordentlichen weg," (G/G 142), aber in einem nicht erhaltenen Brief vom 6. Januar muss er bereits zu einer pessimistischeren Einschätzung gekommen sein. Gundolf antwortete jedenfalls auf dieses Schreiben, „dass die Kosmische Welt früher oder später wie eine grosse schöne schillernde Seifenblase platze war auch unprofetischen Gemütern vorauszusehen." (G/G 146) Am nächsten Tag kommt es bei Wolfskehl zu einer Aussprache zwischen George, Klages und dem Gastgeber, die die Gräben nur vertiefte.

George schrieb Klages am 12. Januar eine Karte, in der er mitteilte, er würde ihm erst wieder die Hand reichen, wenn er zu seiner früheren Haltung ihm gegenüber zurückkehre. Klages verlangte sofort eine Aussprache unter vier Augen, die George ihm jedoch verweigerte. Zur Begründung schrieb er in einem ausführlichen Brief, dass er bei ihrer Begegnung ein deutliches Gefühl der Entfremdung in Worten und Mienen verspürt habe. Er fürchte daher, dass eine Unterredung zum jetzigen Zeitpunkt dazu führen könnte, dass „jedes wort nur die klüfte weiter öffnet" und „wendungen gebraucht werden können die eine weitere menschliche beziehung unmöglich machen." (RB 106f.) Klages antwortete noch am selben Tag, dass er die wachsenden Unterschiede in ihren Weltanschauungen nicht als ein unüberwindliches Hindernis für die Fortsetzung ihres Umgangs angesehen hätte. Allerdings führe der Ton von Georges Brief für ihn zu dem unvermeidlichen Ergebnis, dass damit „die persönliche Beziehung zwischen Ihnen und mir nicht etwa in unbestimmter Weise verändert, sondern *abgebrochen*, und sowohl dies als auch die Prämisse davon im Sinn einer Tatsache von uneingeschränkter Öffentlichkeit zu nehmen" sei.[68] Alfred Schuler, der sich zunächst im Hintergrund gehalten hatte, trat bald an die Seite von Klages. Dass die Auseinandersetzung durchaus einen dramatischen Charakter annahm, lässt sich dem Tagebuch der Franziska zu Reventlow entnehmen, die im Januar 1904 über Wolfskehls „Blut- und Verfolgungswahn" schrieb: „Sind es nur Angstphantome oder wirkliche Möglichkeit, aber jedenfalls geht über uns alle etwas hin, was dunkel und zerreißend ist und wo einem nichts unmöglich erscheint. Wenn ich abends allein und nervös bin, meine ich Schritte zu hören und Adam oder Schuler mit einem Dolch hinter der Tür."[69] Der hier erwähnte Adam ist Albrecht Hentschel, ein enger Vertrauter von Klages, der in diesen Tagen auf der sogenannten ‚kosmischen Wiese' dem ‚Sonnenknaben' Roderich Huch im Dunkeln aufgelauert und ihn überfallen hatte. Schuler ging zwar nicht mit dem Dolch auf Wolfskehl los, ließ ihm aber durch einen gemieteten Soldaten in einem schwarz versiegelten Umschlag eine ‚Kriegserklärung' überbringen.[70]

Als Satyrspiel zu diesem spektakulären Ende der Kosmischen Runde kann man die Ausgaben des *Schwabinger Beobachters* betrachten, der satirischen Flugschrift aus der Feder von Franziska zu Reventlow und Franz Hessel. Die redaktionellen Beiträge parodieren dabei den Stil der *Blätter für die Kunst* und kehren deren Manier, Fremdworte durch deutsche Ausdrücke in runder Klammer zu erläutern, herum. Der Einleitungstext aus der Karwoche 1904 geht von der Annahme aus, es werde in München „das bedürfnis nach einer vermittelnden stimme (organ) im öffentlichen (publikum) immer reger. Der ‚schwab. beob.' hat es sich zur aufgabe gesetzt, auch weitere kreise des volkes (mob) über die neue fühlweise und ihren ausdruk in kunst und schönem leben auf dem schwebenden zu halten."[71] Das insgesamt nur 45 Seiten umfassende Satireblatt besteht aus fingierten Dramenszenen, Mitteilungen und Anzeigen. Zu letzteren gehören etwa so witzige wie „Gebrauchte Blutleuchter als ersatz für schabbeslampen gesucht" oder „Wie werde ich enorm? reifen sie meinem bevorstehenden hauptwerk entgegen. lamentates" oder unter der Rubrik ‚Vom Büchertisch' „tapete des todes mit einem nachspiel: stunden und stulpen."[72] Unter verschiedenen Namen werden besonders die Protagonisten der Kosmischen Runde Klages, Schuler und Wolfskehl, aber auch George durch Überzeichnung ihrer Ideen oder Schreibweise persifliert. Eine *Schwabinger Walpurgisnacht* wird im Untertitel ‚Fratzenzug auf das jahr 1905' benannt und somit als Parodie von Wolfskehls *Maskenzug 1904* markiert. Der Text katapultiert Faust und Mephistopheles mitten ins Festgeschehen und verwandelt es in eine schwarze Messe: „Meph.: Der im weissen Feierrock / Ist ihr Zaubermeister. / Um zu zeigen, dass sie ganz / Seines Diensts beflissen, / Siehst du sie den schwarzen Schwanz / Weissen Satans küssen. Faust: Ist nun dieses Ritual / Heidnisch oder christlich? Meph.: Ach, es scheint mir dieses Mal / Eben nur jahvistisch."[73] Mit besonderer Vorliebe werden die *Blätter für die Kunst* durchweg als ‚Blätter für die Katz' verspottet, aus denen Teile des jüngsten Werks eines hochgefeierten Dichters namens Rudolf Feldmochinger so vorgestellt werden: „im 5 gesange finden wir heyman an der leiche seiner mutter welche er umarmt. aus diesem bunde entspriesst im 6 gesang risotto das gelbe kind hermaphroditischen geschlechts. dieses erzeugt durch selbstbeflekung den dionysos recidivus [...]. im 8 gesang wandert der held über das meer und wird von den zionen als matriarch eingesetzt. Im segensreichen mutterrecht beherrscht er fortan palästina."[74] Die Objekte des Spotts sollen eher mit verhaltenem Humor auf den *Schwabinger Beobachter* reagiert haben, weil sie sich – zu Recht – in ihren welterlösenden Projekten nicht ernst genommen fühlten.

In den Jahren nach dem Kosmiker-Streit wandte Schuler sich besonders den antiken Totenkulten und dem Okkultismus zu. Zwischen 1915 und 1922 hielt er mehrfach seinen Vortragszyklus *Vom Wesen der ewigen Stadt* in privatem Kreise. An zwei Vorlesungsreihen nahm auch Rilke teil, der den nachhaltigen Einfluss von Schuler auf seine *Sonette an Orpheus* bezeugt hat. Auf die Anfänge der nationalsozialistischen Bewegung, die sich seines Zentralsymbols bemächtigt hatte, reagierte Schuler mit entschiedener Abwehr und geradezu prophetischer Weitsicht. Er nannte den „nationalistische[n] Tumor" und insbesondere die „Hitlergruppe" in einem Brief aus dem Januar 1923 „die trunkene Todesfackel, welche den Völkerherden in's Schlachthaus leuchtet."[75] Am 8. April 1923 verstarb Schuler in München. Zu den Zeugnissen von

Schulers Wirkung gehört auch ein Brief Walter Benjamins an Gershom Scholem aus dem Jahr 1930, in dem er davon berichtet, dass er sich den gerade erschienenen Nachlassband „zum verborgenen Anstaunen" beschafft habe.[76] Nicht zuletzt lässt sich Benjamins bedeutende Theorie vom Verfall der Aura über die Vermittlung von Ludwig Klages' Schrift *Vom kosmogonischen Eros* eindeutig auf Schuler zurückführen.

Klages hat den Groll über seine Zurücksetzung gegenüber Wolfskehl dreieinhalb Jahrzehnte in sich wachgehalten, bevor er in seiner Schuler-Einleitung 1940 seinen Rachegelüsten mit der Behauptung freien Lauf ließ, Wolfskehl sei der heimliche Leiter einer jüdischen Umfunktionierung der *Blätter für die Kunst* gewesen und habe versucht, „arische Quellgeister zu fangen und sie unmerklich Juda dienstbar zu machen" und, „verunziert mit jüdischer Tünche, für hehre Erzeugnisse" seines ‚Logenmeisters' George auszugeben.[77]

Friedrich Wolters dürfte die tieferliegenden Ursachen für die notwendige Trennung Georges von den Kosmikern im Wesentlichen zutreffend benannt haben, als er schrieb: „Es war mehr als ein Kampf auf Leben und Tod, den er mit den Kosmikern zu führen hatte, nämlich ein Kampf um sein dichterisches Sein [...]. Der Bund mit ihnen war um so bedrohlicher je tiefer er in den Bann ihres andersgerichteten Wollens geriet, um so verlockender als sie seinem eigenen drängenden Tatwillen eine schnelle Verwirklichung seiner Wunschträume zu bieten schienen, um so verwirrender als eben ihr dionysisch-erotisches Element auch ein notwendiges seiner Welt war, um so gefährlicher als sie zur Vollendung ihres Tuns gerade seiner unvergleichlichen Erdkraft zu bedürfen meinten." (BG 265) Es war natürlich auch ein Konkurrenzkampf dreier Persönlichkeiten, von denen jede mit einem ausgeprägten Führungsanspruch ausgestattet war. Dennoch hat Wolters sicher Recht, wenn er Georges genuin künstlerisches Selbstverständnis als ausschlaggebend für seine Trennung von Klages und Schuler ansieht. Zudem wies Wolters darauf hin, dass für George in dieser Phase „das Magische [...] geschehen, der Zauber wirklich geworden" (BG 270) war. Was die Kosmiker von ihm erwartet hatten, war für ihn Wirklichkeit geworden in der Gestalt des Knaben Maximilian Kronberger.

Hofmannsthal – das deprimierende Ende endloser Missverständnisse

Bevor wir uns diesem Knaben zuwenden, der unter dem Namen Maximin von George im *Siebenten Ring* zum Gott erhoben wurde, ist es an der Zeit, das letzte und deprimierendste Kapitel in der komplizierten Beziehung von

George und Hofmannsthal einzufügen. Wir erinnern uns: Hofmannsthal hatte dem auf eine persönliche Aussprache über den ‚Rundschau'-Plan drängenden George vorgeschlagen, sich nach der Aufführung seiner zwei Einakter *Die Hochzeit der Sobeide* und *Der Abenteurer und die Sängerin* im März 1899 in Berlin zu treffen. Schon vor der Aufführung hatten sie sich kurz gesprochen. George reiste jedoch spontan ab, nachdem er die Aufführung besucht und sich über „das handhaben von spielern ohne einen begriff von vers" geärgert hatte. Eine Erklärung für seine Abreise aus Berlin gab George Hofmannsthal in einem Brief vom Juli 1902. Sie lässt an Deutlichkeit nichts zu wünschen übrig: „Warum ich der zweiten begegnung auswich haben Sie gewiss erraten. um nach all Ihrer mühe und anstrengung mit der aufführung Ihnen nur unerfreuliches darüber zu sagen – brauchten Sie mich dazu? [...] Wenn Sie nun bald darauf entfremdung meinerseits bemerkten und eine änderung meiner gefühle Ihnen gegenüber – so hat Sie Ihre ahnung nicht betrogen und Sie führen in Ihrem brief ganz richtig den grund meiner verstimmung an. es giebt dinge die uns mit menschen an die gefährliche grenze führen wo nichts mehr erstaunt.. [...] Sie können sich kaum vorstellen wie das mich niederschlug zu sehen wie sogar menschen von wolbeschaffenheit und geschmack durch gleissnereien verführt werden können ihre hand zu bieten wo der allgemein herrschenden schwindelhaftigkeit auch die Kunst ausgeliefert werden soll." (G/H 161 f.) Die Wiederanknüpfung ihres Briefwechsels war von Hofmannsthal ausgegangen. Ganz im Gegensatz zu dem gerade zitierten Bekenntnis Georges hatte er geschrieben: „Seien Sie versichert, daß mich die verfließenden Jahre Ihnen nicht entfremdet, sondern näher gebracht haben." Hofmannsthal fügt in diesem Brief sogar das Eingeständnis seines früheren Fehlurteils über Dehmel hinzu, wenn er behauptet, es aufgegeben zu haben, „von den in Deutschland Publicität genießenden Litteraten irgend etwas zu erwarten, – eingeschlossen jenen Herrn Richard Dehmel, über dessen mögliche Entwicklung und Reinigung ich mich getäuscht zu haben bekenne." (G/H 149) Bedenkt man die oben bereits zitierten Zeugnisse von Hofmannsthals anhaltender Wertschätzung Dehmels, so lässt sich diese Selbstbezichtigung – freundlich gesagt – nur als taktische Maßnahme deuten, die wieder für einvernehmliche Stimmung zwischen ihnen sorgen sollte. Hofmannsthal ist mit seiner geschmeidigen Konzilianz bei George jedoch an der falschen Adresse.

Georges Antwort steuerte direkt auf die Konfliktpunkte ihrer Beziehung zu und verlieh seiner Enttäuschung über die vertane Chance gemeinsamen literaturpolitischen Wirkens Ausdruck. Es ist sicher einer der dramatischen Höhepunkte dieses Briefwechsels. George schreibt:

> lieber Hofmannsthal: Ihr brief voller freundlichkeiten wirkte auf mich sehr woltätig · nur kann ich ihn nicht in der gleichen weise beantworten [...]. Wenn ich Ihnen heut mit allem freundlichen erwidern will was ich über Sie denke so bin ich nicht weltweise genug Ihnen zu verschweigen was ich gegen Sie auf dem herzen habe – [...] Seit unsrer ersten gemeinsamkeit in den ‚Blättern f. d. Kunst' empfand ich Sie mir eher entgegenwirkend · bewusst oder unbewusst · wiewol es sich um nichts handelte als um den eindeutigen kampf des guten wider das anerkannt schlechte. im ganzen laufe erblickte ich Ihren namen im bund mit beliebigen schreibmenschen · hingegen trennte ihn eine auffällige scheu von dem meinen. trotz der thatsache des zusammenstehns in den ‚Blättern' und der dichterlichen einheit der bestrebung kamen mir bei manchen gelegenheiten von höchst erstaunten leuten Ihre eignen und eigenhändigen verleumdungen zu ohr und gesicht. ich sprach von meinen plänen mit grösstmöglicher offenheit und empfing von Ihnen auch da wo Sie zustimmten rückhaltung und ängstlichkeit. [...] Ich war des festen glaubens dass wir · Sie und ich · durch jahre in unsrem schrifttum eine sehr heilsame diktatur hätten üben können · dass es dazu nicht kam dafür mach ich Sie verantwortlich." (G/H 149 f.)

Die Formel von der ‚heilsamen diktatur' zeigt, dass George den Schritt in die literarische Öffentlichkeit gewissermaßen als einen Eroberungsfeldzug verstand. Es ging nicht darum, das eigene Werk und das seiner Mitstreiter bloß als neue Facette oder Strömung der Gegenwartsliteratur sichtbar werden zu lassen, sondern es als Richtmaß einer Erneuerung der Dichtungssprache zu etablieren. Die Vorstellung, Hofmannsthal als Mit-‚Diktator' zu gewinnen, muss als ein Verkennen von dessen Persönlichkeitsstruktur gewertet werden. Hofmannsthal ließ wieder etwa sechs Wochen verstreichen, bevor er sich zu einer Antwort imstande sah. Er konzedierte George, dass ihm „die Übersicht gerade über die gleichzeitig in unserer, und in anderen Sprachen Producierenden" gefehlt und er deshalb vielleicht manches Fehlurteil gefällt habe. Den Vorwurf, sich mit „beliebigen schreibmenschen" verbündet zu haben, versuchte er durch den Hinweis zu entkräften, dass er immer nur kurz und an verschiedensten Stellen mitgewirkt habe, also sein „wechselndes Auftreten [ihn] als einen im Gedränge umherwandelnden eher zeigte, denn als einen Parteigänger." (G/H 156) In einem Punkt ist sein Rechtfertigungsbrief allerdings eher von offensivem Charakter. Seine Zurückhaltung gegenüber den *Blättern* begründete er damit, dass er alle Beiträge darin außer denen Georges selbst „mit einer heftigen Ungeduld" betrachtet habe, weil er in ihnen einen bloß angemaßten „Ausdruck der Herrschaft über das Leben, der Königlichkeit des Gemüthes", also eine unwahre, verlogene Dichtung erblickte. George reagierte auf diese Erklärung verständnislos. Er antwortete, in Hofmannsthals Brief sei „kaum ein punkt wo ich nicht genau das gegenteil fühle“ (G/H 158). Ausführlich und mit großer Entschiedenheit verteidigte er die Qualität der Mitarbeiter der *Blätter für die Kunst*. Was er besonders betonte, war die ‚vornehme haltung‘. Seine Apologie mündete in die aggressiven Sätze: „In den ‚Blättern‘ weiss jeder was er ist · hier wird der scharfe unterschied gezeigt zwischen dem geborenen werk und dem gemachten · hasser der ‚Blätter‘ ist jeder dem es darum zu thun ist diesen unterschied zu verwischen... Wenn aber auch Sie mir erklärten dort nur eine ansammlung mehr oder minder guter verse zu sehen – und nicht das BAULICHE (construktive) von dem freilich heut nur die wenigsten wissen – so würden Sie mir eine neue grosse enttäuschung bringen.“ (G/H 160)

Hofmannsthal ging in seinem folgenden Brief nicht auf Georges Ausführungen ein. Er entwirft stattdessen eine Atmosphäre seelischer Bedrückung und geistiger Verstörung, in der Georges Stimme, die „Stimme eines Freundes, [...] hart und fremd“ (G/H 163) zu ihm dringe und sich den ‚bösen Mächten‘, die ihn wie ein finsteres Gemisch aus „Nebel, Sumpf und Wolke“ umgeben, beigeselle. Hofmannsthal beschreibt hier die krisenhafte Situation, die ihren literarischen Niederschlag in dem sogenannten ‚Chandos-Brief‘, einem der bedeutungsvollsten Dokumente der modernen Sprachskepsis, gefunden hat. Die Gestalt des Briefempfängers Francis Bacon dürfte weitgehend nach dem Modell Stefan Georges gebildet sein, insofern ihre Kennzeichen charakterliche Stärke, „geistige Überlegenheit“[78] und ein Streben nach der Herstellung einer Harmonie zwischen Körper und Geist sind. Der Briefschreiber Lord Chandos fungiert als Sprachrohr und Reflexionsmedium Hofmannsthals. Er macht einen krisenhaften Prozess durch, der ihn schließlich zu einer Auffassung vom Dichter als dem „lautlosen Bruder aller Dinge“[79] kommen lässt, also zu einer Versöhnung zwischen Ich und Welt und zu einer neuen authentischen Sprache.

Hofmannsthal bittet in seinem Brief vom 24. Juli 1902 George: „Kommen Sie mir, da ich mich Ihnen in einer so schlimmen Zeit nicht verschließe und die mir seltene Offenheit finde, vor Ihnen zu klagen, sanft entgegen: es wird uns beiden zu gute kommen.“ (G/H 164) George antwortete sofort und in einem um Verständnis und Ermutigung bemühten Ton, indem er Hofmannsthal mitteilte, dass er von den gleichen Anfechtungen in seiner Jugend heimgesucht worden sei. Er schreibt: „ich glaube dass kaum eines der drückenden gespenster worunter Sie dulden mich verschont hat. in meiner jugend war ich stark genug um auch das widrigste zu besiegen und ohne hilfe – später aber wäre ich gewiss zusammengebrochen hätt ich mich nicht durch den Ring gebunden gefühlt. das ist eine meiner lezten weisheiten – das ist eins der geheimnisse! Woran Sie am schmerzlichsten leiden ist eine gewisse wurzellosigkeit" (G/H 166). George empfiehlt Hofmannsthal als Lösung für seine persönliche Krise genau das, was er ihm schon seit einem Jahrzehnt schmackhaft machen möchte: den Anschluss an einen Kreis von Freunden, eine vom selben künstlerischen Ziel und selben Lebensideal durchdrungene Gemeinschaft; kurzum: er empfiehlt ihm den eigenen Weg. Hofmannsthal ging darauf wieder nur ausweichend ein, wenn er schreibt: „Auf das Tiefe und Geheimnisvolle, das Ihr Brief enthält, will ich lieber mit Nachdenken als, für jetzt, mit Worten mich einlassen. Das furchtbare Wort ‚Wurzellosigkeit' hab ich selbst in fahlen Stunden in mir gefunden: das Geheimnis des Ringes, das Sie andeuten, vermochte ich vielleicht dann und wann zu ahnen." (G/H 169) Immerhin hatte der wiederaufgenommene Briefwechsel so viel neues Vertrauen und gegenseitiges Interesse hervorgebracht, dass es nach über zehn Jahren, in denen sie sich bloß zweimal zufällig und flüchtig sahen, zu einer persönlichen Begegnung kam. Es war die intensivste in ihrer ganzen Beziehung. Sie fand Anfang Februar 1903 in München statt und dauerte eine ganze Woche. George wohnte wie meist in München im Hause von Karl Wolfskehl in der Leopoldstraße, wo die Zusammenkünfte mit Hofmannsthal stattgefunden haben. Am 7. Februar veranstaltete er dort zu Ehren Hofmannsthals eine private Lesung, bei der außer den Gastgebern noch Alfred Schuler, Ludwig Klages und der deutsch-russische Dichter Henry von Heiseler teilgenommen haben. George nutzte die Gelegenheit, auf den alten Plan zurückzukommen, bei Bondi im Verlag der Blätter für die Kunst einen Gedichtband von Hofmannsthal zu veröffentlichen. Außerdem erhielt er von Hofmannsthal für die sechste Folge der *Blätter* einen Auszug aus seinem neuen Trauerspiel *Das gerettete Venedig*. Bereits in dem Brief vom 14. Dezember 1902 hatte Hofmannsthal George über dieses neue Theaterstück unterrichtet und ihn darum gebeten, es ihm widmen zu dürfen, um „auf diese Weise auszusprechen, dass die Jahre der Entwicklung mich nicht von Ihnen entfernt, sondern Ihnen in Bewunderung und Liebe genähert haben." (G/H 174)

Betrachtet man unter diesem Aspekt Hofmannsthals Drama, so nimmt dieses Liebesbekenntnis recht ambivalente Züge an. Im Mittelpunkt des Textes steht die Beziehung zwischen den ehemaligen Soldaten Pierre und Antonio Jaffier. Die Beziehung zwischen Pierre und Jaffier ist von Hofmannsthal erkennbar nach dem Vorbild seiner Beziehung zu George gestaltet worden. Pierre erscheint als der starke, gewaltsame Charakter, Jaffier als der schwankende. Hofmannsthal legt in einem Brief an George diese Deutung selber nahe, wenn er schreibt: „Mögen die Gestalten dieses starken und dieses schwachen Menschen auch etwas intimeres für Sie aussprechen, nicht als ob solche Figuren geradehin Gleichnisse zweier Menschen sein könnten – aber vieles was im Leben wie Wellen andrängt und abflutet, ist in einem solchen Bilde gehalten." (G/H 223) Die Rückblende im Drama auf den Beginn ihrer Beziehung verleiht dieser eine leicht homoerotische Note und zeigt Pierre als den Werbenden. Im *Geretteten Venedig* erinnert sich Jaffiers Frau Belvidera seiner Erzählung von dieser Begegnung: „Als du Soldat warst/und Fähnrich dann, da war auf deinem Schiff/so mancher, hast du mir erzählt, der nachts /für dich die Wache hielt, ja einer war/verliebt in dich, dass er um deinetwillen,/wie um ein Weib, den andern, den Wallonen/lahmschlug."[80] Jaffier fügt dieser Erinnerung noch den besonderen Hinweis auf Pierres durchdringenden Blick hinzu: „Ich fühlte/den Blick, der oft und oft mich eingehüllt, /nachts auf dem Deck, wenn wir im Monde lagen / und ich was sang, und wiederum im Lager/über das Feuer hin traf mich der Blick –/und oft wars die Trompete nicht, es war/der Blick, der früh mich weckte: dann stand Pierre/an meinem Bett..."[81] Die Stelle erinnert an das erste Zusammentreffen Georges und Hofmannsthals im Dezember 1891, und dieser Eindruck wird noch bestärkt durch die Szene ihrer Wiederbegegnung, in der Pierre sagt, Jaffier sei derjenige, „den ich mir aus dem Wust der ganzen Welt/herausgeklaubt als meines Herzens Bruder."[82] Bei dieser Formulierung denkt man unwillkürlich an Georges emphatische Begrüßung Hofmannsthals als seinen „zwillingsbruder". Auffällig ist aber, dass in diesem Theaterstück, dass doch laut Hofmannsthal von der „Bewunderung und Liebe" für George Zeugnis ablegen sollte, die Liebe Pierres zu Jaffier keine Erwiderung erfährt. Stattdessen sprengt die Liebe Jaffiers zu seiner Frau Belvidera den Treueschwur gegenüber Pierre. Auf diesem Hintergrund kann es nicht überraschen, dass George von Hofmannsthals Drama *Das gerettete Venedig* nicht sonderlich angetan war. Im Dezember 1904 antwortete George auf die Zusendung der Buchfassung: „Ihre beiden hauptgestalten können mich nicht überzeugen. Jaffier der am meisten zu reden hat haben Sie nur mit unleidlichen zügen ausgestattet. nirgends thut und sagt er andres als unleidliches. [...] So wird auch die freundschaft und handlungsweise Pierre's unglaubwürdig." (G/H 224)

Georges Kritik an der psychologischen Motivierung der Beziehung der beiden Protagonisten gehört allerdings noch in einen größeren Zusammenhang. Er urteilte über die gesamte zeitgenössische Dramatik sehr hart und sah in ihr – wie es im selben Brief heißt – „übelangewandte[n] Shakespeare." Eine Überwindung dieser Misere erwartete er gerade von Hofmannsthal. George schrieb weiter: „Bei ihm [Shakespeare, d. V.] bildet sich die handlung aus gestalten seiner leidenschaftlichen seele · bei den heutigen aus gedanklichem:

aus abwickelungen bei diesen oder jenen voraussetzungen […] Das grosse bühnenwerk ist noch nicht getan. Von einem andren als von Ihnen wüssten wir es nicht zu erwarten“ (G/H 224). Die dann folgende Kritik am *Geretteten Venedig* lässt keinen Zweifel daran, dass dieses Drama Hofmannsthals noch keinen Schritt auf dieses ‚grosse bühnenwerk‘ hin bedeutet. Hofmannsthals weitere Theaterarbeit zog ganz im Gegenteil eine immer schärfere Kritik seitens Georges auf sich. Die Differenzen gewannen eine neue Qualität, weil Hofmannsthal an den zeitgenössischen Tendenzen der Schauspielkunst anknüpfte und keineswegs die Erneuerung des kultischen Bühnenspiels in antikem Geiste, wie es George vorschwebte, anstrebte. George sah darin eine Anpassung an den herrschenden Publikumsgeschmack und den Verrat an der ‚goldnen Blätterregel‘, die literarische Arbeit nicht zur Warenproduktion herabzuwürdigen. Den endgültigen Absturz Hofmannsthals in die Sphäre des Literaturkommerzes bildete aber in den Augen Georges der Beginn der Zusammenarbeit Hofmannsthals mit Richard Strauss im Jahre 1906.

Doch zunächst noch einmal zurück ins Jahr 1903. Bei dem persönlichen Zusammentreffen in München hatte George von Hofmannsthal die Zustimmung zu seinem Plan erhalten, im Verlag der Blätter für die Kunst einen dekorativen Band mit Hofmannsthals Gedichten herauszugeben. Drei Monate später sieht George sich veranlasst, brieflich an diese Vereinbarung zu erinnern und erhielt aus Wien die Antwort: „Von München zurückgekommen, trieb ich das gesammte Manuscript […] auf und suchte mich mit aller Kraft guten Willens mit dem Gedanken abzufinden, es werde demnächst ein Band da liegen, der diese Gedichte als ein geschlossen sein wollendes enthielte – […]. Ich will diesen Band nicht. Ich glaubte, ihn wollen zu können, um eine freundliche und dankbare Gesinnung gegen Sie, die tausend Ursachen hat, gerade in dem Punkte zu zeigen, wo Sie es zu verlangen schienen. Aber dieser Preis ist mir zu hoch.“ (G/H 185) George reagierte verständnislos und gereizt auf diese Mitteilung und erinnerte an ihre mündlich getroffene Vereinbarung. Er schrieb Anfang Juni 1903: „Ihren brief kann ich heute nur als den ausfluss einer besonders trüben stimmung betrachten. denn was Ihnen selbst ein und mehrmalen der veröffentlichung wert schien kann Ihnen jezt nicht als belanglos gelten. auch können Sie all die bedenken die Sie damals in München als zerstreut ansahen nicht wieder anführen. klarer als Ihr ja von damals konnte kein ja sein.“ (G/H 188) George übte im weiteren Fortgang des Briefes auf Hofmannsthal auch eine Art moralischen Druck aus, indem er gestand, er habe bereits mit dem bekannten Künstler Ludwig von Hofmann über dieses Projekt gesprochen und ihn für die Titelblattgestaltung gewinnen können. Hofmannsthal lenkte daraufhin ein und sandte

George zwölf Gedichte für einen schmalen Band, der im Oktober 1903 in einer Auflage von 300 Exemplaren auf Subskriptionsbasis erschien und 1904 in erweiterter Form mit 400 Stück neuaufgelegt wurde. In demselben Brief hatte George noch andere in München entworfene gemeinsame Pläne angesprochen, allerdings mit der eher resignativen Formel geschlossen: „ich wollte weiter reden von dem vielberufenen ‚Jahrbuch' – aber soll ich mir noch mehr antworten holen gleich Ihrer lezten?" (G/H 189)

Man spürt dem Ton von Georges Briefen der Jahre 1903 und 1904 an, dass er seine Hoffnung auf eine Einbindung Hofmannsthals in seinen Kreis aufgegeben hat und seine Geduld allmählich erschöpft ist. Immerhin kam es in dieser Phase noch zu zwei Begegnungen zwischen ihnen, die allerdings wiederum unter keinem günstigen Stern standen. Anlässlich der Aufführung seiner *Elektra*-Bearbeitung am 30. Oktober 1903 kam Hofmannsthal für eine gute Woche nach Berlin. Die Hoffnung Georges auf eine Wiederholung des intensiven Austauschs von München zerstörte Hofmannsthal jedoch schon vorab durch die Mitteilung, er werde zusammen mit seinem Vater in Berlin sein und sich daher nur für einen Abend freimachen können. Als George Ende März 1904 zu einem Besuch nach Wien kam, ist Hofmannsthal durch den wenige Tage zuvor (am 22.3.) erfolgten Tod seiner Mutter in keiner aufnahmebereiten Stimmung. Dabei wäre der Zeitpunkt für ein entspanntes Gesprächsklima nicht ungünstig gewesen, denn soeben war in der Februar-Nummer der *Neuen Deutschen Rundschau* Hofmannsthals *Gespräch über Gedichte* erschienen, in dem er seiner Verehrung für Georges Dichtung das vielleicht schönste Denkmal setzte. Dieser dichtungstheoretische Dialog zwischen den beiden Figuren Clemens und Gabriel ist über weite Strecken ein bewundernder und eindringender Kommentar zu Gedichten aus Georges *Jahr der Seele*. Im Juli 1903 hatte Hofmannsthal George von der Arbeit an diesem Text unterrichtet, in dem er „das Wesen und den Genuß der kurzen Gedichte, die man die lyrischen nennt" (G/H 194), an diesen Beispielen behandeln wolle. Gabriel ist in diesem Dialog die Figur, die sich mit dem Wesen des Lyrischen und den Mysterien der dichterischen Produktivität als vertraut erweist, während Clemens die Rolle des eher etwas naiven Stichwortgebers hat. Bezogen auf den Eröffnungszyklus *Nach der Lese* sagt Gabriel, die darin evozierten Jahreszeiten und Landschaften seien „nichts als die Träger des *Anderen*."[83]

Mit dieser Qualifizierung äußert Hofmannsthal das denkbar höchste Lob, wenn man sie in den Kontext seiner eigenen Dichtungstheorie rückt. Er lässt Gabriel an dieser Stelle die These aufstellen, dass „alle die geheimsten und tiefsten Zustände unseres Innern" mit einzelnen Sinneseindrücken verknüpft seien. Geradezu in einer Umkehrung der berühmten Worte von

Novalis: „[I]st denn das Weltall nicht in uns? [...] Nach Innen geht der geheimnißvolle Weg,"[84] heißt es bei Hofmannsthal: „Wollen wir uns finden, so dürfen wir nicht in unser Inneres hinabsteigen: draußen sind wir zu finden, draußen. [...] Wir besitzen unser Selbst nicht: von außen weht es uns an, es flieht uns für lange und kehrt uns in einem Hauch zurück." Gabriel schließt den Gedankengang mit der schönen Metapher ab: „Wir sind nicht mehr als ein Taubenschlag."[85] Es ist deutlich erkennbar, dass Hofmannsthal hier als der ‚allverbundene, alleintauchende Typus' des Dichters – um die früher zitierte Charakteristik von Kurt Singer aufzugreifen – seine spezifisch passive Anverwandlung der Objektwelt poetologisch oder besser: kunstpsychologisch formuliert. Die Übertragung auf die Poesie folgt sogleich. Auch sie wird auf das ‚Draußen' verwiesen, um zur eigenen Bestimmung zu gelangen. „Wenn die Poesie etwas tut," sagt Gabriel, „so ist es das: dass sie aus jedem Gebilde der Welt und des Traumes mit durstiger Gier sein Eigenstes, sein Wesenhaftestes herausschlürft."[86] Da dieser Akt der künstlerischen Anverwandlung aber eben auch ein Prozess der Verwandlung ist, entsteht aus dem Gebilde der Welt nun ein Kunstgebilde, das eine eigene Welt konstituiert. In den Worten von Gabriel: „Niemals setzt die Poesie eine Sache für die andere, denn es ist gerade die Poesie, welche fieberhaft bestrebt ist, die Sache selbst zu setzen."[87] Als Beleg für diese Behauptung lässt Hofmannsthal Gabriel Georges Gedicht *Gemahnt dich noch das schöne bildnis dessen* aus dem Zyklus *Sieg des Sommers* zitieren. Es besitze, so Hofmannsthal, eine Symbolik ohne Verweis auf eine außer ihm liegende Erfahrungswirklichkeit, sondern bringe den äquivalenten Stimmungswert aus sich selbst hervor.

Ich kehre ein letztes Mal und nur noch kurz zum Briefwechsel zwischen George und Hofmannsthal zurück. Der weitere Briefwechsel des Jahres 1904 erschöpfte sich in Geschäftskorrespondenz in Zusammenhang mit Hofmannsthals Gedichtband und der bereits zitierten Stellungnahme Georges zum *Geretteten Venedig*. Erst nach einer Pause von einem Jahr wandte sich Hofmannsthal wieder an George. Er tat das nicht aus eigenem Antrieb, sondern wahrscheinlich auf Bitte von Harry Graf Kessler, um George zur Mitwirkung am Austausch öffentlicher Briefe zwischen deutschen und englischen Intellektuellen zu bewegen. Diese publizistische Aktion sollte die Gefahr eines drohenden deutsch-englischen Kriegs bewusst machen und zu einer Entspannung beitragen. Das durch kolonialpolitische Konflikte belastete Verhältnis zwischen Deutschland und Großbritannien hatte sich durch dessen ‚Entente'-Bündnis mit Frankreich 1904 rapide verschlechtert. George verfasste zwar einen Antwortbrief, sandte ihn aber nicht ab. Er hatte folgenden Wortlaut: „Käme diese zuschrift nicht von Einem dessen verstand ich aufs höchste bewundre: so würd ich sie für einen scherz halten. [...] Und dann: so einfach wie diese zettel vermelden liegen die verhältnisse doch nicht. Krieg ist nur lezte folge eines jahrelangen sinnlosen draufloswirtschaftens von beiden seiten. das verklebmittel einiger menschen däucht mir ohne jede wirkung. Und noch weiter gesehen: Wer weiss ob man als echter freund der Deutschen ihnen nicht eine kräftige SEE-schlappe wünschen soll damit sie jene völkische bescheidenheit wieder erlangen die sie von neuem zur erzeugung geistiger werte befähigt. Ich hätte mit grösserer gelassenheit erwidert wenn sich nicht die trauer darüber einstellte dass es kaum noch einen punkt zu geben scheint wo wir uns nicht misverstehn." (G/H 226f.) Den Gipfel des Missverstehens und den Schlusspunkt der Korrespondenz bildete ein Schreiben Hofmannsthals drei Monate später, in dem er George in ziemlich heftigem Ton aufforderte, bei der Druckerei die Auslieferung der Restauflage seines Gedichtbands an einen großen Verlag zu veranlassen, weil er sonst eine Schadensersatzklage anstrengen müsse. In der für Hofmannsthal typischen Ambivalenz enthielt der zweite Teil des Briefs die weitgehende Übernahme von Georges Kritik am *Geretteten Venedig* mit dem Bemerken, dass „nur darüber eine Traurigkeit in mir blieb, dass gerade diese Arbeit Ihren Namen tragen musste" (G/H S. 228). Ein kurzes sachliches Schreiben vom 21. März 1906, das im Auftrag Georges an Hofmannsthal erging, stellt den Schluss der Korrespondenz dar.

Es ist ein klägliches Ende, zugleich aber symbolisch für einen von Anfang an qualvollen Briefwechsel. Richard Alewyn hat in seinem kleinen Kommentar nicht zu Unrecht den Eindruck geäußert, er sei mit „der eisigen Höflichkeit zweier Duellanten"[88] geführt worden. Alewyn hat auch darauf aufmerksam gemacht, dass Hofmannsthal in keinem anderen Briefwechsel sich derart verstelle und auf geradezu krampfhafte Weise versuche, sich der Diktion des Partners anzugleichen. Er urteilt: „Hofmannsthal spricht wie einer, der in das Auge der Meduse blickt, mit einer Starre im Gesicht, von der man nicht zu sagen vermöchte, ist sie Ansteckung oder Abwehr. [...] Es gibt keine erschreckendere Bestätigung der unheimlichen Gewalt, die von dem Wesen Georges ausging, kein erschreckenderes Zeugnis auch für die Verstörbarkeit und Verfremdbarkeit von Hofmannsthals Wesen."[89] Am ehesten war Hofmannsthal wohl noch im Rahmen seiner literarischen Werke dazu in der Lage, seine Beziehung zu George jenseits der persönlichen Camouflage zu reflektieren. Auch nach dem Abbruch des Briefwechsels finden sich in den Werken beider noch Spuren des Nachhalls ihres gescheiterten Verhältnisses, etwa in Hofmannsthals Romanfragment *Andreas*, in der Ankündigung der ‚Bremer Presse' von 1922, die George als „eine herrliche deutsche und abendländische Erscheinung"[90] würdigte und vor allem in Hofmannsthals programmatischer Rede *Das Schrifttum als geistiger Raum der Nation* von 1927. Hier allerdings fällt das Porträt wiederum ambivalent aus und verkörpert zugleich die Hoffnungen und Gefahren, die Hofmannsthal mit der konservativen Revolution verbindet. Rieckmann hat plausibel gemacht, dass es sich bei der Gestalt des ‚Suchenden', die die ‚produktive Anarchie' der ‚konservativen Revolution' repräsentiert, um „das eindringlichste und in seiner Ambivalenz nicht zu überbietende Porträt Georges" handelt.[91] Dieser ‚Suchende' wird als ‚Prophet und erotischer Träumer' charakterisiert, als „eine hybride Natur, Liebender und Hassender und Lehrer und Verführer zugleich."[92] George behielt für Hofmannsthal bis zu seinem Lebensende eine Faszinationskraft, die in der widersprüchlichen Einheit von Erschrecken und Attraktion bestand.

Es wäre wohl zu einfach und zu schematisch gedacht, wenn man das Scheitern ihrer Beziehung monokausal aus einer unterstellten Polarität des deutschen und österreichischen Nationalcharakters ableiten wolle, wenngleich solche Unterschiede bestehen mögen und sich diese Dispositionen in George und Hofmannsthal in erkennbarer Weise verkörperten. Es war wohl vor allem Georges Anspruch auf unbedingte Treue, die der chamäleonhafte Hofmannsthal nicht einlösen konnte noch wollte. So führte er parallel zu dem Briefwechsel mit George auch Korrespondenzen mit Dehmel, Borchardt oder Schröder, was in Georges Augen nur mit dem Begriff des Verrats bezeichnet werden konnte. Eine Treue, die George zu fordern notwendig schien, um gegenüber einem als verwerflich und niveaulos erachteten Literaturbetrieb aus einer geistigen Zitadelle heraus operieren zu können. Die von Hofmannsthal angestrebte Rolle des „neutralen Beobachters" war mit Georges Diagnose der kulturellen Situation und der daraus abgeleiteten Strategie nicht vereinbar. Zudem war für George die Differenz zwischen künstlerischen und persönlichen Interessen schwer akzeptabel. Sein putschistischer Versuch der Eroberung von Hofmannsthals Freundschaft entsprang der festen Überzeugung, dass die beiden besten Dichter auch die beiden besten Freunde sein müssten. An dieser Stelle spielt wohl neben dem charakterlichen auch ein habitueller Unterschied in ihre Beziehung hinein. Den radikalen Bruch mit einer bürgerlichen, gesellschaftlich integrierten Existenzform, wie ihn George vollzog, wollte Hofmannsthal nicht. Er gehörte in zu hohem Maße einer großbürgerlichen Salon- und Geselligkeitskultur an, hatte auch vielleicht etwas von dem den Wienern nachgesagten Phäakenhaften, um sein Leben allein nach künstlerischen und literaturstrategischen Gesichtspunkten auszurichten. Seine Einbindung in ein soziales Milieu mochte ihn auch vor einer Attitüde zurückschaudern lassen, die aus dem kritisierten kulturellen Zustand die Legitimation zu einer ‚Diktatur' herleitete. Aspirationen auf Macht waren Hofmannsthal völlig fremd, zumal er – wie der Briefwechsel zur Genüge zeigt – vor Widerstand regelmäßig zurückwich. Daher sind seine Versuche, literarisch auf die George-Erfahrung zu reagieren, aufschlussreicher als die Ausweichmanöver und Unterwerfungsgesten in den Briefen. Besonders in dem George gewidmeten Drama *Das gerettete Venedig* tritt das zwischen faszinierender Attraktion und selbstbewahrender Verweigerung changierende Verhältnis Hofmannsthals zu George deutlich hervor. So war aus mehreren Gründen das heimliche Projekt Georges, in der Gemeinsamkeit mit Hofmannsthal eine Art literarischer Regentschaft wiederaufleben zu lassen, wie sie um die Jahrhundertwende zuvor von Goethe und Schiller ausgeübt worden war – etwa in den *Xenien* des *Musenalmanachs* –, zum Scheitern verurteilt.

Maximilian Kronbergers Leben und Sterben

Kommen wir nun also auf das sogenannte Maximin-Erlebnis in Georges Leben zu sprechen, das sich schon eine Weile im Hintergrund entwickelt hat. Bereits zu Beginn des Jahres 1902 war es zu einer ersten Begegnung zwischen George und Maximilian Kronberger gekommen. Kronberger entstammte einer großbürgerlichen Kaufmannsfamilie und war am 14. April 1888 in Berlin geboren worden. Schon als Kind begann er Dramen und Gedichte zu schreiben. 1900 bekam er als Geschenk für eine Beschreibung einer Wanderung, die die Berliner *Kinder-Zeitung* druckte, drei Bände Brehms Tierleben. 1901 zog die Familie nach München um, wo Kronberger das Maximiliansgymnasium besuchte. Er war im März 1902 noch keine vierzehn Jahre alt, als George auf ihn aufmerksam wurde. Wie schon erwähnt, ließ er eine Fotografie von ihm machen. Kronberger glaubte zunächst, George sei ein Mitglied des Schwabinger Kabaretts ‚Die elf Scharfrichter', bis er zufällig im Schaufenster der Buchhandlung Littauer die Schrift über George von Klages ausliegen sah. Einen weiteren Kontakt gab es in diesem Jahr nicht mehr, aber Kronberger begann, sich mit Georges Werk zu beschäftigen. Am 6. Juni schrieb er seinem Cousin Oskar Dietrich nach Wien: „Vor einiger Zeit habe ich Bekanntschaft mit dem Dichter Stefan George gemacht. Seine Werke sind in fünf Bänden bei Bondi in Berlin erschienen. Dieser Herr fand meinen Kopf so interessant, dass er ihn erst zeichnen wollte, dann ließ er mich photographieren. Neuerdings bin ich zu einer Kritik seiner Werke und seiner künstlerischen Anschauungen gekommen, dass die aber so hoch gehalten ist, dass ich noch nichts davon verstehe. So viel ich jetzt erfahren konnte, ist er ein sehr gedankenreicher, formenreicher Dichter, welcher eine ungeheure Phantasie hat und dem noch eine große Zukunft offen steht."[93] Erst im Januar 1903 trafen sich Kronberger und George wieder, als dieser erneut in München bei Wolfskehl wohnte. Dort ließ George sich von Kronberger abholen, um mit ihm gemeinsame Spaziergänge zu unternehmen. Auf die Bitte um eine Schriftprobe hin überreichte Kronberger ihm ein handgeschriebenes Gedicht, ohne seine Autorschaft zu erkennen zu geben. George sagte ihm aber beim nächsten Treffen auf den Kopf zu, dass er selbst der Verfasser sei. Kronberger notierte: „Nun ging ein anderes Leben an. Er sah, dass ich mich an Dichtung begeisterte und war in seinem vollen Element." (MK 26) Von nun an entwickelte sich eine intensive Beziehung, in der George als eine Art Mentor für den jungen Dichter fungierte. Von Beginn an schien George überzeugt, dass er in Kronberger auf einen Menschen von einer einmaligen Qualität gestoßen war. Bereits im Februar 1903 überreichte er ihm zwei der Gedichte, die später in den *Maximin*-Zyklus des *Siebenten Rings* eingingen. Eines trägt den Titel *Das Wunder* und interpretiert die Begegnung mit Kronberger als Zusammenfluss aller Träume. Es spricht das Du als mit Kränzen geschmückten Gesandten der ersehnten Gottheit an, rückt also Kronberger der Funktion nach in die poetische Reihe von Muse und *Vorspiel*-Engel ein.

Am 22. Februar nahm George Kronberger zum ‚Antiken Fest' bei Wolfskehl mit und schenkte ihm später eine Aufnahme von sich im Cäsaren-Outfit mit Alfred Schuler als Persephone zu seinen Füßen. Kronberger war ziemlich beeindruckt von dem Fest, an dem insgesamt siebzig Personen teilnahmen. Bei den Treffen der beiden, die meist an Samstagnachmittagen stattfanden, trug George auch eigene Gedichte vor. Sein litaneihafter Hersagungs-Stil fand bei Kronberger allerdings wenig Anklang, in seinen Notizen charakterisierte er ihn als monoton und schleppend (vgl. MK 35). Kronberger legte George nun alle seine Gedichte vor und glaubte dadurch davor bewahrt zu werden, etwas Schlechtes zu schreiben. Mitte März zog George zusammen mit Gundolf, der nach seinem mündlichen Doktorexamen nach München gekommen war, in das Giebelhaus der Pension Fürmann in der Belgradstraße 57 ein. Diese im Norden Schwabings gelegene Pension war aus dem Umbau eines Pferdestalls entstanden, den der Schweizer Heinrich Fürmann geerbt hatte. Sie entwickelte sich rasch zu einem Geheimtipp unter Künstlern, Literaten und Bohèmiens, weil Fürmann zu minimalen Preisen Kost und Logis bot, auch für längere Aufenthalte die Miete stundete und in seiner Pension gerne Feste feierte. Karl Wolfskehl setzte ihm nach seinem Freitod ein literarisches Denkmal, das er mit Fürmanns doppeldeutigem Motto ‚Lex mihi ars' einleitete. Es heißt darin weiter:

Kein Spritzer Spießergift trübt' deinen Blankschild,
Im Dom der Herzen stehn als Denkbild, Dankbild
Dein gilbend Haus – Baracke oder Schloss?
Der Saal, wo Lied und Kuss den Alltag schloss,
Geheimtor, das Profanen sich verschloss …

Bei seinem Besuch in der Pension am 1. April hielt George Kronberger wie ein Erziehungsberechtigter „eine grossmächtige Rede“ (MK 46) und forderte ihn auf, alle Kräfte für ein gutes Abitur anzuspannen, „nur darauf sei unsere Freundschaft gegründet.“ Ein paar Tage später nahmen George und Gundolf an Kronbergers Konfirmation teil, zu der er die drei Bände *Deutsche Dichtung* als Geschenk erhielt. Zu der folgenden Familienfeier am Montag, den 13. April, im Hause Kronberger wurde George eingeladen und erschien auch gerne. Er hatte die Eltern schon 1902 um Erlaubnis gefragt, ihren Sohn ablichten zu lassen und wurde von ihnen für eine ‚sehr interessante‘ Person gehalten. Am folgenden Mittwoch sagte Kronberger zwei Stunden vor der vereinbarten Zeit eine Verabredung ab, worauf George beim nächsten samstäglichen Treffen aufgebracht reagierte. Eine so kurzfristige Absage sei eine Ungezogenheit und überhaupt sei eine solche Vernachlässigung seiner Person bei seinen Freunden nicht üblich. Kurz darauf reiste George ab, erbat sich aber weiter Gedichtzusendungen von Kronberger. Aus Berlin schrieb er Mitte Mai etwas beunruhigt, er fände in Kronbergers jüngsten Gedichten „eine dunkelheit die durch nichts erhellt werden kann.“ (MK 56) Im Sommer war George einen Monat mit seiner Schwester Anna Maria und Gundolf im Urlaub in der Schweiz, die übrige Zeit in Bingen und Berlin mit der Vorbereitung von Hofmannsthals *Ausgewählten Gedichten*, seinem eigenen Prosaband *Tage und Thaten* und der siebten Folge der *Blätter* beschäftigt. Erst im Oktober schickte er Kronberger wieder einen Brief und versicherte ihn trotz seines Schweigens der ‚größten Teilnahme‘ an seiner Entwicklung. Außerdem fügte er hinzu, es sei ihm unmöglich, „einem menschen dessen schicksal mich ergreift“ (MK 78), etwas Alltägliches zu schreiben. In der Zwischenzeit setzte Kronberger seine Lektüre von Georges Werk fort. Oskar Dietrich teilte er im November mit: „Ich habe mir sein ‚Jahr der Seele‘ gekauft, dessen drei erste Teile: ‚Nach der Lese, Waller im Schnee und Sieg des Sommers‘ ich mit geringen Ausnahmen recht gut finde. Ebenso ist in den ‚Büchern der Hirten- und Preisgedichte‘ das letzte die ‚hängenden Gärten‘ vorzüglich. Gut sind auch die echt antik gefühlten Preisgedichte wie die Hirtengedichte. Die Sagen und Sänge lassen mich dagegen sehr kalt.“ (MK 82) Die in den folgenden Monaten entstandenen Gedichte Kronbergers zeigen deutliche Spuren dieser Lektüren.

Mitte Dezember 1903 traf George wieder in München ein, weil – wie wir wissen – Wolfskehl ihn zu Hilfe gerufen hatte. Die sich zuspitzende Krise in der Kosmischen Runde beeinträchtigte auch immer wieder die Stimmung bei Georges Zusammenkünften mit Kronberger. Bei ihrem ersten Gespräch am 19. Dezember im Hause von Wolfskehl lobte George die Fortschritte, die Kronberger in seinen Gedichten gemacht habe. Sie stellten fest, dass sie beide gleichzeitig ein neues Gedicht mit dem Titel *Die tote Stadt* gemacht hatten.[94] George führte bei den nächsten Treffen Kronbergers Tagebuchnotizen nach anspruchsvollere Gespräche als bis dahin. Er sprach über die Verwendbarkeit mythologischer Stoffe in der Gegenwartsliteratur, über antike Versmaße und die ästhetische Besonderheit der Musik. Bei ihrem letzten Treffen 1903 zeigte George ihm Lithographien von Rossetti und Ernst Gundolf, die er besonders schätzte, und sagte, er könne ihn nun eine Weile nicht empfangen, da er ‚viel zu arbeiten' habe. Kronberger war daher perplex, als sich George bei einem zufälligen Zusammentreffen mit seinem Vater darüber beschwert hatte, dass er ihm keinen Neujahrsbesuch abgestattet hätte. Ein Brief von George an Gundolf vom selben Tag lässt allerdings erkennen, dass seine Hochschätzung von Kronberger ungebrochen war. George versicherte darin, dass er keine Schuld bei ihm sähe, ganz im Gegenteil sei ‚Maximin' sein „leitstern in diesen wirren und wer weiss ob mich nicht alle kraft verlassen müsste wenn diese vertrauenden und bereiten lippen sich nicht an mich gedrängt hätten." (G/G 143). Es ist dies brieflich der früheste Gebrauch des Namens Maximin, der später zum Kunstnamen wurde. Am 10. Januar suchte Kronberger ihn wieder bei Wolfskehl auf und durfte zwei Gedichte Georges abschreiben, auf dem anschließenden gemeinsamen Gang sprach George jedoch „sehr wenig und schien überaus präoccupiert." (MK 95)

Eine Woche später – in diesen Zwischenraum fällt die dramatische Trennung von Klages – notiert Kronberger: „Er war sehr unliebenswürdig zu mir und schien von widerwärtigen Gedanken eingenommen." (MK 101) Einen Tiefpunkt erreichte ihre Beziehung Ende Januar. Kronberger beklagte in seinem Tagebuch seit Mitte Januar „immer zunehmende Beweise seiner Gleichgültigkeit" und interpretierte ein ihm vorgelegtes Gedicht über das Thema Abschied als einen „sehr derben Reisepass." (MK 104) Das regelmäßige sonntägliche Treffen am 24. Januar hatte Kronberger frühzeitig schriftlich abgesagt und suchte George am Freitag, den 29., auf, um ihm mitzuteilen, dass er auch am kommenden Sonntag verhindert sei.

> Als ich ins Zimmer trat, ließ er mich ungewöhnlich lange warten, obwohl er im Nebenzimmer war. Endlich kam er, reichte mir die Hand und sah mich lange

an. Ich fragte ihn, wie es ihm gehe, erhielt aber keine Antwort. Ziemlich deprimiert sagte ich, dass ich leider am Sonntag keine Zeit habe und deshalb heute so frei gewesen sei zu kommen. Nun begann er mit zunehmender Heftigkeit mir Vorwürfe zu machen, dass ich an dem vorigen Sonntag nicht zu ihm gekommen war. – [...] Und dass ich am Sonntag keine Zeit gehabt hätte, sei eine bloße Ausrede, er kenne das aus seiner Jugend etc. Auch für den kommenden Sonntag sei es eine dumme Ausrede. Ich sagte ihm, ich hätte in der Tat keine Zeit, er tue mir Unrecht. Da drehte er sich zu mir, legte die Stirn in Falten und drohte mir mit dem Finger. Dann setzte er sich an den Schreibtisch und begann, wenn ich keine Zeit resp. nicht den Willen habe zu kommen, wenn er Zeit habe, so habe auch er nicht Zeit noch Willen, mich zu empfangen, wenn ich komme. ‚Kommen Sie, wenn Sie wollen', schloss er. Ich sagte kalt Adieu und reichte ihm die Hand, er aber sah absolut nicht her. Da zog ich sie denn heftig zurück und ging mit kräftigen Schritten aus dem Zimmer." (MK 104)

Noch am selben Tag schrieb Kronberger ein achtzeiliges Gedicht, in dem er das Erlebnis zu verarbeiten versuchte. Es trägt den Titel *Auszug*.

Schmale lippen boten heute
Sich zu letztem kuss mir dar.
Weisse hände flochten heute
Lezte rosen mir ins haar.

Frage nicht warum die schritte
In die ferne fort ich führe.
Einmal kommen meine schritte
Einmal noch vor deine türe.
(MK 107)

Am nächsten Tag verfasste der selbstbewusste Fünfzehnjährige diese Zeilen: „Sehr geehrter Herr George! Nach dem gestrigen Vorkommnis und nach Ihrem kühlen Verhalten gegen mich in der letzten Zeit sehe ich keinen Grund unsere Bekanntschaft weiterzuführen, sondern bitte Sie, alle Beziehungen zu mir abzubrechen." (MK 105) Der Brief muss George wie ein fatales Echo des Briefes von Klages zwei Wochen zuvor erschienen sein. Jedenfalls begab er sich sofort zu Kronbergers Vater und entschuldigte sich für sein brüskes Verhalten. Die beiden söhnten sich bei Kronbergers nächstem Besuch am 2. Februar wieder aus, wenn auch ‚ein unangenehmer Schatten' (MK 108) zurückblieb. Mitte des Monats gab es einen Anlass, der die Freundschaft wieder belebte. Im Hause des Dichters Henry von Heiseler nahe der Münchener Freiheit in der Ungererstraße 11 fand am 14. Februar an Faschingssonntag ein Maskenfest statt. George lud Kronberger am Nachmittag dieses Tags spontan ein, auf den Ball mitzukommen. Sofort beteiligte sich Kronberger an der Ankleideprobe bei Wolfskehl, und George persönlich holte bei seiner Mutter die Erlaubnis zu seiner Teilnahme ein. Kronberger notierte: „Wir bildeten eine Dichtergruppe, und zwar Wolfskehl, geführt von einem Leierknaben, als Homer, dann ein Vergil, hierauf George als Dante, von mir als einem Florentiner Edelknaben geführt. Uns folgten einige Florentiner Edelfrauen. – Der Anzug passte mir prächtig. Ich hatte rote Strümpfe, einen rotseidenen Überwurf, in der Hand eine rote Kerze und auf dem Haupt einen Kranz von roten Nelken. [...] George als Dante hatte einen weissen Überwurf, einen weissen Kopfputz und einen Lorbeerkranz. Um halb 9 gingen wir dann zu Heiseler, wo Wolfskehl nach einem Zug durch alle Säle als erster ein prachtvolles Gedicht aufsagte. Nach ihm kam Vergil mit einer lateinischen Ode und George mit einer Danteübersetzung (Bekränzung mit dem Schilf). [...] Am 15. II. sandte er mir einen Lorbeerzweig aus dem Kranz, den er tags vorher als Dante getragen." (MK 114) Zwei Tage später versammelte sich der sogenannte Dichterzug noch einmal bei Wolfskehl zu einem Fototermin. (Abb. 20) Von dem Bild schenkte George Kronberger einen Abzug. Bei dieser Gelegenheit eröffnete George ihm auch, dass er drei Verse aus Kronbergers Gedicht *Tiefe Augen* als Motto seinem Gedicht *Der Minner* voranstellen wolle, das in den nächsten *Blättern* enthalten sein werde. Auf Georges Anregung hin begann Kronberger mit der Lektüre von Dantes *Divina Commedia*, an deren teilweiser Übertragung George in dieser Zeit arbeitete. Kronberger erzählte George Ende Februar, dass er sich entschieden habe, nach seinem Vorbild in seinen Gedichten und Briefen auch alles klein zu schreiben. Seine jüngsten Gedichte lobte George sehr und meinte, sie seien das Beste, was er bisher produziert habe. Auch mit Kronbergers Vortragsweise war George inzwischen sehr zufrieden.

Anfang März bezog George wieder die Giebelwohnung der Pension Fürmann. Von dort aus unternahmen sie Spaziergänge in den Nymphenburger Schlosspark, den George besonders liebte und der – wie er Kronberger erzählte – „auch in seinem *Jahr der Seele* verherrlicht ist." (MK 126) Am 24. März nahm Kronberger noch an dem feierlichen ‚Maskenzug zur siebenten Wiederkehr der Blätter für die Kunst' im Hause Wolfskehl teil, zu dem Gundolf extra aus Darmstadt angereist war. Kronberger fuhr noch am selben Tag nach Wien, um dort den Vetter Oskar Dietrich zu besuchen. Drei Tage später folgten George und Gundolf einer Einladung von Carl August Klein nach Wien, der dort am 1. März geheiratet hatte. (Abb. 21) George wollte mit Klein über dessen weitere Funktion für die *Blätter* sprechen, traf außerdem am 29. März Hofmannsthal, der aber in schlechter Verfassung war, weil am 22. März seine Mutter gestorben war. Bei Klein und seiner Frau Ellen in der Porzellangasse 38 kam es am 30. März zur letzten Begegnung zwischen George und Kronberger, obwohl beide noch zehn Tage in Wien waren. In Wien erkrankte Kronberger an Meningitis und kehrte am 10. April nach München zurück. In der Nacht nach seinem 16. Geburtstag am 14. April stirbt er. Zu diesem Zeitpunkt befand sich George bereits wieder in Bingen. Da Gundolf von dem in München tägliche Krankheitsbulletins einholenden Wolfskehl über den infausten Verlauf von Kronbergers Zustand unterrichtet war, hatte er sich von Darmstadt aus für den 15. April bei George angesagt, um ihm in der Erschütterung über dessen unmittelbar bevorstehenden Tod beizustehen.

Ich habe die zeitlich kurze Episode der Freundschaft zwischen George und Kronberger zum einen so ausführlich geschildert, weil sie in Georges Leben eine Zäsur markiert. Ohne diese Begegnung hätte er wohl kaum die ästhetische Figur Maximin erschaffen, die fortan in seinem Werk und Leben als ‚Stern des Bundes' wie der Stern über dem Stall von Bethlehem seinen Weg leitet. Zum anderen sollte deutlich geworden sein, dass George bei aller Wertschätzung Kronbergers und trotz der Indizien, dass er in ihm ein ganz besonderes Wesen sah, ihn zu keinem Moment als ein gottähnliches Geschöpf behandelte. Einem Gott liest man nicht die Leviten und droht man nicht mit dem Finger. Es stellt sich daher die Frage nach den auslösenden Momenten für den Prozess der ästhetischen Transfiguration, die aus Maximilian Kronberger den Gott Maximin erstehen ließ.

Schon in seinem Friedrich Gundolf diktierten Kondolenzbrief an Maximilian Kronbergers Eltern nannte George ihn einen „unvergängliche[n] Liebling Gottes und der Menschen" (MK 134). Wenn George in diesem Brief zum Trost ergänzte, der Jungverstorbene habe die „Enttäuschungen des Daseins" nicht kennenlernen müssen und „sein kurzes Leben [sei] nur mit Hoffnung Licht Liebe und Schönheit gefüllt" gewesen, so erinnert diese Sicht an eine ganze Reihe von Gedichten Georges, in denen der frühe Tod ebenfalls als Gnade gedeutet wird. Die Unschuld, blühende Jugend und Schönheit dieser Toten prädestinierte sie geradezu zur Mythenbildung. Hierin dürfte eine wesentliche Voraussetzung für den Literarisierungsprozess liegen, der aus Maximilian Kronberger Maximin machte. In diese Richtung wies auch bereits ein Brief von Gundolf an Kronbergers Vater, in dem er von der ‚tröstlichen Gewissheit' spricht, dass „Er uns nicht geraubt, nur verwandelt worden ist." (MK 135) Gundolf fuhr fort – und man kann daraus sicher die Stimme Georges vernehmen, zumal der Briefschreiber an dieser Stelle auch den Gedanken von der Gnade des frühen Todes wiederholt: „Diese herrlichen Kräfte waren nicht an das irdische Dasein allein gebunden, unsterblich wirken sie fort, nur in einer uns unfassbaren, ungreifbaren Ferne." (MK 135)

George selbst hatte sich bereits im Mai an Kronbergers Vater gewandt. Er versicherte ihm, dass einzig sein Schmerz als Vater so groß sein könne wie der eigene. George bat zugleich darum, alle nachgelassenen Gedichte und Aufzeichnungen seines Sohnes wohl aufzubewahren, da er ihm eines Tages ‚ein Gedächtniszeichen' setzen wolle. So hat George noch im tiefsten Schmerz bereits daran gedacht, Max – wie er hier noch genannt wird – mit einer sichtbaren Erinnerung zu ehren. Auch andere Zeugnisse dokumentieren Georges großen Schmerz. Gundolf teilte Wolfskehl Ende April mit, George habe ihm einige Zeilen geschrieben, sie aber nicht abgesandt, „weil sie zu voll von leid und verzweiflung waren." (KHW/FG I, 210) Im Mai schrieb George an Hanna Wolfskehl, die selbst ein von Krankheit und Sorge um ihre kleinen Töchter getrübtes Frühjahr hinter sich hatte: „möchten doch die teuren wesen glücklich durchs böse jahr geführt werden. Ich war die ganze zeit zum arbeiten wie zum entschluss unfähig – langsam erholt sich der leib · der geist tritt mit jeder woche in einen andren kreis des leidens." (G/KHW 524 f.) Seine Wünsche waren schon bei der Niederschrift Makulatur, denn am Tag zuvor war Hannas Schwägerin Margarete, eine jüngere Schwester von Karl Wolfskehl verstorben. Zwei Monate später, am 18. Juli starb Hanna Wolfskehls Mutter Nina. Vielleicht ist auf diesem Hintergrund die Zusendung einer Fotografie von ihm selbst an Hanna Wolfskehl im Januar 1905 zu erklären, auf die George die Verse schrieb: „Von allen weißt nur du die ganze schwere · Des trauerjahrs und der verlassnen pein · Nimm dieses blatts geheimnis – Du allein · Hier lebend herz zu dem ich wieder kehre." (G/KHW 545)[95]

Im Juni hatte George Sabine Lepsius, die ihn zu einer gemeinsamen England-Reise eingeladen hatte, geschrieben, dass er nicht in der Verfassung sei zu reisen und sie auch nicht viel von ihm hätte: „viel sorgliches und endendes und der vernichtende schluss: ich trauere über einen unbegreiflichen und frühen tod der auch mich an die lezten klüfte hinführen wollte." (SL Brief-Faksimile Nr. 9) Im selben Monat reiste George für zwei Wochen zu Verwey nach Noordwijk, um sich abzulenken. Auf der Hinfahrt machte er in Köln Station, um sich eine Ausstellung von Auguste Rodin anzuschauen. In der zweiten Julihälfte brach er dann für drei Wochen mit seiner Schwester und Gundolf zur Erholung in die Schweizer Berge auf. Als er Mitte September nach Berlin kam, wo er in Lechters Abwesenheit dessen Wohnung in der Kleiststraße nutzte, machte er auf die Freunde und Bekannten einen gezeichneten Eindruck. Sabine Lepsius schrieb, dass sie sein tiefes Leid deutlicher seinem

Aussehen entnehmen konnte als den verhaltenen Worten seines Briefs (vgl. SL 57 f.) Kurt Breysig berichtete von einem Gespräch Anfang Oktober, bei dem George „seinen Kopf tief herabneigte, damit ich sehen sollte, wie viel graue Haare sich in die dunklen auf seinem Haupte gemischt hatten." (KB 40)

Das *Maximin*-Gedenkbuch und seine Beiträger

Am 16. Januar 1905 machte George erstmals wieder einen Besuch im Hause Kronberger in der Münchner Nikolaistraße. Bei dieser Gelegenheit bekam er den gesamten literarischen Nachlass Maximilians überreicht. Auf der Grundlage dieses Materials stellte George im Frühjahr 1905 das ‚Maximin-Gedenkbuch' zusammen, für dessen prachtvolle Ausstattung er wiederum Melchior Lechter gewinnen konnte. Lechter hatte Kronberger nicht persönlich kennengelernt, aber er hatte für das Projekt seiner Verwandlung in eine mythische Gestalt das passende Organ. George schrieb Lechter am 27. April 1905 einen langen Brief, in dem es heißt: „Ich bin die ganze zeit im schatten dieses toten gewandelt, und als die jährung nahte wurde die traurigkeit immer beängstigender! Ich hielt es schliesslich in M[ünchen] nicht mehr aus. Was mir grossen trost gewährte war dass Sie · mein teuerster freund · mich damals begriffen und die rechte auffassung von diesem mir übersinnlichen ereignis hatten." (L/G 240 f.) Mit dieser letzten Formulierung schält sich Georges Umdeutung der Begegnung mit Kronberger zu der mit einem göttlichen Menschen sichtbar heraus. Er beklagte in diesem Brief auch, dass er seit Kronbergers Tod nichts Wesentliches hervorgebracht habe und äußerte die Hoffnung: „Vielleicht wenn das buch fertig ist dass ich dann von neuem aufblühe!" (L/G 241)

Wie bei der Zusammenarbeit mit Lechter üblich, musste George sich in Geduld fassen. Nach Erhalt des Gedenkbuch-Manuskripts fuhr er zunächst für ein knappes halbes Jahr nach Italien. Zurück in Berlin kümmerte sich Lechter erst um die Organisation einer Ausstellung seiner Werke in der Galerie Gurlitt, dann fertigte er im Frühjahr 1906 das großformatige Antependium *Panis Angelorum* an. Als er mit Blick auf die beginnende Arbeit an dem fast dreißig Quadratmeter großen Glasfenster-Triptychon *Lumen de Lumine* George mitteilte: „Mit dem ‚Gedenkbuch' wird es wohl in diesem Jahre nichts mehr!" (L/G 257), erhob George jedoch Einspruch und beharrte darauf, dass das ‚Gedenkbuch' noch vor Jahresende erscheinen müsse. Das gelang auch haarscharf. Unmittelbar vor Weihnachten lieferte die Druckerei Holten die ersten 10 Exemplare der Prachtausgabe, die restlichen 190 folgten nach den Festtagen. Dass der Termin eingehalten werden konnte, lag wohl auch an dem unermüdlichen Einsatz von Ernst Gundolf, der Lechter seit dessen Rückkehr nach Berlin im Oktober assistierte und sich um die technische Ausführung des Buchschmucks durch die Druckerei kümmerte.

Ernst Gundolf war der 1881 geborene jüngere Bruder (Abb. 22) von Friedrich, der noch als Schüler mit George in persönlichen Kontakt gekommen war, als dieser begann, in seinem Darmstädter Elternhaus zu verkehren. Bereits im Herbst 1900 arbeitete der erst 18jährige an der Anthologie *Das Jahrhundert Goethes* mit. Ab 1901 nahm er an den Jours im Hause Wolfskehl in München teil, in Berlin trat er in Kontakt zu Melchior Lechter, Georg Simmel, Reinhold und Sabine Lepsius. Dort hatte er mit einem Jura-Studium begonnen, es seiner schwachen körperlichen Konstitution halber aber rasch abgebrochen. Ebenso fand 1904 der Versuch, in München als Rechtsreferendar zu arbeiten, ein schnelles Ende. So blieb Ernst Gundolf berufslos und bildete sich zum Privatgelehrten aus. Das passte wohl auch am besten zu seinem Wesen, denn sein Lebensmotto war laut Robert Boehringer: „Ich kann alles ertragen, bloss keine Vorgesetzten." (RB 147) Seit 1902 besuchte er wegen seiner Tuberkulose regelmäßig Luftkurorte im Sertigtal bei Davos. Mehrfach hielt sich George in den Jahren vor dem Ersten Weltkrieg in der Nähe seines Quartiers in Graubünden auf und unternahm mit ihm, seiner Schwester Anna Maria und anderen Urlaubern wie dem Ehepaar Lepsius und dem Bruder Friedrich Bergwanderungen. In den ersten Jahren seiner Zugehörigkeit zum George-Kreis nahm George lebhaften Anteil an Ernst Gundolfs Zeichenkunst. Sie orientierte sich vor allem an japanischer und chinesischer Kunst und an dem symbolistischen englischen Zeichner Aubrey Beardsley. In einem Brief an George bezeichnete Friedrich Gundolf seinen Bruder am 1. Februar 1902 als einen „verdrehte[n] Birzleeschwärmer," (G/G 105) und Michael Landmann überliefert, er habe „sich als Student durch Fasten instand gesetzt, ein kostbares Werk mit Zeichnungen von Aubrey Beardsley zu kaufen."[96] Es gehörte viele Jahre zu Ernst Gundolfs Tagesrhythmus, „dass er vormittags ein Büttenblatt von immer gleichem Format vornahm, erst den Rand darauf zog und dann diesen Rahmen bald lockerer bald dichter füllte mit Bäumen, Grasbüscheln, Seen – einsamster Moor- und Heidelandschaft seiner Phantasie – wobei alles auf die Verteilung ankam." (G/G 130) Er selbst nannte diese Kunstübung ‚Äquilibristik' und reduzierte im Laufe seines Schaffens die Stofflichkeit immer mehr. Als erstes fielen der Verknappung die Figuren zum Opfer. Es war bezeichnend für die Tendenz von Ernst Gundolfs Kunstwollen, dass er auf Georges Bemerkung, der Jüngling auf einem Bild von Anfang 1903 müsse „noch etwas schöner werden eh er ohne kleider gehen darf" (EGW 210), mit der Absichtserklärung reagierte, er denke daran, die Figuren „in nächster

Zeit ganz weg zu lassen" (EGW 211). Ernst Gundolf ging diesen Weg der Reduktion des Stofflichen konsequent weiter, die Zeichnungen aus seinen letzten Lebensjahren im Londoner Exil wurden immer leerer. In seinen Erinnerungen an Gundolfs Exilzeit überliefert Erd Wallace dessen Äusserung: „je weniger, desto besser. Am liebsten würde ich das papier ganz weiss lassen." (EGW 376) Ernst Gundolf wollte das Stoffliche vertilgen zugunsten einer Transformation der Kunst in reinen Geist. In der Genesis heißt es vom Geist, er wehe, wo er will. Wenn Ernst Gundolf dem Zeugnis seines Londoner Freundes Andreas Rasp zufolge am Ende nichts anderes malen wollte als den Wind,[97] so hat er in seinen Zeichnungen das höchste Ideal der Kunst realisiert: den Geist selbst, den Atem Gottes zur ästhetischen Anschauung zu bringen.

Von den reinen Landschaftsskizzen war George begeistert. Ende 1903 beantwortete er die Zusendung einer kleinen Auswahl mit der Bemerkung in einem Brief an Friedrich: „über Ernsts zeichnungen kann man gar nicht genug gutes sagen." (G/G 143) Es sind dies die Zeichnungen, die er auch sofort Maximilian Kronberger rühmend vorlegte (vgl. MK 94). Auf Georges Drängen zeigte Ernst Gundolf seine Arbeiten dem Malerehepaar Lepsius und dem kunstsinnigen Paar Georg und Gertrud Simmel. Reinhold Lepsius war ebenfalls sehr beeindruckt und sofort bereit, sich für eine Ausstellung in Berlin oder Weimar zu engagieren. Ernst Gundolf erduldete diese Bemühungen mehr, als dass er sie forcierte. Einmal kam es 1928 zu einer kleinen Verkaufsausstellung in der Kunsthalle Mannheim, die sein Bruder vermittelte, der mit dem Direktor Gustav Friedrich Hartlaub bekannt war. Ernst Gundolf verstand sein künstlerisches Schaffen eher als ein Privatvergnügen, mit dem er nebenbei seinen Freunden eine Freude machen konnte. Hinzu kam seine ausgeprägte skrupulöse Selbstkritik, die ihn die Öffentlichkeit scheuen ließ. Schon Georges erste Karte vom 12. Januar 1903 zeugt von dieser Eigenart Ernst Gundolfs, wenn sie in spielerischem Sarkasmus darüber klagt, dass man wohl nur „auf dem weg des raubs" zu einer seiner „höchst fesselnden zeichnungen" (EGW 209) kommen könne. Immerhin vermochte George Ernst Gundolf dazu zu bewegen, 1905 im Verlag der Blätter für die Kunst ein Mappenwerk mit 12 Zeichnungen zusammenzustellen, das in 100 Exemplaren ‚veröffentlicht' wurde. Die nahezu hermetische Abschließung gegenüber der Außenwelt manifestierte sich auch in der Wahl von Gundolfs Haustier. Es ist kein Zufall, wenn er sich über Jahrzehnte eine Schildkröte hielt und einmal bemerkte, er habe neulich „silberne Hochzeit mit meiner Schildkröte gefeiert."[98]

Ernst Gundolf übernahm von Beginn an allerlei Aufgaben im George-Kreis. Von den Korrekturarbeiten war schon die Rede. 1903 fertigte er auf Georges Wunsch ein *Ex libris* für Kronberger an, das diesem gut gefiel. Im selben Jahr gestaltete er den Umschlag von Friedrich Gundolfs Langgedicht *Fortunat* und das Titelblatt von Georges Prosaband *Tage und Thaten*. In das Projekt der *Jahrbücher für die geistige Bewegung* war Ernst Gundolf sowohl als Diskussionspartner als auch als Beiträger involviert. Am 11. Mai 1913 gehörte er zu den Anwesenden beim großen Symposium im Kugelzimmer anlässlich von Georges Lesung von Gedichten aus dem *Stern des Bundes*, Pfingsten 1919 zu den Teilnehmern am sogenannten Heidelberger Seelenfest. Aufgrund seiner im George-Kreis allgemein anerkannten Urteilsfähigkeit übte er in den 20er Jahren das Amt eines ‚Weisheitsrats' aus, der fast alle Manuskripte aus der Reihe der sogenannten ‚Geist-' oder ‚Gestaltbücher' einer kritischen Lektüre unterzog. Dabei war Ernst Gundolfs eigenes Werk recht schmal. Außer einer Handvoll Gedichte besteht es aus fünf Aufsätzen und einer Rezension. Er bedurfte der Aufgabenstellung von außen, um sich einen Text abzuringen. George bemerkte über diese Eigenheit: „[W]enn man ihm nicht ganz plausibel macht, dass etwas nötig ist, dann macht er's nicht." (EL 145) Wenn sich Ernst Gundolf indes einmal einer Aufgabe annahm, so führte er sie mit aller Gründlichkeit aus. Friedrich Gundolf sagte über seinen Bruder: „Der Ernst weiss das Vielfache von dem, was ich weiss", und begründete damit auch dessen innere Schreibhemmung: „Mein Bruder Ernst ist ein Wagen so voll von Wissen, dass er sich nicht mehr bewegen kann."[99]

Einzig die Verteidigung der Echtheit der Darmstädter Shakespeare-Büste scheint von Ernst Gundolf 1928 aus eigenem Antrieb in Reaktion auf Ernst Benkards *Ewiges Antlitz*, in dem sie bestritten wurde, geschrieben worden zu sein. Er kannte die sogenannte Beckermaske aus eigener Anschauung und vertrat vehement die Ansicht, sie sei ein zeitgenössischer Abguss von Shakespeares Totenschädel, weil er in ihr genau die Eigenschaften plastisch gestaltet fand, die George dem englischen Dichterheros in einer ‚Tafel' des *Siebenten Rings* zugesprochen hatte. Obwohl Ernst Gundolf an seiner Loyalität gegenüber George niemals den geringsten Zweifel aufkommen ließ, litt seine Beziehung zu ihm unvermeidlich unter der Verstoßung seines Bruders. So entstand trotz seiner verantwortungsvollen Funktion als Lektor auf der persönlichen Ebene eine Distanz zwischen George und Ernst Gundolf. Sie verstärkte sich, als es 1928 zu einer Meinungsverschiedenheit im Urteil über Kommerells *Der Dichter als Führer* kam, weil Gundolf manche Stellen über Männerfreundschaft als deplatziert empfand. Ein letztes persönliches Zusammensein scheint im Sommer 1932 in Darmstadt stattgefunden zu haben. Bei der Bestattung Georges in Minusio war Ernst Gundolf nicht anwesend. Seine Weltferne ließ ihn die existentielle Bedrohung, der er als Jude im ‚Dritten Reich' ausgesetzt war, nicht erkennen. Erst seine Internierung im

KZ Buchenwald nach der Reichspogromnacht öffnete ihm die Augen. Seine Lebenspartnerin Else Kühner (Abb. 23), mit der er seit 1903 zusammen war, und andere Helfer konnten ihn dort herausholen. Über das Erlebte sagte er nur, dass ‚keine Lügenmär übertrieben sei' (vgl. EGW 363). Trotzig wehrte er den Eingriff der Geschichte in sein Leben ab. Die mit den Gundolf-Brüdern befreundete Else Limmer-Leuchs berichtete, dass Ernst Gundolf ihr nach seiner Rückkehr aus dem KZ Buchenwald zwei seiner Zeichnungen mit der Frage vorgelegt habe, ob sie zwischen ihnen einen Unterschied erkennen könne. Als sie das verneinte, habe er kommentarlos gesagt: „Die lezte vor dem KZ, die erste danach." (EGW 364) Für Ernst Gundolf ging es also offenbar darum, sich in seiner Kunst vollständig von der Geschichte zu befreien. Dass der gewaltsame Einbruch der Geschichte in seine private Existenz keine Spuren in seinem künstlerischen Ausdruck zurückließ, war gewissermaßen seine persönliche Variante des Widerstands. Nur widerwillig verließ er Deutschland noch knapp vor Kriegsausbruch Richtung London. Dort starb er an den Spätfolgen eines Unfalls nur wenige Tage nach Kriegsende.

Zurück zum ‚Gedenkbuch' für Maximilian Kronberger. Es hat das Format 34,5 × 27 cm und verfügt über einen eierschalenfarbigen Pergamenteinband mit Goldschnitt und goldener Titelimprägnierung. Der Umschlag trägt am oberen Rand in monumentaler Größe den eingerahmten Titel *MAXIMIN*, darunter sind acht gleich breite rechteckige Felder, von deren Fußleiste ein gleichschenkliges Dreieck bis oberhalb der Mitte aufragt. In ihm sind zehn Feuerzungen (in vier Reihen mit 4-3-2-1 Ornamenten) auf Kreisen, die aus zehn Punkten gebildet sind. Bei dieser „Pyramide aus zehn mit Flammenzungen besetzten Kreispunkten" handelt es sich um „die Tetraktys-Figur, ein Symbol der pythagoreischen Kosmologie."[100] Diese Figur symbolisiert Harmonie und Vollkommenheit. Lechters Titelgestaltung mit dem Tetraktys ist die symbolische Vorwegnahme der Botschaft von Georges *Vorrede*, „die das Erscheinen Maximins als Eintritt göttlicher Schönheit ins ungeordnete Chaos der Gegenwart beschreibt."[101] Die Rückseite mit gleicher Gestaltung zeigt innerhalb des Dreiecks die von den Händen hochgereckte Urne. Innen besitzt das Buch 28 Blätter unpaginiertes Japanpapier mit rotem und schwarzem Druck. Auf das Impressum folgt auf dem zweiten Blatt eine Fotografie von Kronberger, die ihn im Profil und die entblößte Schulterpartie zeigt. Lechter hätte lieber eine ‚dekorativ-poetische' Lösung in Form eines Holzschnitts gehabt, aber in diesem Fall setzte sich George mit seiner Absicht durch, das Buch als Erinnerungszeichen für diesen einzelnen Menschen kenntlich zu machen. Das Foto ist nur ein Ausschnitt des Originals, das fast den ganzen Körper Kronbergers als Rückenansicht bietet. Das untere Drittel der Seite mit dem Foto wird von einer Kombination aus floralen, geometrischen, kristallischen und figuralen (zwei pfauenähnliche Tiere) Elementen eingenommen. Das dritte Blatt hat auf der Vorderseite die Titelei: Oben in Rot und noch größer als auf dem Umschlag: *MAXIMIN*, darunter in Schwarz auf rotem Untergrund und zentriert: ‚Ein Gedenkbuch herausgegeben von Stefan George', alles in Majuskeln. Die Fußzeile nennt in rotem Druck Verlag, Ort und Erscheinungsjahr in lateinischen Buchstaben. Links und rechts sitzt auf dieser Zeile jeweils ein kleines quadratisches Feld, in dem auf schwarzem Hintergrund eine nackte Gestalt untergebracht ist. Links sitzt ein Knabe mit bekränztem Haar, der eine Schalmei spielt, rechts kniet ein Engel, der eine Lyra hält. Er ähnelt sehr deutlich der Engelsfigur, die Lechter wenig später als Frontispiz für den *Siebenten Ring* verwendet. Unter der Titelei befindet sich der gleiche ornamentale Schmuck wie unter dem Foto. Die Rückseite des dritten Blatts besitzt einen floralen Rahmen. In der Mitte der Seite sieht man ein auf der Schmalseite stehendes Rechteck. Es enthält einen Sternenhimmel, in den sich am unteren Rand eine Erdkugel hineinwölbt. Von einem Stern aus laufen sieben Strahlen auf ein ‚M' zu, das auf der rechten Peripherie der Erdkugel steht. Gegenüber auf der Vorderseite des vierten Blatts steht noch einmal in Rot etwas kleiner ‚MAXIMIN', darunter ein kreisförmiges, oben offenes Ornament mit einem Stern in der Mitte. Aus ihm steigen sieben Rauchschlangen auf, von denen jede unter einem der sieben Buchstaben des Namens endet. Auf der Rückseite beginnt dann die floral gerahmte Vorrede Georges, die auf ihrer letzten fünften Seite sich trichterförmig verjüngt. Der Text endet mit den rot gedruckten Initialen S T G. In Rot sind auch die ersten zwölf Zeilen der Vorrede gedruckt, die nur auf der rechten Hälfte der Seite stehen, weil links von ihnen ein ausladender Initialenschmuck den ersten Buchstaben ‚W' umgibt. Links und rechts des entsprechend riesigen ‚W' stehen zwei nackte knabenhafte Mädchen mit fußlangem Haar, die gemeinsam eine Blumenkette tragen, über der ein siebenstrahliger Stern schwebt. Hinter Buchstabe, Figuren, Kette und Stern sieht man eine Art Tempeleingang, auf dessen Fries die Worte ‚Lumen de Lumine' zu lesen sind. Damit spielte Lechter auf sein gleichnamiges Glasfenster-Triptychon an, an dem er parallel zur *Gedenkbuch*-Ausstattung arbeitete. Auf die Vorrede folgt dann der erste Teil des *Gedenkbuchs* mit dem Titel *Auf das Leben und den Tod Maximins*. Ähnlich wie auf der Vorderseite des vierten Blatts ist auch unter diesem rot gedruckten Titel ein kreisförmiges oben offenes Ornament, das hier an ein Wolkenband denken lässt. Aus ihm dringen von beiden Seiten zwei Hände, die eine brennende Kerze an ein Feuer halten, das in sieben Zungen aus einer Schale aufflackert. Auf der Rückseite setzen dann die poetischen

Texte ein. Es sind natürlich auch sieben, drei von Stefan George und je einer von Karl Wolfskehl, Friedrich Gundolf, Lothar Treuge und Oskar Dietrich, die aber alle nur mit den Initialen gezeichnet sind.

Auffallend in diesem exklusiven Beiträgerkreis ist Treuge, dessen *Triadische Totenmesse* – wie Gundolfs Gedicht – sogar länger als Georges Texte ist. Auffallend deshalb, weil er Kronberger nie begegnet ist. Treuge wurde 1877 in Westpreußen geboren und kam nach dem Abitur in Danzig und einem Semester in Greifswald zum Studium der Mathematik und Naturwissenschaften 1897 nach Berlin. Er legte aber nie ein Examen ab und schlug sich lange mit Privatstunden in seinen Studienfächern und alten Sprachen durch, bis er kurz vor dem Ersten Weltkrieg eine Stelle an einer Berliner Privatschule antrat. Er führte ein radikal unbürgerliches Leben und lehnte jede Unterwerfung unter äußere Zwänge ab. Da er, anders etwa als der ähnlich gestrickte Ernst Gundolf, jedoch aus einer verarmten Familie stammte – sein Vater Rudolf Treuge, ein Apotheker, war bereits verstorben, als der Sohn noch Schüler war –, lebte er beständig am Existenzminimum. Mehrfach wandte er sich mit der dringenden Bitte um finanzielle Unterstützung an Freunde. George hat er vielleicht erstmals bei dessen Lesung in der Vorlesung von Max Dessoir im Wintersemester 1899/1900 gesehen. Bald darauf lernte er Melchior Lechter kennen, woraus eine dauerhafte Freundschaft und Werkgemeinschaft erwuchs. Treuge kultivierte in der Dichtung ein handwerkliches Ethos der strengen Form, das Lechter und George imponierte. Sein Formbewusstsein schulte Treuge wie einst George an Übersetzungen, wobei er sich besonders Texten von Horaz und Verlaine annahm. Anfang 1901 sandte Eduard Brüel, ein Bekannter Treuges, seinem Jugendfreund Wolfskehl Gedichte von Treuge zu. Wolfskehl war von den Gedichten sehr angetan, und Friedrich Gundolf, der sich zu dieser Zeit als Student in Berlin aufhielt, nahm mit Treuge sofort Kontakt auf. Treuges Gedichte gelangten in Georges Hand, der bereits im Mai in der fünften Folge der *Blätter* ein halbes Dutzend Elegien von Treuge veröffentlichte. Bis zur neunten Folge war Treuge nun regelmäßig vertreten und mit fast siebzig Gedichten einer der meist gedruckten Beiträger der Zeitschrift. 1902 erschien auch sein Gedichtband *Traum der Trennung* im Verlag der Blätter für die Kunst. Wolfskehl äußerte sich begeistert über die „edle Gemessenheit" (KHW/FG I, 162) der Verse. Wenn George sich in Berlin aufhielt, traf er regelmäßig Treuge. So gehörte Treuge auch am 22. Oktober 1902 zu den geladenen Gästen bei Georges Lesung im Hause Bondi. Treuge war auch anwesend, als George sich am 30. September 1904 im Atelier von Lechter von der jungen englischen Journalistin Audrey Catherine Eyre-Thompson interviewen ließ. Die Publikation des Interviews, die sie in ihrem Brief an Friedrich Gundolf zwei Tage später für *Times Newspaper* ankündigte, kam allerdings nicht zustande. Das ist schade, weil sie George sehr eigenständig schildert: „Ich fand ihn sehr freundlich und lustig, obwohl der auch ernst werden könnte – sanftmütig und doch mächtig – scharfsinnig und intellectual obwohl von einer fast weiblichen Empfindsamkeit."[102] Besonders gefiel ihr, dass er eine Rose für sie aufhob. Treuge war in diesem Frühjahr mit der Abschrift der von George übertragenen Stellen aus Dantes *Divina Commedia* beschäftigt. An Georges Schmerz über den Tod Kronbergers nahm er spürbar Anteil und verfasste die *Triadische Totenmesse*, die in das *Maximin*-Gedenkbuch einging. George würdigte sein Mitgefühl mit der ‚Tafel' *An Lothar* im *Siebenten Ring*:

> Wart bis die feuchten nebel nicht mehr pressen
> Den geist der asche über gräber siebt!
> Dich werd ich ob der tränen nie vergessen
> Die denen du geweint die ich geliebt.
> (SW VI/VII, 171)

Treuge nahm auch noch am 4. Dezember 1907 an der ‚Feier der Huldigung vor dem Siebenten Ring' in Berlin-Lichterfelde in Georges neuem Jüngerkreis um Friedrich Wolters und Berthold Vallentin teil, aber danach verlor sich ihr persönlicher Kontakt zusehends. Auslöser dafür dürfte eine Kontroverse über die Vertragsbedingungen für Treuges Gedichtband *Huldigungen* gewesen sein, der nach einigem Hin und Her im Frühjahr 1908 im Verlag der Blätter für die Kunst erschien. In dem Streit ging es um die Zahl von Freiexemplaren, die George wegen der ohnehin geringen Auflage von 150 Exemplaren auf drei beschränken wollte, was Treuge empörte. Im März 1908 schrieb George an Lechter: „Es ist mir leid dass ich mit dieser Trg.-Sache auch Sie belästigen muss. Vielleicht gelingt es Ihnen, ihn zur Vernunft zu bringen. [...] Er ist sein Lebtag ein Krakehler gewesen und hat sich dadurch sein äussres Leben ruinirt. Sie wissen welche Dinge ich hoch an ihm schätze, aber auch: wo man sich bei ihm in Acht nehmen muss. Was ich vorschlug war alles zu seinem eigensten Besten, natürlich mit Wahrung der Dinge die unbedingt gewahrt werden müssen. Was er dagegen schrieb, halt ich für Worte eines Wahnsinnigen dem nachzugeben ich nicht gewillt bin." (L/G 288) Im Herbst 1909 kam es noch zu einem Treffen in größerer Runde bei Lechter, nach Erscheinen der neunten Folge der *Blätter* im Februar 1910, die noch zwei Oden von Treuge enthielten, brach die Beziehung ab. Am 24. Mai 1914 unterrichtete Friedrich Wolters Gundolf darüber, in Berlin seien „alle *Blätter*sachen von

Treuge versteigert worden." (FG/FW 106) Die enge Verbindung mit Lechter blieb davon unbeschadet. Wie schon die *Huldigungen* stattete Lechter auch die beiden 1912 erschienenen Bücher *Ars Peregrina* und *Aus den Erlebnissen eines Lieblings der Grazien* aus. Treuge hatte im selben Jahr Helene Adamus geheiratet, 1915 wurde er zum Landsturm eingezogen und kam wegen seiner vorzüglichen mathematisch-naturwissenschaftlichen Kenntnisse zu einem technischen Truppenteil in Lettland. Nach Kriegsende engagierte er sich in der Kommunalpolitik im Berliner Stadtteil Schmargendorf, verfasste eine obskure goldgeprägte Broschüre mit dem Titel *Apotheose der Masse*, verstarb jedoch bereits 1920 an Tuberkulose.[103]

Die Verwandlung Maximilian Kronbergers in Maximin, den Gott der Jugend

Kehren wir zurück zur Beschreibung von *Maximin. Ein Gedenkbuch*. Auf die sieben Gedichte der fünf Autoren George, Wolfskehl, Gundolf, Treuge, Dietrich im ersten Teil folgt der zweite mit dem Titel *Die Gedichte Maximins*. Hier hat das zugehörige Ornament eine etwas andere Struktur. Zwischen zwei Engelsflügeln befindet sich eine Lyra mit sieben Saiten. Unter ihr verläuft ein Kreissegment, aus dem sieben gepunktete Linien in einen Kreis münden, in den sich ein gleichseitiges Dreieck fügt. Dann folgen 33 Gedichte Maximilian Kronbergers, die Titel jeweils in Rot gedruckt, unter dem letzten eine rote stilisierte Kerze. Auf dem letzten Blatt steht ENDE, darunter ist ein siebenarmiger Leuchter mit brennenden Kerzen. Ihr aufsteigender Rauch fließt durch eine Wolkengirlande und unter einem zweizeiligen Schriftbogen zu einem Dreieck zusammen, das an jeder Spitze von einem Stern geschmückt ist. Der Schriftzug lautet: ‚VON SELTNEN ERFORSCHT DER MENGE VERHUELLT.'

Das *Gedenkbuch* lässt durch seine Ausstattung und seine Struktur klar erkennen, dass George die Grenze zwischen dem realen Maximilian Kronberger und der Kunstfigur Maximin gezielt verwischt. Es enthält zum einen ein Foto Kronbergers und die von ihm verfassten Gedichte, zum anderen präsentiert es sie als Texte ‚Maximins' und verwendet den Namen Kronberger nicht ein Mal. Damit widerspricht George nebenbei gesagt selbst seiner Absicht, ein identifizierbares Erinnerungszeichen zu setzen. Der mit den Hintergründen unvertraute Leser erfährt nicht den bürgerlichen Namen dessen, den das Foto zeigt und der die Gedichte schrieb.

Aber darauf kam es George auch nicht wirklich an. Er wollte ein ästhetisches Denkmal der zum Mythos erhobenen Kunstfigur Maximin schaffen, sie zugleich aber durch das Foto in der realen Erfahrung verankern. Es ging ihm um eine retrospektiv erschaffene epiphane Erfahrung. Das Bildprogramm Lechters arbeitete konsequent an der ästhetischen Transfiguration Maximilian Kronbergers zu Maximin. Besonders die Illustration, die das für Maximin stehende ‚M' auf der Erdkugel als Empfänger der Strahlen eines Sterns zeigt, antizipiert seine poetische Bezeichnung als ‚Stern des Bundes', wie Georges Gedichtband von 1914 heißen wird. Die Präsentation von 33 Gedichten, die zunächst als Abweichung von der ‚heiligen Sieben' erscheinen könnte, erklärt sich aus der Anspielung auf das Lebensalter, in dem Christus zum Himmel aufgefahren ist.

Besonders die *Vorrede zu Maximin* (SW XVII, 62–66) gestaltet die christologischen Züge von Maximin weiter aus und erlaubt es, Georges Verwandlung authentischer Erlebnisse zu epiphaner Erfahrung präzise nachzuvollziehen. Sie setzt zunächst mit der uns schon geläufigen kulturkritischen Diagnose der Gegenwart ein, in die Maximin wie ein Meteor einbricht. George entwirft zunächst ein Szenario des Kulturverfalls in den klassischen Topoi. Er spricht von „einer entstellten und erkalteten Menschheit" ohne Sinn für „die grosse Tat und die grosse Liebe." Es schien „eine seuche zu wüten vor der kein mittel hälfe und die mit der entseelung dieses ganzen geschlechtes endigte." In dieser gewissen Untergangserwartung erfolgt nun die Wende, und sie wird wiederum ganz konkret mit der Person Maximilian Kronbergers verknüpft. Es geschah, dass „die plötzliche ankunft eines einzigen menschen in der allgemeinen zerrüttung uns das vertrauen wiedergab und uns mit dem lichte neuer verheissungen erfüllte. [...] An der helle die uns überströmte merkten wir dass er gefunden war." Maximin wird im weiteren als der „wahrhaft Göttliche" bezeichnet, es gelte für die Hinterbliebenen eine „kommunion mit seinem geiste" zu erreichen. Wir sollen zu seiner Verehrung „seine säule aufstellen uns vor ihm niederwerfen und ihm huldigen." George vergleicht seine Jugendhaftigkeit mit dem zwölfjährigen Christus, der die Schriftgelehrten unterwies und knüpft an seine Erscheinung eine soteriologische Prophezeiung: „Wir fühlten wie geringfügig alle streite der länder · alle leiden der kasten werden vorm dämmerschauer der grossen erneuungstage: wie alle brennenden fragen der gesellschaften in wesenlose finsternis verblassen wenn nach jeder ewigkeit den irdischen sich ein erlöser offenbart." Wie nahe Maximin an das Modell des christlichen Erlösers herangerückt wird, zeigt sich schließlich auch im folgenden Zitat: „Wir erkannten in ihm den darsteller einer allmächtigen jugend wie wir sie erträumt hatten · mit ihrer ungebrochenen fülle und lauterkeit die auch heut noch hügel versezt und trocknen fusses über die wasser schreitet." Auffällig an dieser Formulierung ist der Begriff ‚Darsteller'. Er rückt die konkrete Person Maximilian Kronberger deutlich in eine allegorische Perspektive. Es geht George offensichtlich um die Schaffung eines Gottes der Jugend. Das Gedicht *Kunfttag I*, das den *Maximin*-Zyklus im *Siebenten Ring* eröffnet, spricht die subjektive Wahrnehmung Kronbergers als Gott in aller Schlichtheit als etwas Selbstverständliches aus:

Dem bist du kind · dem freund.
Ich seh in dir den Gott
[...]

Du an dem strahl mir kund
Der durch mein dunkel floss ·
Am tritte der die saat
Sogleich erblühen liess.
(SW VI/VII, S. 90)

Der *Maximin*-Zyklus bildete das Zentrum von Georges umfangreichem Gedichtband *Der Siebente Ring*, der im Oktober 1907 erschien und ein krönender Abschluss der künstlerischen Zusammenarbeit von George und Lechter wurde. Die Auflage betrug insgesamt 535 Exemplare, davon 35 auf Japanbütten und mit violetter Seide über dem Umschlag, die übrigen auf gelblichem Bütten mit einem violetten Leineneinband. Es dürfte sich um eine programmatische Farbwahl handeln, wenn man bedenkt, dass das Violett in der Liturgie der katholischen Kirche zur Lesung der Passion am Palmsonntag, beim Karfreitagsgottesdienst und in der Osternacht sowie im Advent verwendet wird. Violett ist die Farbe des Übergangs und der Verwandlung. In Goldprägung zeigt der Umschlag in einem Wolkenring eine Art Palme, aus der symmetrisch zehn Wedel entspringen, von denen sich die beiden nach oben strebenden mittleren berühren. Um den Wolkenring herum läuft der Buchtitel in Großbuchstaben, wobei ‚DER SIEBENTE' den oberen Halbkreis bildet, während der untere nur aus dem Wort ‚RING' und beiderseitigen Ornamenten besteht. Der Innentitel beginnt rechtsseitig mit einer eher kleinen Vignette, die in Orange wieder das von zwei Händen hochgereckte Weihrauchgefäß zeigt. Auf der Rückseite ist eine dreiteilige Illustration zu sehen, die die ganze Seite einnimmt. Während links und rechts florale, geometrische und kristalline Elemente sind, kniet in der Mitte ein nackter männlicher Engel mit angewinkeltem rechten Bein auf dem Plateau eines Berges. Der Berg ist knapp unterhalb des Gipfels von einem Wolkenring umgeben. Der Kopf des Engels ist leicht in den Nacken gelegt, seine schlangenartigen Haare bilden sieben Wellen und sein Haupt ist von einer kreisförmigen weißen Aura, einer Art Glorienschein, umgeben. Sein Blick ist auf den Sternenhimmel gerichtet, der die obere Hälfte des mittleren Feldes beansprucht. Sieben Sterne sind durch ihre auffallende Größe und durch einen gepunkteten Strahlenring hervorgehoben. Die Radien ihrer Ringe schneiden sich untereinander, fünf mit zwei anderen, einer mit einem anderen und einer mit drei anderen. Der Engel, der sich mit der linken Hand auf dem Plateau abstützt, hält in der rechten ein Schreibgerät. Er hat auf dem Boden des Plateaus einen Stern und dessen Strahlenring abgezeichnet. Rechts gegenüber wiederholt sich die dreiteilige Seitenaufteilung. Im mittleren Feld stehen hier in Rot der Name des Autors, Titel, Verlag, Ort und Jahr. Der Titel ist wie auf dem Umschlag ringförmig um ein Wolkenband gelegt, in dessen Mitte sich hier ein dekorativer Trinkbecher befindet, um den sich eine gekrönte Schlange windet. Vor allen sieben Zyklen des *Siebenten Rings* gibt es eine Zierseite mit der Uroboros-Schlange, die sich selbst in den Schwanz beißt. Diese Schlangen haben alle ein flammenartiges Ornament über dem Kopf, das an das Pfingstwunder denken lässt. Vor dem ersten Zyklus ist eine, dann aufsteigend bis sieben vor dem letzten, wobei die Schlangen etwa wie Olympische Ringe verschlungen sind. Nur vor dem letzten Zyklus weicht Lechter insofern davon ab, als er einen Uroboros als Ring um die sechs anderen legt und diese dafür im Radius verkleinert. Das kreisschlüssige Uroboros-Symbol „kommt in indischen, altägyptischen und griechischen Mythologien vor und gilt als Sinnbild der ewigen kosmischen Erneuerung."[104] Stottmeister macht zu Recht darauf aufmerksam, dass die kulturelle Herkunft dieser Symbolik in einem gewissen Spannungsverhältnis zur eher an die katholische Liturgie angelehnten Bildsprache des *Siebenten Rings* und besonders seines Kernstücks, dem *Maximin*-Zyklus, steht. Lechter dürfte als überzeugter Theosoph den Uroboros aus der Kosmogenesis-Lehre der Helene Blavatsky, der Gründerin der Theosophischen Gesellschaft, übernommen haben. Die kreisschlüssige gekrönte Schlange findet sich sogar auf ihrem Privatsiegel und war (und ist) das Signet der Theosophischen Gesellschaft.[105] Für George dürfte die Akzeptanz von Lechters Bildsymbolik unproblematisch gewesen sein, da sich seine Vorstellungen von ewigem Kreislauf und einer zyklischen Neugeburt im Lebensvollzug – wie bei sich häutenden Schlangen – hier mit theosophischen Positionen decken.

Am Ende des Buchs haben wir erneut den dreiteiligen Buchschmuck. Hier steht im mittleren Feld ein blühender Laubbaum, von dessen Ästen sieben Schlangen herunterhängen, von denen die mittlere gekrönt ist, während die übrigen wieder das flammenartige Ornament über dem Kopf tragen. Im Textteil ist der Buchschmuck dezenter als im *Teppich des Lebens*. Es gibt nur einen vergleichsweise schmalen ornamentalen Rahmen. Die Titel der Texte sind in Rot, die Texte selbst in Schwarz gedruckt. Dieses Mal sind die Seiten sogar rot paginiert. *Der Siebente Ring* hat 218 Seiten, wobei jeder Zyklus 28 Seiten umfasst. Die Zahl der Gedichte innerhalb eines Zyklus ist immer durch sieben teilbar. Die Gesamtzahl beträgt 182, von denen allein siebzig auf die vier- bis achtzeiligen ‚Tafeln' entfallen.

Aus Melchior Lechters Brief an George vom 1. September 1906 geht hervor, dass zuerst der Titel ‚Die heilige Sieben' vorgesehen war. George war der Überzeugung, dass die Sieben die wichtigste Zahl zum Verständnis der Lebensgesetze sei. Die Entwicklung und Reife des Menschen unterteilte er in Jahrsiebente. (Abb. 24) Er schloss sich dabei antikem Denken und bewusst auch Vorstellungen mittelalterlicher Ritterorden an. Auch hier besteht wieder eine Koinzidenz mit der Theosophie, da die Siebenzahl „das zentrale numerische Strukturprinzip des theosophischen Lehrgebäudes"[106] bildet. Der Stellenwert einer zahlensymbolischen Architektur seiner Gedichtbände dürfte durch die Beschreibung ihrer Textanordnung und des Lechterschen Buchschmucks deutlich geworden sein. Ich kann ihr hier nicht *in extenso* folgen.

Der *Maximin*-Zyklus besitzt 21 Gedichte. George fügte dabei die drei Gedichte aus dem *Gedenkbuch* in den wesentlich umfangreicheren Zyklus ein. Um den Prozess der ästhetischen Transfiguration, dem George Maximilian Kronberger unterwirft, weiter zu verdeutlichen, zitiere ich das erste der drei Gedichte aus dem *Gedenkbuch* in der geringfügig abweichenden Fassung im *Siebenten Ring*:

Ihr hattet augen trüb durch ferne träume
Und sorgtet nicht mehr um das heilige lehn.
Ihr fühltet endes-hauch durch alle räume –
Nun hebt das haupt! denn euch ist heil geschehn.

In eurem schleppenden und kalten jahre
Brach nun ein frühling neuer wunder aus ·
Mit blumiger hand · mit schimmer um die haare
Erschien ein gott und trat zu euch ins haus.

Vereint euch froh da ihr nicht mehr beklommen
Vor lang verwichner pracht erröten müsst:
Auch ihr habt eines gottes ruf vernommen
Und eines gottes mund hat euch geküsst.

Nun klagt nicht mehr – denn auch ihr wart erkoren –
Dass eure tage unerfüllt entschwebt...
Preist eure stadt die einen gott geboren!
Preist eure zeit in der ein gott gelebt!
(SW VI/VII, 99)

Hier wird in hymnischem Tonfall und in einer sakralen Sprache das Erscheinen eines Gottes verkündigt. George bedient sich in programmatischer Weise eines kerygmatischen Sprachduktus, um die Deutung Maximins als Gott mittels autoritativer Rhetorik zu installieren. Es ist „ein mythopoetischer Gott,“[107] eine ins Extreme gesteigerte Kunstfigur. Wolfgang Braungart hat zu Recht darauf hingewiesen, dass die Verwandlung Maximins in ein „göttliche[s] Kind“[108] auch im zeitgenössischen Kontext des Kindheits-Kultes innerhalb der Reformpädagogik und der Jugendbewegung gesehen werden muss. Ergänzend kann man auf das 1905 bei Bondi erschienene Buch *Die Entstehung des Gottesgedankens und der Heilbringer* von Kurt Breysig hinweisen, über dessen Inhalt George schon durch seine häufigen Gespräche mit Breysig in dieser Zeit orientiert gewesen sein dürfte. Breysig überliefert auch die richtungsweisende Äußerung Georges, als der ihm das *Maximin*-Gedenkbuch überreichte: „Als er das Werk, das er ihm als Denkmal errichtete, vollendet hatte, brachte er es mir und verflocht nun in die Gedichte des Entrückten und die eigenen [...] die Legende von seinem Schicksal und der Sendung, die ihm vom Schicksal zugedacht gewesen sei. Er war des Glaubens, dass Maximin erst der wahrhaft Erfüllende hätte werden sollen, ihm selbst dann aber Amt und Aufgabe eines Johannes zugefallen sein würde.“ (KB 40)

Braungart betont, dass man die Stilisierung der Maximin-Gestalt „nicht wirklich im engeren Sinn als Religionsstiftung interpretieren“ dürfe, da Maximin „nicht als Erlöser im christlichen Sinne [erscheine], sondern *als kultisches Zentrum der ästhetischen Rituale*.“[109] Ich stimme mit seiner Ansicht überein, in der dichterischen Gestaltung der Maximin-Figur „eine ästhetische Mythologie“ zu erblicken, aber diese Transfiguration ist nicht denkbar ohne die leibliche Erscheinung von Maximilian Kronberger. George nannte ihn einige Jahre später in einem Brief an Gundolf einen „plastischen Gott“ (G/G 202). Wenn die unmittelbar vor Augen stehende Erscheinung Maximins in dem oben zitierten Gedicht denjenigen entgegengehalten wird, die in „ferne träume“ vergafft sind, die einer „lang verwichne[n] pracht“ nachhängen und aufgrund von deren Unwiederbringlichkeit in der Gegenwart nur einen „endes-hauch“ verspüren, dann lassen sich in diesen Adressaten unschwer die Kosmiker Schuler und Klages erkennen. Es verhält sich wohl so, dass die poetische Erschaffung des Gottes Maximin in engem Bezug zu Georges Überwindung der kosmischen Phase zu sehen ist, wobei Überwindung hier im Sinne der hegelschen Aufhebung zu denken ist. Pointierter gesagt: Mit der Verwandlung Maximilian Kronbergers in den mythopoetischen Gott der Jugend Maximin realisierte George seine religiomorphe Version der kosmischen Konzeption der Blutleuchte. Diese spezifische Form von Kronbergers Transfiguration vereinigte Georges primär ästhetisches Interesse an der Schaffung eines kultischen Zentralgestirns für seinen Kreis mit der kulturkritischen Idee der Erneuerung.

Die Vergöttlichung Maximins rückte George in die Rolle des Propheten, wie er es schon Kurt Breysig gegenüber im Herbst 1904 geäußert hatte. Im *Maximin*-Zyklus hat George dieses Abhängigkeitsverhältnis sogar in die paradoxe Formulierung gebracht „Ich geschöpf nun eignen sohnes" (SW VI/VII, 109) und ähnlich im *Eingang* des *Sterns des Bundes*: „Wie er mein kind ich meines kindes kind" (SW VIII, 14). Die Rolle des Verkünders gestaltete George am ausführlichsten im Schlussgedicht des *Maximin*-Zyklus *Entrückung*, das mit dem großartigen Vers „Ich fühle luft von anderem planeten" geradezu kosmisch einsetzt. Dem Vokabular sind überhaupt Anklänge an die Kosmik zu entnehmen. Ich zitiere drei der acht Strophen:

Ich löse mich in tönen · kreisend · webend ·
Ungründigen danks und unbenamten lobes
Dem grossen atem wunschlos mich ergebend.

[...]

Der boden schüttert weiss und weich wie molke..
Ich steige über schluchten ungeheuer ·
Ich fühle wie ich über lezter wolke

In einem meer kristallnen glanzes schwimme –
Ich bin ein funke nur vom heiligen feuer
Ich bin ein dröhnen nur der heiligen stimme.
(SW VI/VII, S. 111)

Dass die Vergöttlichung Maximilian Kronbergers zu Maximin mehr ist als nur ein ästhetisches Projekt belegt noch die ‚Blättergeschichte' von Friedrich Wolters, die nicht zwischen dem wirklichen Menschen und der Kunstfigur unterscheidet. Wolters spricht durchgehend nur von Maximin, wie es auch

George in der *Vorrede* zum *Gedenkbuch* getan hatte. Hat also George wirklich in diesem jungen Mann einen Gott gesehen? Hat er mittels seiner kerygmatischen Maximin-Gedichte wirklich zum Religionsstifter werden wollen? Die Fragen sind nicht leicht zu beantworten. Am Ende des Gedichts *Templer*, das aus diesem Zeitraum stammt, steht der vielzitierte Vers: „Den leib vergottet und den gott verleibt" (SW VI/VII, S. 54), der von dem Glauben an die Fleischwerdung eines Gottes Zeugnis ablegt. In der *Vorrede* wird Maximin durch die Vergleiche mit Christus und mit Alexander in der Schwebe zwischen Gott und Mensch gehalten. Ich denke, man wird von Religionsstiftung schon deshalb nicht sprechen können, weil Maximilian Kronberger ebenso wenig eine Lehre hinterlassen hat wie Maximin zum Träger einer Lehre gemacht wurde. Die ‚Lehren', die sich aus der eigentlichen Maximin-Dichtung, dem *Stern des Bundes*, ziehen lassen, sind keine, die zur Ausübung eines religiösen Ritus führen, wohl aber zur Bemühung um eine von der Existenz eines Göttlichen durchdrungenen Lebensführung.

Im Mittelpunkt des ästhetischen und gemeinschaftsstiftenden Kultes steht statt einer Lehre der Körper Maximins, das, was er verkörpert: die Schönheit. Das Entscheidende, worin dieser Kult der Schönheit von jedem Ästhetizismus absticht, liegt nun darin, dass er an die leibliche Erscheinung eines Menschen gebunden, nicht allein im Medium der Kunst selbst angesiedelt ist. Es ist zudem der Leib eines Jünglings, der über diese göttliche Schönheit verfügt. Hierin könnte man höchstens die ‚Lehre' erblicken: Maximin als Gott der Jugend fungiert als kultisches Zentrum des George-Kreises und als Maßstab für die Umgestaltung der Kultur in Deutschland. Der schöne Leib der Jugend ist das reale Äquivalent des ästhetischen Gebildes und der ästhetischen Gebärde. In ihm ergreift die Form das Leben. In der *Vorrede* zum *Gedenkbuch* schreibt George: „Allein wir wissen dass nur greisenhafte zeitalter in jugend ausschliesslich vorstufe und zurichtung · niemals gipfel und vollendung sehen – dass mehr in ihrer gestalt als in ihren worten und taten die überdauernde macht der Hehren und Helden liegt und aller Lenzbegnadeten die nur eine weile über die sommerwiese schritten." (SW XVII, 64) Auf diesen ‚Gott der Jugend' stützte sich die Erwartung der „grossen erneuungstage", er lieferte das ästhetische Maß für Georges Projekt der kulturellen Erneuerung.

Zunächst allerdings erlitt George eine ganze Reihe persönlicher Rückschläge bei der Verwirklichung dieses Projekts. In der Phase nach dem ‚Schwabinger Krach' und dem Tod Maximilian Kronbergers im Frühjahr 1904 stürzte, wie wir sahen, George in eine seelische Krise. Im April 1905 antwortete George auf die Frage von Sabine Lepsius nach seinem Ergehen auf ein schweres Jahr zurückblickend: „Soll ich Ihnen noch einmal schriftlich und endgiltig bestätigen was Sie lange wissen? Warum soll ich meinen freunden von den gefährlichen abgründen berichten die alle meine fahrten begleiten? – und grad von den lezten besonders furchtbaren – indessen sie die freunde nichts können als in mitleidiger ferne hilflos dastehn... Giebt es für trostlosigkeiten überhaupt ein andres vorm schlimmsten rettendes als dass niemand sie weiss? [...] Ich gehe immer und immer an den äussersten rändern – was ich hergebe ist das lezte mögliche ... auch wo keiner es ahnt." (SL, Brief-Faksimile Nr. 11)

Neue Freunde: Robert Boehringer und Ernst Morwitz

Immerhin gab es für ihn bald auch wieder einige Lichtblicke in Form neuer Begegnungen mit jungen Männern, die sich ihm verehrend anschlossen. Bereits der *Siebente Ring* gestaltete im Zyklus *Gezeiten* – auf autobiographischer Ebene – nicht bloß die Stationen seiner Freundschaft mit Friedrich Gundolf, sondern auch die noch frische Beziehung zu Robert Boehringer. (Abb. 25) Während seines Studiums in Berlin hatte Gundolf den jungen schweizer Zoologen Rudolf F. Burckhardt kennengelernt, der seine Wissenschaft für die neue dichterische Empfindungsweise öffnen wollte. Er schickte George 1904 seine Schrift *Die Biologie der Griechen*, die der Dichter so bemerkenswert fand, dass er Burckhardt bei Gelegenheit einer Schweiz-Reise im März 1905 in Basel aufsuchte. Dieser erzählte ihm, dass es in Basel einen 20-Jährigen gebe, der seine Gedichte wunderschön vortragen könne. Spontan begab sich George zum Wohnort des Genannten, traf ihn aber nicht an. Er hinterließ die Nachricht, Boehringer möge noch am selben Abend in die Kunsthalle kommen. Boehringer erinnerte sich: „Ich ging hin. Sie waren noch beim Nachtessen, und er bestellte sich dazu, mit einem lächelnden Seitenblick auf mich, ein Glas Bier. Nachher gingen wir in die Elisabethenstraße zu Rudolf Burckhardt [...]. Ich sagte auswendig das Vorspiel zum Teppich her. Alles was ich war, was ich zu sein wünschte, legte ich in dieses Hersagen. Er schien zufrieden, meinte aber, an ein paar Stellen hätte ich ihn verbessert." (RB 7) Sie verabredeten sich für den folgenden Tag zu einem Spaziergang am Ufer des Rheins, zu dem Boehringer die soeben erschienenen zwei Bände der *Zeitgenössischen Dichter* mit den Übertragungen Georges aus dem Französischen, Englischen, Italienischen, Niederländischen und Dänischen mitbrachte. George hat dieser Begegnung zwei ‚Tafeln' im *Siebenten Ring* gewidmet. Als er im Sommer mit seiner Schwester Anna Maria nach einem Urlaub mit den Gundolf-Brüdern und dem Ehepaar Lepsius auf der Heimreise war, schickte er in Basel in einem Brief ein aus den Bergen mitgebrachtes Edelweiß an Boehringer. Wenige Tage später schrieb George ihm aus Bingen und legte ihm die spätere ‚Tafel' *Abend in Arlesheim* bei. Die ersten beiden Verse zeugen noch vom Stimmungstief, in dem sich beide befanden: „Ihr sitzt vereinsamt in des weges dust / Und fragt und zagt in der gedanken trauer." (SW VI/VII, 170) Die Gemeinsamkeit sieht das Gedicht im betrüblichen „Zusammengehn von licht- zu schattental!" Der Kummer Boehringers resultierte aus seinem Gefühl, in der Schweiz zu wenig geistige Anregungen zu finden. Offenbar machte George ihm Vorschläge, die den 20-Jährigen überforderten. Auf der Karte heißt es: „Ich weiss nun was es bedeutet dass Du so wenig damit anzufangen wusstest als ich mit beiden händen voll hilfe einschritt in Dein leidendes leben [...] – Aber schreibe frage fordre! Was kann ich noch zu Deiner freude tun? – Bedenke dass ich von ganzem herzen Dein freund bin."[110] Einige Wochen später richtete George erneut tröstende Worte an Boehringer, der über sein Fernsein klagte, und stellte die rhetorische Frage: „solltest Du den zauber nicht kennen und den stillen trost: mit einem fernen menschen ein leben der vereinigung zu führen? [...] denk ich an unsre leseabende teurer und an Deine stimme wie bist Du mir da verwandt wie sehr mit mir verknüpft über alle fremdheit hinaus und alle klüfte."[111]

Robert Boehringer war 1885 im schwäbischen Winnenden als Sohn einer Unternehmerfamilie geboren worden, die im pharmazeutischen Bereich tätig war. 1897 siedelte die Familie nach Basel um, wo Boehringer 1901 die Matura ablegte und dann Nationalökonomie, Geschichte, Kunst- und Literaturwissenschaft studierte. Zu seinen Förderern gehörte der Nationalökonom Julius Landmann, bei dem er 1910 auch promovierte. Julius Landmann und seine Frau Edith waren zu dieser Zeit noch mit dem Schriftsteller Rudolf Borchardt befreundet, der 1900 über Wolfskehl vergeblich versucht hatte, in Kontakt mit George zu kommen, dessen Dichtung er zu dieser Zeit sehr bewunderte. Bei Landmanns hatte Boehringer auch Borchardt kennengelernt und sich mit ihm angefreundet. George schrieb Boehringer Anfang 1906 einen Brief, in dem er ihn vor der aus seiner Sicht fragwürdigen Person Borchardt warnte. Durch eine Indiskretion im Hause Boehringer erfuhr Borchardt von dieser Warnung und verfasste einen umfangreichen Brief an George, in dem er sich Einmischungen in seine Lebensumstände verbat. Borchardt reklamierte für sich, er habe George zahlreiche Leser zugeführt, werde ihm künftig aber wie ‚ein Feind dem Feinde' begegnen. Beunruhigt vom „militante[n] Pathos des Scheidebriefs"[112] bestellte George Boehringer zu einer Aussprache nach Freiburg, deren Ergebnis zwar „kein mortaler abschluss – aber auch keine einigung" (G/G 172) war. Die endgültige Distanzierung Boehringers von Borchardt erfolgte erst nach dessen harschen publizistischen Attacken auf den *Siebenten Ring* und das erste *Jahrbuch für die geistige Bewegung.* Im April 1908 unternahmen George und Boehringer zusammen eine zweiwöchige Reise durch Italien, die sie nach Mailand, Bologna, Florenz, Pisa, Nervi und Camogli führte und den von Boehringer ersehnten näheren persönlichen Kontakt festigte. Von 1911 bis 1913 ging Boehringer nach Berlin, um bei Heinrich Wölfflin Kunstgeschichte zu studieren. 1913 begleitete er George bei einem Besuch bei Wölfflin in München. Boehringer geriet noch in die letzte Phase der leidenschaftlichen Debatten im Kreis der *Jahrbuch*-Beiträger, die meistens in Berthold Vallentins Wohnung in der Sybelstraße 28 in Charlottenburg stattfanden und an denen auch George teilzunehmen pflegte. Außerdem war er mehrfach zu Lesungen und Festen im Kugelzimmer in München eingeladen. Im zweiten *Jahrbuch für die geistige Bewegung* veröffentlichte er den Aufsatz *Über Hersagen von Gedichten*, der fortan im George-Kreis als kodifizierte Anleitung zur Vortragsweise von Georges Gedichten galt. Seit der achten *Blätter*-Folge von 1909 gehörte er auch zu den regelmäßigen Beiträgern der Zeitschrift.

Ab Herbst 1913 war Boehringer dann beruflich stark durch den Eintritt in die Ingelheimer Pharmaziefirma beansprucht. Er lebte bis 1920 in Mainz auf dem Kästrich, wo ihn George gelegentlich besuchte. Nach seiner Heirat mit Margarete Loeb kehrte er nach Basel zurück und übernahm bis 1930 eine leitende Funktion bei Hoffmann La Roche. Da George mit dieser Heirat nicht einverstanden war, entstand ein fünfjähriges Beziehungs-Moratorium. Durch Georges häufig längere Aufenthalte beim Ehepaar Edith und Julius Landmann in Basel in den 20er Jahren kam es auch zwischen ihm und Boehringer wieder zu einer Annäherung. Gemeinsame Dante-Studien befestigten die erneuerte Freundschaft so sehr, dass George Boehringer 1932 in seinem Testament zu seinem Alleinerben einsetzte. Während des ‚Dritten Reichs' betrat der überzeugte Republikaner nicht mehr deutschen Boden und ließ sich in der Schweiz naturalisieren. Von 1940 bis 1946 engagierte er sich für das Internationale Rote Kreuz, danach war er als Berater der Basler Firma Geigy tätig. Privat widmete er sich ausschließlich dem Aufbau des Stefan-George-Archivs und der gleichnamigen Stiftung. Boehringer starb 1974.

Nur gut vier Monate nach der ersten Begegnung mit Robert Boehringer entstand eine andere lebenslange Freundschaft zwischen George und einem Jüngeren. Im August 1905 richtete der 17-jährige Gymnasiast Ernst Morwitz einen Brief an George. Dessen Wohnort hatte er der Berliner Presse entnommen, die über den leidigen Prozess, den Klages gegen George und Gundolf angestrengt hatte, berichtet hatte. Morwitz bekannte sich in seinem rührenden Schreiben zum Kult der Schönheit und gestand: „Herr! Ich ehre Sie, ich ehre Ihre Werke, ich ehr' die Dichter, die auch Sie verehren. Sie sind mein Vorbild. [...] Zu Ihnen allein habe ich Vertrauen, so schreibe ich. Vielleicht verstehen Sie das Fühlen meiner Seele. Sein Sie ein gerechter und gestrenger Richter. Ich hoffe auf Sie."[113] Da das mitgesandte Gedicht *Leid* Georges Wohlwollen fand, ermutigte er den jungen Dichter zu weiteren Einsendungen. Im Herbst, als George wie üblich nach Berlin kam, erfolgte ihre erste persönliche Begegnung, und George nahm ihn gleich zu seinem ersten Besuch beim ‚Pankower Kreis' mit.

Ernst Morwitz (Abb. 26) war Jahrgang 1887 und entstammte einer jüdischen Kaufmannsfamilie, die bald nach seiner Geburt aus Danzig nach Berlin umzog. 1906 legte er am Kaiserin-Augusta-Gymnasium das Abitur ab. Auf das *Maximin*-Gedenkbuch reagierte er mit einem poetischen und empathischen Brief, in dem er eine Alltagsbeobachtung zum Ausgang eines Trostversuchs machte. Er beschrieb seinen Blick auf den Landwehrkanal, der die morgendlichen Tautropfen aufnehme, und setzte fort: „Diese Leiden, an denen wir verzweifeln und voller Scham am Tage nicht zu rühren wagen, fliessen in den einen grossen See und bieten uns das Bad der Erlösungen."[114] 1907 begann Morwitz mit dem Jura-Studium in Freiburg. Auf dem Weg dorthin besuchte er George im April in Bingen. Morwitz wechselte dann nach Heidelberg und schrieb im Dezember: „Ich verfolge Sie und glaube Ihre Schritte zu hören. Ich sehe Sie in Bingen am Rhein und spüre Ihre Nähe."[115] In den Semesterferien kehrte Morwitz immer nach Berlin zurück. Dort nahm er im Dezember 1907 an der Feier zum Erscheinen des *Siebenten Rings* teil. Georges Band enthielt bereits einen ihm anonym gewidmeten Vierzeiler. In einem Brief, mit dem er sich an Weihnachten 1907 für ein Geschenk bei George bedankte, erwähnte er zum ersten Mal ‚die jungen Grafen', um deren Erziehung er sich kümmerte. Gemeint waren damit die Brüder Bernhard und Woldemar von Uxkull-Gyllenband, die zu diesem Zeitpunkt erst acht und neun Jahre alt waren. Morwitz war ein passionierter Laien-Erzieher, der mehr als ein halbes Dutzend Zöglinge für eine spätere Aufnahme in den George-Kreis heranbildete. Im Falle der beiden Grafen gelang das recht gut, wie ein Zeugnis von 1910 bereits andeutet, in dem Morwitz schreibt: „Gestern sah ich meine Kinder. Sie denken ständig an Dich und fragen beständig, würde es der Meister auch so machen? Die Mutter hat mich um Deine Bücher gebeten."[116] In anderen Fällen scheiterte Morwitz. Insbesondere sein pädagogischer Ehrgeiz, auch in unteren sozialen Schichten einen geeigneten Knaben ausfindig machen zu können und sowohl in seinem Habitus als auch geistig auf Kreis-Niveau zu bringen, stieß auf Georges Skepsis. Tatsächlich gelang es ihm nicht, George zu widerlegen. Sein pädagogischer Eifer trug jedoch nicht unerheblich zu seiner vertrauten Stellung bei. Ernst Glöckner berichtet von einer Äußerung Georges von 1916: „Ernst Morwitz steht ihm wohl am nächsten von uns, ‚weil er Menschen formt wie ich'." (EG 75)

Das Weihnachtsgeschenk an Morwitz bestand aus einer Gedichthandschrift, für die er sich brieflich mit einem Vierzeiler bedankte, der die große Nähe bezeugt, die zwischen ihnen entstanden war. „Mit den gedanken ganz in dir seh ich als andre/Gemach und stadt und silbrige allee/Mir selber fremd bin ich erfüllt von dir und wandre/Verzückt in nächten überm blauen schnee."[117] George nahm Morwitz in den folgenden Jahren auf einige Reisen mit. So begleitete er George auf dessen letzter Fahrt nach Paris im Frühjahr 1908, als dieser seinen alten Freund Albert Mockel besuchte. George traf bei Mockel auf André Gide, mit dem er zu dessen Überraschung in perfektem Französisch und mit großer Sachkenntnis über die jüngere französische Literatur sprach. Morwitz war auch dabei, als George dem Bildhauer Rodin in dessen Atelier in Meudon einen Besuch abstattete. Rodin gehörte zu den wenigen modernen Künstlern, die George gelten ließ. Unter den französischen Bildhauern genoss sonst nur Aristide Maillol Georges Hochachtung. Morwitz hielt die Eindrücke von diesem Besuch bei Rodin in seinem Gedicht *Abend in Meudon* fest, das in Form eines Dialogs die Essenz des Gesprächs zwischen George und Rodin zu gestalten versucht. Ihr Thema ist die Vorbildlichkeit der antiken Plastik und das Verhältnis, das der heutige Künstler zu ihr einnehmen soll. Dabei lässt Morwitz Rodin die Position vertreten, nach dem Maß der immer gleichen Natur das ‚Urbild' zu erfassen und zu formen, während der Sprecher ‚G.' für sich reklamiert: „Mich heisst der geist am haus der Künftigen richten." (BfDK XI–XII, 284) An der aus dem Meer gehobenen Skulptur eines Knaben erspürt er das „schimmern hoher tage" und deutet es als Ansporn einer kulturellen Neugeburt aus einem religiös erfüllten Streben: „Wisst dass die götter schlafen! Neu geschlecht/Zwingt sie zurück erst auf verlassene throne/Durch alt und neuen zauber des gebets."

1909 legte Morwitz in Berlin das juristische Referendarexamen ab und promovierte anschließend in Heidelberg zum Dr. iur. Obwohl George in der Regel seine Jünger ausdrücklich dazu anhielt, in ihren bürgerlichen Berufen erfolgreich zu sein und sich um Spitzenpositionen zu bemühen, war er im Falle von Morwitz eher verärgert über dessen Engagement im Studium. Jedenfalls äußerte er gegenüber Vallentin in dieser Zeit einmal, dass Morwitz „sein köstliches Gut für die Jurisprudenz vertue." (BV 33) George hegte wohl die Hoffnung, aus Morwitz einen reinen Dichter machen zu können. Allerdings dürfte George später ganz froh gewesen sein, dass er in Morwitz einen gestandenen Rechtsanwalt zu seiner Verfügung hatte. Morwitz war ihm nämlich äußerst hilfreich in diversen juristischen Angelegenheiten wie etwa den Vertragsregelungen mit dem Verlag Bondi über seinen Tod hinaus oder bei der Abfassung seines Testaments. Aus diesem Grund war Morwitz von George auch zunächst als alleiniger Erbe eingesetzt worden, bevor das Stiftungsmodell mit einem Stiftungsrat aktuell wurde. In dieser Konstellation verzichtete Morwitz zugunsten von Robert Boehringer. Nach der Promotion absolvierte Morwitz einen vierjährigen Justizvorbereitungsdienst und wurde 1914 am Amtsgericht Berlin-Schönefeld Gerichtsassessor. Nach dem Ersten Weltkrieg, in dem er ab 1915 als freiwilliger Krankenpfleger vorwiegend in Flandern beim Roten Kreuz tätig war, stieg er für einige Monate in die Kanzlei von Berthold Vallentin ein. Er war dann am Landgericht beschäftigt und wurde am 1. April 1921 zum Landgerichtsrat ernannt. 1930 stieg er zum Kammergerichtsrat auf und nahm durch weitere Funktionen „eines der höchsten Richterämter im preußischen Staat wahr und besaß demnach einen außerordentlichen sozialen Status."[118]

Als Dichter wurde Morwitz von George hoch geschätzt. Er wurde ab 1909 ein wichtiger Beiträger der *Blätter* und veröffentlichte 1911 im Verlag der Blätter für die Kunst einen Band *Gedichte*. Berthold Vallentin erschienen die Gedichte von Morwitz so idealtypisch für den Kreis der ‚Blätterdichter' zu sein, dass er George im Januar 1912 schrieb, er wolle diesen Band zum Maßstab nehmen. Vallentin hatte nämlich von George den Auftrag erhalten, eine Gesamtdarstellung der ‚Blätterdichter' zu verfassen und ihre ästhetischen Mittel im Kontrast zur zeitgenössischen Lyrik zu profilieren. Das Projekt wurde indes nie realisiert. Vallentin schrieb in diesem Brief, es werde bei der Darstellung des Idealtypus „von selbst die rede auf die Susmanschen erörterungen über den dichter kommen von denen mir die erkenntnis des heutigen dichters als mythos-schöpfers eine – wol wieder verbotene – enthüllung unantastbarer aber wahrer geheimnisse scheint."[119] Mit dieser Bemerkung bezog Vallentin sich auf die 1910 erschienene Studie *Das Wesen der modernen deutschen Lyrik* von Margarete Susman, die George und seinen Kreis in Erstaunen versetzt und sehr angesprochen hatte. Die Verfasserin war George persönlich bekannt. Sie war eine Freundin von Gertrud Kantorowicz und von dieser bei Hanna und Karl Wolfskehl eingeführt worden. Im Februar 1901 wurde sie im Hause Wolfskehl Zeugin einer Lesung von George. Sie gehörte sogar zu den Auserlesenen, die George im legendären ‚dritten Zimmer' empfing. Anlass dafür war ihr gerade veröffentlichter Gedichtband *Mein Land*. Später erinnerte sie sich: „Die Freundlichkeit des strengen Dichters hätte mich damals ermutigen können – er sprach sogar anerkennend von meinen Gedichten –, aber Scheu und Ehrfurcht überwogen."[120] Susman beschäftigte sich daraufhin intensiv mit Georges Dichtung und war so beeindruckt, dass sie ihren „schnell verkauften Gedichtband vor der dritten Auflage aus dem Druck zurückzog."[121] Susman spürte jedoch bei George und Wolfskehl auch etwas Dämonisches, das sie Distanz wahren ließ. Ihr Buch *Das Wesen der modernen deutschen Lyrik* widmete gleichwohl George ein zentrales Kapitel. Dabei dürften George nicht nur die ihn betreffenden Ausführungen angesprochen haben, sondern womöglich noch mehr ihre prinzipiellen Äußerungen zur Dichtung.[122] Susman ging von der schon in der Romantik vertretenen These aus, dass die Religion, vormals das „ehrwürdige Zentrum"[123] aller Kulturkräfte, in der Gegenwart verschüttet sei. An ihre Stelle sei die Kunst, insbesondere die Lyrik getreten, die die Überlieferung des allgemein verbindlichen Mythos gewährleiste. Nach dem scheinbaren Obsoletwerden des Mythos in der Moderne ergebe sich für den modernen Dichter die Notwendigkeit, diesen selbst zu schaffen. Die individuelle Prägung des Mythos mache verständlich, dass der moderne Dichter „eine fremde Erscheinung ist, dass er fremd und esoterisch reden muss in einer Zeit, in der der Mythos in den Herzen des Volkes abstirbt."[124] Susman nahm daher gegen eine Ästhetik Stellung, die in der Lyrik den persönlichen Ausdruck eines Individuums sieht. „Nur die ewigen Zusammenhänge des Mythos haben in der lyrischen Kunst Raum, [...] darum kann es nie das personale, sondern nur das in den allgemeinen ewigen Zusammenhängen des Seins lebende Ich sein, das in ihr Raum hat: das lyrische Ich, das eine Form ist, die der Dichter aus seinem gegebenen Ich erschafft."[125] George verkörpere in Reinkultur diesen Typus des Dichters. Sie bezeichnete ihn als einen „Künstler der Form"[126] und definierte Formung als ‚Entsagung', insofern der Prozess der Gestaltgebung „Verzicht auf das unbesitzbare Ganze um eines schaffbaren Ganzen willen"[127] sei. 1914 nutzte George die Gelegenheit einer räumlichen Nähe ihrer Aufenthaltsorte, um sie von Basel aus in Rüschlikon zu besuchen.

Die hohe Wertschätzung, die die Gedichte von Morwitz durch George erfuhren, kommt in dem einzigartigen Vorgang zum Tragen, dass er ein Gedicht von Morwitz, ohne es kenntlich zu machen, in sein eigenes Werk aufnahm. George hatte zusammen mit Morwitz im Jahre 1912 mehrfach den 13-jährigen Hans Troschel auf der Straße getroffen und von ihm Fotografien herstellen lassen. Von dem dreiteiligen Gedicht *An die Kinder des Meeres* handelt der erste Teil von Troschel. Als George das Triptychon an Morwitz schickte, verfasste der einen *Nachklang*, der George so gut gefiel, dass er ihn in seinen letzten Band *Das Neue Reich* auf sein Gedicht folgen ließ. Morwitz dürfte sich vom ersten Teil der *Kinder des Meeres* auch deswegen persönlich besonders zu einer Reaktion aufgefordert gefühlt haben, weil George ihn dort – nur für ihn verständlich – als „der Nächste Liebste" (SW IX, 16) ansprach. Er genoss auch seit Dezember 1910 das Privileg, sich mit George zu duzen. In einem Brief aus diesem Monat heißt es einmal: „Was Du mir am letzten Abend offenbaren wolltest, glaube ich begriffen zu haben. Und ich bin glücklich, dass die Dinge, wie Du sie fasst, Erlösung bedeuten, einziger Zweck! Ich denke an Dich, wie Du an mich denkst, und bin bei Dir .. Durch Dich bin ich stark und überwinde."[128]

Morwitz begleitete George auch im Urlaub. So war er im Sommer 1911 mit ihm und Ernst Gundolf in der Schweiz, im Jahr darauf zuerst im Frühjahr eine Woche mit George und Ludwig Thormaehlen in Königstein im Taunus, im Sommer dann wieder in wechselnder Konstellation in der Schweiz. Ab 1913 wohnte George auch mehrfach bei Morwitz in Berlin. Dessen Wohnung lag in dieser Zeit in einem weniger vornehmen Viertel zwischen Wilmersdorf und Schöneberg. Morwitz berichtete später: „Über ihnen wohnte eine exaltierte Baronin Kotzau. Mit ihr unterhielt sich George oft, weil sie so gut französisch sprach. ‚Wenn man mit ihr zusammen auf der Straße geht, dann fällt man wenigstens nicht mehr auf', sagte George. Im selben Haus wohnte ‚das eiserne Pferd', eine öffentliche Dame, und auch die Wirtin war eine Prostituierte. Er mochte diese unbürgerliche Gesellschaft und sprach häufig mit ihnen."[129] Auch die späteren Wohnungen von Morwitz in der Culmbacher Straße (ab 1914) und der Regensburger Straße (ab 1921) nutzte George gelegentlich als Quartier. Im November 1913 gehörte Morwitz auch zu den zehn ausgewählten Freunden, die ein Vorabexemplar des *Sterns des Bundes* erhielten. Er war bereits 1911 und im Mai 1913 bei Lesungen aus diesem in Entstehung begriffenen Band im Kugelzimmer dabei gewesen. Aus diesem Zeitraum stammt der folgende Brief, der die Intensität ihrer persönlichen Beziehung noch einmal besonders emphatisch bezeugt: „Mein geliebter Meister. Gleich heute muss ich Dir danken für die wundervollen Tage. Ich laufe hier wie im Traum umher und es ist mir als ob ich in eine andere Welt gehörte, in der die alltägliche Sorge aufhört und aus der heraus man mit Sicherheit und freudiger Ruhe auf die Unteren blickt. Was hast Du aus mir gemacht! Wenn ich bei Dir bin, kann ich Dir nicht danken und muss stumm bleiben und verschweigen, was Du mir bist. Diese Tage sind wirklich gewesen, so wahrhaftig dass jeder Traum vor ihrer Macht verblasst. Denk an sie und an mich, an Deinen Ernst."[130]

Wohl 1926 entwickelte Morwitz die Idee zu einem systematischen Kommentar zu Georges Dichtung. Er führte daher mit dem Dichter in den folgenden Jahren viele Gespräche über seine Texte. Das Buch *Die Dichtung Stefan Georges* erschien zwei Wochen vor Georges Tod. In wesentlich erweiterter

Form veröffentlichte Morwitz 1960 seinen *Kommentar zu dem Werk Stefan Georges*. Da lebte er schon mehr als zwanzig Jahre in den USA. Zum Ende des Jahres 1935 war er zwangspensioniert worden und 1938 in die Staaten ausgewandert. Zusammen mit Olga Marx schuf er eine Übersetzung von Georges gesamter Dichtung ins Englische, die 1949 und erweitert posthum 1974 erschien. 1971 war Morwitz verstorben.

Kugelzimmer und ‚Pankower Kreis': Neue Räume und neue Töne

Eine weitere weichenstellende Freundschaft entstand in derselben Zeit mit Berthold Vallentin. Ihm war George Ende 1902 bereits einmal bei einem Besuch bei Breysig begegnet. Er schrieb am 12. Dezember in sein Tagebuch: „Ich bin heute bei Breysig mit Stefan George zusammengetroffen. [...] Es ist das – als Augenblickliches – Krönung langer Wünsche und so schnelle und unvermutete Krönung, dass mir diese Krone fast zu schwer wird. Langer Traum ist jäh erfüllt. Ich war in der Gegenwart dieses herrlichen Menschen glücklich. Sein Blick, zumal wenn er lächelt, schreitet leicht und königlich und hält den deinen mit einer freigebigen Leutseligkeit fest. Er gibt von seinen innern Gnaden an dich. Und du wächst an ihm. Dies ist die Hoffnung für die Zukunft." (BV 16 f.) Vallentin entstammte einer jüdischen Kaufmannsfamilie und war 1877 in Berlin geboren worden. Ab dem Wintersemester 1895/96 studierte er Jura in München, Berlin, Würzburg und Kiel und promovierte 1900 in Berlin. Nebenher besuchte er auch Lehrveranstaltungen in Geschichte bei Breysig und bei dem bekannten Nationalökonomen Gustav Schmoller. Bei Breysig wollte er eine zweite Promotion über deutsche Mystik anschließen, wozu es durch seine Tätigkeit als Gerichtsassessor ab 1904 nicht mehr kam. 1903 hatte Breysig ihn in den Pankower Kreis eingeführt, einer lockeren Gruppe junger Männer, die Vortragsabende und Rezitationen durchführten und gelegentlich Redner von außerhalb wie ihren akademischen Lehrer Breysig einluden. Den Kern bildete eine zunächst dreiköpfige Wohngemeinschaft aus Friedrich Andreae, Rudolf von Heckel und Friedrich Wolters, die ein Gartenhaus am Rande des Friederizianischen Parks gemietet hatten, wo ihre Veranstaltungen auch stattfanden. Zu diesem Kern stießen der Medizinstudent Kurt Hildebrandt und der Doktorand Berthold Vallentin hinzu. Breysig machte die Gruppe mit Georges Dichtung bekannt, die ihr wie das Schibboleth für ihre Lebensfragen erschien.

Vallentin verfasste sofort unter dem Pseudonym ‚König Schmerz' zwei Wort-‚Sinfonien' und ließ einen Privatdruck von einer Dichtung herstellen, deren Titel Georges *Bücher* oder *Teppich des Lebens* zu parodieren schien: *Der Meister des König Schmerz. Die Lieder des Landenden und von neuer Fahrt. Die Krypte der tieferen Ergiessungen. Die strenge Feier.* Als Gundolf das Werk bei einem Besuch im Hause de Haan in Darmstadt durch Hanna Wolfskehls Schwester Wiesi kennenlernte, schrieb er George darüber spürbar konsterniert, es sei „ein in übertriebenster Blätterorthografie gedrucktes völlig unverständliches und wie eine prachtvoll bösartige Parodie wirkendes Gedichtbuch" eines Autors, der „ein fanatischer Verehrer alles Blätterischen sei" (G/G 145). Georges eigenes Urteil fiel etwas konziliánter aus, als ‚König Schmerz' ihm seine Dichtungen im Frühjahr 1904 nach Bingen schickte. Mag sein, dass er, der gerade selbst in tiefem Schmerz versunken war, dem Verfasser daher wohler gesonnen war. Seine Antwort, die er im Mai Gundolf in Bingen diktierte, legte den Akzent auf nötige Entwicklungen des poetischen Ausdrucks. Außerdem hallt in ihr noch der gerade virulente Konflikt mit den Kosmikern nach. „Werter dichter: [...] In beginnlichen zeiten ist allerdings der wirre wogende neugebärende urgrund, je wirrer und dunkler desto schwangerer! ... Aber dann muss das andre kommen: die klarheit und nach und nach feste gestalt." (RB 134) George war jedenfalls an Vallentin so interessiert, dass er ihn am 3. Juli in Bingen empfing. Vallentin erzählte George vom ‚Pankower Kreis', aus dem heraus sich inzwischen der ‚Freie Bund bauender Forscher' entwickelt hatte, der in Fortsetzung von Ansätzen bei Breysig „an die Stelle der bloss registrierenden eine bauende Wissenschaft"[131] setzen wollte. Als George im Herbst 1905 in Berlin war, stattete er diesem Kreis junger Männer, die jetzt in einem Haus in Niederschönhausen lebten, erstmals einen Besuch ab. Vallentin machte 1907 noch den Umzug nach Lichterfelde in die Holbeinstraße 34 mit, wo im Dezember auch die Huldigungsfeier zum Erscheinen von Georges *Siebentem Ring* stattfand. Aber bald nach seiner Eheschließung mit der Schauspielerin Diana Tassis 1908 verließ Vallentin die Wohngemeinschaft und siedelte in die Charlottenburger Wohnung um.

In dieser Zeit wurde der lange gehegte Plan Georges, mittels einer ‚Rundschau' auf ‚die Masse' einzuwirken, neu aufgegriffen und gewann in dem Projekt des *Jahrbuchs für die geistige Bewegung* konkrete Gestalt. Bei der Namenswahl hatte George sich von Albert Verweys seit 1904 bestehender Zeitschrift *De Beweging*, die als ‚Allgemeine Monatsschrift für Literatur, Kunst, Wissenschaft und Staatskunde' konzipiert war, leiten lassen. Schon bei der Wahl des Titels *Tage und Taten* für seinen Prosaband, der zuerst *Bergjüngling* heißen sollte, hatte sich George an Verweys kurz zuvor erschienenem Gedichtband *Dage en daden* orientiert. In einem Brief vom 8. April 1908 aus Berlin informierte Vallentin George, dass er in der folgenden Woche mit dem

Altgermanisten und Freund Wolfskehls Friedrich von der Leyen ein Treffen habe, um den „aeusseren apparatus" des geplanten ‚ungemeinen unternehmens' zu besprechen, als da sind: „verlag umfang auswahl ausstattung." Er wolle „von mitte dieses monats bis zum ausgang mai mich unausgesetzt den fuer die zeitschrift bestimmten aufsaetzen widmen." Von der Leyen solle für das Äußere selbst die Verhandlungen führen, „ohne dass eine letzte entscheidung von ihm allein getroffen werden darf."[132] Im weiteren Verlauf der Projektplanung nahm man allerdings von dem Gedanken einer Verlagssuche Abstand und kehrte zu dem bewährten Modell der Publikation im Verlag der Blätter für die Kunst zurück. Zu diesem Schritt war es im Herbst 1909 gekommen, als das Projekt durch Georges Bekanntschaft mit dem Manuskript *Hellas und Wilamowitz* von Kurt Hildebrandt einen dezidiert wissenschaftskritischen und polemischen Charakter bekam. Hildebrandt griff in diesem umfangreichen Aufsatz die Übersetzungsprinzipien des berühmten Gräzisten Ulrich von Wilamowitz-Moellendorf, der unbestrittenen Nummer eins unter den zeitgenössischen Altphilologen, an. Er warf ihm ein die antiken Texte verflachendes, ihren dichterischen Sinn dem populären Geschmack opferndes Verständnis des griechischen Geistes vor. George war von diesem mutigen Angriff und der ihr zugrundeliegenden Intention so begeistert, dass er den Text sofort publizieren wollte. Dafür wurde nun die Plattform des *Jahrbuchs* geschaffen. Es interessierte ihn nicht, dass durch diese Publikation der von dem Star-Germanisten der Berliner Universität, Erich Schmidt, unternommene Vorstoß, ihm eine Ehrendoktorwürde für die Verdeutschung Shakespeares zu verleihen, auf der Strecke blieb. Eine Distanzierung von Hildebrandts Aufsatz lehnte George ab. Hildebrandt bemerkte dazu in seinen Erinnerungen zu Recht: „Dr. George – fast so unmöglich wie Dr. Pindar." (KH 58) Vor der posthumen Promotion blieb George allerdings nicht bewahrt, denn das Sterberegister der Clinica Sant' Agnese enthält den Eintrag: ‚Dr. Stefan George, geb. Bingen, poeta'.

Ursprünglich war Vallentin neben Friedrich Wolters als Mitherausgeber vorgesehen (Abb. 27), aber schließlich zog er sich aus Rücksicht auf seine berufliche Position von dieser exponierten Funktion zurück. So trat Friedrich Gundolf an die Stelle des Mitherausgebers. Er hatte den neuen Berliner Freundeskreis Georges inzwischen persönlich kennengelernt. Vallentin schrieb für alle drei *Jahrbücher* Texte und war ab 1910 auch mit Gedichten in den *Blättern* vertreten. Eine Sammlung seiner Dichtungen erschien 1927 bei Bondi unter dem Titel *Heroische Masken.* Zu den Ritualen seiner Freundschaft mit George gehörte es, dass er dem Dichter jedes Jahr zum Geburtstag ein Gedicht schickte. Der Umgang mit George intensivierte sich ab 1909 auch, weil dieser die Wohnung in der Sybelstraße gelegentlich als Quartier nutzte. Umgekehrt war Vallentin mehrfach Gast im sogenannten Kugelzimmer. (Abb. 28) Das war ein Raum im Dachgeschoss des Hauses Römerstraße 16 in München, in dem Karl Wolfskehl mit seiner Familie seit dem Februar 1909 wohnte. Das Zimmer war ganz nach den Wünschen Georges eingerichtet worden.

> Es war ein fast quadratischer, in seinen Ausmaßen bescheidener, annähernd fünf oder sechs Schritte im Geviert messender Raum, an dem nur die Gediegenheit und sparsame Sorgfalt der Ausstattung bemerkenswert war. [...] Die Wand an der Straßenseite dieses Raumes bildete eine breite Fensternische. Hier erhielt das niedrige Zimmer sein Licht durch ein einziges breites Fenster, dessen Mittelteil sich als Glastür auf einen kaum einen Schritt breiten Balkon über dem Hauptgesims des Hauses öffnen ließ. Den Boden bedeckte eine aus Bast geflochtene sandgelbe Matte. Das gleiche Geflecht kleidete ringsum die Wände bis in Schulterhöhe. An der dem Fenster gegenüberliegenden Wand etwas über Kopfhöhe zog sich ein schmales Bord aus ungebeiztem, in seiner Naturfarbe belassenen Holz entlang. [...] Die eine Hälfte dieser Wand von der Eingangstür bis zur Zimmerecke füllte eine schmale Liegebank, auf der mit ungebleichter grober Leinwand bezogen ein dünnes Polster lag. Vor der Bank stand ein quadratischer, kaum armspannenbreiter Tisch, ungebeizt, aber aus wohlausgesuchtem glatten Holz. [...] Die einzige Kostbarkeit des Raumes schien – kostbar zu damaliger Zeit – der Beleuchtungskörper, der von der Mitte der Decke herabhing, eine auf Bestellung gefertigte Glaskugel, die den Lichtspender hüllte, das Licht mildernd und verteilend. Dieser Lichtkörper gab dem Raum unter den Freunden im Scherz den Namen Kugelzimmer, eine Benennung, die George aufgriff und selbst gern verwendete. Der Raum war bezaubernd durch die Reinheit der verarbeiteten schlichten Werkstoffe, die Wohlabgestimmtheit der Farben und den ausgewogenen Rhythmus aller Maße. [...] Wenn die Sonne im schrägen Schein den Raum quer durchflutete, glaubte man sich – den Geräuschen der Straße enthoben – in einer fernen Welt." (LT 50 f.)

Dieses Kugelzimmer wird, weswegen ich es hier auch detailliert schildern lasse, in den Jahren vor dem Ersten Weltkrieg einer der wichtigsten Orte für George und seinen Kreis. Er selbst hielt sich dort oft auf und besaß einen von Wolfskehls Wohnung unabhängigen Zugang. Außerdem fanden dort zahlreiche feierliche Zusammenkünfte von Kreismitgliedern in verschiedenen Konstellationen statt. Nach einem Zusammensein mit George im Kugelzimmer in München um Neujahr 1911 schrieb Vallentin an Gundolf: „Hier im verpflichtenden mittleren raume, in den alles leben einhellig eingelassen scheint, rückt das gesamte weltliche in eine neue runde umfänglich fühlbare rauschhaft anrührende zweifelfreieste leiblichkeit. [...] So [...] befreit sich das eingeborene, leibliche gefühl, der echteste eros, für das neue gesicht den neuen leib der welt. Aber ich habe nie ein glück, das glück unmittelbaren werdens wachsens leibverlangens gefühlt wie in diesen tagen."[133]

Vallentin wurde 1913 Amtsrichter in Spremberg in der Lausitz und blieb dort bis 1918. Im Ersten Weltkrieg war er kurze Zeit als Dolmetscher in einem Gefangenenlager tätig, wurde dann aber aus gesundheitlichen Gründen vom aktiven Dienst befreit. Nach dem Krieg ließ er sich als Rechtsanwalt in Berlin nieder und wohnte mit seiner Frau Diana und dem 1909 geborenen Sohn Stefan in der Nürnbergerstraße wieder in Charlottenburg. In seiner freien Zeit widmete sich Vallentin vor allem seinem Steckenpferd Napoleon. Über ihn veröffentlichte er 1923 eine voluminöse Monographie, der 1926 der Ergänzungsband *Napoleon und die Deutschen* folgte. Im Jahre 1931 publizierte Vallentin noch eine Studie über *Winckelmann*. Alle drei Werke erschienen mit dem Signet der Blätter für die Kunst bei Bondi. Anfang 1932 erlitt Vallentin einen schweren Schlaganfall, der die Einweisung in eine Heilanstalt zur Folge hatte. Den Selbstmord seiner Frau Diana im Februar 1933 erfuhr Vallentin nicht mehr, er selbst starb kurz darauf in geistiger Umnachtung am 13. März 1933.

III

DER SCHÖNE STAAT

Kulturkritik und Utopie im *Jahrbuch für die geistige Bewegung*

Erst durch den von Vallentin angestoßenen Kontakt Georges mit der akademischen Wohngemeinschaft in Lichterfelde konstituierte sich im strengen Sinne der ‚George-Kreis' als literatursoziologisches Phänomen. Das Neue dieser Beziehung lag darin, dass nicht allein ein Generationenunterschied zwischen George und diesen Jüngern bestand, sondern dass sie sich als ein Kollektiv verstanden, das den kulturkritischen Gehalt von Georges Dichtung zu einem gesellschaftspolitischen Instrument machen wollte. Entscheidend für dieses Verständnis von Georges Dichtung und ihrer in diese Richtung zielenden Wirkungsabsicht war für Vallentin, Wolters, Hildebrandt und Andreae vor allem der erste Zyklus des *Siebenten Rings*, die *Zeitgedichte*. Sie schienen einen neuen Ton ins Werk Georges zu bringen, in dem er seine Gegenwart auf eine direkte Weise attackierte. So vollzog sich die Modellierung des Lichterfelder Kreises zu einer Art geistiger Kerntruppe unter dem Eindruck der scharfen Gesellschaftskritik der *Zeitgedichte*. Ich zitiere als Beispiel die beiden ersten Strophen des Zeitgedichts, das den Zyklus schließt:

Ich euch gewissen · ich euch stimme dringe
Durch euren unmut der verwirft und flucht:
›Nur niedre herrschen noch · die edlen starben:
Verschwemmt ist glaube und verdorrt ist liebe.
Wie flüchten wir aus dem verwesten ball?‹
Lasst euch die fackel halten wo verderben
Der zeit uns zehrt · wo ihr es schafft durch eigne
Erhizte sinne und zersplissnes herz.

Ihr wandet so das haupt bis ihr die Schönen
Die Grossen nicht mehr saht – um sie zu leugnen
Und stürztet ihre alt- und neuen bilder.
Ihr hobet über Körper weg und Boden
Aus rauch und staub und dunst den bau · schon wuchsen
In riesenformen mauern bogen türme –
Doch das gewölk das höher schwebte ahnte
Die stunde lang voraus wo er verfiel.
(SW VI/VII, 32)

Hier wird über eine Gesellschaft, die keinen Begriff mehr von Schönheit und menschlicher Größe, von Helden und Rangunterschieden hat, die in ihrem

Fortschrittswahn jedes Maß verloren und sich der Hybris schuldig gemacht hat, die Prognose des notwendigen Untergangs gestellt. Notwendig im doppelten Sinn: als ihr unausweichliches Schicksal, weil ihre Zerstörung fundamentaler kultureller Grundwerte wie Glauben und Liebesfähigkeit, aber auch ihre skrupellose Ausbeutung der Erde sie der inneren und äußeren Existenzbedingungen berauben; notwendig aber auch, damit die von George prophezeite kulturelle Neugeburt überhaupt stattfinden kann. Die Heilung der Zeit, die der Sprecher des Gedichts für die wirksamste hält, besteht im Ausbrennen der verdorbenen Stelle. Nur ein radikaler Schnitt kann die Gegenwart von all dem Übel befreien, das George als Ergebnis des sogenannten zivilisatorischen Fortschritts und der Entwicklung zur Massengesellschaft betrachtet. Im Zeitgedicht *Die tote Stadt* findet sich die berüchtigte Zeile „Euch all trifft tod. Schon eure zahl ist frevel." (SW VI/VII, 31)

Was in den *Zeitgedichten* in poetischer Form an Zeitkritik entwickelt wurde, das versuchen die essayistischen und wissenschaftlichen Texte in den drei 1910 bis 1912 erschienenen *Jahrbüchern für die geistige Bewegung* auf eine systematische Weise fortzusetzen. Zugleich bieten sie durch eigene Wertsetzungen eine kulturelle Alternative an. George trat zwar als Autor in den drei *Jahrbüchern* nicht in Erscheinung, aber es war klar, dass er sich hier bloß „durch getrennte Medien [...] an die Nation wendet."[1] Diese Konzeption folgte einem Gedanken aus der fünften Folge der *Blätter für die Kunst* von 1901, wo es heißt: „Der urgeist wirkt nicht durch seine lehre sondern durch seinen rythmus: die lehre machen die jünger." Allerdings nahm George an den Diskussionsrunden der *Jahrbuch*-Autoren und ihrem Umfeld teil, in denen es durchaus kontrovers zuging. Die Debatten besaßen in Anwesenheit Georges natürlich einen gewissen agonalen Charakter, denn jeder wollte mit blendenden Formulierungen und kühnen Thesen den Meister beeindrucken. Der Wettstreit gehörte für George zu den Lebensgesetzen und galt gerade auch im geistigen Bereich. Er stachelte die Runde gerne mit provokanten Sätzen an, nahm aber im weiteren Verlauf eher die Rolle des Zuhörers und Richters ein. Dabei war es keineswegs sein Ziel, Meinungsunterschiede glattzubügeln. Zu Ludwig Thormaehlen sagte George scherzhaft: „da sagt nun die Welt, ich tyrannisierte die Meinungen, ich flösste jedem nur meine Ansichten ein [...]. Hier sollte einmal jemand zuhören, dann wäre es vorbei mit jenen Märchen, aber auch mit dem Glauben an die Macht meiner Autorität [...] – so viel Freiheit gibt es ja draussen in der Welt gar nicht!"[2] Im Übrigen kokettierte George mit einer Radikalität, die zum einen nicht druckreif war, zum anderen sich anderer Mittel als Worte bedient haben würde. Aus dem September 1910 überliefert Kurt Breysig, George habe betont, dass er den Zustand der Menschen „für denkbar schlecht" halte, und lässt den folgenden Dialog von George beginnen: „‚Wollen Sie mich charakterisieren, so nur als den schlimmsten Anarchisten'. Ich: ‚Sie können doch nicht nach Dynamit rufen!' George: ‚Am liebsten ja. Ich weiss nur kein Mittel. Diese Menschen leben unter der Erde. Wenn es darauf ankommt, wieder ein Leben in der Sonne zu beginnen, kann man sich um diese Unterirdischen nicht kümmern'." (KB 20) Und von einer der Diskussionsrunden im *Jahrbuch*-Kreis im September 1911 berichtet Kurt Hildebrandt in seinen Erinnerungen: „Der Meister selbst plant einen Aufsatz, aber er müsse erst drei Rechtsanwälte fragen, ob er nicht wegen Aufreizung zum Klassenhass (natürlich antimarxistisch) dem Gericht verfalle." (KH 78) Die Tendenz dieser Äußerungen Georges verrät einiges über das Klima, in dem die *Jahrbuch*-Beiträge entstanden sind. Ich werde darauf zurückkommen.

Bevor wir uns den drei *Jahrbüchern* zuwenden können, ist es jedoch nötig, einen Blick auf zwei 1909 erschienene programmatische Texte zu werfen, die soziale Organisationsmodelle entwickeln und zugleich als Beschreibungen der inneren Struktur des George-Kreises zu verstehen sind. Es ist zum einen die Schrift *Herrschaft und Dienst* von Friedrich Wolters, die in einem ähnlich monumentalen Format wie das *Maximin*-Gedenkbuch als Opus I in der von Melchior Lechter begründeten Einhorn-Presse und mit üppigem Buchschmuck ausgestattet erschien. Auf der Einladung zur Subskription dieses ersten Titels charakterisierte Lechter seine exklusive Einhorn-Presse und erläuterte die Wahl des von ihm für sie geschaffenen Signets: „Schon beim anblick des buches, der seiten, soll uns die unsichtbare seele des verses, der prosa wie stumme musik umfangen und uns keinen augenblick über ihren charakter im zweifel lassen. [...] Ein reiner, nur dem göttlichen wesen der seele dienender inhalt, eine strenge, nur die höchsten ziele des menschen fördernde absicht! Das in kreis und dreieck gefasste Einhorn soll mit dem ganzen verpflichtenden ernste des uralten symbols das zeichen dieses inneren willens sein."

Der andere Text ist der im dritten Ausleseband der *Blätter für die Kunst* veröffentlichte Aufsatz *Gefolgschaft und Jüngertum* von Friedrich Gundolf. Darin geht Gundolf von der Beobachtung aus, dass der Gegenwart „gestalt und begriff des ‚jüngers' fremd und fast lächerlich"[3] geworden seien. Das Ideal der Zeit sei die ‚Persönlichkeit', unter der indes nichts anderes verstanden werde als das Ausleben des Bündels „triebe · wünsche · einfälle und fähigkeiten die das menschlein mitbekommen hat."[4] Statt dieser „betriebsamen eitelkeit" empfiehlt Gundolf die Suche nach einem Meister, dem man „diener oder jünger sein" könne. Gundolf charakterisiert den Typus des Jüngers folgendermaßen: „Wem der führer nur die sache vertritt der hat ihn nicht begriffen: wem er nur eine person ist der kann ihm nicht dienen. Wessen sehnsucht nach dem Ewigen in diesem sterblichen menschen und dem wort das er bringt erfüllt wird · wer in ihm gränzenlosen gehalt begränzte gestalt werden sieht und wem dieser meister unersetzbar ist der darf sich Jünger nennen. Er ist an ihn geknüpft · denn der inhalt seiner seele wird kein andres sinnbild finden. [...] Nicht nachahmung ist die pflicht der jünger: ihr stolz ist dass der meister einzig ist. Seine bilder sollen sie nicht *machen* · sondern sein werk *sein* [...]. Wo sie die Notwendigkeit erkennen da löschen sie gern ihr Ich aus und freuen sich brennstoff zu sein für die höhere flamme.“[5] Gundolf zieht einen aufschlussreichen Vergleich: „Sie sollen wissen dass sie nur stoff und mittel sind und sollen wieder opfern lernen. Verlacht man sie aber um ihrer wenigkeit willen: so können sie des obersten sinnbilds sich erinnern: von Christi jüngern war keiner ein genius und ausser Judas keiner im heutigen verstand eine persönlichkeit · aber weil sie – arme fischer – treu und voll dienst · glaube und liebe waren · [...] rinnt ihr blut mit in der grossen Liebesquelle.“[6] Das Verhältnis von Meister und Jünger wird hier in ein religiöses Licht gerückt und verlangt somit auch eine Art Glaubensentscheidung: „wer das zeichen unter dem er kommt erkannt hat muss ihn vernichten oder ist ihm verfallen: der sieht die welt in einem neuen morgen und folgt dem verwandler · opfernd was nicht der zukünftigen ordnung dient die jener ihm zeigt.“[7]

Den Aspekt der Herrschaft, der bei Gundolf nur implizit thematisiert wurde, rückte Friedrich Wolters in seiner Schrift *Herrschaft und Dienst* von 1909 in den Mittelpunkt. Friedrich Wolters wurde 1876 in Krefeld-Uerdingen geboren und ging 1898 zum Studium der Geschichte, Sprachwissenschaft und Philosophie nach Freiburg. Ein Jahr später wechselte er an die Berliner Universität und hörte dort vorwiegend bei Breysig und bei dem Nationalökonomen Gustav Schmoller, bei dem er 1903 promovierte. Im Herbst 1904 kam es zur persönlichen Begegnung mit George in Berlin. Wolters schickte ihm bald eigene Gedichte und wurde ab 1909 Beiträger der *Blätter für die Kunst*. Ihre Beziehung intensivierte sich ab Herbst 1907, als George mehrfach an Lesungen der im Lichterfelder Haus gegründeten *Academia urbana* teilnahm. Einige Male wohnte George auch dort. Im *Jahrbuch*-Projekt war er eine treibende Kraft und schrieb die programmatisch wichtigsten und ambitioniertesten Texte. 1911 verfasste Wolters auch die erste Monographie über Melchior Lechter. Kurz vor Kriegsbeginn habilitierte er sich in Berlin. Er meldete sich freiwillig und sah in der Auguststimmung von 1914 die Wiedergeburt der Nation als geistiges Reich. Nach seiner Heirat mit Erika Schwartzkopff

Anfang 1915 wurde er Chauffeur hinter den Fronten in Frankreich und auf dem Balkan. 1917 erkrankte er schwer. Gegenüber Vallentin äußerte George im Mai 1917 mit Blick auf die anfängliche unter seinen Jüngern verbreitete Kriegsbegeisterung, Wolters „sei der letzte, der jetzt durch seine Krankheit von seinem Wahn geheilt sei." (BV 45 f.) Im Jahre 1920 wurde Wolters Professor in Marburg, 1923 wechselte er nach Kiel. In den 20er Jahren entwickelte er eine rege publizistische Tätigkeit, die im Zeichen einer politisch nationalen Orientierung stand. Mit Walter Elze gab er 1923 gemeinsam die Anthologie *Stimmen des Rheines* heraus, die sich in ihrer Tendenz gegen die französische Besetzung des Rheingebiets richtete, von 1925 bis 1927 erschien das fünfbändige ‚Lesewerk' *Der Deutsche*, eine gigantische Zitatsammlung, die die Genese des deutschen Nationalgedankens dokumentieren und in die Gegenwart hineinwirken sollte. Wolters' weitester Ausgriff in das Gebiet der politischen Publizistik waren die 1927 veröffentlichten *Vier Reden über das Vaterland*, die Wolters zu Georges Verärgerung gelegentlich vor rechtsorientierten Studentenverbindungen hielt. Der Unmut Georges über diese politischen Aktivitäten von Wolters resultierte vor allem daraus, dass Wolters deswegen die schon 1909 übernommene Aufgabe, die sogenannte ‚Blättergeschichte' zu schreiben, vernachlässigte. Es dauerte mehr als 20 Jahre, bis das monumentale Werk endlich 1930 erscheinen konnte. Nur wenige Monate danach verstarb Wolters, als sei mit diesem Abschluss seine Lebensaufgabe erfüllt gewesen.

An der biographischen Skizze dürfte bereits deutlich geworden sein, dass mit Friedrich Wolters ein neuer Akzent in den George-Kreis kam. Er ist derjenige, der die eher metaphorische Rede vom ‚Staat', als den sich die Jünger sahen, ernst nimmt und sich durch die zunehmende Bedeutung der Platon-Rezeption bei George selbst und unter den *Jahrbuch*-Beiträgern darin bestärkt sehen konnte, das Modell des schönen Lebens auf die Vision vom schönen Staat hin zu erweitern. Dieses Modell wird von Wolters in *Herrschaft und Dienst* ganz auf die Person von Stefan George hin entwickelt, ohne dass dabei auch nur ein Mal sein Name genannt würde.

Der Text gliedert sich in die drei Teile ‚Das Reich', ‚Der Herrscher' und ‚Der Dienst', wobei der mittlere der umfangreichste ist. Melchior Lechter hat jedem der Teile einen Engel als Portalfigur mit streng-erhabenen Gesichtszügen vorangestellt. Die zweite, die einem mittelalterlichen Ritter ähnelt und ein Flammenschwert in der Hand hält, trägt auf ihrem Saum die uns schon bekannten Verse: „Ich bin ein funke nur vom heiligen feuer / Ich bin ein dröhnen nur der heiligen stimme." Diese Figur erscheint als ein Seraph (‚der Brennende') und damit als Vertreter der ranghöchsten Gruppe innerhalb der dreigliedrigen Engelsordnung. Die Engelsfigur vor dem Kapitel ‚Das Reich' gehört der mittleren Hierarchie an und trägt eine „an das Insignie der römischen Imperatoren"[8] angelehnte gestirnte Kugel, während der Engel vor dem Kapitel ‚Der Dienst' zu der niedrigsten Gruppe der Botenengel gehört. Lechter schließt sich damit an die Einteilung der Engelsordnung an, wie sie Berthold Vallentin im Jahr zuvor in seinem Aufsatz *Der Engelsstaat* entwickelt hatte.[9]

In dem einleitenden Kapitel ‚Das Reich' entwirft Wolters das Bild eines ‚Geistigen Reiches', das der Herrscher schafft: „Die Herrschaft aber ist jene macht, welche ihr licht aus der lebendigen mitte schleudert, [...] das gepräge des Geistigen Reiches für den kreislauf ihrer zeit bestimmt." (FW 14) Im Geistigen Reiche, so Wolters, wachsen „die lebensalter des Herrschers rückwärts in das erbe der zeiten, nähren ihre kräfte an dem was zeitlos im raume lagert." (FW 18) Der Herrscher hebe sein Werk „aus dem schöpferischen schoss der Mütter", setze das Erstarrte in neue Bewegung. Hier klingen deutlich noch Motive der kosmischen Phase an. Diese Geburt des Herrschers aus dem „born der eigenen mitte" schlägt sich nun auch in einer neuen Sprache nieder. „Sein vom bannenden umkreis gewordener horizonte entbundenes auge forscht nach gesichten einer ungeborenen welt, seine vom erlernten alphabet der väter-fibel losgerissene stimme sucht sich in ungeborgten und nie gehörten lauten zu erheben." (FW 18 f.) Wolters rückt die Dichtung in die Nähe des Sakralen: „Es erscheint also das innere gesicht in der sprache durch die dichterische form in unauflöslicher dreieinigkeit." (FW 20) Diese trinitarische Verfasstheit der Dichtung korrespondiert der trinitarischen Struktur der Herrschergestalt. „Da der Herrscher selbst der inhalt seiner herrschaft ist, muss er um sich darzustellen den neuen geistigen zustand in eine sinnliche dreiheit, ohr und mund und den sie verbindenden laut verwandeln: wie Vater und Geist nur ohr und mund der gottheit und der Sohn das wort die beziehung zwischen beiden ist und diese trennung erst die entwirkung des Einen macht, so muss sich dem unendlichen folgend jeder kreis einer endlichen einheit spalten." (FW 36) Den sakralen Charakter der Dichtung Georges unterstreicht Wolters im weiteren durch den Vergleich des architektonischen Baus des *Teppichs des Lebens* mit einem gotischen Dom und vor allem durch den Hinweis, dass deren Botschaft die auserwählte Schar einer „ecclesia militans" (FW 39) tragen werde.

Im Kapitel ‚Der Dienst' unterscheidet Wolters die vier Stufen der Ehrfurcht, der Verehrung, der Selbsthingabe und der Einung. Selbsthingabe identifiziert er mit Freiheit: „Nur das rückhaltlose opfer des eigenen wesens an die höhere wesenheit macht frei." (FW 65) Die Einung ist der Eintritt „in einen gültigen kreis des daseins" (FW 66) und dessen kultische Manifestation im einheitlichen Willen und Tun. Wolters versäumt nicht, darauf hinzuweisen, dass der Herrscher im Geistigen Reich „selber das reinste urbild des Dienenden [sei], indem er das göttliche feuer, das in ihm brennt, zum stern seines himmels macht." (FW 65) Auch in *Herrschaft und Dienst* figuriert Maximin als dieses „leibgewordene Göttliche" (FW 46) für das „der Erste der Dienenden [...] den Mythos schafft." Dieser künstlich geschaffene Mythos ist gewissermaßen die vorgeschobenste ‚Position', die der negativ gezeichneten Gegenwart entgegengestellt wird. Auf deren Relativismus und Entzauberung reagierte die Schrift von Wolters mit einer extremen stilistischen wie inhaltlichen Gebärde. Dem wissenschaftlich-rationalen Jargon setzte sie eine pathetische Prosa und der Versachlichung aller zwischenmenschlichen Beziehungen ein emphatisches Modell persönlicher seelischer Bindung entgegen.

Lechter hat das Werk mit einem monumentalen Doppeltitel ausgestattet, bei dem die linke und rechte Seite die gleiche Grundstruktur besitzen. Etwas mehr als die untere Hälfte nimmt ein annähernd quadratisches Feld ein, in dessen Mitte auf der linken Seite die übliche Titelei zu finden ist, während die rechte Seite ein Zitat aus Goethes *Natürlicher Tochter* enthält, das die Auserwählten anspricht, die über die Menge herrschen und sie bilden. Diese Textfelder sind von Ranken umrahmt und oben jeweils mit drei verschiedenen Wappen geschmückt, die okkulte Symbole zeigen. Die beiden etwas kleineren oberen Hälften sind fast identisch. Sie zeigen einen Dreiecksgiebel, neben dem auf beiden Seiten Einhörner auf ihren Hinterläufen und dem Gesäß hocken. Sie tragen pyramidale mehrstufige Tiaras und durchstoßen mit ihren gegeneinander gerichteten Hörnern die Seiten des Dreiecks, ohne sich zu treffen. Die Spitze der beiden Dreiecksgiebel mündet in eine geöffnete Lotosblüte, in deren Mitte ein geschliffener Diamant liegt. Im buddhistischen Verständnis steht der geöffnete Lotos „für die Schöpfung, Gautama Buddha wird oft auf einer Lotosblüte sitzend dargestellt, und das *mani padme*, das Juwel in der Lotosblüte [...] steht für das Nirwana."[10] Lechter verschmilzt durch seine Bildsymbolik hier also erneut seine theosophisch gespeiste mystische Religiosität mit der religiösen Aufladung von Georges Dichtung in der Interpretation von Wolters. Die eigentliche Pointe von Lechters Buchschmuck liegt in der raffinierten Füllung der beiden Rundfenster, die im Innern der Dreiecksgiebel sind. Links sieht man einen Sternenhimmel, rechts fällt der Blick auf den Globus. Dieser zeigt den indischen Subkontinent, womit Lechter zum einen auf die Herkunft seiner Symbolsprache hinweist, zum anderen seine eigene zu dieser Zeit geplante Indien-Reise ankündigt.[11] Sein *Tagebuch der indischen Reise* wird 1912 als Opus II der Einhorn-Presse erscheinen.

Die aufwendige Ausstattung des Buchs durch Lechter und das monumentale Format überraschten George, als es ihn kurz vor Weihnachten 1909 in Bingen erreichte. Gegenüber Gertrud Kantorowicz soll er geäußert haben: „Aber das sind doch Kinder! Solch ein Buch soll junge Menschen auf meine Dichtung aufmerksam machen und zu ihr hinleiten; und da machen sie ein teures Prachtwerk daraus!"[12] In der Tat hatte Lechter nach der Lektüre von Wolters' Schrift im April seiner Hoffnung Ausdruck gegeben, dass dieses ‚vornehme' Werk eine „recht reiche Verbreitung" (L/G 293) finden möge. Nun hatte Lechter das Projekt auf eine Weise realisiert, die zu Georges ironischem Kommentar zu Lechters bibliophilen Extremlösungen passte: „Mein nächstes Buch drucke ich in zwölf Exemplaren, elf für meine Freunde, eines für die breitere Öffentlichkeit."[13]

Mit Gertrud Kantorowicz verband George zum Zeitpunkt des Erscheinens von *Herrschaft und Dienst* bereits eine langjährige Freundschaft. Sie wurde 1876 geboren und stammte aus einer vermögenden jüdischen Familie in Posen. Ihr Vater besaß eine weltbekannte Likörfabrik, ihr Vetter war Ernst Kantorowicz, der Anfang der 20er Jahre in den Kreis um George eintrat und uns noch beschäftigen wird. Schon als 20-Jährige brach Gertrud Kantorowicz „aus dem goldenen Käfig bürgerlicher Geborgenheit"[14] aus und nahm in Berlin das Studium der Philosophie, Archäologie und Kunstgeschichte auf. Sehr bald kam sie in den Kreis um Georg Simmel und das Malerpaar Sabine und Reinhold Lepsius. In deren Salon traf sie 1898 George und sandte ihm auf seinen ausdrücklichen Wunsch eigene Gedichte, von denen er im folgenden Jahr den Zyklus *Einer Toten* in die *Blätter für die Kunst* aufnahm. Allerdings wurden die Gedichte nicht unter ihrem richtigen Namen, sondern unter dem Pseudonym Gert. Pauly veröffentlicht, da George keine erkennbar weiblichen Beiträger zuließ. Pauly war der Mädchenname ihrer Mutter und damit der einer Familie, deren Wurzeln in das Spanien vor der Inquisition zurückreichten. Diese Herkunft aus Spanien brachte Kantorowicz George ebenfalls näher. Außerdem imponierte ihm ihre Diskretion, weswegen er über sie sagte: „endlich eine die schweigen kann." (RB 86) Sabine Lepsius berichtet, dass George Gertrud Kantorowicz auch ‚Huldin' oder ‚Dottoressa' genannt und es nicht verborgen habe, „wie sehr das unbeschwerte weibliche Sein der ‚Huldin' ihn anzog." (SL 25) Gertrud Kantorowicz und George sahen sich in dieser Zeit regelmäßig bei den Jours im Hause Simmel oder Lepsius. Sie gehörte auch zu den Empfängern eines Widmungsexemplars des Prachtbands *Teppich des Lebens*. In ihr Exemplar hatte George die Zeilen „So zogest du gern dem leben entlang // Mit prüfendem blick und liebend allein" (SW V, 48) geschrieben. Auch zu der Lesung Georges bei seinem Verleger Bondi im Oktober 1902 war Gertrud Kantorowicz eingeladen. Die Bezeichnung als Dottoressa dürfte George ab 1903 verwendet haben, als sie in Zürich mit einer kunstgeschichtlichen Arbeit promoviert worden war. Ab diesem Jahr verbrachte George den Spätherbst mehrfach in der Wohnung von Gertrud Kantorowicz in Berlin-Westend. Zeitweise überließ sie ihm ihre Unterkunft während ihrer Abwesenheit, manchmal benutzten sie sie aber auch gleichzeitig. George hob am Charakter ihrer Wohnung hervor, dass er angenehm unvollkommen und immer ‚aufbruchsbereit' wirke. Außerdem mochte er ihre unprätentiöse und unbürgerliche Lebensweise. Dazu gehörte, dass sie bis zu Georg Simmels Tod 1918 seine Geliebte war und 1907 seine Tochter Angela zur Welt brachte. Für die Geburt ging Kantorowicz nach Italien, Simmel sah das Kind niemals. Auf seine Anregung hin übersetzte sie Henri Bergsons Werk *Évolution créatrice*, das 1912 unter dem Titel *Schöpferische Entwicklung* erschien. Das innige Verhältnis zwischen George und Gertrud Kantorowicz gab zu weitreichenden Vermutungen Anlass. Weil sie längere Zeit im gleichen Haus wohnten, kursierte eine Weile das Gerücht, die beiden würden heiraten. Gegenüber Sabine Lepsius soll George sogar gesagt haben: „Da ist z. B. Gertrud Kantorowicz. Warum sollte ich sie nicht heiraten können?"[15]

Die letzten Monate des Jahres 1910 bilden wohl zugleich den Höhe- und den Schlusspunkt in der Vertrautheit ihres Verhältnisses. George war sogar Ende Oktober 1910 ihr Gast, als sie das Jom Kippur-Fest beging. Zwar bewohnte George auch im Spätherbst 1911 ihre Wohnung, aber als sie ihre Rückkehr ankündigte, wechselte er das Quartier. Die Gründe seines Rückzugs liegen im Dunkeln. Denkbar, wenngleich spekulativ wäre, dass George von der Geburt der illegitimen Tochter erfahren hatte, denn im Gespräch über einen parallelen Fall mit Sabine Lepsius soll er geäußert haben: „Gott liebt keine Hurenkinder." (SL 90) Vielleicht war es aber einfach ihre enge Bindung an Simmel, zu dem George um diese Zeit auf größere Distanz ging. Kurz vor seinem Tod rief Simmel Gertrud Kantorowicz zu sich und vertraute ihr seinen Nachlass an, aus dem sie 1923 *Fragmente und Aufsätze* edierte.

Im Ersten Weltkrieg absolvierte Kantorowicz eine Ausbildung als Krankenpflegerin. 1917 leitete sie ein deutsches Soldaten-Genesungsheim in Konstantinopel. In den 20er Jahren begann sie mit der Arbeit an einer Studie über griechische Kunst, die viele Motive aus Georges ästhetischem Denken produktiv aufgriff.[16] Dass sie ihm die Treue hielt, dokumentiert ein Brief, den sie nach seinem Tod an die Freundin Edith Landmann schrieb: „Es ist wie Ende der Welt, und der Fussbreit festen Bodens wankt. Was ist noch, wenn Er nicht lenkt, und nach welchem Stern sehen? [...] Ihm gefolgt zu sein, das ist es doch, was Glück bleibt in allem Verzweifeln. [...] Wenn in dem Licht

24. George in Heidelberg vor Hotel Lang, 1907 (Ernst Morwitz)

25. Robert Boehringer

26. Ernst Morwitz (O. Witte)

27. Friedrich Wolters und Berthold Vallentin,
1910 (J. Hilsdorf)

28. George, Karl Wolfskehl, Friedrich Wolters, Friedrich und Ernst Gundolf (v. r. n. l.) im Kugelzimmer, 1910 (R. F. Schmitz)

29. Friedrich Gundolf, Heidelberg, 21.6.1914 (Edgar Salin)

30. Percy Gothein, Heidelberg 12.12.1910 (J. Hilsdorf)

31. Ernst Glöckner

32. Edith und Julius Landmann (v.l.), Ernst Gundolf und Michael Landmann (v.r.), Kieler Förde um 1930

33. George um 1917 (Reinhold Lepsius)

34. Adalbert Cohrs

35. Bernhard von Uxkull-Gyllenband

36. Anna Maria Ottilie George

37. George, Heidelberg, Pfingsten 1919
(Ludwig Thormaehlen)

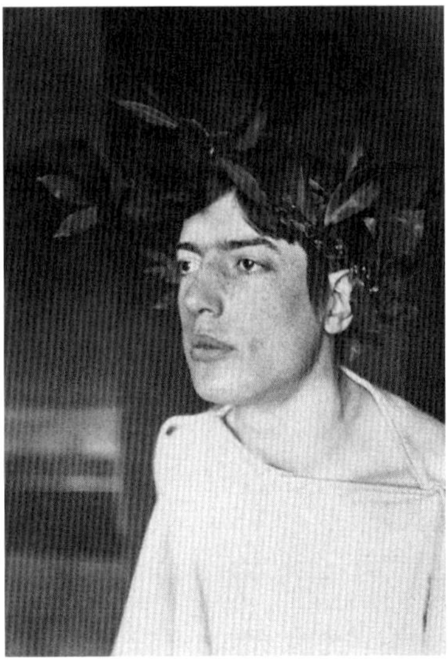

38. Seelenfest, Heidelberg, Pfingsten 1919, (v.l.n.r.) Percy Gothein, Ernst Glöckner, Ludwig Thormaehlen, Erich Boehringer, Friedrich Gundolf, Woldemar von Uxkull-Gyllenband (Ernst Morwitz)

39. Ludwig Thormaehlen, München, Februar 1911

40. Elisabeth Salomon im Auto

41. George, ca. 1930 (Walter Kempner)

42. (v. l. n. r.) Johann Anton, Claus und Berthold von Stauffenberg, Walter Anton, Alexander von Stauffenberg, Max Kommerell, Berlin, Herbst 1924

43. George, um 1930

44. George an seinem letzten Geburtstag, Berlin, 12.7.1933 (Walter Kempner)

45. Ernst Kantorowicz (F. Grainer)

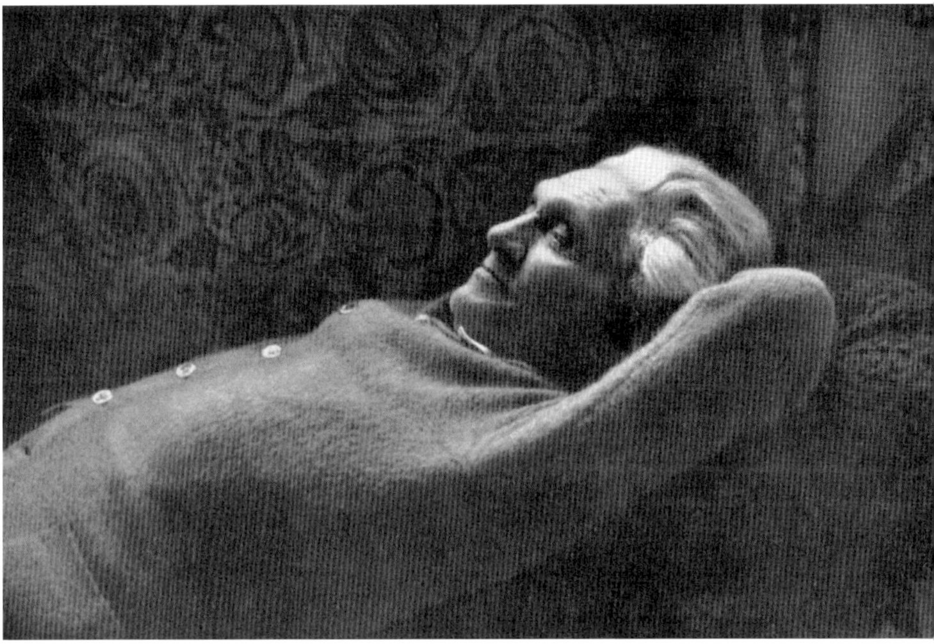
46. George in Minusio, April 1932 (Frank Mehnert)

47. George im Garten des Molino dell'Orso

48. Georges letzte Abreise von seinem Elternhaus in Bingen am 8.7.1933
(J. A. Schmitt-Kraemer)

dieser griechischen Schönheit, die ich täglich sehe, das Dunkel und der göttliche Dämon immer mitspricht und uns fordert, dann fühle ich, von welchen Geschlechtern dieser Mann stammte."[17] Kantorowicz war in den Jahren zwischen Machtergreifung und Kriegsbeginn viel auf Auslandsreisen, aber immer kehrte sie nach Deutschland zurück. Dabei war sie sich über ihre Aussichten dort völlig im Klaren. Michael Landmann berichtet: „Schon lange vor Kriegsausbruch besass sie das permit für England, und als man sie während ihres letzten Aufenthalts dort fragte, was sie bei ihrer Rückkehr nach Deutschland erwarte, antwortete sie: the hell." Er fügt hinzu, dass der Trieb zu helfen bei ihr stärker als alle Vernunft gewesen sei und sie, etwa bei der Befreiung von Ernst Gundolf aus dem KZ Buchenwald, geradezu tollkühn agiert habe. Die von ihr gegründete rein weibliche ‚Arbeitsgruppe für griechische Studien' war zugleich eine Rettergruppe. Als ihre Lage in Berlin unhaltbar wurde, entschloss sie sich zur Flucht. Beim Grenzübertritt in die Schweiz wurde sie in der Nacht vom 6. auf den 7. Mai 1942 festgenommen und schließlich ins KZ Theresienstadt verbracht, wo sie am 19. oder 20. April 1945 starb – einen Tag, nachdem die SS das Lager geräumt hatte. Aus ihrer Lagerzeit stammen die *Verse aus Theresienstadt*, die ihr Bruder als Privatdruck 1947 herstellte.

Kehren wir zurück ins Jahr 1910 und zu den *Jahrbüchern für die geistige Bewegung*. Die Schrift *Herrschaft und Dienst* von Wolters stellte ebenso ein Vorspiel zu den *Jahrbüchern* dar wie der Aufsatz *Gefolgschaft und Jüngertum* von Gundolf. Beide Texte gehören dem Binnendiskurs des George-Kreises in seiner Konstitutionsphase an. Sie führten mit ihrem polarisierenden Duktus zu einer Profilschärfung, die zu einer Entscheidung pro oder contra nötigte. Der Titel des Jahrbuchs bedarf insofern noch einer Erläuterung, als dem Begriff der ‚Bewegung' eine zentrale Funktion zur Kennzeichnung des Modernisierungsprozesses zugeschrieben wurde. Ist es da nicht ein Widerspruch, wenn sich die Kritiker der Moderne selber unter dem Etikett der ‚Bewegung' versammeln? Ich denke, dass durch diese Selbstapostrophierung die Zugehörigkeit des George-Kreises zur Moderne selbst zutage tritt. Seine Position erschöpft sich nicht in einem Typus von Kulturkritik, wie er etwa bei den Vertretern der sogenannten Heimatkunst anzutreffen ist, die zu den angeblich idyllischen Zuständen einer ständisch-feudalen Kultur zurückkehren möchten. Von diesem kulturkritischen Konservatismus alter Prägung unterscheidet sich das *Jahrbuch für die geistige Bewegung* deutlich. Die Moderne-Kritik des George-Kreises trägt selbst moderne Züge, insofern sie einen genuin utopischen Impetus hat. Die im *Jahrbuch* entfalteten Positionen gehören zu jenem „Ensemble von Orientierungsversuchen und Suchbewegungen *in* der

Moderne, die zwar dem von Aufklärung und Liberalismus geprägten *mainstream* opponieren, dabei aber so tief von dem für die Moderne typischen Voluntarismus und Ästhetizismus durchdrungen sind, daß von Konservatismus im historisch-spezifischen Sinne keine Rede mehr sein kann."[18] Man wird allerdings präzisierend und paradox von einer antimodernen Moderne zu sprechen haben.

Ich möchte nur kurz und pointierend auf einige Aspekte der wichtigsten *Jahrbuch*-Beiträge eingehen. Eröffnet wird das *Jahrbuch* von Karl Wolfskehls *Die Blätter für die Kunst und die neuste Literatur*, einem literaturgeschichtlichen Text, der vor allem das Autochthone von Georges Erscheinung behauptet. Wolfskehl bestreitet die Deutung von Georges Kunst als Gegenreaktion auf den Naturalismus und ihre Abhängigkeit vom französischen Symbolismus. Er rückt Georges Auffassung vom Dichter in die Tradition von Nietzsche ein, der gegen alles rein stoffliche Interesse an der Kunst diese als „die lezte erscheinungsform göttlichen wesens"[19] begriffen habe. Wolfskehl zieht im Folgenden einen scharfen Trennungsstrich gegenüber den literarischen Moden der Gegenwart. Diesen Zeitströmungen stellt er die utopische Kraft des George-Kreises entgegen, wenn er schreibt: „was heute unter dem wüsten oberflächenschorf noch halb im traume sich zu regen beginnt, das *geheime Deutschland*, das einzig lebendige in dieser zeit, das ist hier, nur hier zu wort gekommen. Dass dies geheime Deutschland nicht verdorrt ist, dass es vernehmlicher denn seit langem aus seiner berg- und höhlenentrückung herauf will ans licht, das gibt uns die tiefe zuversicht für eine zukunft, die gewiss ernst, schwer und düster, gewiss voll der unerhörtesten erschütterungen sein wird, in der aber auch zum lezten male vielleicht die tiefen sich offenbaren wollen."[20] Wolfskehl benutzte hier erstmals den Begriff des ‚geheimen Deutschland' zur Kennzeichnung des George-Kreises. Der Name wurde zu einem Programm und erhielt durch Georges gleichnamiges Gedicht, das später im *Neuen Reich* erschien, sein Siegel. Bemerkenswert ist die Verschiebung von der Sphäre der Ästhetik auf die der Politik oder sagen wir zunächst: der Nation. Den Ansatz zu diesem Transfer bildete bereits der früher zitierte Merkspruch der *Blätter*: „Dass der Deutsche endlich einmal eine geste: die deutsche geste bekomme – das ist ihm wichtiger als zehn eroberte provinzen." Wolfskehl griff diesen Gedanken auf und äußerte die Erwartung, dass die Deutschen sich im Gegensatz zu allen übrigen Völkern Europas noch erfüllen könnten. In einer dialektischen Volte schreibt er: „wir Deutsche sind von gestern, denn darum werden wir von morgen sein."[21] So leitet Wolfskehl aus der kulturkritischen Diagnose eine utopische Prognose ab. Die Gewähr für die Verwirklichung dieses Umschlags, der bloß rhetorisch behauptet wird, bietet für Wolfskehl das Werk und Wirken Georges. Diese geschichtsphilosophische These von der deutschen ‚Sendung' wird dann eine wesentliche Rolle bei der Interpretation des Ersten Weltkriegs spielen.

Friedrich Gundolf kontrastiert in seinem Aufsatz *Das Bild Georges* die Monographie von Ludwig Klages, die *Rede auf Hofmannsthal* von Rudolf Borchardt und *Herrschaft und Dienst* von Wolters. Das positive Beispiel gibt nun *Herrschaft und Dienst* ab, weil diese Schrift „nicht rede über etwas [ist], [...] [sondern] dies rede-gewordne Etwas selbst, aber nicht mehr in sich ruhend als seiendes, sondern eingegangen in ein erlebnis."[22] Gundolf betrachtet Wolters' Werk als „einen neuen typus der geistigen betrachtung,"[23] in der sich das Erlebnis der Dichtung leibhaft gestaltet. „Der gegenstand selbst ist nicht als gegebnes beschrieben, sondern er *wird* vor uns." Als Gattungsbegriff für diese spezifische Form der Betrachtung führt Gundolf die Bezeichnung ‚Mythus' ein. „Hier waltet ein ähnliches verhältnis wie das des lyrikers zu seinem erlebnis: man würde das buch eine dichtung über George nennen können, wenn seine mittel nicht gedanklich wären, und man würde es den mystischen schriften einreihen, wenn es sich nicht um eine bestimmte *gestalt* handelte. [...] auf der obersten stufe dieser seh- und formungsart steht der mythus."[24] Entsprechend mündet auch Gundolfs Aufsatz in einen verkündenden mythischen Ton. „Das bekenntnis zu George ist nicht das bekenntnis zu einer person: er hat keine eitelkeit und sucht keinen ruhm, geschweige erfolg, aber freilich die macht, mensch und erde nach dem bilde seines gottes zu formen. Diese macht übt er aus, indem er den sprachleib des kommenden gottes schafft und die seelen bildet für den kommenden glauben."[25]

Anfang Juni 1910, drei Monate nach Erscheinen des *Jahrbuchs*, verbrachte Georges alter Freund Albert Verwey einige Tage bei ihm in Bingen. Verwey hatte bereits die Zunahme des Reflexiven und die Überschreitung des rein Dichterischen im *Siebenten Ring* in einer Rezension in der *Beweging* kritisiert, nun sah er George in einen Propheten mit Herrscherambitionen verwandelt. George warf ihm vor, keine Vorstellung von der ‚Idee des Königtums' zu haben und die kommende Zeitenwende nicht zu spüren. Verwey widersprach Georges Deutung der eigenen Mission, nahm aber die elementare ‚Kraft seines Glaubens' auf eindrucksvolle Weise wahr: „George lebte zu diesem Zeitpunkt in einer magischen und prophetischen Propaganda, die er weit über das Werk stellte. Er sprach viel und leidenschaftlich über seine Wirksamkeit in dieser Beziehung, über seine Bedeutung, seine Macht, seine Erfahrungen. [...] Es gab während dieses Sprechens Augenblicke, wo die Landschaft, der Berg mit den Türmen von Bingen drüben, mir verändert vorkam, – als ob ich auf dieser Höhe nicht mit einem Menschen, sondern mit einem Engel wandelte. [...] Ich konnte mir lebhaft vorstellen welchen Einfluss, besonders auf deutsche Jüngere, eine Person wie die seine haben musste [...] wie verlockend es für ihn selbst sein musste diesen Einfluss auszuüben. ‚Was ich am liebsten tue, ist drillen,' sagte er mit Nachdruck." (AV 62 f.) Wie sehr Verwey damit ins Schwarze traf, dokumentiert etwa ein Brief, den Friedrich Wolters ein halbes Jahr später an Melchior Lechter richtete. In diesem Brief fasste Wolters die aktuelle Stimmung der Jünger um George in Berlin zusammen: „wir kommen oft und regelmässig zum lesen zusammen und es beginnt alle ein festeres gefühl der einheit zu durchdringen als es je bisher war, das ersehnte des reiches beginnt nicht wie bisher nur im werke, sondern auch im gefühl einigen neuen lebens ins Erfüllte zu rücken und mit neuen forderungen, die die gemeinschaft erweckt, bildet sich auch ein neues glück aus, das aus dem selbst-opfer der einzelnen an das Ganze seine nahrung nimmt." (RB 137) Wolters referierte hier ziemlich präzise das, was er in seinem Aufsatz *Richtlinien* kurz zuvor in seinem *Jahrbuch*-Beitrag als Ziel ausgegeben hatte, als in die Wirklichkeit eingetretene Erfahrung einer von ihrer Auserwähltheit überzeugten Gemeinschaft.

Wolters zog in dem das erste *Jahrbuch* beschließenden Aufsatz *Richtlinien* die Summe aus den vorangegangenen Aufsätzen und stellte noch einmal die zentralen Begriffe gegenüber. Er sah in der Erziehung die vornehmste Aufgabe der schaffenden Kraft. Sie soll „mit den mitteln der einenden liebe unaufhörlich vom kerne aus leben zum umkreis führen, das bedeutet für den besonderen fall: vor jedem forschen und selbst *für* jedes forschen muss in jedem menschen die sinnlich-geistige harmonie gebildet werden, die sein leben trägt; es gibt von hier aus gesehen überhaupt keine ‚Wissenschaftliche Bildung', sondern nur eine – im tiefsten ernste – *schöne* bildung."[26] Für jede Erziehung muss also die Entfaltung der eigenen Form Vorrang haben vor der Unterwerfung unter ein fremdes Gesetz. Die schaffende, bildende Kraft wirkt gewissermaßen sphärisch aus einem Kern heraus und stellt eine sphärische Harmonie her. Die räumliche Metapher, die Wolters hier benutzt, verweist zurück auf eine zentrale Stelle in Gundolfs Aufsatz *Das Bild Georges*, wo er sich über die ideale ästhetische Figur äußert. Nicht zufällig nimmt Gundolfs Gedanke seinen Ausgang von dem „bildner George", für den Subjekt und Objekt keine getrennten Sphären seien, sondern „Ein ganzes. [...] Die oberste stufe ist da wo grösste bewegung und völligste bändigung eins sind. Der grenzenloseste schauer strebt zur strengsten form, darin er sich banne und erlöse. Dafür ist der *kreis* das symbol: das unendliche fliessen in dem unentrinnbaren ring geschlossen."[27] Man dürfte nicht fehlgehen, wenn man diese symbolische Ausdeutung des Kreises nicht nur als Aufstellung eines ästhetischen Ideals versteht, sondern zugleich auch als Selbstauslegung des George-Kreises. Er resultiert aus einem Akt schöner Bildung, der in einer sich selbst verwirklichenden schöpferischen Tat um sein Zentrum einen ästhetisch vollkommenen und harmonischen Kreis erschafft. Nimmt man noch hinzu, dass dieser Kreis sich zugleich als esoterisch versteht, so erkennt man, dass dieses ‚geheime Deutschland' das Modell eines ‚schönen Staates' ist.

Wenn Wolters weiter ausführt, dass das Esoterische einer Gruppe von Menschen sich „durch eine summe gleicher erlebnisse der schauenden gewalt" manifestiere und an eine gemeinsame „vorstellung vom inneren schauen und seiner verkündigung"[28] gebunden sei, so bekundet sich darin noch einmal der besondere Stellenwert der ‚Schau'. Es ist daher nur schlüssig, wenn Wolters am Ende seiner *Richtlinien* noch einmal das produktive Element der Schau betont und sie in der Schaffung einer neuen ‚Weltanschauung' aufgehen lässt: „weltanschauung bedeutet nicht, die resultate, begriffe, programme, wünsche und ziele ordnen, sondern zunächst eine welt *schauen d. h. schaffen.*"[29]

Am Anfang des zweiten *Jahrbuchs* steht die Zitatcollage ‚*Weltanschauung des Jahrbuchs*'. Ihre Wendung gegen die Verameisung der Gesellschaft und den damit verbundenen Verlust an persönlicher Bindung dient als ein roter Faden. Die Herrschaft der Instrumente über den Menschen gipfelt für Gundolf in seinem Aufsatz über *Wesen und Beziehung* in der kapitalistischen Geldwirtschaft, die er als „die abstrakte geltung an sich" bezeichnet.[30] Gegen die Versachlichung aller menschlichen Beziehungen wird der Mensch als Maß und Mitte der Welt im Rückgriff auf die Antike in Erinnerung gerufen. Der zentrale positive Gegenbegriff heißt ‚Gestalt'. *Gestalt* ist auch der das zweite *Jahrbuch* programmatisch abschließende Beitrag von Wolters überschrieben. Er ist in demselben hymnischen, verkündenden und heute schwer erträglichen Stil geschrieben wie *Herrschaft und Dienst.* Wolters wird deshalb der ‚persönlichen freiheit' im letzten Kapitel als positives Gegenmodell den ‚persönlichen zwang' entgegenstellen. Zunächst skizziert er aber im zentralen Kapitel ‚Das Wesen der Gestalt'.

Gestalt ist für Wolters eine „urseinsform",[31] die er definiert als „eine in sich ruhende einheit lebendiger bewegungen."[32] Die Gestaltbildung geht von einem schöpferischen Kern, einer Mitte aus, sie ist sozusagen das Sichtbarwerden der schaffenden Kraft, durch die hindurch das Göttliche selbst wirkt. Wegen dieser göttlichen Herkunft hat die Gestalt die Qualität der Schönheit. Wenn Wolters hier das Schöne als „ein begrenztes und ein unendliches zugleich" bezeichnet,[33] so wird damit wiederum die ästhetische Dimension des Kreises berufen. Der Kreis ist das Symbol der vollkommenen Gestalt, und die Gestalt ist die in Erscheinung getretene Schöpfung vollkommener Schönheit. Wolters verfällt bei der Explikation dieser Zusammenhänge in einen geradezu ekstatischen Ton. Für ihn ist das Schöne „ein kern der kerne der alle ungebornen einheiten in unerfindlichen keimen trägt, plötzlich und lautlos ein niegeahntes lebendiges in die zufälle stösst und durch das harte und fremde als ein aufgefalteter, von neuen farben, neuen zaubern überquellender sternkelch schimmernd und duftend im staunenden garten des seins erblüht."[34] Man ist versucht angesichts solcher Formulierungen, die sich seitenlang hinziehen, von einem delirierenden Tonfall zu sprechen. Dennoch liegt eine strenge Systematik zugrunde. Das tritt im dritten Kapitel des *Gestalt*-Aufsatzes hervor, wo es um die Rezeptionsvoraussetzungen für die schöne Gestalt geht. Wolters unterscheidet die drei Stufen des persönlichen Zwangs, der reinen Scham und des geistigen Willens. Wer diese Stufen der inneren Bereitung durchlaufen hat, wird der Schau der schönen Gestalt und damit dem gleichen Sein wie sie teilhaftig. Er ist sozusagen angeschlossen an den Schöpfungskreis des Göttlichen und gewinnt selbst die Qualität der Gestalt. Wolters gibt dem Gestalt-Begriff am Schluss eine utopische und vom Bereich des Ethischen und Ästhetischen aufs Politische übergreifende Wendung. Er schreibt: „Gestalt als schöpferische kraft bildet [...] *das neue reich*, anfang und mitte einer jugendlichen welt [...] die ihre samenfunken von sich sprüht und als tau wieder in sich trinkt: eine einzige sonnenblume des alls."[35] Wolters bringt hier erstmals den utopischen Begriff des neuen Reichs ins Spiel, der dann 1928 von George als Titel für seinen letzten Gedichtband verwendet wird.

Bevor ich zum dritten *Jahrbuch* übergehe, ist es nötig, noch eine Parallelaktion einzuschalten. Im Frühjahr 1911 habilitierte sich Gundolf in Heidelberg mit der Studie *Shakespeare und der deutsche Geist*. Als er im Herbst 1910 das Manuskript abgeschlossen hatte, schrieb er George einen begeisterten Brief, in dem er ihm die geistige Vaterschaft dieses Werks zuspricht. Diese intellektuelle Patronage wie auch Gundolfs gewissermaßen strategische Situierung seines Buchs sind kennzeichnend für alle folgenden Gestaltbücher. Gundolf schrieb am 12. Oktober an George über sein Shakespeare-Werk:

> nun es fertig vor mir liegt, sehe ich dass ich es als ein Besessener geschrieben habe und dass es das Produkt einer höheren Nötigung und eines über mein bisschen Wissen und Können weit hinausreichenden Willens ist: es ist das lebendige und allumfassende, obwohl streng an Maass, Thema, Grenzen gebundne, streng komponierte Kompendium der Geistigen Bewegung geworden, wie

> deine Bücher deren Bibel sind. Keine Stelle darin ist tot, blosses Wissen, blosses Können – in allem der grosse Lebensatem den Du uns allen eingeblasen hast. Und ich weiss jetzt, dass ich zu diesem Buch in die Welt gekommen bin, [...] dass ich dies Buch habe schreiben können, ist mir ein neuer Beweis, dass es heilige Ehen gibt und dass aus ihnen Kinder entspriessen die göttlicher Herkunft sind, [...] ich weiss auch dass ich in den zwei Monaten einen neuen Sinn bekommen habe und dem «Staat» einen der grössten Dienste geleistet habe, der ihm geleistet werden konnte. (G/G 206f.)

Gundolfs Habilitationsschrift berührt sich vielfach mit seinem Aufsatz *Vorbilder* aus dem dritten *Jahrbuch*. Er ist wegen der darin vertretenen Auffassung von Geschichte interessant. Geschichte ist für ihn das Aktionsfeld einzelner Täter, sie folgt keinem objektiven Entwicklungsgesetz, sondern ist Gestaltwerdung des schöpferischen Willens großer Menschen, genauer: großer Männer. „Der grosse mensch ist die höchste form unter der wir das göttliche erleben: [...] Nichts andres ist die geschichte: die wechselwirkung der schöpferischen und der empfänglichen menschen."[36] Gundolf überträgt hier die Ausführungen von Wolters über die ästhetische Gestalt, in der sich vermittels der schaffenden Kraft das Göttliche manifestiert und den Aufnehmenden an der göttlichen Qualität teilhaben lässt, auf das Gebiet der Geschichte. Der ‚große Mensch' wird vorgestellt als schöpferischer Gestalter, letztlich als Künstler. Es ist daher nur konsequent, wenn Gundolf zu seiner Beschreibung auf den Terminus zurückgreift, den er selbst in einem ästhetischen Kontext eingeführt hat: dem des ‚mythus'. Gundolf schließt seinen Aufsatz mit der Gegenüberstellung des Gesamtmenschlichen und des Allgemeinmenschlichen: „Das gesamtmenschliche ist die verkörperung des unsterblichen lebens in der konkreten zeit, die immer neue leibwerdung göttlicher kraft, untrennbar von der geschichte .. das allgemeinmenschliche ist eine abstraktion [...]: sie beruht auf der grundsätzlichen trennung von leib und geist, ewigem und zeitlichem."[37] Auf dieser Gegenüberstellung basiert der Aufsatz *Mensch und Gattung* von Friedrich Wolters, der das dritte *Jahrbuch* beschließt.

Eines seiner Axiome lautet: „Nicht die allgemeine gleichheit sondern *der natürliche unterschied* soll wieder zum menschenrechte werden."[38] Brisant wird dieser Gedanke, wenn Wolters ihn auf das Verhältnis von Staaten untereinander überträgt. „Im staate [...] muss es herrschende männer [...], auf erden muss es herrschende völker [...] geben. Staaten und völker, die keine herrschenden, schaffenden männer mehr erzeugen, sind sterbende gebilde und ein lebenskräftiger nachbar tut recht, die entarteten aufzulösen und seine reste zu knechten."[39] Hier wird einer imperialistischen Politik die sozialdarwinistische Lizenz erteilt. Man wird sagen müssen, dass in dem Moment, da Wolters die Schwelle zur Politik überschreitet, die Abstraktheit seiner Sprache sich fatal auswirkt. Die schlechte Unendlichkeit der geistesgeschichtlichen Terminologie liefert sich hier an ihre latente ideologische Instrumentalisierbarkeit aus. Wo Wolters konkreter wird, da tritt die eigene ideologische Position deutlich hervor. Das ist etwa bei der Bestimmung der Rolle der Frau der Fall. Wolters beklagt, dass die Erziehung der Knaben „bis zum zwanzigsten jahre, oft noch länger ausschliesslich in den händen der frau [liegt], was der humanen menschheit sehr zustatten kommt, aber dem manne die wichtigsten fruchtbarsten jahre des einflusses auf den knaben nimmt."[40] Der Aufsatz von Wolters wechselt an dieser Stelle den sprachlichen Gestus. Wolters verlässt das rhetorische Terrain der Schriftsprache und geht zu einer oratorischen Sprechhaltung über. Die letzten Seiten seines Textes sind im eigentlichen Sinne Rede, ja geradezu Anrufung. Sie beginnen mit den Worten: „An euch also, knaben und jünglinge, ergeht unser ruf, soweit in euch noch die reinen feuer des lebens brennen."[41] Die Absicht der Rede zielt auf die Etablierung einer männlichen Gemeinschaft und richtet sich gegen die weibliche Verweichlichung, die Wolters als „untergang der männlichen welt" interpretiert.[42] Wolters' oratorische Geste reißt ihn zu einer fanatischen Verpflichtung der Angerufenen auf den ‚grossen Mann' hin. „Der gesunde mensch wendet sein auge ab vom leid und hält sich kampftüchtig für seinen feind. Mag man das unmenschlich nennen, wir nennen diesen heutigen lebenszustand unmenschlich und unwürdig des mannes. Misstraut diesen »opfern für die gattung«, knaben, die euern leib verderben, die eure glut so bald ernüchtern [...]. Nur dem lebendigen gebührt euer opfer, dem manne, der männlichen gemeinschaft."[43]

Die zuletzt berührte Hingabe, die bis zum Selbstopfer reicht, findet sich in der *Einleitung der Herausgeber* zwar nicht explizit unter der Überschrift ‚Freundschaft', aber hier wird unter Hinweis auf die Beziehungen zwischen Don Carlos und Marquis Posa bei Schiller und Ferdinand und Egmont bei Goethe das Ideal eines ‚leidenschaftlichen enthusiasmus' aufgestellt. Das Entscheidende an diesen Beziehungen ist der Eros, wobei die Autoren der *Einleitung*, um keine Missverständnisse aufkommen zu lassen, sich von „jenen keineswegs erfreulichen leuten die um die aufhebung gewisser strafbestimmungen wimmern",[44] deutlich distanzierten. Sie erblicken in den genannten Männerfreundschaften „ein wesentlich bildendes der ganzen deutschen kultur [...]. Ohne diesen Eros halten wir jede erziehung für blosses geschäft oder geschwätz und damit jeden weg zu höherer kultur für versperrt."[45]

Leitsterne: Platon, Hölderlin, Dante

Es ist signifikant, dass diese Betonung des Eros in der Einleitung zum dritten *Jahrbuch* in Zusammenhang mit der gleichzeitig entstehenden Übersetzung von Platons *Gastmahl* durch Kurt Hildebrandt steht. Im Berliner Kreis wurde sie während der Endredaktion des *Jahrbuchs* gelesen und diskutiert. Hildebrandt begreift diese Schrift in seiner Einleitung als einen Mythos, weil in ihr „die momentane Wirklichkeit in die Sphäre einer ewigen Wirklichkeit emporgehoben" sei.[46] Platons *Gastmahl* will daher „nicht begrifflich analysiert, es will gefeiert sein."[47] Der Mythos, an dem dieser Text arbeitet, ist das sinnlich-übersinnliche Erlebnis des Eros. Hier sieht Hildebrandt die Verknüpfung Platons mit George. „Im menschlichen Leibe erschaut Plato die überirdische Schönheit wieder, sie will er wieder anbeten wie einen Gott. Die Idee der übergeschlechtlichen Liebe ist gereift, der Grundton angeschlagen zu den großen Liebes-Gesängen des Dante, Shakespeare, George."[48] Das auf den Eros gegründete Verhältnis zwischen Sokrates und seinen Jüngern gemahne an dasjenige zwischen George und dem Kreis.[49] Hier knüpfte Heinrich Friedemann mit seiner 1914 erschienenen Schrift *Platon: Seine Gestalt* unmittelbar an, indem er die geradezu kultische Verehrung der großen Persönlichkeit Platon zum verpflichtenden Bestandteil der von ihm erweckten Gemeinschaft machte.

In Friedemanns emphatischer Diktion klingt das so: „Kultus der persönlichkeit um ihrer selbst willen ist ohne gefahr, wo die peinliche wahl nur die kraftverströmende mitte verdichten und vereinheitlichen will, die gefeierte person den selbstopfernden sinn der mitte für den kreis bewahrt."[50] Dieser gemeinschaftliche Kreis fungierte als Modell für den Staat in Platons *Politeia.* Bei seiner Beschreibung griff Friedemann auf die Kategorien zurück, die Wolters 1909 aus Georges dichterischem Werk extrahiert hatte. Für Friedemann stand fest, „dass nur die spannung von herrschaft und dienst den geistigen leib des reiches zu bilden vermag."[51] Das Staatsgebilde kann so letztlich „selber das kunstwerk darstell[en]."[52] Die ästhetische Perspektive, unter der die Bildung des Reichs gesehen wird, kommt auch darin zum Ausdruck, dass Friedemann „in der kreisbewegung das symbol der Sokratisch-Platonischen sendung" erblickt.[53] Damit wird das zentrale Symbol, das die ästhetische und soziale Idealform kennzeichnet, schon von Leben und Werk Platons hergeleitet.

Friedemann war 1888 im thüringischen Nordhausen geboren worden. Ab 1907 studierte er Philologie, Philosophie und Geschichte in Genf, Gießen, Marburg, Berlin und Erlangen. Da seine Eltern früh verstorben waren, musste er sein Studium selbst finanzieren. Nach der Promotion 1911 eröffnete er eine Nachhilfeschule in Neuwied, dann legte er mit seiner Platon-Schrift das Staatsexamen ab und wurde 1912 Lektor an der Universität in Dijon. Im Herbst 1911 hatte er sich nach der Lektüre der *Jahrbücher* und der Dichtungen Georges an Gundolf und Wolfskehl gewandt, weil er diese als Eintritt „in das höhere Reich der neuen geistigen Herrschaft" empfand."[54] Wenige Tage nach dem ersten Treffen mit Gundolf in Heidelberg schrieb er: „eine grosse Fülle ist von Ihnen in mich eingegangen, und das Auge muss sich erst gewöhnen, so weit zu schauen. [...] Alle meine Sinne sind beherrscht von dem einen Gedanken, dass ich Stephan George sehen werde: ich kann nichts andres tun, als mich reinigen und bereiten auf diese Stunde."[55] Zu einer Begegnung mit George ist es spätestens im Herbst 1912 auch gekommen. Friedemann machte sich dann an die Umarbeitung seiner Staatsarbeit über Platons Kunstauffassung zu einer Monographie über die Einheit von Platons Leben und Werk. George war von der Lektüre des Manuskripts begeistert. Er erzählte Vallentin, er habe es des Abends erhalten und „bis vier Uhr früh" (BV 94) ohne Unterbrechung darin gelesen, was in der Tat eine hohe Auszeichnung darstellte, da George vergleichsweise früh zu Bett zu gehen pflegte. Kurt Hildebrandt überliefert, George habe gesagt, er habe das Manuskript „mit größerer Spannung gelesen als einen Sherlock-Holmes-Roman" (KH 101), und hinzugefügt: „Ich weiß nicht, wo er es her hat – aber in diesem Buch ist etwas Göttliches." (KH 101) Dieses Göttliche mochte George in Friedemanns Beschreibung der Verwandlung von Sokrates durch Platons Eros-Idee erkannt haben. Am Beginn des Kapitels ‚Der mythische Führer' schreibt Friedemann: „so ist Platons idee, wenn es nochmals gesagt werden darf, der mit dem eros umfeierte gegenstand dieser religion, die im maasse des edlen menschen, des inhabers göttlicher mitte, die offenbarung des göttlichen besitzt. Denn dies setzen wir als notwendig an: die tatsache Sokrates, sein wandel und sein tod, sind die menschliche quelle aus welcher der ideenkult kraft glauben und kühnheit gewinnt, ohne das gottbild Sokrates wäre Platon nicht zum gründer eines kultes, wäre er ein weiser aber nicht ein gottkünder geworden."[56] Mit dieser Interpretation von Platons Eros-Verständnis griff Friedemann unausgesprochen Georges poetisch-mythische Transfiguration Kronbergers zu Maximin auf und ließ damit Platon selbst als Vorgänger Georges erscheinen. Den etwas steilen Stil des Buchs, den etwa Walter Wenghöfer für ‚über-Woltert' (vgl. RB 135) hielt, verteidigte George mit Friedemanns jugendlicher Ergriffenheit vom Gegenstand. Er veranlasste sofort die Drucklegung und zeichnete Friedemanns Gundolf gewidmete Schrift mit dem Verlagssignet der Blätter für die Kunst aus, das sonst nur seine eigenen dichterischen

Werke trugen. Das Buch erreichte Friedemann noch im Feld. Im September 1914 hatte er sich nach seiner Einberufung in Spremberg von George verabschiedet, wo dieser gerade bei Vallentin zu Gast war. Der Abschied soll von Todesahnung umschattet gewesen sein. Friedemann fiel als erster aus dem George-Kreis im Februar 1915 in den Masuren. George widmete ihm im *Neuen Reich* den ersten der *Sprüche an die Toten* mit den Zeilen: „Leicht wie ein kind ein vogel · froh im wahne / Im aug schon die bestimmung gingst du fort ..“ (SW IX, 91)

Der zweite Tote, den George aus seinem engeren Kreis zu beklagen hatte, war Norbert von Hellingrath. Er fiel am 14. Dezember 1916 bei Verdun durch einen Granatentreffer. Wenn Friedemanns Bedeutung darin lag, das Platon-Verständnis im George-Kreis auf ein neues Niveau gebracht zu haben, so kann man von Hellingrath Gleiches in Bezug auf Hölderlin behaupten.

Norbert von Hellingrath war 1888 in München als Sohn eines hohen Offiziers in Königlich-Bayerischen Diensten zur Welt gekommen. Nach dem Abitur am Theresiengymnasium nahm er zum Wintersemester 1906/07 das Studium der Altphilologie und Germanistik in München auf, hörte aber auch mit großem Interesse die Vorlesungen des Lebensphilosophen Max Scheler. Schon in seinem zweiten Semester hielt er im Juni 1907 ein Referat über Georges Verlaine-Übertragungen. Neben seinem Studium bildete sich Hellingrath an dem von Ludwig Klages 1905 gegründeten ‚Psychodiagnostischen Seminar‘ in Graphologie aus. Durch seine Tante Elsa Bruckmann, die Frau des Verlegers Hugo Bruckmann, kam Hellingrath am 8. Februar 1908 in persönlichen Kontakt mit Karl Wolfskehl. Die beiden freundeten sich rasch an, da – wie Wolfskehl später an Verwey schrieb – „eine gemeinsame Ironie, ein gemeinsames Pathos und dann die unaussprechliche Affinität des Wesens“ (W/V 148) sie zueinander führte. Hellingrath, der bereits als Schüler Dramen und Gedichte geschrieben hatte, überließ Wolfskehl einige Textproben, die diesem so gefielen, dass er im Juni George ein dramatisches Stück zusandte, das ihm „der ersten Feuerprobe wert“ (G/KHW 627) schien. Zu einer literarischen Publikation in den *Blättern* kam es allerdings nicht, aber dafür brachte Hellingrath Textfunde von Hölderlin bei, die im George-Kreis und darüberhinaus Epoche machten.

Ende Oktober 1909 entdeckte er in der Königlichen Landesbibliothek in Stuttgart Hölderlins bis dahin unbekannte Übertragungen von Hymnen Pindars und eigene späte Gedichthandschriften. Seine Abschriften zeigte er nach der Rückkehr nach München Wolfskehl, der sofort von der Bedeutung dieses Funds überzeugt war. Seine Frau Hanna schrieb einen Brief an Gundolf nach Berlin, wo sich auch George aufhielt. Darin heißt es in enthusiastischen Worten und mit einem immer noch nachklingenden ‚kosmischen' Echo: „Der Norbert von Hellingrath [...] hat in den Hölderlinschätzen Stuttgarts die er bearbeitet die lange gesuchten noch völlig unbekannten Pindarübersetzungen entdeckt. Ein ungeheures Ereignis! Sie stammen aus Hölderlins lezter, hellster mächtigster Zeit, der Zeit von Patmos bis zur Antigone. Karl kennt 2 Stücke, sie sind göttlichste Worte. Noch ist die Sache ein grosses Geheimnis das der Knabe N Niemandem als Karl aufgedeckt hat bis jezt und auf Karls Vorhalten hüten will! [...] Nun meint Karl es wäre gut wenn dies ‚Enorme' der uralt-neuen Zeiten an keiner andern Stelle zuerst sich wieder zeige als innerhalb des Ortes: Wenn sie zuerst als Sonderdruck der Blätter herausträten. Damit wäre alles für die Ewigkeit gethan manches auch für die Zeit." (KHW/FG II, 82) Gundolf meldete sofort am nächsten Tag das Einverständnis Georges mit seinem ‚Editionsplan' und die große Freude, die die Mitteilung ausgelöst habe. Wolfskehls schickten daraufhin im Verlauf der folgenden Woche mehrere Sendungen mit Hellingraths Abschriften der Pindarübertragungen. Da George offenbar Klärungsbedarf hinsichtlich der philologisch richtigen Lesung der Texte hatte, kam er Ende November extra für eine Woche nach München, um mit Wolfskehl und Hellingrath gemeinsam die Hölderlin-Texte durchzusehen. Es wurde entschieden, sie sofort in einer größeren Auswahl in den *Blättern für die Kunst* zu präsentieren. Das geschah Anfang Februar 1910 in einer äußerst prominenten Form, denn Hölderlins Pindarübertragungen folgten unmittelbar auf die einleitenden Merksprüche noch vor den neuen Gedichten Georges, eine einmalige Textanordnung, die den Stellenwert dieser Entdeckung markieren sollte.

Die *Blätter* boten zwei Olympische und fünf Pythische Oden auf 25 Seiten. Die Vorbemerkung räumte zwar ein, dass die Übertragungen neben dem ‚Tönenden' auch Stellen enthielten, „wo die saite zerrissen scheint" (BfdK IX, 8),[57] betont aber, sie vermittelten „zum erstenmal das uns wertvollste: den besonderen Pindarischen schauer" und besäßen „doch fast etwas heiliges gegenüber den neuzeitlichen verflachungen." Als im Herbst 1910 Georges ehemaliger Schulkamerad Otto Peil ihn in Bingen besuchte, erzählte George ihm, dass überhaupt erst dieser Fund von Hellingrath eine neue Folge der *Blätter* sinnvoll gemacht habe. Peil schrieb nach dem Besuch: „Es kam auch die Rede auf den neuen Blätter-Band (Neunte Folge 1910). Als der letzte (die achte Folge 1909) erschienen sei, hätte ihn Carl August gefragt, ob und wann ein neuer erscheinen solle. Seine – Georges – Antwort war: Nicht eher, als die Götter vom Himmel selbst uns zu einem Beitrag verhelfen. Das sei nun geschehen. Einer der Freunde hätte nämlich die bisher verschollenen Pindarhymnen von Hölderlin entdeckt. Und die kamen nun in den Blättern zum

Abdruck. Er las mir eine vor und bemerkte dazu, das sei ja alles so wundervoll, nur hier und da schwer und unverständlich, wenn die Saite zerriss." (RB 138f.) Im November 1910 erschien im Verlag der Blätter für die Kunst dann die vollständige Ausgabe von *Hoelderlins Pindar-Übertragungen* unter der Herausgeberschaft von Hellingrath. Wolfskehls und Georges Wunsch gemäß hob Hellingrath in seiner kurzen Vorbemerkung hervor, dass diese Publikation vor allem an Dichter gerichtet sei, weil sich hier „die art der sprachbewegung · das eigene rollen und strömen der worte"[58] besonders gut beobachten lasse.

Im Monat zuvor konnten George und Wolfskehl mit einem noch sensationelleren Hölderlin-Fund Hellingraths auftrumpfen. Da war nämlich eine Neuausgabe der Anthologie *Das Jahrhundert Goethes* erschienen, die nun Hölderlins große Hymne *Wie wenn am Feiertage* enthielt. George nannte sie „den vielleicht wichtigsten Fund der neueren Literaturgeschichte" (EM I, 396) und ‚Jahrhundert-Hymne'. Rückblickend kann man ihm in diesem Urteil nur zustimmen, denn von dieser Wiederentdeckung ging die bis heute anhaltende Beschäftigung mit Hölderlins Spätwerk aus. Hellingrath war zur Zeit des Erscheinens der *Blätter* gerade als Lektor nach Paris gegangen, wo er auch Vorlesungen von Bergson besuchte. Dort traf er auch Rilke wieder, den er aus dem Salon Bruckmann kannte und der ebenfalls an seinen Hölderlin-Entdeckungen regen Anteil nahm. Als Hellingrath das *Jahrhundert Goethes* in Paris erhielt, schrieb er Gundolf, er wolle es an der Sorbonne als neue kanonische Textsammlung zur deutschen Lyrik verankern, weil man dort immer noch bei Ludwig Uhland stehe. In der Pariser Zeit schrieb Hellingrath an einer editionsphilologischen Dissertation über die von ihm gefundenen Übersetzungen. Im Juli schickte er sie an Gundolf, der sie in einem Brief an George als „manchmal wohl etwas zäh und schrullig, aber im ganzen höchst erfreulich" (G/G 227) bezeichnete. Die Doktorarbeit erschien noch 1911 unter dem Titel *Pindarübertragungen von Hölderlin. Prolegomena zu einer Erstausgabe.* Im Anschluss daran wurde er mit der Herausgeberschaft einer historisch-kritischen Hölderlin-Ausgabe betraut, von der er noch drei Bände vor seinem Tod selbst edieren konnte.

Gundolf hatte sich in dieser Zeit selber eingehend mit Hölderlins Dichtung beschäftigt. Er wählte als Gegenstand seiner Heidelberger Antrittsvorlesung am 26. April 1911 das Thema ‚Hölderlins *Archipelagus*'. Im Publikum saß außer Stefan George auch Max Weber, den Gundolf im Dezember des Vorjahrs kennengelernt hatte. Gundolf ließ seine Interpretation der dreiteiligen Hymne in eine Apotheose des Dichteramts münden. Der Dichter sei, so Gundolf, der Träger des Wissens vom Göttlichen, in einer noch gottfernen

Gegenwart. „Das Göttliche aber, einmal offenbart, verpflichtet den der es geschaut und bestimmt seine Forderungen an alles was ihm begegnet. Seher sein ist ein strenger Beruf. Dies Wissen ist die Mitte von Hölderlins Leben und Gedicht."[59] Mit dieser Deutung des Dichters bei Hölderlin sprach Gundolf zugleich das dichterische Selbstverständnis Georges aus, der fortan Hölderlin eine exklusive literaturgeschichtliche Stellung als traditionsstiftende vorbildliche Gestalt zuschrieb. Ganz auf der Linie dieser Interpretation lag Georges eigene *Lobrede auf Hölderlin*, die vermutlich 1914 entstanden ist und erstmals 1919 in der letzten Folge der *Blätter* erschien. Gleich der erste Satz der *Lobrede* spricht mit proklamatorischer Geste die leitende Perspektive aus, unter die Hölderlin von George gestellt wird. Hölderlin erscheint als „der grosse Seher für sein volk" (SW XVII, 59), dessen Werk wie ein ‚sibyllinisches Buch' „eine unbekannte welt des geheimnisses und der verkündung" offenbart. Er vereint so die heimatliche Qualität von Jean Paul mit der kunstpriesterlichen von Mallarmé, wobei die Pointe in der paradoxen Gleichzeitigkeit von Verkündung und Geheimnis liegt. George nimmt im weiteren Verlauf der *Lobrede* eine ideengeschichtliche Situierung von Hölderlin vor. Er sieht dessen Einzigartigkeit darin, dass Hölderlin zur Zeit der Weimarer Klassik einen Paradigmawechsel in der Antike-Rezeption vollzogen habe. Die Klassik hatte, so George, in ihrem notwendigen Kampf gegen das ‚triebhafte Gestürme' ein Bild der Antike im Zeichen Apollos errichtet, die Kultur also „zur hellenischen klarheit" geführt. Hier nimmt Hölderlin nun eine wesentliche Erweiterung des Blicks vor: „Dionysos und Orpheus waren noch verschüttet und Er allein war der entdecker." Diese Entdeckung, so Georges Gedankengang weiter, erlaubte es Hölderlin, zu dem Quell der Sprache hinabzutauchen und von dort „das lebengebende wort" mitzubringen. Anschlussfähig ist Hölderlin für George besonders dort, wo seine Aufbrechung der Sprache in die Zusammenballung zu gnomischen Verdichtungen umschlägt. Seine Funktion als „verjünger der sprache" (SW XVII, 60) und „verjünger der seele" macht Hölderlin in Georges Augen zum prophetischen Dichter. Die *Lobrede* endet selbst in diesem Duktus, wenn George behauptet, Hölderlin sei „mit seinen eindeutig unzerlegbaren wahrsagungen der eckstein der nächsten deutschen zukunft und der rufer des Neuen Gottes."

Mit dem Tenor dieser Lobrede korrespondiert das Hölderlin gewidmete Gedicht im *Stern des Bundes*, wobei man mit einigem Recht sagen könnte, dass der ganze *Stern des Bundes* Hölderlin gewidmet ist. Die identifizierbare namentliche Bezugnahme auf Hölderlin geschieht dabei auf eine raffinierte Weise. Sie verbirgt sich im folgenden Gedicht:

Hier schliesst das tor: schickt unbereite fort.
Tödlich kann lehre sein dem der nicht fasset.
Bild ton und reigen halten sie behütet
Mund nur an mund geht sie als weisung weiter
Von deren fülle keins heut reden darf ..
Beim ersten schwur erfuhrt ihr wo man schweige
Ja deutlichsten verheisser wort für wort
Der welt die ihr geschaut und schauen werdet
Den hehren Ahnen soll noch scheu nicht nennen.
(SW VIII, 100)

Wer der im letzten Vers genannte Ahne ist, lässt sich dem Gedicht durch eine besondere Variante des Akrostichons entnehmen. Von einem Akrostichon spricht man, wenn die Anfangsbuchstaben der Zeilen von oben nach unten oder umgekehrt ein für den Text wichtiges Wort oder einen Namen ergeben. Im Falle dieses Gedichts muss man von dieser Regel insofern abweichen, als man auf den ersten Buchstaben der ersten Zeile den zweiten der zweiten Zeile, den dritten der dritten Zeile und so fort folgen lässt. Auf diese Weise ergibt sich der Namen Hölderlin – oder jedenfalls beinahe, denn in der vorletzten Zeile steht das ‚i' bereits an neunter Stelle wie das ‚n' in der letzten. Da man wohl davon ausgehen darf, dass George bis zehn zählen konnte, stellt sich die Frage nach dem Grund für diese Abweichung. Natürlich ist es denkbar, dass George einfach um ein weniges dem Schematismus ausweicht, nachdem das Prinzip erkennbar geworden ist. Vielleicht ist es aber auch ein esoterisches Zeichen für eine spezifische Vorstellung von Vollkommenheit. Die Verrückung nach rechts bedeutet ja quasi eine Addition, also eine Art 9 + 1. Ich könnte mir vorstellen, dass George durch diese gezielte Abweichung im Hölderlin-Akrostichon auf Mikroebene wiederholt, was sich auf der Makroebene über die Struktur des *Sterns des Bundes* insgesamt sagen lässt. Schließlich setzt dieser mit einem neunteiligen *Eingang* ein, der erst durch den sogenannten *Schlusschor* nach dem *Dritten Buch* vervollständigt wird. Bruno Pieger hat in seinem erhellenden Beitrag über die Tektonik des Bands ausgehend von dieser Rahmung bemerkt: „Die Eins wird in Hinblick auf den ganzen Gedichtband erst mit dem Schlusschor eingeholt. Das heißt aber: Die Gottfindung als Gehalt des Eingangs kann nicht direkt und rein verstandesmäßig begriffen werden. [...] Alle Stationen, die in den drei Büchern zur Sprache kommen, müssen durchlaufen und vollzogen sein, um das vom Eingang beschworene Ereignis in seiner Fülle zu erkennen und den Schlusschor in der rechten Weise mitzusprechen. Mit der durch das Zahlenverhältnis 9 + 1 vorliegenden formalen Anzeige ist somit auch vorgegeben, dass Gottfindung und Kreisbildung wechselseitig auseinander hervorgehen und aufeinander verweisen."[60] Pieger weist darauf hin, dass George hier „offensichtlich auf das Zahlenverständnis der Pythagoreer zurückgegriffen"[61] habe, bei denen die Zehnzahl „Symbol der Vollkommenheit"[62] gewesen sei. Ergänzend erwähnt er an der gleichen Stelle die Vorstellung von Plotin, dass sich Vielfalt und Einheit der Welt im Zahlenverhältnis 9 zu 1 spiegelten.

Es ließe sich neben diesen antiken Quellen noch eine aus dem George ebenfalls nicht unwichtigen Bereich der christlichen Theologie erwägen. 1908 hatte Berthold Vallentin einen für das Verständnis des George-Kreises insgesamt interessanten Aufsatz über theologische Modelle der Binnendifferenzierung von Engeln geschrieben. Er kam dabei auf das Modell von Gregor dem Großen zu sprechen, der im 6. Jahrhundert als Gregor I. Papst wurde. Gregor knüpfte an die allegorische Ausdeutung des Gleichnisses von den Schafen im Lukas-Evangelium an, aus dem Ambrosius die 99-fache Menge der Engel im Verhältnis zu den Menschen abgeleitet hatte, und kommentierte das sich bei Lukas daran anschließende Münz-Gleichnis. Vallentin fasste Gregors Auslegung so zusammen: „Wie dort unter den 99 nicht verirrten Schafen die Engelsheere, werden hier unter den 9 nicht verlorenen Münzen die Klassen der Engel verstanden, und wieder wie dort ist das verlorene eine Stück der erlöste Mensch, der dereinst berufen ist, die volle Zahl auszufüllen."[63] George dürfte diese Publikation aus dem Verlag Bondi bekannt und die darin berührten Theorien aus seinen Gesprächen mit Vallentin ohnehin vertraut gewesen sein. Die zahlenkompositorischen Zusammenhänge erlauben es vielleicht, ihre Quintessenz auf die im *Stern des Bundes* genannte (aber nicht bezifferte) ‚Krönungszahl' zu beziehen. Dafür spricht auch, dass das entsprechende Gedicht sowohl aus zehn Versen besteht als auch in jedem Vers zehn Silben aufweist (vgl. SW VIII, 102).

Für das Verständnis des zitierten Gedichts wie für den *Stern des Bundes* und schließlich für das Denken des George-Kreises überhaupt ist das Entscheidende die Ineinssetzung von Prophetie und Geheimnis einerseits und von Bewährung in der Vielfalt und Erlösung in harmonischer Einheit andererseits. Die letztgenannte Konstellation könnte man wohl auch als polaren Bezug zwischen einer spannungsvollen gottfernen Gegenwart und einer göttlich erfüllten Utopie sehen. Damit wären wir wieder ganz nahe an Hölderlins Verständnis vom Dichter, der die Nähe des Göttlichen spürt, sie aber in ‚bleierner, dürftiger Zeit' in der paradoxen Figur der verkündenden Verbergung bewahren muss.[64] Freilich war die Überzeugung von der Unaussprechbarkeit eines Letzten und Höchsten kein neuer Gedanke für George.

Schon 1906 mahnte er etwa den Dichter und Verehrer Albert H. Rausch bei einem Besuch in Bingen, dass man ‚das Unaufrufbare nicht aufrufen soll'. Das zitierte Gedicht spricht unmissverständlich aus, dass die Partizipation an solchem Wissen einem exklusiven Kreis vorbehalten ist. Dass Wissen nicht unabhängig von der Person sein kann, gehörte zu den Grundüberzeugungen Georges.

Es ist nicht zu verkennen, dass die Entdeckung von Hölderlins-Pindarübertragungen und einiger später Hymnen – zu ihnen gehörten etwa auch *Rousseau* und *Der Mutter Erde* – und die daraus sich ergebenden Konsequenzen für Georges Poetologie zu einer Aufbruchsstimmung im George-Kreis führten. Robert Boehringer schildert die Atmosphäre so: „Es waren die Jahre der Entdeckung Hölderlins, und uns ergriff eine große, freudige Bewegung. [...] Nun erst trat uns Hölderlin heraus aus dem Garten Goethes als der Seher eines wahrhaftigeren Griechentums, als der Künder einer aus Liebe entstehenden neuen Zeit, die wir anbrechen fühlten." (RB 138)

Zur Aufbruchsstimmung trug im Herbst 1909 neben den Hölderlin-Entdeckungen, dem Erscheinen von *Herrschaft und Dienst* und den vorbereitenden Diskussionsrunden für das *Jahrbuch*-Unternehmen auch die zeitgleich Anfang November erfolgende Auslieferung der beiden bedeutendsten Übertragungen Georges seit der Baudelaire-Auswahl bei. Das war zum einen *Shakespeare Sonnette. Umdichtung von Stefan George*, zum anderen *Dante. Stellen aus der Göttlichen Komödie. Umdichtung von Stefan George*. Beide Umdichtungen hatten eine längere Vorgeschichte. Dante war George natürlich seit langem bekannt. 1892 verwendete er für seine Notiz *Rat für Schaffende* eine originalsprachliche Zeile aus der *Divina Commedia* als Motto, 1893 berief er sich in der *Lobrede auf Mallarmé* zur Rechtfertigung ‚klangvoller Dunkelheiten' auf Dante. Dass er 1898 bei seinem Besuch bei Verwey Rossettis Monographie *Dante and his circle* studierte, haben wir schon erwähnt. Im *Teppich des Lebens* hatte sich der Dichter des *Vorspiels* selbst in einen illustren literaturgeschichtlichen Kontext eingeschrieben, der nach den griechischen Tragikern, Shakespeare und Petrarca auch Dante („der Florentiner", SW V, 27) nannte. Die Arbeit an den Übertragungen aus der *Commedia* setzte aber wohl erst 1900 ein. Zu Beginn des Jahres 1901 schickte George erste Proben an Lechter, von dem er wusste, dass er ein glühender Verehrer Dantes war. Lechter antwortete freudig überrascht, und Gundolf schrieb ein paar Tage später: „Bei Lechter sah ich gestern die Danteübertragungen! Ich brauche Dir nicht zu sagen welche Freude und welchen Eindruck sie mir gemacht haben. Wir haben sie mit der Gildemeisterschen der unstreitig besten die bis jezt existirte zusammengehalten und sahen was geleistet ist und dass die deutsche Sprache doch noch mancher ungeahnten Dinge fähig ist." (G/G 73) George bat Gundolf um Diskretion, er möge „bei niemanden posaunen [...] ich weiss ja selbst nicht wohin diese arbeit will .. Soviel ist gewiss dass jezt ein toter schatz vom grössten reichtum gehoben ist." (G/G 77) Als kurz darauf weitere Stellen eintrafen, fantasierte Lechter bereits entzückt von einer Gesamtausgabe der *Divina Commedia* in einem ‚feierlichen, in Pergament gebundenen Folianten' mit Goldschnitt und bronzenen Verschlüssen, in dem das *Inferno* schwarz und rot, das *Purgatorio* blau und grün und das *Paradiso* in Blau und Gold gedruckt werden würde. Dazu kam es aber nicht. George veröffentlichte in den folgenden Jahren einige Dante-Übertragungen in den *Blättern*, bevor er 1909 unter Lechters Mitwirkung im Großquartformat und mit Pergamentumschlag auf vierzig ungezählten Büttenpapier-Seiten ‚in genauer Nachbildung der Ur-schrift' in blauem und rotem Druck 21 Textabschnitte veröffentlichte. Die Auflage betrug 300 Exemplare. An der Auswahl fällt auf, dass das *Inferno*, sonst meist bevorzugt, bei George eher knapp gehalten wurde. Das Dante gewidmete Zeitgedicht im *Siebenten Ring* liefert mit den Schlussversen dafür die Erklärung:

> Ich nahm aus meinem herd ein scheit und blies –
> So ward die hölle · doch des vollen feuers
> Bedurft ich zur bestrahlung höchster liebe
> Und zur verkündigung von sonn und stern.
> (SW VI/VII, 9)

Die Proportionen verschoben sich allerdings nach der Erfahrung des Ersten Weltkriegs, als die ‚höllischen' Stellen etwas aufholten. George erweiterte den Umfang seiner Auswahl bis 1925, als schließlich genau fünfzig Stellen mit über 3300 Versen vorlagen.

Anders verhielt es sich mit dem Projekt einer Übersetzung der Sonette Shakespeares. Wir hatten schon von Friedrich Gundolfs Bemühungen um eine vollständige Übertragung „der unsterblichen CLIV" (G/G 29) gehört, die George kurz nach ihrer Bekanntschaft 1899 als wünschenswert bezeichnete. Nach dem baldigen Abbruch dieses Unternehmens lag der Plan länger auf Eis. Offenbar gab Georg Bondi im Februar 1907 den Anstoß zu einer Wiederaufnahme des Projekts, als er mit George und Gundolf vereinbarte, einen ‚deutschen Shakespeare' zu schaffen. Dabei übernahm es George, die Sonette zu übersetzen, während Gundolf die Dramen neu übersetzen oder bestehende Übersetzungen revidieren sollte. Im Frühling 1907 begann George die Übersetzung der Sonette und schloss sie im Dezember 1908 ab. Schon vor der Publikation las er aus seiner Übertragung im Januar 1909 im Berliner Freundeskreis (vgl. KH 38).

Von den Dramen übersetzte Gundolf neun Stücke komplett neu, in den anderen Fällen legte er die Schlegel-Ticcksche Übersetzung zu Grunde. In einem Gespräch mit Ernst Glöckner am 8. März 1916 erläuterte George, worin er den entscheidenden Fortschritt gegenüber der Schlegel-Tieckschen Übersetzung erblicke: „Shakespeares Wirkung würde durch die neue Übersetzung erst in ihrem ungeheuren Umfang geschehen. Schlegels Übersetzung sei zu spielerisch, rokokohaft, das Leidenschaftliche zu stark betont; der Renaissancemensch Shakespeare und sein Architektonisches seien ganz unterschlagen." (EG 83) George nahm an der Übertragung und Bearbeitung der Dramen in erheblichem Umfang aktiv Anteil. Nach Erscheinen des ersten Bandes der neuen Shakespeare-Übersetzung mit den Römerdramen schrieb Gundolf im August 1908 an Karl Wolfskehl: „Der erste Band ist jetzt ausgedruckt und – ich darfs ohne EIGENLOB sagen, denn das Beste ist nicht von mir – wird ein Wunderwerk. Was George vollends aus dem Antonius herausgeholt hat, der wirklich erst für unser Geschlecht entdeckbar, um drei Jahrhunderte Pathos, Heroik und Erotik vorwegzunehmen scheint, ist eine neue Welt von Glorie, Kraft, Zauber und Weisheit." (KHW/FG II, 68 f.) Auch der im ersten Band enthaltene *Coriolan* war vorwiegend das Werk Georges. Als Kurt Breysig ihm im Mai bei Bondi einen Krankenbesuch abstattete, schob George seine Grippe „halb spasshaft darauf, dass er jetzt drei Monate lang acht Stunden am Tag wie ein Gelehrter gearbeitet hätte an den beiden Shakespearestücken in Gundolfs I. Band." (KB 18) Über die Intensität von Georges gewissermaßen philologischer Mitarbeit geben etliche Zeugnisse Auskunft. So sandte Gundolf im Februar 1909 George Exzerpte über eine schwerverständliche Stelle im *Merchant of Venice* und bat um Stellungnahme. Zum anderen schilderte George, „wie er dem Leichtfuss Gundel sein Othello-Manuskript zurückgesandt habe: Er hatte einen Riesenbogen mit drei Farben Tinte für Text, Tieck-Übersetzung, Gundolf-Übersetzung genommen und ihm alle Flüchtigkeiten angemerkt. Für zehn Verse ein ganzer Bogen voll Anmerkungen!" (EL 187) Als George mit dem *Sommernachtstraum* beschäftigt war, weilte er gerade zu Besuch bei der Familie Landmann in Basel. Edith Landmann überliefert eine Äußerung vom Herbst 1915: „Ich übersetze grad den Sommernachtstraum [...] Aber verraten Sie mich ja nicht. Ich könnte sonst in den Geruch des Fleisses kommen, das perhorresziere ich." (EL 24) Was den *Sommernachtstraum* betrifft, so hat Gundolf selbst nach dem Zeugnis von Kurt Hildebrandt kurz nach Erscheinen des letzten Bands George die alleinige Verfasserschaft zugeschrieben.[65] Aus der Arbeit am *Wintermärchen* erinnert sich Robert Boehringer der folgenden Szene: „So seh ich ihn, auf dem Kästrich [...] ein paar Schritte machen, ein Etwas zum Spielen in der Hand [...] und mit einem unbeschreiblichen Ausdruck von verschmitzter Heiterkeit, von Glück und Laune im Dichter-Bauerngesicht, das freche Liedchen des Autolykus aus dem Wintermärchen sagen: Kauft ihr nicht etwas Band / Und Spitzen fürs Gewand · / Mein Täubchen · meine Dam-ala. / Etwas Seid und Zwirn · / Zierat für die Stirn / Vom neusten feinsten Kram-ala. / Kommt zu dem Tändler! / Geld der Zwischen-händler / Schiebt aller Leute Kram-ala." (RB 124f.)

Allgemein kann man zu Georges Mitwirkung an der Shakespeare-Übersetzung sagen, dass er „meist die Werke, mit deren Übertragung Gundolf gerade beschäftigt war, für sich gelesen und in seiner Tauchnitz-Ausgabe gelegentlich Übertragungen einzelner Verse notiert [u]nd schliesslich [...] die fertige Übertragung vor der Drucklegung [meistens] überarbeitet [habe]." (ES 316) Insgesamt, so sagte George zu Michael Landmann, habe er an Shakespeare „sieben Jahre seines Lebens gegeben."[66] Noch eines der letzten editorischen Unternehmen, das George selbst anregte, galt Shakespeare. Walter Anton hatte den Auftrag erhalten, ein Kompendium unter dem Titel *Shakespeare als deutscher Dichter* zusammenzustellen, das aus „einer geradezu minutiös angelegten synopse deutscher übertragungen der dichterischen stellen aus den dramen, bereichert um linguistische und antiquarische glossen des kompilators"[67] bestehen sollte. Im Frühsommer 1933 ließ George sich im Münchner Freundeskreis daraus vorlesen, zu einer abschließenden Ausführung dieses Projekts kam es jedoch nicht mehr.

Heidelberg: Kontroverse mit Max Weber und Entdeckung von Percy Gothein

Friedrich Gundolfs großes Engagement für Shakespeare ehrte im Mai 1914 ein Kreis seiner Studenten, dessen Kern Edgar Salin und Wolfgang Heyer bildeten, mit der öffentlichen Aufführung des Stücks *As you like it* (*Wie es euch gefällt*). Auch weitere dem George-Kreis nahestehende Personen wie Hellingrath und Josef Liegle beteiligten sich aktiv an dem Projekt. Regie führte Marie Luise Gothein, Gattin des seinerzeitigen Rektors Eberhard Gothein. Die Aufführung war für Gundolfs Geburtstag, den 20. Juni, um 23 Uhr geplant und sollte zugleich als akademische Sonnwendfeier der Heidelberger Universität fungieren. Als Ort für die Inszenierung wählte man daher eine Lichtung auf dem Königstuhl oberhalb von Schlossberg und Molkenkur. Ein Wermutstropfen für die engagierten Laienschauspieler war die über Gundolf vermittelte Absage Georges, der Aufführung beizuwohnen. Edgar Salin zufolge habe George bei einer persönlichen Nachfrage mit einem Vers aus dem *Stern des Bundes* geantwortet, dessen Kontext darauf schließen ließ, ihm sei die Aufführung dieses Stücks wohl als ein ‚Tändeln überm Abgrund' (vgl. SW VIII, 92) erschienen. (Abb. 29)

Friedrich Gundolf selbst kam einige Tage später in einem Brief an Stefan George auf die Aufführung zu sprechen, die er „eines der schönsten Feste die ich je mitgemacht" nannte. Er schrieb weiter: „es war eine romantische Nacht, fast wie die im Stück gespielte. [...] [D]ie Nacht über blieb man im Freien auf und ging am andern Morgen in der aufgehenden Sonne in den Wäldern auf der Höhe spazieren, gegen Mittag lasen wir im Wald Hölderlin und George vor." (G/G 251) In der kunst- und festfreudigen Atmosphäre Heidelbergs vor dem Ersten Weltkrieg war die Dichtung Georges allgegenwärtig. In seinem ersten Brief, den Norbert von Hellingrath nach seiner Ankunft in Heidelberg im Mai 1913 an seine Braut schrieb, hieß es lakonisch: „alles hat allen George."[68] Zu dieser Imprägnierung der Heidelberger Atmosphäre hatte Friedrich Gundolf selbst nicht wenig beigetragen. Als er Ende April 1910 in die Pension Neuer am Heidelberger Schlossberg 49 einzog, war ihm die Stadt bereits gut vertraut. Im Verlaufe seines Studiums hatte er hier im Sommer 1900 ein Semester verbracht und in den folgenden Jahren noch mehrfach Reisen nach Heidelberg unternommen, über das er im Juni 1909 an Eleonore Reichl schrieb: „es ist ein unverwüstlich romantischer Ort, und alle English Spinsters samt hochzeitsreisenden Ehepaaren, samt Dozenten und bemützten Studenten können die Schatten der Arnim und Brentano und Hölderlin nicht verdrängen."[69] Den Anstoß zu seinem Einzug in Heidelberg hatte sein Freund Arthur Salz gegeben. Er empfahl Gundolf im Januar 1910, sich ebenfalls in Heidelberg zu habilitieren. Da von einer Unterstützung dieser Absicht durch Eberhard Gothein und Alfred Weber auszugehen war, entschloss Gundolf sich zu diesem Schritt und zog in die Pension Neuer, in der auch Arthur Salz wohnte. Als Salz Sophie Kantorowicz, die Schwester von Ernst Kantorowicz, im April 1912 heiratete, zog er mit ihr in die zentral gelegene Karlstraße 2. George wohnte gleich im folgenden Monat beim ihm, als er nach Heidelberg kam.

Salz war Jahrgang 1881 und stammte aus einer jüdischen Fabrikantenfamilie in Böhmen. Nach dem Abitur in Pilsen war er 1900 zum Studium der Staatswissenschaften nach Berlin gegangen. Dort hatte er als Student von Simmel in dessen Salon Gundolf kennengelernt. Als Salz nach München ging, nahm er an den Jours im Hause Wolfskehl teil und sprach erstmals im Frühjahr 1902 mit George. Auf Grund seiner Herkunft befragte ihn

George über moderne tschechische Literatur. An den Tagen danach kam Salz in mehreren Briefen an Gundolf immer wieder auf diese Begegnung zu sprechen: „Furchtsam und doch voll Sehnsucht ging ich gestern zu Wolfskehl, ich errieth Ihre Andeutung und ich hatte Glück und als ein Gesegneter ging ich heim. – Ist es nötig, dass ich Ihnen meinen Eindruck schildere, vermöchte ich überhaupt zu sagen, welche heiligen Schauder mich in jenen Augenblicken durchzogen. Genug es einmal erlebt zu haben. – [...] Zur Einheit und Einzigkeit des Werks der einheitliche und einzige Mensch. Was man sonst vom Göttlichen sagt: Wollen und Sein, hier ists eins, wir haben ein Spiegelbild dessen, was wir uns im transzendenten als das Höchste denken. Alles und jedes gewinnt Bedeutung: Haltung, Wort, Ausdruck, Kleidung."[70]

1903 promovierte Salz bei Lujo Brentano, danach musste er wegen des Todes seines Vaters zurück nach Böhmen, um sich um die Malzfabrik zu kümmern. Er setzte seine Studien aber in Wien und Prag fort und kam 1909 nach Heidelberg, um sich bei Alfred Weber zu habilitieren. Hier erneuerte er die enge Freundschaft mit Gundolf und kam auch wieder mit George in näheren Kontakt. 1913 gehörte er zu den Empfängern der Vorabexemplare des *Sterns des Bundes*. Den Ersten Weltkrieg verbrachte er vorwiegend in Konstantinopel als Berater des Djemal Pascha. Nach dem Krieg lebte er mit seiner Frau zuerst in Baden-Baden, wo George ebenfalls gelegentlich auf Reisen abstieg. Im Nachgang zu dem Werturteilsstreit, den Max Weber mit dem Kulturhistoriker Erich von Kahler 1918 ausgetragen hatte – wir werden gleich auf ihn zu sprechen kommen –, veröffentlichte Salz die Schrift *Für die Wissenschaft. Gegen die Gebildeten unter ihren Verächtern*. In ihr unterzog er Kahlers Wissenschaftskritik, die stark an Georges Positionen orientiert war, einer scharfen Kritik. Der Kontakt zu George und dem George-Kreis verlor sich danach weitgehend, zumal Salz nach der Verstoßung Gundolfs diesem die Treue hielt. Salz lehrte von 1919 bis 1927 an der Akademie der Arbeit in Frankfurt, danach bis zu seiner Entlassung aus rassischen Gründen wieder in Heidelberg. 1934 ging er ins amerikanische Exil und erhielt 1937 eine Professur für Nationalökonomie an der Ohio State University. Er starb 1963, ohne je wieder deutschen Boden betreten zu haben.

Bis zur Einrichtung der ihm zur Verfügung stehenden Räume bei Salz in der Karlstraße stieg George bei seinen Besuchen in Heidelberg, die ab 1910 vorwiegend in den Frühsommer fielen, ebenfalls in der Pension Neuer oder – wie auch Gundolf – während des Weltkriegs in der Pension Friedau in der Gaisbergstraße 16A südlich der Innenstadt ab. Zu Georges regelmäßigen Besuchen trug die Aktivität von Gundolf wesentlich bei. Der wortgewandte, geistsprühende und smarte junge Gelehrte fühlte sich in Heidelberg, das in diesen Jahren ob des intellektuellen Profils seiner Universität zum ‚Neckar-Athen' aufstieg, ganz in seinem Element. Es war nicht allein der immer noch spürbare *genius loci* der deutschen Romantik, der die besondere Qualität Heidelbergs ausmachte. Gerade in dem Jahrzehnt zwischen Gundolfs Gastsemester 1900 und seinem Eintritt ins akademische Leben Heidelbergs hatte die Universität sich zu einem Zentrum des intellektuellen Lebens in Deutschland entwickelt. 1903 waren die Berufungen des Philosophen Wilhelm Windelband und des Altphilologen und Religionshistorikers Albrecht Dieterich erfolgt, 1904 folgte der Nationalökonom und Kulturhistoriker Eberhard Gothein, 1907 der Nationalökonom und Kultursoziologe Alfred Weber, zu Professoren ernannt wurden 1908 der Nationalökonom Edgar Jaffé und 1910 der Strafrechtler Gustav Radbruch, habilitiert wurden 1905 der Philosoph Emil Lask und 1909 Arthur Salz. Als einflussreicher Repräsentant des weltoffenen Heidelberger Geistes existierte im Hintergrund der Nationalökonom Max Weber, der zwar 1903 seine Lehrtätigkeit eingestellt hatte, aber durch die Einrichtung eines Jour in seinem Hause (ab Mai 1911) enge Verbindung zum intellektuellen Milieu hielt. Überhaupt reichte das geistige Leben Heidelbergs in diesen Jahren weit ins Privat-Gesellige. Es bildeten sich mehrere Zirkel wie der Eranos-Kreis um den Theologen Adolf Deissmann, der Janus-Kreis um Alfred Weber, den Historiker Hermann Oncken und den Botaniker Otto Klebs und der aus Ärzten der Universitätsklinik bestehende Gruhle-Kreis. An den gastfreien Häusern der Ehepaare Weber und Gothein wird ein weiteres Charakteristikum der Heidelberger Atmosphäre deutlich: die besondere Bedeutung des weiblichen Elements. Geistig anspruchsvolle und teils selbst produktive Frauen wie Marianne Weber, Marie Luise Gothein, Else Jaffé-von Richthofen oder Leonie Gräfin Keyserling erfüllten eine kommunikative Funktion, die an die tragende Rolle von Frauen in den literarischen Salons zu Beginn des 19. Jahrhunderts denken lässt. Friedrich Gundolf, für diese Impulse ohnehin empfänglich, trat zu den genannten Frauen sehr rasch in ein nahes persönliches Verhältnis. Marie Luise Gothein schreibt: „es war in allen kommenden Jahren stets ein Festtag, wenn Gundolf zu uns kam und im Gespräch alle Tiefen des geistigen Lebens durchschiffte."[71] Ganz ähnlich heißt es in Marianne Webers Erinnerungen, dass die „von Gundolf gefüllten Sonntage [...] von besonderer Festlichkeit"[72] waren.

Etliche Briefe aus den folgenden Monaten bezeugen, dass Gundolf sich im Heidelberger Milieu wohlfühlte und rasch integriert war. Friedrich Wolters schrieb er Ende Mai, in Heidelberg sei „gute Luft und lockrer Boden." (FG/FW 62) George lieferte er im November ein enthusiastisches Porträt von Alfred Weber (vgl. G/G 212) und in einem Brief an Salz vom Februar 1911 gestand Gundolf, dass er „von dem Doppelgestirn Jaffé Keyserling magisch angezogen“ werde und sein Tun und Lassen in Heidelberg ein einziges „Schwärmen und Blümeln“[73] sei.

Im selben Brief teilte er Salz mit, dass sowohl seine Probe- als auch seine Antrittsvorlesung bereits fertig seien. Gundolf hatte innerhalb von zwei Monaten (10.8.–12.10.1910) seine Habilitationsschrift *Shakespeare und der deutsche Geist*, von der er den bis Lessing reichenden Teil bei der Fakultät einreichte, in einem regelrechten Schaffensrausch geschrieben. Sein Erstgutachter Eberhard Gothein notierte begeistert: „Eben lese ich Gundolfs Habilitationsschrift. [...] Geradezu bewunderungswürdig ist, wie er bei voller Anschaulichkeit der Einzelschilderung überall die große historische Anknüpfung und Einordnung durchführt. Das macht ja eigentlich den geborenen Historiker. Und dass jeder Historiker ein Stück Dichter sein muss – er ist ja wohl mehr als ein Stück – zeigt sich bei ihm auf das Schönste.“[74]

Nach dem Probevortrag über den Stil des schweizer Historikers Johannes von Müller am 2. März hielt Gundolf seine Antrittsvorlesung über Hölderlins Gedicht *Archipelagus* am 26. April 1911. Unter den Anwesenden waren wie schon erwähnt George und Max Weber. Die beiden standen sich im Verhältnis einer ambivalenten Faszination gegenüber. George achtete Webers lautere Gesinnung und sein asketisches Arbeitsethos, ihm imponierte die geistige Statur Max Webers, der keinem öffentlichen Kampf um die von ihm verfochtenen Prinzipien auswich. Obwohl Weber praktisch in allen Grundsatzfragen eine dem George-Kreis diametrale Position vertrat, genoss er zumal bei den mit ihm persönlich Bekannten wie Gundolf, Salz oder Edgar Salin hohes Ansehen, wozu sicher seine eigene charismatische Ausstrahlung und ein gewisser Aristokratismus des Auftretens beitrugen. Weber seinerseits erkannte in George ‚Züge wirklicher Größe‘ und fand auch Zugang zu Georges Dichtung. Dennoch hielten beide zueinander Distanz.

Die beiden ‚Titanen‘ des Heidelberger Geisteslebens waren sich Mitte September des Vorjahrs auf Gundolfs Vermittlung erstmals begegnet. Zu diesem Zeitpunkt hatte Weber seine Sicht auf den George-Kreis bereits in einem umfangreichen Brief an seine Schülerin Dora Jellinek dargelegt. Darin diente ihm der George-Kreis als Demonstrationsobjekt für charismatische Herrschaft innerhalb seiner Typologie von Herrschaftsformen. Bekanntlich hat Weber drei Formen von Herrschaft idealtypisch unterschieden: die legale Herrschaft, die sich auf demokratische Wahlen stützen kann und bei der auch die Herrschenden dem bestehenden Rechtssystem unterworfen sind, die traditionelle Herrschaft, die sich auf geheiligte Überlieferung und Glauben stützt und in der der Herrschende einen Spielraum von Gnadenerweis und Bestrafung besitzt, und schließlich die charismatische Herrschaft, in der allein die personale Bindung an den Herrscher auf Grund von dessen Charisma besteht. In dem Brief an Jellinek diagnostizierte Weber am George-Kreis alle Merkmale einer auf Charisma beruhenden Sekten-Bildung, bei der die persönliche Bindung an den Herrscher im Medium der Kunst sich vollzog. Besonders störte Weber sich an dem ‚Pathos der Erlösung', das er Georges Dichtung entnahm. „Diese Leute sind, scheint es, bereits nur allzu ‚erlöst' – und daher bleibt als einziges noch mögliches Ziel: das Streben nach Selbst*vergottung*, nach dem unmittelbaren ‚Genuß' des Göttlichen in der eigenen Seele. [...] Aber dieser Weg führt nun, das ist sein Verhängnis, [...] nie zu einem *mystischen Erlebnis* [...], sondern stets nur zum orgiastischen ‚Dröhnen' einer ‚Stimme'."[75] An gleicher Stelle kritisierte Weber das seiner Ansicht nach „rein *formale* Prophetentum"[76] Georges, das nur ‚gespensterhafte Inhalte' künstlich erzeugen könne. In seinem *opus magnum* griff er diese privat geäußerte Charakteristik später auf und klassifizierte die Mitglieder des George-Kreises soziologisch als ‚Rentner', womit er nur seine völlige Unkenntnis von den realen Lebensverhältnissen vieler aus dem Umkreis Georges verriet. Seine Kritik am Prophetenamt Georges erwuchs aus seiner Diagnose der Gegenwart als einer ‚entzauberten Moderne', deren Rationalismus für solche Vorstellungen keinen Platz und kein Organ besaß. Die Denkfigur, in der Realität des 20. Jahrhunderts die epiphane Erfahrung eines Göttlichen zuzulassen, war für Weber inakzeptabel, er empfand eine solche Überzeugung als etwas, das „das Gebiet des Grotesken streifen"[77] würde.

Stand das erste Treffen noch im Zeichen gegenseitigen Respekts, traten die Diskrepanzen durch die im Vorwort zum dritten *Jahrbuch* formulierte Massenverachtung und den Antifeminismus massiv ans Licht. Es ist unübersehbar, dass die in den *Jahrbüchern* vertretenen Positionen Max Webers entschiedenen Widerspruch provozieren mussten. Hier artikulierte sich eine neue, wertsetzende Wissenschaft, deren „Zusammenführung von wissenschaftlich-rationaler und intuitiv-dichterischer Erkenntnis [...] die Autonomie der Wissenschaft in Frage stellte."[78] Ein Gespräch zwischen George und Max Weber Mitte Dezember 1911 verlief denn auch eher kontrovers und führte zum Abbruch des Kontakts. Marianne Weber berichtet, dass George in diesem Gespräch den Krieg als Segen bezeichnet habe, weil sich in ihm „ein heroisches Menschentum"[79] bewahre, während die fortschreitende Befriedung der Welt nur eine Nervenschwäche hervorriefe, „die uns sogar das Schlachten eines Huhnes unmöglich mache. Auch er bekannte sich zum Unvermögen dieses heroischen Aktes." Auf ihre Hypothese, dass die geistigen Kämpfe des modernen Menschen vielleicht eher seelischen Heroismus hervorbrächten, antwortete er unwirsch: „Frevlerin, Frevlerin! Sie wollen alles immer noch weiter zu Geist machen und zerstören dabei den Leib." Es müsste auch dieses Gespräch gewesen sein, in dem George erklärt hat, „was er aus gelegentlichen Äußerungen seiner Hauswirtin von den sogenannten politischen Weltereignissen erfahre, sei für seinen Bedarf mehr als genug."[80] Alle diese Äußerungen standen in diametralem Gegensatz zu Webers liberalem Fortschrittsdenken und seiner rein rationalen Ethik.

Eine persönliche Berührung gab es bloß noch einmal 1915, als Weber gleichzeitig mit George und Gundolf in der Pension Friedau lebte. Dort hatte sich George wohl kurz nach einem Klinikaufenthalt Ende Juli einquartiert und wurde von Ernst und Friedrich Gundolf betreut. Max Weber, der zu dieser Zeit als Heidelberger Lazarettkommandant seinen Dienstsitz in der benachbarten Landhausstraße hatte und von Mitte August bis Mitte September in der Pension Friedau wohnte, schrieb am 16. August an seine im Allgäu urlaubende Frau Marianne: „Im Hause ist es wirklich recht ruhig. Essen und Alles ist gut, ich esse mit Stefan George und den beiden Gundolfs zusammen. Nach Tisch trennt man sich dann bald."[81] Aus dieser Zeit der unfreiwilligen Kohabitation stammt auch Webers ironische Benennung Georges als ‚Weihen-Stefan'.[82]

Salin berichtet von einer Konfrontation zwischen Max Weber und ihm als Vertreter des George-Kreises auf einer öffentlichen Diskussionsveranstaltung, zu der Webers Bruder Alfred eingeladen hatte. (vgl. ES 110) Nach seinem Vortrag über den Sinn der Geschichtsschreibung ergriff Weber das Wort und entfaltete in der Kritik an Salins Wissenschaftsverständnis bereits wesentliche Gedanken seiner späteren Rede *Wissenschaft als Beruf*. Am 7. November 1917 hielt Weber diesen berühmten Vortrag in München auf Einladung des Bundes freier Studenten an der Universität.

Die große Wirkung seines Vortrags beruhte darauf, dass er an Fragen rührte, die die Zeit zutiefst bewegten. Der kurze erste Teil ist der Frage gewidmet: ‚Wie gestaltet sich Wissenschaft als Beruf im materiellen Sinne des Wortes?' Im zweiten Teil des Vortrags spricht Weber über den inneren Beruf zur Wissenschaft und behauptet, dass die Wissenschaft „in ein Stadium der Spezialisierung eingetreten"[83] sei und vom Wissenschaftler verlange, dass er „*rein der Sache* dient."[84] Dieser Dienst an der Sache „ist eingespannt in den Ablauf des *Fortschritts*."[85] Weber sieht diesen Fortschritt als Bestandteil eines übergreifenden, allgemeinen Intellektualisierungsprozesses. Damit meint er die feste Überzeugung, dass man „alle Dinge – im Prinzip – durch *Berechnen beherrschen* könne. Das aber bedeutet: die Entzauberung der Welt."[86] Weber kommt im dritten Teil zu der Frage: ‚Welches ist der *Beruf der Wissen-*

schaft innerhalb des Gesamtlebens der Menschheit?' Er behauptet, dass, „wo immer der Mann der Wissenschaft mit seinem eigenen Werturteil kommt, das volle Verstehen der Tatsachen *aufhört*."[87] Damit nimmt er gegen das Bedürfnis Stellung, einem weltanschaulichen Führer zu folgen, der genau diese Ausgangsbedingung negiert und ‚Erlösung' verspricht. Für Weber ist ein solches religiöses Erleben unvermeidlich mit einem *sacrificium intellectus* verbunden, also dem ‚Opfer des Intellekts', anders gesagt: dem Verzicht auf Selbstbestimmung. Eine solche sieht er in der Hingabe des Jüngers an den Propheten, wobei man wohl nicht fehlgeht, wenn man diese Polemik auf den George-Kreis bezieht.

Nachdem Max Webers Rede 1919 in gedruckter Form erschien, setzte bald eine Debatte um seine Positionen ein. Zuerst reagierte Erich von Kahler mit seiner Schrift *Der Beruf der Wissenschaft*. Erich von Kahler wurde am 14. Oktober 1885 in Prag als Sohn eines reichen jüdischen Industriellen geboren. Die Familie zog 1900 nach Wien um, wo Kahler 1903 die Matura machte. Er studierte dort Philosophie, Geschichte, Germanistik und Kunstgeschichte und schloss das Studium 1911 mit einer Promotion *Über Recht und Moral* ab, die noch im selben Jahr in Brünn erschien. 1912 heiratete er Fine von Sobotka, durch die er in Verbindung mit Friedrich Gundolf und dem George-Kreis kam. Sie war Jahrgang 1889 und stammte aus einer jüdischen Fabrikantenfamilie in Wien. Nach dem Abitur war sie zum Medizinstudium nach Heidelberg gegangen. Über Arthur Salz lernte sie 1910 Friedrich Gundolf kennen, der sich in sie verliebte. Er vermittelte den persönlichen Kontakt zu George, dessen Werk Fine von Sobotka bereits gut kannte. Im Sommer 1912 kam im schweizerischen Isenfluh während eines Urlaubs in benachbarten Orten ein erstes Treffen zustande. George schätzte sie außerordentlich und hätte es wohl gerne gesehen, wenn sie Gundolfs Frau geworden wäre. Zu Ernst Kantorowicz sagte er, „die Fine ist eine gescheite Frau mit einer ganz festen Position,"[88] womit er wohl andeuten wollte, dass sie die richtige gewesen wäre, Gundolfs etwas flatterhaftes ‚Blümeln' zu zähmen. In Kahlers Haus St. Georg in Wolfratshausen bei München war George gelegentlich zu Besuch und wohnte im Mai 1918 sogar einmal drei Wochen gemeinsam mit Gundolf bei dem Ehepaar.

Erich Kahler war 1911 im dritten *Jahrbuch für die geistige Bewegung* mit einem Beitrag über *Theater und Zeitgeist* vertreten. Bis er 1914 mit seiner Frau in die Nähe von München zog, kam es mehrfach in Heidelberg zu Begegnungen mit George, ohne dass er in ein näheres Verhältnis zu ihm trat. Wie die meisten Intellektuellen begrüßte er den Ausbruch des Weltkriegs. Kahler lebte in den 20er Jahren als Privatgelehrter und betätigte sich als Kulturphilosoph, Soziologe, Literaturwissenschaftler und Historiker. 1933 verließ er Deutschland und ging über Wien und Prag nach Zürich. Dort entwickelte sich eine enge Freundschaft mit Thomas Mann, den er seit 1919 kannte. 1938 ging Kahler ins amerikanische Exil, wo er in Princeton lebte. Seit 1947 lehrte er an der Cornell University Deutsche Literatur. In den 60er Jahren veröffentlichte er Bücher über George und Thomas Mann. Er starb 1970.

Am 24. August 1919 berichtete Kahler Friedrich Gundolf in einem Brief über seine Arbeit an einer Entgegnung auf Max Weber. „Ich arbeite zwischendurch an einer Erwiderung auf Max Webers: Wissenschaft als Beruf, eine Schrift, die mich nicht wenig empört hat. Es soll eine Generalabrechnung mit der alten Wissenschaft in der immerhin nobelsten Gestalt, die sie besitzt, werden." (FG/EK I, 216 f.) Am 19. Januar 1920 schickte Kahler Gundolf als demjenigen, für den sie wie für keinen zweiten geschrieben sei, eine Abschrift seiner Erwiderung und erhielt postwendend eine enthusiastische Antwort. „Ihre Schrift hab ich gleich gelesen und bin geschwellt von Freude und Bewunderung: sie ist nach Arbeit, Lehre, Sinn, Bau, und Fülle das Rechte und Notwendige, ein Meisterwerk. [...] Ich möchte nicht Weber sein .. aber umso eher Erich!" (FG/EK I, 228) Gundolf bemühte sich sogleich um eine Vermittlung von Kahlers Schrift an den Bondi-Verlag. Nach der Lösung des in der frühen Nachkriegszeit bestehenden Problems der Papierbeschaffung erschien Kahlers Schrift im September 1920. Max Weber war da schon ein Vierteljahr tot.

Kahler zeichnete ein apokalyptisches Bild von der Gegenwart, der er als das „Einzig Gewisse, das wir heute besitzen",[89] das Leben gegenüberstellte. Das Leben, so Kahler, erteile zwei Lehren: „Die eine heißt *Einheit*, die andere heißt *Einzigkeit*. Die eine lehrt uns das in Wahrheit unlösliche Miteinanderverbundensein aller Kräfte, Eigenschaften, Auswirkungen des lebendigen organischen Gebilds. Die andere lehrt uns das in Raum und Zeit unvertauschbare Nur Einmal Da Sein und Einmalig So Sein des lebendigen organischen Gebilds."[90] Zur Herbeiführung einer Ordnung, in der das Leben sich entfalten könne, bedürfe es eines neuen Typs von Wissenschaftler, den Kahler nun in direkter Wendung gegen Webers Definition profiliert: „Zu einem solchen Wissen aber, welches das Lebendige in seinem Kerne, in seiner Einheit und Einzigkeit und mit seinem Gesetze zusammenschauen soll, kann nur derjenige verhelfen und erziehen, welcher sich selbst als menschliche Person zusammengebracht hat, in welchem nicht Denken und Fühlen, Wissen und Handeln nach begrifflicher Weise sich scheidet und einander nicht kennt, in welchem nicht *der Lehrer und der Führer* auseinanderbricht. [...] Wenn uns

Max Weber für unsere kommende Ordnung auf diesen Zwiespalt festlegen will, so müssen wir ihm erwidern: [...] Was wir fordern und wessen unser neues Wissen und Handeln gleichermaßen bedarf, das ist der ganze Mensch, und der ganze Mensch ist notwendigerweise zugleich ein wissender, wollender und tuender Mensch."[91] Alle diese Positionen sind nicht originell.[92] Sie dokumentieren die Sehnsucht nach Überwindung der modernen Zerrissenheit und der Kluft zwischen Lebens- und Berufswelt. Das Ideal besteht in einer ästhetisch gesteigerten Existenz und der Zugehörigkeit zu einer kulturellen Erneuerungsbewegung. Impulse für Kahlers Schrift waren sicher aus dem Umgang mit Gundolf und seiner Vertrautheit mit der George-durchtränkten Heidelberger Vorkriegsatmosphäre erwachsen.

In Gundolfs Briefen tauchte schon bald nach Aufnahme seiner Lehrtätigkeit die Absicht auf, unter seinen Studenten nach solchen Ausschau zu halten, die er für Georges Dichtung gewinnen könnte. Im Spätherbst 1913 schien ihm der Zeitpunkt gekommen, George zwei Kandidaten persönlich vorzustellen: Wolfgang Heyer und Edgar Salin. Zu dem ersten Treffen mit George in Gundolfs Zimmer in der Pension Neuer erschien auch Norbert von Hellingrath, der sich – wie wir wissen – seit Mai 1913 in Heidelberg aufhielt. George kritisierte seine Vorrede zum fünften Band der Hölderlin-Ausgabe als „unverständlichen Schwulst" (ES 19), weil er die konzise poetische Charakteristik in der neunten Folge zugunsten eines der ‚wissenschaftlichen Ausgabe' mehr entsprechenden Stils ersetzt habe. Ebenso tadelte er Hellingraths Rückkehr zu Hölderlins Orthographie als „Totengräber-Arbeit" (ES 20) und regte sich über Hellingraths Handschrift auf, in der er neue Hölderlin-Funde präsentierte. „George warf einen Blick auf das erste Blatt. ‚Kommen Sie näher. Da, sehen Sie: *Der Adler*. Welche unnötigen Schnörkel in Ihrer Schrift!' Er zupft heftig Hellingraths rechtes Ohr: ‚Weil Sie ein barocker Kauz sind, wollen Sie Hölderlin verschnörkeln.'" (ES 20) Die beiden Studenten verfolgten gebannt Georges Scherbengericht über Hellingraths Schrift und seine editorischen Entscheidungen. Sie waren ohnedies schon eingeschüchtert durch Georges schonungslose Kritik an ihrem Hersagen von Gedichten aus dem *Jahr der Seele*. Die Leseprobe war das feste Ritual bei allen Erstbegegnungen mit Jüngeren. Sie sollte George einen Eindruck davon vermitteln, wie weit der jeweilige Kandidat in das Wesen des Dichterischen eingedrungen war. Das Scheitern bei der Feuerprobe bedeutete nicht, dass die Chance auf eine Aufnahme in den Kreis endgültig vorüber war. Auch Heyer und Salin gab George Lektüre-Ratschläge für die nächsten Monate, um ihr Rhythmusgefühl auszubilden, und empfahl das Vortragen unter freiem Himmel. Im Falle dieser beiden Bewerber gab es jedoch kein gutes Ende.

Wolfgang Heyer hätte sicher gute Aussichten gehabt, eine feste Position innerhalb des George-Kreises zu erringen. George selbst schätzte seine geistige Lebendigkeit und würdigte ihn in einem der *Sprüche an die Toten*. Mit Gundolf war er nah vertraut und im Heidelberger Freundeskreis fest verankert. Seine Initiative und aktive Mitwirkung bei der Shakespeare-Aufführung 1914 haben wir schon erwähnt. Kurz darauf meldete er sich freiwillig zum Krieg und fiel im Herbst 1917 an unbekanntem Ort.

Edgar Salin war wie Heyer Jahrgang 1892 und stammte aus einer jüdischen Fabrikantenfamilie in Frankfurt am Main. Nach dem Abitur machte er eine Reise in die USA und begann dann das Studium der Nationalökonomie, Philosophie und Rechtswissenschaft in Heidelberg. Über Gundolf, Arthur Salz und Eberhard Gothein kam er in das George-Umfeld und blieb mit George nach der ersten Begegnung bis 1921 in persönlichem Kontakt. Salin traf George sowohl in Darmstadt als auch in Heidelberg in Gundolfs Wohnungen und führte mit ihm meist Gespräche über den Krieg, über Gesellschaftspolitik, über die Jugend in Deutschland oder über Platon, über den Salin 1920 die Schrift *Platon und die griechische Utopie* veröffentlichte. In dieser Zeit erwartete George von Salin, dass er seine Freundschaft mit Gundolf dazu nutze, diesen zur Annahme eines Rufes an die Berliner Universität zu bewegen und von seiner Verbindung mit Elisabeth Salomon abzubringen. Als Salin weder beim einen noch beim anderen Erfolg hatte, warf George ihm mangelnde Härte vor und beendete einen Streit am 14. Februar 1921 mit den Worten, dass er Salin künftig nicht mehr sehen wolle (vgl. ES 58). Salin konnte sich nur schwer mit diesem radikalen Schnitt abfinden, weil er die ganzen Jahre hindurch sich immer die größte Mühe gegeben hatte, dem Dichter zu gefallen. Er versuchte daher, weiterhin Begegnungen herbeizuführen und entwickelte eine Art Stalker-Verhalten, was ihn, wie Ludwig Thormaehlen überliefert, im George-Kreis zur legendären Figur des ‚Herrn Hirsch' machte. „Einmal hörte ich den Dichter nach der Rückkehr aus einer nördlichen Universitätsstadt klagen: ‚Ich bin früher abgereist. Herr Hirsch war wieder da. Es ist mir Gott sei Dank gelungen, ihn zu vermeiden, aber ich habe abends unter dem Bett nachgesehen, ob er sich da nicht versteckt habe. Sieh bitte die Schränke hier einmal nach, ob er nicht auch hier drin steckt, ich trau dem alles zu.'"[93] Zu Landmanns sagte George scherzhaft: „Wenn ich in die Westentasche lange, sitzt der Salin drin."[94] Salin hielt trotz seiner Verstoßung George die Treue. Er führte eine ausgedehnte Korrespondenz mit einigen von Georges älteren Freunden wie Wolfskehl und Verwey und publizierte 1948 und 1954 Erinnerungsschriften über George und seinen Kreis. Salin stieg zu einem international geachteten Nationalökonom auf, er starb

1974 in der Schweiz, wo er seit der Übernahme des Basler Lehrstuhls von Julius Landmann 1927 lebte.

Seit Gundolf den neuen Wirkungskreis Heidelberg bespielte, hielt sich auch George selbst häufiger dort auf. Die in der Kleinstadt sichtbare Präsenz Georges trug dazu bei, dass sich hier in den Jahren vor dem Ausbruch des Ersten Weltkriegs ein ganz eigenes, von Georges Geist durchdrungenes kulturelles Klima entwickelte. Er wurde bald zu einer stadtbekannten Erscheinung, da er es liebte, rechts und links eingehakt in die Armbeuge zweier Jünger durch die Straßen zu flanieren. Diese Spaziergänge dienten nicht zuletzt dazu, die studentische Jugend unter Augenschein zu nehmen. Als er im September 1910 zusammen mit Ernst und Friedrich Gundolf die Neckarbrücke überschritt, wies er seine Begleiter auf „einen blonden knaben [hin] der ähnlichkeit mit einem archaischen relief hätte so dass es sich lohnte von ihm eine aufnahme zu machen. Vor einigen tagen begegnete ich [FG] ihm wieder und fragte ihn nach seinem namen und erfuhr dass es der junge Gothein sei." (G/G 204f.) Percy Gothein war der jüngste der vier Söhne von Marie Luise und Eberhard Gothein und 1896 in Bonn geboren worden. (Abb. 30) George beauftragte Gundolf, den bekannten Porträt-Fotographen Jacob Hilsdorf, der eine Art ‚Hoffotograph' Georges war, bei nächster Gelegenheit zu bitten, Aufnahmen von Percy Gothein zu machen.

Unter der Anwesenheit und Aufsicht Georges kam es im Dezember 1910 zu den gewünschten Aufnahmen im Hause Gothein in der Weberstraße 11 im noblen Stadtteil Neuenheim. Marie Luise Gothein hat in ihren Erinnerungen geschrieben, dass sie dem Besuch mit Herzklopfen entgegengesehen habe: „was bisher nur als Dichterstimme beglückend zu uns geklungen war, sollten wir nun greifbar, sichtbar vor uns sehen! Aber sehr wunderbar war dieser erste Besuch, mit einer so einfachen ungesuchten Herzlichkeit begrüßte er uns, als wären es alte Freunde, die ihm selbstverständlich wieder begegneten. [...] Sachgemäß plauderte er mit Eberhard über wirtschaftliche und politische Fragen, und immer aufs Neue sah ich welch tiefes Interesse und Verständnis er den Dingen und Geschehnissen der Zeit entgegenbrachte, wie er zugleich Nähe und Abstand zu ihnen zu halten wußte."[95] George fuhr kurz darauf nach München, wohin ihm Gundolf Anfang Februar 1911 einen Brief schickte, der bereits eine ganze Reihe von wesentlichen Beobachtungen an Percy Gotheins Verhalten und Erscheinungsbild festhielt, die seine Möglichkeiten, aber auch Gefährdungen andeuteten. Er teilt mit, Gothein habe „schöner und mächtiger als je" (G/G 220) ausgesehen und „etwas abgemessen unbändiges, hieratisch flegelhaftes in seinen bewegungen." Gundolf stellt dann einen Vergleich an, der auf dem Hintergrund seiner notorischen Cäsar-Idolatrie eine kaum zu überbietende Zukunftsprognose enthält: „Am Tag als ich ankam, war gerade für ihn aus London eine grosse Kiste angelangt, enthaltend die Cäsarbüste des britischen Museums: er hielt sie im Arm und stellte sie vor mich hin ... wobei mir auffiel, wie wenig sein nicht nur schöner sondern intensiv bedeutender Kopf verschwindet neben dem überlebensgrossen Imperatorgesicht." George antwortete, dass ihn diese Beschreibung sehr gefesselt hätte, und vergleicht Gothein mit dem gleichaltrigen Kronberger. Er glaubt dabei aber, einen Unterschied schon jetzt erkennen zu können. Maximin „stand glühend und gesättigt auf der göttlichen ebene, mit einem göttlichen wissen adonishaft in seiner erfüllung, der P. aber steht ganz auf menschlich heroischer stufe – voll wilden drängens und begehrens mit all dem streit schon im antlitz der den zum leidend-tuenden bestimmten bezeichnet." (G/G 222) Das sollte eine prophetische Einschätzung sein. Im Frühjahr 1911 kam George für einige Tage nach Heidelberg und lud Percy Gothein zu einem Besuch am ersten Mai-Wochenende nach Bingen ein.

Unmittelbar nach Gotheins Abreise verfasste George für Gundolf einen regelrechten Rapport: „Wir waren die zwei tage ganz auf wanderungen zusammen und das ergebnis ist dass ich noch mehr von ihm eingenommen bin. [...] Auch ist er sehr unverschämt aber seine anmaassung bleibt immer graziös. Als wir auf dem berg-hôtel zu abend assen und der besitzer mit seinen verbeugungen die gewohnten höflichkeitsfragen tat fand Percy dass ICH IHN sehr enttäuscht hätte weil ich mit ‚bürgern' so freundlich redete ... Nun aber die hauptfrage: was ich freilich schon wusste: der knabe ist ADELIG. Daraus ist alles zu machen und jede andre eigenschaft ist dagegen sekundär. Er ist freilich nicht eindeutig (ich denke dabei an Maximin) und hat jezt schon mehre sehr verschiedene gesichter." (G/G 226) George verglich Gothein in diesem Brief auch mit einem ungebärdigen jungen Bären und prägte damit seinen kreisinternen Übernamen. Percy Gothein seinerseits hielt ebenfalls seine Eindrücke von diesem ersten Besuch bei George fest, und es mag interessant sein, seine Version daneben zu stellen.

> Wir traten auf der höhe in ein gasthaus ein und ich merkte gleich dass unsere gestalten die von einem anderen planeten hergewandelt schienen sich in dieser bürgerlichen umgebung gar kurios ausnahmen. Der gegensatz kam mir noch stärker zu bewusstsein als der wirt, ein wolbeleibter und wolgesinnter bürger, auf den Dichter zukam, ihm kordial die hand schüttelte, denn er kannte ihn schon von kind auf, und sich in breiter behaglicher rede über die freunde und gevattern des nahen städtchens vernehmen liess. Höchst überrascht war ich aber dass der Dichter dem biederen wirt gut bürgerlich und im heimischen di-

alekt antwort gab sodass sich dieser zufriedengestellt entfernte. [...] Als wir nun weitergingen leitete ich meine rede so ein: ‚Sie haben mich heute leider etwas enttäuscht.' Das war nun schon drollig genug dass das kleine sagte es sei vom Grossen enttäuscht worden, aber nun wurde es leider unverschämt da es den Grossen fragte, zu welcher farbe der Dichter sich bekenne da er, wie man eben gesehen habe, mit grosser gewandtheit die verschiedensten annehmen könne. Der Dichter aber war nicht gesonnen seinem jungen freunde irgendeine ungezogenheit durchgehen zu lassen und [...] mahnte mich damals ernst dass jede lebensstufe wenn sie in ihrem bereich verharre wol gelitten sei und wenn wir, die von einer andern stufe herkämen, uns nicht überheben wollten, so müssten wir wol mit dem bürger in seiner sprache reden. [...] An diesem abend rückte ich mit der sprache heraus, wie sich Gott und Welt in meinem jungenskopfe darstellten [...]. Dahin gehörte vor allem der ganze technische kram mit seinen glänzenden und doch im grunde so nüchternen flittern der unsern jungens immer noch den kopf verdreht. [...] Wenn sich die jungens in ihrem reiseeifer freuten dass eine kolossalische lokomotive – natürlich musste sie vom ‚modernsten typ' sein, sonst machte sie keinen eindruck mehr – zischend aus dem tunnelloch angeprustet kam und weissen dampf aus ihren lefzen spie, und man sie dann gerne mit einem grossen schwarzen drachen verglich der sich schnaubend aus seiner höhle hervorwälze, so schnitt der Dichter solche fantasien gewöhnlich kurz ab und sagte: ‚Kinder, ihr könnt versichert sein, in fünfzig jahren steht dies ding in der gerümpelkammer eines technischen museums und jedermann muss dann lachen über das ‚veraltete modell' weil man inzwischen sich an wieder etwas anderes gewöhnt hat.' [...] Unter solchen gesprächen war es schliesslich doch recht spät geworden und ich hatte die genugtuung, erst zur stunde in der auch die erwachsenen sich zur ruhe zu legen pflegen zu bette zu gehen. [...] Da hörte ich draussen den Dichter nochmals an meiner türe vorbeigehn und mein freies inneres schwingen schmiegte sich den verhaltnen worten an die er vor sich hinsprach. Es waren die verse ‚Wer seines reichtums unwert ihn nicht nüzt / Muss weinen: nicht wer arm ist wer verlor'.[96]

Die letzten Verse stammen aus einem von vier Gedichten im *Stern des Bundes*, zu denen persönliche Begegnungen mit Gothein den Anstoß gegeben haben mögen. Die Passage enthält noch eine ganze Reihe weiterer Alltagsszenen, in denen George als Erzieher greifbar wird. Gothein setzte in diesem Stil die Berichte über seine Treffen mit George fort und legte sie ihm im Juni 1913 zur Begutachtung vor. In den Wochen zuvor hatten sie sich regelmäßig in Heidelberg getroffen, etwa am Neckarufer, wo Gothein in diesem heißen

Frühjahr nach der Schule ein kühlendes Bad nahm und George ihm zusah. Die Gespräche kreisten zum Beispiel um die körperliche Ertüchtigung der Knaben, wobei George die bei den Spartanern übliche Züchtigung verteidigte, während Gothein meinte, der Einsatz der Peitsche produziere nur „brutale Unteroffiziersnaturen".[97] Gothein schickte seinem Heft mit den Eintragungen über ihre Treffen noch am selben Tag einen Brief hinterher, in dem er George erläuterte, der Sinn der Manuskript-Übergabe bestehe darin, dass er gerne wissen würde, ob er es auch anderen zu lesen geben dürfe. Es hieß darin unter anderem: „Sie haben das Recht mir hier zu befehlen, weil diese Aufzeichnungen über Sie handeln [...]. Dafür dass Sie mir von Ihrer kostbaren Zeit so viele Stunden geschenkt haben kann ich meinerseits nur völlige Offenheit Ihnen gegenüber setzen, damit Sie nicht die Katz im Sack kaufen."[98] George reagierte pikiert auf die Taktlosigkeit der privaten Notate. Gothein lenkte sofort ein und deponierte das *Corpus delicti* bei Gundolf mit der Bemerkung: „Es steht bei Ihnen es zu vernichten oder in den Beten zu vergraben. Mir gehört es nicht mehr."[99] Gut zehn Jahre später knüpfte Gothein an seine Aufzeichnungen an und ergänzte sie um seine Begegnungen mit George nach dem Ersten Weltkrieg. Das sogenannte *Opus Petri* wuchs auf 450 Manuskriptseiten an und sollte als modellhafte Darstellung einer Erziehung im Zeichen Georges sogar als offizielle ‚Kreisschrift' gedruckt werden. George scheute aber vor der Publikation zurück, weil Gothein seinem Empfinden nach allzu offenherzig die homoerotische Komponente seiner Bildungsgeschichte geschildert hatte. So wurde das *Opus Petri* erneut sekretiert und führte fortan eine unterirdische Existenz als eine Art geheimer kreisinterner Schlüsseltext. Erst Anfang der 1950er Jahre wurden einige größere Auszüge in mehreren Ausgaben der Zeitschrift *Castrum Peregrini* veröffentlicht, weil deren Initiator Wolfgang Frommel ein Zögling Gotheins war und die eigene George-Nachfolge mittels dieses authentischen Zeugnisses zur Legitimation seines eigenen ‚Urenkel'-Kreises benutzen wollte.

Nach der Übergabe des Heftes im Juni 1913 war fast ein Jahr Funkstille zwischen Gothein und George. Erst am Vorabend seines 18. Geburtstags lud George ihn in Heidelberg in Gundolfs Zimmer in der Pension Neuer und las ihm die Gedichte des zweiten Zehnts im *Zweiten Buch* des *Sterns des Bundes* vor, die in ihrem Kern von der komplexen Beziehung zwischen Meister und Jünger handeln und – wie erwähnt – teils aus Georges Erfahrungen mit Percy Gothein erwuchsen.[100] Gothein fühlte sich ‚wie in eine andere Sphäre erhoben' und zeigte durch sein aufnehmendes Verhalten eine Reifung an, die George dazu veranlasste, ihm am nächsten Tag zu schreiben, nun beginne für ihn ein wichtiges Jahr und es sei ein bedeutsames Zeichen, dass *„ich*

Sie gleichsam hinüberführte."[101] Direkt im August 1914 meldete sich Gothein als Kriegsfreiwilliger und wurde in Mannheim zum Grenadier ausgebildet. Bei Heimatbesuchen in Heidelberg erschien er Gundolf als „stattlicher soldat" (G/G 262). Vielleicht im November kam er an die Front. George hat ihn vor dem Einrücken noch einmal getroffen und – wie auch anderen gegenüber – die Erwartung geäußert, dass er sich im Feld bewähre. George dachte dabei – wie wir noch sehen werden – keineswegs an irgendeinen hurrapatriotischen Einsatz für Deutschland, sondern einfach an die Erfüllung einer Aufgabe, die das Schicksal stellte, nach bestem Vermögen. Er war daher äußerst unzufrieden, als er von Gothein am 15. Februar 1915 einen eher nörgeligen Brief von der Westfront erhielt, in dem es hieß: „Als ich zu Anfang, da mir mancherlei nicht in den Kram passen wollte, mich wieder abzusondern suchte, ging's mir begreiflicherweise recht übel. [...] Nach wie vor tut mir das Not was Sie einmal mit ‚Entbären' bezeichneten. Zugreifen bei der Arbeit, sage ich mir immer wieder ist das Allerwichtigste für mich. Nun ja! Im Einzelnen habe ich wohl mancherlei gelernt, [...] indessen bleiben das nur einzelne Fälle und im Grunde bin ich eben so unpraktisch und ‚Bär' geblieben wie vormals."[102] George war so aufgebracht, dass er Gothein wenige Tage später über seine Mutter ein Gedicht zusenden ließ, das er in Großbuchstaben mit *Die Entlassung des Schülers* überschrieben hatte. Es lautet:

Du willst hinaus in land und meer manch jahr
Die welt erkennen unter kampf und fahr ...
Ein Ungeweihter suchst du nach dem Leben:
Drum schickt es dich zurück und wird nichts geben.

Das höchste was von Gott dem menschen eignet
Kam vor dein haus · hat sich für dich ereignet.
Du merktest nicht – du bleibst dein leben kind
Du sahest nicht – du bleibst dein leben blind.[103]

In einem Begleitschreiben empfahl George Gothein, das Gedicht ‚wie einen Talisman' im Krieg bei sich zu tragen. Georges Sendung erreichte Gothein wenige Tage, nachdem sein bester Kamerad neben ihm im Schützengraben gefallen war. Gothein erschien das Gedicht wie ein über ihn verhängter ‚Fluch' und er brauchte einige Zeit, bis er sich zwei Monate später zu einer Antwort aufraffen konnte. Er schrieb, der Brief habe ihn aufs Strohlager geworfen und „stundenlang wie ein Kranker"[104] liegen lassen. Gothein nahm reumütig von der Haltung in seinem Februarbrief Abstand, indem er schrieb: „Ich will mich nicht der Feigheit schuldig machen, die Geschenke, die mir das Schicksal gewährt, zu verwünschen oder von mir zu stossen, wie es dort geschehen ist, weil sie mir manchmal zu schwer zu tragen erschienen."[105] Er stellte George die bange Frage, ob ihm die Tür jetzt verschlossen sei und er in der Verbannung seinen Weg alleine finden müsse. Eine schriftliche Antwort erhielt Gothein wohl nicht direkt, aber als er nach seiner bei den Kämpfen in Galizien am 15. Juni erlittenen Kopfschuss-Verletzung in Deutschland im Lazarett lag, hat George ihn aufgesucht und ihm versichert, „dass der Spruch keine Verwerfung für immer bedeute, vielmehr das Ende einer ersten, allerdings unerfüllt gebliebenen Stufe."[106] Nach der Genesung wurde Gothein vom Kriegsdienst freigestellt und begann ein Studium der Philosophie in Heidelberg. George bekundete nun wieder ein stärkeres Interesse an seiner Entwicklung. Ein Brief an Gundolf vom Februar 1916 endet mit der ungeduldigen Frage: „wo Percy jetzt ist frage ich schon sechsmal" (G/G 281). Gothein unterrichtete George brieflich über sein Studium und warf immer wieder die Frage nach dem weiteren Lebensweg auf. Das eine Mal schrieb er zwar, dass nun „Sammlung und Disciplin in reichem Maasse gekommen"[107] seien, gesteht dann aber beim nächsten Mal, sein beobachtendes Ich könne „nicht im mindesten erfassen, was die Totalität meines Selbst ist."[108] Spürbar genervt rügte George diese ständigen ‚Zergliederungen', die ihn nicht vorwärts brächten.

Am Ende des Jahres 1916 zog George nach einem Besuch Gotheins in Bingen die ernüchternde Bilanz, er habe ein anderes Gesicht bekommen, „leider ziemlich unerfreulich", und sei überhaupt „ein garstig klagesitischer blondling." (G/G 298) Zum Sommersemester 1917 wechselte Gothein an die Universität in Berlin, was eine gewisse Entspannung zur Folge hatte. Berlin bewirkte bei Gothein einen Zuwachs an Selbstsicherheit. Gundolf war sogar von seiner Veränderung so angetan, dass er George im Juli schrieb, Percy wäre ihm bei ihrer letzten Begegnung geradezu ‚entbärt' (G/G 307) vorgekommen. Entscheidend für die weitere Entwicklung von Gothein war dann, dass er sich seinerseits mit Jüngeren angefreundet hatte, die nun von ihm eine Hilfe bei ihrer Orientierung erwarteten. Der Wechsel in die Rolle des ‚Erziehers' führte zu einer neuen Annäherung an George, zu der es unmittelbar nach Ende des Kriegs kam, als Gothein in München mit dem Studium der Romanistik begann. George bewohnte von Anfang des Jahres bis etwa Mitte März 1919 das Kugelzimmer in der Römerstraße und empfing Gothein dort regelmäßig. In dem Kapitel *Die halkyonischen Tage* im *Opus Petri* schilderte Gothein diese für ihn harmonischste Phase in der Freundschaft mit George. Bei seinen Besuchen fiel Gothein der Vesperdienst zu. Es war eine

Regel Georges im Umgang mit seinen Jüngern, dass sie sofort in die praktischen Abläufe des Alltags einbezogen wurden, der einem festen Rhythmus unterlag. Gothein schilderte in seinen Erinnerungen, wie sehr er seine Aufgabe ernst nahm. „So einfach die handlung auch war, die ich hier zu tun hatte, nämlich die beiden hocker zurechtzustellen und auf den einen ein weisses tuch zu legen, damit er uns als tisch diene, jedesmal war sie mir freudig neu und einzig, festlich und feierlich. [...] Um den Dichter war alles feierlich und zugleich schlicht: das war der zauber seines wesens, der beides zwanglos mischte, dass es unzertrennlich wurde."[109] George erläutert ihm auch den tieferen Grund für die besondere Schlichtheit der Einrichtung des Kugelzimmers. „Spätere zeiten dürfen wieder in palästen wohnen. Unsere ist die gründungszeit, die zeit der zelte."[110] Hier kehrt das Motiv der ständigen Aufbruchsbereitschaft wieder, an der die Eignung der Wohnumgebung gemessen wird. Sie entspricht einem Wesenselement Georges, der niemals mehr seit seinem Aufbruch nach dem Abitur einen dauerhaft bewohnten Lebensmittelpunkt hatte. Zwar gab es immer gleichzeitig mehrere feste Ankerplätze, aber auch die wechselten im Laufe seines Lebens, das bildlich gesprochen ein ‚Leben auf hoher See' war, nicht ganz unähnlich der Existenzform des Fliegenden Holländers.

Gothein berichtet von einigen erzieherischen Maßnahmen, denen George ihn in diesen Münchner Wochen unterzog. Das erste Projekt galt der Verbesserung seiner ungleichmäßigen Handschrift, weswegen George mit ihm eine regelrechte Alphabethisierungsmaßnahme durchexerzierte. „Das ganze kleine und grosse alphabeth wurde der reihe nach durchgenommen und jeder buchstabe, wie ich ihn bisher gemacht hatte, auf seine mängel, verzwicktheiten und unschönheiten beurteilt und durch bessere einfachere formen ersezt, so dass ohne alle an- und abstriche die unverschnörkelte urform eines jeden buchstaben wieder zu tage kam."[111] Gleichermaßen demonstrierte George ihm den Vorzug des Gedächtnisses gegenüber der Schrift, indem er ihm das Gleichnis vom Gott Toth aus Platons *Phaidros* erzählte, dessen Angebot der Schrift vom alten Pharao abgelehnt worden sei, weil diese Modernisierung nur dazu beitrüge, alles mögliche Unwichtige festzuhalten, wo doch das Gedächtnis für das Lebensnotwendige reiche. Gothein hatte gleich Gelegenheit, sich diese Erziehungsregel zunutze zu machen, als George ihm an einem Abend den sogenannten *Sternwandel*-Zyklus von Bernhard von Uxkull-Gyllenband – wir erinnern uns: einem Zögling von Ernst Morwitz – vorlas. George überließ Gothein die Abschrift für einige Tage, allerdings mit dem ausdrücklichen Verbot, sich eine Abschrift zu machen. So lernte er den Zyklus aus zehn Gedichten auswendig und gewann so eine sein Leben begleitende, ihm wertvolle Dichtung. Gothein überliefert auch eine Erläuterung Georges über den Sinn des Vorlesens für den Vortragenden wie für ihn als Hörer. Wir begegnen hier wieder dem agonalen Aspekt der kreisinternen Rituale. Zunächst hatte Gothein aus dem *Jahr der Seele* lesen wollen. Es war bei Leseproben sowohl üblich, dass der Proband einen Text vorschlug, als auch, dass ihm ein Text zugeteilt wurde. George gestattete in diesem Fall die Wahl nicht, da er ein Ausweichen in eine stimmungshafte Vortragsweise unterbinden wollte. Daher gab er Gothein die Gedichte aus dem *Zweiten Buch* des *Sterns des Bundes* zu lesen, die das persönliche Verhältnis von Meister und Jünger betrafen. George vertrat die Ansicht, so Gothein, dass man am Vorlesen junger Menschen erkennen könne, „wie weit sie sind und welche inneren schwierigkeiten sie zu überwinden haben. Diese probe ist ganz untrüglich, denn keine schwache stelle bleibt dem geübten ohre verborgen. Und für den lesenden ist es ein wettstreit mit sich selber und mit anderen, zu sehen, wie er sich allmählich zum gleichmaass der inneren und äusseren kräfte durchringt."[112]

Mit den ‚halkyonischen Tagen' schien Gothein seine Verbindung zu George verstetigt zu haben. Als Siegel dieser Entwicklung kann man seine Einladung zum sogenannten Seelenfest an Pfingsten 1919 in Gundolfs neuer Wohnung in der Villa Lobstein gleich unterhalb des Heidelberger Schlosses betrachten. Gothein durfte sich in dieser Auffassung noch bestärkt fühlen, weil er während dieser Zusammenkunft, auf die wir später noch genauer eingehen, in einer geradezu einmaligen Weise ausgezeichnet wurde. Im Beisein mehrerer älterer und zweier anderer neuer Kreismitglieder soll George in die Runde gesagt haben: „Ihr belügt mich doch alle!" Dann habe er Percy Gothein fixiert und ergänzt: „Du nicht!"[113] Das ist eine irritierende Szene. Man kann darin eine Art Kontrafaktur der Abendmahlszene erblicken, in der Christus Judas anschaut und ihm auf den Kopf zusagt, dass er ihn verraten wird. Immerhin sollte man sich aber auch an das Gedicht *Der Täter* aus dem *Teppich des Lebens* erinnern, in dem die ungeheueren Verse stehen: „Wer niemals am bruder den fleck für den dolchstoss bemass / Wie leicht ist sein leben" (SW V, 45).[114] Bei der Verabschiedung der Teilnehmer an dem mehrtägigen Treffen hielt George Gothein alleine zurück und drückte ihm einen Zettel mit folgenden Versen aus einem Gedicht von Maximilian Kronberger in die Hand: „Im ewigen buch der zeiten ist bestimmt: / Du sollst um das vergangne niemals trauern.. / Die gottheit giebt dir wo sie nimmt."[115] Kluncker interpretiert diese Geste zu Recht als Aufhebung der ‚Entlassung des Schülers'.[116]

Die Erfahrung des Seelenfestes löste in Gothein auch einen dichterischen Schub aus, ohne dass daraus eine dichterische Existenz erwuchs. Im Jahr

1920 brach er zu einem längeren Italienaufenthalt auf, um seine Italienisch- und Dante-Kenntnis zu vertiefen. George war von der Reise zwar nicht begeistert, da er ein ‚Hier-Stehen' für richtiger hielt, schöpfte aber andererseits die Hoffnung, Gothein könne die erwünschte Dante-Monographie des George-Kreises verfassen. 1923 promovierte Gothein in Heidelberg und begann danach mit Georges Einverständnis zunächst mit der Niederschrift des *Opus Petri* als Erziehungsbrevier. Als dessen Veröffentlichung nicht weiter verfolgt wurde, arbeitete Gothein als Assistent am Romanischen Seminar in Köln und Bonn, unter anderem bei Leo Spitzer. George erwartete von ihm die Habilitation. Dieser Plan scheiterte jedoch an mehreren Orten, was die erneute und endgültige ‚Entlassung des Schülers' Gothein zur Folge hatte. Percy Gothein wurde zur *persona non grata* im George-Kreis. Auch die Fürsprache eines bei George so gut angeschriebenen Freundes wie Ernst Morwitz oder des Bildhauers Ludwig Thormaehlen verschlug nichts. Thormaehlen überliefert, dass George kategorisch ausschloss, dass aus Gothein noch einmal etwas Brauchbares würde und es sich nur um eine Krise handle. Er, Thormaehlen, „äußerte gelegentlich die Ansicht, dass diese vorübergehend sei und Percy doch noch zu seiner Ordnung und Form käme. Da erhob der Meister warnend den Finger und sprach sehr ernst und entschieden: ‚Wenn *ich* nicht vermag, dem Peter zu helfen, wie wollt dann *Ihr* das fertigbringen, der Ernst und Du. Ich warne Euch! Diesem *ist* nicht zu helfen!'"[117]

Nichtsdestotrotz setzte Gothein nun seinen Ehrgeiz daran, im Geiste der Dichtung Georges eigene Freundeskreise zu stiften. Das gelang ihm mit Wolfgang Frommel am besten, den er bereits 1923 in Heidelberg kennengelernt hatte. 1932 veröffentlichte er in Frommels Verlag Die Runde seine Renaissance-Studie, die ihm keine akademischen Meriten einbrachte. Mit seinem schweren Motorrad war Gothein in den 1930er Jahren rastlos unterwegs. Wegen Verstoßes gegen den Homosexualitätsparagraphen geriet er in den Fokus der nationalsozialistischen Strafjustiz. Er floh nach Italien und tauchte später im besetzten Holland unter. Im Juli 1944 wurde er von der Gestapo verhaftet und starb am 22. Dezember im Konzentrationslager Neuengamme.

Stift Neuburg und *Der Stern des Bundes*: Okkultismus und Esoterik am Vorabend des Ersten Weltkriegs

Kehren wir von diesem traurigen Ende noch einmal in die beinahe traumhafte, geistsprühende, feierfreudige und kunstsinnige Atmosphäre des Vorkriegs-Heidelberg zurück, genauer gesagt in den am Neckarufer gelegenen

Vorort Ziegelhausen und dort zum Stift Neuburg. Es ist ein traumhaft schöner Ort und bildet in unserem Zusammenhang quasi eine Brücke zwischen den leicht überspannten Gedankenexperimenten Schwabings und dem von Georges geistiger Präsenz imprägnierten intellektuellen Leben Heidelbergs.

Der Schriftsteller und Alchemist Alexander von Bernus hatte das Stift nach dem Tod seines Adoptivvaters am 28. Januar 1908 geerbt. Er war 1880 in einem kleinen Ort am Bodensee geboren worden und hatte 1898 in Speyer Abitur gemacht. Nach dem Abbruch einer militärischen Laufbahn ging er 1902 nach München, wo er sich philosophischen und medizinischen Studien widmete. 1905 lernte er Wolfskehl kennen und veröffentlichte einen Aufsatz von Gundolf in der von ihm mitherausgegebenen Zeitschrift *Die Freistatt*. Er eröffnete 1907 das ‚Schwabinger Schattentheater', das auch mehrere Spiele von Wolfskehl aufführte und von George selbst gerne besucht wurde. 1910 entstand der Kontakt mit dem Anthroposophen Rudolf Steiner, dessen Lehre und Person zunehmend das Denken von Bernus bestimmte. In der von 1916 bis 1921 von Bernus herausgegebenen Zeitschrift *Das Reich* propagierte er anthroposophische Positionen. 1921 gründete Bernus auch das medizinische Labor Soluna auf Stift Neuburg und entwickelte die sogenannte ‚Spagyrik', eine auf alchemistischer Tradition und okkultem Wissen basierende Heilkunde. Mit spagyrischen Arzneien baute er einen pharmazeutischen Handel auf. Nach dem Verkauf von Stift Neuburg an den Benediktinerorden 1926 siedelte sich Bernus auf Schloss Eschenau bei Heilbronn an. Von 1939 bis zu seinem Tod 1965 lebte er auf Schloss Donaumünster bei Donauwörth. Bernus veröffentlichte etliche Gedichtbände, Mysterienspiele und Aufsätze zu literaturgeschichtlichen, medizinischen und grenzwissenschaftlichen Themen. Außerdem war er ein produktiver Übersetzer englischer Lyriker und edierte vier Bände mit Texten von Blake, Coleridge, Keats, Rossetti und Wordsworth.

Als Bernus das Stift 1908 erbte, hatte es bereits eine bewegte Geschichte hinter sich. Gegründet wurde es 1130 als Propstei Neuburg durch Benediktiner vom Kloster Lorsch. Bereits 1195 erfolgte die Umwandlung in ein Frauenkloster. Etwa 1575 ging das Kloster in das Eigentum der pfälzischen Kurfürsten über, 1671 wurde es in ein adliges Fräuleinstift umgewandelt und trägt seither den Namen Stift Neuburg. Nach der Säkularisierung der geistlichen Besitztümer erwarb es 1804 der Regierungskommissar Ludwig Hout, der es 1825 an Johann Friedrich Heinrich (Fritz) Schlosser, einen Freund Goethes, verkaufte. Das Stift wurde zum Treffpunkt der Romantiker und Nazarener. Clemens Brentano, Joseph von Görres, Friedrich Schlegel, Justinus Kerner, Friedrich Overbeck, Peter Cornelius, Ernst Fries, Moritz von Schwind oder auch Carl Maria von Weber gehörten zu seinen Gästen. Schlosser ließ die Klosterkirche umbauen, in deren Chor eine Hauskapelle eingerichtet und von deren Schiff das gotische Zimmer für seine Sammlung an Nazarenerbildern abgeteilt wurde. Daneben entstand auf dem Stift eine beachtliche Sammlung an Goetheana, zumal Fritz Schlosser dem Dichter bei der Materialbeschaffung für *Dichtung und Wahrheit* vielfältige Hilfe leistete. Zu den Prunkstücken der Sammlung gehörte etwa das Goethe-Porträt von Gerhard von Kügelgen aus dem Jahr 1810, das Goethe Fritz Schlosser als Dank für seine Dienste geschenkt hatte. Die Goethe-Sammlung war so bedeutend, dass Alexander von Bernus die Bestände 1913 öffentlich zugänglich machte und damit gewissermaßen das erste Goethe-Museum gründete.

Stift Neuburg war 1865 in den Besitz der Familie Bernus gelangt, und Alexander von Bernus wollte an die glanzvolle Geschichte des Stifts wieder anknüpfen. Er verband mit ihm glückliche Kindheitserinnerungen. Der für alles Übernatürliche empfängliche Knabe spürte im ganzen Kirchentrakt „Astralität".[118] In den Sommerferien 1893 führte er mit seinem Bruder Alfred erstmals spiritistische Experimente durch.[119] In der allem Okkulten zugewandten Atmosphäre ‚Wahnmochings' setzte er seine Beschäftigung mit den Geheimwissenschaften fort. Regelmäßig trafen sich die Mitwirkenden an den Schwabinger Schattenspielen zu privaten Séancen und führten exakt Buch über alle Auskünfte der angerufenen Geister. Für diese Aktivitäten bot Stift Neuburg eine neue Bühne. Allerdings musste das Stift erst einmal gründlich entrümpelt werden. Rolf von Hoerschelmann, der Chronist Schwabings, der für die Schattenspiele zeichnete, schilderte in einem Brief an seine Mutter die Auktionierung des angehäuften Gerümpels am 6. Oktober 1908. „Heute ist ein großer Tag auf dem Stift gewesen! Vor 1 Stunde ist der letzte Kitsch u. Schundgegenstand verauktioniert worden, und das Stift birgt in seinen 30 bewohnbaren Zimmern und etwa 20 Kellern, Speichern und Remisenräumen nichts mehr, aber auch nicht den kleinsten Nippgegenstand, der nicht anständig und stilgemäß, d.h. seinem ‚Wohnort' angemessen! [...] Jetzt wird's schön auf dem Stift! Aber fabelhaft viel Arbeit! [...] Eben wird im Obstgarten ein riesiges Schwimmbad gebaut!! Es wird schon unglaublich fabelhaft nächstes Jahr! Man vergisst ganz, dass es noch eine Welt gibt!"[120] Nach dieser Purifizierung stand der Wiedergeburt des Stifts als geistig-geselliges Zentrum nichts mehr im Wege.

Pfingsten 1909 erging die Einladung an Stefan George, die er unverzüglich annahm. „Es war ein strahlender Sommernachmittag des Jahres 1909. Stefan George hatte sich zu seinem ersten Besuche angesagt. Alle Anwesenden waren zu seinem Empfange im Flur bei der Haustüre zusammengekommen. Adelheid von Bernus bot ihm auf der Schwelle auf einem Tablett Brot und Salz. Stefan George, die Situation beherrschend, tauchte das Brot in das Salz und führte es zum Munde."[121] Die übrigen Anwesenden waren Hanna und Karl Wolfskehl, Friedrich Gundolf, Rolf von Hoerschelmann, der Zeichner Karl Thylmann und der Komponist und Dichter Wilhelm Petersen, beide aus Darmstadt. Nach ihrer Ankunft hatte Hanna Wolfskehl auf einer Postkarte an das Ehepaar Verwey mit dem Bild des Stifts geschwärmt: „Nun sind wir alle hier auf diesem Gut, das über alle Begriffe schön ist. Die Gegend, der Garten, das Kloster, die gothischen Säle und Zellen, die romantischen Zimmer, die außer allen geliebten Meublen auch noch die Luft von Göthe und Brentano in sich bergen, alles hüllt uns ein in eine besondere Welt!"[122]

George wurde gleich zu Beginn mit der Präsenz übernatürlicher Kräfte auf Stift Neuburg konfrontiert. „Das ihm zugedachte Zimmer – es war das schönste und ihm gemäßeste Gastzimmer auf Stift Neuburg, denn es führte nebenan über eine Stufe in eine kleine Zelle mit gotischem Gewölbe –, das Zimmer hatte auch seine zwielichtige Seite: es war darin nicht recht geheuer. [...] Geräusche wurden hörbar, und mitunter, wenn auch ganz selten, kam es von unter dem Fußboden her wie das Rollen von Kegelkugeln. [...] Als ich mit Karl Wolfskehl Stefan George nach seiner Ankunft in das Zimmer geleitete, glaubten wir, ihn auf diese Eigentümlichkeit des Zimmers aufmerksam machen zu müssen, um ihn auf etwaige nächtliche Überraschungen vorzubereiten. Stefan George nahm es zur Kenntnis und sagte nur: ‚Vielleicht sind heute Nacht stärkere Gegenkräfte anwesend.' Karl Wolfskehl war von dieser Antwort überwältigt. Ich dachte: abwarten. Am anderen Morgen erschien George etwas übernächtigt am Frühstückstisch. [...] An jenem ersten Morgen gab George, von Wolfskehl befragt, ob er während der Nacht in seinem Zimmer etwas gespürt oder wahrgenommen habe, zur Antwort: ‚Sie sind da. Ich habe die ganze Nacht kein Auge zugetan...' Die Gegenkräfte waren nicht stark genug gewesen."[123]

An den auf Stift Neuburg praktizierten okkulten Übungen beteiligte sich George durchaus aktiv. „Auch Stefan George nahm an zwei oder drei Sitzungen teil. Seine Anwesenheit wirkte sich eher retardierend als inspirierend aus. Es kam außer dem üblichen Kreisen und sich auf der einen oder anderen Seite Heben des Tisches zu keinen besonderen Ergebnissen. Da verfiel George auf den durchaus nicht abwegigen Gedanken, den Versuch zu machen, wie die konzentrierte Ausstrahlung der in sich geschlossenen Kette von 10 Händen sich auf den lebenden Organismus auswirke. Er veranlasste Wolfskehl, sich mit entblößtem Oberkörper auf Kniee und Hände niederzulassen und wir bildeten einen Kreis um Wolfskehl, die Handkette auf seinem Rücken. Nach einer geraumen Weile sagte Wolfskehl: ‚Es prickelt wie

Ameisen!' ‚Gut', meinte George. Nach wenigen weiteren Minuten: ‚Es prickelt ganz furchtbar, ich kanns nicht mehr aushalten!' – George herzlos: ‚Wegen dem bißchen Prickeln!' – Wieder ein bis zwei Minuten: ‚Länger geht's nicht, Stefan', und dabei schüttelte er die Handkette von seinem Rücken ab und erhob sich."[124]

Mitte Juni 1909 reiste George wieder ab, nicht viel später dürfte Melchior Lechter auf dem Stift geweilt haben. Auch ihm hatte Hanna Wolfskehl eine schwärmerische Postkarte mit der Ansicht von Stift Neuburg geschickt und ihm einen Besuch dringend empfohlen. Lechter folgte der Aufforderung im Juli und sandte dem Ehepaar Bernus etwa zwei Wochen nach seiner Rückkehr nach Berlin ein exorbitantes Geschenk. „Meine sehr Verehrten auf Stift Neuburg: Hier [...] die nun gerahmten Dedicationen für ihr Stefan-George-Zimmer und ihre Stefan-George-Zelle [...]: Sie beide bitte ich gütig die Widmung des Bildnisses des ‚Meisters Stefan George' anzunehmen und die zwölf Spiegelungen seiner Werke durch einen anderen Geist, die wie zwölf Apostel um ihn geschart in den beiden Räumen auf Stift Neuburg von seinem Genius zeugen mögen. Ich lege drei Aufrisse der Wände bei, woraus sie ersehen, wie ich mir die Anordnung gedacht habe. [...] Selbstverständlich dürfte wohl kein anderes Bild in den beiden Räumen bleiben. Es würde mich sehr erfreuen, wenn mein Gedanke in ihren Herzen Widerklang und Zustimmung finden würde!"[125]

Bernus führte Lechters Wunsch sofort aus. Seinem Dankesbrief ist zu entnehmen, dass sich kurz zuvor George erneut für fünf Tage auf dem Stift aufgehalten hatte. In dieser Zeit hatte die Anwesenden eine spiritistisch motivierte Schatzgräbermentalität erfasst. Es existierte nämlich die Legende, dass während des Dreißigjährigen Kriegs im Erdgeschoss der Kirche ein Schatz vergraben worden sei.[126] Ans Tageslicht gelangten jedoch, wie Stefan George Ernst Morwitz erzählte, „nur Knochen." (RB 97) Da Stift Neuburg viele Jahrhunderte als Kloster gedient hatte, das einen eigenen Friedhof besaß, war dieser Fund nicht wirklich überraschend.

Im Spätherbst 1909 trübte sich das Verhältnis zwischen Alexander von Bernus und sowohl Stefan George als auch Karl Wolfskehl massiv ein. Auslöser dafür war das Erscheinen von Friedrich Wolters' Schrift *Herrschaft und Dienst*. Auch Bernus ging ein Exemplar zu, auf das er in einem umfangreichen Brief an Karl Wolfskehl reagierte. Darin zog er einen klaren Trennungsstrich zwischen sich und dem George-Kreis. Zwar konzedierte er, dass „das Königliche eines grossen Meisters [...] wohl nie so ganz gesehen und gegeben worden [sei] als hier im Abschnitt ‚Der Herrscher'," aber gegen den Anspruch auf das unbedingte Bekenntnis zum Georgeschen ‚Staat' gibt er zu bedenken, dass auch das Persönliche und Einzelne sein geschichtliches Recht habe. Bernus weist auf eine Stelle im Goethe-Schiller-Briefwechsel hin, wo von der Legitimität der eigenen Provinzen die Rede ist, und fährt fort:

> Sie aber, lieber Karl, [...] sagten einmal im Sommer auf dem Stift: ‚Wer ein George-Zimmer hat, der lebt nicht mehr für sich, der ist nicht mehr frei.' – Ich habe damals nichts darauf erwidert, weil ich den Augenblick nicht für den rechten hielt, und weil ich das, was ich hierauf zu antworten gehabt hätte, in einem Male ganz zusammenfassen wollte. Es ist dies: Ich habe auf dem Stift eines der ausgeprägtesten Zimmer zum George-Zimmer gemacht als Zeichen der hohen Verehrung, die ein verbündeter Herzog (um etwa in dem Bilde zu bleiben) dem Kaiser darbringt. Jedoch begebe ich mich damit keiner einzigen Freiheit, ich lebe ganz mir selber und meiner Provinz. Ich bin auf weiten Um- und Irrwegen nach großer Selbstzügelung und Arbeit zur inneren Erkenntnis des selben oder nahverwandten Wollens und Ringens ohne Führung ganz aus mir gekommen [...]. So bin ich frei und bedingt einzig durch mich allein und durch den Hort, den ich behüte. So nur bestimmen sich mein Leben und mein Handeln in meinem sichtbaren und unsichtbaren Reich! Wenn ich darum im sichtbaren an solcher Stätte ein George-Zimmer errichtet habe, so erkennen Sie, was es bedeutet und dass eins des andern würdig ist.[127]

Auch George selbst hatte auf Stift Neuburg von Bernus eine unbedingtere Haltung verlangt, wie dieser sich erinnerte: „Ich sehe ihn noch in der Bibliothek von Stift Neuburg ganz nahe vor mir stehen und mit einer leidenschaftlichen Intensität in mich hineinsagen: ‚Ich will Ihnen ein Geheimnis anvertrauen: Man macht alles nur mit Fanatismus. Sie sind noch lange nicht fanatisch genug.'"[128] Es sei zum Verständnis für diesen Appell an den Fanatismus daran erinnert, dass genau im Herbst 1909 in Berlin das Projekt des *Jahrbuchs für die geistige Bewegung* konzipiert wurde, mit dem der George-Kreis seine zeit- und kulturkritischen Positionen nun erstmals dezidiert in den öffentlichen Diskurs einspeisen wollte. In einem Rundfunkinterview hat Bernus 1952 berichtet, dass er nach seinem Bekenntnisschreiben auf einem Jour bei Wolfskehl in das Arbeitszimmer gerufen worden sei, wo ihn George erwartete: „George atemlos: ‚Sie haben mir einen Brief geschrieben', keuchend, ‚Sie haben alles zerstört.' Da sag ich: ‚Ja, George, ich hab nur eine Grenze ziehen wollen.' ‚Sie sind ein Einzelner', sagt er. Ich sage: ‚Ja, das werde ich auch bleiben, George.' ‚Das können Sie nicht, Sie können nicht in Einzelheit bleiben.' Ich sage: ‚Ja, Hofmannsthal und Klages und andere sind ja auch ihre eigenen Wege gegangen.' Und das war dann eigentlich [...] die

Trennung."[129] Knapp zwei Wochen nach Bernus' Brief an Wolfskehl wandte sich George in gleicher Angelegenheit an Melchior Lechter. „Herr von B. schrieb über den Sinn von Herrschaft und Dienst, bei vielem konventionellem lob so unglaublich einfältiges zeug in einem folio grossen brief an Karl mit hochtrabenden worten und subalternem inhalt – [...] ach Gott, was für halbe menschen, was für äusserliche menschen, was für von grund aus ‚unmystische' Menschen! ich teile Ihnen das unterm siegel der verschwiegenheit mit, muss es Ihnen aber sagen, da Sie sowohl wie ich diese menschen geliebt, bzw. lieb haben, und weil ich Ihnen für alle fälle einen Warnungspfahl aufstecken wollte. Für solche schwachen, sekundären naturen besteht in der annäherung an intensive primäre die grosse gefahr, dass sie nach annahme gewisser ideen und phrasen nun auch meinen auf die höhe gerückt zu sein auf die sie beim besten willen nicht gelangen können." (L/G 304)

Nichtsdestotrotz ließ George sich im Frühjahr 1910 erneut aufs Stift einladen, als dort das Kometenfest begangen wurde. Für die Nacht vom 18. auf den 19. Mai war die größte Annäherung des Halleyschen Kometen an die Erde vorhergesagt worden, und entsprechend schossen apokalyptische Prophetien und Welterneuerungsfantasien ins Kraut. Es gab aber nicht nur Kometenangst, die zu diversen Selbstmorden und Wahnsinnsausbrüchen führte, sondern auch ein regelrechtes Kometenfieber, das sich vielfältig manifestierte.[130] Es wurden Kometenclubs gegründet, man veranstaltete Kometentänze und zahlreiche Dachparties mit Fernrohren, es gab Kometencocktails, Kometensongs, Kometenkleidung und zahlreiche Kometenaccessoires wie etwa Anstecknadeln und Broschen in Form des Kometen mit Schweif. In dieses Spektrum reihte sich Alexander von Bernus mit seinem ‚Mysterienspiel der Zeitenwende' *Melaina* ein, das in der Kometennacht auf dem Stift aufgeführt wurde. Melaina, ein anderer Name der Fruchtbarkeitsgöttin Demeter, klagt zu Beginn über den Frevel der Menschen, die aus ihrem unterirdischen Heiligtum die Fackel gestohlen haben, weswegen ihnen jetzt der Untergang prophezeit wird. Der Komet am Himmel wird als Menetekel des Untergangs gedeutet. Dann wenden sich ein Dichter, ein Bildner und ein Seher flehentlich an die Göttin und können sie umstimmen. Der Seher verkündet zum Schluss die Umdeutung des Himmelszeichens: „Das Zeichen, welches die Bedräuten / Erschreckte, tat uns Unheil kund. / Ich wage doch es umzudeuten / als Siegel einem dritten Bund."[131] Erkennbar mischen sich in diesem Weihespiel Echos von Georges *Siebentem Ring*, Bachofens Deutung des Demeter-Kults und orphische Mysterien. Den weiteren Verlauf des Kometenfestes schilderte Hoerschelmann so: „Die schöne, klare Sternennacht lockte zum Rundgang durch den Park und Garten, und auf einem der alten

Ecktürme sprach der junge Maler Thylmann rosenbekränzt vor George dessen herrliches Gedicht ‚Entrückung': ‚Ich fühle Luft von anderem Planeten...' Schließlich wurde im glanzvollen Musiksaal getanzt, und da nur alleine Stefan George und ich sich daran nicht beteiligten, kamen wir nebeneinander zu sitzen und in vergnügte Unterhaltung. Meine Bemerkung, Wolfskehl, dem der violette Talar beim Tanz etwas von der üppigen Schulter rutschte, gleiche der ‚Frau von dreißig Jahren' hatte ganz unerwarteten Erfolg und erweckte seine laute Heiterkeit."[132]

Das Kometenfest war der letzte Höhepunkt der geistig-geselligen Zusammenkünfte auf Stift Neuburg. Auch trübte sich das Verhältnis zwischen Alexander von Bernus und dem George-Kreis erneut ein. Als Bernus im Juli 1910 damit begann, auf Stift Neuburg Schattenspiel-Vorstellungen zu geben, tat Wolfskehl ihm kund: „Ja, jetzt wo George am Stift ist, können Sie das nicht mehr machen."[133] Bernus wies diesen neuerlichen Eingriff in seine Souveränität zurück. Georges letzter Besuch erfolgte Mitte Dezember 1910, auch er stand wie der erste im Zeichen unheimlicher nächtlicher Geräusche.

> George war allein zu Gast auf Stift Neuburg und wohnte, da im Winter der Parterrestock stillgelegt war, im sogenannten Goethezimmer [...]. In der zweiten Nacht seines Aufenthaltes wachte ich gegen 3 Uhr mit einem Schock auf. Da hörte ich im langen Korridor an meiner Tür vorüberschlurfende Schritte. [...] Ich stand sogleich auf, öffnete die Tür und sah den die ganze Nacht über an beiden Enden von je einer Petroleumfunzel matt erleuchteten Korridor hinunter. Es war niemand zu sehen. Wenn jemand draußen vorbeigegangen wäre, so konnte er auch in der kurzen Zeit den vierzig Meter langen Gang unmöglich schon zurückgelegt haben. Auch hätte ich die Tür am Ende des Korridors, die zum angrenzenden Trakt führte, gehen hören müssen. Aber nichts dergleichen. Ich legte mich wieder nieder. [...] Als ich am Morgen gegen 8 Uhr (George frühstückte auch im Winter sehr zeitig) ins Speisezimmer kam und nach dem Frühstück klingelte, wurde mir von der Wirtschafterin gemeldet, es sei in der Nacht ein Telegramm für George abgegeben worden, das ihm schon in aller Frühe ausgehändigt worden war, woraufhin er unverzüglich abgereist sei. Er hinterließ die Nachricht, Friedrich Gundolf habe ihm aus Darmstadt telegraphiert und ihn gebeten, gleich zu kommen, da Gundolfs Vater in jener Nacht freiwillig aus dem Leben geschieden sei.[134]

Für Bernus rückte das Stift ins Zeichen des Todes, als am 19. August 1912 sein achtjähriger Sohn Alwar sich beim Spielen strangulierte. Von diesem Moment an hatte sich der betörend-magische ‚Stiftsgeruch' für ihn in eine unglücksschwangere ‚Totenluft' verwandelt. Die Zeiten der heiteren Geselligkeit auf dem Stift waren endgültig vorüber. Anlässlich seines letzten Tages auf Stift Neuburg, dem 13. Februar 1927, verfasste Bernus das Gedicht *Abschiedsabend auf Stift Neuburg*.

Parallel mit der Blütezeit des von seinem Geist und Werk erfüllten Heidelberg hatte George an den Gedichten des *Sterns des Bundes* geschrieben. Bis zum Erscheinen des Bands im Februar 1914 stellte er auf einigen privaten Lesungen immer wieder neue Texte daraus vor. Die neunte Folge der *Blätter* vom Februar 1910 hatte bereits dreizehn Gedichte aus dem in der Entstehung begriffenen Band enthalten. Im selben Monat las George diese Gedichte bei Hanna und Karl Wolfskehl, wo zugleich Ernst und Friedrich Gundolf, Friedrich Wolters und der mit diesem befreundete Philosoph Herman Schmalenbach anwesend waren. Als Einleitung zu dieser Lesung bat George Wolters, das erste Kapitel aus *Herrschaft und Dienst* vorzutragen. Ein paar Tage zuvor hatte George dem 17-jährigen Herbert Steiner, den er im Jahr zuvor kennengelernt und den er zu einem mehrtägigen Besuch nach München eingeladen hatte, ein weiteres Gedicht aus dem späteren *Stern* vorgelesen. Es war noch nicht ganz fertig und galt seiner Person. Der jugendliche Steiner war beeindruckt und etwas eingeschüchtert von den festlichen Treffen im Kugelzimmer, bei denen die Teilnehmer sich in togaähnliche Gewänder hüllten. Steiner prägte sich ganz besonders eine Äußerung Georges ein, als er den Dichter nach dem Wort ‚Mahatma' fragte, das er aufgeschnappt hatte: „Mahatmas – das sind die Mächte, die hinter dem Leben stehen. Wenn sie einen Mann brauchen, der für sie kämpft, dann senden sie ihn ins Leben. Mich haben die Mahatmas geschickt."[135]

Ein knappes Jahr später las George einigen Beiträgern zum *Jahrbuch* im Kugelzimmer wieder neue *Stern*-Gedichte vor. Karl Wolfskehl, Friedrich Wolters, Berthold Vallentin und Kurt Hildebrandt waren versammelt, um drei Tage lang die vorliegenden Texte für das zweite *Jahrbuch* vorzulesen und zu diskutieren. Am Abend des ersten Tages fand in feierlicher Form die Lesung von Gedichten durch George, Vallentin und Wolters und eines Teils von Wolters' Aufsatz *Gestalt* durch den Autor selbst statt. Zum Schluss las George die noch unbekannten Gedichte. Kurt Hildebrandt hat den äußeren Rahmen dieses festlichen Ereignisses beschrieben.

> Zum Abend lud uns der Meister wieder ins Kugelzimmer. Wie verwandelt ist nun der Raum! Die Fensternische, der morgendliche Arbeitsraum des Dichters, tritt nun zurück und die Lampe beleuchtet stärker die andere Nische, den Raum des Symposions. Jetzt erst zeigt das Kugelzimmer seine reine und be-

> stimmende Einheit. Der quadratische Arbeitstisch ist zum Speisetisch verwandelt, da sich die unteren Enden der Füße umschlagen lassen. So steht er jetzt in passender Höhe zwischen den vier Ruhebänken, auf denen ebenso einfache Polster liegen. Auf dem weißgedeckten Tisch stehen drei große Zinnschalen mit Broten, Orangen, Datteln, Zinnteller und Becher, zwei Karaffen Wein. Dazwischen liegen Lorbeerkränze und Reiser. Der Meister versieht uns mit den Festgewändern, einfachen Talaren nach Art des Gewandes des delphischen Wagenlenkers. Er selbst trägt ein reinweißes Gewand mit langen Ärmeln. Auch Forder erhält ein weißes Gewand, die Farbe des Dichters und Vates, Leonor ein purpurnes, ich ein gedämpft gelbes, das Gewand Zesaras. Der Meister hilft uns eigenhändig beim Feststecken der langen Falten. So setzen wir uns zu Tisch. [...]
>
> Wir sitzen beim Essen, je einer an einer Tischseite, nachher können wir uns auch ausstrecken. Der Meister setzt sich einen der Lorbeerkränze auf. Uns ist es vertraut, schon seit der Schulzeit, uns zu besonderen Feiern zu kränzen und so greift auch Leonor nach einem der vor uns liegenden Kränze, um ihn sich aufzusetzen. Aber der Meister bedeutet ihm, dass es so nicht gemeint sei. Nach der Speisung kommt auch der Apostel herauf, der einzige Bärtige unter uns, im dunklen Vollbart, im Festtalar aus tiefbraunem Samt, eine wirkliche Erscheinung.[136]

Etwa zwei Wochen später wiederholt George die Abendfeier mit Lesung für drei andere Freunde. Nun sind Robert Boehringer, Ernst Morwitz und Ludwig Thormaehlen seine Gäste im Kugelzimmer, das in gleicher Weise gestaltet wird. Auch sie legen dem Anlass gemäß Festgewänder an. George forderte seine Gäste ebenfalls zum Vortrag von Gedichten aus seinem Werk auf. Thormaehlen hebt hervor, dass wenig gesprochen wurde, George aber auf je individuelle Weise mit seinen Besuchern kommunizierte. Konversation im alltäglichen Sinne war bei solchen festlichen Zusammenkünften unangebracht. Wenn George den Eindruck gewann, dass ein Gespräch zu locker und womöglich privat wurde, unterbrach er es und kehrte zum Gedichtvortrag zurück.

Mehr als ein Jahr später führte George die beiden Teilnehmergruppen am 11. Mai 1913 zu einem ‚großen Symposion' erneut im Kugelzimmer zusammen. Bewusst wählte George den Pfingstsonntag, den Tag der Ausgießung des Geistes. Dieses Mal wurden nur dichterische Texte gelesen. Vallentin trug sein *Zwiegespräch vom Kaiser* vor, Boehringer sagte Hölderlin-Gedichte und Dante-Übertragungen von George her, der Dichter selbst las wieder neue Gedichte aus dem *Stern des Bundes*. Vallentin gab am nächsten Tag seiner Ergriffenheit durch diese Lesung beredten Ausdruck: „Teuerster Meister: es drängt mich zu sagen: von keiner lesung keinem buche habe ich gefühlt was gestern. Keine verwandelte sich mir so unmittelbar in blut dass ich die stunde nachher ein anderer lebte als die vorher. Kein buch des Meisters ist – wenn dies nicht zu kühn ist – so sehr meines wie dieses. Der Eros [...] angekündigt in den zeitgedichten tritt in die welt und reisst mich mit."[137] Bewusst hatte George auch dafür gesorgt, dass die Zahl der Anwesenden zehn, genauer: 9+1, betrug. Es handelte sich um Boehringer, Ernst und Friedrich Gundolf, Morwitz, Thormaehlen, Vallentin, Wolfskehl, Wolters und – zum ersten Mal in der Freundesrunde – Ernst Glöckner. (Abb. 31)

Die Gewalt der Liebe: Ernst Glöckner und Edith Landmann

Ernst Glöckner war seit 1906 der Freund des Literaturwissenschaftlers Ernst Bertram, der mit George seit 1909 persönlich bekannt war. Bertram hatte verschiedentlich zustimmend über Georges Dichtung und das *Jahrbuch* geschrieben und in der neunten Folge der *Blätter* 1910 einen Sonettenzyklus mit dem Titel *Orpheus* veröffentlicht. 1913 lebten beide in München. Glöckner war 1885 in Weilburg geboren worden und hatte dort Abitur gemacht. Sein anschließendes Studium der Kunstgeschichte und Germanistik in Bonn ab 1906 schloss er 1909 mit einer Dissertation über E. T. A. Hoffmann ab. In München arbeitete er kurze Zeit im Museumsdienst, musste die Berufstätigkeit aber bald wegen eines chronischen Nierenleidens aufgeben. 1918 kehrte er nach Weilburg zurück, wo er bis zu seinem Tod 1934 blieb. Er entwickelte sich zu einem Kalligraphen und lebte von privaten Aufträgen und Zuwendungen seiner Freunde und Bekannten. Am 3. April 1913 traf er George auf der Straße, der ihn erkannte. Spontan begleitete George Glöckner in dessen Wohnung. Unter dem frischen Eindruck des gemeinsamen Abends schrieb Glöckner sofort am nächsten Tag an Bertram und gestand ihm, er habe ‚lenkbar wie ein Kind' jede Selbstkontrolle verloren. Glöckner war zutiefst verstört: „Es war ein furchtbares, ein unsägliches, glückseliges, verruchtes und hohes Erlebnis mit vielen feinen Schaudern des Glücks, mit ebenso vielen Blicken in einen unendlichen Abgrund. Ich war Spielzeug in seinen Händen, ich liebte und haßte zugleich." (EG 23) Glöckner schrieb weiter, dass er sich selbst verfluchte und gewünscht habe, George nie kennengelernt zu haben. Nach diesem Gefühlsausbruch ruft sich Glöckner selbst zur Disziplin auf und will Bertram nun ‚ordnungsgemäß und sachlich' über den vergangenen Abend berichten.

> Er fragte, was Du tätest. Da erzählte ich auch. Ich sprach auf sein Drängen hin von Deinem Gedichtbändchen im Inselverlag. ‚Schlimm, schlimm, sagte er, wo

solche Sachen erscheinen!' und schüttelte, mit den Augen zwinkernd und die Zunge (er hat eine gespaltene Zunge wie eine Schlange) an den Lippen wetzend, den Kopf und sagte [...] noch: ‚Ich schätze Bertram sehr. Es tut mir leid, dass er so dasteht. Er kann viel.' Und nun nahm er mich vor, nahm mich so streng vor, wie es noch kein Mensch getan hatte. Er war bös und flammte mit den Augen, dass ich es auf den Zufall hätte ankommen lassen, ihm zu begegnen. Er sagte, es wäre meine Pflicht gewesen, zu ihm zu kommen, da er mich aufgefordert hätte. Ich sagte ihm von meiner Scheu. ‚Die muss man überwinden, wenn man mich kennen lernen darf. Aber Ihr alle seid willenlos, mimosenhaft zart, Ihr Jungens. Da ist noch ein Mensch, und Ihr habt nicht Willen genug, Euch zu ihm hin zu bemühen. Soll ich es etwa tun – ich bin nun zu alt. Ihr müsst kommen.' [...] Er fragte weiter, was ich täte. Ich bekannte die Versuche, etwas in Novellenform zu schreiben. „Auch Gedichte?" Ich bejahte. Und nun einer der grässlichsten Momente meines Lebens. Ich musste vorlesen. Mein Sträuben half mir nichts. ‚Sie müssen können', und sein Blick quälte mich. [...] Ich las drei oder vier – ich weiß nicht mehr. Er sank im Sessel zusammen, bedeckte die Augen, und zeitweilig kam ein Grollen. Ich sagte: ‚Jetzt ist es genug.' ‚Ja, zu weich, alles zu weich.' Dann stand er auf; groß, unheimlich groß stand er da, gegen den Schrank gelehnt, und seine Augen waren die eines fürchterlichen Traumes. Seine Stimme war hart und voll Metall, seine Stirne drohend, und sein Mund voll Bitterkeit: ‚Wissen Sie, weshalb Sie nicht zu mir gekommen sind? Ich weiß es. Sie hatten Furcht vor der Kluft, die zwischen mir und Ihnen liegt.' Und seine Hände schnitten durch die Luft, die zwischen uns war, als zerschnitten sie alles zwischen ihm und mir. ‚Und doch fühlen Sie, dass Sie zum Teil mir gehören.' Sein Gesicht wurde das eines Teufels. Ich habe nie gewusst, dass ein Mensch so aussehen kann. Die Dämmerung war in dem Zimmer stark geworden, es war beinahe schon dunkel. Seine Augen glühten noch; er ergriff meine Hand. Und nun kam etwas, worüber ich nicht mehr Herr war. Es kam und musste kommen. Ich hasste und liebte den Menschen zu gleicher Zeit aus tiefster Seele. Ich zitterte und bebte am ganzen Körper. Ich wusste, der Mensch tut dir Gewalt an – aber ich war nicht mehr stark genug. Ich küsste die dargebotene Hand und mit versagender Stimme flüsterte ich: ‚Meister, was soll ich tun?' Er zog mich an seiner Brust empor, umarmte mich und küsste mich auf die Stirne. Er hielt mich stark und ich ihn. Leise sagte er immerfort. ‚Junge, lieber Junge. Lieber.' Wie ich dies aushalten konnte, heute weiß ich es nicht mehr." (EG 24–26)

Glöckner schildert in seinem aufgewühlten, im Druck mehr als sieben Seiten langen Brief, dass George ihm klarzumachen versuchte, dass er soeben

‚ein Wunder erlebt habe' „wie einst in den mythenbildenden Zeiten" (EG 27) und dafür dankbar sein müsse. Glöckner versichert Bertram weiter, dass er sich gegen diese Zumutung gewehrt habe und zwischen Glauben und Nicht-Glauben hin- und hergerissen war. George forderte ihn auf, ihn zu begleiten, und Glöckner gesteht widerstrebend: „Mir kam vor, als wäre es wirklich ein Wunder gewesen. [...] Arm in Arm gingen wir durch den Abend, der mir köstlicher, gehobener schien durch dieses wundersame, verruchte, fragwürdige Erlebnis. Die Luft war süß wie Honig, ein Amselruf tönte in die Röte und mir war wunderlich leicht [...]. Ich wollte ihn lächerlich finden, ich konnte es nicht, konnte es den ganzen Abend über nicht und auch heute noch nicht. Es gibt Menschen, denen jede Anmaßung erlaubt ist, und die deshalb nicht lächerlich werden." (EG 27) Drei Jahre später wird Glöckner selbst vom Wunder dieses Tages sprechen, das „mich fasste und erschütterte und von Grund auf verwandelte; und Wunder ist es, dass ich heute mehr denn damals glühe und die Fülle der Gesichte mich fast erdrückt und tief ins Knie zwingt."[138]

George führte Glöckner ins Kugelzimmer und setzte die ‚Vernehmung zur Person' fort. Er ist von Glöckners schwieriger Lage bewegt und verabschiedet ihn mit der Versicherung, sich etwas für ihn auszudenken. In den folgenden drei Tagen treffen sich George und Glöckner wieder. Das Bild, das Glöckner in seinen Berichten an Bertram zeichnet, bekam immer positivere Züge. Bereits nach dem zweiten Treffen schreibt er: „George ist ein Mensch, ein wundervoller Mensch, der es *nur* gut mit mir meint." (EG 30) Am nächsten Tag bekennt er, froh zu sein, ‚diesen Menschen noch gesehen zu haben' und ihm etwas zu bedeuten. Am 7. April heißt es dann: „So viel ist gewiß: es ist das letzte *große* Erlebnis, das an mich herangekommen ist. Nun muß ich mich bewähren. Und dies ist auch gewiß: mein ganzes Dasein hat durch diesen Menschen eine andere Richtung bekommen." (EG 33 f.) Immer wieder betonte Glöckner in dieser ersten Zeit die verwandelnde Kraft Georges, die „ein Höherhinauf" (EG 35) bewirke. Er war beeindruckt, dass ihm George schon vor seiner Abreise nach Heidelberg schrieb. Dabei ist es eine Besonderheit, dass George hier von Beginn an im Schriftverkehr das ‚Du' benutzte. Von Heidelberg aus lud er Glöckner zu einem mehrtägigen Treffen Anfang Mai im Kloster Banz in der Nähe von Bamberg ein. In den Wochen bis dahin beschäftigte Glöckner sich in seinen Briefen an Bertram und im Tagebuch ständig mit seinem George-Erlebnis. Er äußerte die Vermutung, dass George „in seiner Jugend einmal von Platons Gastmahl besessen wurde" und „auf diese Karte sein Leben gestellt" habe, was ihn zu dem zutreffenden Urteil kommen ließ: „Es steckt tief in ihm der Wille zur Antike." (EG 37) Am 14. April schreibt er an Bertram, dass er jetzt selbst mit dem größten Entzücken Platon lese, und gesteht seine Okkupation durch George: „Ich habe mich in diesen Tagen immer wieder mit George herumgeschlagen. Es kommt mir ganz merkwürdig vor, wie sehr ich von diesem Menschen besessen bin. Und je mehr ich gegen ihn ankämpfe, desto größer wächst er in mir." (EG 38) Es ist interessant, neben diese Karte an Bertram einen Brief an George mit demselben Datum zu stellen: „Es vergeht wohl keine Minute am Tage – selbst meine Träume sind vermengt mit Ihnen – wo ich mich nicht mit Ihnen und diesem hohen Erlebnis beschäftige. Sie sind alles: mein Tag, mein Tun, mein Traum und meine Rede. [...] Wenn Sie, Meister, irgendwo sichtbar sind, dann ist es hier im Phaidon, im Gastmahl und überall dort, wo das Schöne Standbild und Spiegel geworden ist."[139] Ende April schrieb Glöckner an Bertram, dass er das Alleinstellungsmerkmal Georges darin sehe, dass er mit niemandem anderen verglichen werden könne. Wenn er und Bertram sich anderen Idolen wie Thomas Mann oder Herman Bang ähnlich fühlen könnten, so gelte das nicht in Bezug auf George. „George sind wir nicht, und das hebt ihn aus allen heraus, gibt ihm diese Sonderstellung, diese Größe, die später allen sichtbar sein wird. Dies macht ihn auch im schönsten Sinne zum Führer unserer Zeit und besonders zum Führer aller derer, in denen die Sehnsucht nach einem lebendigen, kräftigen, *schönen* Leben noch wach ist." (EG 43)

Am 1. Mai fuhr Glöckner von Bamberg aus zusammen mit George zum Kloster Banz, wohin auch Ernst Morwitz kam und bis zum 5. Mai blieb. Am Tag darauf trafen die Brüder Ernst und Friedrich Gundolf ein, Glöckner reiste alleine am 8. Mai ab. Er war von den Freunden Georges sehr angetan und fand in seinem ausführlichen Bericht an Bertram begeisterte Worte über George. „Soll ich Dir die Eindrücke auf eine Formel bringen, dann so: etwas ganz Neues ist in mein Leben gekommen; eine Verwandlung, wie ich sie nicht für möglich gehalten habe; [...] eine Verwandlung im Glauben. – Ich glaube an George [...]. Er ist ein Genie und besitzt zugleich die magischen Kräfte eines Arztes. [...] Ich war heil in seiner Nähe, und werde es immer wieder sein, wenn ich in seine Nähe komme. ... das sind Kräfte, die nur ein Erwählter hat, in dem Gott groß ist. Und noch ein Anderes: er weiß alles; ich übertreibe nicht; er ist ein Seher. Wo er steht, hat vor ihm zuletzt Goethe gestanden." (EG 47 f.)

In Kloster Banz sprach George auch die Einladung zum großen Symposion am Pfingstsonntag aus. Es war sicher auch ein Test von seiner Seite aus gewesen, Glöckner mit drei altbewährten Freunden zusammenzubringen, um ihre Reaktion auf den neuen Freund zu beobachten. Auch bei der Feier im Kugelzimmer am 11. Mai machte Glöckner eine gute Figur. Es schloss sich für ihn eine Zeit des intensiven Umgangs mit George an. Nach dem Symposion traf er George eine Woche lang jeden Tag, bis dieser nach Heidelberg abreiste. Auf dem Hintergrund dieses – man ist versucht zu sagen – leidenschaftlichen Beginns verwundert es etwas, dass Glöckner erst wieder – von flüchtigen Begegnungen bei Dritten abgesehen – im Februar 1916 den engen Kontakt mit George fortsetzen konnte. Dieses Mal dauerte die Zeit des fast täglichen Zusammenseins mehr als drei Wochen. Die entstandene Distanz kam darin zum Ausdruck, dass George in der Anrede zunächst das ‚Sie' gebrauchte und erst nach einer Woche zum ‚Du' zurückkehrte. Glöckner kam entweder nachmittags um fünf oder abends um halb neun zu George und blieb zwei oder zweieinhalb Stunden. George erzählte bei diesen Treffen über seine Kindheit und Jugend in Bingen, seine Familie, die Reisen durch Europa, über seine Entdeckung von Dante und Platon. Der Kriegsverlauf wurde täglich besprochen. Dabei bekundete George zwar Interesse an den Ereignissen, betonte aber zugleich, dass ‚sein Kampf erst nach dem Kriege anfinge' (vgl. EG 84).

Welche Haltung nahm George gegenüber dem Ersten Weltkrieg ein? Aus den Jahren vor 1914 stammen ein paar Zeugnisse von Georges Ahnung eines bevorstehenden Kriegs. So berichtet Sabine Lepsius, George habe auf eine erbarmungslose Weise vom kommenden Krieg „wie von einer Notwendigkeit, die Deutschland aus seiner geistigen Misere retten würde, kurzum wie von etwas Willkommenem" (SL 89) gesprochen. Auf einem Gang durch Berlin habe er zu ihr und Gertrud Kantorowicz gesagt, dass all diese Bauten bald in Trümmern liegen würden. So kann man zumindest nachvollziehen, dass einige Mitglieder des George-Kreises den Ausbruch des Weltkriegs als Ruf auf diese Walstatt verstanden haben. Besonders der *Stern des Bundes* schien eine solche Interpretation zu legitimieren. In der *Einleitung* zum dritten *Jahrbuch* war eine Senkung des biologischen und geistigen Niveaus diagnostiziert worden, die aus der Entstehung einer ‚Massengesellschaft' notwendig hervorgehe und unvermeidlich auf eine gewaltförmige ‚Rosskur' hinauslaufen müsse: „Keiner hat den mut zu sagen dass es auch frevel gibt für die gebüsst werden muss, dass man auch diese überfüllung nicht nur ansehen kann als eine neue gegebenheit mit der zu rechnen ist, sondern als eine fressende wucherung die man sich gewissenlos zugezogen hat und die nur durch gift und feuer geheilt werden muss."[140] Der Name, den George der Remedur mittels „gift und feuer" gab, lautete ‚heiliger Krieg'. Die dichterische Version dazu liefert das Gedicht *Ihr baut verbrechende an maass und grenze* im *Ersten Buch* des *Sterns des Bundes*.

Ihr baut verbrechende an maass und grenze:
>Was hoch ist kann auch höher!< doch kein fund
Kein stütz und flick mehr dient .. es wankt der bau.
Und an der weisheit end ruft ihr zum himmel:
>Was tun eh wir im eignen schutt ersticken
Eh eignes spukgebild das hirn uns zehrt?<
Der lacht: zu spät für stillstand und arznei!
Zehntausend muss der heilige wahnsinn schlagen
Zehntausend muss die heilige seuche raffen
Zehntausende der heilige krieg.
(SW VIII, 31)

Das ist keine Kulturkritik mehr, sondern eine machtvolle paränetische Dichtung, eine Bußpredigt mit apokalyptischer Perspektive. Auf diese religiöse Dimension verweisen die Anspielungen auf den Turmbau zu Babel und auf die im Alten Testament mehrfach verwendete symbolische Zahl der Opfer. Die begeisterte Auguststimmung 1914 ließ nicht wenige aus Georges engstem Umfeld glauben, der Kriegsausbruch habe eine ‚Neugeburt' des deutschen Volks bewirkt, die es zu seinem in der Moderne verlorenen Wesenskern zurückgeführt hätte. George betrachtete die Euphorie vom ersten Tag an recht nüchtern.

Der Begriff ‚Krieg' war vor der zitierten Stelle aus dem *Stern des Bundes* in seiner Dichtung nur zwei Mal aufgetaucht. Auch außerhalb der Dichtung spielte das Thema vor 1914 für George kaum eine Rolle. Zu erinnern ist an seinen nicht abgesandten Brief an Hofmannsthal, der im Krieg nur die „lezte folge eines jahrelangen sinnlosen draufloswirtschaftens" gesehen hatte und den Deutschen eine ‚kräftige See-Schlappe' wünschte, „damit sie jene völkische bescheidenheit wieder erlangen die sie von neuem zur erzeugung geistiger werte befähigt." (G/H 227) George zog damit einen scharfen Trennungsstrich zwischen der politisch-militärischen und der geistigen Sphäre. Die Vermischung beider Bereiche, die er bei der Rezeption des *Sterns des Bundes* erlebte, veranlasste ihn dazu, diesem Band im Rahmen der *Gesamtausgabe* seiner Werke 1928 eine *Vorrede* voranzustellen, die mit den Worten beginnt: „Um dies werk witterte ein missverständnis je erklärlicher desto unrichtiger: der dichter habe statt der entrückenden ferne sich auf das vordergründige geschehen eingelassen ja ein brevier fast volksgültiger art schaffen wollen .. besonders für die jugend auf den Kampf-feldern." Noch im März 1916 sprach George über „die schwere Gefährdung der vielen Kriegsfreiwilligen, die dieses Geheimbuch missverstehend als Kriegsdichtung mit sich führten." (ES 28)

Dennoch nahmen, wie gesagt, selbst viele George nahestehende Kreismitglieder zu Kriegsbeginn und teilweise noch bis 1916 eine Identifizierung zwischen dem prophezeiten heiligen Krieg und dem Ersten Weltkrieg vor. Entscheidend trug dazu die sogenannte Auguststimmung bei. In den Wochen nach der Mobilmachung erfasste bekanntlich eine frenetische Kriegsbegeisterung die europäischen Völker. Man tanzte auf den Straßen, die Meldestellen wurden von der Flut der Kriegsfreiwilligen überrollt. Von dieser Frenesie wurde auch der George-Kreis fast flächendeckend ergriffen. Am 15. August schrieb Wolfskehl an George aus München: „Hier ist alles *zum Heer* geeilt: Felix (Noeggerath), Norbert (von Hellingrath), v. Blumenthal u. s. w. Alle freiwillig. Ich habe bis jezt vergebens versucht ebenfalls herein zu kommen, es wird mir aber sicher noch gelingen." (G/KHW 714 f.) Vier Tage später ergänzte Boehringer die Übersicht:

> Ludwig (Thormaehlen) hat sich erfolglos bei den Düsseldorfer Ulanen u. in Bonn als Freiwilliger gemeldet; er hat sich nun in die Landsturmrolle eintragen lassen [...] sein Bruder Claus ist in Hanau zurückgewiesen worden. – Der lange Ernst (Morwitz) ist in Berlin-Schöneberg am Gericht tätig. – Wolters ist in Berlin angekommen. – Hildebrandt hofft in einem Lazarett beschäftigt zu werden. – Andreae ist Husar bei Breslau. – Ernst Gundolf ist aus Holland zurück und völlig frei. – Friedrich Gundolf, Vallentin u. ich sind im Landsturm und warten auf die unwahrscheinliche Einberufung der Unausgebildeten. – Wenghöffer [!], vermutlich auch Landsturm, bedauert, nicht mitzukönnen. – v. Schweinitz ist Fahnenjunker bei der Garde. – Mein Vetter Ernst aus Ingelheim u. mein Bruder Erich sind Fahnenjunker in Gonsenheim. – Stefan Lepsius ist Kriegsfreiwilliger in Naumburg. – Liegle wird vermutlich zur Zeit ausgebildet. – Hans Brasch ist bei den Husaren in Bonn.[141]

In der begeisterten Preisgabe an die Auguststimmung waren viele Anhänger Georges auf einmal ununterscheidbar von den Vertretern der deutschen Intellektuellen geworden, die sie bislang so energisch attackiert hatten und die der nationale Fanatismus nicht weniger ergriff. Als wenige Beispiele seien nur Rudolf Borchardt, Richard Dehmel, Alfred Döblin, Hermann Hesse, Hugo von Hofmannsthal, Oscar A. H. Schmitz, Rudolf Alexander Schröder und nicht zuletzt Thomas Mann genannt, der in seinen *Gedanken im Kriege* im Novemberheft der *Neuen Rundschau* die Affinität von schöpferischer Kunst und Krieg hervorhob und den Krieg als Verteidigung der überlegenen deutschen Kultur gegen die westliche Zivilisation interpretierte. Man sieht also, dass in der kriegsaffirmativen Haltung Autoren der unterschiedlichsten ästhetischen und weltanschaulichen Haltung – zumindest für eine gewisse Phase – verbunden sind. Die Begeisterung der deutschen Schriftsteller über den Kriegsausbruch war keine spontane Verirrung, sondern das logische Resultat ihrer intellektuellen Einstellung vor dem Ersten Weltkrieg. Dabei ist von einer doppelten Codierung dieses Denkens auszugehen. Einmal bestand die allgemeine Überzeugung von einer tiefgreifenden kulturellen Krise im deutschen Kaiserreich. Der ökonomischen Prosperität und dem machtpolitischen Säbelrasseln des Wilhelminismus entspreche kein kultureller Aufschwung, er sei im Gegenteil vom Primat des Wirtschaftlichen und des Militärischen verhindert worden. Das ist eine Einschätzung, die schon in den 1890er Jahren in den *Blättern für die Kunst* zu lesen war.

Die Künstler und Schriftsteller interpretierten den Krieg als Vollstrecker ihrer eigenen Wünsche nach Veränderung und Neubeginn. Sie sahen in ihm eine schöpferische Gewalt, eine gewaltsame kulturelle Neugeburt. „Nach einer langen Zeit der Verdrängung durch Materialismus und Egoismus, durch Vergnügungssucht und Sittenlosigkeit schien nun urplötzlich das wahre deutsche ‚Wesen' wiedererweckt zu sein. Durch das Ereignis des Kriegs war nach dem Verständnis gerade der Schriftsteller mit einem Schlage ein ganz anderes, ein neues Deutschland entstanden – ein Deutschland, dessen prägende Merkmale keineswegs mehr mit dem wilhelminischen Macht- und Obrigkeitsstaat übereinstimmten."[142] Die zweite Codierung ihres Deutungsrasters bestand darin, im Weltkrieg die Erfüllung einer lange schon bestehenden deutschen Mission zu sehen. Diese Mission verlangte die Übernahme der geistigen (Welt-)Herrschaft durch Deutschland. Dieses geradezu welterlösende Verständnis des deutschen Geistes geht zurück auf die Zeit unter der napoleonischen Fremdherrschaft. In seinen *Reden an die deutsche Nation* hatte Johann Gottlieb Fichte diese Konzeption des deutschen Geistes im Winter 1807/08 entwickelt. Fichte ging dabei von der semantischen Identität zwischen ‚deutsch' und ‚Volk' aus. Da ‚deutsch' schlechthin ‚Volk' bedeute, seien folglich die Deutschen das ‚Urvolk'. Als Urvolk seien sie mit Schöpferkraft begabt, und diese manifestiere sich in der lebendigen deutschen Sprache, die an Ursprünglichkeit der griechischen gleiche. Aus dieser sprachlichen Unterscheidung leitete Fichte „die Unterscheidung zwischen dem lebendigen Deutschtum und der toten Ausländerei" ab.[143] Fichte kommt denn auch zu der logischen Schlussfolgerung: „Es ist daher kein Ausweg: wenn ihr [Deutsche, J. E.] versinkt, so versinkt die ganze Menschheit mit, ohne Hoffnung einer einstigen Wiederherstellung."[144] Wendet man diesen Gedanken positiv, so erhält man die kulturphilosophische Parole der deutschen Schriftsteller beim Ausbruch des Ersten Weltkriegs: Der Sieg Deutschlands ist der Sieg des deutschen Geistes und damit die Wiedergeburt Europas. Fries kommentiert zu Recht: „Mit dieser Deutung wurde der Krieg aus allen militärischen, politischen und ökonomischen Zusammenhängen gelöst und zu einem kulturgeschichtlichen Ereignis von epochaler Tragweite umgedeutet. Die zeitgenössische Publizistik über den Ersten Weltkrieg darf deshalb auf keinen Fall als Zeichen einer ‚offenen' und ‚umfassenden Politisierung' gewertet werden."[145] Er stellt dem die These entgegen: „Die literarische Apologetik des Krieges stellte vielmehr einen letzten großen Versuch dar, der Dominanz des Politischen und Gesellschaftlichen zu entgehen."[146] Die im George-Kreis vertretenen Positionen sind integraler Bestandteil dieses Versuchs.

Zum Zeitpunkt des Kriegsausbruchs befand George sich nicht in Deutschland, sondern in Saanenmöser in den schweizer Bergen. Er wohnte in einem Chalet bei dem Ehepaar Edith und Julius Landmann. (Abb. 32) Friedrich Wolters und Balduin Waldhausen wohnten in der Nachbarschaft und kamen häufig zu Besuch.

Edith Landmann war eine geborene Kalischer. Diese Familie reichte bis zum Rabbi Löw zurück.[147] Ihr Großvater Loebel Kalischer siedelte sich um 1840 in Berlin an, ihr Vater Moritz Kalischer verkörperte bereits den modernen Typus des akkulturierten Juden. Als Bankkommissionär gelangte er durch Börsengeschäfte zu erheblichem Reichtum. Edith Landmann wurde am 19. September 1877 als jüngste von fünf Töchtern geboren, ein Sohn folgte noch. Sie wuchs in der friderizianisch-liberalen Tradition Berlins ohne starke Bindung an den jüdischen Ritus auf. Ins Zentrum ihrer geistigen Interessen trat bald die deutsche Bildungswelt der Goethezeit. Der Vater unterstützte sie in ihrem Entschluss zum Studium. 1897 ließ sie sich in Zürich für Philosophie, Kunstgeschichte und Archäologie immatrikulieren, setzte ihr Studium aber bald in Berlin fort, wo sie Vorlesungen von Georg Simmel und Max Dessoir hörte. Bei ihm war sie auch in der Vorlesung zugegen, in der George im Wintersemester 1899/1900 Gedichte las. Seine Art zu lesen empfand sie als „erlösend anders als man es in der damaligen naturalistisch dramatischen Deklamation gewohnt war." (EL 11) Sie sah George auch im Salon bei Simmels und in Ausstellungen von Lechter und Max Klinger.

Landmann trat in einen Sozialistischen Klub ein und beteiligte sich an Enqueten in Arbeitervierteln. Sogar einem Vortrag von August Bebel wohnte sie bei, doch ging sie auf Distanz, als sie merkte, dass ihre Geistesheroen bei den Genossen als bourgeoise Lohnschreiber galten. Sie schloss ihr Studium 1901 mit einer Disseration über die *Analyse der ästhetischen Kontemplation* in Zürich ab, da in Deutschland Frauen noch kein Promotionsrecht besaßen. In ihrer Dissertation vertrat sie die These, „dass der Sinn für das Schöne im Menschen ebenso wie die Sinnesempfindungen auf objektive Gegebenheiten reagiert und ebenso wie diese zur Quelle von echten Erkenntnissen werden kann."[148] Ihre Vorstellung vom Schönen hatte sich in der Begegnung mit der Kunst von Melchior Lechter, mit dem sie durch familiäre Verbindungen früh in Kontakt gekommen war, und der Lektüre von Georges *Jahr der Seele* ausgebildet.

Ende 1903 heiratete sie den gleichaltrigen Nationalökonom Julius Landmann, der eine Stelle am Internationalen Arbeitsamt in Basel bekleidete. Zu seinen Angestellten gehörte der junge Robert Boehringer, der durch sie mit der Dichtung Georges bekannt wurde. Sie und ihr Mann lernten 1908 in Lechters Atelier George persönlich kennen. Ein näherer Kontakt entstand allerdings erst Anfang 1913, nachdem Landmanns ihre Freundschaft mit Rudolf Borchardt aufgekündigt hatten. Edith Landmann hielt in ihrem Tagebuch ihren Eindruck von Georges erstem Besuch im Rheinweg fest:

> Wie von der Sonne auf alle Punkte der Erdkugel, so fiel von seiner Erscheinung her auf alle Gebiete des Lebens und des Geistes, die ich je berührt, neues Licht. Eine neue Welt trat mit ihm in Erscheinung. Er war der schönste Mensch, den ich je gesehen, vielmehr, wie schön ein Mensch sein könne, wurde mir durch seine Erscheinung erst bewusst. Im ersten Augenblick, als er eintrat, sah er, noch nicht 45 Jahre alt, überraschend fahl und alt aus, überraschend wohl deshalb, weil Bewegung, Haltung, Züge, alles viel jünger war als Haar- und Gesichtsfarbe. Er sah aus, als wäre ein Reif über ihn hingegangen, der ihn einmal gebleicht habe, und wie einer mit einer Kugel im Leibe weiterlebt, so habe er darüber weg sein altes junges Leben weiter gelebt. [...] Der dominierende Eindruck war der von Leidenschaft, aber nicht so sehr, dass die Natur, sondern dass auch der einheitliche zusammenfassende Wille diese Leidenschaft hat. Senkte er im Nachdenken die Augenlider, so konnte sein Antlitz aussehen wie ein lebendes Golgatha. (EL 18)

Von da ab besuchte George Edith und Julius Landmann fast jährlich oft für etliche Wochen in Basel. Mehrfach machten sie auch gemeinsam Urlaub in den schweizer Bergen, wobei George sich von Beginn an sehr gerne mit den beiden Söhnen Georg Peter und Michael beschäftigte. Zu seinem 50. Geburtstag überreichte Landmann George 1918 ein auf Bütten geschriebenes Manuskript mit dem Titel *Georgika*. Es war der Versuch, Georges Person und Werk als Erneuerung eines antiken Typus von Dichter und Dichtung zu deuten. George war von der Lektüre so sehr angetan, dass er sie „meine Ritterin"[149] nannte und bereitwillig das Placet zum Druck erteilte. Die *Georgika* erschien bzw. erschienen 1920 anonym. Wenn ich die Singular- und die Pluralform des Verbs parallel gebrauche, so deshalb, weil man einmal im Wort Georgika eine Latinisierung und Feminisierung des Namens Landmann, andererseits ein Neutrum im Sinne von ‚Georgesches' sehen kann.

Im ersten Kapitel ‚Das Wesen des Dichters' identifiziert Edith Landmann den Dichter mit dem Gesetzgeber. Damit bringt sie eine ethische und ‚staatliche' Dimension des Dichterischen ins Spiel, die für alle ihre George-Kommentare richtungsweisend ist. Im Dichter äußert sich für sie ein göttlich erfüllter Geist. Nachdem Landmann das konstitutive Element des Prophetischen in Georges Dichtung aufgezeigt hat, resümiert sie ihre Betrachtung: „Nicht Lyrik im modernen, sondern Dichtung im antiken Sinne ist dies Werk."[150] Im letzten Teil der *Georgika*, wo die Wirkung Georges behandelt wird, steigert sie sich in einen wahren Rausch der Opferbereitschaft. „Wenn darauf, Georges Werk und Wesen nahe zu kommen der Tod stünde – und für manche steht der Tod darauf – wer möchte den Tod meiden der allein auf die Höhe des Lebens führt? Es ist billig, dass wir da das letzte auch leiden, wo wir das Höchste empfangen."[151] Das ist eine Apotheose des Opfers, die in Georges Werk „ein neues Lebensgesetz"[152] verwirklicht sieht und mit der Aufhebung der bürgerlichen Trennung von Kunst und Leben geradezu blutigen Ernst macht. Michael Landmann hat zu diesem Zug im Wesen seiner Mutter gesagt: „Edith Landmann war der geeignete Mensch, Mitglied eines Thiasos zu sein, eines Kultvereins, in dem bei den Griechen Gruppen sich zur Verehrung bestimmter Götter zusammenfanden. [...] Als innerste Flamme brannte in ihrem Wesen die priesterliche."[153]

Ihr philosophisches Hauptwerk *Die Transcendenz des Erkennens* von 1923 leitete sie vom Erlebnis der Persönlichkeit Georges ab. „Diese Grundidee meines Buches über die ‚Transcendenz', so erzählte meine Mutter, schoss mir durch den Kopf in einem der ersten Gespräche mit George, [...] in dem ich ihm meine bisherigen Gedanken auseinandersetzte. Die Totalität und das Zusammenwirken aller Kräfte, die seine Persönlichkeit auszeichnen, so wurde mir klar, bilden das Geheimnis auch des wahren Erkennens."[154] Die Niederschrift ihres Werks nahm allerdings nach dieser Initialzündung noch einige Jahre in Anspruch. Es erschien 1923 als einziges Buch einer Frau, das das Verlagssignet der Blätter für die Kunst erhielt. Edith Landmann verzichtete darauf, aus der Anerkennung, die ihre *Transcendenz des Erkennens* auch in Fachkreisen fand, Kapital für eine akademische Karriere zu schlagen. Sie stellte sich bedingungslos in den Dienst Georges und seines Werks.

1927 begleitete sie ihren Mann Julius Landmann nach Kiel, wohin er einen Ruf erhalten hatte. Er nahm ihn auch deshalb an, weil dort der gemeinsame Freund Friedrich Wolters lehrte. George setzte seine Besuche bis 1930 auch in Kiel fort. 1931 beging Julius Landmann Suizid, woraufhin Edith Landmann mit den beiden Söhnen Georg Peter und Michael sofort nach Basel zurückkehrte.

Im September 1933 besuchte George sie in Basel. Es war ihr letztes Treffen und stand bereits im Schatten der politischen Situation in Deutschland. Im Sommer 1933 hatte sie eine Deutschlandreise unternommen, die sie zu dem Urteil: „Fuit Germania"[155] hatte kommen lassen. Auf diese Erfahrung hin verfasste sie eine Denkschrift mit dem Titel *Omaruru – an die deutschen Juden, die zum Geheimen Deutschland hielten*. Der Gedanke Edith Landmanns war, nach dem „Vorbild der Sektierer früherer Jahrhunderte, denen in ihrem eigenen Land ihre Religionsausübung verwehrt war, [eine] geschlossene Siedlung der eigenen Gruppe irgendwo in Übersee"[156] zu gründen. Unter dem Eindruck der Aufbauleistung in Palästina nach dem Zweiten Weltkrieg bekannte Landmann: „Ich bin Jüdin geworden."[157]

Der Tod Georges Ende 1933 war für Edith Landmann eine Zäsur, die allen Träumereien von einer Wiederkehr eines griechischen Deutschland ein Ende setzte. Sie empfand seinen Tod zu diesem Zeitpunkt als Symbol für das Verlöschen einer deutschen Möglichkeit. In Basel nahm sie die Arbeit an ihrer *Lehre vom Schönen* wieder auf, aus der sie 1932 erste Stücke an George geschickt hatte. Im Zentrum dieser Ästhetik stand die Zusammenführung von griechischer und georgescher Welt. Ihre Sendung trug die Begleitverse: „Ists auch nicht das schöne Leben / Wie's der Dichter sonst entzündet, / Ist es doch die schöne Lehre, / Ihm nicht minder treu verbündet."[158] Aus ihrem Nachlass veröffentlichten Georg Peter Landmann 1963 die Tagebuchaufzeichnungen *Gespräche mit Stefan George*, von deren Existenz George wusste, und Michael Landmann 1971 die Studie *Stefan George. Idee einer neuen Ethik*.

Der George-Kreis im Kriegseinsatz

Nach Kriegsausbruch blieb George bis Ende August in der Schweiz, und es ist auffallend, dass in den sonst so ausführlichen Aufzeichnungen Edith Landmanns über ihre Gespräche mit George nicht eine einzige Äußerung über den Krieg zu finden ist. Der Grund mag darin liegen, dass George über den ausgebrochenen Krieg gesagt habe, „,es ginge uns nichts an.'" (EL 70) Dies erklärt die offenbar geübte Zurückhaltung, die den begeisterten Friedrich Gundolf etwa irritierte. Gundolf hatte bereits am 1. August geschrieben: „Ich fühle [...] dass es sich jetzt um unser Deutschland handelt... und bin froh dass die ungeheure Entscheidung auch für uns alle nun sichtbar wird, auch das geheime Deutschland." (G/G 254 f.)[159] Zu Karl Wolfskehl, dem ‚Erfinder' der Formel vom Geheimen Deutschland, sagte er am 2. August in München: „‚Es ist unser Krieg, der Krieg wider das Gesindel.'" (W/V 133) Dennoch schien ein Rest von Unsicherheit zu bleiben, da Gundolf in dem nicht langen Brief nicht weniger als viermal an George die dringende Bitte richtete, bald zu kommen und ihn zu sprechen. Vierzehn Tage später schrieb Gundolf, der immer noch ohne Nachricht von George ist: „Ich erwarte jetzt stündlich meine Einziehung in den Landsturm, und freue mich endlich am rechten Platz in diesen Tagen zu stehn. Denn eh die Deutschen gesiegt haben hat nichts einen Sinn und Bestand, was man denken und sinnen kann, und alles Tun hat nur die eine Aufgabe Siegen um jeden Preis! [...] Mehr als je fühl ich dass Deutschland das ‚heilige Herz der Völker' und wieder schöner als man je hoffen durfte, wenigstens jetzt, ein Volk ist.. das einzig wahrhaftige, echte, männliche, sachliche – als VOLK, das jetzt existiert. Du müsstest diese Tage HIER erlebt haben! [...] es ist in diesen wunderbaren Tagen mein einziger Schmerz dass du nicht hier bist." (G/G 256 f.) Mitte August erreichte Gundolf eine erste und im Ton recht nüchterne Reaktion Georges, der wissen ließ: „nichts wird so heiss gegessen als es gekocht wird. Ich sehe keinen grund vorläufig in eile die Schweiz zu verlassen." (G/G 256) Knapp zwei Wochen später, vor seinem Aufbruch nach Deutschland, fügte George hinzu: „der aufenthalt in der Schweiz hatte sein gutes – eine schöne sachlichkeit! und ich rufe euch allen zu: ob es gut oder schlecht ausgeht: – das schwierigste kommt ERST HINTENNACH!!" (G/G 258)

Gundolf flocht in mehrere Briefe Verse aus dem *Stern des Bundes* ein, woraus hervorgeht, wie sehr er die historischen Ereignisse in die Nähe der Prophezeiungen in Georges Dichtung rückt. Am 30. August etwa schrieb er, die deutsche Kriegführung mit einem Zitat aus dem *Stern* kommentierend: „Ich lebe und webe in der Grösse der deutschen Taten die ihresgleichen nicht in der Welt haben und ein neues Weltalter heraufführen müssen. [...] ‚die Tat ist aufgerauscht in irdischem jubel'." (G/G 258 f.) In derselben Zeit richtet er in einem Brief an Hanna und Karl Wolfskehl die rhetorische Frage, ob nicht „das letzte Gebet aus dem Stern nun für uns alle steht" und bekennt, „eine solche Einheit so zu erleben das ist schon einen Weltkrieg wert."[160] Auch Friedrich Wolters und Karl Wolfskehl sahen im Weltkrieg die Erfüllung des im *Stern des Bundes* Prophezeiten. Karl Wolfskehl, ebenfalls vom *furor teutonicus* angesteckt, äußerte diese Deutung auch öffentlich.

In der *Frankfurter Zeitung* schrieb er über den Krieg: „Wir haben ihn nicht gewollt, aber er ist von Gott. Unser Dichter hat ihn gewußt. [...] Der ‚Stern des Bundes' ist dies Buch der Weissagung, dies Buch der Notwendigkeit und der Ueberwindung."[161]

Gegenüber Gundolf, der Wolfskehls Artikel ‚ausgezeichnet' fand, äußerte George am 19. September: „Nach dem Krieg kann alles was Dich so begeistert hat wie weggeblasen sein und wer tut und sagt dann das notwendige wenn Ihr nicht da seid? Du redest die Sprache der Begeisterung; sie ist jugendlich und immer schön und wer die Sprache der Vernunft redet erscheint dem Begeisterten kalt und nüchtern. Aber die Begeisterung allein macht nicht die Dinge." (G/G 260) Die emotionale Distanz, die George zu der Kriegsstimmung einnahm, darf allerdings nicht darüber hinwegtäuschen, dass auch er den Krieg als Schicksalsprüfung interpretierte und daher auch mit der aktiven Teilnahme der Kreismitglieder einverstanden war. Im selben Brief heißt es weiter: „Was die Jugendlichen angeht, so würde ich keinen auch wenn ich ihn noch so sehr liebte und wenn ich es könnte vom Kriege abhalten. Darin liegt etwas von dem Geschick was wir alle gemeinsam tragen. Aber wer nicht nur den schönen Ansturm liebt sondern um das künftige Schicksal seines Volkes besorgt ist der muss schon jetzt alles das bedenken was er für die nächste Zukunft voraussieht." (G/G 260 f.) Auch Gundolfs Erwartung, in der zehnten Folge der *Blätter für die Kunst* „das unsterbliche wort über den grössten Tag des deutschen Volks" (G/G, 262) aus Georges Mund zu hören, wurde enttäuscht. Die *Einleitung* zu den *Blättern*, die kurz nach Kriegsausbruch erschienen, enthielt sich jeder tagespolitischen Stellungnahme. Als Gundolf am 2. Oktober einen Brief mit einem „Ceterum censeo: écrasez la France" beschließt, weist George ihn zurecht. Er nennt Gundolfs „franzosen-wut [...] ganz unpolitisch" (G/G 263) und rückt von seinen Ansichten ab. „In der hauptsache mögen wir ja dasselbe meinen: im einzelnen teil ich aber deine polit. Auslassungen nicht, eine maasslose dummheit der deutschen Staatskunst hat diesen krieg so gefährlich gemacht, und diese dummheit wird im lager wo sie gemacht wurde auch weiter grassieren!"

Ungeteilte Zustimmung fand Gundolf erst wieder mit seinem Aufsatz *Tat und Wort im Krieg*, der am 11. Oktober in der *Frankfurter Zeitung* erschien.[162] Aber trotz seiner inhaltlichen Zustimmung schrieb George schon am folgenden Tag, Gundolf möge diesen publizistischen Auftritt nicht wiederholen. Ganz im Sinne Georges vertrat Gundolf hier die Ansicht, dass der Moment der Bewährung des deutschen Geistes erst in der ‚Stunde nach dem Krieg' komme. Ansonsten wiederholte er bekannte Positionen aus den *Jahrbüchern*, etwa den Gedanken, dass in Europa sich Frankreich und England bereits verwirklicht haben und einzig Deutschland „noch nicht *fertig*" sei.

George erwog zu dieser Zeit, ob man die in der *Frankfurter Zeitung* veröffentlichten Artikel, vermehrt um zwei weitere von Hildebrandt und Wolters, zu einem „kleine[n] Kriegsjahrbuch" (G/G 270) zusammenfassen solle.

Gundolfs Antwort, man könne sich damit Zeit lassen, da „[d]er Krieg [...] uns, fürcht ich fast, nicht davon[läuft]" (G/G 271), ist ein erster Hinweis auf eine gedämpftere Stimmung. Die Zeit der Jubeltöne ist vorbei. Für George ging es bald darum, zu einem Waffenstillstand zu kommen, damit der Substanzverlust an deutscher Jugend, mit der er doch sein zukünftiges geistiges Reich erbauen wollte, sich möglichst gering hielt. Im zweiten Kriegsjahr schrieb er an Hans Brasch, er fürchte am meisten, „dass man von keiner Seite sehen wird wann aufgehört werden *muss*." (HB 38)

Hans Brasch war ein jüngerer Freund von Ernst Morwitz und hatte bei ihm George im Herbst 1911 kennengelernt. Brasch war Jahrgang 1892 und stammte aus einer wohlsituierten jüdischen Familie in Berlin. Der Vater war Richter und Magistratsrat gewesen, starb aber schon in Braschs Kindheit. Er studierte Ingenieurwissenschaften erst in München, dann in Berlin. Von Jugend an führte er ein weltläufiges Leben, machte als 19-Jähriger ein Volontariat in den USA, war dann 1912 in Paris und arbeitete 1913 als Matrose auf einem Frachter im Mittelmeer. George mochte seine Lebensfülle und unbürgerliche Denkweise. Wenn er sich in Berlin aufhielt, traf er Brasch zwar selten, aber regelmäßig. 1914 lud er ihn für zehn Tage nach München ein, wo Brasch ihm im Kugelzimmer bei der Korrektur der Shakespeare-Übersetzung von Gundolf half. Ein paar Wochen später verbrachten sie einige gemeinsame Tage in Camogli an der Riviera. Dort hielt sich auch Wolfskehl auf, der diesen schönen Ort 1907 entdeckt hatte und später während seines italienischen Exils in Camogli lebte. George wohnte in der Pension Casini, in deren Gästebuch er sich mit dem Zusatz ‚senza professione' (berufslos) eingetragen hatte. Brasch hatte er „in einem fantastisch räuberischen Gasthauszimmer" (HB 36) untergebracht.

Es ist bezeichnend für Georges Regie seiner Freundschaften, dass er Brasch zwar einmal auf Wolfskehl aufmerksam machte, als sie ihn auf der Straße sahen, eine Begegnung der beiden aber nicht herbeiführte. Eine direkte Kontaktaufnahme zwischen Angehörigen des George-Kreises war ohne ausdrückliche Billigung Georges in dieser Phase nahezu undenkbar. Treffen, bei denen einander bis dahin Unbekannte sich begegnen konnten, bedurften seiner Zustimmung, die in der Regel schriftlich eingeholt wurde. Die Zusammenführung einander unbekannter Freunde war Georges eigenes Privileg und geschah, wie wir gesehen haben, etwa anlässlich von besonderen Lesungen. Allerdings kannten die daran Beteiligten sich oft ausschließlich unter den Vornamen oder den im Kreis geläufigen Übernamen, so dass die bürgerliche Existenz voreinander verborgen blieb. Diese Verfahrensweise entsprach zum einen Georges Prinzip, die Treffen im Freundeskreis aus dem bürgerlichen Alltag loszulösen, zum anderen seinem Wunsch nach alleiniger Kontrolle über sein gesamtes Beziehungsnetz. Die Herbeiführung nicht genehmigter persönlicher Verbindungen konnte ‚Strafmaßnahmen' wie das zeitweilige Aussetzen des direkten Zugangs zu George nach sich ziehen.

Im August 1914 meldete auch Brasch sich freiwillig. Allerdings war seine Sicht auf den Krieg und die Deutschen von Anfang an recht kritisch. Schon nach einem Monat schrieb er an George: „Der Dienst wie die Menschen sind ziemlich schlimm. [...] Mir schaudert oft ebenso bei dem Gedanken an das siegreiche Deutschland wie bei dem an das zerschmetterte."[163] Als er 1916 an der Westfront war und die Somme-Schlacht überlebt hatte, klagte er in einem Brief über den ‚widerlichen Maulwurfskrieg' und ersetzte am Ende die Grußformel durch die Frage: „Wann aber wird Friede sein, o Meister?"[164] Später war er an der italienischen Front als Übersetzer und entsetzte sich über das Benehmen des deutschen Militärs: „Noch nie fühlte ich die Vorwürfe der Entente über unsere Barbarei so treffend wie hier in Italien. Die Plünderung und Verwüstung von Palästen, Bibliotheken, Privathäusern ist kaum glaublich, wenn man sie auch mit eignen Augen sieht. Offizier und Mann sind nur noch ein willenloses Bündel Habgier, Schachergeist und Gefrässigkeit."[165] Noch im Frühjahr 1918 erwarb er in Berlin sein Diplom als Maschineningenieur. Dort empfing ihn George nach dem Ende des Kriegs mehrfach im Haus von Bondi. Brasch erinnerte sich: „Die fürchterliche Ernüchterung des verstummten Schlachtengebrülls lag über uns, als wir uns in Berlin nach dem Krieg wiedersahen. [...] Die Niederlage wurde nicht als Schande, sondern als verdiente Buße betrachtet, in die das hohle Gehaben des zweiten Kaiserreiches münden musste. [...] Erst jetzt schien ihm wirklich die Bahn frei für den neuen armen und nackten deutschen Menschen." (HB 39) 1920 ging Brasch nach Dresden, promovierte, heiratete und war als Assistent an der Technischen Hochschule tätig. In dieser Zeit verlor sich der persönliche Kontakt mit George. Nach einem letzten Treffen 1921 setzte er die Korrespondenz noch ein paar Jahre fort, bevor auch sie einschlief. Er habilitierte sich 1926 in Berlin und lehrte bis 1933 an der TH in Charlottenburg. Als rassisch Verfolgter verließ er im September 1933 Deutschland, gelangte über England nach Ägypten und arbeitete von 1934 bis 1939 als Ingenieur und Hochschullehrer in Alexandria und Kairo, bis er nach Australien auswanderte, wo er seine Berufstätigkeit fortsetzte. Brasch kam 1950 bei einem Verkehrsunfall ums Leben.

Mit Beginn des Jahres 1916 nahm Georges Sorge um die Konsequenzen des Kriegsverlaufs zu. Er sah in der Fortsetzung des Kriegs die Unfähigkeit, von den propagandistischen Zielen abzurücken. Zu Edgar Salin sagte er:

„Nur weil Alle sich in falschen Versprechungen gefangen haben, wird kein Friede geschlossen." (ES 29) Wo er jetzt noch auf eine metaphysische Deutung des Kriegs stieß, da dieser längst zu Materialschlachten und zähen Stellungskämpfen geworden war, reagierte er allergisch. Edgar Salin berichtet, George habe mit nie gesehenem Unmut und heftigem Zorn auf seine Schrift *Volk und Heer* reagiert, in der er an dem Gedanken der ‚Bildwerdung' des deutschen Volkes im Krieg festgehalten hatte. Nach der Lektüre habe er ihm mit schneidendem Tadel entgegengehalten: „Was ist Eure ganze Haltung eigentlich wert, wenn ihr glauben könnt, ein paar gehobene Schicksalsaugenblicke vermögen ein verkommenes Volk zu verwandeln? – Ist der Bürger etwa heute ein anderer als vor 1914? Zeugt nach Ihrer Meinung der Krieg den neuen Menschen? Ist denn irgend etwas von bleibender Bedeutung geschehen? Vielleicht Tannenberg. Aber wo sehen Sie Sinnbildliches, wenn Massenheere sich sinnlos bekämpfen?" (ES 27) Mit Blick auf diese sinnlosen Grabenkämpfe sah George im Krieg nicht länger eine schicksalhafte Prüfung. Er fürchtete den Blutzoll, den die deutsche Jugend entrichten musste, und natürlich vor allem weitere Verluste in seinem Freundeskreis.

Entsprechend sorgte er sich auch, als Friedrich Gundolf noch am 6. November 1916 zum Landsturm einberufen wurde. Ab dem Wintersemester 1916/17 war Gundolf als Hochschullehrer beurlaubt und blieb es bis zum Sommersemester 1919. Gundolfs erster Weg nach der Einberufung führte nach Saarlouis und dann weiter zur Grundausbildung nach Lothringen. Nach zwei Wochen schrieb er George, dass er das Zusammensein mit den sich aus Bauern und Arbeitern rekrutierenden Kameraden als ‚Bereicherung' empfände. Auch in einem Brief an die Freundin Gertrude von Eckardt-Lederer vom 24. Dezember 1916 herrschte dieser Tenor vor: „ich bin völlig zufrieden und wäre es noch mehr, wenn es nachts nicht in mein Bett regnete und meine Kameraden ein wenig weniger zoteten.. aber wenn mir der Krieg nicht mehr zumutet, so ist seine Mühsal jedem Diskussionsabend vorzuziehen.[166] Nichtsdestotrotz hatte Gundolf bereits Anfang Dezember auf dem Dienstweg ein Gesuch um zivile Verwendung auf den Weg gebracht,[167] und schon Ende November hatte er George mitgeteilt, dass sich Alfred Weber und Eberhard Gothein darum bemühten, „mich in irgendeinen berufsgemässen Kriegsposten zu bringen." (G/G 292) Als sein Gesuch allerdings unmittelbar nach Neujahr vom Kommando der V. Armee abgelehnt wurde und sich seine Situation verschlechterte, schlugen seine Briefe einen flehentlichen Ton an. An George schrieb Gundolf am 6. Januar: „Meine Lage war seit Neujahr schlechter geworden, auch ist mein Gesuch abgewiesen. [...] Die Gefahr des ‚Verrückt'werdens, der ‚Verrückung' im eigentl. Sinn, fürcht ich manchmal, wenn das so diskontinuierlich weitergeht. (G/G 299) In Georges Umfeld bestand die Erwartung, dass er in dieser Notlage entscheidend eingreife. Glöckner schrieb ihm aufgebracht: „Ist es wahr, dass Gundolf an der vordersten Front als Schreiber sitzt? [...] Einen solchen Raubbau mit unsern besten Kräften dürfen wir jetzt noch nicht treiben [...] Meister, Sie haben wohl dafür gesorgt, dass dieses Versehen, wenn es tatsächlich vorgefallen ist, sofort wieder gut gemacht wurde. Das Wertvollste muss über dieses Chaos hinaus gerettet werden; und das ist Ihre Aufgabe, Meister; dies und der Neubau nach dem Krieg. Schon einmal haben Sie die Flamme, die zu erlöschen drohte, neu entfacht, sorgen Sie dass sie jetzt nicht erlischt. Sie wissen: wir gehören Ihnen ganz, haben unser Leben von Ihnen empfangen und geben es willig hin für Sie; hüten und bewahren Sie sich diese erlesene Schar; erhalten Sie uns die Kämpfer."[168]

Letztlich führten nicht die von George unterstützten Bemühungen von Gothein und Alfred Weber, sondern der Kontakt, den Gundolfs Freund Arthur Salz zu Walter Rathenau hatte, zum Erfolg. Anfang Februar 1917 wurde Gundolf in die Abteilung für Kriegswirtschaftliche Transporte im Berliner Generalstab versetzt. Ein paar Wochen später schrieb George ihm einen Brief, aus dem eine kaum gebändigte Verärgerung über den eingeschlagenen Weg zur Befreiung vom Waffendienst sprach. „Kurz was ich sagen will: ich meine man muss sich in diesen zeiten darauf gefasst machen dass es schlimme lagen gibt – in denen zu verharren menschenwürdiger ist – als JEDE mögliche hilfe annehmen, das mit Rath[enau] grenzt hart daran... oder... es können im verlauf dieser zeiten noch umstände kommen wo JEDER sich von uns fragen muss ob das leben in dem verhalt noch anständig + lebensmöglich ist wo uns niemand hilft als unser eigner entschluss aufzuhören." (G/G 301) Kaum verhüllt legt George in diesen Worten nahe, eher den Ausweg des Suizids zu wählen, als sich von den ‚falschen Leuten' helfen zu lassen. Im folgenden Jahr sah sich George innerhalb von neun Wochen mit drei Selbsttötungen in seiner nächsten Umgebung konfrontiert. Bevor ich darauf zu sprechen komme, ist es jedoch an der Zeit, einen Blick auf den umfangreichen dichterischen Text zu werfen, den George 1917 verfasste (Abb. 33) und mit dem er Position zum Zeitgeschehen bezogen hat, das Gedicht *Der Krieg*.

„nur viele untergänge ohne würde" – Georges *Der Krieg*

Am 1. Juni 1917 teilte George Gundolf brieflich mit, dass er die „12×12 reihen" umfassende Dichtung abgeschlossen habe (vgl. G/G 305). Auch Glöckner informierte er sofort und schlug von seiner Dichtung den Bogen zum realen Geschehen. „*Der Krieg* (12×12) ist fertig .. Bedeutet das dass er in wirklichkeit fertig ist?“[169] Glöckner war von dem Text begeistert. Seine Antwort ist bemerkenswert in ihrem Übergang vom ‚Sie‘ im sachbezogenen, wenn auch enthusiasmierten Teil über das Gedicht zum ‚Du‘ in einem persönlichen Treueschwur. „Meister: [...] Die andern werden Ihnen alles sagen [...] aber das letzte werden sie Ihnen nicht sagen können. Dass diese dichtung das unerhörteste ist, was seit jahrhunderten die welt vernahm, dass hier ein richter spricht, wie ihn die welt noch nicht erlebte, und dass dieser ein weiser ist, werden sie zur not vielleicht aus dem ton, der haltung und der schau schliessen. Was aber das werk – Ihr werk – im kosmischen zusammenhang bedeutet, Wer zu ihnen gesprochen hat und welches Seine sendung ist, wird ihnen weiterhin dunkel und verhüllt bleiben müssen, weil die stunde noch nicht gekommen ist ... Nur der, welcher unter der wucht Deines leibes erstöhnte und die wandlung erfuhr, da er Dich in Deiner letzten würde sah, wird Dir im geheimen den namen geben, der über alle namen ist, ohne ihn je vor Dir nennen zu dürfen.“[170]

Als Georges Verleger Bondi mit dem Druck noch einige Wochen warten wollte, erwog George kurzzeitig, das Gedicht in der Schweiz erscheinen zu lassen. Gundolf riet entschieden ab und meinte: „was für Deutschland bestimmt ist, muss heute schon aus Deutschlands Herzen kommen. Auch würde sich das feindliche Ausland einen Schabbes draus machen und es als antideutsche Propagandaschrift lesen und verwerten.“ (G/G 307) Schließlich erschien der Text als Einzeldruck von acht Seiten Umfang noch im Juli bei Bondi in Berlin in einer Auflage von 6500 Exemplaren und zum Preis von 1 Mark und 20 Pfennigen. Bereits im September erfolgte eine zweite Auflage. Die Form der Publikation und der wohlfeile Preis ließen keinen Zweifel daran, dass George mit dieser Dichtung erstmals auf eine breitere Öffentlichkeit zielte. Es gab denn auch einen relativ großen und weitgehend zustimmenden Widerhall in der Presse. Kritische Töne schlug nur der ehemalige Weggefährte Alexander von Bernus an, der in *Der Krieg* „eher eine pathetische Rede als eine Dichtung“ und in Georges „Vates-Pose [...] den heillosen Größenwahn des luziferisch Irregeführten“ erblickte.[171]

Dem Gedicht steht ein Motto aus Dantes *Paradiso* in Georges Übersetzung voran. Die Verse stammen aus der Antwort des Ahnherrn auf Dantes Frage, ob er seines Nachruhms halber Rücksichten nehmen solle. Natürlich ergeht an Dante der Rat, ungeschminkt die Wahrheit zu sagen. Sollten seine Worte „beim ersten kosten“ auch „beschwerlich werden“, so würden sie schließlich doch als „lebendige zehrung“ (SW IX, 22) erkannt werden. Damit markiert George seinen eigenen Standpunkt, von dem aus er sprechen will. Die erste Strophe hat den Charakter eines Rückblicks auf den Moment des Kriegsausbruchs.

Wie das getier der wälder das bisher
Sich scheute oder fletschend sich zerriss
Bei jähem brand und wenn die erde bebt
Sich sucht und nachbarlich zusammendrängt:
So in zerspaltner heimat schlossen sich
Beim schrei DER KRIEG die gegner an .. ein hauch
Des unbekannten eingefühls durchwehte
Von schicht zu schicht und ein verwornes ahnen
Was nun beginnt ... Für einen augenblick
Ergriffen von dem welthaft hohen schauer
Vergass der feigen jahre wust und tand
Das volk und sah sich gross in seiner not.
(SW IX, 22)

Der Sprecher des Gedichts stimmt also den skizzierten Deutungen darin zu, dass der Kriegsausbruch über alle sozialen Unterschiede hinweg einen ‚Hauch des unbekannten Eingefühls' vermittelt habe. Wenn George dem Volk, das sich von ‚Wust und Tand' abgewandt hat, das Attribut der ‚Größe' zuspricht, so wählt er eben jenen Begriff, den die *Jahrbuch*-Autoren dem schöpferischen Einzelnen, dem Gestalter von Geschichte und Kunst, vorbehalten hatten. In der zweiten Strophe sucht das Volk den eremitischen Seher auf und wundert sich über dessen Distanz vom Geschehen.

Sie kamen zu dem Siedler auf dem berg:
>Liegst du noch still beim ungeheuren los?<
Der sprach: dies frösteln war das edelste! ..
[...]
Das meiste war geschehn und keiner sah ..
Das trübste wird erst sein und keiner sieht.
Ihr lasst euch pressen von der äussern wucht ..
Dies sind die flammenzeichen · nicht die kunde.
Am streit wie ihr ihn fühlt nehm ich nicht teil.
(SW IX, 22 f.)

In dem angesprochenen ‚Siedler auf dem Berg' verbirgt sich – wie unschwer zu erkennen – George selbst. Man kann die Formulierung sogar biographisch auf seinen Aufenthalt in den schweizer Bergen bei Kriegsbeginn beziehen. George relativiert den „welthaft hohen schauer" als ein „frösteln", das einen Augenblick lang eine andere Existenz und Welterfahrung ermöglichte, aber keine dauerhafte Wandlung nach sich zog, und unterstreicht die eigene prophetische Perspektive. Die beiden folgenden Strophen thematisieren die der Gemeinschaft entrückte Stellung des *poeta vates*, des Seher-Dichters und nehmen zugleich konkreten Bezug auf die Gegenwart. Die fünfte Strophe wendet sich dem Kriegsgeschehen selbst zu und ist von einer herben Desillusionierung, die den Text vor jeder kriegsapologetischen Instrumentalisierung bewahrt.

> Zu jubeln ziemt nicht: kein triumf wird sein ·
> Nur viele untergänge ohne würde ..
> Des schöpfers hand entwischt rast eigenmächtig
> Unform von blei und blech · gestäng und rohr.
> Der selbst lacht grimm wenn falsche heldenreden
> Von vormals klingen der als brei und klumpen
> Den bruder sinken sah · der in der schandbar
> Zerwühlten erde hauste wie geziefer ..
> Der alte Gott der schlachten ist nicht mehr.
> Erkrankte welten fiebern sich zu ende
> In dem getob. Heilig sind nur die säfte
> Noch makelfrei versprizt – ein ganzer strom.
> (SW IX, 24)

Hier kehrt in der Mechanisierung des Kriegs die in den *Jahrbüchern* kulturkritisch attackierte Verselbstständigung der Mittel wieder. Die sechste Strophe würdigt Hindenburg als ‚schmucklosen Greis', der mit seinem Sieg bei Tannenberg ein ‚sinnbildliches Ereignis' geschaffen habe. Aber auch er vermag nicht „vor dem schlimmeren feind" zu retten. Er kann nur den äußeren Bestand sichern, den „spotthafte könige mit bühnenkronen" gefährdet haben. Die beiden folgenden Strophen geißeln noch einmal die Interpretation des Kriegs als Erneuerung und die Illusion, aus den Erfahrungen der Gegenwart für eine friedliche Zukunft gelernt zu haben. Indem der unvermeidliche künftige Krieg als Werk ‚des großen Keltrers' gedeutet wird, erhält er den Status jenes ‚heiligen Kriegs', den George im *Stern des Bundes* avisiert hatte. Aus ihm geht eine auserwählte Schar hervor, die über jene Qualitäten verfügt, die einst die „vollste umkehr" ermöglichen: „schau und innrer sinn". ‚Schau' ist, wie wir wissen, die Fähigkeit zur Erkenntnis des göttlich Gestalthaften, zur Aufnahme des Geistganzen. ‚Innrer Sinn' ließe sich in die Nähe der Definition von Freiheit rücken, wie sie Johann Gottlieb Fichte in seinen *Reden an die deutsche Nation* vorgenommen hat. Dort sagt er, „die Freiheit, der es bestimmt ist, am Aufbau der höchsten und reinsten Sittlichkeit mitzuwirken, [sei] die Freiheit, die der Mensch dann in Anspruch nimmt, wenn er den Mut findet, sich selbst zu wählen."[172] Der freie Akt dieser Selbstwahl stiftet das Göttliche im Menschen. Im *Stern des Bundes* hatte es warnend geheißen: „Gott ist ein schemen wenn ihr selbst vermürbt!" (SW VIII, 33), und in der zehnten Strophe von *Der Krieg* steht die apodiktische Sentenz „Ein volk ist tot wenn seine götter tot sind". (SW IX, 26) In den letzten beiden Strophen erfolgt ein Umschlag der Sprechhaltung. Aus dem Bußprediger wird der Seher, der Verkünder eines ‚Neuen Reichs'. Ich zitiere einige Verse aus der 11. Strophe

Doch endet nicht mit fluch der sang. Manch ohr
Verstand schon meinen preis auf stoff und stamm ·
[...]
Wo flöte aus dem weidicht tönt · aus hainen
Windharfen rauschen · wo der Traum noch webt
Untilgbar durch die jeweils trünnigen erben ..
[...]
[...] Land dem viel verheissung
Noch innewohnt – das drum nicht untergeht!
(SW IX, 26)

Georges Bekenntnis zu Shelleys Sentenz ‚Poetry is praise' (Dichtung ist Preisen) kommt hier zum Tragen. Es ist ein Verständnis von Dichtung, das wie die Konzeption des Sehers antiken Ursprungs und besonders bei Pindar ausgeprägt ist. Das Bild, das George von den ‚untilgbaren' Kräften Deutschlands zeichnet, hat ebenfalls einen auffällig gegenwartsentrückten antiken Charakter. Die ‚Flöte' lässt an Pan denken, die ‚Windharfe' gemahnt an die Äolsharfe, der Traum führt in diesem Kontext die Assoziation des Apollinischen mit sich. Die latente Präsenz noch lebender Götter, die man hier anklingen hört, tritt dann in der Schlussstrophe von *Der Krieg* in den Status der Aktualität über. Sie lautet:

Die jugend ruft die Götter auf .. Erstandne
Wie Ewige nach des Tages fülle .. Lenker
Im sturmgewölk gibt Dem des heitren himmels
Das zepter und verschiebt den Längsten Winter.
Der an dem Baum des Heiles hing warf ab
Die blässe blasser seelen · dem Zerstückten

im glut-rausch gleich .. Apollo lehnt geheim
An Baldur: >Eine weile währt noch nacht ·
Doch diesmal kommt von Osten nicht das licht.<
Der kampf entschied sich schon auf sternen: Sieger
Bleibt wer das schutzbild birgt in seinen marken
Und Herr der zukunft wer sich wandeln kann.
(SW IX, 26)

George beginnt mit der Vorstellung, dass eine Weltzeit vor der Erfüllung stehe und in diesem Moment die (deutsche) Jugend alle zeitlichen und ewigen Götter aufrufen, also verlebendigen könne. Die in den folgenden Versen ohne Namensnennung evozierten Götter haben ihr Gemeinsames darin, dass sie alle „Götter der Erneuerung" sind.[173] Der ‚Lenker im Sturmgewölk' ist der germanische Donnergott Thor. Er wird nach der normannischen Runenreihe durch Tiu abgelöst, den George ‚Lenker des heiteren Himmels' nennt. Den nächsten Zeitenwandel vollzieht Odin, der am Baum des Heils hing. Odin war für George „der Gott, der mit den Runenzeichen die Kraft des bannenden und bändigenden Wortes entdeckte, in ihm verband sich der Zauber des Opfers mit der Magie des Wortes."[174] Das Abwerfen der „blässe blasser seelen" rückt Odin in die Nähe sowohl von Christus als auch von Dionysos, der durch den Prozess der Zerstückelung eine neue Rauschkraft erwarb und ein neues Weltzeitalter einleitete. Morwitz kommentiert diesen Götterreigen so: „Aus diesen Götter- und Weltzeitwandlungen schöpft der Dichter den Glauben, dass auch die gegenwärtige Weltzeit der Kriege und dunklen Wirren durch eine neue Weltzeit des Lichtes abgelöst werden wird [...]. Er weist auf die geheime Nähe von Apollo zu Baldur, die beide lichtbringende Gottheiten sind." (EM I, 425) George glaubte, für seine Formulierung „Apollo lehnt geheim/An Baldur" auch einen philologischen Beleg anführen zu können. Der zweite der *Merseburger Zaubersprüche* beginnt mit den Zeilen: „Phol ende Uuodan uuorun zi holza./Du uuart demo Balderes uolon siz uuoz birenkit." (Apoll und Odin fuhren ins Holz./Da verstauchte sich des Baldurs Fohlen den Fuß.)[175] Der Anbruch des Lichtreichs, für das mit Baldur und Apollo die germanische und die griechische Welt gemeinsam Pate stehen, wurde von George in die Zukunft projiziert. Die Zeile „Der Kampf entschied sich schon auf sternen" legt den Gedanken nahe, dass George den Sieg des Lichtreichs als ein kosmisch notwendiges Ereignis begriff. Im *Stern des Bundes* hieß es bereits ähnlich, dass „ungewusst auf andrem stern/Bald vor – bald nachher irdischer auftritt spielt." (SW VIII, 102) Es handelt sich dabei um ein Weltzeitalter, das in einem neuen Zeichen, unter einem neuen Stern stehen wird. Explizit wird der Formel *ex oriente lux* abgeschworen, wohinter sich bei George im Anschluss an Nietzsche nicht nur die Absage an das Christentum, sondern auch die Vorstellung von der Gefährdung der europäischen Kultur durch Russland verbirgt. Dem Licht des Ostens wird das Schutzbild gegenübergestellt oder anders gesagt: An die Stelle der Sonne, die als Leitstern der zuende gehenden Weltzeit im Osten aufgegangen ist, tritt das im Westen aufgegangene Sonnenkind Maximin, das als göttlicher ‚Stern des Bundes' über der neuen Weltzeit strahlt. So gewinnt Maximin, das Schutzbild, in dem sich Jugend und Schönheit in göttlicher Ursprünglichkeit verkörperten, die Funktion eines Siegels für das zukünftige Zeitalter.

Blickt man vom Ende her auf Georges Gedicht *Der Krieg* zurück, so stellt sich der Eindruck einer bis ins Extrem getriebenen Polarität ein. Auf der einen Seite steht die nüchterne Desillusionierung aller Versuche, dem Ersten Weltkrieg den Anstrich eines geistigen Kampfes zu verleihen und ihn zu einer nationalen Wiedergeburt umzudeuten. Dazu dient die Konfrontation des leeren Heldenpathos mit der Wirklichkeit der Materialschlachten. Auf der anderen Seite lässt George sein Gedicht in eine zugleich subjektive und nationale Utopie einmünden, der er mit einem erheblichen mythologischen Aufwand zur Legitimität verhilft. Zu mythologischen Deutungsverfahren griff George auch, als ihn im Juli 1918 die Nachricht von der gemeinschaftlichen Selbsttötung der beiden Freunde Adalbert Cohrs (Abb. 34) und Bernhard von Uxkull-Gyllenband (Abb. 35) erreichte.

Lauter Suizide

Letzterer ist uns schon als Zögling von Ernst Morwitz und Verfasser des *Sternwandel*-Zyklus bekannt. Er war Jahrgang 1899 und besuchte von 1911 bis Ostern 1916 das Internat Ilfeld im Harz. Dort lernte er Adalbert Cohrs kennen. Zwischen den Jünglingen entwickelte sich eine schwärmerische Freundschaft. Uxkull-Gyllenband wechselte ans Bismarck-Gymnasium in Berlin-Wilmersdorf und machte 1917 Abitur. Im Juni trat er in eine preußische Elite-Einheit ein und kam nach der Ausbildung als Artillerist in Berlin und Jüterbog Ende Januar 1918 an die Westfront. Wegen einer Erkrankung wurde er im April in ein Lazarett in Schierke im Harz aufgenommen, wo sich zur selben Zeit auch Adalbert Cohrs befand. Er war 1897 geboren und hatte 1915 in Ilfeld Abitur gemacht. Unmittelbar danach meldete er sich freiwillig und machte in den folgenden Jahren als Artillerist die verlustreichen Schlachten um Verdun und an der Somme mit. Im November 1917 erlitt er einen Nervenzusammenbruch und kam im April ebenfalls nach Schierke.

George kannte Uxkull-Gyllenband schon als Kind und verfolgte mit Anteilnahme seine Ausbildung durch Morwitz. Er war besonders erfreut über Uxkulls dichterisches Talent. Vertrauensvoll schickte er George seit dem Knabenalter seine Gedichte, die freundlich aufgenommen und mit Ratschlägen begleitet wurden. Wenn er in den Schulferien in Berlin war, traf George ihn regelmäßig bei Morwitz und besprach mit ihm grundsätzliche Themen aus Literatur und Geschichte. Für Uxkull wuchs er in die Rolle des Leitsterns seines Lebens. Im September 1917 schrieb er George, er habe nun erkannt, „dass es keinen Weg gibt als völlige Unterwerfung“ (GHb III, 1720f.), um alles zu erreichen, was in ihm angelegt sei. Noch im Mai 1918 entstand in Schierke sein *Sternwandel*-Zyklus, der dann 1919 posthum in der letzten Folge der *Blätter für die Kunst* erschien und als eine der stärksten dichterischen Leistungen der hier anonym bleibenden Autoren galt. Insgesamt enthielt diese Folge 34 Gedichte Uxkulls.

Cohrs wurde vom ersten Moment an ein bedingungsloser Jünger Georges. Er hatte durch seinen Freund Uxkull zunächst Morwitz kennengelernt, der beide bei ihrer Beschäftigung mit Georges Werk unterstützte. Morwitz erbat bei George ein Treffen mit Cohrs, zu dem es Mitte Januar 1917 in Mainz kam. George war sehr angetan und zollte seinem Auftreten brieflich „höchstes lob“ (RB I, 167). Erst einige Wochen später fand Cohrs die innere Ruhe, um seine Begegnung mit George in Worte zu fassen. Am 12. Februar schrieb er ihm, sogleich das ‚Du‘ benutzend: „Was die Mainzer Tage mir gegeben wozu sie mich gemacht haben ist mir nach einer geringen Zeit des Sammelns der inneren Kräfte im ruhigen Weiterleben erst in den einzelnen Wirkungen ganz klar geworden – so waren die Tage bei Dir Selbst in Deiner leiblichen Nähe zu göttlich zu licht und begraben mich ganz in dem heiligen Wunder. [...] Das Lebensgefühl ist tief mächtig rein und stark – und kann die Erfüllung ihm heute auch nicht in vollem Maasse beschert sein so wird sich Göttlicher Alles doch so rein und gross erhalten.“[176]

Einen Monat später hatte George jedoch Anlass zu großer Beunruhigung. Cohrs hatte ihm aus der Garnison Minden geschrieben, dass er mit seinem Soldatendasein so sehr hadere, „dass eine Flucht aus diesem Staat in die Schweiz oder sonst ein freies Land als das einzig Gebotene erscheint und die einzige Möglichkeit · die menschlichen Kräfte ungebrochen und ganz vollkommen dem Leben zu erhalten und zu retten.“[177] George reagierte sofort alarmiert und versuchte Cohrs den Gedanken an Fahnenflucht auszureden. „Deine zeilen enthalten etwas fast ordnungsloses und einen getrübten blick. Ein entrinnen giebt es jezt nicht – für keinen, am wenigstens eins auf das Du anspielst.“ (RB I, 167) Georges Mahnung schien Cohrs fürs erste wieder seelisch stabilisiert zu haben. Nach einem Zusammensein im Januar 1918 in München schickte George ihm den folgenden, später ins *Neue Reich* aufgenommenen ‚Spruch':

Du hast des lebens götterteil genossen
Von glück und rausch und schwärmen wunderbar ..
Du darfst nicht murren · ward dir nun beschlossen
Des wahren lebens ander teil: gefahr.
(SW IX, 75)

Morwitz war hocherfreut über die Zuneigung, die Cohrs bei George fand. Ein paar Tage nach dem Treffen der beiden in München schrieb er geradezu euphorisch an George, er hätte den Eindruck, als wäre mit Cohrs „eine neue Provinz des Reiches erschlossen, die noch viele Schätze verbirgt." (GHb III, 1324) Die Euphorie war auf Seiten Georges nicht geringer, wie sein Brief an Glöckner verrät, dessen Abwesenheit bei den Zusammenkünften mit Cohrs und Erich Boehringer im Kugelzimmer er bedauert: „A[dalbert Cohrs] (der sturmwind) war 10 tage hier und dies wunder auch diesmal zu versäumen ist schmerzlich. Er hatte es sehr gut getroffen: meine verfassung war ausnahmsweise heiter und auf die schneewochen folgte jener herrliche wenn auch trügerische Münchner föhn-frühling. Diese tiefgelben abendhimmel wenn die ausgehstunde nahte: der graurötliche ein-turm der nahen kirche und die schieferblauen doppeltürme der Ludwigstrasse.... an der seite diese schlanke wundervoll freie figur des A! Und welche langen nächte mit gespräch und lesen unter der kugel ... Kurz nach A. kam auch E[rich Boehringer]. Der andre liebling der Götter! Schöner sind sie auch nicht auf den vasen wie dieses paar – mit + ohne blaues gewand."[178]

Auf die dringende Einladung von Cohrs und Uxkull-Gyllenband reiste George Anfang Mai nach Schierke. Offenbar wurde dort zumindest von Cohrs erneut Unwillen gegenüber der bevorstehenden Rückkehr ins Feld geäußert. Jedenfalls teilte Gundolf George am 10. Juli mit, Cohrs habe ihn besucht und „bereut dir im Harz Sorge gemacht zu haben durch unmutige und widerspenstige Worte." (G/G 319) Tatsächlich hatte Cohrs am Tag zuvor selbst an George geschrieben und ihm versichert, er habe erst jetzt in ganzem Umfang die Bedeutung des ihm geschickten ‚Spruchs' begriffen und die richtigen Schlüsse daraus gezogen. Er wolle nun den bevorstehenden ‚unvermeidlichen Kampf' „im festen vertrauen auf das schicksal" und in der Hoffnung, im Anschluss an den Krieg ein ‚höheres Schicksal' zu erfüllen, aufnehmen. Gleichzeitig lässt der Brief trotz seiner ostentativen Zuversicht die seelische Gefährdung erahnen, in der Cohrs sich befand. „Ich habe es nach Bernhards weggang nicht leicht gehabt die depressionen waren sehr stark und die haltung zu bewahren sehr schwer. [...] Mir ist jezt erst ganz die bedeutung der verse aufgegangen die du mir bald nach unseren tagen in München nach Minden sandtest [...]. Ich verstehe sie jezt ganz und muss mich für die nächste zeit ganz dem schicksal übergeben .. wollte ich hier mich heute einer gefahr zu entziehen suchen so würde sie mir morgen von dort nur um so schlimmer drohen.“[179]

Cohrs schrieb im selben Brief, dass er wohl Mitte und Uxkull Ende Juli wieder an die Front müssten. In den folgenden Wochen haben sie dann den Plan gefasst, am Niederrhein die Grenze in die Niederlande zu überschreiten. Ein ortskundiger Kamerad der beiden hatte ihnen in Berlin von diesem Fluchtweg, der wohl auch als Schmuggelpfad benutzt wurde, erzählt.[180] Von dem am nächsten der Grenze gelegenen Bahnhof, der ohne Legitimation zu erreichen war, wollten sie die verbleibende Strecke zu Fuß zurücklegen. Ihr Vorhaben wurde jedoch verraten, und sie wurden in einem Hotel in Lobberich verhaftet und der Polizei im benachbarten Kaldenkirchen übergeben. Am 31. Juli berichtete die Zeitung *Rhein und Maas*: „Bei ihrer Vernehmung dort durch die Militärbehörde zog der eine von den Verhafteten ein Tesching aus der Tasche und tötete sich durch einen Schuß in die Schläfe. Der andere, der während der Vernehmung in einem Nebenzimmer von einem Posten bewacht wurde, zog, als er den Knall hörte, ebenfalls eine Schusswaffe aus der Tasche, um sich zu erschießen.“[181] Da der Posten Cohrs noch bei der Ausführung der Tat störte, führte sein Schuss nicht zum sofortigen Tod. Er starb erst am nächsten Tag im Krankenhaus. Der Doppelsuizid dürfte von ihnen für den Fall des Misslingens der Desertion „zur Vermeidung ihrer Trennung und wohl auch zur Vermeidung eines unehrenhaften Endes ihres Lebens“[182] als *ultima ratio* verabredet worden sein. George erfuhr wohl am 30. Juli von ihrem Tod und sagte noch 1928 zu Edith Landmann in Kiel: „da waren mir beide Beine abgeschossen.“ (EL 187) Er begab sich zu seiner Schwester Anna Maria nach Königstein im Taunus. (Abb. 36) Dort besuchte ihn der ahnungslose Kurt Singer am 7. August. „Bald trat George selber ein, und tiefes Erschrecken befiel mich. Er schritt aufrecht und fest, aber sein Antlitz war gramvoll bis an den Rand der Verstörung. [...] Er habe sehr schwere Botschaften erhalten, sagte er sogleich nach einem Wort freundlicher Begrüßung. Erst später habe ich erfahren, dass dies die Botschaft von dem selbstgewählten Tode der beiden jungen Offiziere gewesen war [...]. Der Dichter sagte von diesen Begebenheiten und Gedanken damals kein Wort. Er bemerkte nur, dass er in diesem Fall, wie sonst, das einzig wirksame Heilmittel gesucht habe: sich ganz, wie er es nannte, zu ‚verkriechen': im Bett liegend, das Gesicht zur Wand gekehrt, ohne irgend jemand zu sehen, zu sprechen, denn das Aussprechen mache den Schmerz nur ärger."[183]

George widmete sein langes zeitkritisches Gedicht *Der Dichter in Zeiten der Wirren* ‚Dem Andenken des Grafen Bernhard Uxkull' und beiden gemeinsam das noch 1918 oder 1919 entstandene Dialoggedicht *Victor * Adalbert.* Bernhard von Uxkull-Gyllenband firmiert hier unter ‚Victor', weil das ein weiterer seiner Vornamen ist und er in der Perspektivierung des Gedichts zum ‚Sieger' auf dem Felde der Freundschaft stilisiert wird. Es ist bei der Konzeption des Gedichts interessant, dass es vom authentischen Sachverhalt abweicht. In Georges Dialoggedicht ist es Adalbert, der in den Suizid vorangeht. Die Abweichung mag sich schlicht daraus ergeben haben, dass der tatsächliche Ablauf George unbekannt war. Die lokalen Dokumente wurden erst 2004 publik. Die Konzeption dürfte rein sachlich damit motiviert sein, dass Cohrs derjenige war, der in den Gesprächen in Schierke seine Situation als unerträglich schilderte und nach einem ‚Ausstieg' suchte. Im Gedicht begründet er seinen Entschluss mit der mentalen Erschöpfung durch den Krieg („Genug im mord gestampft") und dessen prinzipielle Sinnlosigkeit („ein wahnwitz der mit wahnwitz schliesst"). Dieser existentiellen Unzumutbarkeit will er sich entziehen, indem er ‚sein Gesetz' erfüllt. (SW IX, 94) Letztlich gibt er dem nachfragenden Victor die irrationale Erklärung, er werde durch einen „dunkelgeist/Der in mir waltet" (SW IX, 95) zur radikalen ‚Wende' getrieben. Zugleich ermuntert er Victor, ihm in eine Existenzform zu folgen, die erkennbar sowohl an der allegorischen Verwandlung von Maximin als auch an der zentralen Motivik von Victors-Bernhards *Sternwandel* orientiert ist: „Wenn jetzt wir frank und stolz die erde lassen/Wird uns der lichte wandel nicht benommen/Werden wir blühen wie die ewigen sterne .." Das Gedicht mündet in Victors Bekenntnis, mit dem Freund gemeinsam „Durchs dunkle tor zu gehn" (SW IX, 96).

Georges Gedicht lässt den Dialog am Fuß des Brocken stattfinden, verlegt ihn also in den Harz und blendet dergestalt den Kontext der versuchten Desertion am Niederrhein aus. Der Doppelsuizid diente in seiner poetischen Version vor allem der ‚Heroisierung der unbedingten Freundestreue'.[184] Ein ergänzender dichterischer Anlass für die den realen Tatbestand umkehrende Konzeption kann sich auch aus Uxkulls eigener Dichtung ergeben haben, denn dessen nachgelassenes Gedicht *Beschluss*, das George in den *Blättern* ans Ende des *Sternwandel*-Zyklus stellte, feierte das Selbstopfer des Liebenden für seinen Freund. Auf diesem Wege erfolgte die Überführung des tragischen Endes zweier gescheiterter Deserteure in die mythische Manifestation der für den George-Kreis konstitutiven Idee von Freundschaft. Adalbert Cohrs und Bernhard von Uxkull-Gyllenband galten fortan als das Dioskuren-Paar am Sternenhimmel. Der mit Thormaehlen und Morwitz befreundete expressionistische Maler Erich Heckel schuf 1922/23 im Erfurter Angermuseum das 120 Quadratmeter große Wandbild *Lebensstufen*, das in vielfältiger Weise mit den Vorstellungen des George-Kreises verwoben ist. Etliche der dargestellten Figuren tragen die Gesichtszüge bestimmter Kreis-Mitglieder. So füllte Heckel die Nische ‚Die jungen Toten' mit einem Wandbild, das zwei einander zugewandte junge Männer zeigt, die vor dem ‚dunklen Tor' eines Höhleneingangs stehen und als Cohrs und Uxkull zu identifizieren sind. Sie halten sich an den Händen und besitzen durch ihr strenges Profil „etwas Sakrales".[185]

Die Ausführung dieses Wandgemäldes dokumentierte in nachdrücklicher Weise, dass es die „Georgeschen Erziehungs- und Entwicklungsvorstellungen [sind], die sich in den einzelnen Gruppierungen auf den Hauptflächen aller Wände widerspiegeln."[186] Dass man somit in Heckels Gemälde „George als den Dreh- und Angelpunkt der ganzen Konzeption" betrachten kann, ließe sich als Indiz für den Erfolg einer gezielten Einflussnahme von Seiten Morwitz' und des Bildhauers Thormaehlen betrachten, der am 28. Januar 1919 an George schrieb: „Wir hatten uns vorgenommen ihm etwas aufzuhelfen und haben uns auch verschworen das haupt der expressionistenschule dem expressionismus abwendig zu machen – (so dass er es selbst nicht merkt). [...] Auch war ich erstaunt bei dem letzten atelierbesuch bei ihm die wendung des letzten jahres in seinen bildern zu sehen. In einem bild war deutlich die wirkung eines meiner ‚Köpfe' zu erkennen. [...] Es kommt eine ganz andere seite in seinen werken hervor seitdem er Ernst liebt. Er ist nicht stark wird immer etwas ‚dünn' bleiben aber er hat noch etwas (im Gegensatz zu den anderen modernen Malern) wie Seele Zartheit Feinfühligkeit und Verantwortung. Du wirst nie etwas mit ihm anfangen können. Er hat nicht genug Blutstärke aber ist von einer ungewöhnlichen vornehmheit sieht zwar zart und krank aus: Ein etwas gelösterer Wenghöfer ohne dessen versteckte barbarismen aber auch ohne dessen hemmungen."[187] Thormaehlen zieht hier am Ende den Dichter Walter Wenghöfer zum Vergleich heran, um den es nun gehen soll.

Wie schon erwähnt folgte auf den Doppelsuizid der beiden Freunde Ende Juli Anfang Oktober eine weitere Selbsttötung eines Mitglieds des George-Kreises. Dabei handelte es sich um den 1877 in Magdeburg geborenen Walter Wenghöfer. Er hatte 1898 in Osterode im Harz Abitur gemacht und dann mit dem Studium der Philosophie in München und Berlin begonnen. 1907 promovierte er in Jena über Jean Paul, blieb aber bis zu seinem Tod berufslos. Er lebte in höchst bescheidenen Verhältnissen in Magdeburg mit seiner Mutter zusammen und pflegte sie mehrere Jahre bis zu ihrem Tod 1916. Sein letztes Lebensjahr verbrachte er in Berlin.

Schon vor der Jahrhundertwende hatte Wenghöfer zu dichten begonnen und den französischen Symbolismus für sich entdeckt. Auf der Suche nach einem Vorbild im deutschsprachigen Raum stieß er auf George. 1903 schickte er eigene Gedichte an George, die sofort dessen Aufmerksamkeit erregten. Die Kombination aus strenger Bauform und einem spätzeitlich-schwermütigen, von Blässe, Müdigkeit und Überdruss erfüllten Ton musste ihn an die eigene frühe Dichtung der *Algabal*-Stufe erinnern. Wenghöfers Zyklus *Der dunkle Saal* wurde 1904 in die siebte Folge der *Blätter* aufgenommen und löste bei Friedrich Gundolf freudiges Erstaunen über diese neue Stimme aus. In einer luziden Charakteristik von dessen Stil schrieb er an Wolfskehl, Wenghöfers Gedichte besäßen das seltsame Glitzern und unheimliche Irisieren eines Faulholzes.[188] Zu einer ersten persönlichen Begegnung kam es im November 1906, als Irene Eucken, die Ehefrau von Wenghöfers Doktorvater Rudolf Eucken, die Idee gefasst hatte, Georges kleines szenisches Werk *Manuel* vor einem geladenen Kreis aufzuführen. George hatte im Jahr zuvor bereits auf Einladung des Ehepaars Eucken eine Lesung vor Mitgliedern der ‚Literarischen Gesellschaft Jena und Weimar' abgehalten. Auch diesmal kam er nach Jena, um die Proben zu begutachten. Unter den Ausführenden im Hause Eucken befand sich auch Walter Wenghöfer. Der mitbeteiligte Ernst Schertel berichtet: „George stand am Türpfosten, in schlanker schwarzer Litewka, das gemeißelte Haupt mit dem vollen schwarzen Haar zurückgeworfen – und wir begannen, der Reihe nach zu lesen. [...] George korrigierte dann und wann mit rheinischem Akzent. Zu der Aufführung ist es allerdings nicht gekommen."[189]

Gedichte von Wenghöfer erschienen auch in den nächsten beiden Folgen der *Blätter* 1909 und 1910. In dieser Zeit fand Wenghöfer Anschluss an den Kreis der Berliner Freunde und kam regelmäßig im Herbst für einige Tage aus Magdeburg herüber, um George zu treffen und an den Diskussionen der *Jahrbuch*-Beiträger bei Vallentin oder Wolters teilzunehmen. Thormaehlen, der auch eine eindrucksvolle Büste von Wenghöfer schuf, hielt einen Eindruck von seiner Mitwirkung fest: „Wenn er nachdachte und einen Gedanken präcis formulierte, so geschah das immer aus natürlicher Concentration, seine Züge wurden dann gedanklich, die Brauen hoben sich, aber sie behielten ihre schöne Menschlichkeit, er blieb immer der Dichter."[190] Allerdings schien gerade um diese Zeit die dichterische Gestaltungskraft von Wenghöfer zu erlahmen. Nach 1910 sind wohl kaum noch Gedichte entstanden. Darauf zielten wohl auch Georges Worte vom Sommer 1919, Wenghöfer „sei einmal drin gewesen im engsten Kreis, nur die Kraft des Wachstums habe ihm gefehlt." (EL 69) Nichtsdestotrotz stand Wenghöfer bei George weiterhin in hoher Achtung. Zu Edith Landmann sagte er ein knappes Jahr nach dessen Tod, „Wenghöfer habe zehn Jahre lang nichts getan, das habe er bewundert. Vielleicht brenne kein Feuer nutzlos, und wenn so einer, der nichts tut, über die Strasse geht, kann er mehr wirken als mancher Täter." (EL 79)

Eine besonders enge Freundschaft entwickelte sich zwischen Wenghöfer und dem Ehepaar Wolfskehl. In den Jahren vor dem Ersten Weltkrieg besuchte er sie mehrfach in ihrem Feriendomizil im oberbayrischen Bad Tölz. Für die Vermittlung der persönlichen Bekanntschaft zwischen Wolfskehl und Thormaehlen fing er sich einen heftigen Rüffel von George ein. Die Kriegsbegeisterung des Ehepaars Wolfskehl konnte er allerdings nicht teilen. Schon am 14. September schrieb er Hanna Wolfskehl, „das Ereignis hat noch andere Seiten als die enthusiastischen."[191] Diesen Brief verfasste er zur Hälfte demonstrativ auf Französisch, wie er auch gerade während des Kriegs seine Beschäftigung mit französischer Literatur betonte. Wenghöfer war ein überzeugter Europäer und betrachtete den Krieg als Relikt einer national denkenden Epoche. Im April 1915 schrieb er an Hanna Wolfskehl, er denke, „dass der Krieg recht sanft und blamabel einschlafen wird, und dass durch ihn ein für alle Mal erwiesen ist, dass es Kriege in Europa nicht mehr geben kann, d. h. nicht der Krieg wird die Ära, sondern die Ära den Krieg überwinden."[192]

Bald nach Ausbruch des Kriegs erhielt Wenghöfer von George den Auftrag, im Rahmen des Projekts einer Verdeutschung Shakespeares eine Übersetzung der beiden Versepen *Venus und Adonis* und *Lukrezia* anzufertigen. Thormaehlen hatte George schon im Mai den Vorschlag gemacht, ihn mit einer Aufgabe zu betrauen. „Könnte Wenghöfer nicht einen auftrag bekommen über die Formen des Kultischen die Gegensetzung von Magischem und Mystischem etwas zu präzisieren. Er hatte im Gespräch meines Erachtens sehr klare und scharfe und mir neue Formulierungen über diese Dinge."[193] Es gehörte zu Georges Gewohnheiten, seine Jünger mit bestimmten Aufgaben zu betrauen und damit eine Werkgemeinschaft zu stiften. Diese Werkgemeinschaften konnten einen sehr intensiven persönlichen Charakter haben und dazu führen, dass er mit dem Beauftragten über einen längeren Zeitraum zusammen lebte oder man sich wenigstens regelmäßig traf. In anderen Fällen wurde der Auftrag persönlich erteilt, dann aber in alleiniger Arbeit ausgeführt. George setzte seine Aufträge aber auch gezielt dafür ein, den Empfänger dadurch in seiner Entwicklung zu unterstützen und durch die

Übertragung einer für den ganzen Kreis wichtigen Arbeit in seinem Selbstwertgefühl zu stärken. Der Auftrag an Wenghöfer dürfte vor allem den letztgenannten Aspekt mit beinhalten.

Wenghöfer teilte George bald seinen ersten Lektüreeindruck der Shakespeare-Texte mit. „Die Lektüre der beiden Stücke hat meine Lust sie zu bearbeiten nicht vermindert. Ich sehe deutlich wie etwas Gutes zu erreichen ist, aber die Schwierigkeit diesem Guten nur nahe zu kommen, zeigt sich beim Versuch sehr gross. [...] Es wird also langsam gehen. Können Sie mir nicht den nächsten Monat als Probezeit gewähren."[194] Wenghöfer mühte sich zuerst an der *Lukrezia*. Seine anfängliche Lust verlor sich bald. Etwa Ende 1914 schickte er George die ersten zehn Stanzen, die wohl als Probestück dienen sollten, mit den begleitenden Worten: „Es ist eine *fürchterliche* Arbeit. Jede Stanze ein Schachproblem für sich, weil der dreimalige Reim die Möglichkeiten ungeheuer beschneidet. Und manches so leer, dass einem in aller Welt nichts dabei einfallen kann."[195] Aus den folgenden Monaten stammen einige Äußerungen, die sein Ringen mit der Aufgabe in drastische Bilder fassen. Er sprach gegenüber Karl Wolfskehl von der „Shakespeare-Tretmühle,"[196] in der er stecke, und berichtete Thormaehlen, er müsse Shakespeares Stanzen misshandeln und „habe in einem Monat fünfzig von diesen Ungeheuern in wildem Handgemenge erlegt".[197] Am 4. August 1915, Wenghöfer steckte mittlerweile in *Venus und Adonis*, klagte er Hanna Wolfskehl: „Der Adonis macht mir viel mehr Kopfschmerzen wie die Lukretia, ich kriege es sicher nicht heraus. Wenn man sich beim einzelnen einbildet Abwechslung und Bewegung zu bringen, ist das Ganze nachher steif und ledern. Ein richtiges Dörr-Gedicht."[198] Wenghöfer gab das Übersetzungsprojekt schließlich auf. Als Anfang 1921 die Frage nach der Aufnahme der Versepen in die zweite Auflage der Shakespeare-Ausgabe anstand, fragte Gundolf George, ob er auf Wenghöfers Übersetzung zurückgreifen solle. (vgl. G/G 350) Die Antwort fiel offenbar negativ aus, denn Gundolf unternahm bald eine Neuübersetzung, die er Anfang 1922 abschloss. Als die Versepen im selben Jahr im sechsten Band erschienen, zeichnete Gundolf die Übersetzung ausschließlich mit seinem Namen.

Nachdem Wenghöfer im Spätherbst 1917 nach Berlin gezogen war, intensivierte sich noch einmal der Kontakt zum Berliner Freundeskreis – soweit der Krieg ihn nicht zerstreut hatte. Er schloss sich nun näher an Berthold Vallentin an, der am 30. Dezember George mitteilte: „Seit Wochen hat Wenghöfer seine Undurchdringlichkeit hierher in die Schaperstrasse verpflanzt und das Blätterquartier weiter abgerundet. Er durchsetzt sich auch etwas mit Menschenfreundlichkeit und ist im Gespräch schon löslich. Ich schlage ihm täglich neue Projekte innerer und äusserer Betätigung vor aber da bleibt er ganz standhaft in seiner alten Gewohnheit. Immerhin lässt er sich und einigem von dem was ihn bewegt schon nahe kommen.“[199] Im folgenden Jahr unternahmen Vallentin und Wenghöfer sogar eine gemeinsame Reise durch Süddeutschland, die sie unter anderem durch Würzburg geführt hatte. Vallentin schrieb George, wie sehr Wenghöfer diese Stadt entzückt habe: „Wenghöfer gar hat ein über das andere mal erklärt hier sei in Deutschland einzig echter der nicht nur spielerische geist des rococo mit dem er eine substanziellere geheime vorstellung zu verbinden scheint als sie uns gewohn.“[200] Das Rokoko wurde von Wenghöfer deswegen geschätzt, weil es die letzte Kunstströmung in Europa war, die einen einheitlichen Stil besaß. Ganz im Sinne von Hugo Eicks Aufsatz *Der Geist des Rokoko* im ersten *Jahrbuch für die geistige Bewegung* sah Wenghöfer im Rokoko „die letzte Epoche seit dem Altertum, in der sich die vitalen Kräfte noch einmal zu einem eigentümlichen, alle Lebensbezirke durchdringenden Stil verdichtet“ hatten und in dieser Bewahrung der Lebenssubstanz „auf die Antike hin geöffnet“ blieben.[201] Bald nach dieser Reise trat Wenghöfer Ende Juli in Berlin eine zivile Dienststelle an, da er sich trotz seiner chronischen gesundheitlichen Probleme mit einer möglichen Einberufung konfrontiert sah. Mitte September verschwand er, ohne eine Nachricht zu hinterlassen, nach Magdeburg und ging in die Elbe. Seine Leiche wurde am 3. Oktober oberhalb der Hohen Warte aus dem Strom geborgen. George widmete ihm den ‚Spruch‘ *Walter W.* im *Neuen Reich* (SW IX, 91), der seinen Tod aus der Verzweiflung über das Ungenügen an sich selbst herleitet.

Zu dem Stimmungstief, das 1918 bei George und in seinem Umfeld ob der inzwischen zahlreichen Verluste an Kreis-Mitgliedern herrschte, trugen auch die ernsthafte Erkrankung von Gundolf und mehr oder weniger schwere Kriegsverletzungen bei Thormaehlen und Wolters bei. Aus dem Feld kamen schon lange kaum noch erfreuliche Nachrichten. Für Hans Brasch verblasste selbst das ‚Blinkfeuer‘ des *Sterns* im grauen Kriegsalltag. Er hatte schon im Frühjahr 1916 von der Westfront geschrieben: „die unterschiedslose Dumpfheit der Monate – bald der Jahre – zieht mich stärker herab: wie ich kaum mehr Verdruss spüre kann mich auch nichts recht freuen [...]. Die Bücher, die ich mir habe kommen lassen: Stern, Jahrbuch, Hofmannsthal – viel andres weiss ich auswendig und man kann wenig mitschleppen – verlieren Zauber u. Kraft in der unsagbar läppischen Umgebung, deren Atmosphäre man nicht entrinnen kann.“[202] Bei anderen funktionierte die therapeutische Wirkung der *Stern*-Lektüre noch, wie etwa bei Erich Boehringer, der im Herbst 1917 an George schrieb: „Heute las ich wieder den Stern und die

Traurigen Tänze. Ich war nachher so abgerundet und erstarkt dass ich die unzuträglichkeiten hier leicht überwinden konnte." Aber auch er fügt im selben Brief hinzu: „Ich wünsche nun auch den frieden."[203] Von einer ähnlichen Stimmungslage zeugt ein Brief an George von Hans Bernhard von Schweinitz, der 1913 durch Vallentin an ihn empfohlen worden war und zu den zehn Empfängern der Vorabausgabe des *Sterns des Bundes* gehört hatte. „Über jedem Erleben lastet heute bei Allen hier die grosse Müdigkeit, und wer nicht abgestumpft ist, leidet wunden Herzens und brennenden Auges an dem nicht endenwollenden zermürbenden Treiben. Mich hat der Stern des Bundes durch diese Wochen begleitet und geleitet, und mehr als ein Mal haben mich die ewigen Worte aus der Drangsal des gegenwärtigen Grauens in die eigne Mitte zurückgeführt und aus der Umklammerung ins Menschliche Göttliche hinübergerettet."[204]

Die Frage, wer diesen Krieg gewinnen würde, interessierte George zunehmend weniger. Gegen Ende des Kriegs sah er für sein Bild von Deutschland nur noch eine Chance, wenn die illusorisch gewordenen Kriegsziele aufgegeben würden. „Wenn Deutschland die Kraft hätte, auf Elsass-Lothringen zu verzichten, dann wäre es noch jetzt nicht zu spät; es gäbe Frieden und Deutschland wäre grösser als je zuvor." (ES 30) Ende Juli 1918 fasste George die Perspektiven der Nachkriegszeit ins Auge. Er rechnete durchaus mit der Möglichkeit einer bolschewistischen Revolution. Zu Edith Landmann sagte er: „Sie glauben wohl, dass die Soldaten, die ihre Haut zu Markte getragen haben, zurückkommen, um die Knechte derer zu sein, die inzwischen Zeit hatten, Geld zu machen. Und wenn sie es täten, wenn keine Revolution, kein Bolschewismus käme, das wäre das Schlimmste, dann wären sie versklavt, entseelt. In Russland ist wenigstens Chaos." (EL 63 f.) Rückblickend lässt sich sagen, dass George immer eine selbstständige und von den großen Zeittendenzen unabhängige Position eingenommen hat. Weder hat er sich von dem Fanatismus der Auguststimmung anstecken lassen, noch hat er sich dem pathetischen Pazifismus der jüngeren expressionistischen Schriftstellergeneration angeschlossen, die durch die Kriegsteilnahme oft eine innere Wandlung von ersterer zum letzteren durchlief. Sicher begrüßte er den Krieg insofern, als er dazu beitrug, die in seinen Augen marode und zum Untergang geweihte Kultur des wilhelminischen Deutschland zu überwinden. Keinen Augenblick jedoch dürfte er sich über den bloßen Übergangscharakter dieses Kriegs getäuscht haben. Bestenfalls würde er zwar gewisse Substanzen des deutschen Volkes reaktivieren und den kruden Materialismus des kapitalistischen Alltags zurückdrängen, aber andererseits erkannte George nur zu bald die Wiederkehr der gesellschaftlichen Mechanisierung in Gestalt der

Materialschlachten. Genauso skeptisch stand er aber der Konzeption des expressionistischen ‚neuen Menschen' gegenüber, der aus der Erfahrung dieser Schlachten geboren wurde. Die pazifistische Utopie war für ihn zum einen ein Ausweichen vor dem Gesetz des Agon, des Wettkampfs, zum anderen hielt er den Menschen ohnedies nicht für dauerhaft friedensfähig. Im September 1916 sagte George zu Edith Landmann, „dass der ewige Friede unmöglich ist, ist kein Argument gegen ihn. Nichts ist unmöglich, was die Menschen wollen. Aber dass den ewigen Frieden zu wollen unmöglich ist, darin, nur darin, liegt seine Unmöglichkeit.'" (EL 50) Die Unmöglichkeit, den ewigen Frieden wollen zu können, war für George ein anthropologisches Gesetz. Es hätte für ihn die Aufhebung der inneren Polarität des Menschen bedeutet, die Stillstellung der Bewegung, den Tod des Lebens.

Neustart 1919: Das ‚Seelenfest' und seine Teilnehmer

Nach dem Ende des Kriegs ging es George darum, seine dezimierte Schar zu reorganisieren. In den turbulenten Nachkriegsmonaten war es erstmals zu heftigen politischen Kontroversen im George-Kreis gekommen. Einzelne hatten Sympathie für die Novemberrevolution wie Vallentin oder Arthur Salz, der dem kommunistischen Funktionär Eugen Leviné in München Unterschlupf gewährt hatte und dafür mit dem Ende seiner akademischen Karriere bezahlte. Andere waren strikt antibolschewistisch und begrüßten sogar die militärische Niederschlagung der Räterepublik in München. In der 1917 verfassten und 1919 ergänzten Einleitung zur letzten Folge der *Blätter für die Kunst* wurde der damals populären Parole ‚Der Dichter greift in die Politik' eine klare Absage erteilt. Dieser Weg konnte nach Georges Verständnis nicht zu einer Erneuerung führen, weil er einer Position mitten im Handgemenge entsprang. Die Einleitung der letzten *Blätter*-Folge endet demgegenüber mit der Überzeugung, „dass in der dichtung eines volkes sich seine lezten schicksale enthüllen." (BfdK XI–XII, 6) Sie knüpfte damit an die Ergänzung an, die der Einleitung der zehnten Folge angefügt wurde, als sie nach dem Ausbruch des Ersten Weltkriegs erschien. „Auf den verweis dass es jezt nicht der augenblick für gedichte sei antworten wir mit Jean Paul dass vielleicht keine zeit den dichter nötiger hat als die ihn am ehesten entbehren zu können glaubt." (BfdK X, 156)

Wenn also nach wie vor auch 1919 die Dichtung als entscheidender Schicksals- und Auskunftsort gesehen wird, so lag doch zwischen den beiden Positionsbestimmungen eine quasi strategische Zäsur. Neben die dichterischen Werke waren inzwischen die ersten wissenschaftlichen getreten. In der Einleitung von 1919 hieß es dazu: „Auch die zweite stufe unsrer wirkung ist inzwischen sichtbarer geworden – durch bedeutsame weithin bestaunte bücher des wissens und der überschau." (BfdK XI – XII, 5) Damit wurde auf die ersten fachwissenschaftlichen Werke von Mitgliedern des George-Kreises oder ihm Nahestehender angespielt, insbesondere auf den überwältigenden publizistischen Erfolg von Friedrich Gundolfs *Goethe* von 1916 und das ebenfalls Aufsehen erregende Buch *Nietzsche. Versuch einer Mythologie* (1918) von Ernst Bertram. Bevor wir einen Blick auf diese sogenannten Geist- oder Gestaltbücher werfen, ist es aber lohnend, sich dem Treffen von neun Mitglieder des George-Kreises und dem Dichter selbst – also der bewährten 9 + 1-Konstellation – an den Pfingsttagen 1919 in Heidelberg in dem neuen Domizil von Friedrich Gundolf zu widmen. Dieses Treffen hat unter dem Titel ‚Seelenfest' Einzug in die Erinnerungsliteratur der Beteiligten gehalten.

Als Gundolf im Januar 1919 aus Berlin nach Heidelberg zurückkehrte, fand er eine attraktive Wohnung. Seine neue Adresse lautete: Villa Lobstein, Schlossberg 55. Die heute noch existierende Villa war 1883 – 86 im Renaissancestil erbaut worden und gehörte nach dem Ersten Weltkrieg dem Arzt Ernst Lobstein und seiner Frau Luise, einer Sopranistin. Gundolf lieferte George sogleich eine Beschreibung der Wohnung, die ihre Tauglichkeit als Quartier für ihn unterstrich: „es sind in dem Palazzo unmittelbar neben dem Schloss (zwischen Neuer u Schloss) zwei getrennte Zimmer, gross und hell und gut heizbar.. das übrige Stockwerk unbewohnt.. ein großer marmorner Vorplatz mit Oberlicht, und eine große Terrasse in den Garten, sehr italienisch... Es kommt für dich in Betracht wie nichts andres." (G/G 324) George machte von Gundolfs Angebot bald Gebrauch. Anfang April stieg er in der Villa Lobstein ab und blieb dort bis Mitte Juni. (Abb. 37) Den Höhepunkt seines Aufenthalts bildete das ‚Seelenfest' von Pfingstsamstag bis Pfingstmontag (7. – 9. Juni). Percy Gothein schildert in seinem *Opus Petri* den Verlauf dieser Tage. Am Vormittag traf man sich bei Gundolf und führte in zwangloser Form Zwiegespräche oder Gespräche in kleinerer Runde. (Abb. 38) Den frühen Nachmittag verbrachten einige mit Gängen in die Stadt, etwa zum Stöbern in Antiquariaten. George selbst hielt eine Mittagsruhe, aus der er um 16 Uhr von einem der drei Jüngsten – neben Percy Gothein waren das Erich Boehringer und Woldemar von Uxkull-Gyllenband – zur Teestunde geweckt wurde. Einer lockeren Konversation folgte danach im vollständigen Kreis das Lesen von Gedichten, wobei George die Reihenfolge der Vortragenden durch auffordernde Blicke bestimmte. Gelesen wurden vor allem Gedichte von George und von nicht anwesenden Beiträgern aus den *Blättern für die Kunst*. Vorgetragen wurden aber auch wissenschaftliche Texte abwesender Kreismitglieder. So lasen Ernst Glöckner aus Ernst Bertrams Bonner Antrittsvorlesung über Adalbert Stifter und Friedrich Gundolf aus Edgar Salins im Entstehen begriffener Schrift *Platon und die griechische Utopie* vor. An die Lesungen schloss sich ein Spaziergang durch den Heidelberger Schlossgarten und die nähere Umgebung an. Auf diesen Wandelgängen wurden die Themen des Tages weiter diskutiert. Percy Gothein nennt beispielsweise Gespräche über männliche Schönheit, deren Maßstab setzendes Formideal in der Moderne ganz durch die an Reizen orientierte weibliche Schönheit ersetzt worden sei, über die platonische Frage, ob es besser sei, selbst der Schönste zu sein oder den Schönsten anschauen zu können, und über die notwendige Überwindung der vielspältig zerrissenen Gegenwart durch eine Rückbesinnung auf Einfachheit und Geschlossenheit. Er hebt denn auch an dem in der Villa Lobstein zusammengekommenen Personenkreis die „verbindung der höchsten eigenheit der einzelnen mit der grössten einheitlichkeit des gemeinsamen geistes" hervor.[205]

In wie hohem Grad die am ‚Seelenfest' Teilnehmenden die Exzeptionalität dieses Pfingsttreffens empfanden, dokumentiert der begeisterte Brief von Ernst Glöckner an seinen Freund Ernst Bertram vom 14. Juni:

> Und dann begannen diese unwahrscheinlichen Tage, die voller Heiterkeit und Tiefe waren wie der heitere und tiefe Himmel über der leuchtenden, blühenden, unwahrscheinlichen Stadt. Der Schauplatz selber, das Haus am Schloßeingang mit einer mächtigen Renaissanceloggia, mit pompösen Treppenaufgängen und einem in die Tiefe stürzenden Park, hoch über der Stadt, war erfüllt von diesen Menschen, die wundervoll, wunderbar, mehr als irgendeine Vereinigung der Welt ... zusammenstimmten, sich verstanden, nicht fremd waren, sondern verwandt, obwohl sie sich hier zum ersten mal sahen. Den Meister in dieser Schar zu sehen, auf *dem* Platz, gehört wohl zum Unwahrscheinlichsten, was man in dieser Welt sehen kann. Er sah glänzend aus; alle Heiterkeit des Vollendeten und Vollkommenen strahlte von seinem Gesicht; und hättest Du ihn gesehen und jene um ihn, Du hättest mit mir gesagt: dies ist die neue Welt. Wie diese Menschen gingen in Gruppen, oder auf den Stufen lagerten, oder im Gespräch sich ereifernd, im Park sich verlierend unter diesem südlichen Himmel – ... Gespräche, an denen der ganze Leib begeistert teilnahm, überschattet von dem ungeheuren Haupt des Einzigen – dies zu sehen, dies zu erleben; Welten werden später die beneiden, die es erleben durften .. Ich kann Dir leider nur Bilder geben, die wenig oder nichts sind, gemessen an der schönen Wirklichkeit dieser göttlichen Tage. [...] Was mir die Tage waren, läßt sich nicht sagen. Aber etwas sah ich, was ich mir immer erträumt hatte, – *den Staat*;

> darüber wäre viel zu sagen. Nichts wohl hatte mich die Jahre hindurch so leidenschaftlich beschäftigt als solches Gebilde, das ich nun körperlich schauen durfte. Hier ist nichts von Mache oder Pose und Getue, sondern alles ist Natur, wie der Meister selber." (EG 129–133)

Die dichterische und geistige Durchdringung des gemeinsamen Lebensvollzugs sollte dem Zusammensein eine ästhetische Form verleihen, die traditionsbildend für eine heroisch-jünglingshafte Haltung werden konnte. Nicht zuletzt diese Intention dürfte auch dafür verantwortlich sein, dass auf dem Seelenfest Fotografien gemacht wurden. Außer den bereits Genannten waren unter den Anwesenden noch neben dem Gastgeber Friedrich Gundolf sein Bruder Ernst, Morwitz, Vallentin und Thormaehlen.

Der Name von Ludwig Thormaehlen ist schon häufig aufgetaucht, und es ist höchste Zeit, auch ihn in seinem persönlichen Verhältnis zu George und seine Rolle im George-Kreis näher vorzustellen. Thormaehlen war 1889 in Hanau geboren worden, wuchs in Bad Kreuznach auf und machte 1908 Abitur in Magdeburg. Anschließend begann er ein Studium der Kunstgeschichte, Germanistik und Philosophie an einem halben Dutzend Orten, das er 1913 mit einer Dissertation über den Trierer Dom abschloss. Die erste Station war Berlin, wo er im Wintersemester 1908/09 Breysig und Heinrich Wölfflin hörte. Durch seinen Magdeburger Schulfreund Wilhelm Andreae kam Thormaehlen sofort in Kontakt mit dem Lichterfelder Kreis. Dort begegnete er am 1. Februar 1909 zum ersten Mal Stefan George. Seinen Eindruck hielt er in seinen *Erinnerungen an Stefan George* in anschaulichen und begeisterten Worten fest: „Auf mich hat Stefan George eine ungewöhnliche Wirkung ausgeübt. Nicht nur, dass ich die ganze Woche nichts anderes getan habe, als Verse zu lesen und von ihm zu schreiben, ich fühle mich verändert, was sich selbst im Körperlichen auswirkt. Ohne dass er die Hände mir auflegte und sprach: ‚Böser Geist, ich gebiete dir, fahre von ihm', ist er aus mir gewichen. Mit dem 1. Februar 1909 ist ein Strich gemacht und gesagt: so, das ist die Abrechnung. Mit dem, was hinter mir liegt, habe oder will ich nichts mehr zu tun haben. [...] [I]ch [hatte] bei der ersten Begegnung mit dem Dichter den Eindruck einer gewaltigen, dämonischen, erd- und weltumwälzenden Naturkraft, die mit aller Leidenschaft sich der Zeit und dem Geschichtsgang in die Räder werfen will, sie in andere, neue Bahnen zu reißen." (LT 28 f.) Für das Sommersemester 1909 wechselte er nach München, um danach parallel an der Magdeburger Kunstgewerbeschule und der Berliner Universität weiter zu studieren. Anfang November 1909 wurde Thormaehlen in die Wohnung Vallentins in der Hohenstaufenstraße eingeladen, da George sich nach ihm erkundigt hatte. Zufällig wurde er an diesem Abend Zeuge der ‚Gründungsversammlung' für das *Jahrbuch für die geistige Bewegung*.

Nach diesen kurzen Treffen kam Thormaehlen während seines Wintersemesters 1910/11 in München in nähere Beziehung zu George. Er besuchte im Februar 1911 mehrfach die – schon erwähnten – Lesungen und festlichen Abende im Kugelzimmer. (Abb. 39) Auch im Sommersemester, das er in Freiburg absolvierte, hatte er wieder die Gelegenheit zu Begegnungen mit George, der sich zusammen mit Gundolf im Hotel Adler im benachbarten Hinterzarten aufhielt. Thormaehlen fuhr täglich dorthin und berichtet, dass George ihm in langen Gesprächen ‚die richtige Art des Lebens' nahegebracht und Lektüreempfehlungen gegeben habe. Die nächsten beiden Semester verbringt Thormaehlen in Köln und Bonn. Von dort aus stattete er George Weihnachten 1911 einen Besuch in Bingen ab, zu dem er lange eingeladen war. Nach der Einnahme des Tees führte George den Gast in sein Arbeitszimmer. „Es lag neben der Haustür, die aus dem Garten hereinführte. Das einzige breite Fenster öffnete sich auf den winterlichen Garten, über den hinweg man jenseits der Nahe das Ufer von Bingerbrück und die Höhe darüber sah. Die Wandfarbe des Zimmers war ein beruhigendes dunkles Blau. Ein Schreibtisch stand unter dem Fenster, ein oder zwei halbhohe Büchergestelle neben der Tür, den Schmuck der Wand bildete der Abguss eines Trümmerstücks der Ara Pacis, das ich bisher nirgends gesehen hatte. Einer dieser Köpfe ähnelte auffallend den Zügen Gundolfs, was ich auch aussprach. Der Dichter bejahte und begründete hiermit die Aufhängung dieses Geschenkes. Eine Zeichnung von Toorop hing an der Wand, ein skizzenhaftes Bildnis Georges. Ferner ein Pastell von Lechter: ein südlicher Garten, und von Ludwig von Hofmann eine Zeichnung. Ein kleiner Tisch stand im Zimmer und ein Ruhelager." (LT 74) Bei diesem Besuch in Bingen bot George seinem Gast das ‚Du' an. Thormaehlen schrieb wenige Tage danach unter dem Eindruck dieses Besuchs aufgewühlt: „Wer möchte Dich und die Dunkle Macht ergründen. Ich war erschüttert durch das ungestüm und habe unsre nichtigkeit nie so gespürt. Ich bin ganz Dir und will mich gedulden und ergeben und nach nichts fragen, weil doch alles so bestimmt wurde."[206]

Im Februar 1912 machte George auf der Reise nach Berlin einen Gegenbesuch bei Thormaehlen in Köln und las ihm neue Gedichte aus dem entstehenden *Stern des Bundes* vor. Im April trafen sie sich für zwei Tage im Hause der Familie Gundolf in Darmstadt und unternahmen dann eine gemeinsame Reise über Bamberg zum Kloster Banz, das George besonders mochte. George erzählte Thormaehlen auf dieser Reise zum ersten Mal ausführlich von seinem eigenen Leben. Anschließend war Thormaehlen noch gemeinsam mit Morwitz zusammen mit George in Königstein im Taunus. Zwei Monate später schrieb Thormaehlen von der ‚Wandlung', die inzwischen in ihm vorgegangen sei und ergänzt: „Deine güte und liebe zu mir ist so unsäglich aber Du hast darin recht: das einzige was mir zu bitten zuständе wäre dass ich Dich und dies alles in seiner ungeheuren bedeutung und tiefe ganz zu erfassen vermöchte."[207] Weihnachten 1912 war Thormaehlen wieder in Bingen, Pfingsten 1913 gehörte er zu den Teilnehmern des ‚großen Symposions' im Kugelzimmer. Nach der Promotion im Sommersemester 1913 ging Thormaehlen nach Berlin, um eine Tätigkeit als wissenschaftlicher Mitarbeiter bei Ludwig Justi, dem Direktor der National-Galerie, aufzunehmen. Einige Monate später richtete er sich ein provisorisches Atelier in der Wohnung von Ernst Morwitz in der Geisbergstraße ein.

Es war seit je das Bestreben von Thormaehlen, sich nicht auf eine Laufbahn als Kunstwissenschaftler zu beschränken, sondern auch selbst auf seinem Wissensgebiet schöpferisch zu wirken. Dieses Bestreben hatte sich noch dadurch gesteigert, dass er in den Gesprächen mit George die Erwartung spürte, selbst künstlerisch produktiv zu werden. Da Thormaehlen aber kein großes Talent zum dichterischen Ausdruck in sich spürte – er war nur in der letzten Folge der *Blätter* mit vier Gedichten vertreten – konzentrierte er sich auf das Gebiet der Bildhauerei. Ende Oktober saß ihm George in der Geisbergstraße Modell für eine Büste aus Lindenholz. Sie gelang überraschend gut und gilt bis heute als eine der besten plastischen Gestaltungen von Georges Haupt. Der Porträtierte selbst nannte sie ‚Fizzlibuzzli'. Mit diesem künstlerischen Beitrag brachte Thormaehlen ein ganz entscheidendes neues Element in den George-Kreis ein. Seine Fähigkeit zur plastischen Gestaltung trug wesentlich zu seiner zentralen Position im George-Kreis bei. Sie ergab sich daraus, dass mit Georges zunehmender ästhetischer und ethischer Orientierung an der Antike der Stellenwert des Plastischen immer mehr zugenommen hatte. Georges Kennzeichnung von Maximin als dem ‚plastischen Gott' hatte bereits in diese Richtung gewiesen. Für die Zeit der 1920er Jahre kann man vielleicht sogar davon sprechen, dass das plastische Gestalten von Angehörigen des George-Kreises sich in Parallele zu dem plastischen Beschreiben vorbildlicher Gestalten aus Dichtung und Geschichte in den ‚Gestaltbüchern' des Kreises entwickelte. In der epigonalen Nachgeschichte des Kreises nach Georges Tod trat es sogar in einigen Filiationen an die Stelle des Worts.

Zwar meldete sich Thormaehlen bei Kriegsausbruch auch freiwillig, wurde aber zunächst zurückgestellt. Er nutzte die Zeit und mietete im September 1914 eine Wohnung mit Atelier in der Ansbacher Straße 18 in der Nähe des Wittenbergplatzes. Im Frühjahr 1915 kam Thormaehlen doch an die

Front und kämpfte im Sommer in einem Schneeschuh-Bataillon in den italienischen Dolomiten, danach in Serbien. Im November wurde er schwer verletzt und im April 1916 als ‚Kriegsbeschädigter' aus dem Heer entlassen. Inzwischen hatte George begonnen, Thormaehlens Atelierwohnung als Berliner Quartier zu benutzen. Thormaehlen hatte „durch das Behängen der etwas verwahrlosten Wände des rechteckigen Raumes mit hellblauen Tüchern eine Art Zelt her[gestellt] – Decke und Fenster liefen giebelförmig zu – der Boden wurde mit einer dicken Kokosmatte bedeckt. Ausser dem Arbeitsgerät liess er zwei schmale ungebeizte Bänke hineinstellen, einen kleinen Tisch, zwei Holzschemel und zwei vierkantige Holzpfeiler [...]. Wenn Modellierböcke, Hobelbank und Drehscheiben hinter die Vorhänge gestellt wurden, so war rasch ein blauer Saal gewonnen, der ähnlich wie das Kugelzimmer zu Lesungen dienen konnte." (RB I, 170 f.) Aufgrund seines Charakters erhielt das Atelier den Namen ‚Pompeianum'. Eine erste Lesung vor einer größeren Anzahl von Kreis-Mitgliedern fand dort Anfang November 1916 statt. Bis 1924 war das Pompeianum neben Bondis Haus im Grunewald ein mehrfach genutztes Quartier und der wichtigste Ort für Lesungen, Zusammenkünfte und den Empfang von Besuchen. Danach erfüllte das nahe am Kurfürstendamm in der Fasanenstraße 13 gelegene Atelier des Bildhauers Alexander Zschokke, den George 1922 im Pompeianum kennengelernt hatte, für ein paar Jahre die Funktion als Treffpunkt. Ab dem Frühjahr 1927 stand George dann die neue Atelierwohnung von Thormaehlen in der Albrecht Achilles-Straße zur Verfügung, die wegen ihrer Adresse ‚Achilleion' genannt wurde.

Durch diese Räumlichkeiten und Georges Anteilnahme am Fortschreiten seiner plastischen Arbeiten blieb Thormaehlen kontinuierlich in engem Kontakt mit George, vor allem während dessen Aufenthalten in Berlin. Im Achilleion begann George gleich 1927 damit, seinen letzten Gedichtband *Das Neue Reich* zusammenzustellen. Thormaehlen war in die Korrektur mehrerer Bände der 1927 gestarteten *Gesamt-Ausgabe* von Georges Werk einbezogen. Thormaehlen besuchte George 1932 noch in Minusio, war an seinem letzten Geburtstag 1933 in Berlin und am Sterbebett bei ihm. Obwohl er weltanschaulich mit den Nationalsozialisten sympathisierte, wurde er wegen seiner persönlichen Verbindungen mit zahlreichen Malern der Klassischen Moderne, für die er auch Ausstellungen in der National-Galerie kuratiert hatte, bald nach der Machtergreifung an die staatlichen Sammlungen in Kassel strafversetzt und 1938 aus ‚gesundheitlichen Gründen' entlassen. Während des Zweiten Weltkriegs war er als ‚künstlerischer Truppenbetreuer' im besetzten Belgien tätig, danach lebte er freischaffend wieder in Bad Kreuznach. Er starb 1956.

Kehren wir zurück zur Situation nach dem ‚Seelenfest'. Blickt man auf die weitere Entwicklung der dort anwesenden Kreis-Mitglieder, muss man zu dem Befund kommen, dass von der euphorischen Aufbruchsstimmung nicht wirklich die erhofften Impulse ausgingen. Über die ‚Verstoßung' von Percy Gothein haben wir schon gesprochen, die beiden anderen Newcomer, Woldemar von Uxkull-Gyllenband und Erich Boehringer, wuchsen nicht zu potenten Kreismitgliedern heran. Der jüngere Bruder Robert Boehringers hatte vier Jahre im Feld gestanden. Auf ihn zielte das Gedicht *Einem jungen Führer im Ersten Weltkrieg*, das George wohl nach den erfüllten Tagen im Januar 1919 im Kugelzimmer mit ihm und Adalbert Cohrs geschrieben hat. Darin spricht er dem „Heil aus dem prasselnden guss" Zurückgekehrten, der „den vergeudeten schatz/Wichtigster jahre" beklagt, Trost zu, indem er argumentiert, die Erfahrung des Kriegs könne dabei hilfreich sein, nun den „Sinn in dir selber" (SW IX, 32) zu finden. Das Gedicht mündet in eine ästhetisierende und mythisierende Vision:

> Sieh · als aufschauend um rat langsam du neben mir schrittst
> Wurde vom abend der sank um dein aufflatterndes haar
> Um deinen scheitel der schein erst von strahlen ein ring
> Dann eine krone.
> (SW IX, 33)

Nach seiner Teilnahme am Seelenfest verlor sich der Kontakt zu George rasch. Boehringer begann ein Studium der Klassischen Archäologie, promovierte 1925 und startete eine Laufbahn am Deutschen Archäologischen Institut (DAI) in Rom. In einem Brief an George von 1925 sprach er von seiner ‚Selbstverbannung' aus dem Kreis der Jünger. In Berlin traf er George gelegentlich im Achilleion und nahm 1928 an der Lesung zum Erscheinen des *Neuen Reichs* teil, bei der er auch das auf sich bezogene Gedicht las. In Minusio gehörte er zur Totenwache. Boehringer hatte sich 1932 in Greifswald habilitiert und lehrte dort auch bis 1945. Von 1940 bis 1943 war er als Kulturattaché im besetzten Athen. Nach seiner ‚Entnazifizierung' 1948 setzte er seine Karriere im DAI fort. Er starb 1971.

Woldemar Graf von Uxkull-Gyllenband, der ältere Bruder von Bernhard, galt George anfangs als dichterische Hoffnung. Seit seinem vierzehnten Lebensjahr schickte Uxkull ihm Gedichte, über die George ihm im Mai 1915 schrieb: „Ihre lezten verse erscheinen mir erfreulich genug, dass ich darauf ein wort an Sie richte. Aber lesen Sie genau! [...] Zwei dinge sind bei der bewertung solcher erzeugnisse zu scheiden. Einmal der drang zu formen und zu überschauen, den jedes wesen geistiger art hat. [...] Ein zweites ist das besondere dichterliche bewegtsein: eine nicht zu verkennende tonfärbung .. da lohnt es sich aufzuhorchen auch wenn nur spuren sich offenbaren."[208] Uxkull trat 1917 in eine preußische Elite-Einheit ein und kämpfte in Mazedonien. 1919 begann er das Studium der Alten Geschichte in Berlin und veröffentlichte den Percy Gothein gewidmeten schmalen Bildband *Frühgriechische Plastik*. Ein paar Monate nach dem Seelenfest war er mit einer Ode in der letzten *Blätter*-Folge vertreten. Uxkull schlug dann eine akademische Laufbahn ein. Er setzte das Studium in München und Heidelberg fort, wo er mit Ernst Kantorowicz die Wohnung teilte und sich eng mit ihm befreundete. Es ist irritierend und zugleich symptomatisch, dass Uxkull auf dem biographischen Hintergrund seiner Erziehung durch den Juden Ernst Morwitz und der wohl durchaus homosexuellen Freundschaft mit dem Juden Ernst Kantorowicz in einem Brief an George 1923 antisemitische Töne anschlägt. Er bat in diesem Brief um Georges Zustimmung für eine kleine Vortragsreihe in Magdeburg, die vor allem auf die Gymnasiasten und Reichswehroffiziere zielte. Die Vortragenden sollten Albrecht von Blumenthal, Percy Gothein und er selbst sein. Dann heißt es: „Es wurden noch andere personen etwa Ernestus Heidelbergensis erwogen jedoch glaube man dass zu einer staatlichen Geste das jüdische Element heute nicht am platze sei ja dass die wirkung beeinträchtigt oder gestört werden könne."[209] Der nicht opportune Vortragende ist Ernst Kantorowicz. Dass diese Äußerung kein einmaliger Ausrutscher war, zeigt der Bericht Uxkulls über seinen Studienaufenthalt an der Universität in Oxford, wo ihm die Studierenden deutlich besser gefallen als in Deutschland, weil dort der ‚scheußliche' „typus des geist-juden oder der in ihren bann geratenen hyper-blonden arier" dominiere.[210] Es ist nicht zu überhören, dass mit dem Eintritt der sogenannten Enkel-Generation ein neuer Tonfall im George-Kreis Einzug hielt. Es war bis zu einem gewissen Grad so etwas wie ein Aufstand der Enkel gegen die Söhne, ein Generationenkonflikt, der auch seine hässliche antisemitische Seite besaß, weil so viele von Georges Söhnen Juden waren. Wir werden auf diesen Aspekt noch zurückkommen müssen.

Uxkull promovierte 1922 über eine Vita in Plutarchs Doppelbiographien, über die er sich 1925 auch habilitierte. Plutarchs Doppelbiographien, die Gestalten der griechischen und römischen Geschichte parallelisieren, waren Georges absolutes Lieblingsbuch, das er, wie er Edith Landmann scherzhaft sagte, „schon dreihundertmal gelesen hat." (EL 126) Uxkull war nach seiner Habilitation als Privatdozent in Halle tätig, und es ist wiederum irritierend, dass er in dieser Zeit ein rabiates Urteil über die deutsche Universität fällte. An George schrieb er: „Es scheint mir eine durchaus ernste frage ob SSe der ur-enkel-generation überhaupt noch in diese verkommenste aller körperschaften eintreten sollen oder können. Ich fürchte es wird darüber einmal endgültig gesprochen werden müssen."[211] Uxkull wurde 1932 an die Universität Tübingen berufen, wo er 1933 nach der Machtergreifung die Rede *Das revolutionäre Ethos bei Stefan George* hielt, die den Dichter dem neuen Regime in peinlicher Weise andiente. Uxkull ging allerdings sehr bald auf Distanz zum ‚Dritten Reich' und beteiligte sich an den meist indirekt oppositionellen ‚Mitternachtssendungen' von Wolfgang Frommel im Reichssender Berlin. 1939 starb Uxkull an den Folgen eines Verkehrsunfalls. Wie Percy Gothein schwere Motorräder, so liebte Uxkull Rennwagen und fuhr schon als Student mit einem solchen zwischen den Universitäten hin und her. George bemerkte zu dieser Leidenschaft süffisant: „Das einzige Liebesverhältnis, das [Woldi] kennt, ist das zu seinem Automobil. Er streichelt es sogar." (LT 183) Die Neigung zur Leichtlebigkeit und den Bequemlichkeiten des Luxus hatte George im zweiten der drei ‚Sprüche' an Uxkull im *Neuen Reich* angesprochen. Dort lautet *W:II*:

> Du hast gewählt und meinst du hast noch wahl
> Der leichte weg steht frei ein einzig mal
> Dass du den schweren gehst ist kaum zu hoffen
> Du spinnst dir tröste und was kommt ist qual.
> (SW IX, 77)

Schreiten wir weiter bei der Musterung der Beteiligten am Seelenfest. Freilich, Morwitz, Thormaehlen, Vallentin und Ernst Gundolf blieben alle im Orbit Georges. Aber abgesehen von Vallentin, der die erwähnten Bücher über Napoleon und Winckelmann verfasste, traten sie nicht nennenswert als Autoren in Erscheinung. Das galt auch für Glöckner, der sich zudem noch Georges Unmut durch unerwünschte Kontakte zuzog. Im Juni 1921 erreichte ihn ein zorniger, warnender Brief: „Wenn Du einem gemeinen und gefährlichen Kerl oder einer ekelhaften gemeingefährlichen gans die hand reichst – so kannst du (1 Wort unleserlich) innen und aussen nicht mehr trennen wie es ist und wie es sich gebührt. Darin läge etwas wesen-durchgrabendes! Nicht als ob ich mich jezt von dir wegwenden würde – aber vermindert hast Du Dich selbst in meinen augen. Dies ist meine einzige geschriebene warnung: es ist die lezte."[212] Die namentlich nicht genannten *personae non gratae* waren Thomas Mann und Elisabeth Förster-Nietzsche.

Die Verstoßung von Friedrich Gundolf

Bleibt also einzig der Gastgeber Friedrich Gundolf. Zwar war er zu Zeiten des Seelenfestes mit der Niederschrift der Monographie *George* beschäftigt, die auch im Oktober 1920 erschien, aber es knisterte bereits in der Beziehung zwischen ihm und George, seit sein Liebesverhältnis mit Elisabeth Salomon festere Formen angenommen hatte. (Abb. 40) Gundolf hatte sie im Mai 1914 wohl im Hause der gemeinsamen Freundin Else Jaffé in Wolfratshausen kennengelernt. Im Sommersemester vor Kriegsausbruch hatte sie in Heidelberg das Studium der Nationalökonomie und Philosophie aufgenommen und sich an der Shakespeare-Aufführung von *Wie es euch gefällt* zu Gundolfs Geburtstag beteiligt. Elisabeth Salomon war 1893 im schlesischen Hirschberg in einer jüdischen Arztfamilie zur Welt gekommen. 1907 bis 1909 besuchte sie die Freie Schulgemeinde Wickersdorf des Bildungsreformers Gustav Wyneken. In Dresden machte sie 1913 Abitur und begann das Studium im Wintersemester in München. Bei Kriegsausbruch meldete sich Salomon freiwillig als Rotkreuzschwester und übte diese Tätigkeit bis Ostern 1916 aus. Dann setzte sie das Studium in Heidelberg fort, wo sie Vorlesungen bei Gundolf, Salz, Alfred Weber und Eberhard Gothein hörte. Als Gundolf in den ersten Monaten des Jahres 1918 mit einer schweren Lungenentzündung in Berlin lag, übernahm sie seine tägliche Pflege.

In dieser Zeit traf sie auch George häufig und lernte den Berliner Freundeskreis kennen, aus dem sie Thormaehlen ziemlich offensiv anbaggerte. George war ihr zunächst freundlich gesonnen, nannte sie ‚eine Süße' und las sogar mit Julius Landmann ihre nationalökonomische Doktorarbeit Korrektur. In Berlin wurde er jedoch auch Zeuge ihrer notorischen Promiskuität, die sie zur Protagonistin des Schlüsselromans *Elli oder Sieben Treppen. Beschreibung eines weiblichen Lebens* von Albrecht Schaeffer werden ließ. Ab dem Sommersemester 1919 arbeitete Salomon als Hilfsassistentin von Alfred Weber in Heidelberg und war somit in Gundolfs unmittelbarer Nähe. George beobachtete das Verhältnis mit zunehmendem Unbehagen. Als Gundolf am 8. März 1920 einen Ruf an die Berliner Friedrich-Wilhelms-Universität erhielt und George um Rat fragte, sah der die Chance, dass durch diesen Ortswechsel Gundolfs wachsende Bindung an Elisabeth Salomon wieder gelockert würde. Gundolf hatte zu bedenken gegeben, dass er gegen „die ganze aggressive täglich wachsende himmelstinkende Scheusslichkeit Berlins" (G/G 340) nicht so gefeit wie andere sei und auch den „Pogromradau, der jetzt alle Hörsäle von Juden füllt beim geringsten Anlass, selbst den des Weltruhmphysikers Einstein", fürchte. George äußerte sich in seinem Antwortschreiben etwas mokant über Gundolfs „pfründnerstimmung", wie sie im Lob des idyllischen Heidelberg zum Ausdruck komme. Er prophezeite Gundolf, dass Heidelberg bald seine Reize einbüßen werde und ein Wechsel nach Berlin dazu beitrage, „ganz unausweichlich ein dem äusseren verlauf nach vernunftgemässeres äusseres dasein einzurichten!" (G/G 341) Die im selben Brief enthaltene Warnung: „noch fünf jahre so fortgeseztes Heidelberg wie du es treibst bringen dich auch an den rand" erinnert an eine von Edgar Salin überlieferte Äußerung Georges vom 10. Juni 1919, dem Tag nach dem Ende des ‚Seelenfestes'. George hatte mit Salin über Gundolf gesprochen, den er an einem ‚Scheideweg' stehen sehe, und gesagt: „Er hat das Aussehen und die Form des Jünglings länger bewahrt, als es sonst Menschen möglich ist. Jetzt geht es darum, ob er die Form des Mannes findet." (ES 40) Offenbar versprach George sich von der raueren Atmosphäre Berlins eine katalysatorische Wirkung auf die nötige Reifung Gundolfs.

Eine räumliche Trennung zwischen Gundolf und Salomon ergab sich ohnehin bald, als sie im April 1920 nach Wien ging und dort drei Jahre als Pressereferentin einer Aktiengesellschaft arbeitete. Anschließend war sie weitere drei Jahre in Rom, bis sie Ende Oktober 1926 nur wenige Tage vor der Heirat nach Heidelberg kam. Gundolf fasste nach ihrem Umzug nach Wien den Plan, ihr sein nächstes Buch zu widmen. So erschien im November 1922 seine Monographie *Kleist* bei Bondi mit dem Signet des Verlags der Blätter für die Kunst und der Widmung ‚Elisabeth Salomon zugeeignet'. George war empört über diese Eigenmächtigkeit. Er sanktionierte diesen Vertrauensmissbrauch mit dem sofortigen Abbruch der persönlichen Beziehung zu seinem einstigen Lieblingsjünger. Auf einen um Milde bittenden Brief von Fine von Kahler antwortete George Mitte Januar 1923: „Sie mögen in seinem verhältnis einiges ‚rührend' finden. Ich dagegen muss hervorheben was daran ekelerregend ja skandalös. [...] Am wenigsten aber glaub ich dass nachsicht gegen ihn mehr bewirke als widerstand, im gegenteil: so weit wär es vielleicht nie gekommen wenn nach deutlichster entwickelung der person ihm der EINSTIMMIGSTE widerstand entgegengetreten wäre. Manche seiner freunde indess verfuhren wie achtlose ammen die dem kind die verderblichsten stoffe immer wieder zuführen weil sonst das liebe kind schreit und weint." (G/G 358) George hatte noch im Mai 1922 bei Gundolf in der Villa Lobstein gewohnt und versucht, ihn von der Liaison mit Elli abzubringen, die aus seiner Sicht ein Gemisch aus Dankbarkeit und Sentimentalität war.

Nach dem Abbruch des direkten Kontakts von seiner Seite unternahmen mit seiner Billigung etliche Kreis-Mitglieder den Versuch, auf Gundolf einzuwirken. Es käme leicht ein ganzer Briefband zusammen, wenn man die

Korrespondenzen zu diesem Thema aus den Jahren 1920 bis 1926 zusammenstellte. Am 21. Juni 1926 schrieb Gundolf nach mehr als drei Jahren noch einmal direkt an George: „Ich habe beschlossen Elisabeth Salomon in diesem Jahr zu heiraten wie Herz und Gewissen mir befiehlt, überzeugt dass ich damit deinem Wunsch, nicht deinem Recht zuwiderhandle, da dies Wesen deine Gnade mehr verdient als ich. Da ich dich nicht überzeugen konnte, so will ich lieber mit ihr in die Hölle als ohne sie in den Himmel. Die Folgen weiss ich: das Leid durch dich und um dich, und will sie tragen. Von dir falle ich nicht ab, auch wenn du mich verwirfst. Dein Gundolf" (G/G 372). George hielt sich im Sommer bei Landmanns in Basel auf. Edith Landmann notierte: „Gundolf, Gundolf und kein Ende." (EL 161) Schon bei seinem Besuch im Frühjahr habe er ‚mit tränenverschleierter Stimme' über ihn gesprochen. Er urteilte hart über Elli Salomon, als er nun sagte: „Sie steht doch an allen Zentralbahnhöfen Europas. In Rom, wenn Deutsche hinkommen, ist sie schon da." (EL 160) Der inzwischen großteils veröffentlichte Briefwechsel zwischen Gundolf und Elisabeth Salomon – er umfasst fast 1400 Briefe, davon knapp tausend von Gundolf – lässt zumindest erkennen, dass die beiden eine ‚offene Beziehung' führten und Salomon ihre Promiskuität auch in Rom nicht wirklich zügelte. Einen Tag nach Georges Abreise aus Basel hinterlegte Gundolf einen Brief für ihn bei Landmanns, in dem er klagte: „was sei das für eine Freundschaft, die sich nicht Mühe gebe, ihn zu verstehen." (EL 165) Auf Edith Landmanns Vorhaltungen, er ignoriere Georges ‚unverletzlichen Punkt', antwortete er ihr: „Bismarck sei zu einem Feind geeilt, als er hörte, der liege im Sterben, George würde zu ihm nicht kommen, wenn er stürbe." Mit dieser Prognose hatte er Recht.

Die Eheschließung erfolgte am 4. November 1926. Sie war von Gundolfs Seite das sichtbare Signal seiner Entscheidung für die Frau und gegen eine Zugehörigkeit zum George-Kreis. Als Arthur Salz, einer der ältesten Freunde Gundolfs, George darum bat, diese Heirat doch als bloße Privataffäre zu betrachten, soll George gesagt haben: „So eine kann ich nicht zur Schwiegertochter haben." (G/G 374) Als Konsequenz aus dieser Ehe verlangte George von den meisten Kreis-Mitgliedern, ihre Kontakte mit Gundolf zu beenden. Symptomatisch für deren Haltung ist etwa der folgende Brief von Vallentin an George:

> Teuerster Meister: soeben komme ich von Kiel wo ich von Wolters die erschütternde nachricht von dem bevorstehenden schritt F. Gs erhielt. Vor einigen Wochen erzählte mir Erich B[oehringer] davon aber ich hielt es für unglaubhaft denn die legalisierung seiner mania hatte doch G. immer mir gegenüber von

> sich gewiesen. Noch im Frühjahr wo er hier war war davon nicht die rede. Im gegenteil liess eine äusserung Gs über eine anerkennende kritik des Meisters zu dem einen kapitel des neuen Shakespearebuchs mich hoffen dass G. eine annäherung wieder ermöglicht habe. Um so mehr bringt mich diese äusserste hybris ausser fassung. Ich werde nach den mir von Wolters mitgeteilten wünschen des Meisters auf eine etwaige anzeige Gundolfs erwidern dass er mit diesem verrat an uns allen sich um jedes anrecht an uns gebracht habe und was mir sonst auf dem herzen liegt: denn das ist mir das schwerste dass er mit seinem gewissensspuk gerechtigkeitswahn ichsucht schlimmstem individualism alles verbrennt was er gestern angebetet und uns verkündigt hat.[213]

Ausnahmen von der Kontaktsperre galten für den Bruder Ernst, der ohnehin besonders stark unter der tragischen Entwicklung litt, für Wolfskehl und das Ehepaar Landmann. Ihnen gegenüber äußerte sich George zu Gundolfs zweibändiger Shakespeare-Monographie von 1928 sehr kritisch. „Methodische Kunst ist bei diesem Gegenstande nicht am Platz. Wenn man denkt, was für menschlich erregende Gegenstände in diesen Dramen stecken, so muss man sagen: es ist eine Kunst, daraus ein langweiliges Buch zu machen. Aber dies ist langweilig. Früher lernte man etwas durch seine Kombinationsgabe. Hieraus erfährt man nichts." (EL 201 f.) Die geringere Wirkung, die die Shakespeare-Monographie im Vergleich zu *Shakespeare und der deutsche Geist* oder erst recht zu Gundolfs *Goethe* hatte, erklärte George damit, dass Gundolf inzwischen Freud gelesen habe und die Methode der Seelenzergliederung bei einem Genie wie Shakespeare unangemessen sei.[214] Georges Urteil ist hier selbst eher unangemessen, denn Gundolfs Ansatz ist alles andere als psychoanalytisch, sondern schreitet konsequent die Deutungswege aus, die durch seine Prägung durch George angelegt wurden.[215] Georges Kritik war die Abwehrreaktion auf das Werk eines – aus seiner Sicht – Renegaten, das tatsächlich aber einen neuerlichen Beweis unverbrüchlicher geistiger Treue lieferte.

Den Mega-Gau erlebte Gundolf, als George ihm auf der Straße begegnete und grußlos an ihm vorbeiging (vgl. G/G 374). Es kam aber auch da „keine Andeutung eines Vorwurfs oder einer Klage über seine Lippen." Im Sommer 1927 machte sich bei Gundolf erstmals eine schwere Erkrankung bemerkbar. Er musste sich in den folgenden Jahren mehrfach Magenoperationen unterziehen und starb 1931 an Georges Geburtstag. George ließ sich durch Ernst Gundolf über den Zustand des Bruders auf dem Laufenden halten, eine Versöhnung kam für ihn nie in Betracht. Gundolf sprach noch auf dem Sterbebett voller Liebe von George.

Die ‚Gestaltbücher' und ihre Verfasser

Mit Friedrich Gundolf verlor George den in der Öffentlichkeit am meisten respektierten Vertreter seines Kreises. Gundolf war die Speerspitze seines Projekts der Eroberung der deutschen Universitäten gewesen. Gundolfs *Goethe* von 1916 gehört zu den seltenen ‚Bestsellern' auf dem Gebiet der Literaturwissenschaft. 1930 erreichte es mit der 13. Auflage das fünfzigste Tausend. Freilich handelt es sich bei diesem Werk und den ‚Gestaltbüchern', die ab 1918 folgten, um Repräsentanten eines ganz eigenen Typus von Wissenschaft. Natürlich waren schon zuvor von Kreismitgliedern wissenschaftliche Werke verfasst worden und wurden es weiterhin. Diese Werke hatten allerdings in der Regel die Funktion akademischer Qualifikationsnachweise erfüllt und standen in keiner näheren Beziehung zu Georges Dichtung und Denken. Wenn George tatsächlich gesagt hat: „Von mir aus führt kein Weg zur Wissenschaft" (ES 49), so ist das auf diese traditionelle Form von Wissenschaft zu beziehen. Den neuen Typus einer ‚Georgeschen Wissenschaft' hatten die *Jahrbücher* mit ihrer prinzipiellen Kritik am zeitgenössischen Wissenschaftsbetrieb und seinen Methoden vorbereitet. Sie stellten das begriffliche Instrumentarium (etwa Gestalt, Gesamtleben, Gebilde, Urgeist) zur Verfügung. Die nun folgende Reihe der Geist- und Gestaltbücher kann man als Anwendung dieses Instrumentariums am konkreten Einzelfall verstehen. In diesem Sinne hatten alle diese Schriften programmatischen Charakter. Der wesentliche Unterschied zu den *Jahrbüchern* bestand darin, dass sie von innen her die verschiedenen wissenschaftlichen Disziplinen umzugestalten versuchten. Die Konzentration auf die ‚Gestalt' dokumentieren bereits die Buchtitel: Goethe, Nietzsche, George, Napoleon, Raffael, Friedrich II., Winckelmann. Bei allen Unterschieden im Detail hat Michael Winkler folgende gemeinsame Charakterzüge festgestellt: „das monographische Interesse am genialen Einzelmenschen, dessen Dämon die Epoche nach dem Bild seiner überragenden Persönlichkeit formt; die Betonung des schicksalhaft Dämonischen, das im Kampf gegen den ‚Zeitgeist' zu repräsentativer Gestaltung drängt; die fast ausschließliche Beschäftigung mit [...] abendländischer Hochkultur, deren geistige Welt einer richtungslosen Zeit als maßgebendes Muster dienen kann; das Streben nach monumentaler Einheitlichkeit, das gegen den analytischen Perspektivismus die diversen Elemente der historischen Wirklichkeit zur heroischen Legende und zum Mythos zusammenfügend überhöht."[216]

George nahm an allen größeren ‚Gestalt'-Buch-Projekten – vielleicht mit Ausnahme von Vallentins *Napoleon*, den er eher als private Marotte betrachtete – intensiven Anteil. Das war schon bei Gundolfs *Goethe* so gewesen, dessen erste Fassung auf Georges Drängen von einer allzu kritiklosen Adaptation Bergsonscher Kategorien bereinigt werden musste. Das Goethe-Buch hat den monumentalen Umfang von knapp 800 Seiten. Bis heute bekannt geblieben ist Gundolfs Unterscheidung zwischen Urerlebnis und Bildungserlebnis. Er definierte sie am Beispiel Goethes wie folgt: „Unter Urerlebnis verstehe ich z. B. das religiöse, das titanische oder das erotische – unter Bildungserlebnissen Goethes verstehe ich sein Erlebnis deutscher Vorwelt, Shakespeares, des klassischen Altertums, Italiens, des Orients, selbst sein Erlebnis der deutschen Gesellschaft."[217] Für unsere Zusammenhänge genügt Gundolfs Charakteristik des methodischen Verfahrens, die als Credo der Gestaltbücher gelten kann. Er schrieb einleitend: „[F]ür den Betrachter der Gestalt sind Leben und Werk nur die verschiedenen Attribute einer und derselben Substanz, einer geistig leiblichen Einheit, die zugleich als Bewegung und als Form erscheint."[218]

Das nächste wichtige Werk, das in enger Kooperation mit George zustandekam, war Ernst Bertrams *Nietzsche*, dessen Untertitel *Versuch einer Mythologie* an die Verfahrensweise des *Goethe* anschloss. Bertram gehörte dem George-Kreis nicht im strengen Sinne an. Er war durch seinen Freund Saladin Schmitt, einen Verwandten Georges und Mitarbeiter der *Blätter für die Kunst*, mit George Anfang 1909 in Kontakt gekommen und stand als Sympathisant in loser Verbindung mit dem Kreis. Sein *Nietzsche*-Buch erhielt dennoch das *Blätter*-Signet. Diesen Anspruch hatte es sich dadurch erworben, dass Bertram nach Fertigstellung des Manuskripts es in den ersten Monaten des Jahres 1918 George in München kapitelweise vorgelesen und noch einige Korrekturen vorgenommen hatte. So musste Bertram etwa Erwähnungen von Georges Intimfeind Dehmel und Erwähnungen von Thomas Mann tilgen, um das Imprimatur zu erhalten. Wie Gundolf begann Bertram die Einleitung seines Buchs mit dem Hinweis, dass die Aufgabe der Beschäftigung mit Geschichte nicht in der „Rekonstruktion irgendeines Gewesenen"[219] bestehe, sondern in einer auf die Gegenwart bezogenen „Wertsetzung". Auf diese Weise führe „die Entwirklichung dieser ehemaligen Wirklichkeit" zur Schaffung eines Gebildes, das „eine Wirklichkeit neuen und sozusagen höheren Grades" besitze. Dieses Gebilde höheren Grades nennt Bertram ‚Legende'; „einzig in der Form der Legende", schreibt Bertram, „überdauert die Persönlichkeit, [...] als Bild, als Gestalt, nur als Mythos also lebt sie."[220] Bertrams Deutung läuft darauf hinaus, in Nietzsche den „Mythos des gläubigen Zweiflers"[221] und die „Gestalt eines prophetischen Endbeginns" zu sehen. Wo es um die Frage nach der Ursache von Nietzsches Scheitern geht, folgte Bertram der Sicht Georges. Am Ende des Kapitels *Sokrates* zitierte Bertram einige Verse aus Georges Gedicht *Nietzsche*, in denen seine Vereinsamung und emotionale Abkapselung als Grund seines Scheiterns gewertet werden. Nach der engen Kooperation bei der Redaktion des Nietzsche-Buchs verlor sich der Kontakt zwischen Bertram und George jedoch wieder rasch, wobei die Verbindung über Bertrams Partner Glöckner noch ein paar Jahre fortbestand. Die enge Freundschaft zwischen Bertram und Thomas Mann machte für George einen näheren Umgang aber unmöglich.

Die George-Monographie von Friedrich Gundolf entstand eher unabhängig von George. Jedenfalls fanden darüber keine regelmäßigen Konsultationen statt. Auch dies ist ein äußeres Zeichen für die einsetzende Spannung zwischen ihnen ab 1919. Man darf wohl sagen, dass Gundolf sich dieses Werk, das er George versprochen hatte, mit höchster Selbstdisziplin abgerungen hat. Sein Erscheinen Ende Oktober 1920 fiel in einen Zeitraum, in dem es George körperlich schlecht ging und die Atmosphäre zwischen ihnen bereits arg getrübt war. Edith Landmann notierte, sie habe im Dezember von George Worte gehört, die eine Trennung unvermeidlich machten, und ergänzte: „ein Erdbeben hätte mich nicht mehr erschrecken können." (EL 118) Die zentrale Botschaft von Gundolfs Deutung bestand darin, dass George „den archimedischen Punkt außerhalb des *Zeitalters*"[222] verkörpere, von dem aus das kulturelle Erneuerungswerk einzig unternommen werden könne.

In völlig entsprechender Form wurde der Renaissance-Künstler Raffael in Wilhelm Steins Gestaltbuch *Raffael* von 1923 als „ein Zeitlos-Absolutes" interpretiert. Stein konstruierte Raffael als das göttliche Kind, das die Botschaft des Schönen Lebens in die Wirklichkeit brachte und „allein durch seine eine absolute Norm verkörpernde Existenz" sowohl die Kunst als auch das Leben veränderte.[223] Stein übernahm von Bertram den Begriff der ‚Legende', um den mythischen Stellenwert von Raffaels Existenz zu fassen. In seiner Deutung ist Raffael durch sein bloßes Dasein formgebend und bildprägend, so wie später Maximin es war. Systematisch entfaltet Stein in seinem Buch eine typologische Beziehung zwischen der Renaissance und dem George-Kreis. Diese Spiegelungstechnik hat er in seinen *Aufzeichnungen über George* auch ganz unverhüllt ausgesprochen. Unter der Überschrift *Mit fremden Federn* findet sich darin das Notat: „Bei der Übergabe des Raffaelbandes meinte der Meister lächelnd: ‚Etwas mit fremden Federn geschmückt.' Er wusste, wie viel vom göttlichen Kind und von ihm selbst in Raffael und Michelangelo eingeflossen war; von Ludwig Thormaehlen in ‚Raffael als Meister', von Alexander Zschokke in Leonardo, [...] von mir in den Helfer."[224] Ausgehend von Raffael als „Präfiguration Maximins"[225] verwandelte Stein Raffaels Gemälde *Die Schule von Athen* in eine esoterische Vorwegnahme des George-Kreises, wobei die zentrale Konstellation diejenige zwischen dem „weiß gewandeten Jüngling" Raffael (= Maximin) und der „ehrwürdige[n] Sehergestalt" des Papstes (= George) ist.[226] Steins Gestaltbuch trieb die ‚Wissenschaft neuen Typs' bis in eine Extremform, in der jede Konzession an sachliche Überprüfbarkeit der Konstruktion eines geschlossenen Systems geopfert wurde. Friedrich Gundolf sah denn auch in Steins Werk treffend „ein Stück angewandter ‚Geheimlehre', eine Mär vom Zauber der Heiligen Jugend in Form einer Kunstbetrachtung."[227]

Sein Bruder Ernst, der als ‚Weisheitsrat' des Kreises mit der prüfenden Lektüre von Steins Manuskript betraut war, erkannte den typologischen Voluntarismus in Steins Konzeption und äußerte grundsätzliche Bedenken gegen ein solches Überschreiten der Grenzen. Er hatte im April 1922 an Stein ein vierseitiges kritisches Gutachten geschickt, das in den warnenden Worten mündete: „Ich fürchte nun aber dass Sie sich im Aufweis der Verbindungen vielfach zu weit wagen zum mindesten in der Formulierung – mir selbst fehlt der Glaube an mehreren Stellen wo Sie Personenidentitäten, Ähnlichkeiten oder Einwirkungen von Raffael und seinem Kreise aus finden. Zumindest müsste meiner Meinung nach der Ausdruck hier vorsichtiger gewählt werden."[228] George setzte sich jedoch in diesem Fall souverän über Ernst Gundolfs klarsichtige Kritik hinweg. Wilhelm Stein überliefert, dass George während seiner Arbeit an dem Raffael-Buch zu ihm sagte: „Es gibt Zeiten, in denen Enthüllungen nicht nur erlaubt sind, sondern notwendig werden."[229] Die Idee, über Raffael zu schreiben, kam von George. Als Stein ihn im November 1918 das erste Mal traf, trug er sich noch mit der Absicht, eine Monographie über Cézanne zu schreiben. George redete ihm das aber aus, da er Cézanne als zu ‚antiquiert' betrachtete, hingegen in dem von Lechter als „Spucke mit Seife" (LT 48) denunzierten Raffael die für ihn zentrale Durchdringung einer religiösen und ästhetischen Dimension erblickte.

Wilhelm Stein war 1886 in einer jüdischen Akademikerfamilie in Zürich zur Welt gekommen. Er wuchs in Bern auf, wo er 1904 die Matura ablegte. Anschließend studierte er Kunstgeschichte und Archäologie in München, Bern, Paris und Freiburg im Breisgau. 1908 unterbrach er das Studium und wurde für zwei Jahre Landwirt. Zum Wintersemester 1910/11 nahm er das Studium wieder auf, erst in Basel, ab 1913 in Berlin, wo er im folgenden Jahr in der National-Galerie Ludwig Thormaehlen kennenlernte. Zur Promotion über Joseph Anton Koch ging er wieder nach Basel und erhielt 1918 eine Stelle an den Staatlichen Museen in Berlin. Durch Thormaehlen wurde er in den Berliner Freundeskreis eingeführt, aber auch „ferngehalten und gehindert dass er zu Dir kam."[230] Die erste Begegnung mit George erfolgte im November 1918, als er ihn ins Haus von Bondi in der Herbertstraße 15 im Grunewald einlud. Stein verließ Berlin im März 1925, um sich in Bern zu habilitieren, wo er bis 1956 Kunstgeschichte lehrte. Auch wenn die Beziehung zwischen Stein und George nicht eng war und sich auf gelegentliche Treffen in Heidelberg, Würzburg, München und Bern beschränkte, bezeugte er immer Interesse an dem von ihm mit ironischer Sympathie ‚Großkosmiker' Genannten. Seine umfangreiche Monographie über Holbein, die 1929 im Berliner Julius Bard-Verlag erschien, hätte George gerne wieder bei Bondi gesehen. Stein gehörte zur Totenwache in Minusio, wo er George 1933 noch besucht hatte. Er starb 1970.

Unter den Gestaltbüchern hat nach Gundolfs *Goethe* das 1927 erschienene Buch *Kaiser Friedrich der Zweite* von Ernst Kantorowicz am meisten Aufsehen erregt. Es wirkte ebenfalls über die Fachgrenzen hinaus und erreichte bis zum Jahr 1939 eine Gesamtauflage von fünfzehntausend Exemplaren.[231] George dürfte selbst den Anstoss zur Themenwahl gegeben haben. Er hielt Friedrich II. für den bedeutendsten unter den deutschen Kaisern des Mittelalters und drang darauf, „dass seine Geschichte als Mythos vom Sehnen des ganzen Volkes nach Einung von Nord und Süd neu geschrieben wurde." (EM I, 230) Wie im Falle des *Nietzsche* ließ er sich das komplette Manuskript vorlesen. Er setzte sich bei Bondi für die Drucklegung des voluminösen Werkes ein und beteiligte sich sogar am Korrekturlesen. Kantorowicz besprach sein Werk in der Entstehungsphase auch intensiv mit Wilhelm Stein, den er 1925 und 1926 in der Schweiz aufsuchte. Dessen *Raffael* hatte Kantorowicz tief beeindruckt, weil ihm daran die ‚Bildhaftigkeit' einer esoterischen Idee aufgegangen war.

Kantorowicz verlieh seinem Werk von Beginn an einen mythischen Charakter, indem er in der *Vorbemerkung* darauf hinwies, er habe 1924 am Sarkophag des Stauferkaisers in Palermo einen Kranz mit der Inschrift ‚Seinen Kaisern und Helden Das Geheime Deutschland' vorgefunden, der ihm „in unkaiserlicher Zeit" als Zeichen der Teilnahme an den „großen deutschen Herrschergestalten" gelte.[232] In seiner monumentalen Darstellung entwirft Kantorowicz das Bild eines „Renaissance-Genie[s] auf dem Kaiserthron",[233] das bereits „das Dantesche Staatsbild" antizipierte. Es spricht einiges dafür, dass Kantorowicz bei dieser Konzeption der Sicht Georges folgte, für den „Der Grösste Friedrich", wie er im Gedicht *Die Gräber von Speier* (SW VI/VII, 23) genannt wird, für die Symbiose zwischen Nord und Süd, zwischen weltumgreifendem Sehnen und antikem Formbewusstsein stand. Kantorowicz' Heroisierung gipfelte in der Bezeichnung Friedrichs als „Gottessohn Weltenrichter

Widerchrist zugleich",[234] der „der erste Gottlose und der erste von sich aus göttliche, nicht durch die Kirche heilige Mensch" sei.

Die historische Fachwissenschaft hielt Kantorowicz entgegen, er habe sich von der Tatsache, „daß schon die Zeitgenossen den Kaiser als überirdisches Wesen sahen",[235] dazu verführen lassen, die bilderreiche Sprache des Mittelalters zu ernst zu nehmen und sie aus ihrer situativen Veranlassung herauszulösen. In einer kritischen Rezension hieß es dazu: „Der Grundfehler ist offenbar, daß Kantorowicz den Kaiser zuerst ‚geschaut, gefühlt, erlebt hat' und mit diesem vorher gewonnenen Bilde an die Quellen herangegangen ist."[236] Kantorowicz replizierte in der folgenden Nummer der *Historischen Zeitschrift* und führte den Methodenstreit in offensiver Form auf dem Deutschen Historikertag 1930 fort, indem er die Geschichtsforschung von der Geschichtsschreibung abgrenzte. Letztere sollte die Aufgabe erfüllen, sinnbildliche Gestalten aus dem bereitgestellten Quellenmaterial zu schaffen.[237] Kantorowicz ließ 1931 einen Ergänzungsband mit Quellennachweisen folgen, um den Vorwurf zu widerlegen, er habe seine Deutung Friedrichs II. bloß ‚geschaut'.

Ernst Kantorowicz entstammte derselben jüdischen Fabrikantenfamilie wie Gertrud Kantorowicz, deren Vetter er war. Geboren wurde er 1895 in Posen, wo er auch 1913 Abitur machte. Schon als Schüler kam er 1911 bei einem Besuch in Heidelberg bei seiner Schwester Sophie, die dort studierte, mit Friedrich Gundolf und Arthur Salz, der Sophie 1912 heiratete, in Kontakt. Nach dem Abitur ging Kantorowicz zu einer Niederlassung der väterlichen Firma in Hamburg. Bei Kriegsausbruch meldete er sich sofort freiwillig und kam schon im September 1914 an die Westfront. Nachdem er eine im Juli 1916 vor Verdun erlittene Verwundung auskuriert hatte, wurde Kantorowicz Anfang 1917 zu einer Einheit in Wolhynien versetzt. Durch die Vermittlung von Arthur Salz trat er im März in der Türkei eine Tätigkeit als Übersetzer an. 1918 kehrte er nach Berlin zurück und hörte im Sommersemester Vorlesungen bei dem Nationalökonom Sombart und dem Altphilologen Wilamowitz-Moellendorff. Im August musste er noch einmal an die Westfront, das Kriegsende erlebte er in Berlin, wo er wieder studierte. Im Januar stellte er sich für den Kampf gegen die Spartakisten zur Verfügung, kam aber nicht zum Einsatz.[238] Hingegen war er an der militärischen Niederschlagung der Münchner Räterepublik aktiv in der Volkswehr beteiligt. Kantorowicz hatte im Februar die Münchner Universität bezogen, wechselte aber zum Wintersemester 1919 nach Heidelberg, wo er wieder mit seiner Schwester, Salz und Gundolf zusammenkam. Sein Studium schloss er 1922 mit einer Dissertation über muslimische Handwerkerverbände bei Eberhard Gothein ab.

George hatte sich im Sommer 1920 einer Operation unterziehen müssen und lebte seit Mitte September 1920 in der Pension Friedau. In seiner Begleitung befand sich Woldemar von Uxkull-Gyllenband. Als nun Kantorowicz nach Heidelberg kam, quartierte er sich ebenfalls in dieser Pension ein. Er fiel dem Dichter natürlich bald durch sein attraktives Aussehen und seine Eleganz auf. Am 6. November suchte George Kantorowicz, nachdem sie bisher nur Förmlichkeiten ausgetauscht hatten, in dessen Zimmer auf und zog ihn in ein gehaltvolles Gespräch. Kantorowicz schrieb über diese Begegnung sofort einen begeisterten Brief an Fine von Kahler, mit der er seit einem Jahr eine leidenschaftliche Affäre hatte. Gleich im ersten Gespräch habe er mit George ‚eine wirklich große Diskussion' über Zionismus und Sprache geführt. Kantorowicz war tief beeindruckt von Georges Fähigkeit, ihn die Wirklichkeit mit den einfachsten Worten völlig neu und klar sehen zu lassen. Er schrieb, „das Ganze war etwas so Wundervolles, wie ich es nie zuvor erlebt habe. Bei allem Eifer des Gesprächs doch keine Ereiferung, bei aller Tiefe doch eine derartige Leichtigkeit, ein Über-der-Sache-sein, die sich sofort auf einen selbst überträgt, und zwingend u. überzeugend ist ohne Apodiktizität [...]. Man sieht wie selbstverständlich, ohne dass man sich angestrengt hätte, plötzlich das Richtige u. glaubt, es eigentlich schon längst gesehen zu haben."[239] Wenn Kantorowicz im selben Brief betont, dass er keinen Augenblick die Empfindung gehabt habe, „etwa durch einen überlegenen Intellekt überwältigt zu werden," sondern sich im Gegenteil zu seiner wahren eigenen Anschauung hingeleitet fühlte, dann lässt das noch einmal Georges unvergleichliches Gespür für sein Gegenüber erkennen. Gerade die aus dem frischen Erleben heraus geschriebenen Briefe eines so reflektierten Intellektuellen wie Kantorowicz dokumentieren, dass Georges Gesprächsführung auf eine ‚Befreiung zu sich selbst' zielte und nicht auf Unterwerfung unter ein Meinungsdiktat. Es wäre läppisch, dieses Erleben als Effekt einer besonders perfiden Form von ‚Verführung' zu deuten. Von diesem Tag an verstand er sich als Jünger Georges.

Sehr rasch bildete sich zwischen ihnen ein Ritual heraus. George kam nachmittags in sein Zimmer zum gemeinsamen Teetrinken und sprach mit ihm über die verschiedensten Gegenstände, worunter zu Kantorowicz' Freude auch der Islam war, für den er sich seit seinem Aufenthalt in der Türkei sehr interessierte. George nahm an diesem Interesse so großen Anteil, dass er mit Kantorowicz dessen Doktorarbeit Kapitel für Kapitel durchging. Bereits nach wenigen Tagen ihrer Bekanntschaft lieferte Kantorowicz Fine von Kahler eine ausführliche Schilderung des zeremoniellen Ablaufs ihrer Treffen. Er hob dabei besonders die Fähigkeit Georges hervor, die alltäglichsten

Verrichtungen in einer Form auszuführen, dass eine geradezu ‚heilige Atmosphäre' entstand: „Es war vielleicht weniger dasjenige, wovon wir sprachen [...], als vielmehr die Abende als Ganzes, so vollständig ‚kantenlos', wenn man so sagen kann, u. so in keiner Weise zerflattert, so völlig einheitlich u. harmonisch, im edelsten Sinne des Wortes, wie ich das eben niemals zuvor erlebt habe. Die Art zu geben, den Thee oder Kuchen oder was es sonst ist, macht die einfachste Gabe zu einer Kostbarkeit, und das Geben selbst wie auch das Nehmen, einer angebotenen Cigarette z. B., wird ganz selbstverständlich irgendwie zu einer geweihten, fast sakralen Handlung nur durch die wunderbare Art, wie das geschieht, durch die Kunst, geben u. nehmen zu können."[240] Kantorowicz erfasst hier sehr präzise ein wesentliches Element von Georges Fähigkeit, einer alltäglichen Sache durch ihren bewussten Vollzug eine Würdigung widerfahren zu lassen, die die an ihr Beteiligten aus dem profanen Alltag heraushebt und in eine Sphäre des Besonderen geleitet.

Die intensiven Gespräche setzten sich in den folgenden vier Monaten fort, nur unterbrochen von Georges Reise im Dezember nach Berlin. Als George Heidelberg Ende Februar 1921 verließ, wünschte er ausdrücklich, dass sowohl Kantorowicz als auch Woldemar von Uxkull nicht länger in der Pension Friedau verblieben. Es gelang ihnen, eine wunderbare Wohnung im Haus Schlosspark im Wolfsbrunnenweg oberhalb des Heidelberger Schlosses zu finden, in die sie gemeinsam im April einzogen. Kantorowicz und Uxkull wurden spätestens dort ein Liebespaar. Ihre – wie Kantorowicz rückblickend sagte – ‚glückliche Ehe' währte bis zum Juni 1922, als Uxkull nach seiner Promotion nach Berlin ging. Die beiden trafen sich in den folgenden zehn Jahren immer wieder und Kantorowicz widmete ‚Woldemar Grafen Uxkull-Gyllenband dem Freunde' sein Gestaltbuch *Friedrich der Zweite.* Im Wolfsbrunnenweg wohnte von 1923 bis 1927 George sechs bis acht Wochen im Frühling oder Frühsommer mit Kantorowicz zusammen. Das Haus am Schlossberg löste in Heidelberg die Villa Lobstein als Quartier ab. Kantorowicz bezeichnete seine Rolle gegenüber George bei dessen Aufenthalten als die eines ‚Kammerdieners'.

Nach dem Erscheinen von *Friedrich der Zweite*, das im George-Kreis durchgehend große Bewunderung auslöste, verbrachte Kantorowicz einige Zeit in Rom, um für seine Quellenpublikation zu recherchieren. Im Juni 1928 bot ihm Kurt Riezler, der Kurator der Frankfurter Universität, an, sich dort zu habilitieren. Riezler war ein ferner Verwandter und ein Verehrer Georges. Er hatte erst im April die Funktion des Kurators übernommen und verfolgte mit großem Engagement das Ziel, die Frankfurter Universität zu einem geistes- und sozialwissenschaftlichen ‚Leuchtturm' zu machen. Seiner Initiative waren die Berufungen des Soziologen Karl Mannheim, des Sozialphilosophen Max Horkheimer, des Theologen Paul Tillich und des Psychologen Max Wertheimer zu verdanken. Kantorowicz wurde im Frühsommer 1930 zum Honorarprofessor für Geschichte ernannt und hielt am 20. Juni eine Antrittsvorlesung über *Das Adelsproblem des späten Mittelalters*, in der er auf die Frage zu sprechen kam, was in der Gegenwart unter Adel zu verstehen sei. Seine Antwort orientierte sich an Georges Vers „Neuen adel den ihr suchet / Führt nicht her von schild und krone!" (SW VIII, 85) und an Nietzsches Diktum, das zum Adel auch das richtige ‚Geblüt' gehöre. Das Nietzsche-Zitat, mit dem er seine Vorlesung in provokanter Form schloss, könnte er in Bertrams *Nietzsche* gelesen haben. Die Antrittsvorlesung des mondänen Jungstars, der eine exklusiv eingerichtete Wohnung auf der Bockenheimer Landstraße bewohnte und in den dortigen Bankerkreisen verkehrte, war ein gesellschaftliches Ereignis. Stunden vor dem Beginn hatten Hörer ihre Plätze reserviert, und was die universitären Kollegen betraf, war *le-tout*-Frankfurt anwesend. Auch der seinerzeit noch dunkelhaarige und unbekannte Doktor Wiesengrund, nachmals Theodor W. Adorno, ließ sich den Auftritt des jungen Kollegen, der mit tollkühner Chuzpe die etablierte Fachwissenschaft angegriffen hatte, nicht entgehen.[241] Im August 1932 wurde Kantorowicz zum ordentlichen Professor und Direktor des Historischen Seminars ernannt. Er nahm sich im Wintersemester 1932/33 seiner akademischen Pflichten gewissenhaft an. Ironisch schrieb er George, er sei jetzt selbst unter die ‚Bonzen' gegangen.[242] Es sollte sein einziges Semester an einer deutschen Universität bleiben.

Neue Begleiter in leidvoller Zeit: Max Kommerell und Johann Anton

Nach dem letzten Aufenthalt bei Gundolf im Sommer 1922 wurde es für George zu einem dringenden Bedürfnis, neue Begleiter auf seinen Reisen und an seinen gewohnten Wohnorten zu finden. Schon 1916 hatte er zu Glöckner gesagt, er könne nicht mehr „wochenlang ganz allein sein." (EG 74) Der Wunsch nach ständigen Begleitern erwuchs wohl auch aus der Erfahrung, dass seine körperliche Konstitution nicht mehr die robusteste war. Nervöse Reizbarkeit, Migräne und psychische Überspannung hatten George seit je gelegentlich geplagt und zu seinen häufigen Besuchen von Kurorten geführt, ohne dass seine Leiden einen beunruhigenden Charakter angenommen hätten. Erstmals im Juli 1915 hatte es eines Klinikaufenthalts in Heidelberg bedurft. Drei Jahre später im August war George wieder in Heidelberg im Krankenhaus, begab sich aber im September 1918 nach Berlin, um sich dort einer Operation zu unterziehen, bei der ihm Blasensteine entfernt wurden. Anschließend verbrachte er dort noch einige Wochen im Franziskus-Sanatorium. 1920 wiederholte sich die Prozedur. George kam im Juni ins Heidelberger Krankenhaus, reiste dann in Begleitung in die Kurklinik nach Bad Wildungen, wo ihm im Juli erneut Blasensteine operativ entfernt wurden. Auch im Sommer 1921 fühlte George sich wieder krank. Glöckner empfahl ihm, eine Radiumbehandlung des österreichischen ‚Wunderheilers' Zeileis zu erproben, worauf George aber zurückhaltend reagierte. Das folgende Jahr war George fast durchgehend leidend, er hielt sich mehrfach in den Kurorten Bad Wildungen und Königstein im Taunus auf. Dort besuchte ihn Wolters und nahm ihn ob seines Zustands mit nach Marburg. An Gundolf schrieb er Mitte September aus Marburg: „[D]ie Pflege des Meisters hielt und hält mich hier zurück. Ich fand seinen Zustand Ende August in Königstein so bedrohlich, dass ich ihn gleich mit hierher nahm, wo sich dann das Übel in kurzer Zeit so weit besserte, dass jetzt an eine Spezialkur in Wildungen zu denken ist." (FG/FW 226) Mitte September 1922 folgte dann in Bad Wildungen die nächste Blasenstein-Operation. Bereits Anfang 1923 korrespondierten George und Glöckner erneut wegen einer Radiumkur. Der Arzt Zeileis junior suchte George im Februar auf und gab ihm Medikamente und radiumhaltiges Wasser für eine Trinkkur. Das Leiden hielt George jedoch davon ab, die angedachte Fahrt nach Österreich zu machen. Auch im September 1923 musste er sich in Bad Wildungen wieder einer Operation unterziehen.

Zumindest hatte sich für George bis dahin eine neue Perspektive für die Begleitung durch Jüngere ergeben. Sie stand mit der Gewinnung von Marburg als einer neuen ‚Pfalz' in Zusammenhang. Berlin war durch die Grunewald-Wohnung bei Bondi und das Pompeianum von Thormaehlen gesichert, zumal immer noch die Wohnungen von Vallentin oder Morwitz zur Verfügung standen. In München war jedoch im Laufe des Jahres 1919 durch den Umzug der Familie Wolfskehl nach Kiechlinsbergen in der Nähe von Freiburg das Kugelzimmer als geliebtes und bewährtes Quartier weggefallen. Als neue Möglichkeit war 1920 durch die Berufung von Wolters an die Universität Marburg eine neue Alternative hinzugekommen. Ein Besuch bei Wolters war für George umso attraktiver, da dieser ein großes Engagement bei der Gründung eines ‚Enkel'-Kreises entwickelte. Der ‚Marburger Kreis' bestand aus Max Kommerell, Johann Anton, Ewald Volhard und Walter Elze. Anton und Kommerell, der ‚Prinz' und ‚Maxim' traten bald in ein besonders nahes Verhältnis zu George.

Max Kommerell war der zweite bedeutende Germanist, den der George-Kreis hervorbrachte. Er war 1902 im württembergischen Münsingen geboren worden. Nach dem Abitur begann er 1919 mit dem Studium der Deutschen Philologie, Geschichte und Philosophie in Tübingen, wechselte erst nach Heidelberg, wo er bei Gundolf, Eberhard Gothein und Karl Jaspers hörte, und ging zum Wintersemester 1920/21 nach Marburg, wo er sich Wolters anschloss. George lernte Kommerell bei einem Besuch in Marburg im Juli 1921 kennen und lud ihn spontan ein, mit ihm die nächsten zwei Wochen bei Gundolf in der Villa Lobstein zu wohnen. Kurz darauf lernten sich Kommerell und Anton kennen und wurden ein unzertrennliches Paar. Johann Anton war 1900 in Graz zur Welt gekommen und wuchs in Halle an der Saale auf. 1917 ging er nach dem Abitur gleich an die Westfront. Nach dem Krieg begann er in Halle ein Studium der Jura und Nationalökonomie, wechselte im Sommer 1921 nach Marburg. Mitte Februar 1922 lernte Anton George dort kennen. Er wurde gleich in die rituellen Abläufe des Alltags einbezogen. Am 7. Mai 1922 schrieb er stolz an George, „die Aufgabe dem Meister den Thee vorzubereiten scheint dem S. gewichtiger und freudvoller als die Lösung der Probleme die Wissenschaft und Familie ihm vorlegen."[243] Die beiden neuen Freunde kamen im November zu George nach Berlin und blieben vier Wochen. Kommerell berichtet in Briefen aus dieser Zeit von seinem „tägliche[n] sorgfältige[n] Besichtigen der Antikensammlung" (MKB 119), was wohl ebenso auf Georges Wunsch zurückzuführen ist wie seine gleichzeitige Lektüre von Dante und Petrarca. Sein Leben, so schreibt er, sei „von stärkster Erfülltheit im menschlichen." 1923 unternahmen Kommerell und Anton eine gemeinsame Reise durch Italien. George lag im November und Dezember krank bei Landmanns in Basel, wo Kommerell ihn um die Weihnachtszeit besuchte. Sie unterhielten sich häufig über Jean Paul, über den Kommerell gerade seine Doktorarbeit schrieb. Im März 1924 traf George aus Basel kommend in Marburg ein, wo Kommerell und Anton ihn erwarteten. Sie begleiteten ihn im April nach Berlin, wo sie im Pompeianum an Leseabenden teilnahmen und nach und nach die älteren Berliner Freunde kennenlernten. Allerdings traten dabei auch sogleich deutliche Spannungen zutage. Besonders Kommerell und Morwitz konnten sich nicht ausstehen. Anton schrieb schon in dem zitierten Brief vom Mai 1922, dass es Streit zwischen den beiden gegeben habe. Die Antipathie ging so weit, dass Morwitz nicht mehr zu Treffen des Berliner Kreises erschien, wenn er wusste, dass Kommerell anwesend war. Ebenso vermied umgekehrt Anton jedes Zusammentreffen mit Vallentin.

Der entscheidende Anlass für den Berlin-Aufenthalt 1924 war erneut Georges chronische Erkrankung. Mitte Mai wurde er erneut in der Klinik von dem bekannten Urologen Otto Ringleb operiert. Nach der Entlassung war George so geschwächt, dass er von Kommerell und Anton (oder anderen) die Treppen ins Pompeianum, das ja im Dachgeschoss lag, hinaufgetragen werden musste. Bei den Lesungen dort im Spätherbst 1924 las Anton auch eigene Dichtungen vor. Er wie auch Kommerell verfassten seit langem Gedichte. Da es jedoch die Zeitschrift *Blätter für die Kunst* nicht mehr gab, erschienen erst spät Gedichte von ihnen, Kommerells *Gespräche aus der Zeit der deutschen Wiedergeburt* 1929 und Antons *Dichtungen* posthum 1935. Kommerells *Gespräche* standen in einem engen Verhältnis zu seinem 1928 veröffentlichten Hauptwerk *Der Dichter als Führer in der deutschen Klassik*, da sie einige zentrale Begegnungen zwischen den dort behandelten Dichtern oder entscheidende Szenen aus ihrem Leben in dichterischer Form gestalten. George rühmte diese Dialoge als ‚genial', Edith Landmann überliefert einen Eindruck von ihrer Lesung. Sie war von George bei einem Berlin-Aufenthalt ins Achilleion eingeladen worden, wo sich auch Kommerell aufhielt. Kommerell lobte zuerst Landmanns Rezension des *Neuen Reichs*, in der er „keine Zeile anders geschrieben" hätte, dann las er „sein Goethe-Napoleon-Gespräch vor. George ging daraufhin auf ihn zu und küsste ihn aufs Haar: ‚Ist doch ein Genie!'" (EL 203) Während diese beiden Werke noch im Verlag der Blätter für die Kunst gedruckt wurden – Antons Gedichtauswahl hatte noch Georges Imprimatur erhalten –, erschienen Kommerells *Leichte Lieder* 1931 bereits bei Klostermann, weil inzwischen seine Trennung von George erfolgt war. Zwar hatte er sie George noch zuvor angeboten, aber diesem kamen sie zu ‚literatenhaft' für eine Publikation bei Bondi vor. Bei Klostermann erschienen die bedeutenden literaturwissenschaftlichen Werke, die Kommerell als Germanist in Frankfurt und später Marburg verfasste, die von George noch gelesene und hochgeschätzte Monographie *Jean Paul* von 1933, *Lessing und Aristoteles* von 1940 und die *Gedanken über Gedichte* von 1943. Kommerell starb früh 1944.

Nach dem ausgiebigen Zusammensein im Jahre 1924 schrieb Kommerell rückblickend: „Du glaubst kaum, wie ich mit allen gedanken und zu jeder stunde bei Dir bin [...]. In dem gewühl von fragen, sehnen und auch peinlicher unzufriedenheit mit mir selbst rufe ich mir die grossen scenen in B. zurück und all die voraus gegangenen von der ersten zeit an – eine kette von festen und begeisterten augenblicken – und sage mir dass nach einem solchen schreiten auf gipfeln ein abstieg kein besonderes los sei und als billiger ausgleich ertragen werden müsse. Nur eins ist furchtbar und kann nicht ertragen werden: nicht mehr derselbe zu sein der man war – und dies ists wovor mich bangt." (RB I, 182 f.) Kommerell und Anton teilten sich in den mittleren 20er Jahren die Besorgung geeigneter Quartiere und die Abwicklung der Alltagsgeschäfte. Kommerell übernahm das Amt der Aussendung der

Auftragsbriefe. Anton hatte 1925 in München eine Wohnung in der Elisabethstraße angemietet, in der George mit ihm und Kommerell den Mai verbrachte. Im Spätherbst organisierte er eine Bleibe in Berlin-Schlachtensee, im März fand er mit der Terlanerstraße 8 in München-Solln ein Quartier, das George in den kommenden Jahren mehrfach aufsuchte. Unmittelbar zuvor hatten George, Anton und Kommerell eine gemeinsame Italienreise gemacht. Von Kommerell erhielt George zum Geburtstag eine Gedichthandschrift mit der Widmung ‚Dem Meister als zeichen der erinnerung an tage im süden von seinem Maxim'. Inzwischen hatte Kommerell damit begonnen, intensiv an seinem Werk *Der Dichter als Führer in der deutschen Klassik* zu arbeiten. Im Mai 1927 kann Kommerell George mitteilen, dass er das letzte Kapitel in Angriff genommen habe. Es dauerte dann noch bis zum Oktober 1928, bis das umfangreiche Werk in derselben Woche wie Georges letzter Gedichtband *Das Neue Reich* erschien.

Kommerell behandelte in seinem Buch Klopstock, Goethe, Schiller, Jean Paul und Hölderlin. Im Untertitel wird als sechster Name noch Herder genannt, dessen persönliches Wirken sich wie ein roter Faden durch das ganze Buch hindurchzieht. Man schlägt dieses Buch so auf, wie man einen griechischen Tempel betritt. Den vorderen Einband schmücken zwei attisch-ionische Säulen, wie man sie am Erechtheion auf der Akropolis findet. Zwischen ihnen stehen der Haupttitel und das Blätter-Signet. Die Ikonographie dieses Einbands lässt sich als symbolische Konzentration des Inhalts deuten. Ihm geht es um den Eintritt in die griechische Welt, deren Wiedergeburt in Deutschland von der klassischen Literatur ihren Ausgang nahm. Kommerell betonte denn auch in seiner knappen *Vorbemerkung*, dass es ihm um das Aufzeigen des „ungeheure[n] deutsche[n] Kräftestrom[s]“[244] ginge, der die noch unerkannte Gemeinsamkeit der großen Dichter um 1800 gewesen sei. Diese Zeit habe in ihren Dichtern drei große Sinnbilder zur vollkommenen Darstellung gebracht: in Goethe den allesgestaltenden König, in Jean Paul den träumerischen Zauberer und in Hölderlin den Seher der vaterländischen Wiedergeburt. Kommerell lässt sein momumentales Werk im Blick auf diese drei Bildwerdungen in einer nationalen Prophetie ausklingen: „Sie sind kein bloß Gewesenes: deutsche Urbilder, kehren sie wieder.. die Kernstoffe die sie bergen, binden sich neu zu neuer Mischung, und der Grund der so reich gebar, kann unter anderm Sternstand neu gebären. Dann wird, was sich einst schied oder befocht, eins und wirkt einhellig, und dem Volk [...] werden seine namengebenden Dichter die Gnaden der zweiten Hohzeit fassen helfen: das Heute meisterlicher Herrschaft, den zeitlos unerschöpflichen Traum der fortwebt mitten im Ärgsten: dem Unsicherwerden des volkhaften Lebenstriebs, und ein innig ernstes Morgen, wo die Jugend die Geburt des neuen Vaterlandes fühlt in glühender Einung und im Klirren der vordem allzu tief vergrabenen Waffen."[245]

Sehr treffend hat Walter Benjamin in seiner 1929 geschriebenen großen Rezension mit dem paradoxen Titel *Wider ein Meisterwerk* Kommerells Buch „eine Heilsgeschichte der Deutschen"[246] genannt. „Es ist das große Anliegen des Verfassers", so fährt Benjamin fort, „an der Klassik den ersten kanonischen Fall eines deutschen Aufstands wider die Zeit, eines heiligen Kriegs der Deutschen gegen's Jahrhundert, wie ihn George später ausrief, zu konstruieren."[247] Damit begründe Kommerell „eine esoterische Geschichte der deutschen Dichtung",[248] die die „unerforschlichen Bahnen des deutschen Aufstiegs" aus der „Verwandtschaft des deutschen und des griechischen Ingeniums" ableite. Natürlich geht es Kommerell dabei nicht um ‚historische Gerechtigkeit', sondern um eine teleologische Konstruktion. Am krassesten tritt das an dem das Buch abschließenden Hölderlin-Kapitel zutage. Kommerell geht dort zunächst auf das Verhältnis zwischen dem Seherdichter und dem Volk ein. Wenn Kommerell von der Fügung spricht, dass „gerade der Einsamste den Keim der Volkwerdung hütet",[249] so liest sich das zugleich als geheimes Porträt Georges als dem ‚Hüter des göttlichen Feuers'. An der Gestalt des Empedokles, so Kommerell weiter, wolle Hölderlin die heroische Substanz des Volkes zur Erscheinung bringen, die sich im Moment seines Untergangs zu bewähren hat. Diesen Umschlag zur heroischen Verkündigung erblickt Kommerell in Hölderlins Hymnen, die ihm als göttlich offenbarter „Sang für den gemeinsamen Geist"[250] gelten. Die Sprache der Hymnen begreift Kommerell als „die erste Herabkunft der Götter." Das Erwachen dieser griechischen Substanz manifestiere sich im Krieg. Kommerell schreibt: „Die Geheimkunde von deutscher Zukunft [...] ist die Vergöttlichung eines ganzen Volkes im Krieg [...]: wenn Volk wahrhaft Volk ist, ist sein Krieg ein heiliger Krieg.. wie der einzelne durch Schönheit oder große Tat, so geht durch den Krieg das Volk ein zur obern Wirklichkeit, ja bedarf des Gegners um sich zu verherrlichen."[251] Hier wird der geschichtsphilosophische Duktus der Hölderlinschen Hymnen zur Kontamination von Ideen genutzt, die uns von Fichte, Nietzsche und George her bekannt sind. Die historische Legitimierung und latente Ästhetisierung des Kriegs und die emphatische Verkündung des völkischen Erwachens lassen Kommerells Hölderlin-Finale in einem trüben Licht erscheinen. Nicht zu Unrecht hat Benjamin dieser Sprache „das Scheppern stählerner Runen"[252] entnommen. Innerhalb des George-Kreises wurde das Buch als enorme Leistung zwar durchaus anerkannt, aber die mit ihm verbundene Ambition seines Verfassers, damit eine privilegierte Stellung im Kreis beanspruchen zu können, stieß auf Widerstand. Erich von Kahler brachte in einem Brief an Gundolf den zwiespältigen Eindruck, den er von der Lektüre gewonnen hatte, auf den Punkt: „Ich habe viel gelesen diesen Herbst, darunter auch den Kommerell: ein glänzendes, überaus gescheites, ausserordentlich gearbeitetes Buch, aber bös und kalt und herzlos, ja fast seelenlos, [...] es ist mir zuwider bis in jede Faser und ich möchte mit diesem Menschen nichts zu tun haben." (FG/EK II, 80)

Mit Kommerell hatte ein neuer Ton Einzug in die Diskurskultur des George-Kreises gehalten. Während die *Jahrbuch*-Diskussionen bei allen Kontroversen von einem gemeinsamen Projekt getragen waren und selbst die ‚Lingual-Orgien' im Hause Wolfskehl vor allem dem Zweck der gegenseitigen Anstachelung zu immer kühneren Gedankenkonstruktionen gedient hatten, zielte Kommerells Gesprächsführung auf Polarisierung und die Demonstration seiner intellektuellen Brillanz. Seine geistige Beweglichkeit, sein koboldhaftes Irrlichtern und sein Mutwillen hatten ihm als Übernamen neben ‚das Kleinste' noch die Bezeichnung ‚Puck' – nach der zwergenhaften Elfenfigur aus dem *Sommernachtstraum* – eingetragen. Thormaehlen, der häufig bei den Berliner Zusammenkünften in seinem Atelier anwesend war, schilderte seine Neigung, jüngere wie ältere Freunde in Streitgespräche zu verwickeln. Als Motiv wirkte dabei wohl nicht allein die reine Freude am ‚dialektischen Spiel', sondern auch Eifersucht auf ältere oder engere Freundschaften und – wie Thormaehlen schreibt – die „Gier nach Geltung und Macht." (LT 243) Kommerell genoss in diesen Jahren, in denen er George häufig begleitete und an seinem großen Werk schrieb, dessen besondere Gunst. Thormaehlen gewann jedenfalls den Eindruck, dass Kommerell wie kein anderer der jüngeren Freunde Georges in auffallender Weise behütet wurde, und schloss die Vermutung an: „George mochte wohl am deutlichsten die Labilität, die besondere Gefährdetheit Kommerells überschauen." (LT 244) Morwitz berichtete noch Jahrzehnte später, dass er vom ersten Moment an George entschieden vor Kommerell gewarnt hätte, in diesem Fall aber kein Gehör fand.[253]

Das letzte Mal bewohnten George, Kommerell und Anton im Oktober 1929 gemeinsam ein Quartier. Es lag in Berlin-Schlachtensee in der Heimstättenstraße 14, die Anton erstmals im Dezember 1926 angemietet hatte. Im Herbst 1929 kam es zu einem Konflikt zwischen Kommerell und George, über den es in einem am 3. Oktober 1930 rückblickenden Eintrag in Kommerells Tagebuch heißt: „Ehe mein Berliner Aufenthalt im November 1929 sein vorgesetztes Ende erreichte, knüpfte sich an eine Gelegenheit von geringer Tragweite Wort und Gegenwort so, dass ich mein Verhältnis zu Stefan George hierdurch verändert sah. Ich fand mir eine Äußerung zu hören und zu nehmen zugemutet, die ich mir schuldig war, zurückzuweisen." (MKB 182) Der Vorfall brachte Kommerell dazu, sein Verhältnis zu George insgesamt kritisch zu prüfen. Der Text lautet weiter: „Das ganze Umeinanderleben wie es sich herausgebildet hatte, beruhte auf einer so vollständigen Aufgabe des persönlichen Selbstgefühles, wie ich sie höchstens für einen Jüngling, niemals für einen Mann angemessen und erträglich nennen kann." Kommerell stellte seine Vorbehalte gegen eine Fortsetzung seiner Beziehung zu George aber erst noch hintenan, um sich auf den Abschluss seiner *Gespräche aus der Zeit der deutschen Wiedergeburt* und seiner Habilitationsschrift zu konzentrieren. Für deren Finanzierung hatte George einen Teil seines Preisgelds in Höhe von 10.000 Reichsmark zur Verfügung gestellt, das er als erster Träger des Frankfurter Goethe-Preises erhalten hatte. Die Summe kam zunächst auf das Konto von Ernst Morwitz und wurde erst angerührt, als George die Annahme des Preises im folgenden Jahr endgültig akzeptierte. Er hatte sie davon abhängig gemacht, wer als zweiter den Preis erhielte und fand 1928 die Wahl von Albert Schweitzer akzeptabel. George selbst verfügte über kein Bankkonto. Sein Verleger Bondi überredete ihn Anfang der 20er Jahre einmal, eines zu eröffnen. „Er ließ sich bei der Deutschen Bank in Darmstadt ein Konto einrichten. Da er aber eine unüberwindliche Abneigung dagegen hatte, so etwas wie Zahlungsaufträge selbst zu unterschreiben, beauftragte er Gundolf, die Unterschrift ‚Stefan George' unter den Auftrag zu setzen. Er sagte, Gundolf könne seinen Namen so schreiben, dass er selbst später nicht wüsste, ob er oder Gundolf die Unterschrift geleistet hätte. Aber die Bank wusste es: Er bekam den Brief zurück mit der lakonischen Bemerkung: ‚Wir bitten um eigenhändige Unterschrift.' Das war ihm zu dumm; er gab das Bankkonto auf und hat sich niemals wieder eins geben lassen." (GB 15)

Seit 1927 erschien die *Gesamt-Ausgabe* von Georges Werk im Bondi-Verlag. Die Vorbereitungen dazu liefen bereits spätestens seit 1925, auch Kommerell war wie einige andere nahe Freunde daran beteiligt. Kommerell führte in Berlin auch die Gespräche mit Bondi. Am 6. Oktober 1927 wurde der Verlagsvertrag von George und Bondi unterzeichnet. Der Dichter erhielt eine jährliche Garantiesumme von 4.800 Goldmark. Im Dezember erschien als erster Band *Die Fibel* in einer Auflage von 6.000 Exemplaren. Der beiliegende Editionsplan zeigt, dass für den für 1928 geplanten Band ‚Die neuen Gedichte' der Titel *Das Neue Reich* noch nicht feststand. Im Zusammenhang mit der *Gesamt-Ausgabe* tauchte für George die Frage auf, in welcher Form nach seinem Tod sein dichterisches Werk am Leben erhalten werden könnte. Dazu entwickelte er die Idee einer Stiftung. (Abb. 41) In einem Brief, den Kommerell am Morgen des 17. Juni 1930 erhielt, teilte ihm Johann Anton triumphierend mit: „Der Stiftungsrat wird bestehen aus Robert [Boehringer] Dir und – mir. Damit haben wir beiden jedenfalls die absolute Mehrheit." (MKB 172) Kommerell schrieb auf diese Mitteilung hin am selben Tag an George:

> Verehrter M[eister]. [...] Ich halte es für kein Gebot der Aufrichtigkeit, innerhalb schon fast geschichtlicher menschlicher Beziehungen jeden innern Wandel durch Aussprechen sogleich wirksam und vielleicht verhängnisvoll zu machen – was bliebe dann überhaupt noch bestehn? Und oft erhält sich eine Tatgemeinschaft auch unter großen innern Gegensätzen, solang diese nicht ausgesprochen, nicht ausgebrochen sind. Darum habe ich das Halbjahr seit meiner Abreise von Berlin das nicht geschrieben, was jetzt zu schreiben ich allerdings für ein Gebot der Aufrichtigkeit halte. Der M. ist im Begriff, mir eine Zuständigkeit in seiner innersten Sache zu übertragen. Diese Handlung weitgehenden Vertrauens nötigt mich, auszusprechen, dass ich nicht mehr derselbe bin. Eine Umwandlung, die ich jetzt als Wissender durch 3 Jahre zurückverfolgen kann, die mir aber erst im letzten Jahr in ihrem ganzen Umfang bewusst und fühlbar wurde, hat mich aus allem Festgefügten gerissen – wohin kann ich nicht wissen noch sagen und ich betrachte mich als ein gänzlich weichgeglühtes Ding, von dem nicht erkennbar ist, in welcher Form es sich wieder festigen wird. Auf den Begriff bringen, *was* sich in mir verändert hat und wo es meine Beziehung zum M., meine Stellung zum Kreis berührt, kann ich selbstverständlich nicht – sicher ist nur, *dass* es diese beiden Dinge berührt. Darauf kommt es jedoch an. Vielleicht schon das Persönliche, sicher aber das vom M. mit dem Begriff ‚staatlich' Umschriebene beruht auf gänzlicher Einfügung in die höhere Einsicht und Absicht! Womit ich dies alles bezahle und bezahlen werde, davon rede ich nicht. Ich bin entschlossen, mein Ich dahin wachsen zu lassen, wohin sein Wachstum drängt – redet man doch so gern vom Entschluss, wo man eigentlich gar keine Wahl hatte! Mehr kann ich heute nicht begreifen, geschweige ausdrücken, lege jedoch, da der Meister aus Klängen das Wesen sicher zu lesen gewohnt ist, ein Gedicht bei, das für mein jetziges Dasein bezeichnend ist. Hans kann ich nicht ganz im Unklaren lassen." (MKB 170f.)

In dem erwähnten parallelen Schreiben an seinen Freund Johann Anton sprach Kommerell sogar von „einer radikalen Umwandlung" (RB I, 184) und stellte die Existenz der ‚absoluten Gesinnung', die George bei ihm voraussetzte, in Frage. Anton reagierte bestürzt. Er bezeichnete Kommerells Position als „absolut und völlig verkehrt." (MKB 173) Wenn es auch Kommerell nicht gelingen wollte, seine Wandlung auf den Begriff zu bringen, unternahm er doch den Versuch, sie ins poetische Bild zu setzen. Das beigefügte *Lebensgedicht* versucht in 136 Versen, den eigenen Standort zu bestimmen. Es zeugt von einer Zäsur in Kommerells Denken, die keinen Zweifel daran lässt, dass eine Trennung vom George-Kreis unvermeidlich war.[254] Johann Anton, dem Kommerell das Gedicht ebenfalls geschickt hatte, und George wehrten sich jedoch gegen die Einsicht in dieses Unvermeidliche.

Bei einem Treffen in Königstein Mitte Juli gewährte George Kommerell bis Anfang August Bedenkzeit, seine Entscheidung, dem Stiftungsrat nicht beizutreten, zu korrigieren. Kommerell bekräftigte indes brieflich seine Haltung am 5. August. Daraufhin versuchte Anton, ihn nach Berlin zu einer Aussprache mit George zu zitieren, was Kommerell ablehnte. Am 3. Oktober 1930 schrieb Kommerell in sein Tagebuch einen Text mit dem Titel *Ein Wendepunkt in meinen freundschaftlichen Beziehungen*, der der Klärung der angesprochenen Wandlung galt. Darin heißt es: „Ich war 28 Jahre alt und der Entschluss, von niemandem, sei er so groß er sei, meine Selbstachtung antasten zu lassen, wurde aller Hemmungen Herr. Ich sah mich und andere gedemütigt, und der Gedanke: dass eine höhere Altersstufe dergleichen von selbst ausschließe, wurde als irrig überwiesen sowohl durch das was ich erfuhr als durch das was ich beobachtete." (MKB 182 f.)

Inzwischen schalteten sich auch andere Mitglieder des *inner circle* ein. Im Oktober forderte Frank Mehnert Kommerell auf, nach Berlin zu kommen, am 1. November nahm Thormaehlen die Antrittsvorlesung von Kommerell, die dieser pikanterweise über Hugo von Hofmannsthal hielt, zum Anlass, ihn in Frankfurt persönlich nach Berlin zu bestellen. Kommerells Antrittsvorlesung war wie diejenige von Ernst Kantorowicz ein halbes Jahr zuvor ein gesellschaftliches Ereignis. Thormaehlen berichtet von Kommerells elegantem Auftreten, seiner warmen Begrüßung durch die Fachkollegen und den wegen des Zulaufs notwendig werdenden Umzug in ein größeres Auditorium. Nach dem Austausch weiterer Briefe zwischen Johann Anton und Kommerell kam es Anfang Dezember zu einer Aussprache in Frankfurt, die die Auseinandersetzung nur verschärfte.

Kommerell schreibt am 7. Dezember an Anton: „Ich bin ratlos erschüttert von Deinem Besuch. [...] Ich glaube, Du vertratest mir gegenüber die Gesinnungen höhern Orts... jedenfalls bedenke: ich habe keine andere Wahl, als Dich und jene einigermaassen zu identifizieren. [...] Deine Art der Diskussion ist grob, plump und platt, und indem sie damit einen halbwegs fein Organisierten ausser Gefecht setzt, glaubt sie damit die barbarische Dürftigkeit, das *bloss noch* Machtmässige ihrer Argumente zu verdecken! Du hast es Deinem freien, schönen und gelenkigen Geist angetan, dass Du ihn in das Geschirr einer pfäffischen Orthodoxie schnallst und mir! mir! damit begegnest. Bist Du denn behext oder was? Ich kenne Dich nicht wieder!" (RB I, 186) Der Vorwurf, sich freiwillig in das ‚Geschirr einer pfäffischen Orthodoxie' einspannen zu lassen, stand im Zusammenhang mit dem Nachsatz von Kommerells zu Beginn zitiertem Brief an Stefan George vom 17. Juni 1930. Kommerell nahm dort auf das „für mich doch furchtbare Buch" von Wolters Bezug. Damit ist die sogenannte ‚Blättergeschichte' gemeint, das monumentale Werk *Stefan George und die Blätter für die Kunst. Deutsche Geistesgeschichte seit 1890.* Friedrich Gundolf, selbst ein von George Verstoßener, nannte es in einem Brief an Julius Landmann eine ‚orthodoxe Kirchengeschichte' und sprach vom „Woltersschen Schranzen- und Pfaffentum." (G/G 390) Ähnlich kritisch fiel das Urteil Glöckners aus, der allerdings zu dieser Zeit selber eine Trennung von George vollzogen hatte, dem er ‚Egoismus' und ‚Tyrannei' vorwarf. Er betrachtete das Werk von Wolters als ein Buch, „das bei Lebzeiten seines Gottes nicht hätte geschrieben werden dürfen." (EG 193) Er empfand es als ein ‚unheimliches' und ‚gefährliches' Buch, das sein wertvolles Wissen in einer ‚künstlich entfachten Glut' verbrenne und bloß den Wunsch zurücklasse, die Wirklichkeit wäre so gewesen, wie dieses eitle Denkmal suggeriere.

Kommerell war, anders als Glöckner und Gundolf, vom Inhalt dieses Werks nicht überrascht worden. Er hatte die entscheidende Phase seiner Vollendung aus nächster Nähe in Kiel verfolgen können, wohin George seit 1925 regelmäßig im Spätsommer kam. In den ersten Jahren von Wolters' Lehrtätigkeit in Kiel hatte George sich geweigert, so hoch in den ihm unbequemen Norden zu kommen. Kiel nannte er ‚Reykjavik' (nach der Hauptstadt Islands) und die Jugend dort bezeichnete er abfällig als ‚blonde Schrippen'. Durch den schleppenden Fortgang der ‚Blättergeschichte' sah George sich jedoch genötigt, zu Wolters zu reisen und mit ihm den Text durchzusprechen.

Prophetie des *Neuen Reichs* und innere Konflikte

Die Entstehung der ‚Blättergeschichte' reicht bis ins Jahr 1909 zurück. Damals äußerte George den Wunsch, dass einmal jemand „auf Grund seiner Dokumente eine Geschichte der Blätter für die Kunst zu schreiben" (BV 34) unternähme. Ab 1913 war Friedrich Wolters mehr oder weniger kontinuierlich mit der Sichtung des Materials und der Niederschrift beschäftigt. Ende November 1929 erschien dann das knapp 600 Seiten umfassende Werk mit der Blättermarke. Das Buch wurde zwar mit einem dokumentarischen Anspruch verfasst, aber es erschöpft sich keineswegs in einer chronologischen Rekonstruktion des Wirkens von George. Es ist eine Apotheose Georges, die in einem pastoralen Tonfall die deutsche Geistesgeschichte als teleologischen Prozess konstruiert, der in Georges Gestalt und Werk den vollendeten Abschluss findet. Friedrich Gundolf nannte das Buch zu Recht ‚jesuitisch'. Es gleicht insofern einer Kirchengeschichte, als es gnadenlos mit allen Häretikern verfährt. Zwar enthält das Werk schon aufgrund der ihm zugrundeliegenden Gespräche zwischen Wolters und George wertvolles Quellenmaterial, es leidet aber an einer vereinseitigenden Darstellung der Tatbestände. Der Stil schließt an den forcierten Duktus von *Herrschaft und Dienst* an. In unangenehmer Weise macht sich die nationale Gesinnung von Wolters in der Blättergeschichte bemerkbar. Diese Tendenz zeigt sich sogleich im ersten Satz: „Stefan George entstammt einem deutschen Geschlecht." (BG 7) So beginnen genealogische Darstellungen adliger Familien. Der aristokratische Anspruch von Georges Dasein wird so direkt unterstrichen. Noch auf der ersten Seite versichert Wolters zudem, dass alle Gerüchte über „Tropfen fremden Blutes in seinen Adern" bloße Erfindung seien. Damit nahm er Bezug auf eine im Jahre 1901 von Karl Kraus eher unbeabsichtigt ausgelöste Spekulation über eine verheimlichte jüdische Identität von George. Kraus hatte in seiner Zeitschrift *Die Fackel* gegen die Borniertheit einer nach Rassemerkmalen verfahrenden Literaturkritik in seiner typisch satirischen Art polemisiert und gemutmaßt, aus völkischer Perspektive könne George „nichts als ein Symbol für Abeles" sein.[255] Die daraufhin kolportierte Meinung, George sei Jude, wurde eine Zeitlang von dem einflussreichen völkischen Literaturhistoriker Adolf Bartels verbreitet. Wolters lässt sein Werk in einem hymnischen Dreiklang münden, der George als Dichter, Herrscher und Meister feiert. In dem Epilog über das äußere Erscheinungsbild Georges behauptet Wolters nicht nur, dass sich „in ihm allein ein männliches Vorbild von leibhaftsicherer Haltung, ein geistiges Führertum von höchster deutscher Artung verwirklicht" (BG 585) habe, sondern dass er durch sein Erziehungswerk einen neuen Menschentypus geschaffen habe. Wolters sieht in der „Ähnlichkeit der Haltung" und „Grundart der Züge" sowie der „Übereinstimmung in der geistigen und sprachlichen Führung" seiner Jünger ein „unverkennbares Zeichen, dass es heute in Deutschland den Georgeschen Menschen gibt."

Kommerell war bei den Gesprächen zwischen Wolters und George mehrfach anwesend und nachher an der Fahnenkorrektur beteiligt. In dem ausführlichen Brief an Johann Anton vom 7. Dezember 1930 fällte Kommerell ein scharfes Urteil über das Buch von Wolters, wegen dessen Ablehnung ihm offenbar von Anton Vorhaltungen gemacht worden waren. Wolters habe „der ganzen Gründung durch sein Buch die Ansicht des Kirchlichen gegeben, hat Gegnerschaften von Rang mit kleinen Gesten der Sekte erledigt, hat die Verehrung des grossen Menschen (in den letzten Kapiteln) entstellt zu einer Devotion, die ein Frösteln der Scham in feineren Geistern hervorrufen muss, und [...] im Grund trifft mein innerster Vorwurf die Regie die dies gutheisst. Und dies hat nichts damit zu tun, dass alle Bücher, auch meine, Fehler haben: nein, es handelt sich um Praktiken! – jawohl Hans, um Praktiken! – mit denen mich zu identifizieren mir mein Name zu gut ist." (RB I, 186)

Kommerell hatte Anton in diesem und in folgenden Briefen zu sich eingeladen, aber er erhielt keine Antwort mehr. Anton hatte den Brief vom 7. Dezember wohl als Abschied interpretiert beziehungsweise als eine Positionsbestimmung des Freundes, die ihm einen weiteren Kontakt sinnlos erscheinen ließ. Er hat Kommerell nur noch einen Brief geschickt, denjenigen, in dem er seinen Selbstmord ankündigte. Anton tötete sich am 27. Februar 1931 in Freiburg, zwei Tage zuvor, an Kommerells Geburtstag, schrieb er ihm: „Was du auch immer hörst – erinnere dich an [...] das erste mal, dass ich mich von etwas bedroht fühlte wie einem Irre-werden. Ich bemerkte, dass ich gelegentlich falsch handelte, sprach. Ich entglitt mir sozusagen selbst. [...] Schließlich begriff ich auch das äussere Leben nicht mehr. – In diese Lage hinein kam dein Weggehen. Es musste die Verwirrung steigern. Ich kann den Anteil den es an meiner Hilflosigkeit hat nicht ganz richtig sehen. Du hast es mir so schwer gemacht, weil du so merkwürdig im Hinterhalt bleibst. Ich will ja nicht alles überlegen. Ich glaube nicht, dass du richtig handelst. Ich begreife nicht, wie du weiterkommst. – Jetzt habe ich mich hierher geflüchtet. Was du auch immer hörst – denke dass ich schon im Gleiten war als alles geschah. Denke keinen Augenblick, dass ich dir recht gebe. Ich verstehe es nur nicht." (MKB 206 f.)

Der Selbstmord des ‚Prinzen' löste im George-Kreis Entsetzen aus. Helmut Küpper, ein Studienfreund von Kantorowicz und Woldemar von Uxkull, der seit 1926 in persönlichem Kontakt mit George stand, war zufällig anwesend, als die Nachricht im Achilleion eintraf. Er berichtet: „Der Anblick war furchterregend, wie er durch das fast leere Zimmer – ja ich muss sagen: raste, obwohl er keineswegs seine Schritte schnell setzte. Aber in diesem Hin und Her [...] ohne Ruhe, vor sich hinsprechend, mehr für sich als für mich, den Kopf hin und her wendend, immer die Frage: ‚Wie konnte das geschehen, wie durfte das geschehen', da erschien er mir wahrhaftig als Einer, der [...] mir die Sprache nahm." (RB 297) George brauchte ein paar Wochen, um diesen neuen Schlag zu verarbeiten. Unterstützung fand er dabei in der Anwesenheit von Frank Mehnert und Berthold von Stauffenberg.

George hatte die drei Brüder Alexander, Berthold und Claus von Stauffenberg im Frühjahr 1923 in Marburg kennengelernt. (Abb. 42) Die Bekanntschaft war von Albrecht von Blumenthal vermittelt worden. Die Mutter der

Zwillinge Alexander und Berthold und des jüngeren Claus war eine geborene Uxkull-Gyllenband, so dass Woldemar Uxkull ihr Cousin war. Schon 1921 hatten die 1905 geborenen Zwillinge mit Begeisterung Georges *Stern des Bundes* gelesen und im folgenden Jahr Georges Gedichte in ihrer Neupfadfindergruppe behandelt. Sie waren alle drei in Stuttgart aufgewachsen, wo der Vater als Oberhofmarschall des letzten württembergischen Königs eine Dienstwohnung im Alten Schloss besaß. George war von den drei jungen Adligen ebenso begeistert. Ihr bis ins 13. Jahrhundert zurückreichender Stammbaum machte sie zu Repräsentanten der von ihm hochgeschätzten Stauferzeit in der Gegenwart. Umgekehrt fühlten sich die Stauffenberg-Brüder von Georges Konzept des ‚neuen Adels', das sich durch eine an der Antike orientierte Ethik auszeichnete, angesprochen. Alexander erhielt von George den Übernamen Offa, den ein Königssohn einer Sage trug, der sich bei Gefahr für seine Burg aus der Asche des väterlichen Herdes erhob und den Feind machtvoll vertrieb, um danach wieder in seine Trauer zurückzukehren. Alexander begann nach dem Abitur 1923 Jura zu studieren, wechselte aber unter dem Einfluss von Woldemar Uxkull zur Altphilologie und machte eine wissenschaftliche Karriere. 1928 promovierte er in Halle und 1931 habilitierte er sich in Würzburg, wo er nach Lehrtätigkeiten in Berlin und Gießen 1936 Professor wurde. Im Zweiten Weltkrieg war er Offizier, wurde an der Ostfront verwundet und war seit Juni 1944 am Deutschen Wissenschaftlichen Institut in Athen tätig. Nach dem Attentat vom 20. Juli, in das er wohl nicht eingeweiht war, kam er in Sippenhaft und überlebte mehrere Konzentrationslager. 1948 erhielt er einen Lehrstuhl an der Universität München, blieb im akademischen Betrieb aber isoliert. Er starb 1964.

Sein Zwillingsbruder Berthold schlug eine juristische Laufbahn ein. Er studierte Rechts- und Staatswissenschaften, unternahm nach dem Staatsexamen 1928 eine Italienreise mit seinem Freund Johann Anton und trat 1929 als Referent in das Institut für ausländisches öffentliches Recht und Völkerrecht in Berlin ein. Mit Kriegsausbruch kam er in die Völkerrechtsabteilung des Oberkommandos der Marine. Er schloss sich dem oppositionellen Kreisauer Kreis an und war der engste Vertraute seines Bruders Claus bei der Vorbereitung des Anschlags vom 20. Juli. Berthold wurde am 10. August 1944 in Plötzensee hingerichtet.

Claus, Jahrgang 1907, schlug nach dem Abitur 1926 die Offizierslaufbahn ein. Nach Ausbildung an verschiedenen Standorten und einem Studium an der Kriegsakademie war Stauffenberg seit 1938 in verantwortlicher Position für die Versorgung und den Nachschub des Heeres. Aufgrund seiner Fähigkeiten wurde er 1940 dem Generalstab zugeteilt und gewann Einblick in die deutsche Kriegsführung im Osten. Ab 1942 versuchte er, in der Generalität Verbündete für seinen Plan zu gewinnen, Hitler durch ein Attentat zu beseitigen und eine neue politische Ordnung zu schaffen. Nach dem Scheitern des von ihm in der Wolfsschanze persönlich ausgeführten Attentats wurde er unmittelbar nach seiner Ankunft in Berlin verhaftet und im Innenhof des Bendlerblocks erschossen. Es wird sich nicht klären lassen, ob er vor seinem Tod ‚Es lebe das geheiligte Deutschland' oder ‚Es lebe das Geheime Deutschland' gerufen hat. Sicher ist jedoch, dass Claus Stauffenberg mit seinem Bruder Berthold auch in der Vorbereitungsphase des Attentats George-Gedichte gelesen hat und dabei das Gedicht *Der Täter* eine besondere Rolle spielte. Alle drei Brüder nahmen an der Totenwache für George teil.

Frank Mehnert war 1909 in Moskau geboren worden und kam mit seiner Familie 1914 nach Stuttgart. Auf dem Eberhard-Ludwigs-Gymnasium freundete er sich mit den Brüdern Stauffenberg an, mit denen er auch die Ferien verbrachte. Im Sommer 1924 war Mehnert als Begleiter der drei Brüder dabei, als diese sich mit George am Stuttgarter Bahnhof trafen. George habe dem Abseitsstehenden durch seine Freunde eine Apfelsine geben lassen und ihn den Brüdern gegenüber als *rara avis* bezeichnet (vgl. LT 238). Dieser ‚seltene Vogel' wurde zum ständigen Begleiter Georges in dessen drei letzten Lebensjahren. Mehnert hatte 1927 ein Studium der Geschichte und Rechtswissenschaft in Tübingen begonnen, das er ab Sommersemester 1929 in Berlin fortsetzte. Dort schloss er sich eng an Thormaehlen an und begann damit, als Autodidakt plastische Werke zu schaffen. Das erste Werk bildete im Mai 1929 gleich eine Büste Georges. Mehnert stellte im Achilleion gemeinsam mit Thormaehlen zahlreiche Büsten von Kreis-Angehörigen her.[256] Mehnert zog dort ein und übernahm ab 1930 die Funktion eines ‚ersten Sekretärs' Georges. Er füllte damit die Lücke, die durch den Tod Antons und die Loslösung Kommerells entstanden war. Er führte die Korrespondenz, beteiligte sich an den Korrekturarbeiten der *Gesamt-Ausgabe*, organisierte Georges Alltag und Reisen und führte auch selbst Reisen in seinem Auftrag aus. In der letzten Leidenszeit von George beteiligte er sich an der Pflege und führte ein akribisches medizinisches Protokoll. Mehnert gehörte zur Totenwache und entwarf Georges Grabstätte. Er übernahm das Achilleion ab 1935 als eigenes Atelier. Bis 1937 produzierte er einige Hindenburg- und Hitlerbüsten, von deren Verkauf er seinen Unterhalt bestritt. Nach seiner Distanzierung vom Nationalsozialismus 1938 zerstörte er die restlichen Exemplare. Ende der 30er Jahre gründete er gemeinsam mit Rudolf Fahrner den Delfin-Verlag, in dem vorwiegend Übersetzungen aus dem Griechischen erschienen. Mehnert fiel 1943 an der Ostfront.

Bei der feierlichen Lesung anlässlich des Erscheinens von Georges Gedichtband *Das Neue Reich* am 1. November 1928 war Mehnert der jüngste Adept. Im Achilleion hatten sich nicht weniger als fünfzehn Kreis-Mitglieder um George versammelt, außer Morwitz, Thormaehlen und Blumenthal ausschließlich Vertreter der ‚Enkel-Generation'. Unter ihnen waren auch die drei Stauffenberg-Brüder sowie Kommerell und die Brüder Johann und Walter Anton. Es war das letzte Mal, dass es eine solche festliche Lesung gab, und das letzte Mal, dass sich die verfeindeten Fraktionen um Kommerell und Morwitz zusammenfanden. Es war ein letztes Beispiel für die Integrationskraft von Georges Charisma. Georg Peter Landmann überliefert eine hierher passende Anekdote von einem Silvesterabend mit George bei seinen Eltern in Basel. Was George beim traditionellen Bleigießen „aus dem Wasser zog, war ein undefinierbares, wirres Gebilde aus kurzen und längern Stangen, schmälern und kugligen Knubbeln, und über das ganze zog sich, von der Bleiplombe her, eine dünne Haut. Wir rätselten an der Deutung, bis er erklärte: ‚Es ist der Versuch, die verschiedenartigsten Typen unter einen Hut zu bringen.'"[257]

Die Lesung im Achilleion begann mit der Hersagung der ersten vier Gedichte durch Morwitz, worunter sich *An die Kinder des Meeres* befand, dessen *Nachklang* ja – wie wir wissen – von ihm selbst stammte, sowie *Der Krieg*, danach trug Erich Boehringer *Der Dichter in Zeiten der Wirren* und das ihm geltende *Einem jungen Führer im Ersten Weltkrieg* vor. George beschloss die Lesung mit den drei Gedichen *Die Winke*, *Burg Falkenstein* und *Geheimes Deutschland*. Indem er mit diesem Gedicht die Lesung abrundete, ließ er sie in die Prophezeiung eines ‚wunderbaren künftigen Geschicks' ausklingen. Das Gedicht hebt an mit einer radikalen Kritik an der Ausbeutung der Erde, dem Wildwuchs der Metropolen und der Verschmutzung der Umwelt. In dieser gefahrvollen Weltstunde werden die unteren und oberen Gottheiten aktiv und senden durch Pan an den Sprecher den Auftrag, nach Trägern der ursprünglichen menschlichen Substanz in der ‚heiligen Heimat' Ausschau zu halten.

Wo unersättliche gierde
Von dem pol bis zum gleicher
Schon jeden zoll breit bestapft hat
[...]
Wo hinter maassloser wände
Hässlichen zellen ein irrsinn
Grad erfand was schon morgen
Weitste weite vergiftet
[...]

Da in den äussersten nöten
Sannen die Untern voll sorge ·
Holten die Himmlischen gnädig
Ihr lezt geheimnis .. [...]
(SW IX, 46)

Der Entgegennahme dieses Auftrags folgt eine Porträtgalerie von namentlich ungenannten, aber identifizierbaren Personen, die als Exempel für das Vorhandensein der gesuchten Empfänglichkeit für das Göttliche gelten können. Die vorletzte Strophe verwirft das ‚heute' als wertvoll Angesehene als ‚faules Laub', bevor die letzte den Blick auf das Verborgene und die Utopie Einbehaltende richtet:

Nur was im schützenden schlaf
Wo noch kein taster es spürt
Lang in tiefinnerstem schacht
Weihlicher erde noch ruht –
Wunder undeutbar für heut
Geschick wird des kommenden tages.
(SW IX, 49)

Die in den ersten Strophen des *Geheimen Deutschland* anklingende Kritik am Raubbau an der Erde gewinnt in dem kurz darauf folgenden Dialoggedicht *Der Mensch und der Drud* die Dimension eines ökologischen Manifests. Das Gedicht lässt den immer tiefer ins Unwegsame vordringenden Menschen auf einen Naturdämon stoßen, der ihn vor den Konsequenzen seiner Vertreibung warnt:

Wenn du den lezten meiner art vertriebst
Spähst du vergeblich aus nach edlem wild
Dir bleibt als beute nager und gewürm
Und wenn ins lezte dickicht du gebrochen
Vertrocknet bald dein nötigstes: der quell.
(SW IX, 54)

Der Mensch prahlt in seiner Antwort mit seinen zivilisatorischen Errungenschaften („Wo sümpfe standen wogt das ährenfeld/[...]/Zum himmel rufen steine unsre siege") und stellt die Existenzberechtigung des Drud als eines „überbleibsel grauser wildnis" in Frage. Doch weist ihn der Drud mit Worten, die an diejenigen des von Faust beschworenen Erdgeists erinnern („Du gleichst dem Geist, den du begreifst, nicht mir."), auf die qualitative Differenz zwischen menschlichem Erkenntnisvermögen und der tieferen Einsicht in die Lebensgesetze, die dämonischen Wesen wie ihm zugänglich sind, hin. Seine Mahnung zielt auf die hybride Loslösung des Menschen aus dem Gesamt der kosmischen Zusammenhänge und seine kurzsichtige Aufkündigung der gemeinsamen Existenz aller Geschöpfe:

> Du bist nur mensch .. wo deine weisheit endet
> Beginnt die unsre · du merkst erst den rand
> Wo du gebüsst hast für den übertritt.
> [...]
> Dein schlimmstes weisst du selbst nicht: wenn dein sinn
> Der vieles kann in wolken sich verfängt
> Das band zerrissen hat mit tier und scholle –
> (SW IX, 55)

Der Mensch zeigt sich ohne Einsicht. Nur die Sprachfähigkeit des Drud, die ihn menschenähnlich macht, bewahrt ihn davor, wie ein „nutzlos hässlich ungetüm" abgeschossen zu werden. George lässt den Drud das letzte Wort sprechen. In bildhafter Sprache entfaltet er eine dialektische Argumentation, die die Hybris des Menschen als notwendige Selbstzerstörung entlarvt. Man darf in der Beschwörung des unhintergehbaren Zaubers auch eine Kontrafaktur von Max Webers Diktum von der ‚Entzauberung der Welt' durch den Zweckrationalismus der Moderne sehen.

> So hör nur dies: uns tilgend tilgt ihr euch.
> Wo unsre zotte streift nur da kommt milch
> Wo unser huf nicht hintritt wächst kein halm.
> Wär nur dein geist am werk gewesen: längst
> Wär euer schlag zerstört und all sein tun
> Wär euer holz verdorrt und saatfeld brach ..
> Nur durch den zauber bleibt das leben wach.
> (SW IX, 56)

Es wäre allerdings etwas blauäugig, wollte man aus diesem großartigen und hellsichtigen Text auf ein quasi romantisches ‚wertherhaftes' Naturempfinden oder ein ausgeprägtes ökologisches Bewusstsein Georges schließen. Es geht George hier wie auch sonst um die Einhaltung von Daseinsgesetzen, die sich kulturell in dämonischen Naturkräften personifiziert haben. Dass das Verhältnis des Menschen zu diesen Naturmächten durchaus ein gewaltförmiges sein kann, bezeugen die beiden letzten Strophen des Gedichts *Templer* mit seiner berühmten Schlusszeile:

> Und wenn die grosse Nährerin im zorne
> Nicht mehr sich mischend neigt am untern borne ·
> In einer weltnacht starr und müde pocht:
> So kann nur einer der sie stets befocht
>
> Und zwang und nie verfuhr nach ihrem rechte
> Die hand ihr pressen · packen ihre flechte ·
> Dass sie ihr werk willfährig wieder treibt:
> Den leib vergottet und den gott verleibt.
> (SW VI/VII, 53)

Es ist die aus der Mitte des exklusiven Templerordens geborene Gestalt des Täters, die George hier mit dem Vermögen ausstattet, in einer ‚Weltnacht', wo die ‚große Nährerin' den weiteren Dienst wegen der Gottlosigkeit der Menschen verweigert, sie zur Wiederaufnahme ihres Werks zu nötigen. Implizit ist damit die wechselseitige Verschmelzung von Leib und Gott als Ziel des Gangs der Dinge gesetzt.

Georges Verhältnis zur Natur ist durchaus komplex und spannungsvoll. Aufschlussreich ist der frühe Prosatext *Reden mit dem Wind,* der später in den *Tagen und Taten* erscheint. Sein erster Abschnitt ist in Dialogform gehalten. George bedient sich hier der bei ihm eher seltenen Technik der Anthropomorphisierung eines Naturphänomens. Es scheint ein Frühlings- oder Frühsommertag zu sein, an dem das Ich vom Wind drei Fragen gestellt bekommt. Genau betrachtet beantwortet es davon keine, sondern weicht jeweils aus. Dabei beschreiben die ausweichenden Antworten eine Bewegung der sich steigernden Abkehr. Als Drittes will der Wind wissen, ob das Ich die weiß blühenden Hecken und die Gräser loben möchte. Die Antwort: „auf diesen scheint es dass du weisse schatten gleiten lässest an jenen erschrecken mich die bienen" markiert eine zunehmende Distanz und Fremdheit, die bis ins Erschrecken führt. Der Wind beschließt daraufhin den Dialog mit den Worten: „Geh nun! uns für uns allein begreifst du nicht mehr." Die barsche Entlassung wirkt nicht allein als Beendigung dieses Gesprächs, sondern als prinzipielle Aufkündigung jeder weiteren Kommunikation. Der Wind spricht dem Gegenüber kategorisch das Vermögen ab, das Wesen der Natur zu begreifen, wobei das ‚nicht mehr' einen futurischen Unterton hat. Es ist damit die resignative Einsicht ausgesprochen, dass dem menschlichen Gegenüber alle Voraussetzungen für dieses Verstehen fehlen. In gewisser Weise klingt hier also bereits eine Position an, wie sie später der Drud formulieren wird.

Die Fremdheit Georges der Natur gegenüber ist mehrfach bezeugt worden. Eine frühe Beobachtung dazu stellte Theodor Lessing an, der eine Landpartie mit George etwa Mitte der 1890er Jahre schildert, auf der sie unversehens in ein Unwetter gerieten. „Wir hüllten uns fester in unsre Loden und drückten die Hüte tiefer in die Stirn, aber der kunstpriesterliche Sänger, dem Sturme preisgegeben und zum Laufen genötigt, betrachtete das Unwetter als einen ihm persönlich angetanen Tort des Wettergottes, rächte sich mit bitteren Bemerkungen über die zwecklose Unbequemlichkeit der Natur und schalt kräftig auf Rousseaus und Tolstois Naturfexerei."[258] Es war die Phase, in der George einen Kult der ‚Unnatur' betrieb und dem äußersten Ästhetizismus frönte. Lessings Vorhaltungen, ein Dichter müsse aus den eigenen Erfahrungen sein Werk schöpfen, parierte er mit feierlicher Stimme: „Ein Dichter, merken Sie, kann auch im Luitpold auf Löwenjagd gehn."[259] Georges Naturfremdheit hat Sabine Lepsius am krassesten empfunden. Sie schildert eine Szene aus dem Sommer 1905, als sie mit George von Darmstadt aus einen Spaziergang auf den Herrgottsberg unternahm. „Ich hatte Stefan George noch niemals in der Natur erlebt, in der ich nun in völliger Einsamkeit mit ihm wandelte. Eine plötzliche, unheimliche, ich möchte fast sagen böse Wirkung ging von ihm aus, die mich ihn als unmenschlich empfinden ließ. [...] Ich sah fragend nach dem Freunde, der unbekümmert um die Herrlichkeit des Sommers, wie ein gefährlicher Dämon neben mir herging. Für ihn gab es kein Idyll." (SL 39f.) In der Tat, George war kein ‚Bewisperer von Nüssen und Gräsern' (Gottfried Benn) und auch kein ‚Pferdeflüsterer'.

Wenn Sabine Lepsius an ihm den entzückten „Aufschrei des Städters, wenn er die Mauern hinter sich läßt" (SL 40), vermisste, hat sie ein in doppelter Weise falsches Bild von George. Seiner Herkunft nach war er keineswegs Städter, sondern eher ländlich, genauer noch: (Wein-)Bauer. George hat sein Lebtag eine Sympathie für das ‚Bäurische' gehabt, weil er in ihm eine Nähe zu den Natur- und Daseinsgesetzen repräsentiert fand, die aus täglicher Erfahrung und nicht aus intellektueller Klügelei heraus erwuchs. Das ‚Bäurische' mag im Sinne der Pflege des Wachstums und im vollen antiken Sinne des ‚Kulturierens' eine Triebfeder seiner ‚Aufzucht' von edlen jungen Männern gewesen sein, Schösslinge aus eigener Saat sozusagen. Der andere Irrtum von Sabine Lepsius bestand darin, ein sentimentales Verhältnis zur Natur in Form der Stadtflucht vorauszusetzen. Nichts war George fremder als

Gefühligkeit. Natur war für ihn immer ein kulturell durchformter Raum. Daher rührte seine besondere Vorliebe für die gebändigte Natur der Parks und Gärten. Wir haben es biographisch an den Beispielen der königlichen Gärten von Aranjuez und des Nymphenburger Schlossparks und in seinem Werk besonders am Eingangsgedicht des *Jahrs der Seele* gesehen. Nichtsdestotrotz war George ein leidenschaftlicher Spaziergänger, ja sogar Wanderer in der freien Natur. Mit Ida Coblenz hatte er zahlreiche Wanderungen durch die Umgebung von Bingen gemacht, mit Friedrich Gundolf eine durch das Ahrtal. Ebenso gehörten Spaziergänge am Mittelrhein zum festen Programm, wenn er Besuche empfing. Albert Verwey, Percy Gothein und Ernst Morwitz berichten von diesen Gängen.

Dabei liebte George die heimatliche Landschaft nicht allein so, wie man gemeinhin die Landschaft seiner Kindheit liebt, sondern weil er in ihr in durchleuchteten Momenten eine geradezu ‚griechische Atmosphäre' spürte, wie es die Zeile „Wo landschaft geistig wird und traum zu wesen" (SW VIII, 74) konzis ausspricht. Eine ähnliche gleichsam geschichtsphilosophische Fernsicht gewährte der Aufstieg zur Burg Falkenstein bei Königstein im Taunus, von wo aus „der goldene ton" und „der gewaltige hauch" (SW IX, 43 f.) aus der mediterranen Welt vernehmbar sind. Wanderungen hat George auch häufig in den Urlauben mit den Freunden im Tessin unternommen. Einmal verbrachte er sie dort gemeinsam mit Sabine Lepsius und ihren Kindern. Ihr Eindruck von dem Verhältnis zwischen George und der Natur war dort ein ganz anderer. „Auf einem Waldweg, den ich mit George allein ging, empfand ich es wie eine Beruhigung gegen frühere Eindrücke, daß er in *diese* Natur, die kein Idyll war, hineingehörte. Zwischen zottigen Tannen oder kahlen Felsen, an gefährlichen Schluchten und stürzenden Bächen wirkte er wie der dort spukende Berggeist, wie der menschliche Ausdruck dieser unerbittlichen Natur, die trotz ihrer Kargheit aus Spalten neben den Mooskissen das unerhörte Wunder der blauen Blume: den Enzian sprossen läßt." (SL 60 f.) Es ist auffällig, dass Lepsius George in eine Natur platziert, die wortwörtliche Anklänge an die Naturszenerie im Gedicht *Der Mensch und der Drud* aufweist. Sie sah aber hier etwas Richtiges, nämlich die innige Verwandtschaft zwischen Georges Wesen und einer erhabenen Natur. Die Präsenz des Erhabenen in der Natur entschied darüber, in welches Verhältnis George zu ihr treten konnte. Dem Erhabenen gilt der enthusiastische Ausruf „Hinaus zum strom!" (SW II, 10), mit dem George seinen ersten Gedichtband beginnen ließ.

Dagegen war die moderne Großstadt für ihn der Unort schlechthin, eine Wüste der Profanität. Die Hässlichkeit der Berliner Zinskasernen bereitete ihm körperliches Unbehagen, dem Tumult der Metropole konnte er nichts abgewinnen. (Abb. 43) In Gesprächen mit Berthold Vallentin in den späten 20er Jahren klagte er über den rasant gewachsenen Verkehr. „Man könne hier gar nicht mehr spazierengehen, denn jeder Spaziergang ende damit, dass man an irgendeiner Ecke minutenlang warten müsse, bis die Autos vorüber seien, und an der nächsten Ecke ebenso." (BV 86) Sein Urteil über den Wandel in der Fassadenarchitektur fiel ebenfalls vernichtend aus. Als Vallentin mit ihm durch neue Straßenzüge schritt, wo die Häuser nun glatte Fassaden und nur sparsames Dekor hatten, und auf den enormen Unterschied zu den vor dreißig Jahren üblichen prunkenden Hauskuppeln aufmerksam machte, antwortete George: „Dreck bleibt Dreck, nur die Form hat sich geändert." (BV 111) Dem industriellen Fortschritt konnte er schon gar nichts abgewinnen. Als die Neckarlandschaft durch den Bau eines Kanals verschandelt wurde und Percy Gothein dies als eine volkswirtschaftlich wichtige Tat rechtfertigen wollte, erwiderte George auch da wegwerfend: „Dreck!" (ES 247)

Ab 1931 boten sich George zwei neue attraktive Aufenthaltsorte fernab dem ungeliebten Berlin. Bingen als ländliche Alternative war durch den Verkauf des Elternhauses seit 1914 nur noch sporadisch genutzt worden und ab 1926 ebenso ‚vorbei' wie Heidelberg nach dem Fortgang von Kantorowicz, auch Königstein im Taunus, wo die Schwester wohnte, „könne jeden Augenblick aufgegeben werden." (EL 156) In dieser Situation war George das Angebot von Gerda von Puttkamer, in ihrem Haus in Wasserburg am Bodensee zu wohnen, sehr willkommen. Sie war 1901 als Tochter eines ostelbischen Junkers in Kiel zur Welt gekommen und hatte 1920 begonnen, Geschichte, Philosophie und Kunstgeschichte in Berlin zu studieren. Über München kam sie 1924 zum Studium nach Heidelberg und wurde Schülerin und Geliebte von Friedrich Gundolf. Nach seiner Heirat sagte sie sich von ihm los und heiratete ihrerseits 1927 Karl Schlayer, den Zwillingsbruder ihrer Kommilitonin Clotilde Schlayer. 1926 hatte sie brieflichen Kontakt mit George aufgenommen. Im März 1930 schickte sie ihm Fotografien ihres Hauses und lud ihn ein, dort zu wohnen. Ende Juli 1931 machte George von diesem Angebot Gebrauch. Auch in den beiden folgenden Jahren verbrachte George jeweils zwei Monate in Wasserburg. Die andere Wohnmöglichkeit hatte Clotilde Schlayer im September 1931 geschaffen, indem sie bei einem Aufenthalt in Locarno kurzentschlossen den Molino dell'Orso in Minusio anmietete. Sie war 1900 in Barcelona als Tochter eines deutschen Kaufmanns und Diplomaten und einer spanischen Opernsängerin zur Welt gekommen und wuchs bis kurz vor dem Ersten Weltkrieg in der Nähe von Madrid auf. Sie lebte mit ihrer Mutter in Berlin, wo sie 1920 Abitur machte und Walter Kempner, den Bruder einer Mitschülerin, kennenlernte. Sie begann ein Studium der Germanistik und Romanistik in München, das sie 1922 in Heidelberg fortsetzte und 1927 mit einer Doktorarbeit über Lukan abschloss. Anschließend wohnte sie in Berlin in dem Haus Böttcherstraße 15 c in Dahlem, das ihr Vater ihr gekauft hatte. Dort wohnten bei ihren Berlin-Besuchen in den folgenden Jahren sowohl Friedrich Gundolf, zu dessen Schüler- und Freundeskreis sie in Heidelberg gehört hatte, als auch George, freilich nie gleichzeitig. In Dahlem begann Schlayer mit der Übersetzung von Gedichten Georges ins Spanische. 1930 stellte sie einen Privatdruck mit einer Auswahl von Gedichten aus dem *Siebenten Ring* her, 1964 folgte eine von Boehringer initiierte Ausgabe von sechzig übersetzten Gedichten. Schlayer schrieb seit ihrer Jugend selbst Gedichte, von denen eine Auswahl 1981 erschien. Sie war 1935 ihrem Partner Walter Kempner, der ein angesehener Arzt war, ins Exil in die USA gefolgt, wo sie als medizinische Assistentin arbeitete. Schlayer starb mit fast 104 Jahren im Herbst 2004. In Minusio lebte sie, meist gemeinsam mit Frank Mehnert, von Oktober 1931 bis Mai 1932, von Oktober 1932 bis März 1933 und von September bis Ende November 1933 mit George zusammen.

Der überforderte ‚Meister': Politik, Nationalsozialismus und Juden

Die Zeit zu dritt in Minusio besaß ein gewisses Konfliktpotential, da Frank Mehnert mit den Nationalsozialisten sympathisierte, Clotilde Schlayer aber eine entschiedene Gegnerin von ihnen war. Diese Polarisierung war seit Mitte der 20er Jahre immer deutlicher zu Tage getreten. George beklagte häufig das Eindringen des Politisierens in das Innere des Kreises. Es hing wesentlich mit dem Auftreten der ‚Enkel-Generation' zusammen, von denen etliche den rechtslastigen Zeitgeist teilten. Auffällig ist auch, dass es unter ihnen keine jüdischen Kreis-Mitglieder mehr gab. Das begünstigte das Aufkommen eines antisemitischen Tonfalls, der sich mit den rechtslastigen politischen Anschauungen verband. Die Wahlerfolge der Nationalsozialisten bei den Septemberwahlen von 1930 trugen zu der krisenhaften Zuspitzung der weltanschaulichen Widersprüche im George-Kreis bei. Von den Älteren neigten am ehesten Kurt Hildebrandt und Ludwig Thormaehlen dazu, im neuen Staat die Erfüllung Georgescher Prophezeiungen zu sehen.

Gab es dazu Veranlassung? Die frühste Antwort auf diese Frage erfolgte bereits vor dem 30. Januar 1933 in der ideologiekritischen Studie von Oskar Benda *Die Bildung des dritten Reiches* von 1931. Benda interpretierte das kulturpolitische Programm des sogenannten ‚dritten Humanismus' als „spätkapitalistische Erscheinungsform des humanistischen Bildungsgedankens."[260]

Er ziele auf die „pädagogische Aussonderung einer bildungsaristokratischen Oberschicht aus dem Volkskörper als ideologischen Träger einer antidemokratischen Herrschaftsform."[261] Als wichtigste Quelle des ‚dritten Humanismus' betrachtete Benda die Schriften des George-Kreises, so dass er zu der These kam, der George-Kreis sei ein „bewußter Schrittmacher des ‚Dritten Reiches'."[262]

Die positive Bezugnahme der nationalsozialistisch Gesinnten auf Georges dichterisches Werk beschränkte sich näher besehen fast ausschließlich auf drei, vier seiner spätesten Gedichte. Am häufigsten wurde das Ende des langen Gedichts *Der Dichter in Zeiten der Wirren* als Prophetie des ‚Dritten Reichs' umgedeutet. Es mündet in die Verheißung, dass die vom Sänger bewahrte ‚heilige Glut' in einer jungen Generation leibhafte Gestalt annehmen werde, die

> Den einzigen der hilft den Mann gebiert..
> Der sprengt die ketten fegt auf trümmerstätten
> Die ordnung · geisselt die verlaufnen heim
> Ins ewige recht wo grosses wiederum gross ist
> Herr wiederum herr · zucht wiederum zucht · er heftet
> Das wahre sinnbild auf das völkische banner
> Er führt durch sturm und grausige signale
> Des frührots seiner treuen schar zum werk
> Des wachen tags und pflanzt das Neue Reich.
> (SW IX, 30)

Franz K. Stockert bemerkte zur nationalsozialistischen Aneignung dieser Texte im Jahre 1933: „Es genügte damals aus einem dieser Gedichte zu zitieren mit einem hinzugedachten ‚sic!' und es bedeutete, was es bedeuten sollte: der ‚Mann' – Adolf Hitler, ‚schande' – die von den sog. Novemberverbrechern herbeigeführte Niederlage à la Dolchstoßlegende, die vor den Helden sich neigende ‚Königsstandarte' – die SS-Standarte bei den Totenritualen für die gefallenen Kämpfer etwa des Marsches auf die Feldherrnhalle, das ‚völkische Banner' natürlich die Hakenkreuzfahne und ‚Das Neue Reich' das Dritte."[263] Das war eine aktualisierende Lesart, die nichts mit den Intentionen dieses Gedichts zu tun hat. Sie dokumentiert allerdings die prinzipielle Gefährdung, der sich ein utopisch-verkündendes Sprechen aussetzt, das von einer Erlösung im nationalen Maßstab fantasiert.

Wenn man Georges Äußerungen zur nationalsozialistischen Bewegung betrachtet, muss man zu dem Schluss kommen, dass die Betonung des Nationalen die wesentliche Verbindung ausmacht. Das wird in einem langen Gespräch über das Nationale vom 29. August 1929 sehr deutlich, das Vallentin mit George führte: „Ich betonte, wie ich es immer tue, dass man das Nationale, das auch uns angehe, nicht mit den aktuellen nationalistischen Winkelbewegungen gleichsetzen dürfe und sich hüten müsse, sich auf diese festzulegen, eine Gefahr, die doch für Menschen von uns bestände. Der Meister wollte den letzten Punkt nicht als Bedingung voll anerkennen und meinte, wesentlich sei nur das Nationale selbst. Die Bewegung, in der dies gepflegt und geschützt würde, sei ihm immer lieber als jede andere. Zuerst komme das Ganze, und das sei eben das Deutschtum."[264] Auch wenn man unterstellen darf, dass Georges Auffassung von ‚Deutschtum' keinen politisch verengten Nationalismus meint, sondern ihm im Sinne des ‚Geheimen Deutschland' immer eine europäische Dimension eingeschrieben bleibt, ist nicht zu verkennen, dass er in der Spätphase der Weimarer Republik explizit für das Nationale optierte. Diese Tendenz hatte sich in verschiedenen Schüben abgezeichnet. Zuerst zeigte sie sich in der Abwendung von den engen künstlerischen und persönlichen Verbindungen mit Frankreich, die schon am Ende des 19. Jahrhunderts begonnen hatte und in dem Entschluss, nicht mehr nach Frankreich zu reisen, 1908 zum Abschluss kam. Weiterhin trat diese Tendenz in dem Konflikt mit Albert Verwey während des Ersten Weltkriegs zu Tage, der anders als George und erst recht viele seiner Jünger den Krieg als Bruch einer europäischen Kultureinheit begriff. Die Utopien nationaler Wiedergeburt, die in den großen Gestaltbüchern von Kommerell und Kantorowicz prophezeit wurden, weichten die Demarkationslinie zwischen Geistigem Reich und realer Politik auf.

Im November 1918 hatte George diese Trennungslinie noch mit allem Nachdruck gezogen. Auf einen Brief, in dem Wolters das Schreckensgemälde einer Einfügung Deutschlands in den Völkerbund nach der drohenden Niederlage zeichnete, womit das Geistige Reich die ganze Welt zum Gegner hätte (vgl. G/W 145), antwortete George, sein Schluss sei „nicht richtig dass nach solchem sieg und solcher niederlage das Geistige Reich die ganze welt zum feind habe. Das Geistige Reich hatte und hat mit und ohne sieg die ganze welt zum feind." (G/W 147) Unter dem Eindruck des Erfolgs der Nationalsozialisten in den Septemberwahlen von 1930 und mit Bezug auf Hitlers Manifest ebnete George selbst diese Grenze aber ein. Mitte Oktober 1930 sagte er zu Vallentin: „An den sechseinhalb Millionen Nationalsozialisten komme man heute doch nicht mehr vorbei. [...] Gerade wo man heute auf die Masse solch Gewicht lege, könne man über eine solche Zahl nicht mehr hinweggehen. Über Hitler sagte der Meister, dass man einen Mann, der aus solchen Bagatell-Anfängen zu derartigen Ergebnissen gekommen wäre, nicht einfach abtun könne. Hitler habe übrigens, wie sein Buch *Mein Kampf* beweise, viel von uns, insbesondere aus den *Jahrbüchern* und aus Hildebrandts *Norm und Entartung* entnommen. Meinen Einwurf, ob Hitler das nicht alles auf dem Wege über Dritte erfahren haben könne, verneinte der Meister energisch, indem er betonte, Hitler müsse dies alles selbst gelesen haben."[265] Diese Annahme dürfte allerdings ein Irrtum sein und zeugt eher von einer gewissen Überschätzung des Einflusses der genannten Texte. Der Kurzschluss, den George hier zwischen seinem ,Geistigen Reich' und der praktischen Politik herstellte, stand in deutlichem Kontrast zu der höchst vermittelten Theorie seines Wirkens, wie er sie noch Anfang 1928 Vallentin entwickelte. Da legte er den Akzent ganz auf seine ,unterirdische Wirkung', die immer nur den einzelnen jungen Menschen erfassen könne. Auf Vallentins optimistische Prognose, sein Werk würde immer weitere Kreise ziehen und in 20–30 Jahren die gesamte Jugend erfassen, entgegnete George, dass seine Wirkungen „von der ersten Stufe auf die zweite mit tausend Menschen und auf die dritte mit zehntausend bis auf die zehnte immer dünner werden" (BV 102) würden. Während die Verbreiterung seiner Wirkung bloß zu einem Substanzverlust führen würde, könnte allein die Zusammenballung seiner Ideen im Willen eines Täters gesellschaftlichen Wandel hervorrufen. „Er glaube, dass die Wirkung nach aussen überhaupt nur durch einen politischen Menschen, einen Täter zustande gebracht werden könnte, der eines Tages die Gedanken der Bewegung politisch zu einem Körper zusammenstelle und damit die Nation bewege. Das sei ganz etwas anderes als die geistige Zusammenballung für die der Meister jetzt keinen Raum sieht. Er habe längst die Versuchung überwunden, dass er sich zu früh zu einer tathaften Auswirkung verlocken lasse." (BV 102 f.)

Bis zum Beginn des ,Dritten Reichs' glaubte George, Verbindendes im Nationalsozialismus entdecken zu können. Zu Edith Landmann sagte er im Mai 1932 in Berlin, „es sei doch immerhin das erste Mal, dass Auffassungen, die er vertreten habe, ihm von aussen widerklängen. Und als ich auf die Brutalität der Formen hinwies: Im Politischen gingen halt die Dinge anders." (EL 209) Eine Strategie der Abwiegelung verfolgte George auch, als sich in seinem unmittelbaren persönlichen Umfeld ein Konflikt um die Haltung zum Nationalsozialismus entzündete. Als sich George im Sommer 1932 in Wasserburg aufhielt, war dort außer ihm auch Walter Anton zu Gast. In unmittelbarer Reaktion auf die Reichstagswahl vom 31. Juli 1932, bei der die NSDAP zur stärksten Partei wurde, verfasste Anton eine sechsseitige ,Denkschrift', in der er das Verhältnis der ,Geistigen Bewegung' zum Nationalsozialismus zu bestimmen versuchte. Anton argumentierte, wie Rainer Kolk, der als erster diese Quelle ausführlich kommentierte, zu Recht feststellt, „strategisch."[266] Von der Beobachtung ausgehend, dass im NS-Parteiprogramm „manche uns verwandte [Positionen]"[267] enthalten seien, vertrat Anton die Ansicht, dass sich eine Machtübernahme durch den ‚wütenden Österreicher' – wie er Hitler bezeichnet, ohne einmal seinen Namen zu nennen – im Interesse der ‚Geistigen Bewegung' instrumentalisieren lasse. Anton begrüßte ausdrücklich den „Kampf gegen den gemeinsamen Feind", wie er sich im ‚Ewig Weiblichen' und ‚Ewig Jüdischen' verkörpere. Er scheute sich nicht, die Anstachelung des ‚uralten Volkshasses' auf den ‚Weltjuden' zu sanktionieren, wenn sie nur der Festigung der ‚völkischen Identität' nütze. Zwar zog Anton eine quasi ästhetische Trennlinie zwischen den ‚kläffenden Kerlen', die Hitler folgten, und der jungen Garde des George-Kreises, aber die Wasserburger Gastgeberin Gerda von Puttkamer, der die Denkschrift ebenfalls zur Lektüre überlassen wurde, merkte in ihrer Entgegnung auf Anton mit treffender Süffisanz an, dass er sich dem Jargon der kläffenden Kerle „schon mit viel Geschick anzugleichen gewusst hat."[268] Sie erfasste dabei sehr genau ein Wesensmerkmal von Walter Anton, der sich brieflich in dieser Zeit in proletenhaft vulgärer Form über Thomas Mann und Karl Wolfskehl äußerte. Anton hielt trotz der Kritik an seinen Ideen fest. Noch im September 1933 war er mit einer Stellungnahme beschäftigt, die den Titel ‚Rundblick um Adolf Hitler' haben sollte.

Das Interessanteste an ihrer kurzen schriftlichen Replik, die Anton ‚reine Demagogie' und eine „Schändung des Menschlichen Geistes aller Zeiten" vorwirft, ist die eingeschobene Bemerkung, George habe Antons Pamphlet „halb entschuldigend" als eine ‚für keine Art Öffentlichkeit geschriebene' Meinungsäußerung qualifiziert. Das Herunterspielen der Bedeutung dieser unsäglichen ‚Denkschrift' zeigt, bis zu welchem Grad George zu Konzessionen bereit war, um einen offenen politischen Konflikt mit der ‚Enkel-Generation' zu vermeiden, in der solche Ansichten dominierten. Freilich war sein Lavieren nicht bloß Symptom des Versuchs der kreisinternen Pazifizierung, es entsprach auch seiner politischen Unentschiedenheit. Man muss sagen, dass George in dieser historischen Situation hilflos und überfordert wirkt. Psychologisch gesehen resultierte seine Konfliktscheu aus der Angst eines alternden Mannes vor dem Verlust der persönlichen Bindung an die junge Generation in seinem Umfeld. Dieser Verlust hätte ihn auch vor ganz praktische Probleme der Alltagsbewältigung gestellt. Zum anderen ging diese Überforderung auch auf Georges im tiefsten inneren apolitische Haltung zurück. Die Beschäftigung mit tagespolitischen Fragen empfand er als Zumutung, als eine ungeliebte Notwendigkeit der Zeitläufte.

Man sollte bei all dem nicht vergessen, dass die Dinge in der historischen Rückschau erheblich leichter zu verstehen sind als in der Situation selbst. Es ist daher durchaus bemerkenswert, dass George ähnlich wie im Jahr 1914 kein Opfer eines neuen *furor teutonicus* nach der Machtergreifung wurde, sondern gerade in dieser Zeit erste deutliche Distanzierungssignale aussandte. So sprach er am 2. Februar gegenüber Clotilde Schlayer in Minusio davon, „es wäre alles so ein bisschen karnevalesk" (CS 251), womit er wahrscheinlich den Fackelzug der SA am 30. Januar gemeint haben dürfte. Ein paar Wochen später nannte er die NS-Anhänger „Radau-brothers" (CS 265), wobei die für ihn ungewöhnliche Verwendung eines englischen Ausdrucks immer noch ein gewisses Ausweichen davor verrät, die Dinge beim Namen zu nennen. Als Mehnert sich in einem Gespräch am 7. März darüber empört, dass in Italien ‚die Geistigen und Intellektuellen' gegen den Faschismus eingestellt seien, kommentierte George diese Äußerung mit den Worten: „Wir wissen ja noch gar nicht ob Wir nicht auch dagegen sein werden." (CS 269) Drei Tage später fuhr George nach Berlin und betrat erstmals das nationalsozialistische Deutschland. Thormaehlen berichtet, George hätte sich zunehmend besorgt über die weitere Entwicklung gezeigt. Schon im August 1931 hatte er, wenn auch eher scherzhaft, zu Robert Boehringer gesagt, wenn die Nationalsozialisten an die Macht kämen, müssten alle mit einem Strick um den Hals herumlaufen, damit man diesen bei Unbotmäßigkeit gleich zuziehen könnte.[269]

Nach der Machtergreifung betonte er nun auch wieder deutlicher die prinzipiellen Unterschiede zwischen den Sphären von Politik und Kunst. Im Mai bekannte er gegenüber Rudolf Fahrner ausdrücklich, dass er in politischen Fragen nicht unfehlbar sei und sagte: „Wenn man mir ein Gedicht bringt, kann ich genau sagen, was es taugt, im anderen kann ich irren, wie jeder andre."[270] An diesem ehrlichen Eingeständnis wird noch einmal deutlich, dass George im Innersten ein unpolitischer Mensch war. Seine Äußerungen zum politischen Geschehen besaßen daher auch keine analytische Qualität, sie schöpften häufig eher aus der Teilhabe an einem allgemeinen Empfinden und waren daher nicht immer immun gegen Vorurteile und Ressentiments. Im Kern waren seine Ansichten über die Politik eher schlicht und seine Erwartungen bescheiden. Zu Walter Elze sagte er Anfang der 20er Jahre einmal: „Politik treiben können heute nur drei Arten von Menschen: Dummköpfe, Abenteurer und Betrüger."[271] Ende 1925 erzählte er Edith Landmann, dass er den jungen politisierten ‚Staatsstützen' auf die Frage, was politisch zu tun sei, antworte: „sehr einfach: keine Schweine sein." (EL 145) Den hochfahrenden Plänen von Johann Anton, der zu diesen ‚Staatsstützen' gehört haben dürfte, hielt George die nüchterne Ansicht entgegen, es sei der Inbegriff der Politik, „die schlimmsten Folgen menschlicher Dummheit hintanzuhalten."[272] Es entsprach Georges auf den einzelnen Menschen blickender Denkweise, dass er bei allem geistigen Elitarismus fern von jeder sozialen Herablassung war. Zu Michael Landmann sagte er: „Ich will, dass kein Dienstmädchen verletzt wird."[273]

Man kann wohl davon ausgehen, dass George die staatliche Regierungsform herzlich egal war. Er war mit Sicherheit so wenig ein überzeugter Demokrat wie ein Anhänger der Monarchie. Den Sozialismus lehnte er ab, weil er in ihm die Aufgabe von menschlichen Rangunterschieden sah. Dass ihm die gesellschaftliche Organisationsform recht gleichgültig war, zeigt sich sehr klar in einer von Salin überlieferten Äußerung Georges: „Jede Staatsform [...] ist so viel oder so wenig wert wie die Menschen, die sie tragen. Von mir aus mag es Demokratie auf allen Gebieten geben, nur im geistigen Bereich hat sie nichts zu suchen." (ES 32) Die Kultur der Streitgespräche innerhalb des Kreises, bei denen die Teilnehmer seiner Ansicht besonderes Gewicht beimaßen, nannte er ‚eine durch Absolutismus gemilderte Demokratie'.

Bei der kategorischen Trennung der Sphären von Politik und Kunst nahm George letztlich auch Zuflucht, als man ihm eine öffentliche Funktion in der Kulturpolitik verleihen wollte. Anfang Mai 1933 war der Kultusminister Rust über den Regierungsrat Kurt Zierold an Ernst Morwitz herangetreten, um über ihn George das Angebot zu unterbreiten, die Präsidentschaft in der Sektion Dichtung der Preußischen Akademie der Künste zu übernehmen. Hier bestand Handlungsbedarf, weil in den ersten Monaten des ‚Dritten Reichs' fast alle renommierten Autoren aus der Sektion ausgetreten oder ausgeschlossen worden waren. Morwitz referierte am 5. Mai George gegenüber die Anfrage Rusts, „ob Du irgendwie an der – umzugruppierenden oder gleichzuschaltenden – Dichterakademie teilnehmen würdest", es sei Rust sehr wichtig, „vor der Presse Dich als Ahnherrn der jetzigen Regierung bezeichnen" zu können. Rust biete ihm „eine Ehrenstellung *ohne* jede Verpflichtung Deinerseits[,] ein persönliches ‚Aufforderungsschreiben' des Reichspräsidenten oder Reichskanzlers (d. h. Hitlers) und ‚einen Ehrensold'."[274] Die entsprechend instruierte Presse flankierte Rusts inoffizielle Bemühungen. So erschien am 7. Mai in der *Deutschen Allgemeinen Zeitung* die Notiz: „Es ist sehr schön und ein bedeutsames Zeichen für den Geist, in dem der Kultusminister sich die Tätigkeit der neuen Akademie denkt, daß er besonderen Wert auf den Eintritt von Stefan George, dem großen Lyriker der Deutschen, legt."[275] Unter den stramm nationalsozialistischen Autoren innerhalb der Sektion rief dieses öffentliche Werben einen Proteststurm hervor, weil sie sich ideologisch für die Berufeneren hielten. Am 10. Mai, am Tag der Bücherverbrennung, ließ George Morwitz brieflich seine Antwort zugehen, die er ihn, den Juden, Rust ‚wortgetreu' zu übermitteln bittet. Sie lautet: „irgend-welchen posten – auch ehrenhalber – der sog. akademie kann ich nicht annehmen ebensowenig einen sold. ich habe seit fast einem halben jahrhundert deutsche dichtung und deutschen geist verwaltet ohne akademie. ja hätte es eine gegeben wahrscheinlich gegen sie. die ahnherrschaft der neuen nationalen bewegung leugne ich durchaus nicht ab und schiebe auch meine geistige mitwirkung nicht beiseite. Was ich dafür tun konnte habe ich getan [...]. Die gesetze des geistigen und des politischen sind gewiss sehr verschieden. wo sie sich treffen und wo geist herabsteigt zum allgemeingut das ist ein äusserst verwickelter vorgang."[276] George ergänzte fünf Tage später auf die Rückfrage nach einer Veröffentlichung der Erklärung: „Du kannst dir sowohl denken dass ich nichts hinzuzufügen habe als auch dass ein herausreissen von sätzen zur veröffentlichung mir nicht angenehm sein kann. Wenn ich den herrn meine gesinnung kundgebe so kann das für sie wichtig sein jedoch sehe ich nicht ein was das sogenannte publikum für eine berechtigung haben soll hier einblick zu nehmen wo es vom ganzen zusammenhang unmöglich etwas wissen kann."[277] Rust verhielt sich nur bis zu Georges Tod am 4. Dezember 1933 diskret, dann gab er den Text seiner Antwort an die Presse weiter. Dabei kam es in 27 von 53 Zeitungen zu einer schwerwiegenden Entstellung: Aus Georges Bekenntnis zu einer ‚ahnherrschaft der neuen nationalen bewegung' wurde nun seine „Ahnherrschaft der neuen nationalsozialistischen Bewegung."[278] Diese perfide Fälschung trug nicht wenig zur Stigmatisierung Georges als geistiger Vorläufer des ‚Dritten Reichs' bei. Sachlich ist diese Anschauung aber – wie zur Genüge deutlich geworden sein sollte – unhaltbar.

Intern nahm Georges Distanzierung vom ‚Dritten Reich' wohl deutlichere Züge an. Als er von April bis Juni mit kurzen Unterbrechungen bei Walter Anton in München in der Richildenstraße in der Nähe von Schloss Nymphenburg wohnte, erhielt er Besuch von Erich Wolff. Wolff war 1922 über Wolters in persönlichen Kontakt mit George gekommen und hatte gemeinsam mit Carl Petersen das Buch *Das Schicksal der Musik von der Antike bis zur Gegenwart* verfasst, das in scharfer Form mit der zeitgenössischen Musik und ihrer ästhetischen Rechtfertigung in Blochs *Geist der Utopie* abrechnete. Von Beruf war Wolff aber Arzt und hatte George 1924 an den Urologen Ringleb empfohlen. Im Juni führte Wolff mit George ein mehrstündiges politisches Gespräch und schrieb unmittelbar danach einen ausführlichen Brief an seine Frau, in dem es unter anderem heißt:

> Hauptsache: d. M. steht der Bewegung sehr reserviert und abwartend gegenüber. Dass ‚das Grundübel durch sie beseitigt werden könne' glaubt er

> nicht – auch wisse er noch nicht ob nach Abklingen des Tumultes ‚etwas in der Tasche bleiben werde'. [...] Jedenfalls seien Dinge beseitigt worden bei denen das nur mit grober, blinder Gewalt gehe und bei denen das Er selbst es nie würde fertig gebracht haben. Eine Beteiligungsmöglichkeit für sich sehe er nicht – er würde ja ‚für eine nationale Bewegung gerne mitverantwortlich zeichnen, nicht aber für den Radau und die Grobheit und die Mißgriffe.' [...] Er teilt den gegenwärtigen Antisemitismus garnicht, wenn ihn auch das Unrecht, das geschieht wenig rührt (einzelne wie der F. II mann in Frankfurt tun ihm leid). Die Form in der er sich vollzieht, lehnt er vollständig ab; sagte allerdings, die Bewegung könne seiner nicht entraten, denn das Volk das man zu sich selbst bringen wolle brauche in seiner Grobheit u. Blindheit einen Prügelknaben oder Sündenbock.[279]

Der Abstand, den George gegenüber dem neuen Regime halten wollte, zeigte sich auch darin, dass er während seines Aufenthalts in Berlin im Juli 1933 öffentliche Ehrungen anlässlich seines 65. Geburtstags vermied. Er wollte ihn mit wenigen Freunden privat begehen. (Abb. 44) Thormaehlen berichtet aus dieser Zeit, dass Georges ehemalige Sympathien für Hitler einer Beunruhigung über dessen Demagogie Platz gemacht hätten. „Von den pseudo-völkischen Ideologien oder sogenannten Idealen hielt er nichts. Er sah nicht viel Unterschied zwischen einem slawischen, sich als international proklamierenden, und einem deutschen auf das Vaterländische pochenden Kommunismus. Denn so beurteilte er den neuen Sozialismus." (LT 282) Nach außen hin war George allerdings nicht zu einer Stellungnahme bereit.

Das Schweigen Georges beschäftigte nicht nur ihm nahestehende Kreismitglieder – zumal die jüdischen –, sondern auch das literarische Exil. Klaus Mann, ein großer Bewunderer Georges, ließ im Oktober 1933 in der Exilzeitschrift *Die Sammlung* einen Aufsatz mit dem Titel *Das Schweigen Stefan Georges* erscheinen. Mann übersah nicht die Anschlussmöglichkeiten, die Georges Denken dem Nationalsozialismus bot. „Es führten Fäden von George und seinem Kreis ins Lager des Feindes, darüber täuschten wir uns nicht, während wir den ‚Siebenten Ring' für das größte Gedichtbuch in deutscher Sprache hielten. [...] Es war uns bekannt, daß von den jungen deutschen Fascisten die Besten, Geistigsten und deshalb Gefährlichsten den ‚Stern des Bundes' wie eine Bibel auf ihrem Pult liegen hatten."[280] Zwar seien im Georgeschen Werk „der Führergedanke in seiner radikalen Pointierung; der Kult des heroischen Jünglings; die Verherrlichung der Zucht, des heldischen Todes" enthalten, aber mit solchem Glanz und solcher Reinheit ausgeführt, dass es „jenen schwer zugänglich sein dürfte, die da ihren Browning entsichern, wenn sie das Wort ‚Kultur' hören."[281] Mann ging auf die meistberufenen Zitate aus den Gedichten *Der Krieg* oder *Der Dichter in Zeiten der Wirren* ein, um zu dem Ergebnis zu kommen, dass Deutschland Georges Vision der Verschmelzung von Apollo und Baldur niemals ferner gestanden hätte als 1933. „Sähe das Dritte Reich so aus wie dieses ‚Neue', wir müßten es nicht hassen und nicht vor ihm fliehen."[282] Die entscheidende Differenz sah Mann in Georges Auffassung des Heldischen. Er schrieb: *„Das Heldentum, das er wollte, war nicht barbarisch"*, und schloss: „Hitler – und Stefan George: das sind zwei Welten, die niemals zueinander finden können. Das sind zwei Arten Deutschland."[283] Von dieser Position aus interpretierte Klaus Mann das Schweigen Georges als ein beredtes, das ein Zeichen dafür sei, dass er in diesem neuen Deutschland „seinen großen Traum nicht wiedererkennen" könne.

Das öffentliche Schweigen betraf in besonderem Maße die jüdischen Kreismitglieder. Mehrere von ihnen forderten George auf, Stellung gegen den Antisemitismus zu nehmen. Hier ist Georges Haltung vielleicht noch ambivalenter und heikler.[284] In dem zitierten Brief von Erich Wolff hatte George den Juden die traditionelle Rolle des Sündenbocks ziemlich mitleidlos zugewiesen und nur für einzelne wie den ‚F. II mann', womit Kantorowicz gemeint war, Mitgefühl bekundet. Im März 1933 reagierte George auf das Ansinnen von Morwitz im Beisein von jüdischen und nicht-jüdischen Kreismitgliedern, sich zur sogenannten ‚Judenfrage' zu äußern, mit der Bemerkung, ob „ein solches Begehren nicht zwergisch sei angesichts einer ungeheuerlichen, nur von ihm erahnbaren Zukunft?"[285] Edith Landmann bekam im Mai 1933 in Berlin zu hören: „Ich will Ihnen etwas sagen: wenn ich an das denke, was Deutschland in den nächsten fünfzig Jahren bevorsteht, so ist mir die Judensach im Besonderen nicht so wichtig." (EL 209) Robert Boehringer überliefert, dass George auf die Aufforderung, eine öffentliche Erklärung für die Juden abzugeben, geantwortet habe: „Ich habe in meinem Leben immer wieder gezeigt, dass ich die Qualitäten dieser Rasse zu schätzen weiss. Gäbe ich jetzt eine solche Erklärung ab, so würde sie gleich missdeutet für die Roten."[286] George spielte mit der Bemerkung, die Qualitäten der Juden geschätzt zu haben, vor allem auf den Nutzen an, den sie bei der Akkumulation von symbolischem Kapital gespielt hatten. Thormaehlen gegenüber bezeichnete er diese Fähigkeit als ein Merkmal der Juden: „Ich habe den Juden aufs höchste dankbar zu sein, aus zwei Gründen. Zu einer Zeit, wo die Deutschen noch auf ihren Bärenhäuten lagen, wo das Neue, Geistige erschien, und niemand mit der neuen Dichtung etwas anzufangen wusste, waren sie die ersten, die da witterten, dass da eine neue Sache sei, um die es sich lohne, sich zu kümmern. Sie witterten als erste da einen Wert und eine Substanz. Bei ihrer Art, von je mit wertvollen Dingen – als Verleiher, Gold- und Juwelen-Händler oder -Makler – zu hantieren und das Bessere vom Schlechteren zu unterscheiden, erkannten sie die Bedeutung und den Sinn der neuen Dichtung sofort. Sie witterten, dass da ein Geschäft zu machen sei. Und ihre Fähigkeit, als Zwischenhändler machte sie eben zu geborenen Vermittlern."[287] Diese Funktion als Leiter hob George regelmäßig in Gesprächen über das jüdische Wesen hervor.

Der zweite Grund für Georges Dankbarkeit den Juden gegenüber führt in die Kernzone seiner eigenen Ästhetik und Lebenshaltung. Edith Landmann erzählte er Anfang 1920 von einem prägenden Erlebnis in seiner Kindheit. Er sei von einem jüdischen Freund zu einem Fest in dessen Elternhaus mitgenommen worden und sei von diesem ganz anderen Kult als dem ihm vertrauten katholischen tief beeindruckt gewesen (vgl. EL 117). Überhaupt schätzte er die Bewahrung eines sichtbaren Rituals in der jüdischen Religionsausübung. Außer dem Kultisch-Rituellen war ihm die Begegnung mit dem Judentum auch deshalb wertvoll, weil ihm hier „die Echtheit und Lebendigkeit eines noch vorhandenen Prophetentums zum ersten Mal greifbar und sichtbar und erfahrbar wurde. Was der ‚Vates', der ‚Seher' bei antiken und noch sprunghaften Völkern – auch im Germanentum vorhanden – war, der dann in christlicher Zeit verschwand, das erfuhr ich an jüdischen Menschen, davon lebt in geistigen Menschen des Judentums noch manches. Das ist mir an einzelnen jüdischen Gestalten sichtbar und erlebbar geworden. Dieses Erlebnis, diese Erfahrung möchte ich nicht missen. Sie war eine Erfahrung, die eine Stärkung für mich war."[288]

Trotz dieser positiven Erfahrungen teilte George viele stereotype Urteile, die zum antisemitischen Arsenal des Zeitgeists gehörten. So sah er in ihnen ein zersetzendes Element, sprach ihnen die gleiche Erlebnistiefe ab und misstraute ihrer Loyalität, sobald sie als Gruppe agierten. Er äußerte daher in mehreren Gesprächen, dass er immer darauf geachtet habe, dass sie in seiner Umgebung und bei gemeinschaftlichen Projekten wie etwa dem *Jahrbuch* nicht in der Überzahl gewesen seien (vgl. ES 244). In diesem Bestreben wurde er im Übrigen von seinem jüdischen Mitstreiter Wolfskehl unterstützt. Wolfskehl empfahl Hugo Eick und dessen Aufsatz über *Das Erbe des Rokoko* für eine Mitwirkung am ersten *Jahrbuch* mit dem Argument, dass „der unbezweifelte Arismus seines Blutes ihn empfiehlt" (G/KHW 661). Man wird diese Formulierung ebenso wie diejenige von Karl Gustav Vollmoellers ‚Reinrassigkeit' auf eine gewisse Germanophilie Wolfskehls zurückführen können. Etwas verallgemeinernd kann man sagen, dass George in seiner Frühzeit am zeitgeistigen Salonantisemitismus partizipiert hat, bevor ihn die Bekanntschaft mit einzelnen Juden zu einer Differenzierung seiner Meinung gebracht hat. Typisch ist auch Georges abschätzige Bemerkung über Berlin und seinen „mischmasch von unterbeamten, juden und huren!" (L/G 240). Noch in den 20er Jahren, so berichtet Kantorowicz, habe George die Zeile „stadt der huren-, heer- und handelsknechte" aus dem zu seinen Lebzeiten ungedruckten Gedicht *Bismarck* (vgl. RB I, 90) zitiert und in scherzhafter Anspielung auf Goethe von seinen Berliner ‚Orphischen Urworten' gesprochen, mit denen er das ganze Wesen der Stadt erfasse.[289]

Seiner jüdischen Freundin Gertrud Kantorowicz gestand er um 1910, dass er selber gegen die Juden eingestellt war, bis er „entdeckte · dass ich das menschtum · das ich suche · dort in der vollendesten form fand."[290] Ein Rückfall in antisemitische Ansichten resultierte aus der Zuwanderung von Ostjuden ab 1916 in Folge des Kriegsverlaufs in Galizien. George schien die Meinung zu teilen, dass damit ein Fremdkörper ins Land gekommen sei, der trotz geringer Zahl auf Grund seiner kulturellen Geschlossenheit eine Gefährdung darstellte. Seine Offenheit gegenüber den akkulturierten Juden wurde davon nicht tangiert. Noch 1926 antwortete er auf Edith Landmanns Frage, wieso in seinem Freundeskreis so viele Juden seien: „Solche Juden, wie ich habe, könnte ich noch zehn um mich haben, würde mir gar nichts schaden." (EL 146)

Die Fremdheit gegenüber den Juden, die auch bei George von Beginn an zu den konstitutiven Empfindungen gehört hat, konnte zugleich als Quelle eines Solidaritätsgefühls fungieren. In einem Brief an Hofmannsthal vom Juli 1902 reagierte George mit einem in diesem Zusammenhang interessanten Vergleich auf Hofmannsthals Kritik an den seiner Ansicht nach mittelmäßigen Autoren in den *Blättern*. George entgegnete darauf: „Es war nur unfug des schreibenden pöbels diese äusserst Verschiedenartigen zu einem haufen zu werfen weil sie sich in gleicher weise von ihm entfernten – eine ähnliche scheidung wie dermalen des rheinischen janhagels der alle die sich anders trugen als ‚juden' anrief." (G/H 159) Bedenkt man, dass George selbst in seiner Jugend in Bingen als exotische Erscheinung galt und seine Fremdheit dort mit derjenigen der Fremdheit den Juden gegenüber verglich (vgl. KB 26), so kann man sagen, dass es bei ihm auch ein Gefühl der Verwandtschaft in der gemeinsamen außenseiterischen Existenz gegeben haben mag. Dass die Haltung gegenüber dem Judentum später kritischer wurde, lag wohl auch nicht allein am Zustrom der Ostjuden, sondern vielleicht noch mehr daran, dass George sich ab dem *Siebenten Ring* weniger als Außenseiter denn als Wahrer der nationalen Kultur, als *Praeceptor Germaniae* sah. Jedenfalls ist ein solches Selbstverständnis die notwendige Bedingung für die Antwort, die er Edith Landmann 1928 auf die ‚Judenfrage' gab: „Wäre ich Jude, so wäre das Judentum nicht mehr eine Frage." (EL 185)

Außerdem unterschied George sich in der ablehnenden Haltung gegenüber den Ostjuden nicht von der überwiegenden Mehrheit der Bevölkerung und auch der akkulturierten deutschen Juden, die mit der überwundenen Lebensform des Ghetto-Juden nicht konfrontiert und schon gar nicht mit diesen ungeliebten ‚Rassegenossen' identifiziert werden wollten. Das galt in hohem Maße auch für jüdische Kreismitglieder wie Berthold Vallentin, Ernst Morwitz oder Ernst Kantorowicz.

Von letzterem und von Kurt Hildebrandt soll nun abschließend die Rede sein, weil George mit ihnen im Frühjahr und Sommer 1933 parallel zu den politischen Verwerfungen in Deutschland, den immer heftigeren Spannungen im Kreisinneren und den Avancen des Kultusministeriums in engem Austausch stand.

Opportunismus und Haltung: Kurt Hildebrandt und Ernst Kantorowicz

Der Name Hildebrandts ist schon häufig gefallen. Er war ein wichtiges und äußerst produktives Mitglied des George-Kreises, wenn er auch persönlich nie in den *inner circle* vordrang. Das lag daran, dass Hildebrandt weder ein Dichter war noch die Fähigkeit besaß, neue Kandidaten heranzuführen. Hildebrandt war 1881 geboren worden und hatte in Magdeburg Abitur gemacht. Danach begann er in Göttingen Medizin zu studieren und wechselte 1902 nach Berlin, wo er sich dem Niederschönhausener Kreis anschloss. Wolters und Vallentin blieben seine wichtigsten Bezugspersonen. George lernte er dort im November 1905 kennen. 1906 promovierte er zum Dr. med. und nahm eine Tätigkeit an den Heilstätten für psychisch Kranke in Berlin-Wittenau auf. Seine intensivste Teilnahme am Kreis-Leben fiel in die Zeit des *Jahrbuchs für die geistige Bewegung,* für das er sogar kurzzeitig als Mitherausgeber vorgesehen war. Seine scharfe Polemik gegen den renommierten Altphilologen Wilamowitz-Moellendorff gab den Impuls zur Gründung des *Jahrbuchs.* Aus der Kritik an dessen Antike-Verständnis erwuchs Hildebrandts Übersetzung von Platons *Gastmahl,* dessen Einleitung von immenser Bedeutung für das Platon-Bild Georges und des ganzen Kreises war. George war begeistert von diesem Text, der den Eros entschieden in den Mittelpunkt stellte, und kam bis zuletzt immer wieder auf ihn zu sprechen. Das ist nicht verwunderlich, wenn man erkennt, dass Georges Dichtung von Anfang an im Zeichen des Eros stand. Dabei ist sie zu keinem Zeitpunkt Homosexuellen-Literatur, geschweige denn Lizenz zur Päderastie, immer aber erotische Dichtung in einem universalen Sinn. Sie erwächst aus dem sowohl sinnlichen als auch ästhetischen Vergnügen an der Schönheit, die sich für George in vollendeter Form im Körper eines jungen Mannes manifestierte. Reine Schönheit ist bei George an den männlichen Körper gebunden. Der Frau wohne apriori der Aspekt des Reizes und der Verführung inne, sie sei *per se* mehr Naturwesen, d.h. Schönheit erscheine bei ihr immer als ‚natürliches' Mittel zum Zweck der Reproduktion der Gattung. Beim Knaben erscheint körperliche Schönheit dagegen eher als Selbstzweck, er ist Leib gewordenes *l'art pour l'art*. Ausgehend von der frühen Identifizierung des Dichters mit der Gestalt des Narziss bereits in der *Fibel* ließe sich die These aufstellen, dass Georges geschlechtliche Orientierung am ehesten als Autoerotik zu bezeichnen wäre. Insofern der eigene Körper der eines jungen Mannes ist, fungieren Knabenkörper als Projektionsfläche dieses autoerotischen Begehrens. Knabenliebe wird so zur Selbstliebe im Medium des ‚Bildes' einer ersehnten Idealität. Die Fixierung auf den jungen männlichen Körper ist die konsequente Folge der narzisstischen Orientierung. Sie wird durch die Bekanntschaft mit der platonischen Schönheitslehre zu einer theoretisch fundierten Haltung. Diese Orientierung macht die Liebe zum poetologischen Fundament seiner Dichtung. Die Liebe zur Schönheit reichert sich vermittelt durch die platonische Lehre an mit dem Impuls zum pädagogischen Eros. Die Nähe von Meister und Jünger hat die Neigung des Meisters zur leiblichen Schönheit des Jüngers zur Basis und dessen Hinführung zur Erkenntnis ästhetischer Schönheit zum Ziel. Das erotische Verhältnis zwischen ihnen ist das einer wechselseitigen Hingabe und Selbstbewahrung, wie George das Erotische gegenüber Edith Landmann definierte (vgl. EL 193). Die vom Meister initiierte Erkenntnis ist im günstigsten Fall Selbsterkenntnis, insofern der Meister dazu hinleitet, die eigene Form zur vollen Selbstverwirklichung aller Anlagen zu entwickeln. Wo die vollkommene Schönheit in Gestalt eines reinen männlichen Körpers augenblickshaft in die Erscheinung tritt, kann sich eine epiphane Erfahrung ereignen, wenn das Gegenüber sich für diese Begegnung bereit hält. Der Gott, der in die Erscheinung tritt, ist Eros. Vielleicht haben daher einige markante Formulierungen für das unaussprechlich Utopische eine stark erotische Tönung wie etwa „das Ding das in mich kam" (VIII, 25) oder „wen der gott beschlief" (SW VIII, 95).

Zurück zu Hildebrandt: Im Ersten Weltkrieg war er als Militärarzt in Saarbrücken tätig. Gleich nach Kriegsbeginn hatte er einen Aufsatz über ‚Stefan George und das Deutschtum' geschrieben, in dem er – wie Gundolf George schrieb – versuchte, „etwas aufdringlich Kriegspropaganda für Dich zu machen" und allzu voreilig „das heilige Feuer aus der Cella auf den Markt zu bringen." (G/G 261) Der Druck unterblieb, da sich der Plan eines ‚Kriegsjahrbuchs' zerschlug. 1917 überreichte Hildebrandt George sein umfangreiches Manuskript *Norm und Entartung*, das zwar in den Grundideen seine Zustimmung, aber keine Aufnahme in eine der wissenschaftlichen Reihen bei Bondi oder Hirt fand. Nach dem Krieg studierte Hildebrandt noch Psychologie, Philosophie und Kunstgeschichte und promovierte 1921 in Marburg bei dem Neukantianer Paul Natorp über Nietzsche. Eine Habilitationsschrift über Platon, die er 1926 in Berlin einreichte, stieß auf die Ablehnung von Wilamowitz-Moellendorf und von Werner Jaeger, dem Verfasser der mehrbändigen *Paideia*, einem Werk über Erziehung in der Antike, das in einem gewissen Konkurrenzverhältnis zu den pädagogischen Theorien des George-Kreises stand. Aus der Habilitationsschrift entwickelte Hildebrandt auf Georges Anregung seine Gestaltmonographie *Platon. Der Kampf des Geistes um die Macht*, die im Mai 1933 mit der Blättermarke erschien.

Es war das letzte große Werk, an dessen Entstehung George großen Anteil nahm. Von Anfang September bis Anfang November 1932 las Hildebrandt George sein Manuskript bei zahlreichen Treffen im Achilleion vor und fand seine volle Zustimmung. Von Januar bis März gingen dann die Druckfahnen zwischen Berlin und Minusio hin und her, in Berlin las parallel auch Thormaehlen mit Korrektur. Hildebrandt bemerkte in seinem Vorwort, dass sein Buch auch den Titel „Platons Schicksal in seinen Werken"[291] hätte tragen können. Er schrieb, die Aufgabe seines Buches bestehe darin, „die einzelnen Werke zu verstehen aus der Gesamtpersönlichkeit."[292] Der rein historischen Auffassung Platons in der Nachfolge Hegels stellt er das Erlebnis Platon und seine formende Kraft gegenüber. Wenn Hildebrandt eingangs über Platon sagt: „er wandelt und bildet den, der ihn als Bild in sich aufnimmt: er ist stärker als wir",[293] so muss man das auf dem persönlichen Hintergrund des Erlebnisses George lesen, von dem die gleiche verwandelnde Strahlkraft ausging. In Hildebrandts Deutung Platons „ist an ganz reale, politische Macht gedacht, keineswegs mehr nur an die Herrschaft über eine Jüngergemeinde."[294] Die Parallelführung von Platon und George, die in allen Platon-Schriften des Kreises mehr oder weniger verdeckt spürbar ist, lässt noch einmal die Frage nach der Binnenstruktur des George-Kreises aufkommen. Die Anknüpfung an Platons soziale Vorstellungen drückte sich etwa auch darin aus, dass ungefähr seit Beginn der näheren Beschäftigung mit Platons Schriften der Begriff ‚Staat' von den Kreismitgliedern selbst gebraucht wurde und die George Nächststehenden ‚Staatsstützen' hießen. Darin darf man wohl eine Bezugnahme auf Platons *Politeia* erblicken.

Während George im Herbst 1932 in Berlin war, nutzte Hildebrandt die Zusammenkünfte auch dazu, ihn zu fragen, ob er ihm zu einem Eintritt in die NSDAP raten würde. George verweigerte einen Ratschlag, weil er seinem Prinzip treu blieb, politische Parteinahmen so wie Eheschließungen – mit der bezeichnenden Ausnahme derjenigen Gundolfs und Boehringers – als Privatangelegenheit zu betrachten. Auf Hildebrandts Versuche, in seinen Briefen Verknüpfungen zwischen den Themen in seiner Platon-Monographie und der deutschen Tagespolitik herzustellen, reagierte George abwehrend. Schließlich teilte Hildebrandt George in einem Brief vom 29. April 1933 mit: „Ich bin gestern in ‚die' Partei eingetreten. Die Beamten sind in den lezten Tagen in solchen Mengen übergetreten und eingetreten dass ein Nicht-Eintreten geradezu Widerstand und freiwillige Selbstausschaltung bedeutet. Der Universität gegenüber könnte der Eintritt eine eher positive Bedeutung haben und ich glaube es besteht kein Grund dieser auszuweichen."[295] Der Brief ist ein beredtes Zeugnis von Hildebrandts Opportunismus. Im selben Brief hatte er angekündigt, eine Übersetzung von Platons *Phaidros* in Angriff zu nehmen. Der Antwortbrief Georges vom 15. Mai ging ausschließlich auf diese Idee ein, ließ aber Hildebrandts Mitteilung über seinen Parteieintritt demonstrativ unkommentiert. Dessen ‚positive Bedeutung gegenüber der Universität' wurde genau ein Jahr später greifbar, als Hildebrandt in Kiel auf den Lehrstuhl des wegen ‚jüdischer Versippung' zwangsweise beurlaubten Platon-Forschers Julius Stenzel berufen wurde. Dem ‚Kriegseinsatz der Geisteswissenschaften' willfuhr Hildebrandt 1941 mit einem scheußlichen Aufsatz über *Die Idee des Krieges bei Goethe Hölderlin Nietzsche*. Nach seiner raschen ‚Entnazifizierung' lehrte er wieder bis 1963 in Kiel. In ebenso wortreichen wie selbstgerechten Briefen versuchte er, Boehringer nach dem Zweiten Weltkrieg sein politisches Verhalten zu erklären. Hildebrandt starb 1966.

Kommen wir zu den gleichzeitigen Entwicklungen beim ‚F II.-mann'. Nach der Machtergreifung war Ernst Kantorowicz der erste der Hochschullehrer aus dem George-Kreis, der in Konflikt mit dem neuen Regime geriet. (Abb. 45) Am 7. April war das ‚Gesetz zur Wiederherstellung des Berufsbeamtentums' erlassen worden, mit dem die Nationalsozialisten die Hochschulen von jüdischen Professoren ‚reinigen' wollten. Ausgenommen von der sofortigen Suspendierung waren nur die ‚Frontkämpfer' des Ersten Weltkriegs sowie – laut einer Durchführungsverordnung – die Teilnehmer „an den Kämpfen im Baltikum, in Oberschlesien, gegen Spartakisten und Separatisten".[296] Kantorowicz reagierte mit einer heiklen Doppelstrategie. Er entwarf am 15. April einen Brief an die Universitätsleitung, in dem er gegen die antisemitische Stoßrichtung des Gesetzes protestierte und sich in seiner Ehre als national gesinnter deutscher Jude verletzt sah. Er argumentierte, er könne von der Ausnahmeregelung keinen Gebrauch machen, da er damit den Anschein erwecke, sich auf opportunistische Weise einem Gesetz zu beugen, das ihn diskriminiere. Er könne unter diesen Umständen seiner Lehrverpflichtung nicht mehr mit gutem Gewissen nachgehen und erbitte die Beurlaubung für das Sommersemester 1933. Diesen Brief schickte Kantorowicz nicht direkt ab, sondern nahm ihn zwei Tage später mit nach Berlin, wo er extra hinfuhr, um sich am Ostersonntag mit George im Achilleion zu treffen und zu beraten. Allerdings hatte Kantorowicz bereits am 15. April einen zweiten Brief an seine Universitätsleitung geschickt, in dem er sehr wohl seine militärischen Meriten als Nachweis für die berechtigte Inanspruchnahme der ‚Frontkämpfer'-Klausel aufführte. Mit diesem Brief setzte er die Erfindung seines militärischen Einsatzes gegen die Spartakisten als Mitglied der ‚Garde-Kavallerie-Schützen-Division' in die Welt. Diese bis zu Lerners Kantorowicz-Biographie von 2017 in der Forschung hundertfach kolportierte Version wurde – ein weiterer Treppenwitz der Geschichte – bereits nach vier Wochen vom nationalsozialistischen Kurator der Universität Frankfurt als unhaltbare Behauptung entlarvt, da sein Name nicht in der Stammrolle dieser Einheit auftaucht. Lerner kommentierte diesen versuchten Schwindel lakonisch: „German bureaucracy was not to be underestimated."[297] Die Situation veränderte sich noch einmal, als der schon erwähnte Kurator Kantorowicz am 19. April mitteilte, die jüdischen Institutsleiter seien dazu verpflichtet, an den offiziellen antisemitischen Aktionen an ihren Instituten teilzunehmen. Kantorowicz verfasste sofort einen Antwortbrief, der an seinen Entwurf, über den er mit George diskutiert hatte, anschloss. Er benötigte fünf Anläufe, bevor er einen ihn befriedigenden Wortlaut fand. Am nächsten Tag, also pikanterweise am 20. April (Hitlers Geburtstag), richtete Kantorowicz an den preußischen Kultusminister sein Gesuch um Beurlaubung, wobei er abweichend von dem Entwurf vom 15. April explizite Bezüge auf antisemitische Maßnahmen wie den Boykott ‚Kauft nicht bei Juden' vom 1. April und die Forderung nach Wiederherstellung seiner Ehre unterließ. Es spricht einiges dafür, dass diese Änderungen auf seine Diskussion mit George zurückzuführen sind.[298]

In einem Brief an George vom 5. Juni schrieb Kantorowicz, dass ‚nach Auskunft Kundiger' sein Gesuch dem Ministerium sehr unangenehm gewesen sei, weil parallel die Bemühungen darum liefen, George die Präsidentschaft der Preußischen Akademie für Dichtung anzutragen. Der Brief beklagte den Missbrauch der „schönen und hohen Worte wie ‚Heros' und ‚Führer'"[299] sowie die Entwicklung Deutschlands, das ‚hässlich' werde, weil es alle mediterranen Elemente ausscheide. Mit Blick auf die Studentenschaft diagnostizierte er, dass ‚mystische Gefühle' und Volksempfinden an die Stelle von fachlicher Eignung und Lernbereitschaft träten. Kantorowicz führte während des Sommers ein Privatissime mit einigen Studenten durch, an dem sich aus Solidarität auch der prominente Altphilologe Walter F. Otto beteiligte. Dass George zu den öffentlichen Anbiederungen anlässlich seines 65. Geburtstags schwieg und sein Freund Woldemar von Uxkull-Gyllenband die schon erwähnte Rede *Das revolutionäre Pathos bei Stefan George* hielt, beunruhigte Kantorowicz. Woldemar Uxkull sandte ihm sogar ein Exemplar der Broschüre in ‚herzlicher Freundschaft' zu. Kantorowicz bezeichnete die Rede in einem Brief an George kurz und bündig als „fatalen mist".[300]

Ende Oktober 1933 erreichte Kantorowicz die Einladung der Universität Oxford, für ein Jahr eine neu eingerichtete Gastprofessur wahrzunehmen. Entscheidenden Anteil an der Auswahl von Kantorowicz für diese ‚Commonroom Hospitality' hatte sein Heidelberger Studienkollege Raymond Klibansky. Aber bevor Kantorowicz nach Oxford aufbrechen konnte, stellte sich die Frage nach der Fortführung seiner Lehrtätigkeit im Wintersemester. Er selbst richtete unter Beifügung der Oxforder Einladung am 9. November das Gesuch um weitere Beurlaubung an das Ministerium. Bis zur ministeriellen Genehmigung, die er am 5. Dezember erhielt, nahm Kantorowicz die Lehre wieder auf. Er startete mit einer Vorlesung am 14. November, in der er als Auftakt zum Thema ‚Interregnum' über ‚Das Geheime Deutschland' sprach. Er wollte diese Vorlesung als eine Art Neustart verstanden wissen, mit dem er ein Bekenntnis zu den ihn bestimmenden Ideen ablegte. Das ‚Geheime Deutschland' war – wir erinnern uns – das Schlagwort, dass Karl Wolfskehl im ersten *Jahrbuch für die geistige Bewegung* für die verborgene geistige Traditionslinie geprägt hatte, der sich der George-Kreis verpflichtet fühlte. Inzwischen war auch in Georges Band *Das Neue Reich* das umfangreiche Gedicht *Geheimes Deutschland* erschienen. Kantorowicz wollte nun in dieser ideologisch aufgeheizten Situation, in der es im George-Kreis selbst Tendenzen gab, das ‚Dritte Reich' in die Nähe von Georges ‚Neuem Reich' zu rücken, eine klare Trennungslinie ziehen. Im späteren Brief an George hieß es: „Da ein aufbauendes Thema heute nur zu Verwechslungen Anlaß geben könnte, so lese ich über die ‚Destruktion des Mittelalters' [...]. Dieses Thema schien mir auch deswegen ganz geeignet, weil aus ihm die notwendige Geburt eines ‚Geheimen Deutschland' nach dem Zusammenbruch des Stauferreichs deutlich hervorgehen dürfte."[301]

Die Ankündigung der Vorlesung lockte eine große Zahl von Hörern an. Kantorowicz machte in seiner Rede klar, dass das ‚Geheime Deutschland' weder einen nationalen noch einen rassischen Charakter habe. Die zentrale gedankliche Figur zur Definition des ‚Geheimen Deutschland' ist die paradoxe Gleichzeitigkeit von Anwesenheit und Abwesenheit, von Vergangenheit und Utopie. Kantorowicz sagte: „Das ‚geheime Deutschland' ist gleich einem Jüngsten Gericht und Aufstand der Toten stets unmittelbar nahe, ja gegenwärtig. [...] Es ist die geheime Gemeinschaft der Dichter und Weisen, der Helden und Heiligen, der Opfrer und Opfer, welche Deutschland hervorgebracht hat und die Deutschland sich dargebracht haben [...], ein Reich zugleich von dieser und nicht von dieser Welt.. ein Reich zugleich da und nicht da.. ein Reich zugleich der Lebenden und der Toten, das sich wandelt und dennoch ewig ist und unsterblich."[302] Damit zog Kantorowicz einen klaren Trennungsstrich zwischen der Utopie Georges und dem neuen Regime. Die Anspielungen auf Georges Werk bilden in der Rede selber eine verborgene Ebene, die Kantorowicz am Ende machtvoll durch die Zitation eines Gedichts aus dem *Stern des Bundes* hervortreten lässt. Es mündet in die Verse:

> Den fremden schadern aber ruft getrost:
> Hemmt uns! untilgbar ist das wort das blüht.
> Hört uns! nehmt an! trotz eurer gunst: es blüht –
> Übt an uns mord und reicher blüht was blüht!
> (SW VIII, 94)

Mit diesem Zitat verkündete Kantorowicz die Unsterblichkeit der Georgeschen Utopie und beschwor ihre Widerstandskraft. Ulrich Raulff hat Kantorowicz' Rede zu Recht als „subversiv, aber nicht kritisch" charakterisiert.[303] In dem schon mehrfach zitierten Brief vom 26. November, der George nicht mehr erreichte, erläuterte Kantorowicz die Zielrichtung seiner provokanten Rede und zeigte sich wieder in Kampfeslaune. Er sähe die „Notwendigkeit, sich mit jedem schritt gegen rechts wie gegen links abzugrenzen und nach allen seiten loszuhacken", wobei ihn „das so wohlbekannte freibeutertum wieder lockt, [...] sich auf kämpfe einzulassen."[304] Er habe also vor seinem gebannten Auditorium ordentlich ‚vom Leder gezogen'. Da Kantorowicz davon überzeugt war, dass sein Statement „tonlagenmäßig so himmelhoch stünde, dass es unanfechtbar bleibt",[305] bat er George um die Zustimmung, seine Rede mit dem Blätter-Siegel bei Bondi erscheinen zu lassen. Hätte seine Anfrage George noch lebend erreicht, wäre es seiner mutigen Rede vielleicht beschieden gewesen, „als quasi offizielles Bulletin des George-Kreises zur politischen Lage in Deutschland im Jahre 33" gelesen werden zu können.[306] So dauerte es bis 1997, ehe der Text bekannt wurde. Wenige Tage nach der Bewilligung seines Beurlaubungsantrags seitens des Ministeriums brach Kantorowicz die Lehrtätigkeit in Frankfurt ab. Das lag auch daran, dass es wohl infolge seiner provokanten Rede zu Boykottaktionen von nationalsozialistischen Studenten gekommen war.[307]

Kantorowicz folgte zunächst der Einladung nach Oxford. Zurück in Deutschland ließ er sich im Herbst 1934 emeritieren, da ihm eine weitere Lehrtätigkeit als aussichtslos erschien. Von Berlin aus unternahm er in den nächsten Jahren mehrere Archivreisen ins europäische Ausland, bevor er nach der Reichspogromnacht endgültig über England ins amerikanische Exil ging. Von 1939 bis 1949 lehrte er in Berkeley, von 1951 bis zu seinem Tod 1963 in Princeton. Sein 1957 erschienenes Werk *The king's two bodies* (dt. *Die zwei Körper des Königs*, 1990) gehört zu den kanonischen Texten über die politische Theologie des Mittelalters. Auch wenn sich Kantorowicz in seinen wissenschaftlichen Arbeiten vom Stil seines *Friedrich der Zweite* entfernte, bekannte er doch noch 1954 in einem Brief an Robert Boehringer: „Aber es ist kein Tag, an dem ich mir nicht bewusst wäre, dass alles, was ich zu leisten vermag, aus *einer* Quelle gespeist ist, und dass diese Quelle auch nach über 20 Jahren immer noch sprudelt."[308] Hervorzuheben ist aus Kantorowicz' Biographie noch seine Weigerung, im Jahr 1949 den von der Universitätsadministration verlangten Loyalitätseid zu leisten, kein Kommunist zu sein oder solche zu unterstützen.

Minusio: Mit der ‚Zuckernen' unter einem Dach

Nach Amerika flohen – wie wir schon wissen – auch Walter Kempner und Clotilde Schlayer. Schlayer war Georges Begleiterin in dem von ihr angemieteten Haus in Minusio. Vom ersten Tag der Anwesenheit Georges an schickte sie fast täglich ausführliche Briefe an Kempner, aus denen sich eine lebendige Chronik von Georges monatelangen Aufenthalten dort ergeben hat. Am 19. November 1931, an dem sie den Mietvertrag schloss, lieferte sie Kempner eine detaillierte Schilderung des Objekts.

> Das Häus'chen heisst ‚Molino dell'Orso' und liegt an der Via del Sole (guter Name, scheint mir), einer der grossen Villenstrassen am Berg (aber nicht hoch, ungefähr die 2. oder 3. von unten), trotzdem ganz für sich, etwas zurück von der Strasse an einem schluchtartigen Einschnitt, darin ein Flüsschen seewärts ‚stürzt'. Vielleicht war es wirklich früher eine Mühle. Es hat 3 Eingänge, da jedes Stockwerk an irgend einer Stelle zu ebener Erde liegt. Der Haupteingang führt direkt vom Garten in das Wohnzimmer (in dem man auch essen könnte). Das ist sehr nett möbliert, allerdings steht ein Flügel drin, da Besitzer Musiker

> (in Amerika). Auf demselben Stockwerk (dem obersten) das ein abgeschlossenes allerhöchstes Sonderquartier zu bilden ausserordentlich geeignet ist, liegt noch an einem schmalen Gang ein einfacheres und am Ende des Ganges ein sehr grosses Schlafzimmer mit Balkon mit herrlicher Aussicht auf den See und die Alpen und grosser offener Terrasse mit weitem Blick auf die umliegenden Hügel. Von diesem geht direkt ein Treppchen hinunter zur Toilette. Gegenüber dieser das Bad. Nahe diesem ‚mein' Zimmer (unter dem grossen Schlafzimmer). Dann ist auf diesem Stock noch ein gewölbeartiger Vorplatz mit Ausgang zum Garten und Treppe hinunter zur Küche, die im untersten Stock liegt und auch eigenen Eingang hat. Jedes Zimmer hat einen Ofen [...] Der Garten ist herrlich, mit Kamelien, Weinbau, Beerensträuchern, alten Zedern und sogar einer Palme! Er geht bis zur höheren nächsten Strasse und hat dort auch einen Eingang. (CS 17 f.)

In den siebzehn Monaten, die Schlayer hier zwischen Oktober 1931 und November 1933 mit George verbrachte, widmete sie sich mit Hingabe seiner Versorgung, Unterhaltung, nötigenfalls auch Pflege. (Abb. 46) Unterstützt wurde sie von Frank Mehnert, der ebenfalls die meiste Zeit anwesend war. Da dessen Küche als besonders deftig galt, übernahm Schlayer mit Rücksicht auf Georges Gesundheitszustand weitgehend den Kochdienst. Zu den Aufgaben der jugendlichen Begleiter Georges gehörte es, ihn zu bekochen. Er legte dabei Wert auf eher einfache traditionelle Gerichte. George war kein Gourmet, ihm war die Qualität der Nahrungsmittel wichtiger als Raffinessen der Zubereitung. Als in den 20er Jahren das Brot immer häufiger mit Kartoffelmehl versetzt wurde, verlangte George von seinen jungen Freunden auch, dass sie das Brot für ihn buken. Aus den Briefen an Kempner lässt sich eine umfangreiche Liste an Speisen zusammenstellen, die Schlayer im Molino auftischte. Nicht selten wurde ihre Kochkunst außerordentlich gelobt und mit exquisiter Hotelküche verglichen. Häufig werden Fischgerichte und Meeresfrüchte erwähnt, einmal gab es sogar Hummer, was besonders zelebriert wurde. Auch Geflügel (Perlhuhn, Pute) und diverse Fleischspeisen, auffallend oft Hase, bereitete sie zu. Erkennbar ist auch eine Neigung zu Süßspeisen, die manchmal – wie etwa ein Kastanienpürree – von George selbst geradezu zeremoniell in kleiner Dosierung zugeteilt wurden. Zuweilen äußerte George auch spezielle Wünsche. So bat er einmal um Berliner Pfannkuchen, ein andermal ließ er sich von Kempner aus Berlin Mazze schicken. Ein oft wiederkehrendes Thema ist auch der Weinkonsum. (Abb. 47) Hier brillierte George nicht nur als Kenner, er schuf ein regelrechtes Belohnungssystem, um Schlayers Verdienste um sein leibliches Wohl zu honorieren. Sie freute sich außerordentlich über die Anerkennung, die ihr wichtig war, wenngleich sie sie oft mit einem leicht scherzhaften Unterton berichtete. George dehnte das Belohnungssystem auch auf den Zigarettenkonsum aus. Schlayer erlernte das Selbstdrehen und bekam nach Verdienst Rauchwerk aus Georges Beständen zugeteilt. Die Besorgung von Tabaken gehörte seit je zu den besonders verantwortungsvollen Aufgaben der Jünger. Es kam einer Nobilitierung gleich, dass Gundolf nur ein Jahr nach der ersten Begegnung mit George die Regie über die Tabakbesorgung durch Dritte übernehmen durfte. In zahlreichen Briefen ist die Tabakbeschaffung diverser Kreis-Mitglieder dokumentiert, die sich manchmal bis auf die Jagd nach Spezialsorten in Kleinasien erstreckte.

Schlayer erschien die ganze Situation anfangs wie ein Traum, ein unwahrscheinliches Geschenk. So schrieb sie Kempner am 4. November 1931, genau nach einem Monat des Zusammenlebens:[309] „Man war wieder überaus freundlich zu mir, richtig ‚bezaubernd'. Es weiss es ja *wohl*, wie Man sein kann, aber es ist wie ein Wunder und unbeschreiblich, weil es nicht so in einzelnen Worten liegt, sondern eben im ganzen Wesen, von dem alles strahlt und leuchtet. Berichtbares war gar nicht viel – es war aber gleich dies Besondere da, als Man hereinkam und mir ankündigte: ‚Heut kriegen Sie mal was ganz Edles'. Das war ein französischer Wein – ‚Château Yquem'." (CS 75 f.) Bereits nach zwei Wochen hatte George deutlich zu erkennen gegeben, wie gerne er mit Schlayer zusammen war. Als Mehnert eine Reise nach Berlin plante, sagte er ihm: „‚Also wenn du keinen anderen Zuckernen findest, der dich ersetzt, dann bleiben wir eben allein hier.' Plötzlich sah Man zu mir hin und sagte, als fiele es eben erst ein: ‚Überhaupt, wir zwei verstehen uns ja auch ganz gut, da braucht gar keiner dabei zu sein, wir werden uns schon nicht zusammen langweilen.'" (CS 45) Das Einverständnis der beiden wird zu Beginn auch dadurch gefördert, dass sie gelegentlich in einer komplizenhaften, freilich nie verletzenden Art den – wie George sagte – ‚kleinen Nazi' Mehnert neckten. Niemals zuvor in seinem Leben hatte George eine Frau so nahe und so dauerhaft an sich herankommen lassen. Auch seine gelegentlichen Zufluchten bei seiner Schwester in Königstein, die ohnedies einen anderen, eben geschwisterlichen Charakter hatten, dauerten nie länger als ein paar Wochen. Seit dem erotischen Desaster mit Ida Coblenz und dem Skandal ihres ‚Verrats' durch die Heirat mit Dehmel war George keine private Beziehung mit einer Frau mehr eingegangen. Er verkehrte zwar in den Salons von Sabine Lepsius und Gertrud Simmel, führte auch Gespräche unter vier Augen, aber behandelte sie immer als Ehefrauen. Ebenso war es im Fall von Edith Landmann, die bei seinen Aufenthalten in Basel seine primäre Gesprächspartnerin war.

Diskussionen über Georges kritische Haltung gegenüber dem Konzept ‚moderne Frau' hatte es seit je gegeben. Besonders die scharf antifeministischen Positionen im *Jahrbuch für die geistige Bewegung* hatten zu Auseinandersetzungen mit Frauen wie Sabine Lepsius und Gertrud Simmel geführt. In der Einleitung zum dritten *Jahrbuch* war zu lesen gewesen: „Wir befeinden nicht die frau, sondern die ‚moderne frau', die stückhafte, die fortschrittliche, die gottlos gewordene frau. Gerade am mehr naturhaften teil zeigt sich die moderne verderbnis am abschreckendsten."[310] Im Jahr zuvor hatte Gertrud Simmel unter ihrem Pseudonym Marie-Luise Enckendorff die Schrift *Realität und Gesetzlichkeit im Geschlechtsleben* veröffentlicht, in dem der Anspruch auf eine weibliche Autonomie erhoben wurde. Simmel entwickelte die Idee einer ‚beseelten Geschlechtsliebe' und einer ‚metaphysischen Selbständigkeit' der Frau, die ihr dieselbe ‚Stellung zum Ewigen' zusprach wie dem Mann. Am Ende ihres Buchs definierte sie den ‚einzig sittlichen Weg' der Frau als „Kampf um ein selbständiges Menschentum."[311] George versah sein Exemplar dieser Schrift mit zahlreichen Randglossen, die im Resultat darauf hinausliefen, der Frau den Zugang zum Göttlichen abzusprechen, da ihr die Dimension der ‚sakralen Geschlechtlichkeit' verschlossen bliebe.[312] Seine Argumentation übernahm die dem platonischen Denken entlehnte Konzeption des Eros, die wir bereits skizziert haben. Aus seinem Verständnis des Eros ergab sich notwendig, dass der direkte Zugang zum Göttlichen ausschließlich dem Mann vorbehalten war. Zwar hat George zu nicht wenigen Frauen eine persönliche, bis zu einem gewissen Grad ‚freundschaftliche' Beziehung unterhalten, aber die Zugehörigkeit einer Frau zum *inner circle* seines Kreises war absolut unvorstellbar. So galt der für alle Freunde bestehende Auftrag, die Augen nach vielversprechenden jungen Menschen aufzuhalten, natürlich ausschließlich der Rekrutierung von jungen Männern. Von den zahlreichen Briefen, in denen ihm von diesem ‚boy-screening' berichtet wurde, sei wenigstens einer exemplarisch zitiert, den Johann Anton wohl 1929 an George richtete:

> Beschreibung: gross – nicht gackelig – ungewöhnlich schön gewachsen – maassvolle Hände (mit eher kindlichen als gewalttätigen Daumen). Dunkleres glattes Blond – nur die Stirnlocke ist von etwas hellerem gekraustem Honiggelb. (man versprach das Haar nunmehr üppiger zu tragen und mit dem geplanten Samtkittelchen in Einklang zu bringen!). Die Haut ist gleichmässig leichtgebräunt und lässt das Gesicht blass erscheinen – aufdringliches Wangenrot übergesunder viertelshaftigkeit fehlt! Sein erstes Hereinkommen: ein intressanter Bub! (deutsch – nicht jüdisch-intressant – eher – obwohl er's nicht ist – schwäbisch.)

> […] – unglaublich blaue (kräftig blaue) Augen strahlen unter den gesenkten Brauen. Diese Augen sind vielleicht das Schönste an ihm. […] Die einzelnen Formen sind mehr zart als wuchtig: Nasenlinie und Stirn gar nicht einfach – erst gelegentlich entdeckt man, dass er ein schönes lebhaftes Profil haben kann. Die Bewegtheit ist im Eindruck stärker als die Formen – mich erinnert er an Gesichter von Donatello.[313]

Eine auch nur annähernd große Aufmerksamkeit für das Erscheinungsbild von Frauen gab es bei George nicht. Wenn er mit ihnen in näheren Kontakt trat, dann meist vermittelt durch die Ehemänner oder in Form des ‚Beifangs'.

Es ist auffällig, dass in den Gesprächen, die George mit Schlayer über das Weibliche geführt hat, ein Motiv wiederkehrt, dass auch in seinen Äußerungen über das Judentum mehrfach vorkam. Er betrachtete das Hinzutreten einer einzelnen Frau oder eines einzelnen Juden als ein anregendes Element, es steigerte gewissermaßen den agonalen Charakter der Situation. Aber sobald Frauen oder Juden ‚im Plural' aufträten, fürchtete er ihre ‚auflösende' Wirkung innerhalb der homogenen Gruppe der männlichen, nicht-jüdischen Jünger. Schlayer gehörte zu diesen einzelnen Frauen, und George nannte sie in Minusio sogar scherzhaft ‚Staatsstütze', wie sonst nur besonders wichtige Kreis-Mitglieder genannt wurden. Es ist in diesen späten Gesprächen ohnehin so, dass George in einem meist ironisierenden Ton von seinem ‚Staat' spricht, in dem es ‚Staatstabak', eine ‚Staatsjacke' oder eine ‚Kreissäge' gibt. Der eher spielerische Umgang mit dieser ambitiösen und imperialen Begrifflichkeit erscheint als ein Korrektiv zu der bramarbasierenden Tonlage in der kurz zuvor noch von George dirigierten Hagiographie von Wolters. (Abb. 48) In einem von Schlayer aufgezeichneten Gespräch aus dem Dezember 1931 findet sich nun auch eine dezidierte Abwendung vom Fanatismus.

So entstand über den langen Zeitraum eine erstaunlich große Vertrautheit zwischen George und Clotilde Schlayer, die sie immer aufs Neue beglückte. Nach und nach wuchsen ihr immer privatere Obliegenheiten zu bis hin zur Pflege bei Bettlägrigkeit. Ansonsten schätzte George in hohem Maße ihre souveräne Regie des Alltags. Am 7. November 1931 sagte George, „Man glaube, ein angenehmer Gast zu sein und mich nicht zu ‚behindern' – (plötzlich, *en parenthèse* ganz ‚listig': ‚Eher das Gegenteil, nicht wahr?') Überhaupt müsse ich schon gemerkt haben, dass Man überaus leicht zu behandeln, verträglich und milde sei, nur gegen Bürger sei Man böse, aber sonst sei es doch ein sehr gutes Auskommen, Man sei nicht übertrieben anspruchsvoll, wolle keine Umstände und Extras, käme immer auf die Minute pünktlich usw." (CS 81) George beteiligte sich sogar gelegentlich gegen Schlayers Willen an Arbeiten im Hause. So setzte er einmal den defekten Ofen in Schlayers Zimmer wieder instand, indem er ihn demontierte und im Garten reinigte. Oft übernahm er bei Tisch die Verteilung der Speisen und achtete darauf, dass Schlayer die besten Stücke erhielt. Im Februar 1932 beobachtete sie ihn, wie er durch den winterlichen Garten ging und den Schnee von den Kamelien schüttelte, damit sie nicht unter der Last Schaden nähmen. Das ist eine sprechende Szene, weil sie an Georges Gedicht *Der Freund der Fluren* (SW V, 38) erinnert, in dem es auch um das sorgsame, kulturierende Verhältnis zur Natur geht.

Größte Sorgfalt und Aufmerksamkeit ließ Schlayer Georges Gesundheitszustand angedeihen. In ihren Briefen rapportierte sie fast täglich sein Befinden und bat in seinem Namen laufend um Ferndiagnosen, Ernährungs- und Verhaltensregeln von seiten Walter Kempners. Dessen mehrwöchige Besuche wurden von George sehnsüchtig erwartet, bilden aber in der Chronik entsprechend Lücken, da der Briefverkehr entfiel. Wenn Kempner zu Besuch war, war Schlayer als seine Partnerin natürlich einbezogen. Sonst aber fand die Vertrautheit mit ihr hier ihre Grenze. Die meisten Besucher empfing George auf ‚seiner' Etage, ohne dass Schlayer mit ihnen in Berührung kam. Im ersten Winter kamen außer Kempner noch Boehringer, Walter Anton und die beiden jüngsten Zuwächse des George-Kreises, Karl Josef Partsch und Michael Stettler, nach Minusio. Partsch, Jahrgang 1914 und aus Freiburg im Breisgau stammend, war 1929 von Helmut Küpper zu George gebracht worden; Stettler, Jahrgang 1913 und in Bern geboren, suchte George im November 1931 in Minusio ohne Ankündigung auf und wurde vorgelassen. George kannte bereits Gedichte von Stettler, die dessen Verwandter Robert von Steiger ihm im Dezember 1930 in Berlin übergeben hatte. George soll sie mit den Worten: „Endlich einmal wieder eine dichterische Begabung" (LT 253) gewürdigt haben. Stettler war die letzte große dichterische Hoffnung von George. Er freute sich sehr, dass nach all den ‚Gestaltbüchern' aus seinem Kreis wieder ein dichterisches Talent hervorging. Partsch und Stettler waren im Januar 1933 erneut zu Besuch im Molino, waren beide im Spätsommer in Wasserburg mit George zusammen und nahmen an der Totenwache teil.

Bis zum 25. November 1933 versorgten Schlayer und Mehnert George ohne wesentliche Probleme. Noch am 23. schrieb Schlayer: „Hier ist Man weiter ungeahnt z...n. [...] Man rühmt immer richtig rührus wie gut es jetzt geht und hat sogar gestern abend sich schon selber Feuer angemacht, während wir unten assen. Aus dem Zimmer soll Man aber erst in etwa 2 Wochen aus Vorsicht." (CS 314) Drei Tage später fiel George mittags in eine kurze Ohnmacht und hatte eine unruhige Nacht. Am Montag, dem 27. November, wiederholte sich abends der Ohnmachtsanfall, so dass er in die Clinica Sant' Agnese in Muralto gebracht wurde. Am 29. traf Kempner ein, am 30. Boehringer, der von George erst am nächsten Tag erkannt wurde. An diesem und den folgenden Tagen schickte Mehnert Telegramme an etliche Freunde. Am 3. Dezember versammelten sich die Eingetroffenen um Georges Sterbelager. Seine letzten Worte sollen „Ihr Kinder" und „saget kein Wort" und zuletzt „Genug, genug" (RB 191) gelautet haben. Um 1 Uhr 15 am 4. Dezember starb George. Er wurde in den frühen Morgenstunden des 6. Dezember auf dem Friedhof von Minusio beigesetzt. Dem Schweigen-Müssen galt auch eines seiner spätesten, rätselhaftesten und schönsten Gedichte.

Das Wort

Wunder von ferne oder traum
Bracht ich an meines landes saum

Und harrte bis die graue norn
Den namen fand in ihrem born –

Drauf konnt ichs greifen dicht und stark
Nun blüht und glänzt es durch die mark ...

Einst langt ich an nach guter fahrt
Mit einem kleinod reich und zart

Sie suchte lang und gab mir kund:
›So schläft hier nichts auf tiefem grund‹

Worauf es meiner hand entrann
Und nie mein land den schatz gewann ...

So lernt ich traurig den verzicht:
Kein ding sei wo das wort gebricht.

(SW IX, 107)

Epilog

Georges Tod warf die brisante Frage auf, wo er bestattet werden sollte. Die versammelten Freunde entschieden sich rasch für Minusio, um zu vermeiden, dass eine Beerdigung in Bingen in staatliche Regie genommen werden könnte. George sollte nicht posthum zur Beute eines Regimes werden, dessen Avancen er sich verweigert hatte. Boehringer holte das Einverständnis von Georges nicht reisefähiger Schwester ein, den Bruder am Lago Maggiore zu bestatten. Eile war geboten, denn bereits am Tag nach Georges Tod hatte der deutsche Konsul sich beim Bürgermeister nach der Beisetzung des Dichters erkundigt. Die Freunde ließen als Termin den 6. Dezember um 15 Uhr kommunizieren, verabredeten aber zugleich eine Bestattung unter Ausschluss der Öffentlichkeit bereits im Morgengrauen. Kurz nach sieben Uhr versammelten sich etwa zwei Dutzend Freunde in der Friedhofskapelle, das Ehepaar Wolfskehl traf aus Rom kommend noch gerade rechtzeitig zur schlichten Zeremonie ein, bei der Verse aus dem *Siebenten Ring* und dem *Stern des Bundes* hergesagt wurden. Am 7. Dezember begleitete Boehringer den deutschen Gesandten Ernst von Weizsäcker zum Grab, wo dieser einen Kranz der Reichsregierung niederlegte. Das Hakenkreuz, das eine der Schleifen trug, war ein paar Tage später verschwunden.

Mit Georges Tod war das charismatische ‚Verklebmittel', das den in zentripetale Spannungen geratenen Kreis noch mühsam zusammengehalten hatte, entfallen. Die Frage nach der Haltung zum ‚Dritten Reich' beschleunigte die Dissoziation des Kreises und führte zu Fraktionierungen, die lange nach Kriegsende weiterwirkten. Nur selten gab es Ansätze zur Versöhnung. Die Angehörigen des George-Kreises hatten sich zwischen 1933 und 1938 rund um den Globus zerstreut, in Deutschland selbst rekrutierte sich aus einigen von ihnen der Widerstand des 20. Juli. Es ist eine reizvolle, aber müßige Frage, welchen Status Georges Dichtung und Ideen in einem Staatsgebilde gehabt hätten, das aus einem erfolgreichen Attentat hervorgegangen wäre. Nach 1945 war George eine marginalisierte literaturgeschichtliche Figur. Bald setzte die Veröffentlichung einer Reihe von Memoirenwerken aus dem George-Kreis ein, die bis in die frühen 1960er Jahre reichte. Ab den späten 60er Jahren wurde George eine Zeitlang zu einem Lieblingssujet der ideologiekritischen Germanistik, die auch an seiner ‚Entlarvung' ihre moralische Überlegenheit demonstrierte.

Unbeirrt von allen Wendungen des Zeitgeists hatte sich nur das in Amsterdam ansässige ‚Castrum Peregrini' als Zitadelle des Georgeschen Erbes etabliert, das aus einer Gruppe untergetauchter jüdischer Jugendlicher unter der

Führung Wolfgang Frommels, des treuesten Zöglings von Percy Gothein, hervorgegangen war. Die vom ‚Castrum Peregrini' herausgegebene gleichnamige Zeitschrift existierte noch bis 2007. In den 90er Jahren setzte eine entspanntere literaturwissenschaftliche und biographische Beschäftigung mit George ein, an die ich hier teilweise anzuknüpfen versuche.

Nachbemerkung

Diese Biographie ist aus einer ein Vierteljahrhundert währenden kontinuierlichen, mal mehr, mal weniger intensiven Auseinandersetzung mit dem Phänomen George hervorgegangen. Die Erträge einiger Aufenthalte im Stefan George-Archiv der Württembergischen Landesbibliothek sowie in anderen Archiven im In- und Ausland schlagen sich in mehr als hundert Zitaten aus bisher ungedruckten Quellen nieder.

Natürlich bietet die Biographie deswegen kein vollkommen neues Bild von George, aber doch wohl eines, das Facetten von Georges Persönlichkeit und Dichtung sichtbar macht, die in den bisherigen George-Biographien nicht vorkommen. Sein Humor, seine Selbstironie, seine Lockerheit sind einige dieser Aspekte, die hinter der Betonung des Herrscherlichen oder Gestrengen bisher zu wenig wahrgenommen wurden. Wenn immer wieder auch über Georges ‚privates' Leben gesprochen wird, so lasse ich gleichwohl Spekulationen über sein ‚Intimleben' aus. Dass George homosexuelle Neigungen hatte, ist seit je klar gewesen und bedurfte keiner ‚Enthüllung', als die Karlaufs Biographie 2007 gelesen wurde. Das Werk Georges als die verborgene *confessio* einer homosexuellen Existenz zu deuten, verfehlt es ebenso wie Nortons erkennbar für ein amerikanisches Publikum geschriebene Biographie von 2002, die George zum ‚Vorläufer' des Nationalsozialismus machte – eine wenig originelle These, die 1945 schon unhaltbar war, als sie erstmals formuliert wurde. George war weder Protofaschist noch Demokrat, er war ein apolitischer Dichter mit einem ausgeprägten Elitebewusstsein.

Meine Absicht zielt darauf, dem faszinierenden und provozierenden ‚Phänomen George' möglichst vorurteilsfrei und ohne ideologische Scheuklappen näher zu kommen. Seine Position erscheint widersprüchlich. Zum einen besteht das Besondere an George darin, dass sein Werk, seine Person und der von ihm geschaffene Kreis wie ein nach außen hin hermetisch abgeschlossener Fremdkörper in der Zeit stehen. Zum anderen charakterisierte Gottfried Benn ihn kurz nach seinem Tod in seiner Akademie-Rede sicher zu Recht als ‚das großartigste Durchkreuzungs- und Ausstrahlungsphänomen, das die deutsche Geistesgeschichte je gesehen hat.' Es ging mir deshalb darum, George als Dichter ebenso aus seiner Zeit wie aus seiner Zeitenthobenheit heraus zu verstehen. Letztere gilt es ernst zu nehmen, das heißt, die im Zentrum seines Lebens und Werks stehende Idee der Begegnung mit dem Göttlichen im Diesseits nicht von vornherein als leere Behauptung zu stigmatisieren. Ganz im Gegenteil liegt für mich genau darin der Grund für die historische Unabgegoltenheit des ‚Phänomens George'. Die poetische Evokation der epiphanen Begegnung mit dem Göttlichen in Gestalt des Eros ist der Kern der dichterischen Prophetie Georges, und es ist diese Erkenntnis von der latenten Möglichkeit im Leben des Menschen, des Schönen an sich ansichtig zu werden, die seinem Werk eine utopische Dimension einschreibt. Erst und nur diese Möglichkeit verleiht dem menschlichen Dasein Sinn.

Dabei ist zu berücksichtigen, dass zu Georges Werk nicht nur seine Dichtung gehört, sondern ebenso der George-Kreis. In dessen Formung hat George so viel Energie investiert wie in seine Gedichte. Das hat Konsequenzen für eine George-Biographie. Über Stefan George zu schreiben, lässt sich nicht mit dem Schreiben über Bertolt Brecht, Thomas Mann oder Gottfried Benn vergleichen. In Georges Leben sind Dutzende andere Leben aufs Innigste verflochten, und sie alle zusammen bilden das Projekt einer ästhetischen, der Zeit und dem Alltag enthobenen Sphäre eines gesteigerten Daseins. Es ist meine Überzeugung, dass eine George-Biographie nur in dem Versuch, dieses von Freundschaft und Liebe getragene Netzwerk sichtbar zu machen, ihrer Aufgabe gerecht werden kann. Der Preis von Georges ästhetisch-erotischem Projekt wird darin manifest, dass es dort, wo es scheitert, tragische Züge annehmen kann.

Danken möchte ich Herrn Dr. Maik Bozza und Frau Dr. Birgit Wägenbaur vom Stefan George-Archiv der Württembergischen Landesbibliothek für ihre freundliche und kompetente Betreuung bei meinen Archivaufenthalten, dem Stefan George-Stiftungsrat für die Erlaubnis, aus zahlreichen, bisher ungedruckten Archivalien zitieren zu dürfen, dem Deutschen Literaturarchiv Marbach, dem Stefan George-Stiftungsrat und Frau Prof. Dr. Ann Goldberg für die Erlaubnis zum Abdruck von Fotografien und meiner Mitarbeiterin Barbara Gremm für technische Assistenz.

Endnoten

[1] Die Zitate stammen aus Briefen von Arthur Salz an Friedrich Gundolf von Ende Februar und Anfang März 1902 aus München (Gundolf-Archiv, University of London, Institute of Germanic Studies).

[2] Ernst Robert Curtius an Stefan George, Heidelberg, 30.5.1910 (StGA III, 2452).

[3] Kurt Singer an Stefan George, Heidelberg, 29.4.1916 (StGA, III, 11962).

[4] Zitiert nach: Erinnerung an Frank. Ein Lebenszeugnis. Hg. v. Michael Stettler. Düsseldorf, München 1970, S. 16.

Kapitel 1

[1] Georg Fuchs: Sturm und Drang in München um die Jahrhundertwende. Mit 58 zeitgenössischen Bildern und Karikaturen. München 1936, S. 124–126.

[2] Ebd. S. 128. Dass George den Sand zur ‚Deutschen Heimaterde' stilisiert habe, erscheint eher zweifelhaft. Die Memoiren von Fuchs, ein ohnehin nicht ganz zuverlässiger Zeitzeuge, weisen 1936 vielfach sprachliche Anbiederungen an das ‚Dritte Reich' auf.

[3] Carl Rouge: Schulerinnerungen an den Dichter Stefan George. In: Volk und Scholle 8 (1930) H.1, S. 20–25, hier S. 22.

[4] Stefan George an Arthur Stahl, London, 16.7.1888 (StGA II, 5843).

[5] Carl Rouge an Arthur Stahl, Gießen, 3.3.1889 (StGA III, 10696).

[6] Zitiert nach Ernst Robert Curtius: Stefan George im Gespräch. In: Ders.: Kritische Essays zur europäischen Literatur. Frankfurt a. M. 1984, S. 138–157, hier S. 153. Zwei Bemerkungen sind dazu am Platze. Zum einen erfolgt die Parallelisierung mit Nietzsche retrospektiv, 1888 waren ihm dessen Schicksal und Werk noch unbekannt. Zum anderen ist das martialische Bild vom potentiellen Bombenwerfer im Kontext des Jahres 1911 zu sehen, als George mit der Kerntruppe seines Kreises das *Jahrbuch für die geistige Bewegung* quasi als geistigen Sprengsatz gegen die moderne Gesellschaft und den wilhelminischen Akademismus hatte hochgehen lassen.

[7] Stefan George an Arthur Stahl, London, 18.5.1888 (StGA II, 5842).

[8] Stefan George an Arthur Stahl, London, 5.–14.8.1888 (StGA II, 5845).

[9] Stefan George an Arthur Stahl, London, 16.7.1888 (StGA III, 5843).

[10] Arthur Stahl an Stefan George, Gießen, 23.4.1888 (StGA III, 12082).

[11] Stefan George an Arthur Stahl, London, 18.5.1888 (StGA II, 5842).

[12] Stefan George an Arthur Stahl, London, 5.–14.8.1888 (StGA II, 5845).

[13] Stefan George an Arthur Stahl, Montreux, 1.–6.1.1889 (StGA II, 5851).

[14] Ebd.

[15] Stefan George an Arthur Stahl, London, 5.–14.8.1888 (StGA II, 5845).

[16] Stefan George an Arthur Stahl, Montreux, 1.–6.1.1889 (StGA II, 5851).

[17] Arthur Stahl an Stefan George, Gießen, 19.–28.1.1889 (StGA III, 12091). Im Brief davor hieß es: „Auch für das Efeublatt vom Schlosse Chillon besten Dank; ein Lyrisches ist bis jetzt noch nicht drauf entstanden." (Arthur Stahl an Stefan George, Gießen, 17.–31.12.1888, StGA III, 12090). Schloss Chillon liegt etwa fünf Kilometer von Montreux entfernt am Genfer See.

[18] Carl Rouge an Stefan George, Darmstadt, 10.–16.5.1888 (StGA III, 10685).

[19] Möglicherweise ist von diesem Projekt die Rede, als George an Stahl schreibt, er habe in London ein in Bingen begonnenes Stück fortgesetzt, aber „vielleicht ist es sein schicksal den flammentod zu sterben." Stefan George an Arthur Stahl, London, 16.7.1888 (StGA II, 5843).

[20] Stefan George: Phraortes. Graf Bothwell. Zwei dramatische Fragmente aus der Schulzeit. Hg. v. Georg Peter Landmann. Düsseldorf, München 1975.

[21] Karl Wolfskehl: Ibsen-Jugend. In: Ders.: Bild und Gesetz. Gesammelte Abhandlungen. Berlin, Zürich 1930, S. 121–126, hier S. 122 u. S. 123.

[22] Angela Beuerle: Übertragungen aus den skandinavischen Sprachen. In: WK, S. 753–769, hier S. 754.

[23] Zitiert nach Stefan George: Phraortes. Graf Bothwell (Anm. 20), S. 6.

[24] Zitiert nach ebd., S. 7.

[25] In Georges Nachlass existiert der Entwurf eines Titelblatts mit der Aufschrift „UMDICHTUNGEN / Aus Charles Baudelaire's Fleurs du Mal / Berlin / 1890", s. die Abbildung in Maik Bozza: Genealogie des Anfangs. Stefan Georges poetologischer Selbstentwurf um

1890. Göttingen 2016 (Castrum Peregrini N. F. Bd 9), S. 30.

26 Vgl. das Verzeichnis in RB II, 209–216.

27 Bernhard Böschenstein: Magie in dürftiger Zeit. Stefan George: Jünger – Dichter – Entdecker. In: Ders.: Von Morgen nach Abend. Filiationen der Dichtung von Hölderlin zu Celan. München 2006, S. 93–105, hier S. 93.

28 Albert Mockel: Pariser Erinnerungen. In: Neue Zürcher Zeitung, 8.7.1928.

29 Ludwig Lehnen: Politik der Dichtung: George und Mallarmé. Vorschläge für eine Neubewertung ihres Verhältnisses. In: GJb 4 (2002/2003), S. 1–35, hier S. 9.

30 zitiert nach Paul Hoffmann: Symbolismus. München 1987 (UTB 526), S. 83.

31 Vgl. ebd.

32 Vgl. Jean Moréas: Ein literarisches Manifest – Der Symbolismus. In: Robert L. Delevoy: Der Symbolismus in Wort und Bild. Stuttgart 1979, S. 71.

33 Zitiert nach Hans H. Hofstätter: Symbolismus und die Kunst der Jahrhundertwende. Voraussetzungen. Erscheinungsformen. Bedeutungen. Köln 1965, S. 228.

34 Manfred Durzak: Der junge Stefan George. München 1968 (Zur Erkenntnis der Dichtung 3), S. 74.

35 zitiert nach Hoffmann, Symbolismus (Anm. 34), S. 76.

36 Hugo von Hofmannsthal: Das Gespräch über Gedichte. In: Ders.: Erzählungen. Erfundene Gespräche und Briefe. Reisen. Frankfurt a. M. 1979 (FTB 2165), S. 495–509, hier S. 503.

37 Freya Hobohm: Die Bedeutung französischer Dichter in Werk und Weltbild Stefan Georges (Baudelaire, Verlaine, Mallarmé). Marburg 1931 (Kölner Romanistische Arbeiten 3), S. 37.

38 Dieses Konvolut, mit dessen privatem Charakater George Probleme mit der Verletzung von Autorenrechten umging, findet sich vollständig wiedergegeben im Anhang von GA XIII/XIV, S. 199–259.

39 zitiert nach Hoffmann, Symbolismus (Anm. 34), S. 54.

40 Hubert Arbogast: Die Erneuerung der deutschen Dichtersprache in den Frühwerken Stefan Georges. Eine stilgeschichtliche Untersuchung. Köln, Graz 1967, S. 49.

41 Paul Verlaine: Poetische Werke. Frzs. u. dt. Übertr. v. Sigmar Löffler. Frankfurt a. M. 1994 (it 1556) S. 29.

42 Vgl. Lehnen: Politik der Dichtung (Anm. 29) sowie seinen Aufsatz: Baudelaire-Übertragungen. In: WK, S. 712–725.

43 Lehnen, in: WK, S. 724.

44 Vgl. ebd. S. 720.

45 Ebd. S. 721.

46 Stefan George Kolloquium. Hg. v. Eckhard Heftrich, Paul Gerhard Klussmann u. Hans Joachim Schrimpf. Köln 1971, S. 172 f. Der Diskussionsbeitrag Nivelles auf dem 1968 abgehaltenen Kolloquium erfolgte im Anschluss an den Vortrag von Roger Bauer: Zur Übersetzungstechnik von Stefan George.

47 Katharina Mommsen: Zur Bedeutung Spaniens für die Dichtung Stefan Georges. In: GJb 2 (1998/1999), S. 22–48, hier S. 29. Mommsen referiert hier Erinnerungen der Hispanistin und George-Übersetzerin ins Spanische Clotilde Schlayer, die George 1932/33 in Minusio betreute.

48 Ebd. S. 32.

49 Vgl. Jörg-Ulrich Fechner: Erfahrungen spanischer Wirklichkeit in frühen Gedichten Stefan Georges. Zum Verständnis von „Als durch die dämmerung jähe ...", „Verjährte Fahrten II" und „Der Infant". In: CP 28 (1979) H. 168, S. 52–76, hier S. 67 ff.

50 George, Phraortes (Anm. 20), S. 56.

51 Dem von der Beschreibung einer letzten Rose seinen Ausgang nehmenden Gedankengang dieses Gedichts wären innerhalb der *Fibel* noch die Zeilen „Wie einer rose gott ihm gab / Ein leben schön und kurz" (SW I, 48) aus der Übertragung *Des Kindes erster schmerz* (*The child's first grief*) von Felicia Dorothea Hemans an die Seite zu stellen.

52 Mommsen (Anm. 47), S. 41.

53 Ebd. S. 42.

54 Josef Adolf Schmitt-Kraemer: Erinnerungen. In: Stefan George-Bibliographie. Zusammengestellt v. Ludwig Heidingsfeld. Hrsg. v. Kreisverband der Heimatfreunde ‚Binger Land'. Bingen a. Rhein: Rhein-Nahe 1958, S. 39–42, hier S. 41 f.

55 Stefan George an die Eltern, Berlin, 5.10.1889 (StGA II, 903). Dieser ‚Herr Klein' dürfte nicht identisch sein mit Carl August Klein, der George erst einige Wochen später erstmals in einer Vorlesung von Tobler trifft.

56 Maurice Muret: Erinnerungen an George. Persönliches und Sachliches. In: Deutsche Zukunft, 21.1.1934, S. 8.

57 Stefan George an Arthur Stahl, Berlin, 2.1.1890 (StGA II, 5853).

58 Stefan George an Arthur Stahl, Berlin, 22.11.1890 (StGA II, 5862).

59 Vgl. Stefan George an Arthur Stahl, Berlin, 11.12.1890 (StGA II, 5863).

60 Vgl. Carl August Klein an Stefan George, Berlin, 26.12.1891 (StGA Blätter III, 217).

61 Zitiert nach dem Brief von Carl Rouge an Stefan George, Darmstadt, 27.8.1890 (StGA IV, 817). Rouges Brief ist seinerseits eine Abschrift.

62 Ebd.

63 Ebd.

64 Briefkonzept von Stefan George an Carl Rouge, Herbst 1890 (StGA II, 4501A).

65 Stefan George an Arthur Stahl und Carl Rouge, Berlin, 28.10.1890 (StGA II, 5861).

66 Albert Saint-Paul: [Erinnerungen an Stefan George]. In: Die Literarische Welt 13.7.1928, S. 4.

67 Vgl. den Brief von Karl Josef Partsch an Peter W. Guenther v. 28.4.1964 aus Ingelheim (StGA), der umfassend Georges Verhältnis zur Bildenden Kunst charakterisiert und teilweise auf Gesprächen mit den Künstlern basiert, mit denen George persönlich Umgang hatte.

68 Ludwig Thormaehlen an Robert Boehringer, Bad Kreuznach, 6.7.1951.

69 Die Korrespondenz zwischen George und Mallarmé wurde vollständig auf Französisch geführt, da Mallarmé kein Deutsch beherrschte. Ich zitiere nach der Übersetzung des Briefwechsels in G/M, S. 89.

70 Vgl.: Emmy Rosenfeld: Erste Begegnungen Stefan Georges mit Italien. In: Unterscheidung und Bewahrung. Festschrift für Hermann Kunisch zum 60. Geburtstag. Hg. v. Klaus Lazarowicz und Wolfgang Kron. Berlin 1961, S. 294–303, hier S. 29.

71 Stefan George an die Eltern, Wien, 23.3.1891 (StGA II, 907).

72 Vgl. dazu Werner Vordtriede: Novalis und die französischen Symbolisten. Stuttgart 1963 (Sprache und Literatur 8).

73 Charles Baudelaire: Die Blumen des Bösen. Übertr. v. Carlo Schmid. Frankfurt a. M. 1976 (it 120), S. 153 f.

74 Novalis: Schriften. Erster Band. Das dichterische Werk. Hg. v. Paul Kluckhohn (†) u. Richard Samuel. Stuttgart 1960, S. 262.

75 Ebd. S. 291.

76 Vgl. Mario Zanucchi: Interpretation von *Ihr hallen prahlend in reichem gewande* (SW II, 60). In: WK, S. 89–96.

77 Ebd. S. 93.

78 Stefan George an die Eltern, Schloss Linderhof, 11.7.1891 (StGA II, 912).

79 Georg Edward: Erinnerungen an Stefan George. In: Gießener Anzeiger, 15. 4. 1950.

80 Vgl. Georg Edward an Carl August Klein, Frankfurt a. M., 19.3.1893 (StGA, Blätter III, 322).

81 Vgl. zum Folgenden Robert Rduch: Übertragungen aus dem Polnischen. In: WK, S. 786–796.

82 Ebd. S. 795.

83 Hugo von Hofmannsthal: Englisches Leben. In: Ders.: Reden und Aufsätze I. 1891–1913. Frankfurt a. M. 1979 (FTB 2166), S. 127–138, hier S. 131.

84 Vgl. Jens Rieckmann: Hugo von Hofmannsthal und Stefan George. Signifikanz einer ‚Episode' aus der Jahrhundertwende. Tübingen, Basel 1997, S. 29.

85 Zitiert nach ebd. S. 36.

86 Kurt Singer: Der Streit der Dichter. Gedanken zum Briefwechsel zwischen George und Hofmannsthal. In: CP 13 (1963) H. 60, S. 5–28, hier S. 6.

87 Leopold Andrian über Hugo von Hofmannsthal. Auszüge aus seinen Tagebüchern. In: Hofmannsthal-Blätter 35/36 (1987), S. 3–49, hier S. 49.

88 Rieckmann (Anm. 84), S. 42.

89 Ebd. S. 39.

90 Die Tagebücher des Grafen August von Platen. Aus der Handschrift des Dichters hg. v. Georg von Laubmann u. Ludwig von Scheffler. Bd 1. Stuttgart 1896, S. 461.

91 Hugo von Hofmannsthal: Der Tod des Tizian. In: Ders.: Sämtliche Werke III. Dramen 1. Hg. v. Götz Eberhard Hübner, Klaus-Gerhard Pott u. Christoph Michel. Frankfurt a. M. 1982, S. 37–51, hier S. 39 f.

92 Zitiert nach Helmut Mojem: Algabal bei den Phantasten? Stefan George und Paul Scheerbart. In: GJb 4 (2002/2003), S. 36–78, hier S. 41.

93 Paul Scheerbart an Carl August Klein, Berlin, 2.11.1892 (StGA, Blätter III, 341).

94 Peter Sprengel: Geschichte der deutschsprachigen Literatur 1870–1900. Von der Reichsgründung bis zur Jahrhundertwende. München 1998, S. 408.

95 Vgl. Carl August Klein an Stefan George, Berlin, o. D. (zw. 26. u. 30.12.1891), (StGA, Blätter III, 219).

96 Es ist wohl ein Reflex auf die Zeile „Mit

grünem flure spielt die rote lache", wenn es in der Erzählung *Der Tod Emins* von Paul Scheerbart 1894 über die Enthauptung des Kalifen heißt: „Die grünen Lichtflecken auf dem weißen Alabaster kommen neben dem roten Blute zu prächtigster Wirkung." Paul Scheerbart: Meine Tinte ist meine Tinte. Prosa aus Zeitschriften. Hg. v. Horst Hussel. Berlin 1986, S. 22.

97 Paul Gerhard Klussmann: Stefan George. Zum Selbstverständnis der Kunst und des Dichters in der Moderne. Mit einer George-Bibliographie. Bonn 1961 (Bonner Arbeiten zur deutschen Literatur 1) S. 89.

98 Vgl. Francesco Rossi: Karl Bauers Stefan George. Autorenporträts im Kultur- und Medienkontext von der Jahrhundertwende bis zu den 1920er Jahren. In: GJb 10 (2014/2015), S. 143–167, hier S. 152.

99 Die Wendungen stammen aus einem Brief von Karl Bauer an Friedrich Wolters, München, 20.6.1914, hier zitiert nach Rossi, S. 158.

100 Ebd. S. 159.

101 Ebd. S. 167 u. S. 159.

102 Zitiert nach Matthias Wegner: Aber die Liebe. Der Lebenstraum der Ida Coblenz. München 2000, S. 34.

103 Carl Rouge an Stefan George, Darmstadt, 26.8.–5.9.1888 (StGA III, 10691).

104 Richard Dehmel: Gesammelte Werke in drei Bänden. Erster Band. Berlin 1920, S. 7f.

105 Matthias Wegner: Aber die Liebe (Anm. 102), S. 51f.

106 Zitiert nach Jürgen Egyptien: Schwester, Huldin, Ritterin. Ida Coblenz, Gertrud Kantorowicz und Edith Landmann. Jüdische Frauen im Dienste Stefan Georges. In: CP 53 (2004) H. 264/265, S. 73–119, hier S. 81.

107 Rieckmann (Anm. 84), S. 80.

108 Vgl. Paul Gérardy 1870–1933. Der Freund Stefan Georges. Ein belgisch-deutscher Mittler. Katalog zur Ausstellung im Belgischen Haus, Köln. Bearb. v. Jörg-Ulrich Fechner. Liège 1985, S. 25.

109 StGA, Blätter III, 82.

110 Das legte ein Brief des Redakteurs Runkel an Carl August Klein vom 26. Juli 1892 (StGA, Blätter III, 327) nahe, der auf eine Unterredung mit George Bezug nimmt.

111 Albert Mockel: Pariser Erinnerungen. In: Neue Zürcher Zeitung 8.7.1928, S. 4.

112 Ludwig Klages: Einführung des Herausgebers. In: Alfred Schuler. Fragmente und Vorträge aus dem Nachlass. Mit Einführung v. L. K. Leipzig 1940, S. 1–119, hier S. 52.

113 Hans Carossa: Das Jahr der schönen Täuschungen. Der Tag des jungen Arztes. Frankfurt a. M. 1978, S. 21.

114 Leopold von Andrian an Carl August Klein, Wien, 24.1.1894, In: Leopold Andrian und die Blätter für die Kunst. Hg. u. eingel. v. Walter H. Perl. Hamburg 1960, S. 28.

115 Ebd. S. 112.

116 Ebd. S. 118.

117 Hermann Schlittgen: Erinnerungen. Hamburg-Bergedorf 1947, S. 167.

118 Robert Boehringer an Leopold von Andrian, Genf, 18.11.1940. In: Correspondenzen. Briefe an Leopold von Andrian 1894–1950. Hg. v. Ferruccio Delle Cave. Marbach am Neckar 1989 (Marbacher Schriften 29), S. 94.

119 Leopold Andrian und die Blätter für die Kunst (Anm. 114), S. 118.

120 Ludwig Klages: Einführung (Anm. 112), S. 36.

121 Ludwig Klages an Theodor Lessing, München, 25.1.1894, in: Theodor Lessing: Einmal und nie wieder. Lebenserinnerungen. Gütersloh 1969, S. 302.

122 KHW/FG I, 206. Vgl. zur Darstellung der Vorgänge aus der Sicht von Ludwig Klages: Hans Eggert Schröder: Ludwig Klages. Die Geschichte seines Lebens. Erster Teil. Die Jugend. Bonn 1996, S. 372–374.

123 Theodor Lessing: Einmal und nie wieder (Anm. 121), S. 304f.

124 Schröder (Anm. 122), S. 204.

125 Georg Fuchs: Sturm und Drang in München um die Jahrhundertwende (Anm. 1), S. 150–154.

126 Richard Perls: Blumen vom Tode II. In: BfdK III, 3 (Juni 1896), S. 81.

127 Richard Perls an Stefan George, Sils-Maria, 16.7.1895 (III, 9939).

128 Richard Perls an Stefan George, München, 22.4.1895 (III, 9937).

129 Richard Perls an Stefan George, Innsbruck, 27.9.1895 (StGA, III, 9941).

130 Richard Perls an Stefan George, Rom, 21.10.1895 (StGA III, 9945).

131 Richard Perls an Stefan George, Rom, 6.11.1895 (StGA, III, 9946).

132 Richard Perls an Stefan George, Florenz, 3.12.1895 (StGA, III, 9949).

133 Richard Perls an Stefan George, Rom, [Dez. 1895] (StGA, III, 9950).

134 Richard Perls an Stefan George, Rom, 4.1.1896 (StGA, III, 9951).

[135] Richard Perls an Stefan George, Paris, 28.4.1896 (StGA, III, 9953).

[136] Oscar A. H. Schmitz: Das wilde Leben der Boheme. Tagebücher. 3 Bde. Hg.v. Wolfgang Martynkewicz. Bd 1. 1896 – 1906. Berlin 2006, S. 89.

[137] Schröder (Anm. 122), S, 197.

[138] Richard Perls an Stefan George, o. O. [München], o. D. (StGA, III, 9960).

[139] Harry Graf Kessler: Das Tagebuch. Dritter Band 1897 – 1905. Hg. v. Carina Schäfer u. Gabriele Biedermann. Stuttgart 2004, S. 219.

[140] Vgl. dazu Simon Reiser: Totengedächtnis in den Kreisen um Stefan George. Formen und Funktionen eines ästhetischen Rituals. Würzburg 2015 (Klassische Moderne 28).

[141] Hugo von Hofmannsthal: Gedichte von Stefan George. In: Ders.: Reden und Aufsätze I (Anm. 83), S. 214 – 221, hier S. 215.

[142] Ebd. S. 221.

[143] Ebd.

[144] Harry Graf Kessler: Das Tagebuch. Dritter Band (Anm. 139), S. 220.

[145] Albert Verwey: Erste Dichtungen. In: Ders. u. Ludwig van Deyssel: Aufsaetze ueber Stefan George und die juengste dichterische Bewegung. Berlin 1905, S. 5 – 23, hier S. 19.

[146] Diese Bezeichnung hing in Leiden und Utrecht an den Studentenzimmern, die während der Sommersemesterferien gemietet werden konnten.

[147] Cyril Scott: Erinnerungen an Stefan George. In: Neue Schweizer Rundschau 24 (1931) H. 12, S. 904–909, hier S. 905.

[148] Der Ausstellungskatalog: Melchior Lechters Gegen-Welten. Kunst um 1900 zwischen Münster Indien und Berlin. Hg. v. Jürgen Krause u. Sebastian Schütze. Münster 2006 bietet einen Einblick in die Gestaltung von Lechters Wohnung.

[149] zitiert nach Hoffmann (Anm. 30), S.78.

[150] Vgl. Zanucchi in WK 177.

[151] Marie von Bunsen: Stefan George, ein Dichter und eine Gemeinde. In: Vossische Zeitung, 9.1.1898.

[152] Estella Meyer an George, Berlin, 14.11.1897 (StGA, III, 9002).

[153] Richard Moritz Meyer an Stefan George, Berlin, 19.10.1897 (StGA, III, 9012).

[154] Zitiert nach Ute Oelmann: Das Malerehepaar Lepsius und Stefan George. In: GJb 3 (2000/2001), S. 22 – 33, hier S. 31.

[155] Oscar A. H. Schmitz: Stefan George, der Führer der neudeutschen Romantik. In: Didaskalia. Unterhaltungsblatt des Frankfurter Journals, Nr. 152 v. 1.7.1896, S. 607 f. und Nr. 162 v. 12.7.1896, S. 646 f.

[156] Vgl. Roland Berbig: »Poesieprofessor« und »literarischer Ehrabschneider«. Der Berliner Literaturhistoriker Richard M. Meyer. In: Richard M. Meyer – Germanist zwischen Goethe, Nietzsche und George. Hg. v. Nils Fiebig u. Friederike Waldmann. Göttingen 2009, S. 21 – 115, hier S. 44.

[157] Richard M. Meyer: Ein neuer Dichterkreis. In: PJb 88 (1897), S. 33 – 54.

[158] Richard M. Meyer: Die Weltliteratur im 20. Jahrhundert. Vom deutschen Standpunkt aus betrachtet. Stuttgart, Berlin 1913, S. 267.

[159] Vgl. Peter Pawlowsky: Helmut Küpper vormals Georg Bondi 1895 – 1970. Düsseldorf, München 1970, S. 6.

[160] Thomas Mann an Ernst Bertram, München, 28.11.1924. In: Thomas Mann an Ernst Bertram. Briefe aus den Jahren 1910 – 1955. Hg., komm. u. m. e. Nachw. versehen v. Inge Jens. Pfullingen 1960, S. 131.

[161] Georg Simmel: Stefan George. Eine kunstphilosophische Betrachtung. In: Ders.: Vom Wesen der Moderne. Essays zur Philosophie und Ästhetik. Hg. v. Werner Jung. Hamburg 1990, S. 175 – 194, hier S. 177.

[162] Ebd. S. 179.

[163] Ebd. S. 181.

[164] Ebd. S. 184.

[165] Ebd. S. 187.

[166] Georg Simmel: Stefan George. Eine kunstphilosophische Studie. In: Ders.: Vom Wesen der Moderne (Anm. 161), S. 195 – 214, hier S. 207 f.

[167] Georg Simmel: Der Siebente Ring. In: Ders.: Vom Wesen der Moderne (Anm. 161), S. 215 – 220, hier S. 218.

[168] Lou Andreas-Salomé: Grundformen der Kunst. Eine psychologische Studie. In: Pan 4 (1898/99) H. 3 (November 1898) S. 177 – 182, hier S. 181.

[169] Ebd.

[170] Ebd. S. 182.

[171] Kurt Breysig: Der Lyriker unserer Tage. In: Die Zukunft, 20.1.1900, S. 110 – 123 u. 27.1.1900, S. 156 – 169, hier S. 110.

[172] Ebd. S. 167.

[173] Ebd. S. 157.

[174] Ebd. S. 165.

[175] Stefan George an Clemens von Franckenstein, Berlin, 23.10.1899, zitiert nach RB 52.

[176] Clemens von Franckenstein an Robert Boehringer, Hechendorf b. München, 8.3.1939 (StGA III, 8777).

[177] Georg Fuchs: Sturm und Drang (Anm. 1), S. 135 f. Zumindest was die Datierung dieser Anekdote betrifft, ist Skepsis angebracht. Zwischen 1893 und 1901 hat sich George, soweit bekannt, in keinem ‚Vorsommer' in Berlin aufgehalten. Ein loser Kontakt mit Fuchs besteht allerdings wenigstens bis ins Jahr 1902.

[178] Ludwig Klages: Einleitung (Anm. 112), S. 72.

[179] Ebd. S. 72 f.

[180] Ebd. S. 73.

Kapitel 2

[1] Erich Mühsam: Namen und Menschen. Unpolitische Erinnerungen. Berlin. o. J., S. 110 f.

[2] Walter Schmitz: München in der Moderne. Zur Literatur in der ‚Kunststadt'. In: Die Münchner Moderne. Die literarische Szene in der ‚Kunststadt' um die Jahrhundertwende. Hg. v. W. S. Stuttgart 1990 (rub 8557), S. 15 – 24, hier S. 19.

[3] Karl Bauer an Stefan George, München, 8.6.1900 (StGA III, 512).

[4] August Endell an Karl Wolfskehl, Stettin, 7.2.1894. In: August Endell 1871 – 1925. Architekt und Formkünstler. Hg. v. Nicola Bröcker, Gisela Moeller u. Christiane Salge. Petersberg 2012, S. 449.

[5] Vgl. Maximilian Harden: Theater. In: Die Zukunft, 1.4.1899.

[6] Gundolf brach diese Übersetzungsarbeit jedoch bald ab. Die erhaltenen Texte bietet die Edition: William Shakespeare – Friedrich Gundolf. 49 Sonette. Friedrich Gundolfs Shakespeare-Sonetten-Fragmente von 1899. Hg. v. Jürgen Gutsch. Dozwil 2011.

[7] Claude David: Stefan George. Sein dichterisches Werk. München 1967, S. 206 f.

[8] Bruno Pieger: Kurzdramen und dramatische Fragmente. In: WK, S. 821 – 837, hier S. 821.

[9] Walter Rösler: »Vernunft und Klarheit in den Bann getan ...« In: Franziska Gräfin zu Reventlow: Herrn Dames Aufzeichnungen oder Begebenheiten aus einem merkwürdigen Stadtteil. Mit e. Nachw. v. W. R. Berlin 1990, S. 190 – 219, hier S. 197.

[10] Franziska Gräfin zu Reventlow: Gesammelte Werke in einem Bande. Hg. u. eingel. v. Else Reventlow. München 1925, S. 176.

[11] Ebd. S. 180.

[12] Ebd. S. 35 f.

[13] Ebd. S. 31 f.

[14] Ebd. S. 34 f.

[15] Ebd. S. 68 f.

[16] Ebd. S. 70 – 73.

[17] Ebd. S. 72.

[18] Ebd., S. 118 – 120. Vgl. auch die ausgeschmückte Schilderung des ‚Antiken Festes' in dem Roman des Teilnehmers Oscar A. H. Schmitz: Bürgerliche Bohème. Bonn 1998, S. 164 f.

[19] Oscar A. H. Schmitz: Haschisch. Erzählungen. Mit dreizehn Zeichnungen von Alfred Kubin. München, Leipzig. 4. Aufl. 1913, S.11 – 33, hier S. 26 ff.

[20] Oscar A. H. Schmitz: Bürgerliche Bohème (Anm. 18), S. 179 f. Diesen Titel trug der Roman ab der 8. Auflage von 1921.

[21] Richard Faber: Männerrunde mit Gräfin. Die „Kosmiker" Derleth, George, Klages, Schuler, Wolfskehl und Franziska zu Reventlow. Mit einem Nachdruck des „Schwabinger Beobachters". Frankfurt a. M. u. a. 1994 (Forschungen zur Literatur- und Kulturgeschichte 38), S. 37.

[22] Johann Jakob Bachofen: Das Mutterrecht. Eine Untersuchung über die Gynaikokratie der alten Welt nach ihrer religiösen und rechtlichen Natur. Eine Auswahl hg. v. Hans-Jürgen Heinrichs. Frankfurt a. M. 1975 (stw 135), S. 22.

[23] Ebd. S. 10.

[24] Ebd. S. 31.

[25] Ebd. S. 49.

[26] Ebd. S. 52 ff.

[27] Ebd. S. 41.

[28] Ebd. S. 42.

[29] Ebd. S. 41.

[30] Zitiert nach Gerhard Plumpe: Alfred Schuler. Chaos und Neubeginn. Berlin 1978, S. 138.

[31] Oscar A. H. Schmitz: Dämon Welt. Jahre der Entwicklung. München 1926, S. 297.

[32] Korybanten hießen die orgiastischen Ritualtänzer der kleinasiatischen Fruchtbarkeitsgöttin Kybele. Sie wurden häufig mit den Kureten aus der griechischen Mythologie gleichgesetzt. Schuler kam auf seine Idee durch den Waffentanz der Kureten, dessen Lärm das Plärren des kleinen Zeus übertönen und ihn vor den Mordabsichten seines Vaters Kronos schützen sollte.

[33] Alfred Schuler: Cosmogonische Augen. Gesammelte Schriften. Hg., komm. u. eingel. v. Baal Müller. Paderborn 1997, S. 148.

[34] Letztlich gelangte gegen seinen Willen nur Schulers *Sonett an Leopold Andrian* 1904 in die siebte Folge der *Blätter*.

[35] Vgl. Lorenz Jäger: Das Hakenkreuz. Zeichen im Weltbürgerkrieg. Eine Kulturgeschichte. Wien u. Leipzig, S. 24.

[36] Alfred Schuler: Cosmogonische Augen (Anm. 33), S. 257.

[37] Vgl. dazu: Marita Keilson-Lauritz: Stefan George, Alfred Schuler und die 'Kosmische Runde'. Zum Widmungsgedicht 'A. S.' im »Jahr der Seele«. In: CP 34 (1985) H. 168/169, S. 24–41.

[38] Ludwig Klages: Einleitung (Kap. 1, Anm. 112), S. 8 f.

[39] [Wolfgang Frommel]: Mitteilungen. In: Roderich Huch: Alfred Schuler. Ludwig Klages. Stefan George. Erinnerungen an Kreise und Krisen der Jahrhundertwende in München-Schwabing. Amsterdam 1973, S. 51–57, hier S. 52. Dass George im persönlichen Umfeld durchaus zu ähnlich krassen Aktionen fähig war, lässt sich einer Anekdote entnehmen, die Wolfgang Frommel 1946 von Carl August Klein hörte: „Sie befanden sich beide irgendwo draußen in einem Haus, das von Wein umrankt war. Als ein furchtbares Hagelunwetter kam, sagte der Meister, dass sie nackt im Hagel tanzen müssten, was Carl August sehr gut gebrauchen könne. Darauf sprangen sie wie toll herum, bis der Meister den Carl August hin- und sich so auf ihn warf, dass unter ihren Leibern die Weintrauben zersprangen." (Brief von Manuel Goldschmidt an Claus Victor Bock, Amsterdam, 19.6.1946, in: »... überhaupt fehlst du mir sehr.« Die Freundschaft zweier junger Exilanten. Der Briefwechsel von Manuel Goldschmidt und Claus Victor Bock (1945–1951). Hg. v. Leo van Santen. Berlin 2017, S. 128.) Die Episode dürfte aus dem Anfang der 1890er Jahre stammen.

[40] Friedrich Wolters: Frühe Aufzeichnungen nach Gesprächen mit Stefan George zur ‚Blättergeschichte'. Mit e. Einleitung hrsg. v. Michael Philipp. In: Castrum Perigrini 45 (1996) H. 225, S. 5–61, hier S. 40.

[41] Roderich Huch: Alfred Schuler (Anm. 39), S. 39. Der Herausgeber der Erinnerungen Wolfgang Frommel weist darauf hin, dass es von den Anwesenden kein bestätigendes Zeugnis gebe, allerdings ist in den Briefen Gundolfs an Roderich Huch zu Beginn des Jahres 1902 von den ‚Wunden' die Rede, die er „im alten empfangen" hat. Gundolf Briefe. Neue Folge. Hg. v. Lothar Helbing u. Claus Victor Bock. Amsterdam 1965, S. 22.

[42] Ebd., S. 40.

[43] Ebd., S. 41.

[44] Ebd., S. 53.

[45] Zitiert nach ES, S. 191.

[46] Ludwig Klages: Stefan George. Berlin 1902, S. 3.

[47] Ebd. S. 4.

[48] Ebd. S. 7.

[49] Ebd. S. 12.

[50] Ebd. S. 14.

[51] Ebd. S. 17.

[52] Ebd. S. 20.

[53] Ebd. S. 27 ff.

[54] Ria Claassen: Stefan George. In: Socialistische Monatshefte [1902] H. 1 (Januar), S. 9–20, hier S. 20.

[55] Ebd. S. 17.

[56] Ebd. S. 10.

[57] Ria Claassen: Religiöse Kunst. In: Socialistische Monatshefte [1898] H. 1 [Januar], S. 31–37, hier S. 32.

[58] Ludwig Derleth Gedenkbuch. Amsterdam 1958, S. 21 (Brief-Faksimile).

[59] Claus Victor Bock: Eine trunkene Mette. Dem vor vierzig Jahren am 13. Januar 1948 verstorbenen fränkischen Dichter gewidmet. In: Castrum Peregrini 38 (1989) H. 189/190, S. 11–25, hier S. 22.

[60] Thomas Mann: Beim Propheten In: Ders.: Frühe Erzählungen. Frankfurt a. M. 1981, S. 366–375, Hier S. 366.

[61] Ebd. S. 369 f.

[62] Ebd. S. 372–374.

[63] Vgl. Dominik Jost: ‚Du hast des adlers blick'. Ludwig Derleths Dichtung, von den Gedichten in den ‚Blättern für die Kunst' zum Haupt- und Lebenswerk in sechzehn Teilen ‚Der Fränkische Koran'. In: Neue Beiträge zur George-Forschung 20 (1994) S. 34–50.

[64] Ludwig Klages: Rhythmen und Runen. Nachlass herausgegeben von ihm selbst. Leipzig 1944, S. 256.

[65] Ebd. S. 287.

[66] Oscar A. H. Schmitz: Dämon Welt (Anm. 31), S. 92 f.

[67] Ebd. S. 294.

[68] Zitiert nach Schröder: Ludwig Klages (Kap. 1, Anm. 122), S. 357.

[69] Franziska zu Reventlow: Gesammelte Werke in einem Bande (Anm. 10), S. 282.

[70] Vgl. Franziska Gräfin zu Reventlow: Briefe 1890–1917. Hg. v. Else Reventlow. Mit e. Nachw. v. Wolfdietrich Rasch. München, Wien, S. 547.

[71] Richard Faber: Männerrunde mit Gräfin (Anm. 21), Anhang, S. 15.

72 Ebd. S. 21–23.

73 Ebd. S. 36.

74 Ebd. S. 19f.

75 Zitiert nach: Karl Heinz Schuler: Alfred Schuler und der Nationalsozialismus. In: JbDSG 41 (1997), S. 383–398, hier S. 397f.

76 Walter Benjamin an Gershom Scholem, Zoppot, 15.8.1930. In: W. B.: Briefe 2. 1929–1940. Hg. u. m. Anmerkungen versehen v. Gershom Scholem u. Theodor W. Adorno. Frankfurt a. M. 1978 (es 930), S. 516.

77 Ludwig Klages: Einleitung (Kap. 1, Anm. 112), S. 78.

78 Hugo von Hofmannsthal: Ein Brief. In: Ders.: Erzählungen. Erfundene Gespräche und Briefe. Reisen (Kap. 1, Anm. 36), S. 472.

79 Hugo von Hofmannsthal: Der Dichter und diese Zeit. In: Ders.: Reden und Aufsätze I (Kap. 1, Anm. 83), S. 54–81, hier S. 67.

80 Hugo von Hofmannsthal: Das gerettete Venedig. Trauerspiel in fünf Aufzügen. In: Ders.: Dramen II. 1892–1905. Hg. v. Bernd Schoeller. Frankfurt a. M. 1979 (FTB 2160), S. 243–380, hier S. 257.

81 Ebd.

82 Ebd. S. 269.

83 Hugo von Hofmannsthal: Das Gespräch über Gedichte. In: Ders.: Erzählungen. Erfundene Gespräche und Briefe. Reisen (Kap. 1, Anm. 36), S. 495–509, hier S. 497.

84 Novalis. Schriften. Zweiter Band. Das philosophische Werk I. Hg. v. Richard Samuel in Zusammenarbeit m. Hans-Joachim Mähl und Gerhard Schulz. Stuttgart u. a. 1981, S. 419.

85 Hugo von Hofmannsthal: Das Gespräch über Gedichte (Anm. 83), S. 497.

86 Ebd. S. 499.

87 Ebd. S. 498f.

88 Richard Alewyn: Hofmannsthal und Stefan George. In: Hugo von Hofmannsthal. Der Dichter im Spiegel der Freunde. Hg. v. Helmut A. Fiechtner. Bern, München 2. Aufl. 1963, S. 292–297, hier S. 293.

89 Ebd. S. 294.

90 Hugo von Hofmannsthal: Prosa IV. Frankfurt a. M. 1955, S. 148f.

91 Rieckmann (Kap. 1, Anm. 84) S. 151.

92 Hugo von Hofmannsthal: Das Schrifttum als geistiger Raum der Nation. In: Ders.: Reden und Aufsätze III. 1925–1929. Buch der Freunde. Aufzeichnungen 1889–1929. Hg. v. Bernd Schoeller u. Ingeborg Beyer-Ahlert. Frankfurt a. M. 1980 (FTB 2168), S. 24–41, hier S. 32.

93 Maximilian Kronberger an Oskar Dietrich, München, 6.6.1902 (StGA, Kronberger II, 1102).

94 Georges Zeitgedicht *Die tote Stadt* erschien im Jahr darauf in den *Blättern* und dann im *Siebenten Ring*, Kronbergers *Die tote Stadt* war ein Zyklus aus zwanzig Sonetten, aus dem Georg Peter Landmann einige Proben mitteilte (vgl. MK 73–76).

95 Der Vierzeiler fand leicht geändert Aufnahme in die *Tafeln* des *Siebenten Rings* (VI/VII, 170).

96 Michael Landmann: Figuren um Stefan George. Zehn Porträts. Amsterdam 1982, S. 66f.

97 Vgl. Andreas Rasp. 26. Oktober 1997. In: Erlebte Geschichte erzählt. 1994–1997. Michael Buselmeier im Gespräch mit Raymond Klibansky u.a. Hg. v. d. Stadt Heidelberg. Heidelberg 2000, S. 207–219, hier S. 214.

98 Michael Landmann: Figuren (Anm. 96) S. 66.

99 Ebd. S. 76.

100 Jan Stottmeister: Der George-Kreis und die Theosophie. Göttingen 2014 (Castrum Perigrini N. F. 6), S. 111.

101 Ebd.

102 Stefan George. Dokumente seiner Wirkung. Aus dem Friedrich Gundolf Archiv der Universität London hg. v. Lothar Helbing u. Claus Victor Bock. Mit Karlhans Kluncker. Amsterdam 1974 (Publications of the Institute of Germanic Studies 18), S. 39.

103 Vgl. zu näheren Details: Lothar Treuge 1877–1920. Ein Dichter der ‚Blätter für die Kunst'. Werk und Nachlass. Eingel. u. ausgew. v. Karlhans Kluncker. Amsterdam 1971.

104 Jan Stottmeister: Der George-Kreis und die Theosophie (Anm. 100), S. 118.

105 Ebd. S. 119.

106 Ebd. S. 124.

107 Wolfgang Braungart: Ästhetischer Katholizismus. Stefan Georges Rituale der Literatur. Tübingen 1997 (Communicatio 15), S. 237.

108 Ebd. S. 239.

109 Ebd. S. 237.

110 Stefan George an Robert Boehringer, Bingen, 23.8.1905 (StGA II, 145).

111 Stefan George an Robert Boehringer, Bingen, 6.9.1905 (StGA II, 146).

112 Peter Sprengel: Rudolf Borchardt. Der Herr der Worte. Eine Biographie. München 2015, S. 145.

113 Ernst Morwitz an Stefan George, Berlin, 23.8.1905 (StGA III, 9141).

114 Ernst Morwitz an Stefan George, Berlin, 3.1.1906 [recte 1907] (StGA III, 9148).

115 Ernst Morwitz an Stefan George, Heidelberg, 5.12.1907 (StGA III, 9155). In diesem Brief lässt Morwitz bei der Unterschrift erstmals den Nachnamen weg.

116 Ernst Morwitz an Stefan George, Berlin, 18.12.1910 (StGA III, 9173).

117 Ernst Morwitz an Stefan George, Berlin, 30.12.1907 (StGA III, 9157).

118 Carola Groppe: Deutscher Beamter, jüdischer Emigrant. Der Kammergerichtsrat Dr. Ernst Morwitz. In: „Verkannte brüder"? Stefan George und das deutsch-jüdische Bürgertum zwischen Jahrhundertwende und Emigration. Hg. v. Gert Mattenklott, Michael Philipp u. Julius H. Schoeps. Hildesheim, Zürich, New York 2001 (Haskala 22), S. 85–100, hier S. 87.

119 Berthold Vallentin an Stefan George, Berlin, 14.1.1912 (StGA III, 13188).

120 Margarete Susman: Ich habe viele Leben gelebt. Erinnerungen. Stuttgart 1964, S. 48.

121 Ebd.

122 Vgl. dazu Jürgen Egyptien: Margarete Susman und der George-Kreis. Persönliche Beziehungen, Dichtungstheorie und Weiblichkeitsentwurf. In: Frauen um Stefan George. Hg. v. Ute Oelmann u. Ulrich Raulff. Göttingen 2010 (Castrum Peregrini N. F. 3) S. 157–171, bes. S. 164–168.

123 Margarete Susman: Das Wesen der modernen deutschen Lyrik. Leipzig 1914, S. 7.

124 Ebd. S. 15.

125 Ebd. S. 16.

126 Ebd. S. 91.

127 Ebd. S. 92.

128 Ernst Morwitz an Stefan George, Berlin, 10.12.1910 (StGA III, 9171).

129 Zitiert nach: Manuel R. Goldschmidt: Ernst Morwitz im Gespräch mit Wolfgang Frommel. Aufzeichnungen und Erinnerungen. In: CP 43 (1994) H. 213, S. 7–47, hier S. 38.

130 Ernst Morwitz an Stefan George, Berlin („Mittwoch"), zw. 27.12.1911 u. 10.1.1912 (StGA III, 9190).

131 Michael Landmann: Um die Wissenschaft. In: KB, S. 65–90, hier S. 76.

132 Berthold Vallentin an Stefan George, Berlin, 8.4.1908 (StGA III, 13179).

133 Stefan George. Dokumente seiner Wirkung (Anm. 102), S. 263.

Kapitel 3

1 Ernst Bertram: Das „Jahrbuch für die geistige Bewegung" [Stefan George II]. In: Mitteilungen der Literarhistorischen Gesellschaft Bonn 8 (1913) H.1, S. 3–23, hier S. 6.

2 Ludwig Thormaehlen: Scheltworte (StGA).

3 Friedrich Gundolf: Gefolgschaft und Jüngertum. In: Blätter für die Kunst. Eine Auslese aus den Jahren 1904–1909. Berlin 1909, S. 114–118, hier S. 114. Die achte Folge, datiert 1909, worin sich der Aufsatz ebenfalls befindet, erschien tatsächlich erst im Februar 1910.

4 Ebd. S. 117.

5 Ebd. S. 116f.

6 Ebd. S. 118.

7 Ebd. S. 114.

8 Wolfgang Christian Schneider: Staat und Kreis, Dienst und Glaube. Friedrich Wolters und Robert Boehringer in ihren Vorstellungen von Gesellschaft. In: Das Ideal des schönen Lebens und die Wirklichkeit der Weimarer Republik. Vorstellungen von Staat und Gemeinschaft im George-Kreis. Hg. v. Roman Köster u. a. Berlin 2009 (Wissenskultur und gesellschaftlicher Wandel 33), S. 97–122, hier S. 107.

9 Vgl. ebd.

10 Jan Stottmeister: Der George-Kreis und die Theosophie (Kap. 2, Anm. 100) S. 127.

11 Auf diesen Zusammenhang wies Jürgen Krause: Gralssuche in Indien, Ceylon und Burma. Melchior Lechter und die Orientierung an Eurasien im deutschen Kulturleben um 1900. In: Melchior Lechters Gegen-Welten. Kunst um 1900 zwischen Münster, Indien und Berlin. Hg. v. J. K. und Sebastian Schütze. Münster 2006, S. 227–238, hier S. 234.

12 Michael Landmann: Figuren um Stefan George (Kap. 2, Anm. 96), S. 18f. Eine von George erwünschte wohlfeile Ausgabe erschien erst 1920.

13 Ebd. S. 18.

14 Ebd. S. 39.

15 Ebd. S. 39.

16 Vgl. dazu Jürgen Egyptien: Schwester, Huldin, Ritterin. Jüdische Frauen im Dienste von Stefan George. In: Castrum Peregrini 53 (2004) H. 264/265, S. 73–119, bes. S. 93–97.

17 Michael Landmann: Figuren um Stefan George (Kap. 2, Anm. 96) S. 41.

18 Stefan Breuer: Anatomie der Konservativen Revolution. Darmstadt. 2.durchges. u. korr. Aufl. 1995, S. 5.

[19] Karl Wolfskehl: Die Blätter für die Kunst und die neuste Literatur: In: Jb I, S. 1–18, hier S. 7.

[20] Ebd. S. 14f.

[21] Ebd. S. 17.

[22] Friedrich Gundolf: Das Bild Georges. In: Jb I, S. 19–48, hier S. 41.

[23] Ebd. S. 40.

[24] Ebd. S. 41.

[25] Ebd. S. 48.

[26] Friedrich Wolters: Richtlinien. In: Jb I, S. 128–145, hier S. 141.

[27] Friedrich Gundolf: Das Bild Georges (Anm. 22), S. 29.

[28] Friedrich Wolters: Richtlinien (Anm. 26), S. 139.

[29] Ebd. S. 144.

[30] Friedrich Gundolf: Wesen und Beziehung. In: Jb II, S. 10–35, hier S. 18.

[31] Friedrich Wolters: Gestalt. In: Jb II, S. 137–158, hier S. 144.

[32] Ebd. S. 145.

[33] Ebd. S. 147.

[34] Ebd. S. 148f.

[35] Ebd. S. 156.

[36] Friedrich Gundolf: Vorbilder. In: Jb III, S. 1–20, hier S. 2f.

[37] Ebd. S. 10f.

[38] Friedrich Wolters: Mensch und Gattung. In: Jb III, S. 138–154, hier S. 148.

[39] Ebd. S. 147.

[40] Ebd. S. 150.

[41] Ebd. S. 151.

[42] Ebd. S. 153.

[43] Ebd.

[44] Einleitung der Herausgeber. In: Jb III, S. III–VIII, hier S. VII.

[45] Ebd. S. VIf.

[46] Kurt Hildebrandt: Einleitung. In: Platons Gastmahl. Übertragen u. eingel. v. K. H. 4. Aufl. Leipzig 1922 (Philosophische Bibliothek 81) S. 1–42, hier S. 1.

[47] Ebd. S. 12.

[48] Ebd. S. 39.

[49] Vgl. ebd. S. 34.

[50] Heinrich Friedemann: Platon. Seine Gestalt. Berlin 1914, S. 116f.

[51] Ebd. S. 116.

[52] Ebd. S. 134.

[53] Ebd. S. 131.

[54] Stefan George: Dokumente seiner Wirkung (Kap. 2, Anm. 102), S. 48.

[55] Ebd. S. 49.

[56] Ebd. S. 105.

[57] Die Stelle greift leicht abgeschwächt eine Formulierung aus Gundolfs Brief an Wolfskehl vom 15.12.1909 auf, in der er mitteilt, George fände „die neu abgeschriebene ode *kaum* zu verwenden obwohl vollständig, da in ihr nichts klinge, sondern nur zerrissen klappre." (KHW/FG II, 84) Offenbar konnten Hellingrath und Wolfskehl George von dieser Meinung abbringen, als sie ihre Gespräche im Januar in München fortsetzten.

[58] Hoelderlins Pindar-Übertragungen. Hg. v. Norbert v. Hellingrath. Berlin 1910, S. 8.

[59] Friedrich Gundolf: Hölderlins Archipelagus. In: Ders. Dichter und Helden. Heidelberg 1921, S. 5–22, hier S. 18f.

[60] Bruno Pieger: Der *Stern des Bundes* als tektonisches Gebilde. In: Krise und Gemeinschaft. Stefan Georges *Der Stern des Bundes*. Hg. v. Christophe Fricker. Frankfurt a. M. 2017 (Das Abendland N. F. 41) S. 69–96, hier S. 85.

[61] Ebd. S. 82.

[62] Ebd. S. 80.

[63] Berthold Vallentin: Der Engelstaat. Zur mittelalterlichen Anschauung vom Staate. (Bis auf Thomas von Aquino). In: Grundrisse und Bausteine zur Staats- und zur Geschichtslehre. Zusammengetragen zu den Ehren Gustav Schmollers und zum Gedaechtnis des 24. Juni 1908 seines siebenzigsten Geburtstags von Kurt Breysig, Fritz Wolters, B. Vallentin, Friedrich Andreae. Berlin 1908, S. 41–120, hier S. 47.

[64] Man könnte von daher die These vertreten, dass der Hölderlin-Bezug des *Sterns des Bundes* sich bereits in dem analogen Gedanken dokumentiert, den George der öffentlichen Ausgabe von 1914 voranstellte: „die erwägung dass ein verborgen-halten von einmal ausgesprochenem heut kaum mehr möglich ist hat die öffentlichkeit vorgezogen als den sichersten schutz." (SW VIII, 5)

[65] Hildebrandt schreibt (KH 57): „1918 trafen Gundolf und ich W. Andreae auf der Straße. Dieser sagte: ‚Beim *Sommernachtstraum* hat man den Eindruck, daß es Ihnen diesmal ganz leicht geworden ist.' Gundolf etwa: ‚Allerdings sehr leicht – den hat der Meister ganz allein gemacht.'"

[66] Michael Landmann: Erinnerungen an Stefan George. Seine Freundschaft mit Julius und Edith Landmann. Amsterdam 1980, S. 36.

[67] Karl-Josef Partsch: Aus dem letzten Jahr. Für Robert Boehringer zum 31. Juli 1964 (StGA, Konvolut ‚Erinnerungen an Stefan George').

[68] Brief v. 24. 5. 1913, zitiert nach: Bruno Pieger: »uns erstgebornen der jungen zeit«. Norbert von Hellingrath in seinen Briefen an Imma von Ehrenfels. In: Castrum Peregrini 52 (2003) H. 256–257, S. 70.

[69] Gundolf. Briefe. Neue Folge (Kap. 2, Anm. 41), S. 37. Die dort angegebene Datierung auf 1907 kann nicht stimmen, da an späterer Stelle Salz noch als Privatdozent bezeichnet wird.

[70] Die Zitate stammen aus Briefen von Arthur Salz an Friedrich Gundolf von Ende Februar und Anfang März 1902 aus München, Gundolf-Archiv, University of London, Institute of Germanic Studies)

[71] Marie Luise Gothein: Eberhard Gothein. Ein Lebensbild seinen Briefen nacherzählt. Stuttgart 1931, S. 199.

[72] Marianne Weber: Lebenserinnerungen. Bremen 1948, S. 196.

[73] Zitiert nach: Victor A. Schmitz: Gundolf. Eine Einführung in sein Werk. Düsseldorf u. München 1965, S. 173 u. S. 175.

[74] Marie Luise Gothein: Eberhard Gothein (Anm. 71), S. 199f.

[75] Max Weber an Dora Jellinek, Heidelberg, 9.6.1910. In: Max Weber: Briefe 1909–1910. Hg. v. M. Rainer Lepsius u. a. Tübingen 1994 (GA 2/6), S. 561.

[76] Ebd. S. 562.

[77] Ebd. S. 559.

[78] Carola Groppe: Die Macht der Bildung. Das deutsche Bürgertum und der George-Kreis 1890–1933. Köln, Weimar, Wien 1997, S. 212.

[79] Marianne Weber: Max Weber. Ein Lebensbild. Tübingen 1926, S. 471.

[80] Hermann Glockner: Heidelberger Bilderbuch. Erinnerungen. Bonn 1969, S. 34.

[81] Max Weber an Marianne Weber, Heidelberg, 16.8.1915. In: Max Weber: Briefe 1915–1917. Hg. v. Gerd Krumeich u. M. Rainer Lepsius. Tübingen 2008 (GA 2/) S. 91.

[82] So im Brief an Mina Tobler vom 28.8.1915, In: Ebd. S. 107.

[83] Max Weber: Wissenschaft als Beruf. Stuttgart (rub 9388) S. 11.

[84] Ebd. S. 15.

[85] Ebd. S. 16.

[86] Ebd. S. 18.

[87] Ebd. S. 31.

[88] Zitiert nach GHb III, 1469.

[89] Erich von Kahler: Der Beruf der Wissenschaft. Berlin 1920, S. 32.

[90] Ebd. S. 34.

[91] Ebd. S. 39f.

[92] Vgl. zur Kritik an Kahlers Schrift z. B. Edith Weiller: Max Weber und die literarische Moderne. Ambivalente Begegnungen zweier Kulturen. Stuttgart, Weimar 1994, S. 133ff.

[93] Ludwig Thormaehlen: Konvolut Scheltworte (StGA).

[94] Michael Landmann: Figuren um Stefan George (Kap. 2, Anm. 96), S. 98.

[95] Marie Luise Gothein: Eberhard Gothein (Anm. 71), S. 204.

[96] Percy Gothein: Erste Begegnung mit dem Dichter. Aus einem Erinnerungsbuch. In: CP 1 (1951) H. 1, S. 5–14, hier S. 9–14.

[97] Zitiert nach Thomas Karlauf: Stefan George. Die Entdeckung des Charisma. Biographie. München 2007, S. 425.

[98] Zitiert nach ebd.

[99] Zitiert nach ebd. S. 426.

[100] Vgl. dazu Jürgen Egyptien: Der Stern des Bundes. Zweites Buch. In: WK, S. 531–543 und Wolfgang Frommel: Meditationen zum Zweiten Buch des ‚Stern des Bundes'. Amsterdam 1994.

[101] Zitiert nach Thomas Karlauf (Anm. 97), S. 426.

[102] Zitiert nach Karlhans Kluncker: Percy Gothein. Humanist und Erzieher. Das Ärgernis im George-Kreis. Amsterdam 1986, S. 33f.

[103] Zitiert nach ebd. S. 35f. Beim Wiederabdruck im *Neuen Reich* von 1928 stellte George die letzten beiden Zeilen um und ersetzte den Titel durch *P.* (SW IX, 78).

[104] Zitiert nach ebd. S. 37.

[105] Zitiert nach ebd. S. 37f.

[106] Ebd. S. 38.

[107] Zitiert nach ebd. S. 42.

[108] Zitiert nach ebd. S. 43.

[109] Percy Gothein: Die halkyonischen Tage. Aus einem Erinnerungsbuch. In: CP 3 (1953) H. 11, S. 7–61, hier S. 30.

[110] Ebd. S. 31.

[111] Ebd. S. 42.

[112] Ebd. S. 36f.

[113] Karlhans Kluncker: Percy Gothein (Anm. 102), S. 50.

[114] Vgl. zu diesem Gedicht Jürgen Egyptien: Interpretationen von *Der Täter* (SW V, 45) und *Wahrzeichen* (SW V, 52). In: WK, S. 299–306.

[115] Ebd. S. 51.

[116] Ebd.

[117] Ludwig Thormaehlen: [über Percy Gothein] S. 186 (StGA).

[118] Alexander von Bernus: Wachsen am Wunder. Heidelberger Kindheit und Jugend. Heidelberg 1984, S. 73.

[119] Vgl. ebd. S. 113.

[120] Zitiert nach: Eva-Maria Herbertz: ‚Der heimliche König von Schwabylon'. Der Graphiker und Sammler Rolf von Hoerschelmann in Selbstzeugnissen und Bilddokumenten. München 2005, S. 33.

[121] Alexander von Bernus: Wachsen am Wunder (Anm. 118) S. 243 f.

[122] Hanna Wolfskehl an Albert und Kitty Verwey, Heidelberg, 12.6.1909, zitiert nach Jürgen Egyptien: Stefan George auf Stift Neuburg. Marbach a. Neckar 2009 (Spuren 85), S. 1.

[123] Alexander von Bernus: Wachsen am Wunder (Anm. 118) S. 244.

[124] Ebd. S. 236.

[125] Zitiert nach L/G 305f, korrigiert am Original in der Badischen Landesbibliothek Karlsruhe.

[126] Alexander von Bernus: Wachsen am Wunder (Anm. 118) S. 107.

[127] Zitiert nach: Karl Wolfskehl 1869–1969. Leben und Werk in Dokumenten. Darmstadt 1969, S. 204–206.

[128] Alexander von Bernus: Wachsen am Wunder (Anm. 118) S. 243.

[129] Rundfunkinterview mit Karl Schwedhelm, 6.2.1952, SWF.

[130] Vgl. Brian Harpur: Halleys Komet. Frankfurt a. M. 1985.

[131] Alexander von Bernus: Melaina. In: Ders.: Sieben Mysterienspiele. Büdingen-Gettenbach 1957, S. 189–196, hier S. 194.

[132] Rolf von Hoerschelmann: Leben ohne Alltag. Berlin 1947, S. 20.

[133] Rundfunkinterview mit Karl Schwedhelm 1952, SWF.

[134] Alexander von Bernus: Wachsen am Wunder (Anm. 118) S. 237 f.

[135] Herbert Steiner: Begegnung mit Stefan George. In: Ders.: Begegnungen mit Dichtern. Tübingen 1963, S. 9–23, hier S. 21.

[136] Kurt Hildebrandt: Ein Gastmahl (StGA Thormaehlen I, 1400). Der Text entstand 1948. Die Übernamen sind wie folgt aufzulösen: Forder=Wolters; Leonor=Vallentin; Zesara=Gundolf; Apostel=Wolfskehl.

[137] Berthold Vallentin an Stefan George, o. O., 1.12.1913 (StGA III, 13193).

[138] Ernst Glöckner an Stefan George, Weilburg, 1.4.1917 (StGA III, 4121).

[139] Ernst Glöckner an Stefan George, München, 14.4.1913 (StGA III, 4102).

[140] Einleitung der Herausgeber (Anm. 44), hier S. V.

[141] Robert Boehringer an Stefan George, Spremberg, 19.8.1914 (StGA III, 1296), Ergänzung der Nachnamen v. Vf.

[142] Helmut Fries: Die große Katharsis. Der Erste Weltkrieg in der Sicht deutscher Dichter und Gelehrter. Bd 2. Euphorie – Entsetzen – Widerspruch. Die Schriftsteller 1914–1918. Konstanz 1995, S. 6.

[143] Ernst Keller: Nationalismus und Literatur. Langemarck. Weimar. Stalingrad. Bern, München 1970, S. 10.

[144] Johann Gottlieb Fichte: Reden an die deutsche Nation. M. e. Einl. v. Reinhard Lauth. Hamburg 1978 (Philosophische Bibliothek 204) S. 246.

[145] Helmut Fries: Die große Katharsis (Anm. 142) S. 16.

[146] Ebd. S. 61.

[147] Ich folge in den biographischen Angaben Michael Landmann: Edith Landmann 1877–1951. In: Ders.: Erinnerungen an Stefan George (Anm. 66), S.107–141.

[148] Margret Schuster: Edith Landmann als Philosophin. In: CP 5 (1955) H. 25, S.34–49, hier S.37.

[149] Michael Landmann: Edith Landmann 1877–1951 (Anm. 147), S. 122.

[150] Edith Landmann: Georgika. Heidelberg 1920, S. 62.

[151] Ebd. S. 90.

[152] Ebd. S. 102.

[153] M.Landmann: Edith Landmann 1877–1951 (Anm. 147), S. 132.

[154] Ebd. S. 118.

[155] Ebd. S. 134.

[156] Ebd. S. 136.

[157] Ebd. S. 137.

[158] Ebd. S. 116.

[159] Die korrigierende Datierung übernehme ich aus dem Kommentar in FG/EK I, 370.

[160] Zitiert nach W/V 124. Vgl. zu Gundolfs Deutung des Kriegs ausführlich Jürgen Egyptien: „... eine solche Einheit so zu erleben das ist schon einen Weltkrieg wert". Friedrich Gundolf als Deuter des Ersten Weltkrieges, Goethe-Interpret und George-Jünger. In: Die Universität Heidelberg und ihre Professoren

während des Ersten Weltkriegs. Hg. v. Ingo Runde. Heidelberg 2017 (Heidelberger Schriften zur Universitätsgeschichte 6), S. 215–240.

161 Karl Wolfskehl: Offener Brief an Romain Rolland. In: Frankfurter Zeitung, 10.9.1914.

162 Wieder abgedruckt in: Der George-Kreis. Eine Auswahl aus seinen Schriften. Hg. v. Georg Peter Landmann. 2., erw. Aufl. Stuttgart 1980, S. 240–243.

163 Hans Brasch an Stefan George, Bonn, 23.9.1914 (StGA III, 1955).

164 Hans Brasch an Stefan George, bei Soissons, 24.9.1916 (StGA III, 1964).

165 Hans Brasch an Stefan George, Udine, 12.1.1918 (StGA III, 1966).

166 Zettelwirtschaft. Briefe an Gertrude von Eckardt-Lederer von Friedrich und Elisabeth Gundolf, Hermann Broch, Joachim Ringelnatz und Berthold Vallentin. M. e. Vorwort v. Hartmut Steinecke hg. v. Sander L. Gilman. Berlin 1992 (Philologische Studien und Quellen, Bd. 120), S. 27.

167 Vgl. seinen Brief an George vom 11.12.1914 (G/G 295). Bereits am 7.12. hatte Gundolf seiner Freundin Elisabeth Salomon geschrieben, er „habe immerhin ein Gesuch gemacht um aus dem Dreck herauszukommen", Friedrich Gundolf – Elisabeth Salomon. Briefwechsel (1914–1931). Hg. v. Gunilla Eschenbach u. Helmuth Mojem. Berlin, Boston 2015, S. 63. Im selben Brief bezeich-nete er sich der Lebensweise nach als „Höhlenmensch".

168 Ernst Glöckner an Stefan George, München, 10.1.1917 (StGA III, 4120).

169 Stefan George an Ernst Glöckner, Klosterreichenbach, Juni 1917 (StGA II, 968).

170 Ernst Glöckner an Stefan George, Anfang August 1917 (StGA III, 4131).

171 Alexander von Bernus: Der Krieg. Dichtung von Stefan George. In: Das Reich 2 (1917), H.3, S. 612f., hier S. 613.

172 Ernst Keller: Nationalismus und Literatur (Anm. 143) S. 11.

173 Ebd. S. 60.

174 Ebd. S. 61.

175 Vgl. Horst Dieter Schlosser: Althochdeutsche Literatur. Frankfurt a. M. 1980 (FTB 6455), S. 254.

176 Adalbert Cohrs an Stefan George, Berlin, 12.2.1917 (StGA III, 2342).

177 Adalbert Cohrs an Stefan George, Minden, 26.2.1917 (StGA III, 2344).

178 Stefan George an Ernst Glöckner, München, 1.2.1918 (StGA II, 977).

179 Adalbert Cohrs an Stefan George, Schierke, 9.7.1918 (StGA III, 2369).

180 Vgl. Leo Peters: Zum Freitod von Bernhard Graf Uxkull-Gyllenband und Adalbert Cohrs, zwei namhaften Mitgliedern des Stefan-George-Kreises, 1918 in Kaldenkirchen. In: Heimatbuch des Kreises Viersen 55 (2004), S. 152–170, hier S. 153.

181 Zitiert nach ebd. S. 155.

182 Ebd. S. 164.

183 Kurt Singer: Aus den Erinnerungen an Stefan George. In: Neue Rundschau 68 (1957), S. 298–310, hier S. 298.

184 Vgl. dazu Simon Reiser: Totengedächtnis in den Kreisen um Stefan George (Kap. 1, Anm. 140), S. 206.

185 Mechthild Lucke u. Andreas Hüneke: Erich Heckel. Lebensstufen. Die Wandbilder im Angermuseum zu Erfurt. Amsterdam 1992, S. 100.

186 Ebd. S. 144f.

187 Ludwig Thormaehlen an Stefan George, Berlin, 28.1.1919 (StGA III, 12794).

188 Zitiert nach Walter Wenghöfer: Gedichte. Briefe an Stefan George, Hanna Wolfskehl u. a. Hg. v. Bruno Pieger. Amsterdam 2002 (Figuren um Stefan George 1), S. 19f.

189 Ernst Schertel: Erinnerung an Stefan George. Zum 20. Todestag des Dichters. In: Die Neue Zeitung, 4.12.1953.

190 Zitiert nach Walter Wenghöfer: Gedichte (Anm. 188) S. 12.

191 Zitiert nach ebd. S. 189.

192 Zitiert nach ebd. S. 194f.

193 Ludwig Thormaehlen an Stefan George, Berlin, 2.5.1914 (StGA III, 12732).

194 Zitiert nach Walter Wenghöfer: Gedichte (Anm. 188) S. 100.

195 Zitiert nach ebd. S. 101.

196 Zitiert nach ebd. S. 225.

197 Zitiert nach ebd. S. 254.

198 Zitiert nach ebd. S. 196.

199 Berthold Vallentin an Stefan George, Berlin, 30.12.1917 (StGA III, 13206).

200 Berthold Vallentin an Stefan George, Maulbronn, 14.6.1918 (StGA III, 13209)

201 Bruno Pieger: „...Zusammengezogen in Erwartung des Wortes". Der Dichter Walter Wenghöfer. In: Walter Wenghöfer. Gedichte (Anm. 188) S. 5–36, hier S. 26.

202 Hans Brasch an Stefan George, aus Frankreich, Westfront, 28.3.1916 (StGA III, 1962).

203 Erich Boehringer an Stefan George, von der

Front, 2.9.1917 (StGA III, 1184)

204 Hans Bernhard von Schweinitz an Stefan George, aus der Nähe des Chemin des Dames, 12.6.1918 (StGA III, 11543).

205 Percy Gothein: Das Seelenfest. Aus einem Erinnerungsbuch. In: CP 5 (1955) H. 21, S. 7–55, hier S. 16.

206 Ludwig Thormaehlen an Stefan George, o. O., 27.12.1911 (StGA III, 12691).

207 Ludwig Thormaehlen an Stefan George, Straßburg, 28.6.1912 (StGA III, 12702).

208 Stefan George an Woldemar von Uxkull-Gyllenband, Heidelberg, Mai 1915 (StGA II, 6086).

209 Woldemar von Uxkull-Gyllenband an Stefan George, Berlin, 28.11.1923 (StGA III, 13134).

210 Woldemar von Uxkull-Gyllenband an Stefan George, Berlin, 3.5.1924 (StGA III, 13136).

211 Woldemar von Uxkull-Gyllenband an Stefan George, o. O., o. D. (StGA III, 13137) Da Uxkull gleichzeitig mitteilte, Alexander von Stauffenberg habe gerade sein Promotionsthema erhalten, dürfte der Brief aus dem Jahr 1927 sein. ‚SSe' heißt ‚Staatsstützen'. Uxkull denkt bei ‚ur-enkel' wohl an die eigenen Zöglinge.

212 Stefan George an Ernst Glöckner, Bad Wildungen, Juni 1921 (II, 1009).

213 Berthold Vallentin an Stefan George, Berlin, o. D. [Anfang Juli 1926] (III, 13224).

214 Vgl. Michael Landmann: Erinnerungen an Stefan George (Anm. 66), S. 36.

215 Vgl. dazu ausführlich Jürgen Egyptien: Die Apotheose der heroischen Schöpferkraft. Shakespeare im George-Kreis. In: Wissenschaftler im George-Kreis. Die Welt des Dichters und der Beruf der Wissenschaft. Hg. .v J. E., Bertram Schefold u. Wolfgang Graf Vitzthum. Berlin, New York 2005, S. 159–185, bes. S. 178–182.

216 Michael Winkler: George-Kreis. Stuttgart 1972 (SM 110), S. 94.

217 Friedrich Gundolf: Goethe. Berlin 1916, S. 27.

218 Ebd. S. 1.

219 Ernst Bertram: Nietzsche. Versuch einer Mythologie. Berlin 1918, S. 1.

220 Ebd. S. 1 f.

221 Ebd. S. 8.

222 Friedrich Gundolf: George. Berlin 1920, S. 22.

223 Ernst Osterkamp: Wilhelm Stein (1886–1970). In: Wissenschaftler im George-Kreis (Anm. 215), S. 225–238, hier S. 228.

224 Wilhelm Stein: Aufzeichnungen über George. Aarau 1963, S. 14.

225 Ernst Osterkamp: Wilhelm Stein (Anm. 223), S. 230.

226 Wilhelm Stein: Raffael. Berlin 1923, S. 132 f.

227 Friedrich Gundolf an Wilhelm Stein, Heidelberg, 20.12.1922, zitiert nach Ernst Osterkamp: Wilhelm Stein (Anm. 223), S. 237.

228 Ernst Gundolf an Wilhelm Stein, Darmstadt, 11.4.1922, zitiert nach ebd., S. 235.

229 Wilhelm Stein: Aufzeichnungen über George (Anm. 224), S. 10.

230 Ludwig Thormaehlen an Stefan George, Berlin, 28.1.1919 (StGA III, 12794).

231 Ralph E. Giesey: Ernst H. Kantorowicz. Scholarly Triumphs and Academic Travails in Weimar Germany and the United States. In: Year Book of the Leo Baeck Institute 30 (1985), S. 191–202, hier S. 192, Anm. 2.

232 Ernst Kantorowicz: Kaiser Friedrich der Zweite. Berlin 1928, S. 7.

233 Ebd. S. 612.

234 Ebd. S. 613.

235 Albert Brackmann: Kaiser Friedrich II. in 'mythischer Schau'. In: Stupor mundi. Zur Geschichte Friedrichs II. von Hohenstaufen. Hg. v. Günther Wolf. Darmstadt 1966 (WdF 101), S. 5–22, hier S. 7. Zuerst in: Historische Zeitschrift 140 (1929), S. 534–549.

236 Ebd. S. 21.

237 Vgl. dazu: Eckhart Grünewald: Ernst Kantorowicz und Stefan George. Beiträge zur Biographie des Historikers bis zum Jahre 1938 und zu seinem Jugendwerk „Kaiser Friedrich der Zweite". Wiesbaden 1982 (Frankfurter Historische Abhandlungen 25), besonders S. 89–101.

238 Diesen von allen bisherigen biographischen Darstellungen abweichenden Tatbestand belegt ein Brief, den Robert E. Lerner in seiner vorzüglichen Biographie zitiert, vgl. Robert E. Lerner: Ernst Kantorowicz. A life. Princeton, Oxford 2017, S. 36 f.

239 Ernst Kantorowicz an Fine von Kahler, Heidelberg, 6.11.1920 (StGA III, 6530).

240 Ernst Kantorowicz an Fine von Kahler, 8.11.1920 (StGA III, 6531).

241 Vgl. Karl Korn: Lange Lehrzeit. Ein deutsches Leben. Frankfurt a. M. 1975, S. 142.

242 Vgl. Eckhart Grünewald (Anm. 237), S. 112.

243 Johann Anton an Stefan George, Halle, 7.5.1922 (StGA III, 272). ‚S.' dürfte hier für ‚Süßer' stehen.

244 Max Kommerell: Der Dichter als Führer in der deutschen Klassik. Klopstock · Herder · Goethe · Schiller · Jean Paul · Hölderlin. Berlin 1928, S. 7.

245 Ebd. S. 483.

246 Walter Benjamin: Wider ein Meisterwerk. Zu Max Kommerell, „Der Dichter als Führer in der deutschen Klassik". In: Ders.: Gesammelte Schriften Bd III. Hg. v. Hella Tiedemann-Bartels. Frankfurt a. M. 1972, S. 252–259, hier S. 254.

247 Max Kommerell: Der Dichter als Führer (Anm. 244), S. 255.

248 Ebd. S. 254.

249 Ebd. S. 461.

250 Ebd. S. 472.

251 Ebd. S. 474.

252 Walter Benjamin: Wider ein Meisterwerk (Anm. 246), S. 255.

253 Das überliefert Wolfgang Frommel: „Ihm [E. M.] wurde ein so unbestechlicher Blick für den Wert junger Menschen nachgesagt, dass Stefan George ihn bei jedem neuen jüngeren Freund um sein Urteil bat. [...] Ein absolutes ‚Nein' von Morwitz hatte Max Kommerell gegolten: „Der steht auf seinen Zehen, und wer auf seinen Zehen steht, fällt um." Dieses Urteil war dem Dichter nicht genehm." Manuel R. Goldschmidt: Ernst Morwitz im Gespräch mit Wolfgang Frommel (Kap. 2, Anm. 129), S. 16 f.

254 Für eine ausführlichere Kommentierung des *Lebensgedichts* vgl. Jürgen Egyptien: Letzte Worte des Meisters. Abschiede im George-Kreis. In: Letzte Briefe. Neue Perspektiven auf das Ende von Kommunikation. Hg. v. Arnd Beise u. Jochen Strobel. St. Ingbert 2015, S. 181–197, bes. S. 191–194.

255 Die Fackel, Nr. 79 v. Anfang Juni 1901, S. 21.

256 Vgl. dazu den Ausstellungskatalog von Ulrich Raulff u. Lutz Näfelt: Das geheime Deutschland. Eine Ausgrabung. Köpfe aus dem George-Kreis. Marbach 2008 (Marbacher Magazin 121).

257 Georg Peter Landmann: Vorträge über Stefan George. Eine biografische Einführung in sein Werk. Düsseldorf und München 1974, S. 190.

258 Theodor Lessing: Einmal und nie wieder (Kap. 1, Anm. 121), S. 306.

259 Ebd. S. 307.

260 Oskar Benda: Die Bildung des dritten Reiches. Randbemerkungen zum gesellschaftsgeschichtlichen Sinnwandel des deutschen Humanismus. Wien, Leipzig [1931], S. 10.

261 Ebd. S. 11.

262 Vgl. ebd. S. 14 sowie Franz Karl von Stockert: Stefan George und sein Kreis. Wirkungsgeschichte vor und nach dem 30. Januar 1933. In: Literatur und Germanistik nach der ‚Machtübernahme'. Hg. v. Beda Allemann. Bonn 1983, S. 52–89.

263 Ebd. S. 64.

264 Berthold Vallentin: Tagebuch (StGA). Die Stelle ist in der auch sonst auffällig gekürzten Ausgabe in der Castrum Peregrini-Presse von 1967 (BV) nicht enthalten.

265 Ebd. Eintrag unter dem 19. Oktober 1930. Auch diese Passage fehlt in der Druckfassung BV.

266 Rainer Kolk: Literarische Gruppenbildung. Am Beispiel des George-Kreises 1890–1945. Tübingen 1998 (Communicatio 17), S. 488. Zuletzt hat Ulrich Raulff diese beiden Dokumente ausführlich diskutiert, vgl. ders.: Kreis ohne Meister. München 2009, S. 65 ff.

267 Walter Anton: Denkschrift zum 31. Juli 32 (StGA IV, 0465).

268 Gerda von Puttkamer: Entgegnung auf das Löwen-Script Sommer 1932 (StGA IV, 0465b).

269 Vgl. Robert Boehringer: Typoskript (StGA), S. 155. Diese Äußerung überliefert auch Georg Peter Landmann: Vorträge über Stefan George (Anm. 257), S. 43.

270 Rudolf Fahrner: Der Meister im Gespräch (Mai 1933), (StGA).

271 Walter Elze an Robert Boehringer, Freiburg, Dezember 1973 (StGA).

272 Georgeaussprüche, gesammelt von Frank, 10.3.1938 (StGA).

273 Michael Landmann: Erinnerungen an Stefan George (Anm. 66), S. 8.

274 Zitiert nach Franz K. Stockert: Stefan George und sein Kreis (Anm. 262), S. 74.

275 Zitiert nach Michael Petrow: Der Dichter als Führer? Zur Wirkung Stefan Georges im „Dritten Reich". Marburg 1995, S. 68.

276 Zitiert nach Franz K. Stockert: Stefan George und sein Kreis (Anm. 262), S. 75 f.

277 Zitiert nach ebd. S. 76.

278 Zitiert nach ebd. S. 83.

279 Brief von Erich Wolff an Herlinde von den Steinen, Mitte Juni 1933 (StGA, Mappe Stefan George und das Politische).

280 Klaus Mann: Das Schweigen Stefan Georges. In: Die Sammlung 1 (1933) H.2, S. 98–103. Hier zitiert nach: Stefan George und die Nachwelt. Dokumente zur Wirkungsgeschichte. Hg. v. Ralph-Rainer Wuthnow. Bd 2. Stuttgart 1981, S. 7–12, hier S. 7.

281 Ebd. S. 8.

282 Ebd. S. 9.

283 Ebd.

[284] Vgl. ausführlich zu dieser Thematik Jürgen Egyptien: Georges Haltung zum Judentum. In: „Verkannte brüder?" (Kap. 2, Anm. 118), S. 15–29.

[285] Klaus Kyriander [i.e. Klaus Herrmann]: Von Vater zu Sohn. Eine mehr oder weniger sokratische Apologie. Ettenheim [1976], S. 40f.

[286] Robert Boehringer: Typoskript (Anm. 269), S. 159.

[287] Ludwig Thormaehlen: Scheltworte, Mappe Juden (StGA).

[288] Ebd.

[289] Ernst Kantorowicz an Robert Boehringer, Princeon, 17.12.1951 (StGA III, 16430).

[290] Erzählungen von Gertrud Kantorowicz über den Meister 1938–1942, aufgezeichnet von Gabriele Schwerin am 29.5.1952. In: Konvolut Erinnerungen an Stefan George (StGA).

[291] Kurt Hildebrandt: Platon. Der Kampf des Geistes um die Macht. Berlin 1933, S. 12.

[292] Ebd. S. 11.

[293] Ebd. S. 5.

[294] Ernst Eugen Starke: Das Plato-Bild des George-Kreises. Diss. Köln 1959, S. 16.

[295] Kurt Hildebrandt an Stefan George, Berlin, 29.4.1933 (StGA III, 5989).

[296] Zitiert nach Eckhard Grünewald: Ernst Kantorowicz und Stefan George (Anm. 237), S. 114.

[297] Robert E. Lerner: Ernst Kantorowicz (Anm. 238), S. 162.

[298] Vgl. ebd. S. 163.

[299] Zitiert nach Eckhart Grünewald. Ernst Kantorowicz und Stefan George (Anm. 237), S. 121.

[300] Ernst Kantorowicz an Stefan George, Frankfurt, 26.11.1933 (StGA III, 6641). Zitiert nach GHb III, 1725.

[301] Ebd. Zitiert nach: Eckhart Grünewald: Ernst Kantorowicz und Stefan George (Anm. 237), S. 127.

[302] Ernst Kantorowicz: Das Geheime Deutschland. In: Ernst Kantorowicz. Erträge der Doppeltagung. Hg. v. Robert L. Benson u. Johannes Fried. Wiesbaden 1997, S. 77–93, hier S. 80f.

[303] Ulrich Raulff: Apollo unter den Deutschen. Ernst Kantorowicz und das ‚Geheime Deutschland'. In: „Verkannte brüder?" (Kap. 2, Anm. 118), S. 179–197, hier S. 181.

[304] Ebd. Zitiert nach Eckhart Grünewald: Ernst Kantorowicz und Stefan George (Anm. 237), S. 126.

[305] Ebd. Zitiert nach Ulrich Raulff: Kreis ohne Meister (Anm. 266), S. 158.

[306] Ebd.

[307] Vgl. Eckhard Grünewald: Ernst Kantorowicz und Stefan George (Anm. 237), S. 128.

[308] Ernst Kantorowicz an Robert Boehringer, Princeton, 13.7.1954 (StGA), zitiert nach GHb III, 1476.

[309] Schlayer bedient sich in ihren Briefen einer Privatsprache. ‚Man' ist George, ‚Es' ist Kempner, sie selbst wird meist von George ‚Zuckerne', manchmal sogar ‚Hochzuckerne' genannt, was sie im Text mit ‚z...e' oder ‚h...e' abkürzt. Auch männliche Begleiter konnten – wie im nächsten Zitat – ‚Zuckerne' heißen.

[310] Einleitung der Herausgeber (Anm. 44), S. Vf.

[311] Marie Luise Enckendorff: Realität und Gesetzlichkeit im Geschlechtsleben. Leipzig 1910, S. 150.

[312] Vgl. Ute Oelmann: Das ‚protestantische erblaster' und die Frauenfrage. Gertrud Simmel im Gespräch mit Stefan George. In: Frauen um Stefan George (Kap. 1, Anm. 122), S. 143–155, bes. S. 150ff.

[313] Johann Anton an Stefan George, Berlin, um 1929 (StGA III, 284).

Siglenverzeichnis

AV = Albert Verwey: Mein Verhältnis zu Stefan George. Erinnerungen aus den Jahren 1895–1928. Autorisierte Uebersetzung aus dem Holländischen von Antoinette Eggink. Leipzig, Strassburg, Zürich 1936.

BfdK = Blätter für die Kunst. Begr. v. Stefan George. Hg. v. Carl August Klein. I. Folge, 1. Band (1892) – XI/XII. Folge (1919). Abgelichteter Neudruck. Düsseldorf u. München 1967.

BG = Friedrich Wolters: Stefan George und die Blätter für die Kunst. Deutsche Geistesgeschichte seit 1890. Berlin 1930.

BV = Berthold Vallentin: Gespräche mit Stefan George 1902 – 1931. Amsterdam 1967.

CAK = Carl August Klein: Die Sendung Stefan Georges. Erinnerungen. Berlin 1935.

CP = Castrum Peregrini 1 (1951) H. 1 – 56 (2007) H. 279/280.

CS = Clotilde Schlayer: Minusio. Chronik aus den letzten Lebensjahren Stefan Georges. Hg. u. m. Erläuterungen versehen v. Maik Bozza u. Ute Oelmann. Göttingen 2010 (Castrum Peregrini N. F. 4).

DD I – III = Deutsche Dichtung. Herausgegeben und eingeleitet von Stefan George und Karl Wolfskehl. Erster Band. Jean Paul. Berlin 1900 (Stuttgart 1989) Zweiter Band. Goethe. Berlin 1901 (Stuttgart 1991) Dritter Band. Das Jahrhundert Goethes. Berlin 1902 (Stuttgart 1995).

EG = Ernst Glöckner: Begegnung mit Stefan George. Auszüge aus Briefen und Tagebüchern 1913 – 1934. Hg. v. Friedrich Adam. Heidelberg 1972.

EGW = Ernst Gundolf: Werke. Aufsätze, Briefe, Gedichte, Zeichnungen und Bilder. Hg., eingel. u. komm. v. Jürgen Egyptien. M. e. Beitrag v. Michael Thimann. Amsterdam 2006 (Figuren um Stefan George II).

EL = Edith Landmann: Gespräche mit Stefan George. Düsseldorf u. München 1963.

EM I = Ernst Morwitz: Kommentar zu dem Werk Stefan Georges. Düsseldorf u. München 1960.

EM II = Ernst Morwitz: Kommentar zu den Prosa- Drama- und Jugend-Dichtungen Stefan Georges. München u. Düsseldorf 1962.

ES = Edgar Salin: Um Stefan George. Erinnerung u. Zeugnis. Zweite, neugestaltete u. wesentlich erweit. Aufl. München u. Düsseldorf 1954.

FG/EK I/II = Friedrich Gundolf. Erich von Kahler: Briefwechsel 1910-1931. Mit Auszügen aus dem Briefwechsel Friedrich Gundolf – Fine von Kahler. 2 Bde. Hg. v. Klaus Pott unter Mitarb. v. Petra Kuse. Göttingen 2012 (Veröffentlichungen der Deutschen Akademie für Sprache und Dichtung 91).

FG/FW = Friedrich Gundolf – Friedrich Wolters. Ein Briefwechsel aus dem Kreis um Stefan George. Hg. u. eingel. v. Christophe Fricker. Köln, Weimar, Wien 2009.

FW = Friedrich Wolters: Herrschaft und Dienst. Berlin 1909.

GB = Georg Bondi: Erinnerungen an Stefan George. Berlin 1934.

G/C = Stefan George – Ida Coblenz. Briefwechsel. Hg. v. Georg Peter Landmann u. Elisabeth Höpker-Herberg. Stuttgart 1983.

G/G = Stefan George – Friedrich Gundolf. Briefwechsel. Hg. v. Robert Boehringer mit Georg Peter Landmann. München u. Düsseldorf 1962.

G/H = Briefwechsel zwischen George und Hofmannsthal. Zweite, ergänzte Auflage. München u. Düsseldorf 1953.

G/KHW = «Von Menschen und Mächten». Stefan George – Karl und Hanna Wolfskehl. Der Briefwechsel 1892 – 1933. Hg. v. Birgit Wägenbaur u. Ute Oelmann. München 2015.

G/M = Stefan George. Stéphane Mallarmé. Briefwechsel und Übertragungen. Hg. u. eingel. v. Enrico De Angelis. M. e. Nachw. v. Ute Oelmann. Göttingen 2013 (Castrum Peregrini N. F. 5).

G/W = Stefan George. Friedrich Wolters. Briefwechsel 1904–1930. M. e. Einl. hg. v. Michael Philipp. Amsterdam 1998 (Castrum Peregrini H. 233–235).

GA = Stefan George: Gesamt-Ausgabe der Werke. Endgültige Fassung. 18 Bände. Berlin 1927–1934.

GHb I, II, III = Stefan George und sein Kreis. Ein Handbuch. 3 Bde. Hg. v. Achim Aurnhammer, Wolfgang Braungart, Stefan Breuer u. Ute Oelmann in Zusammenarb. m. Kai Kauffmann. Berlin u. Boston 2012.

GJb = George-Jahrbuch 1 (1996/97) ff.

HB = Hans Brasch: Bewahrte Heimat. Aus dem Nachlass hg. v. Georg Peter Landmann. 2. Aufl. Düsseldorf u. München 1971.

Jb I, II, III = Jahrbuch für die geistige Bewegung. Hg. v. Friedrich Gundolf u. Friedrich Wolters. I (1910) – III (1912).

KB = Kurt Breysig • Stefan George. Gespräche. Dokumente. Amsterdam 1960.

KH = Kurt Hildebrandt: Erinnerungen an Stefan George und seinen Kreis. Bonn 1965.

KHW/FG I/II = Karl und Hanna Wolfskehl: Briefwechsel mit Friedrich Gundolf 1899-1931. Hg. v. Karlhans Kluncker. Bd 1. 1899 – 1904. Bd II. 1905-1931 Amsterdam 1976/1977 (Publications of the Institute of Germanic Studies University London Vol. 24)

L/G = Melchior Lechter und Stefan George. Briefe. Kritische Ausgabe. Hg. v. Günter Heintz. Stuttgart 1991.

LT = Ludwig Thormaehlen: Erinnerungen an Stefan George. Aus d. Nachlass hg. v. Walther Greischel. Hamburg 1962.

MG = Maximin. Ein Gedenkbuch. Hg. von Stefan George. Berlin. [1906].

MK = Maximilian Kronberger: Gedichte. Tagebücher. Briefe. Hg. v. Georg Peter Landmann. Stuttgart 1987.

MKB = Max Kommerell: Briefe und Aufzeichnungen 1919-1944. Aus dem Nachlass hg. v. Inge Jens. Olten u. Freiburg i. Br. 1967.

RB I = Robert Boehringer: Mein Bild von Stefan George. München u. Düsseldorf 1951.

RB II = Robert Boehringer: Mein Bild von Stefan George. Text- u. Tafelband. Zweite erg. Aufl. Düsseldorf u. München 1967.

RL/G = Waclaw Rolicz-Lieder und Stefan George. Gedichte · Briefe. Stuttgart 1996.

SL = Sabine Lepsius: Stefan George. Geschichte einer Freundschaft. Berlin 1935.

StGA = Stefan George Archiv, Württembergische Landesbibliothek Stuttgart

SW = Stefan George: Sämtliche Werke in 18 Bänden. Stuttgart 1982 – 2013.

V/G = Albert Verwey en Stefan George. De documenten van hun vriendschap. Bijeengebracht en toogelicht door Mea Nijland-Verwey. Amsterdam 1965.

WK = Stefan George-Werkkommentar. Hg. v. Jürgen Egyptien. Berlin, Boston 2017.

W/V = Wolfskehl und Verwey. Die Dokumente ihrer Freundschaft 1897 – 1946. Hg. v. Mea Nijland-Verwey. Heidelberg 1968.

ZT = H. J. Seekamp, R. C. Ockenden, M. Keilson: Stefan George. Leben und Werk. Eine Zeittafel. Amsterdam 1972.

Ausgewählte Literatur

Arbogast, Hubert: *Die Erneuerung der deutschen Dichtersprache in den Frühwerken Stefan Georges. Eine stilgeschichtliche Untersuchung.* Köln, Graz 1967.

Bozza, Maik: *Genealogie des Anfangs. Stefan Georges poetologischer Selbstentwurf um 1890.* Göttingen 2016 (Castrum Peregrini N. F. 9).

Braungart, Wolfgang: *Ästhetischer Katholizismus. Stefan Georges Rituale der Literatur.* Tübingen 1997 (Communicatio 15).

Breuer, Stefan: *Ästhetischer Fundamentalismus. Stefan George und der deutsche Antimodernismus.* Darmstadt 1995.

David, Claude. *Stefan George. Sein dichterisches Werk.* München 1967.

Durzak, Manfred: *Zwischen Symbolismus und Expressionismus: Stefan George.* Stuttgart, Berlin, Köln, Mainz 1974 (Sprache und Literatur 89).

Egyptien, Jürgen: *Stefan George auf Stift Neuburg.* Marbach am Neckar 2009 (Spuren 85).

Fricker, Christophe: *Stefan George. Gedichte für dich.* Berlin 2011.

Heftrich, Eckhard: *Stefan George.* Frankfurt a. M. 1968.

Karlauf, Thomas: *Stefan George. Die Entdeckung des Charisma.* München 2007.

Kauffmann, Kai: *Stefan George. Eine Biographie.* Göttingen 2014.

Kluncker, Karlhans: *Blätter für die Kunst. Zeitschrift der Dichterschule Stefan Georges.* Frankfurt a. M. 1974 (Studien zur Philosophie und Literatur des neunzehnten Jahrhunderts 24).

Landmann, Georg Peter: *Vorträge über Stefan George. Eine biographische Einführung in sein Werk.* Düsseldorf, München 1974.

Mattenklott, Gert: *Bilderdienst. Ästhetische Opposition bei Beardsley und George.* München 1970.

Merklin, Franziska: *Stefan Georges moderne Klassik. Die „Blätter für die Kunst" und die Erneuerung des Dramas.* Würzburg 2014 (Klassische Moderne 24).

Norton, Robert E.: *Secret Germany. Stefan George and his circle.* Ithaca 2002.

Osterkamp, Ernst: *Poesie der leeren Mitte. Stefan Georges Neues Reich.* München 2010.

Raulff, Ulrich: *Kreis ohne Meister. Stefan Georges Nachleben.* München 2009.

Reiser, Simon: *Totengedächtnis in den Kreisen um Stefan George. Formen und Funktionen eines ästhetischen Rituals.* Würzburg 2015 (Klassische Moderne 28).

Rieckmann, Jens: *Hugo von Hofmannsthal und Stefan George. Signifikanz einer ‚Episode' aus der Jahrhundertwende.* Tübingen, Basel 1997.

Riedel, Manfred: *Geheimes Deutschland. Stefan George und die Brüder Stauffenberg.* Köln, Weimar, Wien 2006.

Schäfer, Armin: *Die Intensität der Form. Stefan Georges Lyrik.* Köln, Weimar, Wien 2005.

Schmitz, Victor A.: *Bilder und Motive in der Dichtung Stefan Georges.* Düsseldorf, München 1971.

Stefan George. München 2007 (text+kritik H. 168).

Stefan George-Werkkommentar. Hg. v. Jürgen Egyptien. Berlin, Boston 2017.

Versari, Margherita: *Figuren der Zeit in der Dichtung Stefan Georges.* Würzburg 2013.

Index

S

Abbildungsnachweis

Abb. 1: Boehringer, Robert: Mein Bild von Stefan George. Tafelband, München 1951, Tafel 18.

Abb. 2: Boehringer, Robert: Mein Bild von Stefan George. Tafelband, München 1951, Tafel 22.

Abb. 3: Boehringer, Robert: Mein Bild von Stefan George. Tafelband, München 1951, Tafel 34.

Abb. 4: Boehringer, Robert: Mein Bild von Stefan George. Tafeband, München 1951, Tafel 43.

Abb. 5: Stefan George Archiv in der WLB, Stuttgart, Foto 0309

Abb. 6: Boehringer, Robert: Mein Bild von Stefan George. Tafelband, München 1951, Tafel 37.

Abb. 7: Deutsches Literaturarchiv Marbach, 9186-12 (Carl Holzer).

Abb. 8: Boehringer, Robert: Mein Bild von Stefan George. Tafelband, München 1951, Tafel 47.

Abb. 9: Jürgen Egyptien.

Abb. 10: Deutsches Literaturarchiv Marbach, 7051-6 (Müller-Hilsdorf).

Abb. 11: Jürgen Egyptien.

Abb. 12: Stefan George Archiv in der WLB, Stuttgart, 918.

Abb. 13: Stefan George Archiv in der WLB, Stuttgart, 0329.

Abb. 14: Jürgen Egyptien.

Abb. 15: Boehringer, Robert: Mein Bild von Stefan George. Tafelband, München 1951, Tafel 67.

Abb. 16: Boehringer, Robert: Mein Bild von Stefan George. Tafelband, München 1951, Tafel 94.

Abb. 17: Deutsches Literaturarchiv Marbach, D20100127-8.

Abb. 18: Boehringer, Robert: Mein Bild von Stefan George. Tafelband, München 1951, Tafel 89.

Abb. 19: Stefan George Archiv in der WLB, Stuttgart, 0594.

Abb. 20: Boehringer, Robert: Mein Bild von Stefan George. Tafelband, München 1951, Tafel 90.

Abb. 21: Stefan George Archiv in der WLB, Stuttgart, 0504.

Abb. 22: Boehringer, Robert: Mein Bild von Stefan George. Tafelband, München 1951, Tafel 111.

Abb. 23: Stefan George Archiv in der WLB, Stuttgart, 3141.

Abb. 24: Stefan George Archiv in der WLB, Stuttgart, 1386.

Abb. 25: Stefan George Archiv in der WLB, Stuttgart, 2946.

Abb. 26: Boehringer, Robert: Mein Bild von Stefan George. Tafelband, München 1951, Tafel 104.

Abb. 27: Boehringer, Robert: Mein Bild von Stefan George. Tafelband, München 1951, Tafel 95.

Abb. 28: Stefan George Archiv in der WLB, Stuttgart, 0484.

Abb. 29: Stefan George Archiv in der WLB, Stuttgart, 0844.

Abb. 30: Stefan George Archiv in der WLB, Stuttgart, 0800.

Abb. 31: Deutsches Literaturarchiv Marbach, 9244-25 (Ernst Glöckner).

Abb. 32: Stefan George Archiv in der WLB, Stuttgart, 0574.

Abb. 33: Boehringer, Robert: Mein Bild von Stefan George. Tafelband, München 1951, Tafel 124.

Abb. 34: Stefan George Archiv in der WLB, Stuttgart, 0711.

Abb. 35: Stefan George Archiv in der WLB, Stuttgart, 1289.

Abb. 36: Stefan George Archiv in der WLB, Stuttgart, 0769.

Abb. 37: Stefan George Archiv in der WLB, Stuttgart, 0401.

Abb. 38: Stefan George Archiv in der WLB, Stuttgart, 0547.

Abb. 39: Stefan George Archiv in der WLB, Stuttgart, 1264.

Abb. 40: Ann Goldberg.

Abb. 41: Deutsches Literaturarchiv Marbach, 12340-5.

Abb. 42: Stefan George Archiv in der WLB, Stuttgart, 0556.

Abb. 43: Stefan George Archiv in der WLB, Stuttgart, 2067.

Abb. 44: Stefan George Archiv in der WLB, Stuttgart, 0449.

Abb. 45: Boehringer, Robert: Mein Bild von Stefan George. Tafelband, München 1951, Tafel 147.

Abb. 46: Boehringer, Robert: Mein Bild von Stefan George. Tafelband, München 1951, Tafel 167.

Abb. 47: Stefan George Archiv in der WLB, Stuttgart, 1802.

Abb. 48: Boehringer, Robert: Mein Bild von Stefan George. Tafelband, München 1951, Tafel 180.